Red And Mad

레드 앤 매드

V

V

Red And Mad

레드 앤 매드

권겨울 장편소설

D&C BOOKS

Contents

Chapter 8

이 세계에서 가장 높은 산 (2)

Chapter 8. 이 세계에서 가장 높은 산 (2)

빅, 비익, 비이익—

객실 안으로 불쑥 소음이 끼어든 것은 푸르스름한 새벽 여명이 가시고 아침 해가 솟아올랐을 때였다.

연달아 울리는 벨 소리에 화들짝 깬 이예주는 그제야 제가 뜬눈으로 남은 밤을 지새웠다는 것을 깨달았다.

"언제 이렇게 시간이 지난 거지?"

창을 타고 쏟아지는 햇살 덕분에 훤히 보이는 객실 내부를 새삼스러운 눈으로 훑어보며 그녀는 당황했다. 잠시 유나 생각을 한다는 게 그만 날밤을 새 버리고 만 것이다.

유나와 복도에서 헤어질 때까지만 해도 침대에 닿자마자 바로 쓰러져 졸도할 줄 알았다. 하지만 피곤에 절어 당장 죽을 것 같은데도 조금도 잠이 오지 않았다는 사실이 신기했다.

빅, 비익— 그 찰나의 상념조차 허락하지 않겠다는 듯 다소 신경질적이기까지 한 벨 소리에 이예주는 미간을 찌푸렸다. 아침 댓바람부터 저딴 식으로 괴팍하게 도어 벨을 울리는 인간은 이 비행선에서 딱 한 명뿐이다.

"아, 나간다고!"

그녀는 결국 침대를 박차고 일어나 현관문으로 쿵쾅쿵쾅 다가갔다. 날밤을 지새운 탓에 정신이 영 몽롱했다.

도어록을 해제하고 벌컥 문을 열자 몇 시간 전에 마주쳤던 로봇 같은 인간이 문 앞에 우뚝 서 있었다. 쫓기는 사람처럼 다급히도 벨을 눌러 대더니 막상 마주한 얼굴은 평온하기 그지없었다.

복도 빛에 드러난 유나의 말간 얼굴은 다크서클이 광대까지 내려와 있는 이예주와는 퍽 상반되었다. 멀쩡한 모습에 괜히 부아가 치밀어 올라 이예주는 불퉁하게 물었다.

"아침부터 왜 또."

"족장님의 전언을 전달해 드리기 위해서 찾아왔습니다."

오늘은 어째 또 깍듯하게 존댓말을 쓰네. 시시각각 달리하는 태도에 기가 막혔다.

"전언? 무슨 전언?"

"구원자님의 준비가 끝나시는 대로 저와 함께 본부로 와 주셨으면 한다는 전언입니다."

"왜?"

"과거에 관한 데이터를 구원자님께 보여 드릴 예정이라고 합니다."

'지가 올 것이지, 왜 또 귀찮게.'까지 생각했던 이예주는 유나의 입에서 튀어나온 말에 멈칫했다.

과거에 관한 데이터. 2017년에 하늘로 띄워진 이 거대한 방주와 그 시간대에 있었던 일들에 관한 정보.

어제까지만 해도 그것들을 알고 타임머신을 보면 과거로 돌아가는 실마리를 얻을 수 있을 것이라고 믿었다. 하지만 이제는 알아보았자 쓸모가 없었다. 왜냐하면 그녀는 간밤에 남자 하나 때문에 과거로 가지 않는 쪽으로 인생의 목표를 대책 없이 변경해 버렸기 때문이다.

여준을 만나서 과거의 데이터는 됐고 이제 그만 자신을 놓아 달라고 이야기해 볼까. 어차피 대가 없이 과거에 관해 알려 주지도 않을 것이다. 그러니 더욱 알고 싶지 않았다.

유나는 이예주의 기색이 어제와는 묘하게 달라졌음을 눈치챈 것 같았다. 그녀가 무뚝뚝하게 덧붙인 말에 손바닥 뒤집듯 이예주의 생각이 바뀌었다.

"과거에 관한 이야기라고 해 보았자 검은 파편에 관한 이야기가 대부분일 겁니다."

"검은 파편?"

람에 관한 이야기?

지나가듯 툭 내뱉은 말이었지만 의미심장했다. 이예주는 일순 눈을 가늘게 뜨고 유나를 샅샅이 훑었다. 하지만 무감각한 표정에서 얻을 수 있는 것은 아무것도 없었다.

람과 자신이 심상치 않은 사이라는 것을 쉽게 눈치챈 유나였다. 아니, 망할, 눈치챌 것도 없지. 누구라도 그녀의 목에 남은 자국들을 본다면……. 반사적으로 떠오르는 어제의 수치에 이예주는 황급히 고개를 내저었다.

"고, 곧 준비하고 나갈게!"

이예주는 제가 무슨 말을 지껄이는지도 모르고 허겁지겁 안으로 들어갔다. 뒤에서 "별로 준비할 것도 없을 것 같은데."라는 말이 작게 들려온 것 같았지만, 그것을 알아들을 정신조차 없었다.

세수를 끝내고 대강 준비를 마쳤을 땐 꽤 오랜 시간이 지체된 후였다. 객실 현관문을 열자마자 보이는 것은 아까와 별다를 바 없는 자세로 우두커니 서 있는 유나의 모습이었다.

이예주는 흠칫했다. 제 객실로 돌아가지 않고 이대로 자신을 기다리고 있었던 것인가?

거참, 별거 아니란 식으로 말했던 것치곤 자신을 모셔 가지 못해서 안달 난 사람 같지 않은가. 어째 자신이 낚싯바늘에 낚여 끌려가는 물고기 신세 같다는 생각이 들었다.

엘리베이터가 있는 복도 끝에 도달할 때까지 두 사람 사이에는 아무 말도 오가지 않았다. 유나의 뒤를 따라 승강기까지 도달하는 동안 이예주는 온몸의 촉각을 세워 기색을 살폈다.

유나는 새벽의 일을 신경 쓰지 않는 것 같았다. 이예주는 아무런 감정 없이 버석거리는 그녀의 얼굴을 보고 내심 안도했다. 무엇에 대한 안도인지는 저도 잘 몰랐다. 그녀가 괜찮다는 것에 대해서인지 아니면…… 더 이상 깊게 생각하며 관여하지 않아도 된다는 것에 관한 건지.

두 사람은 여전히 입을 굳게 다문 채 승강기에 올라탔다. 이예주는 그 순간 유나의 일을 완전히 떨쳐 버리기로 결심했다. 새벽의 일은 그냥 무서운 해프닝이었을 뿐이다. 원래 시간족들은 하나같이 정신 나간 인간 놈들이고, 다리족도 마찬가지라는 것을 알게 된 것일 뿐.

"족장에게 전달되기 전에 5층 복도에서 대화를 나눈 CCTV 기록은 처음 5층으로 왔을 때 찍힌 것으로 덮었어."

승강기 문이 닫히자마자 옆에서 들려오는 소리에 이예주가 흠칫 놀라 머리 위로 늘어놓던 상념들을 멈췄다.

"……뭐?"

뭘 해? CCTV 기록을 덮어? 이예주는 해괴한 표정으로 유나를 돌아보았다. 너무 뜬금없고 당황스러워서 유나의 말투가 또 반말로 탈바꿈했다는 것도 알아차리지 못했다.

"간밤 일은 B구역을 구경하고 싶다는 네 변덕으로 나와 동행한 상태에서 비상구를 이용하여 이동한 것으로 보고해 두었으니까, 족장 앞에서 말조심해."

"……."

"족장한테 괜히 너 혼자서 객실을 무단이탈했다는 걸 들켜 봤자 좋을 거 없으니까."

유나는 묵묵히 앞만 바라보길 고수하며 마저 말을 마쳤다.

그러니까…… 그녀가 하는 말은, 족장에게 들키지 않도록 새벽에 이예주가 멋대로 돌아다니며 찍힌 CCTV 기록들을 지워 주었다는 소리였다.

간밤에도 복도에 늘어선 CCTV에 포착될 각오 정도는 했다. 유나가 굳이 나서서 증거를 인멸하고 거짓 보고까지 해 가며 뒤처리를 해 줄 이유는 하등 없었다.

서로 싫어하던 사이였잖아. 물론 저보다 5살이나 어린애가 버릇없이 구는 것을 의연히 넘기지는 못했지만…….

B구역으로 오자마자 계속해서 이어졌던 유나와의 다툼을 생각하던 이예주는 정말 순수하게 물었다.

"……왜?"

"……."

"나 혼자 저지른 일이잖아. 비상구에서의 일도 나 때문에 어제 그 새끼들한테……."

이예주는 흘긋 유나의 눈치를 보며 말을 멈췄다. 사실 눈치를 보기보다는 본능적인 거부감으로 말을 멈춘 것에 더 가까웠다.

"어쨌든. 나 때문에 벌어진 일이니까 굳이……."

굳이 그럴 필요까진 없었다고 이야기하려고 했다. 유나의 하나뿐인 파란 눈이 어떠한 이채를 띠고 자신을 돌아보지 않았더라면, 이예주는 분명 어제의 일을 넘겨 버리고 그녀를 완전히 떨쳐 낼 수 있었을 것이다.

"어쩔 수 없잖아."

여전히 메마르고 건조했지만, 기묘한 빛이 흐르는 눈을 정확히 이예주에게 고정한 채 유나가 말했다. 이예주는 그 눈빛에 말문이 턱 막혔다. 뭔가 달라졌다. 하지만 정확히 무엇이 달라진지는…….

띵. 어느새 1층에 도달한 건지 벨 소리와 함께 스르륵 엘리베이터의 문이 열렸다. 무슨 말을 채 꺼내기도 전에 유나는 열린 문 사이로 먼저 내려 버렸다. 그러고는 승강기 앞에 서서 여전히 안에 있는 이예주를 빤히 바라보았다.

"내리시죠, 구원자님."

그녀는 순식간에 예의 바른 다리족 일병으로 돌아갔다. 재촉 아닌 재촉에 이예주는 얼떨떨함을 숨기지 못하고 엘리베이터에서 주춤주춤 걸어 나왔다. 여전히 어두컴컴하고 소름 끼치게 광활한 B구역 1층이 그들의 앞에 펼쳐졌다.

유나, 여준, 과거, 정보, 람. 다시 유나.

유나.

"뭐가 뭔지 하나도 모르겠네……."

아직 시작도 안 했는데 벌써부터 지치는 기분에 이예주는 어수룩하게 중얼거렸다.

"어서 오십시오, 구원자님."

다른 군인들과 심각한 표정으로 이야기를 나누고 있던 여준이 A동 본부의 엘리베이터에서 막 내린 이예주를 보고 반색했다. 쾌활한 미소는 어제와 별반 다를 바 없었다. 그러나 새벽의 일로 다리족의 이중성을 알게 되었기 때문인지 이제는 석연치 않게만 느껴졌다.

"좋은 아침입니다. 간밤에는 별일 없으셨습니까?"

"예, 예."

별일 없긴. 엄청난 일이 있었지. 이예주는 어색하게 마주 웃으며 대꾸했다.

"구원자님께 속히 보여 드리려고 밤새 급히 남은 데이터를 복원하고 연도별로 정리했습니다. 이쪽으로 오시죠."

눈에 띄는 서먹한 반응에도 여준은 개의치 않았다. 그는 계단의 가장 끝으로 이예주를 안내했다. 그를 따라 계단을 오르며 그녀는 곤돌라 내부를 쭉 둘러보았다.

질서 정연했던 어제와는 달리 사람들이 하나같이 분주하게 움직이고 있었다. 바쁘게 몸을 놀리는 와중에도 그녀가 지나칠 때마다 곁눈질을 하는 것으로 보아 그들이 바빠진 이유가 자신 때문이란 것을 쉽게 유추할 수 있었다.

밤을 새웠다는 여준의 말이 사실인지 벌겋게 충혈된 눈들이 제게 닿을 때마다 알 수 없는 기괴한 빛을 뿜었다. 자신들이 이렇게 공을 들였으니 '구원자'라는 존재가 이제 무언가를 해 줄 차례라고 기대하는 걸까?

그들이 바라는 터무니없는 것에 소름이 끼쳐 이예주는 연신 제 팔을 쓸어내렸다.

"구원자님께서 알고자 하시는 과거는 어느 시점이십니까?"

앞서가던 여준이 불쑥 뒤를 보며 물었다. 이예주는 어리둥절한 표정으로 되물었다.

"예? 시점요?"

"네. 과거의 데이터는 정확히 세기말 용암 대폭발 이전과 이후로 나뉩니다."

"아……."

"데이터 복구는 대부분 완료되었지만 세기말 용암 대폭발 이전의 데이터들은 일정 범위 이상 알 수 없습니다. Ark-17은 처음부터 검은 파편으로 인한 인류 멸망에 대비하여 만들어진 비행선이고, 때문에 이곳의 데이터들은 모두 검은 파편을 중심으로 기록되어 있기 때문입니다."

여준은 그 사실이 매우 애석하다는 듯 안타까운 얼굴로 덧붙였다.

"그렇지만 용암 대폭발 이후 천여 년 간의 기록은 95퍼센트 이상이 남아 있으니 웬만한 자료는 모두 열람하실 수 있을 겁니다. 구원자님이 알고자 하시는 과거는 정확히 어느 때입니까? 세기말 용암 대폭발이 일어난 2017년도입니까? 아니면 검은 파편이 본격적으로 인간 학살을 시작한 시점일까요?"

"어……."

이예주는 그저 입술만 빠끔거렸다. 실은 그런 건 생각도 해 본 적이 없어서 바로 답할 수 없었다. 맞아, 모든 과거를 알 순 없으니 알고 싶은 시점을 말해야겠지.

이예주가 가장 알고 싶은 것은 2017년, 그녀가 살던 때였다. 학교

갔다가 아무도 없는 집에 들어가기 싫어 거리를 배회하던 중, 무슨 재난 영화의 한 장면처럼 용암 해일이 도시를 덮쳤다.

기실 그녀는 그동안 거의 현실을 부정하다시피 지내 왔다는 것을 자각했다. 유구했던 인류 문명이 어떻게 망했는지, 눈깔 시뻘건 미친놈이 왜 인간 박멸을 목표로 하여 사람들을 쳐 죽이고 다니는지, 그다지 알고 싶지 않았다. 솔직히 알 게 뭐란 말인가. 망할, 내 앞가림하기도 급급한데.

"나는……."

하지만 이제는 제 알 바 아니라고 넘길 수 없게 되어 버렸다. 검은 파편이 이예주가 아는 그 남자인 이상, 이미 너무 깊숙이 관여돼서. 그 남자가 그녀에게 지나치게 중요한 인물이 되어 버려서.

"……나는."

쉴 새 없이 움직이던 여준의 걸음이 우뚝 멈췄다. 어느새 본부가 훤히 보이는 가장 높은 층에 도달한 후였다.

이예주는 마침내, 자신이 더 이상 발을 뺄 수 없을 만큼 이미 태풍의 핵 근처까지 와 버렸다는 것을 인정했다.

"검은 파편에 관한 모든 걸 알고 싶어요."

왜 그 사람이 인간을 이렇게 증오하는지, 왜 당신들은 그 남자를 없애지 못해 안달인 건지. 그 남자가 대체 무슨 존재고, 어디서 왔고, 지금 대체 무슨 일을 하고 있는지.

"하나도 빠짐없이."

이예주는 여준의 검은 눈동자를 똑똑히 바라보며 느릿느릿 내뱉었다. 그와 동시에 여준의 눈에 경탄 어린 빛이 서렸다.

"역시! 구원자님의 깊은 혜안을 따라가려면 저는 아직도 먼 것 같습니다."

"예, 예?"

"맞습니다! 적에 관해 모조리 알고 있어야 합니다. 고대 선조들은 전투에 나설 때 이런 속담을 내뱉곤 했죠. 적을 알고 나를 알면 백전백승!"

그는 갑작스레 손뼉을 마주치며 환호성을 지르듯 외쳤다.

"구원자님께 필요한 것은 과거의 데이터가 아니라 저희를 돕기 위한 검은 파편의 정보들이었는데, 제가 미처 생각이 짧았습니다. 제 불찰을 용서하십시오."

"아니요. 저기요, 그게…… 검은 파편이 중요한 건 맞는데요. 그런데……."

"철수 상병!"

그녀는 네놈들을 돕기 위함은 전혀 아니라고 정정해 주려 했지만, 그것을 가뿐히 무시한 여준이 다급히 철수를 찾았다.

"상병, 철수!"

대체 어디에 서 있었던 건지 모를 철수가 벼락같이 대꾸하며 튀어나왔다.

아이는 제대로 데려다주긴 했을까. 그를 보자 까맣게 잊고 있었던 것이 떠올랐다. B구역에서 만난 눈족 어린아이를 우악스럽게 끌고 가던 모습이. 냉정한 얼굴로 아이를 '저거'라고 칭한 여준 또한.

낙천적이고 쾌활한 것 같으면서도 도통 속을 알 수 없는 놈이다. 여준을 바라보는 이예주의 얼굴에 또다시 한 줄기 의구심이 서렸다.

"준비는 끝났나?"

"네. 명령하신 것 또한 대기 중입니다."

"좋아."

여준이 고개를 끄덕였다. 그러자 철수 또한 마찬가지로 옆쪽에 즐

비하게 늘어선 인간들을 향해 고개를 끄덕였다. 그들 중 한 명이 흰 색 쟁반을 들고 이예주가 있는 쪽으로 걸어왔다.

다리족 족장이 난처한 표정으로 그녀에게 양해를 구했다. 쟁반 위에 낯익은, 네모난 스탬프 모양의 물건이 놓여 있었다.

"구원자님, 죄송하지만 제게 손목을 한 번 더 내주시겠습니까?"

"왜, 왜요?"

"데이터 열람을 위한 코드 마킹을 해야 합니다. 안전이 확증된 사람들만 자료 열람을 한다는 것을 확인하기 위한 일종의 증표와 같은 것이지요."

역시나 여준의 입을 통해 나오는 말은 이예주에게 전혀 이롭지 못한 일이었다.

"어제 맞았잖아요. 이거 아픈데 또……."

"죄송합니다. 하지만 자료 열람을 위한 인원수를 입력하고 그 수만큼 각기 다른 마킹 자국을 입력하지 않으면 암호를 해제할 수 없습니다. 유출을 방지하기 위해 선조들이 만든 장치로, 구원자님이 오시기 전 본부 내 전원 거쳤습니다."

여준이 제 두 손을 들어 손등을 보여 주었다. 본인도 다 겪은 일이라는 걸 보여 주는 의도답게, 그의 양 손등에 모기가 두 번씩 연달아 문 듯한 벌건 자국이 뚜렷했다.

이예주는 울며 겨자 먹기로 어쩔 수 없이 손등을 내밀었다. 여준이 신속히 마킹 기구를 집어 들었다. 철컥, 종이에 스테이플러 찍는 듯한 소리와 더불어 불똥에 데인 것처럼 화끈한 통증이 손등에서 피어났다.

"아! 살살 좀!"

"끝났습니다."

더 타박을 잇기 전에 여준이 깔끔하게 손목을 놓아주며 뒤로 물러났다. 마킹 기구를 내려놓고 어깨를 으쓱이는 모습이 얄미웠다. 핏방울이 맺히기 시작하는 제 손등을 보며 그녀가 중얼거렸다.

"어제보다 바늘구멍이 더 크잖아……. 피도 더 많이 나는 것 같은데요."

"하핫, 기분 탓일 겁니다."

여준이 웃어 넘겼다. 하지만 기분 탓이 아니었다. 반대쪽 손등과 비교해 보니 정말 방금 찍은 마킹 자국이 더 크고 뚜렷했던 것이다.

그러나 그것을 이상하게 여기는 것도 잠시였다.

"이제 여기에 손등을 가져다 대시면 됩니다."

여준이 철수에게서 넘겨받은 것을 들이밀었다. 현대에서 익히 보던 태블릿 PC와 생김새가 비슷한 네모난 화면의 기기였다. 어쩌면 진짜 1000년 전에 쓰던 것일지도 모른다.

가만히 기기를 바라보는 그녀를 재촉하듯 여준이 두어 번 화면을 흔들었다. 옅은 하늘색 바탕 화면 안에는 손등을 가져다 대야 하는 곳으로 추정되는 동그라미가 있었고, 그 주위에 알 수 없는 문자와 숫자들이 적혔다 사라지기를 반복했다.

이예주는 망설임이 가득한 몸짓으로 화면에 제 손등을 가져다 대었다.

'피는 닦고 대야 하는 거 아닌가?'

그 생각이 무색하게 액정에 손등이 닿자 신기한 일이 벌어졌다. 질금질금 흘러나온 그녀의 피가 마법처럼 화면 안으로 흡수되었던 것이다.

그와 동시에 화면 안에 비쳤다 사라지길 반복하던 문자들과 숫자들이 엄청난 속도로 나열되기 시작했다. 초마다 휙휙 바뀌는 태블릿 화면을 홀린 듯이 바라보고 있을 즈음 '기이익, 쿵— 철컥, 철커덕.' 하고 둔중한 소음이 곤돌라 전체에 걸쳐 울려 퍼졌다.

퍼뜩 화면에서 눈을 뗀 이예주가 주위를 둘러보자 여준이 자랑스럽게 설명했다.

"데이터 잠금 해제를 하면 유출을 막기 위한 출입로 폐쇄 시스템이 자동으로 가동됩니다."

그의 말처럼 정말로 모든 문 앞으로 두꺼운 철로 이루어진 셔터가 내려왔다. A구역 3층 곤돌라 전체가 원천 봉쇄 되기까지 채 1분도 걸리지 않았다. 마지막으로 제 등 뒤에 있는 출구, 이중 유리문 사이에 철제 방호책이 내려앉는 것을 확인한 이예주의 얼굴에 일말의 불안감이 맴돌았다.

완전히 갇혀 버렸다. 데이터를 모두 확인할 때까지 본부 밖으로 나갈 수도, 들어올 수도 없을 거란 사실은 굳이 듣지 않아도 알 수 있었다. 얼마나 중요한 정보기에. 아, 괜히 알고 싶다고 한 거 아니야, 이거.

"이쪽 의자에 먼저 앉으시죠."

여준이 그녀의 주위를 환기했다. 끝 층의 정중앙에 미처 보지 못한 의자 두 개가 놓여 있었다. 그는 그쪽으로 뚜벅뚜벅 걸어가며 상기된 목소리로 물었다.

"꽤 긴 여정이 될 겁니다. 준비되셨습니까, 구원자님?"

"아. 예, 뭐……."

이예주는 대충 얼버무리며 앞쪽을 향해 고개를 돌렸다.

위이잉— 때마침 어제 보았던 대형 스크린이 우중충한 창을 가리며 천장에서 내려왔다. 조명이 어두워졌다.

여준을 뺀 나머지 인간들이 각기 자리로 돌아가 일사불란하게 움직였다. 싸늘한 긴장감까지 뿜어내는 그들과 영화관에라도 놀러 온 것 같은 족장의 얼굴이 대조되었다.

그녀는 조금씩 두근거리는 가슴을 붙잡고 천천히 저를 위한 의자에 착석했다. 흰 스크린 위로 팟 하고 빔이 쏘아지는 것을 시작으로 막이 올랐다.

스크린에 낯익은 지도가 떴다. 이예주가 태어나 상식으로 알고 자란 21세기의 세계 지도였다. 유럽, 아프리카, 아시아, 오세아니아, 아메리카, 그리고 아시아 대륙 끝에 코딱지처럼 작달막하게 달려 있는 한국.

오랜만에 보는 지도는 처음 본 것처럼 낯설면서도 코끝이 찡한 향수를 불러일으켰다. 넋을 놓고 화면을 보는 이예주를 깨우듯 여준이 나직이 속삭였다.

"구원자님께서도 아시겠지만, 시간족은 팔족, 다리족, 눈족, 세 개의 일족으로 분류됩니다."

더 상세한 설명을 위한 배려인지 그의 손에서부터 빨간 레이저 빛이 쏟아져 나와 스크린 위를 가리켰다.

"세기말 용암 대폭발 이전의 시간족들은 각각 일정 주둔지에 정착해 살았습니다. 다리족은 대부분 아시아 대륙에 정착했고, 북아메리카 대륙 쪽에는 눈족들이 거주했습니다. 팔족들은 원래 다 함께 뭉쳐 사는 습성을 지녔기에 일족 전체가 유럽 대륙에 살았고요. 이렇듯 용암 대폭발이 있기 전까지는 각 일족이 뚜렷한 경계를 유지해 온 듯합니다."

레이저 빛이 세계 지도의 대륙 이쪽저쪽을 가리키며 붉은 점을 수놓았다. 그것이 과제 발표처럼 느껴져서 이예주는 어쩐지 웃음이 났다.

여준의 말을 멈추자 대형 스크린 안의 세계 지도가 한 지역을 확대했다. 화면 속으로 빨려 들어가는 듯한 어지럼증이 일어 눈을 감은 것도 잠시, 다시 뜬 눈앞에는 마치 그곳에 있듯 생생한 눈밭이 펼쳐졌다.

칼로 깎아 내린 듯한 생김새의 거대한 빙산, 거센 바람이 부는 듯 땅 위에 깔려 있던 눈가루들이 부스스 흩어져 뿌연 안개를 일으키는 영상이 흑백 프레임 안에 갇혀 있었다.

"남극에서 처음 이상 파동을 발견한 것은…… 아, 이전에는 남쪽 대륙을 통칭하여 남극이라고 불렀습니다."

여준의 입을 통해 확대된 지역이 남극이라는 사실을 알게 되었다.

"남극에서 처음 이상 파동을 발견한 것은 세기말 용암 대폭발 이전, 1978년도였습니다. 꽤 많은 다리족 선조들이 정착하여 살아가던 한국이란 나라가 처음 남극 연구를 시작했던 때입니다."

"……."

"한국이 최초로 이상 파동을 발견할 수 있었던 것은 정말 천운이었습니다. 한국은 남극의 자연환경이나 기초 과학 분야 연구보다는 부존자원 개발에 적을 두어, 얼음밖에 없는 땅 위가 아닌 땅 밑부터 파고들었기에 가능한 일이었지요. 덕분에 다리족 또한 늦지 않은 시기에 개입할 수 있었습니다."

화면이 바뀌었다. 땅덩어리 하나만이 달랑 있는 입체적인 3D 지도였다.

"1977년도, 처음 파견된 한국인 연구원들은 남극해 근처의 수산자원을 조사하던 중 남극 반도 부근에서 이상 증상을 발견합니다. 일부 특정 지역에 생물들이 잔뜩 밀집되어 있던 것입니다. 당시 연구원의 기록에 따르면 해양 생물, 육지 생물, 동식물 가릴 것 없이 모두 유독 그쪽에 치중되어 있었다고 합니다. 마치 그곳에 생명의 샘이라도 존재하는 것처럼 말입니다. 이를 이상하게 여긴 연구원들은 그 지역을 자원 채취 목적지로 잡아 조사하였고, 지반의 온도가 다른 곳에 비해 월등히 높다는 사실을 알아내게 됩니다."

남극 대륙에 붙은 꼬리처럼, 호리하고 얇게 휘어진 왼쪽 윗부분이 화면 속에서 붉게 달아올랐다. 온도를 나타내듯 다른 쪽 땅의 색깔도 노랗고 푸르스름해지는 등의 변화가 있었다.

하지만 그 어떤 곳도 남극 끄트머리에 달린 반도와 같이 뚜렷한 붉은색을 띠지 않았다.

"처음에는 다른 지역에 비해 기후가 온화하기 때문이라고 단순히 결론지어졌지만, 다음 해인 1978년도가 되자 그 지역의 온도가 전년보다 더욱 상승했습니다. 게다가 그러한 지반의 범위 또한 넓어진 겁니다. 이를 이상하게 여긴 연구원들은 1마일까지 땅을 파내고 에너지를 측정합니다. 그 결과 그 지역에서 측정이 불가한 미지의 에너지 파동이 지각층보다 훨씬 아래, 깊은 땅속에서부터 조금씩 유출되고 있다는 사실이 밝혀졌습니다."

여준의 말에 답하듯 화면 안의 붉은색 지역의 범위가 조금 더 커졌다. 남극 지도 옆의 남은 공간에 알 수 없는 기호와 숫자, 그래프가 떠올랐다. 좀 더 쉽게 나타내기 위해 수치화한 것은 알겠는데 '수포자'인 이예주로선 아무리 봐도 그게 뭘 나타내는 건지 알 수 없었다.

"최초로 그것을 발견한 한국인들은 시간족과 관계없는 일반인들로 꾸려진 연구팀이었기 때문에 지반 밑에서 새어 나오는 이상 파동을 선이라 명명합니다. 무엇인지 알 수 없기 때문에 미지의 수를 붙인 것입니다. 이상 파동 감지를 바탕으로 1986년 한국은 남극 조약에 정식으로 가입하였고, 1988년 기지를 건설하여 본격적인 선 연구에 돌입하게 되었습니다."

남극 대륙을 보여 주던 화면이 전환되어 흑백 사진을 스크린 위에 띄웠다. '경. 대한민국 남극 과학 기지 준공식. 축'이라는 플래카드와 함께 안전모를 쓴 인부들의 사진, 가위를 들고 테이프 커팅을 하고 있는 말쑥한 차림새의 사람들과 세워진 건물 앞에서 서로 어깨동무를 한 채 활짝 웃고 있는 대원들의 사진이 차례차례 지나갔다.

이예주의 얼굴이 미묘하게 일그러졌다. 직접 가 본 적은 없지만 자신도 잘 알고 있는, 아니 한국인이라면 누구나 알고 있을 극지방 연구 기지의 모습이었다.

"선이라 불리던 이상 파동은 1995년도, 한국과 미국 양국의 연구 정보 공유 목적으로 한국 기지에 파견된 눈족 연구원에 의해 검은 파편을 나타내는 블랙 웨이브로 새로이 개명됩니다. 이때 눈족은 이미 남극 대륙의 이상 증세와 미지의 에너지 파동이 검은 파편과 관련된 것임을 알고 있었던 겁니다."

"블랙 웨이브……."

다시 바뀌는 화면을 황망하게 바라보며 이예주는 중얼거렸다. 블랙 웨이브라는 것을 최초로 발견하여 학계에 보고한 눈족 인간인 듯 고지식한 남자의 얼굴이 스크린 위에 떴지만, 머릿속이 온통 뒤죽박죽이라 별로 눈에 들어오지 않았다.

"지금도 마찬가지이지만, 눈족은 검은 안개를 가진 탓인지 기이할 정도로 검은 파편에 집착했습니다. 물론 그들은 검은 파편을 없애고 싶어 하는 게 아니라, 그것을 소유하고 싶어 한다는 점에서 다리족과는 본질적으로 다릅니다. 여의치 않은 상황 때문에 눈족과 협력하고 있지만, 다리족은 인류의 멸망을 막고 지금까지 전례에 없던 지상 최대의 적을 제거하는 것을 언제나 최우선으로 두고 있습니다."

눈족과 차별화된 점을 여준이 대놓고 강조했다. 그러나 눈족과 다리족이 뭐가 어떻게 다른지, 이예주는 별로 관심이 없었다. 눈족이 검은 파편에게 기이할 정도로 집착한다는 말에만 신경이 쏠렸다.

"소유한다고요?"

"네. 그들은 검은 파편의 제거가 아닌 소유를 원하더군요. 까마득한 과거의 저 때에도, 그리고 지금도 마찬가지입니다."

"왜요?"

파멸과 소유는 엄연히 달랐다. 따지고 보면 반드시 제거하겠다는 여준의 포부가 더 무서운 말일지 모른다. 하지만 그녀는 소유하길 원한다는 눈족의 이야기가 더 섬뜩하게 다가왔다.

인간들이 아무리 기를 써도 람을 없애지 못할 것을 당연하게 여겨왔기 때문일까? 그러나 람에게서 검은 안개인지 뭔지까지 빼앗아 씹어 먹은 게 바로 눈족이 아니었던가.

분노하여 인간들을 다 죽였으면 죽였지, 인간의 손아귀에 휘어잡힌 람은 단 한 번도 상상한 적이 없기에 이예주는 눈에 띄게 당황했다. 그리고 앞으로는 그런 람을 상상해야 할지도 모른다는 불안함에 간헐적으로 손을 떨었다.

"대체 왜, 무슨 소유를……."

"그들이 어째서 그토록 검은 파편을 소유하기를 원하는지는 세기말 대폭발 이후 1000년이 지난 지금까지도 알아내지 못했습니다. 어쩌면 눈족은 검은 파편과 관련된 과거와 미래를 모두 볼 수 있기에 다리족과는 또 다른 목적을 가지고 있을지도 모르겠습니다만, 중요한 것은……."

"……."

"그들이 절대로 깨워선 안 될 괴물이 눈을 뜨도록 과거의 모든 일들을 조종했다는 사실입니다."

어둠 속에 위치한 여준의 얼굴이 어느새 굳어 있었다. 이예주를 바라보는 눈은 지극히 사무적이었고, 잠시나마 굳게 다물린 입술은 고집스러워 보였다.

그는 자신이 그런 얼굴을 하고 있다는 것을 미처 깨닫지 못한 것 같지만, 그녀는 단박에 눈치챌 수 있었다. 쾌활함 뒤에 감추어져 있던 다리족 족장의 본모습을.

"다리족이 블랙 웨이브 연구에 본격적으로 개입하게 된 것은 1995년도 말부터입니다. 그동안은 눈족에서 한국 기지에 지나치게 관여하였고 검은 파편과 관련된 실제 연구 자료들을 기밀에 부쳤으나, 남극 반도의 이상 증세가 95년도에 들어서 갑작스럽게 심화되었습니다. 온도가 매년 높아지는 특수 지역이 넓어진 것뿐만 아니라 어느 순간부터 남극 대륙의 전체에 걸쳐 그런 현상이 동시다발적으로 발생했기 때문에 눈족들은 더 이상 숨기는 것이 불가피하다고 판단하였습니다."

스크린에 다시 온도로 나타낸 남극 지도가 펼쳐졌다. 아까와는 달리 대륙 전체가 울긋불긋 물들어 있었다.

"당시에는 딱딱하게 얼어붙은 남극 땅을 내핵까지 파헤칠 만한 기술이 전무했고, 눈족은 일반인으로 구성되어 있는 미국 정부와 한국 정부의 감시까지 피해 일을 진행해야 했습니다. 결국 95년도 말, 눈족 족장들은 한국 정부에게 일부 연구 자료를 넘기는 조건으로 일시적인 협력을 요청할 수밖에 없었습니다."

이번에는 영어로 쓰인 문서들이 화면에서 휙휙 넘어갔다. 모두 해석할 순 없어도 문서 아래쪽의 한국과 미국, 두 나라의 국기와 그 옆에 휘갈긴 듯한 서명이 보여 어떤 조약서 같았다.

숨죽인 채 여준의 말을 듣던 이예주는 화면이 바뀌는 틈을 타 불쑥 질문했다.

"한국 정부의 감시를 피해 일을 진행해야 하는 상황인데, 한국 정부에 협력을 요청해요?"

"아, 제가 한국 정부라고 했습니까?"

예상치 못한 공격이었던 듯 여준이 말을 멈추고 한동안 놀란 얼굴로 이예주를 바라보았다. 얼마 안 가 그는 약간 난처하다는 표정으로 입을 열었다.

"땅이 넓고 다양한 인종이 섞여 살던 미국과는 달리, 한국은 땅이 작고 인구수가 적은 나라였습니다. 또 지리적으로 강대국 사이의 군사적 요충지였기에 침략과 전쟁이 쉴 틈 없이 일어났습니다. 한국에 정착했던 다리족 선조들이 국정이 혼란스러운 틈에 정부 고위급이 되는 것은 무척 쉬운 일이었을 겁니다."

……그러니까, 한국 정부의 고위급 인사 대부분 다리족이었으니 한국 정부가 다리족이나 결국 다름없다고?

제대로 이해한 것이 맞는지 덧붙여진 여준의 말이 추측에 못을 박았다.

"전쟁이 일어나도 시간에 구애받지 않고 달릴 수 있는 능력을 이용하여 잠시 몸을 피했다가, 잠잠해졌을 무렵 다시 돌아오면 굳이 힘들이지 않아도 자리가 비어 있었을 테니까 말입니다."

"허, 나 참."

이예주는 1000년 후인 지금에야 모국의 엄청난 기밀 사항과 음모를 알게 되었다. 연신 혀를 차며 혼잡한 마음을 다스리지 못하는 그녀에게 여준이 경탄하듯 말했다.

"역시 구원자님은 지혜롭고 날카로우십니다."

제발 그 입 닥쳐. 다행히도 지끈지끈 아파 오는 두피를 부여잡은 채 간절히 바란 기도가 통한 건지 여준은 그녀 쪽으로 기울였던 몸을 바로 했다.

"어쨌든 다리족은 블랙 웨이브의 존재가 국가 안보를 위협하는 수준이라 판단했고, 1996년에 눈족과 협력하여 미국계 한국 기업 '더 볼보'라는 굴착 신기술 회사를 설립했습니다."

스크린에 뜬 화면은 어느덧 흑백에서 컬러로 바뀌어 있었다. TV 뉴스 기사와 신문 기사들이 어지러이 스크린에 떴다 사라졌다.

……(주)미래를 보는 회사, 더 볼보. 남극에서 작업 착수.

더 볼보, 굴착 신기술 발표.

대한민국 기업 더 볼보, 굴착 회사 중 유일하게 121번째 특허 등록…….

"더 볼보?"

들어 본 적 없는 회사 이름이었다. 들어 보았다 하더라도 굴착 관련 기업이니 이예주와는 하등 관계가 없어 금방 잊어버렸을 것이다.

'……그런데 왜 이렇게 어디서 들어 본 것 같지?'

처음 듣는 게 분명한데, 회사의 로고가 어딘가 모르게 눈에 익었다. 이예주는 아리송한 얼굴로 고개를 갸웃거렸다.

"미국인 눈족 족장 두 명을 필두로 더 볼보는 약 이십여 년간 남극 땅을 파헤쳤습니다. 검은 파편을 찾기 위한 굴착 기술 개발에 수치로 나타낼 수 없을 만큼 천문학적인 액수가 사용되었다고 합니다."

"눈족 족장 두 명이요?"

"네. 현재 눈족 족장은 한 명뿐이지만, 본래 눈족 족장은 두 명일 수도 있다더군요. 눈족은 과거를 보는 왼쪽 눈의 힘을 가진 자와 미래를 보는 오른쪽 눈의 힘을 가진 자로 나뉘니까요. 물론 미래를 보는 눈족은 극히 드물어 대부분 눈족 족장들은 한 명이었지만, 특수하게도 이때는 두 명이었습니다."

"으."

동쪽 대륙 지하 굴에서 보았던 눈족 장로의 경악스러운 몰골을 떠올리며 이예주는 몸을 부르르 떨었다. 눈족 족장이 한 명도 아니고 무려 두 명이나 자신과 동시대에 살았다는 사실이 믿기지 않았다.

"더 놀라운 사실은 이 시기의 눈족 족장 두 명은 부부 사이였다는 겁니다."

여준이 들고 있던 작은 레이저로 화면을 가리켰다. 눈 깜짝할 새 화면은 다른 사진으로 바뀌었다. 놀랍게도 그녀 또한 아는 인물이었다. 이예주는 눈을 부릅떴다.

"저, 저 여자는……!"

탐스러운 황금색 머리가 물결치듯 굽이쳤다. 정면을 보며 초연하게 웃고 있는 화면 속의 여자.

그녀는 팔족 족장의 저택에서 본 검은 책 속의 여신이었다. 일리야인 척 자신을 유인하여 팔족 족장의 마수 속에 처넣었던!

"저, 저 망할 년이 왜 저기에……."

입까지 떡 벌린 채 스크린 화면을 삿대질하는 모습에 여준은 몹시 걱정스러운 눈으로 그녀를 바라보았다.

"혹시 구원자님께서도 검은 동화책을 보셨습니까?"

"……검은 동화책?"

"예. 검은 파편과 시간의 여신 그리고 시간족의 탄생과 관련된 동화책입니다. 저 여자가 바로 그 책의 저자이자 작화가인 미래를 보는 눈족 족장이지요. 2016년 경, 마침내 수많은 실패를 딛고 내핵 굴착 기술 개발에 성공한 것을 축하하기 위해 딱 세 권의 책을 써서 각 족장들에게 선물했다고 합니다. 다리족과 눈족이 가지고 있던 책은 안타깝게도 500년 전 불시착으로 인해 소실되었습니다. 하나 남은 책이 팔족 땅 어딘가에 있다고는 들었는데, 구원자님께서 찾아내셨나 보군요."

이예주는 창백한 얼굴로 팔족 족장의 저택에서 찾은 검은 책을 떠올렸다. 그녀가 알고 있는 검은 파편, 람에 관한 것들을 정반대의 입장에서 완전히 왜곡해 서술한 내용을.

책을 찾은 이후 있었던 역겹고 끔찍한 일들을 되새기자니, 그녀는 스크린 속 여자의 명치를 당장 주먹으로 때려도 시원치 않을 것 같았다.

"눈족 여족장은 여신의 모습에 자신을 투영하는 짓을 곧잘 하는 조금 미친 여자였지만…… 데이터에 따르면 유려한 필체와 아름다운 작화로 그 시절엔 유명한 작가였다고 합니다."

여준의 입에서 드물게 상스러운 소리가 튀어나왔다. 이예주는 이번만큼은 그의 말에 극히 공감하여 고개를 마구 끄덕였다.

어쩐지 책 속에 그려져 있는 여신의 그림이 실존 인물이라고 생각될 만큼 생생하다 싶더라니. 지 얼굴을 가져다 여신이라고 그려? 역시 어느 족장이건 제대로 된 인간이 없다니까.

"안타깝게도 그녀는 검은 동화책을 마지막 작품으로 남기고, 이후 배가 터진 끔찍한 모습으로 죽어 버렸지만 말입니다. 2017년도, 더 볼보가 남극 프로젝트에 성공했을 무렵이었죠."

그러나 이어지는 여준의 말에 이예주는 입을 떡 벌렸다.

책에 나온 여신의 형상을 한 여자. 그 여자가 죽었다고? 그것도 2017년도에?

"……그럼 내가 본 건 뭐야?"

허상을 본 게 아니었다. 그녀는 팔족 족장의 저택 서재에서 그 여자를 똑똑히 보았다. 그렇지 않고서야 제가 어떻게 그 미친놈들이 일을 꾸미는 비밀 장소를 찾아내었겠는가. 여자의 안내가 없었더라면…….

죽었다는 화면 속의 눈족 족장과 팔족의 도시에서 제가 본 여자를 번갈아 떠올리며 미궁 속으로 빠져드는 와중이었다. 정말 뜬금없이 그녀의 뇌리를 불쑥 스쳐 지나가는 것이 하나 있었다.

"아."

생각났다.

이예주는 비로소 어디서 많이 들어 본 것처럼 귀에 익었던 굴착 기업 이름의 출처를 기억해 냈다.

전광판이었다. 2017년도, 어마어마한 용암 파도가 서울 한복판을 덮치기 바로 직전에 보았던 맞은편 빌딩의 꼭대기 전광판.

오후 6시를 알리는 광고와 함께 뉴스 속보 자막이 화면에 흘러나왔다.

(주)미래를 보는 회사, 더 볼보가 지구 내핵까지 뚫는 굴착 신기술 Core1을 공개. 남극에서 10개월 전 내핵 작업 이미 착수.

시야가 밝아지는 느낌에 이예주가 문득 고개를 들었을 때였다. 거짓말처럼 대형 스크린 위로 그녀가 방금 막 기억해 낸 뉴스 속보의 자막이 떠 있었다.

"어……."

이예주는 쉴 새 없이 흔들리는 눈으로 넋을 놓고 스크린을 올려다보았다. '문'을 넘기 전에 더 볼보에 관한 기사를 전광판에서 보았으니, 그렇다면 눈족과 다리족이 2017년에 내핵까지 도달했다는 소리였다.

“16년도 9월, 대량의 액체 질소로 선체를 냉각시키며 끊임없이 땅을 뚫고 들어간 Core1은 인류 최초로 지각 층, 맨틀, 외핵을 지나 마침내 내핵에 도달합니다.”

“…….”

“하지만 완전한 성공은 아니었습니다. 외핵과 내핵의 경계인 레만 불연속면에 박혀 더 이상 진입할 수 없었기 때문입니다. 4000도에 육박하는 고온을 견디는 것에만 치중한 나머지, 내핵에 완전히 진입하기 위해서는 1000마일의 철과 니켈 덩어리를 뚫어야 한다는 것까지 미처 생각지 못했던 탓이죠. Core1에 탑승한 대원들은 액체 질소가 고갈되자마자 고온을 견디지 못하고 모두 사망했습니다.”

—Help! Help, please! I don't want to die!

—살려 줘! 아흐으으! 뜨거워, 뜨거워! 아악, 아아아악!

화면이 바뀌었다. 갑작스럽게 들려온 커다란 비명 소리에 이예주가 화들짝 놀라 퍼뜩 고개를 들었다.

스크린 안에서 돌아가는 동영상은 온통 아비규환이었다. 카메라의 화면을 보며 살려 달라고 울부짖는 남자, 더운 열기를 참지 못해 발가벗고 내부를 뛰어다니는 한국인 여자.

—Holy Father, Holy Jesus…… Forgive us our debts, as we also have forgiven our debtors…….

화면 한쪽 구석에 무릎을 꿇은 채 주기도문을 외는 미국인 남자가 보였다. 시간족이 믿는 신은 그들에게 특별한 능력을 내려 준 시간의 여신일 텐데, 죽기 직전에 다른 신을 찾으며 죄를 용서해 달라고 비는 모습이 기괴했다.

“지상 위에 있던 본부에 마지막으로 전송된 조종석 내부입니다.”

여준이 짤막하게 덧붙였다. 불타는 지옥 속으로 자처하여 들어가 죽어 가던 그들의 모습은 '아아아악—!' 하는 여자의 찢어질 듯한 비명 소리와 함께 끝이 났다. 뚝, 스크린에 암전이 찾아왔다.

무어라 말을 꺼내야 할지 모르겠다. 입이 바짝 마르고 입꼬리가 바르르 떨려 와서 이예주는 선불리 입을 뗄 수 없었다.

그녀와는 달리 다시 말을 하는 여준의 목소리는 지독히도 평이했다.

"이들의 고귀한 희생을 밑거름 삼아 더 볼보는 레만면에서부터 내핵을 뚫는 새로운 굴착 기술과 화씨 12000도에서 20시간 동안 견딜 수 있는 방화 슈트를 개발합니다. 이미 Core1으로 내핵 깊숙이 진입하는 데 실패했기 때문에 레만면부터는 진입 방법을 바꾼 것입니다. 20시간 동안 인간이 직접 일직선으로 금속 층을 뚫으며 나아가는 방법으로요."

이예주의 얼굴이 미미하게 찌푸려졌다. 앞서 진입에 실패하고 끔찍하게 타 죽어 버린 대원들을 본 탓일까. 검은 파편을 찾기 위함이라고 보기엔 너무 무모하고 맹목적이며 어리석었다. 숨쉬기도 벅찰 만큼 펄펄 끓는 밖으로 나가 직접 뚫는다고?

그게 어떤 건지 상상조차 잘 가지 않는 그녀를 위함인 듯, 화면이 스르륵 바뀌었다. 앞쪽에 거대한 삼각형 드릴을 붙인 새로운 Core1이 다시 지구 속을 파고들 준비를 하고 있었다.

"새로운 기술들을 장착한 Core1은 2017년도의 해가 밝자마자 다시 작업에 착수하였습니다. 다시 땅속 깊숙이 들어간 Core1은 16년도와 마찬가지로 레만면을 가로지르던 와중에 박혔고, 그 안에 탑승했던 대원들은 밖으로 나가 내핵을 뚫고 안으로 진입했습니다."

"……대체."

하, 한숨과도 같은 침음을 내뱉은 이예주는 저도 모르게 고개를 천천히 내저었다.

“내핵 안에 들어간다 해도 검은 파편이 어디 있는 줄 알고요? 그리고 찾는다 해도…… 찾아서 뭘 어쩌려고 그런 건데요?”

“글쎄요. 그들에게 20시간이란 제한 시간은 별로 중요치 않았을지도 모릅니다. 찾을 때까지 뚫고, 실패하면 되풀이해 찾고 또 찾는 것이죠. 그리고 기록들을 보면 당시 저들은 검은 파편을 찾는 것에 혈안이 된 나머지, 찾고 난 후 어떻게 처리할지에 대해서는 전혀 생각하지 않은 듯해 보였습니다. 그저 찾을 뿐이죠. 그 후의 일은 찾고 나서 논의해도 늦지 않을 거라 판단했을 가능성이 큽니다.”

소모품도 아니고, 사람이 죽어 나가는데도 개의치 않고 계속 찾을 뿐이라고? 이예주는 도무지 시간족들의 행태를 이해할 수 없었다. 물론 그전에도 마찬가지였지만, 그래도.

이 세계에서 가장 높은 산의 정상에서 아등바등 살아남은 한국의 후손들을 보며 인간의 입장을 납득하고 공감했다. 어쩔 수 없다고. 인간을 박멸하려는 람에게 대응하기 위해서 그들도 필사적일 수밖에 없는 거라고.

하지만 2017년도에는 아니었다. 람이 인간들을 박멸하기 위해 활동한 것도 아니다. 활동은커녕 그 시기의 그는 깨어나지도 않은 상태였던 것이다.

평온한 나날들이었다. 블랙 웨이브? 남극의 온도가 높아져? 그게 뭐 어쨌다고. 인간들이 당장 피해를 입은 것도 아닌데.

억지스럽고 불합리하다. 이예주의 얼굴이 미미하게 찌푸려졌다. 그녀의 좋지 않은 기세를 기민하게 알아챈 여준이 마치 제 선조들을 변호하듯 설명했다.

“하지만 그들도 어쩔 수 없었을 겁니다. 새해가 밝자마자 그들이 서둘러서 무리하게 프로젝트를 진행시킨 이유는, 당시 더 볼보의 공동 대표이사였던 눈족 족장의 예언이 있었기 때문입니다. 미래를 보는 눈족 여족장 말입니다.”

대형 스크린에 다른 동영상이 재생됐다. 맞으면 베일 듯 날카로운 칼바람이 쌩쌩 부는 설원 위에서 눈을 까뒤집은 금발 머리 여자가 괴성을 지르고 있었다.

—검은 파편을 깨우는 동시에 인류는 멸망할지어다!

멸망. 멸망. 멸망! 손톱으로 철판을 긁듯 소름 끼치는 목소리로 연달아 멸망을 울부짖는 여자는 자다가 뛰쳐나온 사람처럼 얇은 내의 하나만을 걸치고 있었다.

급히 휴대폰을 꺼내 몰래 찍은 동영상인 듯 화면의 초점이 불분명하고 어지러웠다. 하지만 꼿꼿이 서 있는 여자만은 뚜렷하게 보였다. 책 속에서 막 튀어나온 것 같은 여자의 모습이 오싹했다.

—멸망을 막을 수 있는 것은 오로지! 오로지 우리의 유일한 신! 위대한 여신, 시간의 환생체뿐!

그 말을 끝으로 여자의 몸뚱이는 끈 떨어진 인형처럼 픽 쓰러져 눈밭을 굴렀다.

족장님! 족장님! 한쪽에서 우르르 사람들이 몰려오자, 눈족 여족장이 예언을 내리는 장면을 몰래 찍던 이가 황급히 카메라를 숨긴 듯 화면이 깜깜해졌다. 누군가 커다랗게 외쳤다.

—여신이 눈족 족장으로 환생했다!

그러자 사람들이 하나같이 탄성을 내질렀다.

—아, 여신이시여! 우리의 위대하고 아름다운 여신님이 족장으로 환생했어! 검은 파편으로부터 우리를 지켜 주시려고! 오오, 여신님! 족장님!

무슨 사이비 종교의 예배 같은 광신도들의 외침들이 잇달아 흘러나오더니 어느 순간 뚝 끊겼다. 찍는 이가 동영상 촬영을 멈췄기 때문이리라.

"눈족 여족장은 미래를 보는 희귀한 능력을 가지고 있는 탓에 눈족 전체의 큰 신임을 얻고 있는 상태였습니다. 게다가 내핵 진입을 앞두고 저런 예언까지 내려 거의 여신처럼 떠받들어졌지요. 그녀는 이후 본인의 Core1 탑승을 강력히 주장합니다. 자신만이 인류 멸망을 막을 수 있다는 소리였습니다. 한 다리족 연구원의 연구 일지에 따르면 눈족 여족장은 연기를 하는 것 같았고 협력하던 눈족은 모조리 미친놈들 같아 보였지만, 그들의 주장을 들어줄 수밖에 없었다고 합니다."

"……."

"그때까지만 해도 다리족이 아는 것이라곤 저 여자가 쓴 검은 동화책의 내용처럼 시간족에 관한 고리타분한 전설뿐이었기 때문입니다. 결국 다리족은 그녀의 탑승을 허락합니다. 그리하여 Core1은 단 두 달 만에 빠르게 재건설되었고, 2017년도 1월 1일 인류 멸망을 막기 위해 황급히 땅속으로 들어갑니다. 모든 일의 시초이자 원인이 된 저 여자를 탑승한 채로 말입니다."

여준이 레이저 포인트를 든 손으로 화면을 가리켰다. 방화 슈트를 입고 헬멧을 옆구리에 낀 채 환하게 웃고 있는 눈족 여족장의 사진이었다.

대략 사십 대 초반, 못해도 삼십 대 후반으로 추정되는 나이에도 불구하고 출중한 미모였다. 그러나 이예주는 여자의 웃는 얼굴이 흉측하고 역겹게만 느껴졌다.

엄마도 미래를 보았다. 비록 가까운 제 미래만을 내다보았고, 그조차 이예주를 낳으면서 소실되었지만.

하지만 엄마는 자살로 위장한 채 살해당했다.

시간족 중에서도 전례 없던 능력을 가진 이예주를 지키고 보듬기 위해 정신없이 살았던 엄마였다. 그런 그녀가 생활고 비탄과 같은 터무니없는 이유로 자살할 리 없었다. 누군가 알려 주지 않았지만 이예주는 본능적으로 알았다. 일족에게 버림받은 엄마가 일족의 손에 살해당했다는 것을.

예전에는 그들이 엄마를 죽였다고 짐작했음에도 그저 과거로 돌아가 엄마를 되살리는 것에만 연연했다. 그러나 눈족 여족장을 보자 어렴풋이 알 것 같다. 엄마가 빌어먹을 눈족 놈들에게 대체 왜 살해당한 건지.

시간족은 힘이 담긴 부위를 식인하면 그 힘을 빼앗을 수 있다. 드물게 태어나 무척 희귀하다는 미래를 보는 눈족. 그러나 이예주가 1000년 후로 넘어와서 보고 들은 눈족 중 완전하게 모든 미래를 내다볼 수 있는 눈족은 아무도 없었다.

'엄마.'

이예주는 아랫입술을 꽉 깨물고 당장에 입 밖으로 튀어나올 것만 같은 비명을 삭였다. 엄마의 죽음에 대한 의문을 담고 있는 주머니의 매듭이 스르륵 풀리는 것 같았지만, 이예주는 그 주머니의 주둥이를 콱듹 움켜쥐고 봉했다.

인정하기 싫었다. 람에 관한 이야기들도 간신히 머릿속에 그리고 가슴속에 욱여넣고 있는데, 엄마의 일까지 파헤치게 된다면 너무 끔찍해서 게거품을 물고 죽어 버릴 것이다.

이예주는 대형 스크린 화면을 차지한 눈족 여족장의 얼굴에 엄마의 웃는 얼굴을 덧씌워 보았다. 그러나 아무리 떠올리려 해도 머릿속에 뿌연 성에가 낀 듯 선명하게 떠오르지 않았다.

엄마. 엄마의 마지막 얼굴은 어땠지? 공중에 매달린 채 하늘하늘 움직이던 엄마는, 두 눈을 꾹 감은 채 차갑게 식은 엄마는, 평온한 얼굴이었던가? 집에 그녀를 홀로 두고 학교에 가 버린 자신을 원망하진 않았을까?

"……자님?"

목이 죄이고 코끝에 맴도는 숨결이 서서히 희미해질 동안, 아무것도 모른 채 낄낄거리며 새 친구들을 사귀던 자신을. 수업 시간에 창밖을 바라보며 앞으로 제가 겪을 즐겁고 신나는 고등학교 생활을 그리던 자신을…….

"……원자님! 구원자님!"

이예주는 불현듯 어깨를 흔드는 억센 손길에 화들짝 놀라 화면에서 눈을 떼었다. 여준이 옆에서 더 놀란 얼굴로 그녀를 바라보고 있었다. 그뿐만 아니라, 여준의 뒤쪽에 우르르 서 있던 철수, 유나, 그리고 이름 모를 여러 사람들 또한 마찬가지였다.

"무슨 일 있으십니까?"

"……예, 예?"

"여러 번 불렀는데, 심각한 얼굴로 화면만 노려보고 계셨지 말입니다."

어디 불편한 곳이라도 있으신 겁니까? 연달아 퍼부어지는 물음에 붕 떠 있던 이예주의 정신이 조금씩 현실로 돌아왔다. 다리족 족장의 눈에 깊은 걱정이 서려 있었다.

그녀는 희게 질린 낯으로 화면을 가리켰다.

"저 여자의 남편은요?"

"예? 남편이라면……."

"저 시기에 눈족 족장은 두 명이라고 했잖아요. 그리고 두 사람은 부부 사이였다고…….”

“아.”

그녀가 말하고자 한 바를 뒤늦게 이해했는지 여준이 고개를 두어 번 끄덕이고 곧바로 답했다.

“아쉽게도 과거를 보는 눈족 족장에 관한 정보는 거의 없습니다. 눈족을 대표하는 대외적인 활동은 모두 저 여자가 했고, 다른 족장은 2017년에도 원체 모습을 드러내지 않았다고 합니다. 다리족이 애써 긁어모은 그에 관한 정보들 또한…….”

여준은 흘긋 이예주의 눈치를 본 후, 애석하다는 표정을 지으며 덧붙였다.

“용암 대폭발에 대피하기 위해 2017년도에 Ark-17에 올라탔던 눈족들에 의해 전부 폐기되었습니다. 그러고 보니 완벽하게 비밀에 싸인 남자군요.”

어쩌면 미국 대통령이었을지도 모릅니다. 웃기지도 않은 농담을 지껄이며 여준은 하핫, 멋쩍게 웃었다. 의자 뒤에 서 있던 철수와 기타 수행원들이 덩달아 웃음을 터뜨렸다. 그의 허접한 농담에 웃지 않는 사람은 이예주와 유나뿐이었다.

“그래서 Core1은 어떻게 됐어요?”

“흠흠, 20시간 안에 가능했던 굴착 한도는 내핵의 반지름에 조금 못 미치는 약 800마일이었지만, 천만 다행스럽게도 하선 후 굴착 작업 14시간 만에 900킬로미터 지점에서 대원들은 성공을 거두게 됩니다. 첫 시도와는 달리 안타까운 희생 없는 완전한 성공이었습니다.”

제 수행원들과 화통하게 웃던 여준은 이예주의 냉정한 태도가 민망했는지, 헛기침을 여러 번 하다가 서두를 늘어놓았다. 그러고는 화면을 향해 손짓했다.

이예주는 뻑뻑한 목을 움직여 고개를 앞으로 고정시켰다. 스크린 위는 아무것도 없이 깜깜했다. 대신 허억, 허억, 누군가 거친 숨을 몰아 내쉬는 소리만이 흘러나왔다.

화면을 넘기는 데 있어 잠시 문제가 생긴 건가 싶어 차분히 기다렸지만, 몇 분이 지나도 아무것도 뜨지 않았다. 이예주가 의아한 얼굴로 여준을 돌아보았다.

“900킬로미터 지점부터 시작되는 지구 내핵의 정중앙입니다.”

“정중앙……?”

“내부 속까지 모조리 뜨거운 금속으로 뭉쳐져 있을 것이란 과학자들의 예측과는 달리, 내핵 정중앙은 아무것도 없는 공간이었습니다. 한 줌의 빛도, 산소도, 펄펄 끓는 금속 액체도, 아무것도 존재하지 않았지요.”

그때였다. 여준의 말이 끝나기가 무섭게 컴컴한 화면 속에 한 줄기의 빛이 주르륵 지나갔다. 그 빛 새로 스치듯이 검고 붉은 덩어리가 보였다.

이예주는 그제야 깨달았다. 스크린에 아무것도 뜨지 않은 것이 아니라, 영상이 재생되고 있음을. 허억 허억, 가쁜 숨소리와 함께 남자의 중저음이 나지막이 울려 퍼졌다.

—We found it.

그와 동시에 여러 줄기의 빛이 화면 안쪽을 이리저리 스치고 지나갔다. 그때마다 거무스름한 안개와 희끔하고 불그스름한 기운이 보였다.

“저게…… 저게 뭐예요?”

“검은 안개에 휩싸인 검은 파편입니다.”

“저게…….”

저게 정말 검은 파편이냐고 또 한 번 물으려던 그녀의 말은 실행되지 못했다. 속사포처럼 쏟아지는 환희 어린 목소리 때문이었다.

—여기는 Core1, 여기는 Core1! 검은 파편을 찾았다. 마침내 우리가 해냈다!

화면 안의 사람들은 무의 공간 가운데에 존재하는 검은 뭉텅이 쪽으로 조심스럽게 접근했다. 가까워질수록 빛이 닿는 면적이 커지면서, 이예주 또한 볼 수 있을 정도로 뭉텅이의 정체가 또렷이 드러났다.

마치 살아 있는 생명체처럼 꿈틀거리는 커다란 검정. 일전에 보았던 것들과는 비교되지 않을 만큼 거대한 그것은 검은 안개였다.

—전방 200미터 앞부터 검은 안개로 뒤덮여 있으니 신중하게 진입하도록 한다. 전 대원 모두 주의를 기울이고, 특히 단독 행동은 자제하…… 이, 이봐! 이봐!

총사령관인 듯한 남자가 긴장감이 가득 실린 목소리로 내리는 명령이 이예주에게까지 생생히 전달된 그 순간이었다. 방화 슈트를 입은 대원 한 명이 촬영하고 있는 사람을 앞질러 검은 안개가 있는 쪽으로 달려 나갔다.

—이봐! 이봐, 위치로! 위치로!

한 명의 돌발 행동으로 모두가 당황한 채 우왕좌왕하는 동안, 홀로 튀어 나간 인간은 금방 검은 안개가 자박하게 깔린 곳까지 도달했다.

—위치로! 위치로!

그 사람은 사령관의 명령도 완전히 무시한 채 미친 듯이 검은 안개를 파헤치며 안쪽으로 진입했다. 불투명한 검은 안개들이 방화 슈트로 감싸져 있는 팔과 다리에 엉겨 붙었다.

버둥거리며 어떻게든 앞으로 나아가기 위해 애를 쓰던 인간은 검은 안개를 헤치고 나가는 것이 여의치 않았는지, 두 팔을 들어 쓰고 있던 헬멧을 벗어 던졌다.

6000도를 가볍게 뛰어넘을 만큼 뜨겁게 달궈진 금속 덩어리 속, 빛도 산소도 없어 인간이 맨몸으로 존재할 수 없는 곳에서 그가 어떻게 방화 헬멧조차 쓰지 않고 멀쩡할 수 있는 건지 알 수 없었다.

검은 안개 속으로 들어갔기 때문일까. 아니면 여신의 환생이란 거죽을 뒤집어써 본디 가지고 있는 능력이 출중한 건가.

뿌연 안개 사이로 찬란한 금발이 천천히 흩뿌려질 적에 여자는, 눈족 여족장은 미친 듯이 검은 안개를 뜯어 먹고 있었다. 마치 시간족이 탄생하게 된 전설처럼, 여자가 스스로 쓴 동화책에 등장하는 최초의 눈족처럼.

—족장님!

누군가 그녀를 불렀다. 그러나 몇 달은 굶은 사람처럼 검은 안개를 뜯어 먹는 여자의 귀에는 그 소리가 들리지 않는 듯했다. 두 손으로 우악스럽게 검은색 뭉텅이를 뜯어 입에 처넣고, 먹이에 달려든 아귀처럼 고개를 사방으로 내뻗으며 검은 안개를 씹어 먹었다.

그렇게 조금씩, 조금씩, 거대한 검은색 뭉치의 중심부로 들어선 여자는 마침내 그 안에 잠들어 있던 검은 파편을 움켜쥐었다.

—하악! 내가, 내가 해냈어! 내가 검은 파편을 찾아냈어!

여자의 주먹보다 약간 작은 크기의 마름모꼴 파편이 여자의 손에 닿았다. 그러자 검은 파편이 불에 달궈진 것처럼 시뻘겋게 물들며 붉은빛을 뿜어 대기 시작했다.

검은 파편이라는 이름이 무색할 만큼 빨갛게 변해 버린 파편을 들고 여자는 미친 사람처럼 광소했다.

—흐흐, 내가, 내가 드디어!

아차 할 새 없이 여자는 시뻘건 색의 파편을 입 속에 처넣고 꿀꺽 삼켰다. 커다랗고 날카로운 그것을 삼켜 내느라 컥컥거리며 숨넘어가는 소리를 내었지만 여자는 두 손으로 제 입을 틀어막을지언정, 그것을 도로 토해 내지 않았다.

형용할 수 없는 섬뜩한 광기가 여자의 주위에 휘몰아쳤다. 그 자리에 있던 그 누구도 그녀를 말릴 수 없었다.

—크헉! 내가! 내가 해냈어! 흐흐, 흐하하학!

간신히, 그리고 기어이 검은 파편을 삼킨 눈족 여족장이 흡사 짐승의 울부짖음과도 같은 탄성을 내질렀다.

해냈다, 해냈어!

하지만 손뼉까지 짝짝 마주치며 낄낄낄 웃어 대던 여자의 기쁨은 얼마 가지 못했다.

—난 드디어 지긋지긋한 저주에서 벗어날 수…… 컥!

조금 전까지만 해도 입이 찢어져라 웃어 대던 여자가 돌연 눈을 부릅뜨고 배를 움켜쥐었다.

—크흐, 커헉! 커흐윽!

내핵을 파헤치고 나가 마침내 최초의 눈족도 하지 못한 검은 파편을 삼킨 여자는, 해냈다는 성취감을 제대로 만끽하지도 못하고 끔찍한 비명을 질러 대기 시작했다.

—아아, 아파! 아파아아악—!

곤돌라를 가득 채우는 여자의 끔찍한 괴성에 이예주는 몸을 움찔거렸다.

'왜 갑자기 저렇게 고통스러워하는 거지?'

자신의 두 손으로 움켜쥐고 있던 여자의 배가 점점 부풀어 올랐다. 과식을 한 사람처럼 눈치채지 못할 만큼 살짝 튀어나왔던 여자의 배는 몇 초가 지나자 축구공만 해졌고, 잠시 후에는 누가 보더라도 임신한 사람처럼 커다랗게 부풀었다.

누가 배에 튜브를 꽂은 채 펌프를 눌러 공기를 주입하듯 여자의 복부는 점점 커졌다. 얼마 안 가 찌지직하는 소리와 함께 입고 있던 방화 슈트가 찢어지면서 맨살이 드러났다.

—크허헉! 아파! 아파! 커흑!

옷이 찢어진 후에도 둥실 솟아오른 여자의 배는 크기를 키우는 것을 멈추지 않았다. 찢어질 듯 확장된 동공 주변으로 피가 몰려 그녀의 눈이 피눈물이 고인 것처럼 시뻘겋게 물들었다.

찌지직, 찌직. 무언가 찢기고 찢어지는 소리가 연이어 들려왔다. 이예주는 그것이 여자의 뱃가죽이 찢어지는 소리인지, 부릅뜨인 그녀의 눈동자가 찢어지는 소리인지 구분할 수 없었다.

만삭의 임부라고 보기엔 너무도 흉측하고 기이할 만큼 튀어나온 여자의 배는 이제 그녀와 같은 크기의 성인 여자 한 명이 들어 있다고 해도 믿겨질 만큼 거대해졌다. 얇게 늘어난 피부에 실핏줄들이 도드라졌다. 한계치였다. 더 이상 늘어날 것이 없음에도 계속해서 배가 팽창하고 있다는 것을 화면 밖의 이예주도 알 수 있었다.

—아하악! 끄으아아악—! 컥!

듣는 사람조차 버거울 만큼 고통스러운 비명을 내지르던 여자는 마지막 단말마와 함께 터져 버렸다. 팍, 어디서 수박 깨지는 소리가 들렸다.

사방으로 피와 잔해가 튀었다. 터진 여자의 배 속에서 커다란 핏덩어리가 튀어나와 철퍽하고 바닥에 처박혔다. 그와 동시에 피를 분수처럼 내뿜던 눈족 여족장의 몸도 죽은 나뭇가지처럼 천천히 스러졌다.

"흐, 흐으."

이예주는 눈을 질끈 감았다. 핏줄이 드극드극 일어선 채 금방이라도 굴러떨어질 것처럼 돌출되었던 여자의 눈동자가 생생했다. 아까부터 사시나무처럼 덜덜 떨리는 몸을 주체하기가 어려웠다.

—족장님! 조, 족장님—!

—사령관님! 내부 온도가 점점 올라가고 있습니다!

—액체 질소는 얼마나 남았지?

—35퍼센트입니다! 이대로라면 3시간을 버티기가 힘듭니다!

—전원 모두 당장 철수한다! 철수해! 김 대위!

—사령관님! 눈족 대원들이 대열에서 이탈하여 앞으로 이동합니다! 아무래도 족장을 데리고 가려는 모양입니다!

화면 속의 상황이 급박해졌다. 아직도 자욱하게 검은 안개가 내려앉아 있는 앞쪽으로 달려가는 몇몇 인간들의 뒷모습을 보여 줬다가 다시 빛이 닿지 않은 심연을 비췄다. 화면이 쉴 새 없이 휙휙 전환되었다.

—제기랄! 빌어먹을 눈족 놈들!

멋대로 행동하는 눈족들이 치가 떨린다는 듯 남자가 거칠게 욕설을 뇌까렸다.

—어쩔 수 없군. 여기 있다가 모두 개죽음당할 순 없으니, 다리족 대원들은 신속히 철수한다! 뛰어!

덜걱, 덜그럭 소리와 함께 화면이 팟 꺼졌다. 동영상은 그게 끝이었다.

이예주는 사방이 잠잠해지고 나서도 한참 후에야 질끈 감고 있던 눈을 뜰 수 있었다. 단지 화면을 통해 1000년 전의 상황을 엿본 것뿐인데, 정말 그 자리에 있었던 것처럼 심장이 쿵쾅쿵쾅 달음박질을 쳤다.

그녀는 얕게 헐떡이며 두 팔로 자신을 끌어안았다. 분명 아까까지만 해도 비행선 내부가 적정 온도로 알맞게 조절되고 있다고 생각했는데…… 지금은 비행선 밖의 깎아지른 절벽 끝에 내몰린 것처럼 싸늘하게만 느껴졌다.

"눈족 대원들은 죽은 여족장의 시체를 끌고 1시간 차이로 레만 면에 정차한 Core1에 도착했습니다. 다리족 대원이 기록했던 일지에 따르면, 눈족 대원들이 Core1에 도착했을 때쯤 소지하고 있던 액체 질소가 고갈되어 방화 슈트가 50퍼센트 이상 손상되어 있었다고 합니다. 화상을 감수하면서까지 족장의 시체를 수거한 것입니다. 대단한 집념이지요."

"……."

"눈족 여족장을 제외한 Core1에 탑승한 전 대원은 다행히도 사상자 없이 무사히 첫 임무를 끝마칩니다. 그들의 임무는 레만 면에서부터 내핵을 뚫고 진입해 검은 파편의 존재를 확인하는 것까지였으니 말입니다. 검은 파편의 존재를 확인한 이후에 일어난 눈족 여족장의 죽음은 개인의 단독 행동으로 인한 일이었으니 전적으로 눈족 책임이었지요. 눈족은 불미스러운 사고의 책임이 있음을 인정하고 다음 내핵 프로젝트에서 어떤 대원도 참여시키지 못하게 됩니다."

여준은 이예주의 흔들리는 동공을 보고 말을 멈추었다. 잠시 숨을 고른 그는 침착하게 남은 말들을 쏟아 냈다.

"그러나 여족장의 시체는 한미 연합 연구소에서 사망 원인을 파악하기도 전에 그녀의 남편이 강력히 주장하여 눈족에게 넘겨졌습니다. 이후 눈족에서 여족장의 시체를 부검했지요. 그 기록이 Ark-17의 데이터베이스에 남겨져 있었지만 안타깝게도 기록 삭제의 흔적일 뿐, 제대로 된 데이터는 아닙니다. 여족장이 왜 검은 파편을 삼켰는지, 그것을 삼킨 후 어째서 배가 부풀었는지는 확인할 길은 없습니다. 아무튼 그렇게 눈족 여족장의 사건이 일단락되는 것 같았지요."

이예주는 기어이 검은 파편을 손에 움켜쥐었던 화면 속의 여자를 생각했다. 아니, 그녀의 손에서 검은 안개를 뚫고 섬뜩한 붉은빛을 발산하던 검은 파편을.

검은 파편이라는 말이 정말로 '파편'의 모습을 의미하는지 몰랐다. 그것의 모양과 람을 번갈아 가며 떠올리던 것도 잠시, 이예주의 관심은 검은 파편의 모양에서 금방 다른 것으로 옮겨 갔다.

검은 파편이라고 부르기가 어색할 만큼 그것의 색은 온통 시뻘겠다. 루비보다도, 홍옥보다도. 그 어떤 보석의 붉은색보다도 가장 순수한 붉음으로 타오르던 검은 파편.

검은 파편이라고 했으면서 어째서 그렇게 빨간 걸까. 그런 의문이 들기 무섭게 그녀의 귓가에 무덤덤한 람의 목소리가 스쳐 지나갔다.

—……너무 화가 나서. 주체할 수 없는 분노와 증오 때문에 눈앞이 시뻘겋게 물들어 가는 경험을 해 본 적이 있나?

—그것은 모체 에너지에서 떨어져 나와 독립적인 의식을 가진 이래 처음 겪는 일이었지. 잠에 들기 직전에 보았던 것은, 인간들의 피처럼 온통 검붉은 색뿐이었다.

1000년 전의 사람들이나 여준에겐 검은 파편이 검은색이 아니라 붉은색이었단 사실 따윈 전혀 중요하지 않은 듯했다. 그들에게 중요한 것은 검은 파편이 어째서 붉게 빛나는지 따위가 아니라, 신화 속에서만 존재하는 줄 알았던 그 흉측한 것이 실제로 지구 내핵에 존재했다는 것뿐.

그것을 없애고, 빼앗고, 소유하는 것에만 혈안이 되어 아무것도 몰랐던 이예주조차 금방 알아챈 사실을 모르는 것 같았다.

"……저 여자, 검은 파편을 삼키고 죽었는데요."

이예주는 새된 목소리로 중얼거렸다. 흘끗 고개를 돌려 옆자리에 앉아 있던 여준을 바라보니 그는 처음 의자에 착석했던 때와 똑같았다.

그녀는 근처에 미동 없이 서 있는 유나, 철수 그리고 다리족들을 곁눈질했다. 그렇게 잔인한 영상을 보았는데도 표정들이 하나같이 한결같았다.

가슴이 벌렁거리고 얼음물을 뒤집어쓴 듯 두피가 차가워진 것은 저 하나뿐인 듯싶었다. 이예주의 얼굴이 경련을 일으키듯 미묘하게 일그러졌다.

"……검은 파편을 먹으려 들었다고요."

"……."

"그리고 풍선처럼 배가 부풀어서 죽었는데. 그런데 어떻게, 어떻게 문제가 없이……."

"네. 그렇습니다."

횡설수설, 자신도 알 수 없는 무언가를 설명하려던 이예주의 말문을 막고 여준이 다시 앞을 바라보라는 듯이 고개를 돌렸다. 그의 작은 고갯짓에 까마득한 암전뿐이었던 화면에 '팟' 불이 켜졌다.

"문제는 당시 Core1에 탑승했던 눈족 대원들이 여족장의 시체를 내핵에서부터 지상까지 끌고 온 것이었습니다."

두근두근, 본부 내에 크게 울려 퍼지는 박동 소리에 이예주는 억지로 정면을 바라보았다. 그리고 곧바로 시퍼렇게 낯빛이 변색되었다.

화면 안을 꽉 채운 것은 커다랗고 벌건 살덩어리였다. 아무것도 존재하지 않는 새하얀 공간 안에 있는 그것은 폐병 환자가 내뱉은 각혈 덩어리를 한데 모아 뭉친 것처럼 검붉고 물컹물컹해 보였다. 게다가 움직였다.

그래, 그것은 움직이고 있었다. 마치 살아 있는 생물의 내장처럼 규칙적으로. 스크린으로부터 시끄럽게 들려오는 맥동 소리는 바로 그것에서부터 흘러나왔다.

이예주는 직감적으로 그것이 눈족 여족장의 배에서 튀어나온 것임을 알아차렸다. 하지만 인간의 내장 중 하나라고 여기기에는 너무 컸다. ……그리고 살아 있었다.

"눈족 여족장의 시체는 소유할 수 있었지만, 저것마저 눈족이 수거할 수는 없었죠. 눈족만 본 것도 아니거니와 눈족에서 수습하여 숨겼다 해도…… 저것의 정체가 뭔지 알아낼 수 없었을 겁니다. 눈족 여족장과 DNA가 완벽히 일치하여 그녀의 신체 중 일부분인 것 같기도 했으나 그렇다고 단정 짓기엔, 보시다시피."

……너무 크고 무거웠죠. 그리고 살아 있고요. 이것만큼은 그 또한 믿기지 않다는 듯 여준이 어두운 목소리로 덧붙였다.

화면 안에 알 수 없는 DNA 구조와 염색체 사진들이 어지러이 떴다가 다시 사라졌다.

핏덩이는 숨을 쉬는 것처럼 피를 찍 내뿜으며 움칫움칫 진동했다. 그 모습이 꼭 거대한 심장 같았다.

"게다가 유전자 정보와는 달리 내뿜는 생명 에너지는 블랙 웨이브의 파동과 일치했습니다. 때문에 10개월간 수많은 연구와 실험, 그리고 제거에 관한 갑론을박이 반복되었습니다. 그러나 아무리 해부해도 나오는 것은 오로지 살덩어리뿐이었다고 합니다. 혹시나 눈족 여족장이 내핵 프로젝트에 대원으로 탑승할 시 임신 중이었을지 모른다는 가능성까지 전제했지만, 그 어떤 장기와 기관도 존재하지 않았습니다. 게다가 더 놀라운 것은."

여준의 말이 멈춤과 동시에 소리 없는 짧은 동영상이 재생되었다.

새하얀 방에 피를 질질 흘리며 두 쪽으로 갈라진 핏덩어리의 모습이었다. 그것들은 서로를 향해 굼질굼질 움직였다. 박동을 하는 것이 아니라 말 그대로 움직이는 것이었다.

동영상은 재생 속도를 배가했는지 빠르게 끝났다. 화면은 느리지만 꾸준히 움직여 종래에 하나로 붙어 다시 완전체가 된 핏덩어리의 모습을 보여 주었다.

"그 어떤 제거 시도도 통하지 않았다는 것이었습니다. 기록에 따르면 반으로 자른 후 절개된 부분을 불로 지지고 독극물을 묻혀도 소용없었다고 합니다. 날카로운 것으로 난도질을 해도, 총을 쏴서 벌집을 만들고, 화롯불에 통째로 구워도 생명 활동과 같은 움직임을 멈추지 않았습니다. 당대 시간족들이 사색이 되어 탁상공론을 하기 충분한 주제였지요."

그 당시의 사람들이 매우 공감된다는 듯한 얼굴로 여준이 고개를 끄덕였다. 이예주는 그저 입을 다문 채 희게 질린 얼굴로 화면과 여준을 번갈아 바라볼 뿐이었다.

"그쯤 되자 당연히 원자 폭탄이나 화학 무기로 제거하자는 사람들의 목소리가 거세졌습니다. 다리족 고위 간부들 또한 대부분 제거하자는 쪽에 손을 들었습니다. 일부는 좀 더 시간을 두고 관찰하고 연구해야 한다고 주장했습니다만, 군중 심리를 물리치기란 힘든 일이었죠."

"……."

"제가 저 자리에 있었다면 저는 시간을 두고 관찰하자는 쪽에 손을 들었을 겁니다. 블랙 웨이브와 에너지 파동이 일치한다는 이유 하나만으로 아무런 위협도 되지 않고, 어떤 연구 결과로 동향을 이끌지 모를 귀중한 연구물을 없애 버린다는 것은 말도 안 되는 일입니다. 그렇지 않습니까, 구원자님?"

이예주는 여준의 헛소리에 답하지 않았다. 물론 다리족 족장은 그런 것에 연연할 사람이 아니었다.

"그러나 연이어 치고받는 혈전이 끝을 보이기도 전에 다리족과 눈족은 새로운 상황에 돌입하게 됩니다. Core1 귀환 후 10개월이 지났을 무렵, 돌연 내핵에서 가져온 커다란 살덩어리가 찢어지며 아이가 태어났기 때문입니다."

"……예?"

거의 반 정도는 흘려듣는 식으로 멀거니 여준의 말을 듣고 있던 이예주는 불현듯 귀를 파고드는 생소한 소리에 멈칫했다.

"아이……?"

"네. 10살 남짓한 어린아이였습니다. 화면을 봐 주십시오."

이예주의 얼굴이 돌아갔다. 그녀의 입에서 탄성도, 신음도 아닌 미약한 소리가 바람 빠지듯 새어 나왔다.

"……어."

10살 남짓한 벌거벗은 남자아이가 갈기갈기 찢어진 살덩어리 틈에 아무렇게나 널브러져 있었다. 죽은 사람처럼 눈을 감은 채.

사방이 지저분한 오물이었으나 남자아이의 몸은 새하얗고 깨끗했다. 피처럼 붉은 입술, 흑요석을 얇게 저며 심어 놓은 듯 가늘고 결이 좋아 보이는 검은색 머릿결…….

"10개월이 무엇을 뜻하는지 아십니까? 10개월은 인간의 출산 기간과 일치합니다. 비록 태아가 아니라 꽤 큰 어린아이의 모습으로 핏덩어리를 찢고 나왔지만, 검은 파편이 인간의 모습으로 실체화했다는 걸 추론하기엔 어려움이 없었습니다."

그것은 어린 람이었다.

"그 살덩어리에서 아이가 태어나자 더 볼보 관계자들은 패닉 상태에 빠집니다. 아이의 처치에 관한 갑론을박이 밤낮없이 이어졌지요. 때마침 눈족 출신 학자 한 명이 여족장이 썼던 검은 동화책 안의 검은 파편 신화 중 한 부분을 거론했고, 당장이라도 그것을 내핵으로 돌려놓거나 제거하자는 주장의 비율이 높아집니다."

가장 깊숙한 곳에 몸을 숨긴 검은 파편은 울부짖었다.

—내가 다시 지상으로 끌어 올려질 적에 너희들을 반드시 죽여 버리겠다.

죽여 버리겠다. 하나도 남김없이 찢어발겨 주마…… 까마득한 잠에 빠져들며 검은 파편은 몇 번이고, 몇 번이고 울부짖었다.

이예주는 여준의 입을 통해 스치듯이 거론된 신화의 한 부분을 구체적으로 떠올렸다. 춥지도 않은데 체온이 내려가며 목 뒤가 오싹해졌다.

"하지만 연일 이어진 다리족과 눈족의 탁상공론은 모두 무용지물이 되어 버렸습니다. 오랜 시간 눈족의 뒤를 캐던 미국 정부가 사건의 심각성을 눈치채고 서둘러 개입해 버렸기 때문입니다. 당시 미 정부는 애초에 우환이 될 싹을 남겨 두지 말자는 주의였고, 검은 파편을 연구하던 학자들이 반대를 외칠 새도 없이 더 볼보의 남극 기지 자체를 날려 버릴 원자 폭탄이 남극으로 대량 들어왔습니다."

스크린 안에 이예주도 익히 알던 1000년 전 미국 대통령의 모습이 보였다. 다 알아들을 수 없었지만 대충 미국이 무언가를 허용했다는 내용의 뉴스 영상이었다. 남극에 폭탄을 투여하는 것에 대한 허용이었는지 폭탄을 실은 전투기와 함선이 분주히 하늘과 바다를 오갔다.

"미국 정부의 개입으로 손쓸 틈도 없이 상황이 급박하게 돌아가자, 남은 눈족 족장은 한국의 다리족에게 은밀한 제안을 합니다. 바로 비행선 Ark-17의 건조에 관한 것이었습니다. 그들이 어떠한 근거로 다리족을 구워삶았는지는 데이터로 기록되지 않은 극비 사항이었기에 후대인인 우리는 알 수 없습니다. 다만 추측하기론 아무래도 검은 파편이 내핵에서 끌어 올려졌다는 사실과 막연히 짐작했던 악신이 아이의 모습으로 실체화했다는 것에 대한 불안감이 극심했을 겁니다."

"……."

"결론적으로 그들이 옳았습니다. 그들은 아이로 다시 태어난 검은 파편을 제거하기 직전, 60일도 안 되는 기간 안에 Ark-17을 급조하는데 성공했고, 용암 대폭발에서 탈출할 수 있었습니다."

—폭탄 설치 완료. 폭탄 설치 완료. 기지 내부의 모든 인원은 서둘러 밖으로 대피하시기 바랍니다.

빅, 빅, 빅. 비행선에 올라탄 후 이예주도 들어 본 적이 있는 비상벨 소리와 탈출을 권하는 딱딱한 기계음. 영상 속에서 군인들을 따라 바삐 건물을 빠져나가는 한국인, 미국인들이 보였다.

"여기서부턴 보시지 않는 게 좋을 것 같습니다."

화면이 전환되었다. 새하얀 방에 핏덩어리의 잔해들과 함께 어린 람이 우두커니 앉아 있었다.

폭발 5초 전, 4초 전. 기계음이 카운트를 세기 시작했다.

"구원자님께서 보시기에 조금 잔인한 면이 없지 않아……."

"람!"

이예주는 비명을 지르듯 벌떡 일어나 화면 속의 아이를 불렀다.

텅 빈 건물 안에는 제 허리에도 미치지 못할 만큼 작은 남자아이만 남겨졌다. 폭발 직전인데, 여전히 눈을 감은 채 미동 없는 아이 때문에 이예주는 가슴이 덜컥 내려앉았다.

눈 떠. 일어나, 일어나서 도망쳐. 과거의 영상이라는 것은 이미 그녀의 안중에는 없었다. 눈 떠, 눈 떠!

3

2

1

카운트다운이 끝난 그 순간, 이예주의 간절함이 통했는지 아이가 꾹 감고 있던 눈을 번쩍 떴다. 마치 혈흔 같은 붉은색 홍안과 눈이 마주친 것 같다는 생각이 들던 찰나였다.

콰앙—! 거대한 굉음과 함께 대형 스크린이 시뻘건 불꽃으로 점멸했다.

순식간에 남극 대륙이 폭발했다. 인간들이 설치한 폭탄으로 인한 폭발인 듯했지만 아니었다. 그것은 지상으로 끌어 올려진 검은 파편에 의한 용암 대폭발의 시작이었다.

전 세계의 얕은 지반 곳곳이 동시에 폭발하듯 튀어 오르며 벌거죽죽한 고온의 유황을 뱉어 냈다. 지상으로 토해진 용암 덩어리들은 마치 몇 백, 몇 천 년을 굶은 것처럼 허겁지겁 땅 위의 모든 생물들을 집어삼키기 시작했다.

인간, 동물, 식물 할 것 없이 지구 곳곳이 아비규환으로 변했다. 타닥타닥, 장작 타는 소리가 연신 본부에 울려 퍼지자 어디선가 정말로 단백질 타는 구린내가 나는 것 같았다.

비명을 지르며 높은 곳으로 도망쳤지만, 인간들은 얼마 안 가 차오른 용암에 비명을 지르며 죽어 갔다. 팔열지옥八熱地獄이 있다면 바로 이런 모습이 아닐까 싶었다. 어딜 돌아보아도 마찬가지였다. 검붉은 혀를 날름거리며 느른하게 흐르는 용암. 사방이 지옥. 지옥. 불바다.

인류가 멸망하는 그해, 일부 다리족과 눈족은 방주 Ark-17를 타고 그들이 만든 불지옥에서 탈출하여 살아남았다. 하늘에 뜬 채 지구를 한 바퀴 순회하는 Ark-17에 탑승한 인간들은 그들의 손으로 망쳐 버린 인류의 마지막을 똑똑히 내려다보는 한편, 인류가 완전히 멸망한 게 아님을 안도했다.

그 뒤 두 달에 걸쳐 세계 일주를 한 비행선 Ark-17이 마지막으로 남극을 순회하던 때였다. 인간들의 손으로 지상으로 끌어 올려진 검은 파편이 펄펄 끓는 용암 벌판 한가운데에 있었다.

바로 옆에서 픽픽 튀어 오르는 마그마가 무섭지도 않은지, 위태로이 서 있는 벌거벗은 남자아이. 엔진 소리를 들은 건지 문득 고개를 들은 아이가 하늘 위에 떠 있는 비행선을 공허하게 바라보았다.

사실 정말 비행선을 보고 있는지 확신할 수 없었다. 텅 비어 있는 시뻘건 동공은 이지라곤 한 조각도 드러내지 않았기 때문이다.

—스스로조차 에너지를 다스릴 수 없을 만큼 격분하게 되면 앞이 보이지 않는다.

이예주는 사시나무처럼 벌벌 떨리는 아랫입술을 꽉 깨물었다. 눈시울이 후끈해지더니 눈앞이 뿌옇게 변했다.

인면어를 끌고 산장으로 돌아가던 그가 말한 것이 이런 것이었나. 그가 말하던 분노는, 꿈에서조차 상상도 못했던 이 끔찍하고 무서운 것에서부터 기초되었던 것인가.

덜덜 떨리는 몸을 숨기기 위해 옷자락을 꽉 쥐었음에도 불구하고 손톱이 파고든 살갗이 아파 왔다. 그와 동시에 화면 속의 조준경이 아이의 얼굴을 향해 다시 조준되었다.

빨간 레이저가 창백한 피부에 어른거리자 이예주는 쥐고 있던 옷자락을 놓고 황급히 제 입을 틀어막았다. 안 그러면 당장 악을 쓸 것 같아서.

저를 겨냥하는 총구를 마주 보고 있음에도 불구하고 무표정한 그 얼굴이, 검은색이었던 눈이 시뻘겋게 변해 버린 이유에 대해 덤덤히 이야기하던 그 얼굴과 겹쳐 보여서.

그만해, 그만해! 제발 그만해! 람, 람, 람…….

탕— 짧은 총성과 함께 목표물에 적중한 듯 스크린 안의 사방으로 피가 흩뿌려졌다. 흐흑, 이예주는 더 이상 참지 못하고 입을 막았던 손으로 얼굴을 가려 시야를 차단했다.

얼굴에 닿은 손바닥에 미지근한 물기가 묻어 나왔다. 축축한 그 감촉에 이예주는 제가 언제부터인지 꼴사납게 울고 있었다는 사실을 깨달았다.

탁, 화면이 완전히 꺼지고 그에 대비하듯 여태껏 어두웠던 본부 내부가 환해졌다. 어둠 속에서 바들바들 떤 채 울던 그녀는 밝아진 시야에 얼굴을 가린 두 손을 천천히 내렸다.

"살아남은 시간족 인간들을 태운 Ark-17은 이후 오랜 시간 동안 대기권을 떠돌게 됩니다. 그 와중에 눈족 족장은 제 아내가 낳아 용암 대폭발을 일으킨 아이의 이름을 람Ram이라 명명합니다."

"……."

"신을 뜻하는 고대어의 앞 글자와 파편을 뜻하는 어음을 합쳐 만들었다더군요. '여신의 파편'이란 뜻의 이름으로 눈족은 여족장의 배를 빌려 태어난 검은 파편을 신격화하는 듯 보였…… 구원자님?"

토끼처럼 벌겋게 충혈된 눈으로 망연자실 서 있는 구원자를 그제야 확인한 여준이 눈을 휘둥그레 치켜떴다.

"구원자님, 어디 불편하신 데라도 있으십니까? 아니면 혹시 아프신 데라도……."

"저 사람은……."

그 이름을 싫어하고 혐오했어. 이예주는 말을 채 잇지도 못하고 파르르 떨리는 입술을 다물었다.

나비 아저씨의 말처럼 그는 그 이름을 지독히도 증오할 만했다. 그것도 모르고 자신이 어떤 짓을 저질렀는가. 부르라고 있는 이름을 왜 못 부르냐며 비아냥거렸다. 그러면서 한편으론 자신만이 부를 수 있는 이름이라며 내심 뿌듯해하기도 했다.

그리고 또 어쨌더라. 이름을 지어 준답시고 오만 방자하게 날뛰기까지 하였지 않나. 제가 다를 게 뭐라고. 제가 저 인간들과 다를 게 뭐 있다고.

이예주는 소매를 들어 젖은 눈을 박박 내리 닦았다. 알 듯 모를 듯 가슴이 버석거리고 숨쉬기가 벅찼다.

과거의 제가 나타나 지금의 자신을 낄낄 비웃으며 조롱하는 것 같았다. 왜 답지 않게 청승이야? 결국 네가 원한 게 이런 것이 아니었냐고.

선을 긋는 듯한 그의 태도와 거리를 두는 조롱이 때문에 서운함이 들 때마다 누구보다 그들에 대해 알기를, 그들에게 포함되길 갈망하던 자신이었다. 그렇지만, 그렇지만…….

이걸 원한 건 아니었다. 그의 비참하고 참담한 과거를 맞닥뜨려 과거 자신이 얼마나 멍청하고 어리석었는지 알고 싶은 게 아니었어.

"저 사람은 신이에요?"

이예주는 낮게 침잠된 목소리로 물었다. 언젠가 당사자에게 직접 물어보았던 적이 있지만, 그는 답해 주지 않았다.

"검은 파편은 신이에요?"

이제 와선 모든 게 무의미한 질문임을 알았지만 그래도 확인하고 싶었다. 인간들은 가장 잔인한 방법으로 신을 깨워 자신들을 멸망의 궁지로 밀어 넣은 것이냐고.

"……신과 같은 불사의 몸체를 가지고 있습니다. 그 어떤 무기와 공격으로도 죽지 않지요."

여준은 울음을 멈추고 금방이라도 쓰러질 것 같은 모습으로 묻는 이예주를 걱정이 가득 담긴 눈으로 바라보며 답해 주었다.

"미지의 에너지로 생명체 전체에 엄청난 영향을 끼치고, 인간이 절대 할 수 없는 상상 초월의 힘을 자유자재로 사용합니다. 그러니 이전의 선조들이 믿었던 '신'과 비슷한 형태로 정의 내릴 수도 있습니다. 하지만 시간족은 여신이 아닌 그 어떤 신도 믿지 않습니다. 눈족은 여신의 파편이라 하여 검은 파편을 신격화하여 떠받드는 분위기지만 말입니다."

"……."

"검은 파편은 여신의 수많은 권능들 중 가장 강한 것이 떨어져 나와 신과 같은 능력을 가졌다는 게 한결같이 이어진 눈족들의 주장입니다. 그리고 현재로썬 가장 신빙성 있는 설이기도 하지요. 그러나 검은 파편이 만일 신이라면 아마 인간을 사랑한 여신에게 대항해 인류를 멸망시킬 악신일 겁니다. 우리의 사명은 바로 평화를 위협하는 악신의 존재를 제거하는 것으로……."

"지상으로 끌어 올려졌을 적에 검은 파편은 아무것도 하지 않았어요."

이예주는 반복되는 다리족 족장의 논지가 지긋지긋했다. 1000년 전의 인간들이나 1000년 후의 인간들이나 하는 말은 다 똑같았다.

검은 파편의 제거, 제거, 제거…… 그를 거대한 악의 축으로 세워 둔 채 하루라도 빨리 제거하지 못해 안달이 난 것처럼 보였다.

"눈족 여족장의 배에서 튀어나온 살덩어리에 불과할 때도, 살덩어리를 찢고 태어났을 때도!”

간신히 씹어 삼켰던 토악질이 맹렬히 치솟았다.

“아무것도 하지 않았다고요. 잠들어 있던 검은 파편을 깨워서 용암 폭발이 일어나게 한 건 오히려 인간들이에요. 같이 봤잖아요.”

여준은 구원자의 다른 관점에 매우 당황했다.

과거의 일들. 1000년 전 세기말, 악신이었던 검은 파편이 어떻게 용암 대폭발을 일으켰는지, 어떤 식으로 인류 멸망이 초래되었는지 알게 된다면 구원자가 더 이상의 거부감 없이 자신들을 도우리라 믿었다.

하지만 그녀는 붉은 개의 멸족에 대해 설명했을 때와 마찬가지로 마치 벌레 보는 것처럼 혐오스럽다는 표정으로 그를 보았다. 그건 예측한 모습과 상이했다. 시간이 지나면 지날수록 가까워지기는커녕 점점 거리를 두는 것만 같은 그녀의 태도에, 여준은 떨떠름한 표정을 감추지 않고 반론했다.

“……구원자님께서 무엇을 우려하시는지 잘 압니다. 물론 검은 파편에 대한 정보가 매우 부족했던 선조들의 실수가 분명히 존재합니다. 일을 저지른 이후 사후 처리를 제대로 하지 못한 것도 사실이지요. 하지만 작금의 세계는 멸망될 위기에 빠져 있고 언제까지 과거에만 얽매여 있을 수는 없습니다, 구원자님. 지금도 검은 파편의 손에 수십, 수백의 인명이 손쓸 틈도 없이 사라지고 있는걸요.”

“…….”

“우리는 지금까지 그래 왔듯 인류의 미래를 위해 힘겨운 전투를 지속해 선조들이 하지 못했던 지상 최대의 적을 제거하는 데에 성공할 것입니다.”

여준은 같은 말을 반복하며 굳은 표정을 펴고 쾌활한 미소를 지으려고 노력했다. 그는 구원자의 입장을 이해하려 애썼다. 당장은 1000년 전의 일들을 몰아 봐서 혼란스러울 것이다. 자신도 복구가 완료된 데이터를 보고 충격을 받았으니 그녀도 그럴 거라 생각했다.

"선조들도 하지 못한 일을 무슨 수로요?"

그러나 여준의 애먼 짐작과는 달리 이예주는 그 어느 때보다 이성적이었다. 왜냐하면 그녀는 여준조차 겪어 보지 못한 데이터 속의 세상을 산 증인이었기 때문이다.

"……예?"

"지금보다 훨씬 발달한 1000년 전에도 제거하지 못했던 검은 파편을 무슨 수로 제거할 건데요?"

그렇게 잔인한 짓거릴 해 놓고 대체 무슨 수로. 어떻게 제거를 할 수 있단 말인가. 폭탄에서도 살아남고 인간들이 겨냥한 총에 맞고도 이렇게 장성한 그를, 대체 어떻게.

람의 분노는 정당했고, 그의 증오는 순수하게 정제된 것이었다. 지금껏 그 남자가 어떤 것을 억누르고 자신을 바라보았을지, 이예주는 상상만으로도 가슴이 더럭 내려앉고 몸이 벌벌 떨렸다.

하지만 여준은 스크린을 통해 과거를 엿보는 내내 피부가 따갑도록 느껴졌던 검은 파편의 증오가 전혀 와닿지 않는 듯해 보였다.

"……우리에겐 구원자님이 계시지 않습니까? 왜 그런 말씀을 하시는 겁니까?"

부정적이고 단정적으로만 이야기하는 이예주가 좀체 이해가 가지 않는지 그녀를 바라보는 여준의 눈이 커졌다. 그뿐만이 아니었다. 본부 내의 전부가 휘둥그레 뜬 눈으로 이예주를 향해 시선을 집중했다.

"용암 대폭발로 죽은 인간들에 대한 안타까움으로 눈물을 흘리신 것이 아니었습니까?"

미친놈. 이예주는 할 말을 잃고 여준의 낯짝을 멍하니 쳐다보았다.

새벽녘 비상 통로에서 겪었던 유나의 일로 얼핏 알고는 있었지만 그녀는 이번에야말로 확신했다. 이 새끼들은 하나같이 정상이 아니야.

시간족 중 가장 정상인을 잘 흉내 내며 살아가고 있을 뿐이다. 실질적으로는 폐쇄적이고 폭력적이기 그지없었다. 집단을 통제하기 위해 모든 구성원의 목표를 검은 파편의 제거로 설정함으로써 간신히 붕괴를 막고 있는 것이다.

"구원자님이 어떤 감정이신지 잘 압니다. 일반인들은 상상도 못할 과거사를 직접 두 눈으로 보셨으니 혼란스럽고 두려우실 겁니다. 복구된 데이터를 시기별로 정리하는 동안 저희들도 충격에서 한동안 벗어날 수 없었으니까요."

여준은 말 같지도 않은 소리를 지껄이며 질린 눈으로 그들을 바라보는 이예주를 위로했다.

"하지만 우리에겐 시간이 촉박합니다. 전 인류의 97퍼센트가 검은 파편에 의해 죽고 이제 단 3퍼센트만이 남았습니다, 구원자님. 우리들은 구원자님께서 대수롭지 않게 말씀하시는 농담 하나까지도 헛되이 지나칠 수 없습니다. 살아 있는 인간들 중 누구보다 가까이에서 검은 파편을 보고 겪은 분이 바로 당신이니 말입니다."

"……."

"그러니까 힘드시더라도 부디 도와주십시오, 구원자님."

다리족 족장은 제법 절박한 얼굴로 다가왔다. 부담감과 거북함에 이예주는 반사적으로 뒷걸음질 쳤다. 하지만 놈은 거리를 단숨에 좁혀 다가와 그녀의 두 손을 덥석 붙잡기까지 했다.

"과거로 돌아가길 원하셨지 않습니까? 우리는 구원자님께서 원하시는 것을 들어줄 의향도, 기술력도 갖추고 있습니다."

"……."

"당장에 말할 만한 것이 없으시더라도 괜찮습니다. 그냥 그동안에 겪으셨던 경험담을 동료에게 털어놓듯 가볍게 얘기해 주시기만 하면 됩니다. 예를 들면…… 아, 그렇죠. 저희가 구원자님을 구출하기 직전에 갇혀 계셨던 산 중턱의 이야기는 어떠십니까? 중턱에 왜 갇혀 계셨는지, 그 부근 전체를 뒤덮은 그 가시 장벽은 대체 왜, 어떻게 생기게 된 건지부터가 좋겠습니다."

속사포처럼 말을 마친 여준은 이제 대답해 보라는 듯 눈을 반짝였다. 한 치의 흔들림도 없이 오로지 이예주의 얼굴에 고정되어 있는 눈이 집요했다.

그에게 붙잡힌 손을 빼내기 위해 힘을 주어 보았지만 꿈쩍도 하지 않았다. 대답하기 이전에는 절대로 놓아주지 않겠다는 듯 억세게도 부여잡은 탓에 손끝이 저렸다.

"……그건 뤼미에르 꽃의 뿌리예요."

이예주는 결국 떠밀리듯 묻는 말에 답해 줄 수밖에 없었다. 오물을 털어 내듯 힘겹게 잡힌 손을 뿌리치자 원하는 대답을 들은 족장이 그제야 그녀의 손을 놓아주었다.

잠시 닿았던 온기가 끔찍했다. 다시 손을 붙잡히긴 싫어 이예주는 허겁지겁 두 손을 모아 뒤로 숨겼다.

"뤼미에르…… 햇살을 담은 빛나는 꽃 말씀이십니까? 하지만 그 꽃은 가시가 없는 것으로 알고 있는데……."

"계약을 맺고 변형되었어요."

"계약, 말입니까? 철수 상병, 기록 준비해!"

"예, 대장님!"

여준의 명령에 철수가 후다닥 컴퓨터 앞에 앉았다. 그 주변에 있는 다른 인간들 또한 허겁지겁 펜과 노트를 꺼내거나 컴퓨터 키보드를 붙잡은 채 이예주의 입을 예의 주시했다. 그 모습에 그녀는 그만 아연해졌다.

"검은 파편은 지금까지 움직일 수 있는 동물들을 대상으로만 계약을 해 왔기 때문에 식물과 계약한 것은 굉장히 이례적인 일입니다!"

역시 특별한 게 있을 줄 알았다는 듯 여준이 미소를 지으며 환호했다.

"혹시 검은 파편이 왜 뤼미에르와 계약을 하여 그 뿌리를 거대한 가시 장벽으로 변형시켰는지에 대해서도 아시는 바가 있으십니까?"

이예주는 고개를 좌우로 저었다. 다소 성의 없게 보이는 그녀의 태도에도 여준은 개의치 않았다. 그는 곧바로 질문으로 넘어갔다.

"그 안에는 검은 파편이 은폐할 만한 뭔가가 있습니까?"

"……아무것도."

"예?"

"그 안에 살아 있는 것은 아무것도 없었어요."

이예주는 힘없이 말했다.

"그렇군요. 그 지역은 유독 독초가 많이 자라기 때문에 대부분의 동물들이 서식할 수 없습니다."

여준이 그에 동의한다는 듯 입에 침조차 바르지 않고 유창하게 거짓말을 했다. 다리족 족장의 이중성에 머리끝이 쭈뼛 섰다.

"다만 산 중턱에 있는 거대한 호수는 수자원이 매우 풍부합니다. 식용으로 쓸 수 있는 어류, 갑각류, 어패류는 물론이고 호수 바닥에는 동력 에너지원으로 쓸 수 있는 자원들이 대량 매장되어 있는 것으로 추정됩니다. 하지만 어째서인지 지금껏 자원 채집을 위해 그 지역으로 투입된 인원들은 아무도, 그 아무도 되돌아 나오지 못했지요."

"……."

"식인을 하는 포악한 생명체가 그 지역을 점령하고 있는 것 같아 더 이상의 인명 손실을 막기 위해 정찰조차 보내지 않았던 지역인데…… 정말 아무것도 없는 게 확실합니까?"

여준은 눈 깜짝할 새에 가면을 뒤집어쓰고 짐짓 서글픈 미소를 지었다. 잃어버린 제 부하들이 안타깝고 슬퍼서 미치겠다는 듯. 그래서 조금이라도 구원자의 얄팍한 동정심을 이끌어 내기 위해.

이예주는 놈의 물음에 사실대로 답하고 싶은 생각은 전혀 없었지만 고개를 끄덕이는 것으로 답을 대신했다. 거짓말은 아니었다. 호수에서 살던 포악한 생명체는 지금은 뼛조각 하나 남지 않았다. 그러니 뤄미에르 중턱 부근에는 정말 아무것도 존재하지 않았다.

"음, 이상하군요. 산 중턱 전체를 덮고 있던 가시 장벽이 하루아침새에 완전히 사라져 버렸으니, 그 지역에 있는 무언가를 은폐하기 위함은 아닌 것 같습니다. 일시적인 계약일 가능성도 있겠군요."

표정 없이 해쓱한 낯빛으로 여준의 말을 듣던 이예주는 문득 뇌리를 스치고 가는 목소리에 벼락이라도 맞은 사람처럼 퍼뜩 몸을 떨었다.

—개화기가 끝나는 사흘간 여기서 너를 기다리고 있겠다. 그러니 내 인내심이 끊기기 전에 내게로 돌아와, 예주야.

이글이글 타오르는 검붉은 눈으로 사흘 안에 돌아오라 몇 번이나 강조하던 꿈속의 람. 뤄미에르의 가시 장벽이 사라지는 개화기.

'오늘이 람과 헤어진 지 며칠째지?'

이예주는 커다란 깨우침을 얻은 듯 정체되어 있던 머리를 정신없이 굴렸다.

람에게 버려졌다는 충격과 공포에 빠져 허우적대느라 뤄미에르 가시 장벽에 대해 완전히 잊고 있었다. 가시 장벽이 사라지는 것은 뤼미에르의 개화 기간인 단 3일뿐이라는 것과 오늘로써 사흘간의 개화 기간 중 이틀이 지나가고 있음을.

사흘 안에 내게로 돌아와, 이예주. 남자가 꿈속에서 분명 그렇게 지껄였다.

'그렇지 않으면…….'

그다음에 꿈속의 그가 무어라 작은 목소리로 속삭였던 거 같은데. 그 뒤는 뿌연 성에가 낀 것처럼 잘 들리지 않았다.

이게 정말 꿈인가? 사흘 안에 돌아오라는 그의 명령을 이렇게 똑똑히 기억하고 있는데, 이게 정말 람을 향한 그리움이 도가 넘어 꾼 꿈에 지나지 않는단 말인가?

기분이 이상해졌다. 강한 기시감이 스멀스멀 몸을 좀먹는 것 같았다.

"과거를 받아들이기도 벅차실 텐데, 무리한 요구를 드려 정말 죄송하고 감사합니다, 구원자님. 구원자님의 도움 없인 그조차도 알아낼 수 없었을 겁니다. 지금이라도 알 수 있어서 얼마나 다행인지 모릅니다."

자신을 부르는 목소리에 이예주가 움찔하며 정신을 되찾았다. 여준이 한 줄기 빛을 본 것처럼 감격에 빠진 채 고개를 조아리고 있었다. 진짜 정보는 한 톨도 제공하지 않은 그녀는 면구스러워졌다. 다행히 그가 황급히 몸을 돌렸다.

"당장 오늘 밤 산 중턱으로 정찰대를 다시 보내어 확인해 보아야겠습니다! 철수 상병, 붉은 개 요원들을 즉시 소집하도록."

"알겠습니다!"

이예주의 말을 받아 기록하느라 고요했던 장내가 한순간에 분주해졌다.

"……하지만 거기에 아직도 람이 있으면 어쩌려고?"

활기를 되찾은 본부를 물끄러미 바라보며 이예주는 혼잣말처럼 중얼거렸다. 람이 절대로 자신을 버린 게 아니라는, 끝내 놓지 못한 희망에서 발로된 의아함이었다.

그저 작은 웅얼거림이었을 뿐인데 어찌 알아들었는지 이것저것 명령을 내리던 여준이 바쁜 와중에도 이예주를 돌아보며 웃었다.

“아, 그 걱정은 하지 않으셔도 됩니다, 구원자님. 우리에겐 검은 파편의 눈을 피해 숨을 수 있는 RTBD가 있지 말입니다. 비록 단시간뿐이지만 그 지역을 정찰하는 데는 충분합니다.”

졸렬한 새끼. 이예주는 여준의 용의주도함에 치를 떨다가, 이내 그조차도 힘에 부쳐 관뒀다.

그녀는 더 이상 견딜 수 없을 만큼 지쳤다. 검은 파편에 관한 과거로 완전히 뒤죽박죽 뒤엉킨 머릿속을 정리할 틈도 없이, 엎친 데 덮친 격으로 수면 부족에서 파생된 피로감이 물밀 듯이 밀려왔다.

그렇게 바라 오던 1000년 전 과거의 일들과 람에 관한 모든 것을 알게 됐음에도 불구하고 무언가 해결되는 것은 아무것도 없었다.

이제 어떻게 해야 할까, 이예주. 모르겠어. 아무것도 모르겠어.

제가 던진 떡밥 하나를 물고 늘어지는 여준의 꼴을 더 이상 보고 있기가 싫어 이예주는 그 혼잡함을 뒤로한 채 스리슬쩍 본부에서 빠져나갔다. 그녀가 유령처럼 사라지는 것을 눈치챈 사람은 조용히 따라붙은 유나뿐이었다.

터벅터벅, B구역으로 돌아가는 동안 소음이라곤 두 사람의 발자국 소리가 전부였다. 이예주는 걷는 내내 입이 붙은 것처럼 말이 없었다. 그녀의 음울한 심경을 배려하는 건지 모르겠으나 유나 또한 말 한마디 걸지 않았다.

마침내 객실에 도착한 이예주는 힘없이 침대 위로 쓰러졌다. 으슬

으슬 몸이 떨려 와 시트를 목 끝까지 덮었는데도 어디선가 한기가 들었다.

람의 과거는 그녀가 감당할 엄두조차 낼 수 없을 만큼 어마어마했다. 도무지 어디서부터 어떻게 정리해야 할지 감도 잡히지 않았다.

인간이 만든 그의 순수한 분노. 그가 하는 증오의 대상이 언제든 자신이 될 수 있다는 사실이 이예주는 그저 무섭고 두려웠다.

그의 과거는 그토록 처참하고 참혹해서, 억누른 울음이 자꾸만 잇새로 터져 나왔다.

와아아아— 우렁찬 함성 소리에 이예주는 퍼뜩 고개를 들었다. 무슨 정신으로 빠져나왔는지는 기억나지 않았지만, 분명 여준의 마수에서 벗어나 B구역에 있는 제 객실로 돌아왔던 것 같은데.

그러나 그녀는 혼란, 혼돈, 아수라장, 그 한가운데에 길 잃은 아이처럼 우뚝 서 있었다.

"이게 뭐……."

악! 으윽, 크아악— 마치 전쟁터의 한복판에 있는 것처럼 사방에서 적을 때리고 찌르고 죽이는 소리가 머릿속을 헤집었다.

"이게 뭐야. 이게 대체 무슨……."

자신이 어디에, 무슨 상황에 처했는지 좀체 감이 잡히지 않아 멍청한 얼굴로 가만히 서 있기만 할 때였다. 누군가 낮은 목소리로 그녀를 불렀다.

"이예주."

이예주는 허겁지겁 그 목소리를 쫓아 뒤로 돌았다. 피 튀기는 살벌한 난장판 속에서 제게로 걸어오는 그의 모습이 똑똑히 보였다.

"람……."

그녀의 얼굴이 절박하게 일그러졌다. 꿈속에서조차 잊은 적 없는 남자였다. 그 얼굴, 눈빛, 걸음걸이까지. 이렇게 눈에 박혔는데, 아플 만큼 제게 박혀 버린 저 남자를 이제 어떻게 해야 할까.

너무 남자 하나만을 맹목적으로 바라보고 있기 때문일까. 잔인한 비명 소리와 고통에 찬 울부짖음으로 가득한 주변이 부옇게 번져 잘 보이지 않았다. 그래도 별로 상관없었다.

그만 있으면 주위 따위. 누가 죽어 가든 알 바 아니야. 상관없어.

하지만 자신을 향해 걸어오던 남자는 사이를 쉬이 좁히지 않고 돌연 우뚝 멈춰 섰다. 람이 입을 열었다. 이예주는 주변 소음에 묻혀 그 소리가 들리지 않을까 불안해졌다.

"이제 너도 충분히 알았겠지. 네가 만난 놈들이 얼마나 비열하고 잔악한 것들인지."

그러나 꽤 떨어진 거리임에도 불구하고 바로 앞에서 내뱉는 것처럼 남자의 목소리가 선연하게 와 닿았다. 람이 건네는 영문 모를 소리에 이예주가 눈을 동그랗게 떴다.

'그게, 그게 무슨 소리예요?'

그에게 되물으려고 입을 떼었지만 어쩐 일인지 목소리가 나오지 않았다.

이예주는 눈에 띄게 당황했다. 그러나 그는 어쩔 줄 모르는 그녀의 모습이 보이지 않는지 뜬구름 잡는 소리를 이어 했다.

"이제 선택을 할 때군."

무슨 선택이요? 이예주의 소리 없는 아우성을 알아듣기라도 한 듯 남자가 나른하게 웃었다.

"개화기가 끝날 때까지 여기서 기다리고 있겠다고 했지 않아."

"……."

"사흘, 그때까지 내게로 돌아와."

답답해 죽을 것 같아 그녀는 발을 동동 굴렀다. 남자는 여전히 알 듯 모를 듯 알쏭달쏭한 소리를 늘어놓다 못해 이제는 오만한 명령까지 하사했다.

"내게로 돌아와서 나를 선택해, 이예주."

그러니까 무슨 소리인지 알아야 선택을 하든 말든 할 거 아니에요!

나오지 않는 목소리 때문에 제 가슴을 두어 번 팡팡 내리치자, 남자가 낯을 바꾸듯 웃음을 거둬들였다.

소름 끼치도록 무표정한 얼굴로 돌아간 그는 다시 천천히, 그리고 서서히, 감질이 나서 죽을 정도로 느릿하게 움직였다. 그가 오기만을 기다리고 있다간 환장할 것 같아 이예주는 제가 먼저 가겠다는 생각으로 발을 뗐다. 그러나 누가 바닥에 본드라도 잔뜩 발라 놓은 것처럼 발이 꿈쩍도 하지 않았다.

뭐야? 이거 왜 이래? 끙끙 앓는 소리를 낼 만큼 안간힘을 쓰던 그녀는 그제야 지금 이 상황이 뭔가 이상하게 돌아가고 있다는 것을 깨달았다.

이예주는 아래로 향했던 시선을 들어 다시금 람을 바라보았다. 여전히 그녀에게 못 박혀 있던 남자의 눈동자가 검붉은 색으로 이글이글 불타올랐다. 그래, 검붉은 색.

평소와 다름없이 빨간 눈동자가 틀림없는데. 그런데 그 순수한 빨간색에 탁한 검은색을 마구 뒤섞은 것처럼…….

이예주는 문득 강한 위화감에 휩싸였다. 눈이 좀 이상한데요?

"만약 그때까지 돌아오지 않으면……."

그 순간이었다. 퍽— 그것은 작은 폭발이었다. 이예주에게로 걸어오던 남자의 왼쪽 팔이 폭발했다.

스프링클러에서 물이 쏟아져 나오듯 허공으로 선명한 색의 피들이 흩뿌려졌다. 그 뜨끈한 핏방울 몇 개가 이예주의 허여멀건 피부에도 점점이 튀었다.

비릿한 혈향이 콧속을 훅 파고들 즈음, 남자는 피보다도 더 짙은 눈을 형형히 뜨고 그녀를 바라보며 뇌까렸다.

"네가 가려는 대륙이 어디든, 다 때려 부수고 파멸시키겠다."

그것은 말이 아니라 거의 짓씹는 행위에 가까운 으르렁거림이었다. 이예주의 심장이 쿵 하고 내려앉았다.

일전에 남자의 목표가 인간 박멸이란 소리를 들은 것처럼 전혀 현실감이 느껴지지 않는 말이었다. 하지만 그라면 현실로 만들기 충분했기에 손끝이 서늘해졌다.

남자의 팔이 있던 자리에는 아무것도 없었다. 찢어진 옷소매가 펄럭이는 어깨에서 피가 폭포처럼 쏟아져 나왔으나, 그는 조금도 개의치 않았다. 여전히 먹이를 노리는 뱀처럼 진득하고 질척한 시선으로 이예주를 주시하며 말하길.

"그곳에 살아 숨 쉬는 것들은 모조리 갈가리 찢고 불태워서 너를 다시 내게로 돌려놓을 거야, 그러니."

"……."

"그러니 사흘 안에 내게로 돌아와."

터져 버린 왼쪽 팔, 피를 질질 흩뿌리며 지옥 한가운데에 서 있는 람.

당장 그에게 뛰어가고 싶은데 누군가 몸을 강제로 자리에 잡아 두는 것처럼 옴짝달싹할 수 없었다. 그도 모자라 거무룩한 수렁 속에 빠지는 것처럼 눈앞이 까맣게 점멸해 가기 시작했다.

안 돼. 안 돼! 이예주는 두 손으로 귀를 틀어막으며 처절한 비명을 질렀다.

아, 아아! 이럴 수 없어. 흐으, 이건 꿈이야. 이건 악몽이야! 이건 악몽이야! 아아, 흐아악!

그녀는 한 치 앞도 보이지 않는 암경 속에서 짐승처럼 울부짖었다. 숨이 쉬어지지 않았다.

무서워, 무서워! 람에게 당장 가야 해. 그를 구해 줘야 돼! 누가 날 좀, 아니 누가 그 사람을 좀. 그 사람 좀 제발……!

"흐, 허억!"

깊은 심해 속으로 침잠하다가 간신히 수면 위로 끌어 올려진 사람처럼 이예주가 날카롭게 숨을 몰아쉬며 눈을 번쩍 떴다. 다소 딱딱한 매트리스, 심미성보단 실용성에 중점을 둔 간결한 내부 구조가 보였다.

몸은 B구역 5층 객실에 있었지만 그녀의 정신은 여전히 피를 줄줄 흘리는 람 앞에 있었다.

"가야 돼!"

쩍쩍 갈라진 목소리로 이예주가 미친 사람처럼 소리 질렀다. 얼굴에 튄 핏방울과 비릿한 피 냄새가 아직도 생생하게 비위를 자극했다.

예지몽이었다. 찢어질 듯 확장된 동공, 얼음장처럼 차가워진 몸, 그리고 덜덜 떨리는 두 손이, 틈 하나 없이 피부 위에 빽빽하게 돋은 소름이 그것을 증명해 주었다.

"람에게 가야 돼!"

목까지 덮고 있던 침대보를 찢듯 잡아 던진 그녀가 자리에서 벌떡 일어났다.

냉철하게 이성을 차리고 계획을 세울 시간 따윈 없었다. 예지몽임을 자각한 순간부터, 꿈을 통해 미래의 람과 만난 순간부터 이미 반실성한 것이나 마찬가지였다.

A구역의 본부에서 보았던 과거 속의 어린 람과 꿈속의 피 흘리던 람이 쉴 새 없이 교차되었다. 인간들이 그를 또다시 다치게 할 거야. 다리족 새끼들이 1000년 전처럼 그를 아프게, 끔찍하게 난도질할 셈이야.

과거에서 본 그처럼, 꿈에서 본 남자의 처참한 모습처럼 그렇게 되기 전에. 람이 그렇게 되기 전에 내가.

"지금 당장 탈출해야 돼!"

톡, 토독. 엄지손톱을 물어뜯으며 이예주는 10평 남짓한 객실 안을 부산스럽게 돌아다녔다.

다리족 놈들의 본거지인 이 망할 비행선에서 탈출하겠다고 마음은 먹었는데 도무지 무엇부터, 어디서부터 해야 할지 감이 잡히지 않았다.

객실 밖은 사방에 CCTV가 깔려 있고, 옆방에는 이예주를 감시하는 발칙한 계집애가 상주하고 있었다. 그도 모자라 이 빌어먹을 B구역이 어떤 곳이었나. 새벽녘에 유나를 겁탈하려고 했던 흉악한 미친 놈들이 눈을 벌겋게 뜨고 돌아다니는 곳이다.

조롱이를 구하기 위해 탄광굴을 헤맬 때와는 전혀 달랐다. 그때는 그녀에게 제드라는 패가 있었고 조롱이를 구한다는 명확한 목표가 있었기 때문에 계획, 전략 따위 없이 무작정 움직이는 것에도 별다른 위화감을 느끼지 못했다.

하지만 지금은 어떤가. 근거라곤 그저 예지몽이라고 믿는 꿈뿐이다. 너무 무모하고 대책 없었다.

"어쩌지, 어쩌지……."

일분일초가 지날 때마다 가슴이 초조하고 심장이 벌렁벌렁했다. 아직도 눈앞에 생생해. 피를 흩뿌리며 폭발한 남자의 왼쪽 팔.

예지몽이 현실로 이뤄지기 전에 어서 그에게로 가고 싶었다. 마음은 저만치 앞서 가고 있는데 몸이 따라 주지 않는 현실에 미칠 것 같은 심정이었다. 그렇다고 무턱대고 막 나갈 수도 없고…….

그녀는 새벽녘 몰래 돌아다니며 살펴보았던 B구역과 지금껏 보고 새겼던 비행선의 전체 구조를 떠올리려고 애썼다.

B구역은 어찌어찌 빠져나간다고 하더라도, 비행선 자체에서 나가기 위해선 A구역을 반드시 거쳐야 했다. 그것도 A구역 3층 본부실부터 1층까지.

B구역과 A구역 사이를 잇는 중앙 통로 끝에는 이동 수단이 엘리베이터 하나밖에 존재하지 않았다. 그러니까 그녀가 비행선의 출구가 있는 A구역 1층으로 가기 위해서는 중앙 통로에서 엘리베이터를 타고 A구역 3층 본부까지 올라가, 본부를 가로질러 다시 다른 엘리베이터를 타야 한다는 것이다. 그야말로 빌어먹을 구조였다.

"미친."

이예주는 나지막이 욕설을 읊조렸다. 올 때는 미처 몰랐다. 이곳이 바로 개미지옥이라는 것을.

이제야 여준 놈이 안전제일을 외치며 왜 자신을 부득불 B구역 꼭대기 층에 처넣었는지 알 것 같았다. 비행선에서 가장 깊숙하고 나갈 수 없는 곳에 자신을 가둬 둔 것이다. 탈출을 마음먹더라도 실행할 수 없도록.

"……빠져나갈 구멍이 없네."

이예주는 허탈하게 웃으며 중얼거렸다. 어쩌면 지금까지 그녀의 탈출 고행기에서는 계속 운이 따라 주었던 걸지도 모른다. 그렇게 죽을 둥 살 둥 했지만 결국 빠져나갈 구멍이 하나씩은 있었으니까.

"빠져나갈 구멍이 없어. 빠져나갈 구멍…… 구멍?"

이예주는 번뜩 스쳐 지나가는 발상에 뱅뱅 맴돌던 발걸음을 우뚝 멈췄다.

"구멍…… 생겼잖아?"

그러고 보니 거짓말처럼 구멍이 생겼다. B구역 폭발로 중앙 통로에 생긴 뻥 뚫린 구멍!

"가만있어 봐. 벌써 다 고쳐졌나?"

그녀는 아침에 유나를 따라 A구역으로 가는 동안 지나친 중앙 통로를 더듬더듬 기억해 냈다.

뻥 뚫린 중앙 통로의 손상된 내벽은 '위험'이라는 빨간색 글씨가 커다랗게 새겨진 불투명한 비닐로 막혀 있었다. 그러나 그 주변은 비행선 내부의 다른 곳보다 공기가 유독 서늘했다. 아직도 구멍이 뚫린 채 완벽하게 수리되지 않았다는 소리였다.

막막함과 초조함으로 찌푸려졌던 이예주의 얼굴이 일순 밝아졌다. 그래도 하늘이 완전히 저를 버린 것은 아닌 모양이다. 이렇게 굳은 머리로도 도망갈 수 있을 만큼의 구멍 하나쯤은 만들어 준 것을 보아하니.

B구역에서 나가 그쪽으로 탈출하겠다는 허접한 계획 하나를 세운 이예주는 무작정 카드 키를 챙겨 들고 달려 나갔다.

"기다려라, 람 자식아!"

내가! 내가 얼른 가서 구해 줄 테니까! 얼른 내 능력과 쓸모를 입

증해서, 네놈이 날 버린 것을 반드시 후회하게 만들어 주마!

그러나 카드 리더기에 채 카드를 긁기도 전에 이예주는 우뚝 멈춰 설 수밖에 없었다. 비행선에서만 빠져나가는 것에 너무 치중한 나머지, 당장 다리족 놈들에게 들키지 않고 어떻게 구멍까지 갈지는 미처 생각지 못했기 때문이다. 바로 앞의 문만 열어도 사방에 CCTV 깔려 있는 복도를.

"망할."

이예주는 들고 있던 카드 키를 내팽개치고 문 앞에서 절망했다.

"난 탈출 같은 거 적성에 안 맞는다고……."

언제나 도망만 다녀야 하는 제 신세에 눈물이 찔끔 흘러나왔다.

"멍청하게 있지만 말고 머리 좀 굴려 봐."

이예주는 또 다른 제게 말을 걸었다.

"생각을, 그러니까 어떻게 나갈지 생각을…… 하, 안 입다가 다시 입으려니까 무거워 죽겠네. 이놈의 망할 포대."

이틀간 화장실 구석에 내팽개쳤던, 람이 사 준 포대 자루를 다시 몸에 주섬주섬 꿰입으며 그녀가 주절댔다. 볼일을 보러 들어왔다가 차마 두고 갈 수가 없어 다시 입는 도중이었다.

두꺼운 로브를 장착하니 몸이 금세 묵직해졌다. 고작 이틀도 채 안 되는 시간 벗고 있었다고 그 무게가 새삼 부담스럽게 느껴졌다.

이예주는 짜증스레 머리를 헝클이며 뚜껑을 내린 변기 위에 철퍼덕 주저앉았다.

이 미친놈들 집단에서 벗어나고자 마음먹긴 했는데, 이제 어떻게 한담. 목에 걸린 가시처럼 뤼미에르 꽃의 개화기가 자꾸 마음에 걸리는 것으로 보아, 그쪽으로 가 봐야 할 거 같은데.

하지만 비행선의 구조도 간신히 떠올리는 제가 이 세계에서 가장 높은 산인지, 가장 빌어먹을 산인지 듣도 보도 못한 산의 길을 알 리 없었다.

그러고 보니 정상으로 올라올 땐 다리족 헬기를 타고 와서 길을 외울 틈도 없었지. 게다가 헬기 밖으로 보였던 것은 온통 눈으로 덮인 깎아지른 절벽뿐이지 않았는가?

"하……."

생각하면 생각할수록 암담한 탈출 길에 이예주는 땅이 꺼져라 한숨을 내쉬었다.

그래도 변기 위에 우두커니 앉은 우스운 꼴로 사색에 잠겨 있자니 예지몽으로 인해 극도로 흥분했던 머리가 점차 차가워졌다. 그녀는 뻣뻣하게 굳은 목을 억지로 이완시키며 뒤로 젖혔다. 긴장을 풀려는 의도였지만 오히려 화장실 천장에 달린 백열등 탓에 눈이 부셔 손을 들어 눈을 가려야 했다.

풍랑같이 격렬한 감정이 휩쓸고 지나간 자리엔 지독한 무기력증과 탈력감이 남았다. 마음만 앞서 나가다가 막상 현실적인 한계에 부딪힐 때마다 느꼈던 것들이 떠올랐다. 힘없는 자신과 개똥 같은 능력에 대한 원망, 자괴감.

언제부터였을까. 죽음을 감수하고도 매번 스스로 불구덩이 속으로 기어 들어가 람에게 구출되는 일이 반복되면서, 이예주는 그에게 짐이 되고 싶지 않다고 생각했다.

능력에 관해 숨긴 데에는 여러 복합적인 이유가 뒤섞여 있지만 그 중 하나는 바로 보잘것없는 자신을 숨기기 위해서였다.

도움을 구할 수 있음에도 끝내 입을 다물고 홀로 아등바등거리다가 끝내 일을 망칠 때마다, 그녀는 무의미한 힘을 가진 자신이 미웠다. 도움은 되지 못하더라도 짐은 주기 싫었다. 그랬는데…….

이래서, 이래서 그 사람이 버린 건가 봐. 이예주는 가벼운 깨달음에 나지막이 중얼거렸다.

이렇게나 쓸모가 없어서. 제힘으로는 이깟 객실 하나 몰래 빠져나가는 것도 불가능한 인간이라서. 곁에 둬 봤자 짐만 될 뿐이라서.

"그치만……."

아무짝에 쓸모없는 능력을 가진 인간일지언정 이예주는 예지몽을 꾸었다. 곁에 있었더라면 필히 그에게 곧 닥칠 미래의 위험을 알려 줄 수 있었을 것이다.

손부터 어깨까지, 람의 왼쪽 팔 전체가 폭발하여 피를 물처럼 흩뿌리는 끔찍한 부상을 당하는 꿈이었다.

어쩌면 예지몽이 아닐 수도 있다. 게다가 그는 전지전능한 힘을 가졌으니 그런 위험 따윈 미연에 방지할 수 있을 것이다.

아니, 예지몽이건 아니건 상관없다. 그냥 당장 그에게 꿈에서 본 미래를 이야기해 줄 수 없는 이 상황이, 제가 가진 불안과 공포를 그에게 말할 수 없는 이 상황이, 그를 위해 아무것도 할 수 없는 지금의 상황이 이예주는 미칠 것 같았다.

"이제 어떻게 해야 할까."

결국 다시 원점이었다. 람을 도우려면 어떻게 해야 하지. 그를 구하려면, 그를 도우려면…….

이예주는 그런 생각을 하며 눈을 가리고 있던 손을 떼었다. 그리고 그 순간, 기적처럼 그녀를 구원할 단 하나의 탈출구가 보였다.

"어……?"

변기 바로 위, 천장에 달린 네모난 환풍구가.

그녀는 뭔가에 홀린 듯이 앉은 몸을 일으켜 아예 변기 위로 올라섰다. 환풍구에는 부연 먼지가 더덕더덕 낀 프로펠러가 천천히 돌아갔다. 그 앞은 네모난 모양의 촘촘하고 얇은 철창으로 가로막혀 있었다.

"이 정도면 쑤셔 넣으면 어떻게든 몸이 들어갈 것 같은데?"

까치발을 바짝 들고 철창 새에 손을 집어넣어 두어 번 아래로 잡아당겨 보았지만 꿈쩍도 하지 않았다. 그리고 보니 오늘 새벽에도 이 환풍구를 유심히 살펴보았더랬다. 철창의 모서리 네 군데에 박혀 있는 나사 때문에 금방 포기했지만.

붉게 녹이 슨 철장과는 달리 나사는 교체한 지 별로 오래되지 않은 듯 헤드에서 유독 반질반질 빛이 났다. 마치 교도소에서 침대 기둥이나 변기를 절대 뽑을 수 없도록 바닥에 단단히 고정해 놓는 것처럼.

"거참, 이상한 곳에서 철저하단 말이야."

이예주는 중얼거리며 덮개에서 손을 뗐다. 지문에 묻어나는 회색 가루에 손을 턴 그녀는 다시 나사 헤드를 주의 깊게 살펴보았다. 십자 홈이 얕게 파져 있는 일반 나사였다.

뭔가 홈에 비집고 넣어 돌릴 수 있을 만한 것이 있다면 충분히 분해할 수 있을 것 같은데. 하지만 객실 안에 뜬금없이 십자드라이버가 있을 리 만무했다.

이예주는 당황하지 않고 천천히 로브 안주머니를 뒤졌다. 손끝에 차갑고 딱딱한 감촉이 닿았다. 그녀는 품에서 열쇠를 끄집어냈다.

"……하, 설마 이게 나사까지 풀진 못하겠지."

만능 키의 능력은 잠겨 있는 자물쇠에만 해당될 테니 이예주는 드라이버 대신 십자 홈에 쑤셔 넣을 만한 열쇠의 얇고 날카로운 끝부분이면 충분했다.

그녀는 덮개의 모서리에 바짝 조여진 네 개의 나사들 중 하나에 조심스럽게 열쇠를 가져다 대었다. 어떻게 홈에 잘 맞춰서 살살 돌리다 보면 나사도 풀 수 있지 않을까. 그러기엔 너무 꽉 죄어진 것 같기도 한데…….

사실 별 기대 안 했다. 부디 조금이라도 돌아가기를 빌며 홈에 열쇠 끝을 비집어 끼어 넣었을 뿐이다. 그런데 그다음 순간이었다. 끼리리릭, 힘을 주기도 전에 나사의 헤드가 돌아갔다.

"헐."

이예주는 화들짝 놀라 열쇠를 나사에서 떼고 열쇠 끝과 나사의 홈을 번갈아 바라보았다. 이게 뭐야? 자물쇠만 따지는 거 아니었어?

그녀는 제가 헛것을 본 게 아닌가 싶어 다시 한번 십자 홈에 열쇠를 맞췄다. 아주 살짝, 정말 살짝 힘을 주었을 뿐인데 나사가 술술 풀렸다.

끼리릭, 끼리리릭. 원래부터 조임이 헐거웠던 것처럼 나사는 돌돌돌 돌아가 툭 하고 바닥으로 떨어졌다. 제 눈으로 보고도 거짓말 같았다. 대체 열쇠에다가 뭔 짓을 했으면. ……역시.

"다시 만나면 일단 연금술부터 가르쳐 달라고 해야겠어."

이예주는 심각한 얼굴로 고개를 끄덕였다. 이런 대박 물건을 만들 수만 있다면 기술직이더라도 떵떵거리며 살 수 있을 테다.

그녀의 손이 바빠졌다. 끼릭, 끼리리릭. 곧 그 손을 따라 나머지 나사들도 마저 툭툭 바닥으로 떨어졌다.

"어쩐지. 너무 쉽게 풀리더라……. 크헙! 켁!"

이예주는 코와 입 속으로 훅 풍겨져 들어오는 먼지 덩어리에 사레에 들려 목을 부여잡고 죽을 듯이 기침을 토해 냈다. 빌어먹을.

프로펠러를 떼어 내고 변기 위에 위태롭게 여러 가지 물건들을 쌓아 올려 간신히 좁은 환풍구 속에 몸을 욱여넣었다. 그러자 당장 쥐새끼들이 튀어나와도 놀랍지 않을 만큼의 더러운 먼지와 때 밭이 펼쳐졌다.

이예주의 거센 기침으로 흔들린 탓일까. 순간 '탁, 콰당!' 소리와 함께 변기 위에 위태위태하게 쌓여 있던 의자, 바구니, 수건 따위들이 와르르 무너졌다.

그녀는 요란한 소리에 찔끔한 표정으로 엉망진창이 된 화장실 바닥을 내려다보았다. 설마 이 소리가 망할 유나 계집이 있는 옆 객실까지 들리진 않겠지.

"아오, 들키기 전에 빨리 가야겠다."

그녀는 서둘러 화장실 빛이 새어 들어오는 환풍기 구멍에서 등을 돌린 채 낑낑거리며 먼지 구덩이 속을 기어가기 시작했다. 옆방 계집이 강박이 있는 사람처럼 또 미친 듯이 벨을 눌러 대기 전에 어서 제 객실에서 멀어지고 싶은 마음뿐이었다.

이예주는 뿌연 먼지가 부유하는 텁텁한 환풍기 속을 계속해서 기어 나갔다. 환풍기 안은 조금만 고개를 움직여도 이마를 부딪칠 수밖에 없을 정도로 좁았다.

그래도 밀폐된 공간 안에서 두꺼운 로브를 걸친 채 먼지 바다를 헤치고 나가야 한다는 것 빼고는 나름 괜찮았다. 이상한 물방울이 툭툭 떨어지는 지하 통로나, 너무 낙후돼서 금방이라도 떨어질 것 같은 승강기에 비하면 훨씬 안전한 거라고 계속해서 스스로를 세뇌했다.

환풍구 속은 좁고 후덥지근했다. 이예주는 방향을 잘 모르기 때문에 일단 무조건 제 객실에서 반대편 쪽으로 기어갔다. 그쪽이 엘리베이터와 비상 통로가 있는 쪽이었기 때문이다.

어쨌든 B구역 1층으로 내려가긴 해야 한다는 생각은 있는지라 다행히도 잘못된 길로 들어설 일은 없었다.

"하……."

이렇게 숨 막히는 먼지 구덩이를 기어 5층에서 1층까지 언제 내려갈까. 벌써부터 눈앞이 캄캄해지는 기분이었다.

그렇지만 별수 없었다. 제가 첩보 영화의 주인공이 아닌 이상 수많은 CCTV를 피해 가며 복도를 벗어날 수 있을 리 없었으니까. 능력이 없으면 기어야지, 암.

벅벅 기어 제 객실의 화장실에서 멀어진 지 꽤 오랜 시간이 지났을 무렵이었다. 이예주의 핍박한 탈출로에 새로운 환풍기가 나왔다. 유나가 머무는 객실 화장실에 달린 환풍구였다.

다행스럽게도 그녀는 화장실에 없는 모양인지 멈춰 있는 프로펠러 사이로 보이는 아래는 어두컴컴했다. 하지만 이예주는 그것이 다행으로만 다가오지 않았다.

'이 계집애, 혹시 변기 위에 쌓아 둔 물건들 무너지는 소리 듣고 내 객실로 득달같이 달려온 거 아냐?'

그녀는 괜시리 드는 불안감에 그 좁은 곳에서 거의 목을 꺾다시피 억지로 돌려 뒤를 보았다. 멀리서 희미하게 빛을 뿜는 구멍이 보였다. 코에서 김이 날 정도로 열심히 기어서 벗어나려 했건만 여전히 유나의 사정거리 안이었다.

난장판인 화장실 꼬라지와 뻥 뚫려 있는 천장 구멍은 누가 봐도 탈출 흔적으로 보일 것이다. 고로 이렇게 어영부영 지체하다가 잡히는 것은 시간문제란 소리다.

이예주는 더욱 필사적으로 박박 기어가기 시작했다. 영화 같은 데서 보면 기어가기만 해도 알아서 탈출구가 딱딱 나오건만, 현실은 전혀 그렇지 않았다.

환풍구는 조금만 움직여도 철판과 몸이 부딪혀 쿵쿵 소리가 커다랗게 울려 퍼졌다. 때문에 유나 계집이 머무는 화장실 천장 위를 소리 없이 지나가는 일은 여간 고역이 아닐 수 없었다. 그나마 화장실 전력이 꺼져 환풍기가 작동하지 않는 것이 다행이었다.

그러나 간신히 유나의 객실을 지나친 이예주에게 얼마 안 가 또 다른 시련이 찾아왔다.

'빌어먹을, 대낮부터 무슨 샤워질이야?'

지나온 객실의 화장실은 대부분 비어 있었다. 하도 조용하기에 5층에는 자신과 유나만이 묵는 줄 알았더니 그래도 다른 사람이 있긴 있었던 모양이다. 뜨뜻한 김을 얼굴에 정통으로 맞는 짜증 나는 상황에도 그녀는 움직임에 조금 더 신중을 가했다.

돌아가는 프로펠러를 지나가는 도중에 옷자락이 걸릴 것을 신경 쓰느라 손을 헛디뎌 '쿵, 쿠당' 하는 둔탁한 소리가 환풍구 속에 울려 퍼졌다. 등 뒤로 진땀이 줄줄 흘렀다. 천만다행으로 샤워기에서 쏟아지는 물소리에 묻혀 조용히 넘어갈 수 있었다.

하지만 이예주의 진짜 위기는 대낮부터 샤워하는 놈의 객실 위를 지나가는 것이 아니라, 대낮부터 똥을 지리고 있는 놈의 객실 위를 지나가는 것이었다.

그녀가 내는 소리를 숨겨 줄 물소리조차 없었기 때문에 더러운 로브 자락을 입에 물면서까지 기어가야 했다. 그 탓에 속도가 현저히 더뎠다.

숨을 들이쉴 때마다 나는 역겨운 냄새와 귀를 끔찍이도 괴롭히는 소리 때문에 이예주는 연신 욕지기를 참아 내느라 아주 죽을 뻔했다. 코를 강타하는 냄새에 그녀는 서둘러 고개를 들었다. 미친, 대체 뭘 처먹었길래 이런 냄새가. 우욱, 하마터면 구역질할 뻔했어.

이예주는 서둘러 그곳을 벗어났다. 숨죽여 그 위를 벗어났음에도 불구하고 이후에도 끊임없이 그 냄새가 자신을 따라붙는 것 같아서 눈물이 나왔다.

세상에, 살다 보니 남이 똥 싸는 모습까지 보게 될 줄이야. 정말이지 이 미친놈의 비행선은 지금껏 겪은 그 어느 곳보다도 충격적이었다.

그렇게 험난한 5층 객실의 화장실 천장을 가까스로 지나오니, 어느덧 막다른 곳에 다다랐다. 정확히는 막다른 곳이 아닌 다른 층으로 이어지는 통로였다.

수직 통로. 청소나 점검용으로 쓰이는지 그녀가 있는 쪽 벽에 오르내릴 수 있는 손잡이가 층층이 달려 있었다. 엎드린 채로 목만 살짝 앞으로 빼서 밑을 내려다본 이예주는 곧 '어흐흐' 하고 미친 듯이 도리질 치며 몸을 원상 복귀했다.

난 절대 못 가. 이대로 맨 아래층까지 이어져 있는 건지, 끝이 보이지 않을 만큼 까마득했다. 까마득하기만 할 뿐이랴, 빛이 없어 어두컴컴한 환풍기는 꼭 괴물의 식도 같았다.

고작 책 한 권만 한 폭의 손잡이에 의지하여 내려가다가 발이라도 헛디디면? 땀이 배어 나와 잡고 있던 손이 자칫 미끄러지면?

그럼 여태껏 남의 똥 냄새까지 맡아 가며 개고생 했던 게 한순간에 물거품이 되는 것은 물론이고 덤으로 이승과도 하직해야 했다. 어쩌면 죽진 않을지도 모른다. 환풍구의 폭이 좁아 머리가 아래로 떨어질 일은 없으니 그저 두 다리만 아작 난 채 목숨은 건질지도.

아, 운 좋으면 뒈지기 바로 직전 '문'이 열려 어딘지도 모를 미래로 황망히 떨어질지도 모른다. 그럼 이미 람의 팔 한 짝이 사라지고 난 후겠지, 빌어먹을.

전혀 희망적이지 않은 여러 가정들이 속속들이 떠오르며 탈출하겠다는 이예주의 집념을 흐렸다.

아니야, 아니야! 부정적인 생각들만 해서 그래. 고소 공포증 때문에 네가 과장해서 환상을 보는 걸지도 몰라. 실제로는 우스울 만큼 짧은 거리일 수도…….

그러나 다시 흘끔 내려다본 수직 통로는 오금이 저릴 만큼 아찔한 높이였다.

"으흐으!"

이예주는 비통에 잠긴 신음을 흘리며 부르르 몸을 떨었다. 안전한 수평 통로에 있음에도 불구하고 눈앞이 핑핑 도는 것 같았다. 핑계처럼 대 왔던 고소 공포증이 머릿속을 잠식했다.

'무서운데. 으으, 너무 무서운데. 높은 곳에서 떨어져 죽긴 싫은데.'

이예주는 울상을 짓고는 입술을 잘근잘근 물어뜯었다. 그러나 더욱 통탄할 일은, 그녀에게는 이외의 다른 차선책 따윈 없다는 현실이었다.

"하으, 씨."

정말이지 고소 공포증도 싫고 죽는 건 더더욱 싫었지만, 이예주는 결국 눈물을 머금고 조심스럽게 다리를 모서리 아래로 내렸다. 잘못 디디기라도 할까 봐 몸을 내리는 내내 다리가 퍼들퍼들 떨렸다.

그녀의 인생은 1000년 전 과거도, 1000년 후인 현재도 언제나 파란만장했지만 과거에는 적어도 개고생을 사서 할 일은 없었다.

하지만 이제 그녀에겐 엄마 이외의 지키고 싶은, 잃기 싫은 소중한 인연들이 생겨 버렸다.

"밑에 보지 마. 밑에 보지 마."

완전히 몸을 손잡이로 내린 후 마지막으로 바들바들 떨리는 손마저 손잡이를 움켜쥔 이예주는 거의 자기 세뇌를 하다시피 중얼거리며 다음 손잡이로 몸을 내렸다.

무서워, 무서워. 무서워서 죽을 것 같은데, 더 무서운 것은 피가 질질 흐르는 그 남자의 모습이었다. 인간이 만든 무기로는 죽지 않는다고 괴물 같은 회복력을 자랑했던 그였지만 이번에는 정말 느낌이 좋지 않았다.

팔 한 짝이 날아갔다. 아무리 그가 신 같은 존재라지만, 무슨 도마뱀도 아니고 날아간 팔 한 짝이 다시 돋아날 리 없었다. 그리고 무엇보다 이예주의 온 직감이 날카롭게 꿈에 반응했다. 위험하다고.

"내가 무슨 광영을 보겠다고."

그것도 하루아침에 눈 뜨니까 차갑게 내쳐 버린 놈을 구하러. 이래서 엄마랑 같이 본 사주에서 남자를 조심하란 말을 들었나 보다. 이래 봤자 어화둥둥 꽃가마를 태워 주기는커녕, 자신이 얼마나 기를 써 가며 탈출했는지 알아줄지도 미지수인 놈인데.

그래도, 그래도 어떻게든…….

"사흘 안에 근드, 그."

이예주는 이를 까득 악물고 다시 다음 층으로 몸을 내렸다. 한 층 한 층 내려갈 때마다 예상대로 손바닥이 미끈거리고, 종아리는 후들거리고, 등은 식은땀으로 축축해졌지만 그녀는 그래도 내려갔다. 람에게로 가기 위해.

이예주가, 람에게로.

수직으로 이어진 환풍구를 내려가는 도중 가장 힘들었던 것은 손잡이로만 이루어진 사다리가 중간중간 끊긴 부분을 지날 때였다. 바로 밑층의 환풍구들 때문에 생긴 작은 통로들이었다.

간신히 마음을 다잡고 고소 공포증을 이겨 내며 내려오는 이예주의 맥을 끊는 것은 물론이고, 짧게 뻗은 다리가 쉽게 닿지 않을 때마다 피가 바짝바짝 마르는 기분이었다. 망할 환풍구! 대체 거기 왜 있어서!

그 환풍구 덕에 간신히 탈출하고 있으면서도 이예주는 끊임없이 욕을 외웠다. 4층이 되어도, 3층이 되어도 마지막 층은 여전히 까마득하기만 했다.

낑낑거리는 신음을 연달아 내뱉으며 막 3층을 거쳐 2층으로 향하는 통로 중간쯤에 당도했을 때였다. 손잡이를 꽉 부여잡은 제 손만 보고 내려가고 있었으나, 아래에서부터 희끄무레한 빛이 새어 들어왔다.

"어. 뭐, 뭐야?"

내려다보지 말자는 자기 세뇌도 잊고 무심결에 아래를 내려다본 이예주의 눈이 커다래졌다. 아직 두 층이나 남았다는 생각과는 달리, 놀랍게도 바닥이 가까워 보였다. 좁은 수직 통로가 끝난 것이다.

뭐야, 1층이야? 제가 너무 벌벌 떨며 내려오는 통에 혹여나 층수를 틀렸나 싶었지만 5층서부터 환풍구가 끊기는 구간을 총 2번 넘었으니 이번 층은 필히 2층이었다. 그러나 더 이상의 내려가는 곳은 존재하지 않았다.

이예주는 서둘러 아래로 몸을 움직여 남은 거리를 내려갔다. 지금껏 벌벌 떨며 내려오던 것과는 달리 바닥에 거의 도달한 상태임을 인지해서 그런지 내려가기가 한결 수월했다.

바닥과 꽤 떨어져 있는 마지막 손잡이에 발을 디딘 이예주는 최대한 몸에 힘을 줘 소리가 나지 않도록 뛰어내렸다.

쿵. 그러나 영화처럼 소리가 안 나긴 개뿔, 너무 육중한 소리가 한동안 텅텅 울려 퍼져서 심장이 오그라드는 경험을 맛봐야 했다.

잠시 숨을 멈추고 귀를 기울여도 다른 인기척 없이 고요하자 그녀는 조심스럽게 몸을 웅크려 앉았다. 그녀가 내려선 곳은 'ㅏ' 모양의 세 갈림길의 교차점이었다. 그녀를 기준으로 북쪽 환풍구의 끝에서 희미한 빛이 일렁이며 새어 들어오고 있었다. 내려오면서 보았던 빛의 근원지인 듯했다.

그와는 달리 나머지 두 개의 통로는 빛 한 점 없이 어두컴컴해서 그 끝이 잘 보이지 않았다. 이예주는 짤막한 한숨을 내쉬며 다시 환풍기 통로에 맞춰 엎드렸다.

어디로 갈지 결정을 내리는 데까진 오래 걸리지 않았다. 어디로 이어져 있는지도 모르고, 그 끝이 얼마나 길지도 모르는 다른 통로를 박박 기어가는 것보다 일단 눈앞에 끝이 존재하는 곳부터 확인하는 것이 옳았다.

'2층엔 뭐가 있었지?'

무릎으로 기어가는 자세 탓에 헉헉, 가쁜 숨을 몰아쉬며 그녀는 새벽녘에 둘러보았던 B구역의 구조를 떠올렸다.

3층은 비상구의 문까지 아예 잠겨 있어 들어갈 수 없었고, 2층은 널따란 복도에 문 하나가 있었다. 마킹 자국과 카드를 모두 다 확인하여야만 들어갈 수 있었던 문이.

'그럼 여긴 그 실험실인가? 타임머신이 있다는 그?'

거리가 멀지 않은 탓에 이예주는 금방 통로의 끝에 도착했다. 프로펠러와 촘촘한 쇠창살 덮개로 막혔기는 해도 나갈 수 있는 구멍이 손 뻗으면 닿을 곳에 있었다. 하지만 그녀는 일렁이는 푸른빛이 어둠과 경계를 만드는 지점 바로 앞에서 멈춰 섰다.

쇠창살 너머를 예의 주시하며 가만히 귀를 기울여 보았지만 아무 소음도 들리지 않았다. 그녀는 그에 용기를 얻어 쇠창살 쪽으로 가까이 다가갔다.

쇠창살 사이로는 A구역의 생산실에서 보았던 하얀 타일 바닥 빼고는 잘 보이지 않았다. 인기척도 전혀 느껴지지 않았다.

'가만, 바닥?'

바깥은 정말로 널따랗고 하얀 타일 바닥뿐이었다. 그 외에 기구나 기둥 같은 것들이 보였지만 시야의 한계가 있어서 정확히 뭐인지는 알 수 없었다. 5층에서는 화장실의 천장을 가로질러 왔던 것과는 달리, 2층의 환풍구는 바닥 쪽에 설치되어 있는 것이다.

이쪽으로 나갈 수 있을까? 그녀는 손을 뻗어 프로펠러 바깥쪽을 막고 있는 덮개를 조금 흔들어 보았다. 덮개가 덜그럭거리면서 금방이라도 떨어질 것처럼 흔들렸다. 나사의 조임이 생각보다 헐거운 것 같았다.

참 나, 제 객실 화장실의 환풍구는 나사까지 새것으로 교체하면서까지 철저하게 막아 두었으면서 여긴 이렇게 허술하게 두는 건가?

카드를 읽는 것도 모자라 마킹 자국조차 확인하지 않으면 들어갈 수 없을 만큼 치밀하게 잠가 둔 바깥 출입구와는 대조되는 모습에 이예주는 조금 어처구니가 없었다. 이렇게 꽤 크게 덜그럭거리는 소리를 내었음에도 사람 소리 하나 나지 않는 것을 보니 확실히 환풍구 밖은 비어 있는 것 같았다.

좀 더 세게 힘주면 열릴 것도 같은데……. 덜그럭거리는 환풍기 덮개를 보며 이예주는 잠시 고민에 빠졌다. 여기로 나가면 1층으로 나갈 수 있을까? 2층이 어떤 구조인지 전혀 모르는데.

하지만 그렇다고 해서 다른 갈림길이 어디로 이어져 있는지 아는 것도 아니었다. 게다가 더 이상 먼지를 마시기도 싫었고, 4층이나 되는 높이의 수직 통로를 내려오는 동안 너무 긴장을 한 탓에 더는 기어 다닐 수 없었다.

망할, 하도 웅크린 상태로 있었더니 어깨도 허리도 빠질 것 같아. 어차피 아무것도 모르고 답도 없고 계획도 없는 인생, 이예주의 고민은 그리하여 짧게 끝이 났다.

주섬주섬 엎드린 몸을 움직여 뒤로 눕는 자세를 취한 이예주는 한껏 구부린 발을 치켜 올려 프로펠러 사이로 잘 조준했다. 발로 차서 환풍기 뚜껑을 열려는 의도였다.

조준을 마친 그녀는 망설이지 않고 환풍기 뚜껑을 찼다. 찰나의 순간, 소리를 듣고 누군가 뛰어올까 걱정도 들었지만 별수 없었다.

쾅! 굉음과 함께 쇠창살이 허무할 정도로 쉽게 떨어져 나갔다. 킹, 쿵. 대리석 타일 바닥과 쇠창살이 맞부딪히며 요란한 소리를 냈다.

꺼져 있는 프로펠러도 마저 걷어차려 했던 이예주는 멈칫한 채 혹시 누가 올까 마음을 졸였지만 여전히 아무 소리조차 들리지 않았다. 텅 비어 있는 것이 확실했다. 안심하고 장애물을 마저 제거한 그녀는 낑낑거리며 드디어 좁아터진 환풍구 속을 탈출할 수 있었다.

너무 먼지 구덩이 속에만 있어서 그런가. 실내임에도 불구하고 밖으로 나오니 쾌적한 공기가 콧속을 파고들었다. 자리에 주저앉아 한참 동안 크게 심호흡을 하던 그녀는 꽤 오랜 시간이 지난 후에야 주위를 둘러볼 여유가 생겼다.

그녀가 빠져나온 곳은 A구역 생산실처럼 굉장히 넓고 광활한 공간이었다. 빠져나온 환풍기 구멍은 그중에서도 가장 외진 구석에 위치했다. 앞에 펼쳐진 어마어마한 넓이의 하얀 타일 바닥에 이예주는 잠시 할 말을 잃고 우두커니 서 있었다.

사람이 존재하지 않는 건지 2층은 전체적으로 불이 다 꺼져 어두컴컴했다. 간신히 사물을 구분할 수 있을 만큼의 정도였다.

주변은 온통 알 수 없는 물건투성이였다. 듣도 보도 못한 이상한 기계들이 이곳저곳 어지러이 늘어져 있었다. 한쪽 구석에는 정말 과학 실험실처럼 미지의 표본들과 현미경과 같은 실험 도구들이 널려 있는 기다란 흰 탁자들과 의자들도 있었다.

정말로 실험실이 맞긴 맞는 건가. 낯빛 하나 변하지 않고 물처럼 술술 거짓말을 뱉은 여준의 면상을 떠올리던 이예주는 얼마 안 가저 멀리 떨어져 있는 곳에서 빛이 나는 근원지를 발견했다.

그녀의 키의 두 배는 될 법한 커다란 물체에서 푸른빛이 흘러나오고 있었다. 그 모양이 자못 특이했다. 거대하고 길쭉한 원통 여러 개가 바닥에서 조금 떨어진 공중에 설치돼 있었는데, 마치 오래된 가구 위에 흰 천을 덮어 놓은 것처럼 하나같이 검은색의 암막 천으로 덮어져 있었다. 천의 길이가 채 바닥까지 닿지 않아 그 틈으로부터 일렁이는 푸른빛이 새어 나왔던 것이다.

"……저게 뭐지?"

아무리 바라보아도 그게 뭔지 감이 잡히지 않았다. 그 알 수 없는 장치 뒤로는 B구역 1층을 이루고 있는 어두컴컴한 회색 시멘트 벽이 한쪽 벽면 전부를 이루었다.

다른 곳은 벽이든, 바닥이든 모두 정신 병원처럼 광이 나는 흰색 페인트로 칠해져 있는 것에 반해 그쪽 벽만 투박하고 칙칙해서 유독 눈에 띄었다.

이예주는 다시 고개를 돌렸다. 그녀가 있는 모서리 구석에서 앞으로 쭉 직진하면 중앙 부근에 두꺼운 철문이 존재했다. 지난 새벽에 확인차 보았던 출입구가 확실했다. 다른 쪽도 둘러보았지만 이 공간에서 빠져나가기 위한 출입구는 그 문 하나뿐인 것 같았다.

여기가 그 2층 연구실이라면, 그렇다면 저 이상한 모양의 장치가 바로 여준이 말한…….

"타, 타임머신?!"

과거로 돌아가는 데에 있어 중요한 열쇠일지도 모를 기계를 보는 이예주의 눈이 일순 반짝였다. 진짜 타임머신이라는 게 존재하긴 했던 거야? 뻥이 아니었어?

원통들을 바라보는 그녀의 동공이 흔들렸다. 과거로 돌아가면 엄마를 다시 만날 수 있을 것이다. 엄마를 되살릴 방법이 있어. 그치만…….

당장 제가 생각하는 기계가 맞는지 확인해 보고 싶었지만 검은 천으로 덮여 있는 탓에 그녀가 있는 곳에서는 알 방도가 없었다.

빌어먹을, 사람 호기심 자극하는 것도 아니고 왜 저렇게 천으로 덮어 놔. 그리고 덮어 둘 거면 빛도 새어 나오지 않게 꽁꽁 싸매던가. 빨리 천을 벗겨 달라고 유혹하는 것도 아니고.

"아니야, 예주야. 정신 차려. 그 남자한테 가기로 결정했잖아."

빛이 나오는 쪽을 바라보며 잠시, 갈팡질팡하던 이예주는 순간 드는 유혹을 뿌리치기 위해 머리통을 거칠게 뒤흔들었다.

"정신 차려, 이예주."

이예주는 한 번 더 자신에게 중얼거렸다. 람 놈이 다칠 수도 있다고.

여긴 나중에라도 다시 찾을 수 있지만, 날아간 팔 한쪽은 되찾을 수 없잖아. 타임머신이 실존하는지, 과거로 가는 방법이 정말 실재하는지 확인할 수 있는 유일한 기회였지만 예지몽을 상기하며 이를 악물고 뒤를 돌았다.

출입문 쪽으로 빠르게 걸음을 옮기며 그녀는 앞머리를 신경질적으로 쓸어 넘겼다. 징하다 징해, 이예주. 어떻게 이렇게까지 타인을 끔찍이 여길 수 있을까. 이성을 돌같이 보던 과거의 저는 상상도 할 수 없는 미래였다.

서둘러 걸음을 옮긴 탓에 철문까지의 거리는 금방 좁혀졌다. 그러나 그녀는 굳게 닫혀 있는 문과 마주치자마자 험악하게 얼굴을 구길 수밖에 없었다.

"뭐야! 미친, 무슨 문 안쪽에도 잠금장치가 있어!"

그렇다. 안쪽이니까 도어록 해제 버튼 같은 열 수 있는 장치가 있을 거라 믿었는데, 마치 그녀의 뒤통수를 거하게 내리치듯 바깥쪽과 똑같은 'Marking'과 'Card'가 쓰인 패드가 존재했던 것이다.

"아오, 진짜!"

쓸데없는 곳에서 이렇게 철저하단 말이야! 탈출구가 막힌 탓에 이예주는 몸을 안절부절 움직이며 짜증을 냈다.

마킹 자국은 둘째 치고, 환풍구로 올라가는 데만 신경 쓰느라 객실 카드 키를 챙기는 것을 깜박했다. 카드 키도 없는데, 괜히 열어 보겠답시고 패드를 막무가내로 건드렸다가 비상벨이라도 울리면 답도 없다.

"제기랄, 이제 어떡하지."

빠져나온 환풍구 속으로 기어 들어가서 갈림길의 교차점으로 되돌아가 다른 통로로 들어가는 방법뿐인가. 그 더럽고 먼지 뭉치가 굴러다니는 곳으로 다시? 그리고 그 통로들이 또 어디로 이어질 줄 알고.

"으으, 망할……."

이예주는 머리를 쥐어뜯으며 욕을 뇌까렸다. 으, 어떡하지. 하지만 아무리 머리를 쥐어뜯고 생각을 짜내려 해도 도무지 환풍구로 돌아가는 것 외에 뚜렷한 수가 떠오르지 않았다.

자해를 해서 강제로 미래로 가는 '문'을 열 수도 있겠지만, 그건 시기 조정을 할 수 없으니 너무 무모했다. 그리고 다시 버려지지 않으려면 어쨌든 남자한테 제 쓸모를 증명해야 하지 않는가.

"하…… 그 새끼가 뭐라고."

이예주는 우울한 낯빛으로 터덜터덜 철문에서 등을 돌렸다.

그때, 암울의 극치를 달리는 그녀에게 문득 한 줄기 빛이 보였다. 바로 천으로 덮여 있는 타임머신-이라고 추정되는-에서 새어 나오는 빛이었다.

"타임머신……."

눈길을 끄는 빛무리를 바라보며 이예주는 아랫입술을 잘근잘근 씹었다. 다시 마음이 갈팡질팡해졌다.

당장 람에게 가야 해. 그 남자에게 가는 게 먼저라고 이미 결정했잖아.

그렇지만 그토록 찾던 '과거로 가는 방법'이 바로 눈앞에 있는데, 냉정하게 등을 돌리는 것이 쉽지 않았다.

잠깐, 잠깐 확인만 하고 가는 것까진 괜찮지 않을까. 진짜 저 천에 덮인 것이 타임머신이 맞는 것인지 알 수 없기도 하고, 여준의 말이 거짓일 확률도 있으니까. 잠깐 확인 정도는. 알 수 있으면 작동법도 좀 보고…….

"이왕 여기까지 왔는데…… 보기만 하고 갈까?"

람에게 간 이후엔 언제 다시 이곳에 올 수 있을지 모르겠다. 어쩌면 다시 온다 해도 이 비행선이 온전한 모습으로 있을지조차 알 수 없었다.

그러니까 후딱 확인만 하고 가는 거야. 저 천만 끌어 내리면 어떻게 생겼는지라도 볼 수 있을 테니까.

기어이 확인하고 가자는 쪽으로 마음을 굳힌 이예주는 그것을 빠르게 행동으로 옮겼다. 천을 치우고 확인만 하는 거니 별로 오래 걸리지 않을 걸 알면서도 괜히 시간을 지체하고 있다는 초조함에 뛰어가다시피 했다.

천이 덮인 요상한 모양의 원통 기계들에 가까워질수록 빛이 강해지며 시야가 훤해졌다. 세어 보니 거대하고 길쭉한 원통은 총 8개였다. 천 아래 굵은 기둥들이 나와 바닥에서 휘어져 다른 기둥들과 원으로 이어져 있었다.

"참으로 희한한 모양새일세."

이예주는 기기 주변을 천천히 돌았다. 반 바퀴쯤 돌았을 때 기계를 관리하기 위함인 것 같은 터치스크린이 가슴 밑 정도의 높이에 설치되어 있는 것이 보였다. 그녀는 그 앞으로 걸어갔다. 모니터 안을 들여다보니 알 수 없는 수치들이 오르락내리락하고 있고, 그 옆에 여러 영단어들이 적힌 버튼들이 있었다. 알아볼 수 있는 단어는 'Supply'와 'Stop' 정도뿐이었다.

괜히 아무거나 건드렸다가 낭패를 보긴 싫은 이예주는 금방 화면에 흥미를 잃고 주변을 돌아보았다. 원통 장치 뒤쪽은 멀찍이서 보았던 대로 칙칙한 회색 벽으로 막혀 있어 더 이상의 공간이 존재하지 않았다.

조금 의외였던 것은 벽이 그냥 벽이 아니라는 점이었다. 벽면에 일정한 간격마다 미세한 균열이 존재했고, 그 균열을 만드는 세로선의 양옆에는 버튼이 있는 패드가 설치되어 있었다. 아무래도 벽 너머에 또 다른 공간이 있고, 그것을 두꺼운 벽으로 차단해 둔 것 같아 보였다.

시간이 좀 더 있었다면 확인해 볼 텐데. 하지만 이예주에겐 타임머신 기계를 확인하는 지금 이 순간조차 사치였다.

그렇지. 지금은 후딱 타임머신이 진짜인지만 확인하기로 했지. 그녀는 여기서 지체하고 있는 이유를 재차 상기하며 고개를 원래의 목표로 원상 복귀시켰다.

검은 천으로 덮여 있는 원통들의 아래쪽에서 뿜어져 나오는 빛 그림자는 터치스크린을 받치고 있는 기둥을 넘지 못했다. 그래서 그 안으로 신발코를 들이미는 이예주는 왠지 넘지 말아야 할 선을 넘는 것 같다는 꺼림칙한 기분을 느껴야 했다.

뚜벅뚜벅, 원통에 가까이 다가가는 동안 유독 그녀의 발자국 소리가 크게 들렸다. 지면에서 반 미터 정도 떨어진 공중에 설치되어 있어서 그런가. 멀리서 볼 때는 크기도 길이도 크다고만 생각됐는데 가까이에서 보니 원통은 그렇게 크지만은 않았다.

물론 그렇다고 작은 것은 아니었다. 체구가 작은 두 사람 정도는 거뜬히 들어갈 수 있을 만한 폭과 모양새였다. 마치 세로로 세워 둔 MRI 스캐너 같아 보였다.

이예주는 조심스럽게 손을 뻗어 검은 천의 끝자락을 말아 쥐었다. 천으로 감춰진 내용물을 정말 확인하려니 괜히 가슴이 두근거리면서 입이 바짝 말랐다.

그런데 끌어 내린 천을 다시 어떻게 원상태로 씌우지? 밟고 올라갈 의자는 멀리 떨어져 있어서 오가려면 시간이 많이 걸릴 텐데.

쓸데없는 걱정들이 차오르자 그녀는 고개를 휘휘 내저으며 상념들을 내쫓았다. 알 게 뭐야. 어차피 잠깐 확인만 하고 바로 튈 건데.

그녀는 마른침을 모아 꿀꺽 삼키며 천 자락을 꽉 쥔 손에 힘을 주어 당겼다. 검은 천이 손아귀에 힘없이 스르륵 딸려 왔다. 그리고 마침내 천 밑의 기계가 드러났다. 어두침침했던 눈앞이 한순간 확 밝아진 순간.

"흐, 흐억!"

드러난 기계의 모습에 그녀는 짧게 비명을 지르며 뒷걸음질 쳐서 물러났다. 털썩. 그 바람에 손을 놓쳐 던지듯이 바닥에 떨어진 천 소리가 꽤 크게 울려 퍼졌다. 정면을 바라보는 이예주의 동공이 찢어질 듯 크게 확장되었다.

원통은 타임머신 같은 기계가 아니었다. 기계에 대해 조금도 알지 못하는 그녀였으나 그것이 타임머신이 아니라는 것쯤은 쉽게 알아챌 수 있었다.

시간을 다루는 그 어떤 장비가 내부에 수조처럼 물을 채운 채 그 안에 사람을 넣어 놨겠는가.

일렁이는 푸른빛은 원통형의 수조 안을 밝히는 전등에서부터 새어 나오는 것이었다. 원통은 기계 장치가 달리지 않은, 유리로 만든 통에 가까웠다. 그 안에 실오라기 하나 걸치지 않은 사람이, 포름알데히드로 채워진 유리병 안의 표본처럼 둥둥 떠 있었다.

이예주를 더 경악에 빠트린 것은 안에 갇힌 사람의 생김새였다.

"……기, 기형?"

언젠가 아무 생각 없이 핸드폰으로 인터넷을 이리저리 뒤지다 들어간 호러 사이트에서 본 것들이 생각났다. 죽은 쌍둥이를 몸에 달고 태어난 사람처럼, 수조 안에 있는 사람의 바싹 마른 양 옆구리엔 기괴스럽게도 또 다른 인간 두 명의 상체가 달려 있었다. 아래로 축 늘어진 것들이.

한쪽은 몸집이 작았다. 어린아이인 것 같았다. 그러나 다른 한쪽은……. 다른 한쪽은 체격이 큰 남자였는데 양팔이 비정상적으로 길었다. 게다가 온몸이 울긋불긋하고 퉁퉁 불어 징그러웠다. 나뭇가지처럼 바싹 메마른 사람의 몸에 붙어 있기엔 너무 힘겨워 보여…….

거기까지 생각한 이예주는 허겁지겁 두 상체를 매달고 있는 주인공의 얼굴을 확인했다. 그녀도 익히 아는 얼굴이었다.

잊으려야 잊을 수 없었다. 모든 것이 지겹고 권태로웠던 무감각한 눈과 얼굴이 조롱이를 보고 어떻게 희번덕 뒤집어졌는지 아직도 생생히 기억이 나는데. 그 시체처럼 허옇고 창백한 얼굴이…….

"누, 눈족 장로……!"

이예주는 물속에 있는 기이한 형태의 인간의 얼굴을 확인하고 거칠게 숨을 할딱거렸다.

이, 이 사람이 어떻게 여기 있는 거지? 그때 분명 얼굴을 갈겨 쓰러뜨린 다음 지하에 남겨 두고 왔는데. 그리고 그 지하 탄광은 자신이 던진 등불에 의해 완전히 폭발하여 붕괴되지 않았던가?

그런데, 그런데 대체…… 대체 이 여자의 몸뚱이가 왜, 꼭 사막에서 보았던 그 괴물처럼…….

참혹한 여자의 몸에 차마 말을 잇지 못하고 멍청하게 서 있던 이예주는 주춤주춤 유리통 가까이로 다가갔다. 살아 있는 건지 알고 싶었다. 그녀는 그동안 여자가 죽었다는 데에 한 치의 의심도 없었다. 이렇게 뜬금없이 다리족의 비행선에서 다시 만날 줄은 전혀, 꿈에도 몰랐다.

뽀글뽀글. 이상한 것들을 양 옆구리에 달고 있는 여자 주변에서 계속해서 기포가 생겨났다. 그렇지만 회색에 가까울 정도로 혈색이 돌지 않는 눈족 장로의 몸은 살아 있다고 보기 매우 어려웠다.

"죽은, 죽은 건가?"

죽은 거겠지? 산소 호흡기도 없는데 어떻게 물속에서 살아 있을 수가 있겠어. 그리고 다리족 놈들이 아무리 미친놈이라지만 산 사람을 가지고 이런 짓을 할까. 개구리 표본도 아니고.

게다가 같이 협력하여 비행선을 건조해 살아남은 눈족의 장로였다. 그런데.

"그럼 이 원통들이 다……."

이런 괴물의 시체들을 보관하기 위해 쓰고 있는 거란 말이야? 타임머신 같은 게 아니라?

눈족 장로가 들어 있는 천이 벗겨진 유리통과, 그 옆으로 일정하게 배치되어 있는 원통들을 두려움에 가득 찬 눈으로 번갈아 보며 한 걸음, 한 걸음 유리통 앞으로 다가가던 순간이었다.

눈족 장로의 옆구리에 매달린 남자의 길쭉한 팔이 불현듯 꿈틀꿈틀 움직이더니 이예주 앞의 유리통을 쳤다. 텅!

그 소리를 듣고 깨어난 건지 시체처럼 눈을 꾹 감고 있던 눈족 장로가 번쩍 눈을 떴다.

"흐악!"

이예주는 이번에야말로 괴성을 지르며 제자리에서 팔짝 뛰었다. 그러고는 뒤를 돌아 도망갈 생각도 못하고 기겁을 하며 뒷걸음질 쳤다. 텅! 텅! 길쭉한 팔이 두어 번 안쪽에서 유리통을 더 쳤다. 이예주는 거의 졸도할 것처럼 비명을 질렀다.

"으흐! 살았어! 미친, 미친! 살아 있어!"

뒤통수에 벽이 닿아 더 이상 물러날 곳도 없건만, 그녀는 계속해서 원통에서 떨어지기 위해 뒷걸음질 치는 것을 멈출 수 없었다.

당장이라도 저 괴물이 유리를 뚫고 튀어나올 것만 같았다. 그러기엔 턱 없이 기운 없는 두드림이었고, 단단한 방화 유리가 이중으로 방호하고 있었지만 겁을 먹은 그녀는 전혀 알아채지 못했다.

눈족 장로의 눈에는 딱히 초점이랄 게 없었다. 그러나 이예주는 그 눈이 저를 똑똑히 바라보고 있다고 착각했다. 그리하여 단단히 막힌 시멘트를 뚫고 들어가고 싶은 사람처럼 등으로 벽을 밀며 몸부림을 치던 와중이었다. 저도 모르는 새 달칵하고 팔꿈치로 벽에 달려 있는 버튼을 누르고 말았다.

그녀가 뭔가 이상한 점을 느낀 것은, 지이이잉 하는 객실 문 열리는 소리와 함께 등에 닿은 벽이 움직인다는 생각이 들었을 때였다.

"뭐, 뭐야! 뭐야!"

후드가 말려 올라가는 느낌에 이예주가 화들짝 벽에서 등을 떼고 뒤를 돌았다. 제가 뭘 건드렸는지 모르겠지만, 벽 일부가 아래위로 갈라져 천천히 열리고 있었다. 스크린 도어 내려오듯 천천히.

그 너머로 한 평 남짓 되는 화장실 크기만 한 하얀 방이 나왔다. 과거의 영상 속에서 사슬을 채운 채 어린 람을 가둬 두었던 방처럼 새하얀 방. 그 안에 한 사람이 옆으로 돌아서 있었다. 안쪽의 벽처럼 희디흰 옷을 입고 있는 남자아이였다.

흰 방에 흰 옷. 그 무채색들 가운데 남자애의 희멀건한 피부색과 염색물이 빠진 것처럼 푸석푸석한 노란 머리는 유독 눈에 튀었다.

수조에 갇힌 사람도 모자라 벽 뒤의 공간에 사람이 또 하나 갇혀 있다니.

이예주는 눈동자를 굴려 드러난 벽 옆의 다른 벽면들을 곁눈질했다. 어마어마한 넓이였다. 수십, 어쩌면 기백 개에 달할지도 모르겠다.

그녀는 떨리는 동공을 다시 돌려 제 앞으로 고정했다. 남자아이는 그녀가 보이지 않는 건지 하염없이 하얀 도화지 같은 옆벽만을 바라보고 있었는데, 그 모습이 좀 이상했다.

"……저, 저게 뭐야?"

열여섯? 열일곱은 먹었을까. 조롱이처럼 사춘기가 찾아오지 않은 앳된 소년이었다. 그러나 문제는 흰 방에 어린 남자애가 갇혀 있는 것이 아니라, 그 남자애의 뒤통수에 뭔가가 있다는 것이었다.

그러니까…… 얼굴이 하나 더 달려 있었다. 처음에는 잘못 본 건 줄로만 알았다. 그러나 돌출된 코와 입, 틀림없이.

"얼굴…… 어, 얼굴이 왜 저기에……."

그때였다. 부우우— 부우, 부우우— 부우우— 어디선가 낯익은 소리가 들려왔다. 그녀가 다리족 족장을 뿔각 대장이라고 부를 적, 사막에서 여준이 꺼내 들어 불렀던 뿔각 소리였다. 제 앞에서 들리는 소리에 정신없이 방을 훑자 하얀 방의 모서리에 손바닥만 한 스피커가 달려 있는 것이 보였다.

"왜 뜬금없이 뿔각 소리가……."

이예주가 혼이 나간 얼굴로 혼잣말할 무렵, 옆벽을 바라보고 서 있던 남자애의 고개가 별안간 그녀 쪽으로 홱 돌아갔다.

뒤통수가 뒤를 향하며 진짠지 가짠지 구분이 가지 않던 또 다른 얼굴이 시야에서 사라졌다. 대신해서 죽은 사람처럼 빛이 꺼진 흐리멍덩한 눈을 한 남자아이가 비틀거리며 다가오기 시작했다.

"뭐, 뭐야. 왜 내 쪽으로……."

부우, 부우우, 부우우— 뿔각 소리가 나올 때마다 남자애의 몸이 기이하게 움찔거렸다. 그러나 이예주를 향해 다가오는 발걸음은 멈추지 않았다.

"왜, 왜 이래. 야. 오, 오지 마."

불과 몇 걸음을 앞둔 상태에서도 남자애가 계속해서 제 쪽으로 걸어오자 이예주는 유리 벽 쪽에서 몸을 떼며 엄포를 두듯 말했다. 그러면서 흘끗 뒤를 곁눈질했다.

여전히 유리통 안에는 빌어먹을 눈족 장로가 초점 없는 눈을 하고 둥둥 떠 있었다. 그 아래 길쭉한 팔은 여전히 해초처럼 물속에서 꿈틀꿈틀거렸다. 마치 그녀가 근처에 오기만 하면 바로 유리를 깨고 튀어나와 어깨를 잡아챌 것처럼.

망할! 망할! 이예주는 다시 고개를 앞으로 돌렸다. 남자애는 어느새 부쩍 가까워져 있었다. 채 세 걸음도 안 되는 거리였다.

“흐, 흐으. 야! 야! 오, 오지 말라니까 왜 자꾸…… 으아악!”

그 순간, 간헐적으로 몸을 떨며 비척거리던 남자애가 번뜩 고개를 쳐들었다. 그리고 좀비 영화의 한 장면처럼 입을 쩍 벌린 채 이예주에게 미친 듯이 달려들었다.

꽥 고성을 내지르며 마구 뒷걸음질을 치던 그 순간, 퍽! 남자애가 돌연 허공에 얼굴을 처박았다. 어찌나 세게도 박았는지 아이의 몸이 뒤로 넘어갈 듯 휘청거렸다.

너무 투명해서 미처 눈치채지 못했다. 벽 속의 방은 투명한 유리 벽으로 막혀 있었다.

더 이상 좀비 같은 새끼가 제게로 다가오지 못한다는 사실에 안도하는 것도 잠시, 그새 균형을 잡은 남자애는 다시 빌빌거리며 걸어왔다. 그리고 ‘퍽!’ 하고 유리 벽에 얼굴을 처박았다. 그쪽에 유리가 있다는 것을 인지조차 못하는 사람 같았다.

퍽퍽, 남자아이가 얼굴을 박을 때마다 반동으로 머리통이 흔들려 뒤통수가 슬쩍슬쩍 보였다. 얼굴이 달린 그 뒤통수의 눈코, 입이 너무나도 뚜렷하게 자리하고 있어 잘못 보았다고 치부할 수도 없었다.

부우우— 텅! 부우, 부우우— 텅! 뿔각 소리와 박자를 맞추듯 유리 벽에 얼굴을 처박는 둔탁한 소리. 당장 비명을 지르며 기절을 해도 이상할 게 없는 상황이었다. 그러나 이예주는 기절은커녕 비명조차 지를 수 없었다.

'어' 하고 입을 벌릴 즈음 차갑고 날카로운 금속이 섬뜩하게 목을 압박했다.

"안녕, 예쁜이."

눈족 장로가 있는 수조 대신 타인의 딱딱한 몸뚱이가 바로 등 뒤에서 느껴졌다.

"하루도 안 지나서 또 만났네?"

낄낄거리는 웃음소리에 머리끝부터 발끝까지 소름이 끼쳤다.

'이…… 이 새끼가 대체 언제 어떻게 들어온 거지?'

이예주는 식은땀을 뻘뻘 흘리며 눈알을 뒤룩뒤룩 굴렸다. 아무리 되새겨 봐도 누가 들어오는 인기척은 듣지 못했다.

"어…… 어떻, 흑."

어떻게, 그 말이 목구멍까지 차올랐지만 그녀는 끝내 내뱉을 수 없었다. 턱 밑에 바짝 들이밀어진 칼 때문이었다. 금방이라도 식도를 쑤시고 들어올 듯 날카로운 칼날이 섬뜩하게 목주름을 긁었다.

"헤헤, 어떻게 왔느냐고?"

놈이 킬킬 웃었다. 그 비열한 웃음소리가 낯익었다. 어디서 들었는지 따위의 고민을 굳이 하지 않아도 새벽녘의 잔상이 생생하게 떠올랐다.

기억 속의 날카로운 족제비상과 졸루한 목소리를 대조하는 와중 귓가에서 더운 숨이 헉헉 내뿜어졌다.

"화장실에서 똥 싸고 있는데 천장에서 웬 쥐새끼가 찍찍거리면서 기어가는 소리가 들리더란 말이지.”

환풍구를 길 때 속으로 쌍욕을 퍼부었던 주인공이 바로 이 미친놈이었다니. 잊고 있었던 역겨운 구린내가 어디서부턴가 스멀스멀 몰려와 이예주의 얄팍한 비위를 건드렸다.

우욱, 토할 것 같아. 놈이 귓가에서 뿜어내는 숨결에 그 냄새가 섞여 있는 것 같았다. 구역질이 치밀어 올랐다.

“그런데 참 이상한 일이야. 이 비행선 내의 쥐 새끼란 쥐 새끼는 쥐포를 만든답시고 족장이 모조리 잡아들여 씨를 말렸는데…… 이렇게 뜯어 먹을 거 많은 여왕 쥐가 홀로 돌아다니고 있을 줄이야.”

그 작은 소리에 반응해 이예주가 눈치챌 틈도 없이 귀신처럼 따라붙은 놈이 섬뜩했다. 타인의 시선이나 오감에 예민한 자신이었다. 하지만 놈이 자신의 뒤를 따라 환풍구를 기었다는 사실은 조금도 눈치채지 못했다.

“예쁜이도 좀 이상하게 생각되지 않아? 왜 이 시간에 인류를 멸망에서 구원시켜 줄 구원자님이 혼자 나돌아 다니고 있을까? 안내해주는 족장도 없이.”

놈이 즐거워 죽겠다는 웃음기가 가득 담긴 목소리로 속삭였다. 그러고는 칼을 들고 있지 않은 손으로 이예주의 목덜미를 끈적하게 쓰다듬었다. 의도가 명백한 손길이었다.

그 더러운 마수를 피하기 위해 고갯짓을 했지만 그럼에도 끈질기게 따라붙는 놈의 손에 그녀는 눈을 질끈 감았다.

“워, 그렇게 겁먹지 말라구. 난 병철이 놈보다 훨씬 상냥하니까 말이야. 자고로 계집들이란 말 안 들을 때를 제외하고 살살 달래 가며 다뤄야 제맛인데. 그 뇌까지 근육으로 찬 무식한 놈은 수틀리면 손부터 올라가고 본다니까, 멍청한 새끼.”

"……."

"우리 예쁜이, 어제 많이 놀랐지? 괜찮아. 오빠가 너는 특별히 더 살살 다뤄 줄 테니까. 그냥 다리만 좀 벌리고 있으면 돼, 응?"

"흐, 흐으…… 이, 이거 놔."

"에헤이, 떨지 말래두. 난 사실 유나같이 뻣뻣한 계집보다 소리도 지르고 울기도 하는 너 같은 계집이 더 마음에 든다니까. 병철이 그 새끼야, 유나 어떻게 못해서 안달 나 있는 새끼라지만 난 한 번 하면 미련 없이 떨어질 거야. 병 같은 것도 없어. 물론 너도 없겠지?"

있어! 병 있어! 이예주는 차라리 자신이 병을 가지고 있다고 미친 듯이 소리 지르고 싶었다. 하지만 바짝 들이밀어진 칼날 때문에 목에 힘을 주기 더럭 겁이 났다. 그사이 놈이 그녀의 말을 먼저 가로채어 단정 지었다.

"하긴, 더러운 계집이었으면 결벽증 말기 환자인 족장 놈이 네년을 곁에 두지 않겠지."

"그, 그게 무슨……."

"족장이 단물 다 빼먹은 후에 산 채로 씹어 먹으려고 널 검은 파편에게서 뺏어 왔잖아? 다 알아. 구원자랍시고 아무 능력도 없는 계집을 데리고 와서 무슨 짓거리를 하는지, 나도 들은 게 있어서 다 안다고. 아니면 그 귀한 구원자를 격리자 소굴인 B구역에 처박아 둘 리 없잖아? 너도 여준만 상대하기 질리지?"

그게 무슨 개소리야? 아니야, 아니야! 이예주는 미친 듯이 도리질을 쳤지만 놈은 알아듣지 않았다.

"그 새끼, 요만하잖아. 기집애같이 생긴 것들은 거기도 꼭 얼굴값을 한다니까."

되레 제 검지를 꺼떡꺼떡거리며 낄낄 웃는 놈의 속삭임에 이예주의 안색이 시퍼렇게 질려 갔다.

아무래도 이 미친놈은 뭔가 구원자란 존재에 대해 단단히 착각하고 있는 것이 틀림없었다. 그렇지 않고서야 이딴 말 같지도 않은 소리를 지껄여 댈 리가 없잖아.

게다가 격리자 소굴인 B구역은 또 뭐야. 단물 다 빼먹은 후 산 채로 씹어 먹으려고 한 건 또 뭐고.

"샹, 뭔 놈의 단추가 이렇게 많아? 일단 딴소리는 급한 불부터 끄고 하자구, 예쁜이."

뇌와 귀를 휘젓는 폭언에 패닉 상태에 빠져 있던 이예주는 불현듯 로브 위를 꾸물꾸물 더듬는 손길에 소스라치게 놀라 정신을 차렸다. 놈이 가슴께를 더듬거리며 로브의 단추를 풀려고 했다.

아직 벗겨지지 않았지만 피부 위로 벌레들이 스멀스멀 기어 다니는 것 같은 끔찍한 기분이 들었다. 이예주는 결국 참지 못하고 몸을 뒤틀며 고래고래 비명을 질렀다.

"아악! 이 새끼야, 이거 놔!"

칼을 들이민 상태인데도 여자가 미친 듯이 저항을 할 것이라곤 예상치 못했는지 놈이 서둘러 목에서 칼을 뗐다.

"이런 씨발! 움직이지 마!"

그 와중에도 족제비가 자신을 정말로 죽일 생각까진 없다는 것을 기민하게 알아챈 이예주는 더욱더 격렬하게 발악했다. 그러는 도중 그녀의 팔이 벽면의 버튼을 눌렀지만, 누구도 알아채지 못했다.

"새벽에 내가 누군지 못 들었어? 나, 나 구원자야! 이러는 거 알면 족장이 가만있을 것 같아?!"

뿌우우— 뿌우우— 멈췄던 뿔각 소리가 다시금 울려 퍼지기 시작했다. 그와 동시에 미처 신경 쓰지 못하고 있던 유리 벽 너머의 남자애가 발버둥 치는 이예주에게 다시 달려들기 시작했다. 유리 벽을 부술 듯이 머리를 처박는 남자애의 움직임이 아까보다 더욱 격렬했다.

쿵! 쾅! 쿵! 쿵!

"놔! 놓으라고!"

퍽! 거세게 몸부림을 친 탓에 그녀가 휘두른 팔꿈치가 남자의 턱을 거세게 강타했다.

"윽!"

나지막한 비명 소리와 꽉 잡혀 있던 한쪽 어깨가 느슨해졌다. 무심결에 위를 올려다보니 놈의 양 콧구멍에서 질금질금 피가 흐르고 있었다.

"뭐야. 뭐가 흐르는…… 피? 코, 코피!"

놈이 제 코밑을 훔친 손과 이예주를 번갈아 바라보며 황당하다는 표정을 짓고 있었다. 이 새끼, 생각보다 약한 건가? 잘하면 벗어나서 곧장 환풍구로 달려갈 수도……!

그러나 팔을 풀어내어 도망갈 계획을 짜고 있던 그녀의 안일한 생각을 비웃듯, 놈의 낯이 흉악스럽게 구겨졌다.

"이 망할 계집이……!"

어마어마한 악력이 이예주의 머리채를 휘어잡았다. 이어서 그녀의 머리는 남자아이가 있는 방의 유리 벽에 거세게 처박혔다. 쿵!

"악!"

눈앞에서 별이 번쩍였다. 이마가 유리 벽에 뭉개질 듯 짓눌려졌다. 두개골 사이로 쏟아질 듯 뇌가 출렁출렁 흔들리는 기분에 이예주는 도통 정신을 차릴 수 없었다. 머리가 어지럽고 시야가 해롱거렸다.

쿵! 쿵! 그러나 그에 그치지 않고 놈은 그녀의 머리채를 잡은 채 연이어 두어 번 더 벽에 머리를 찧었다.

"으, 흐으…… 노, 놓아……."

뒤통수를 찍어 누르는 듯한 압박에서 벗어나기 위해 바르작거렸지만 그뿐이었다. 머리를 뒤흔드는 통증은 둘째 치고 생전 처음으로 가해진 직접적인 공격에 충격을 받은 이예주의 몸은 이미 통제를 벗어난 상태였다.

아무것도 할 수 없었다. 현저하게 차이 나는 힘의 우열 앞에서 그녀는 벌벌 떨기 시작했다.

씨발, 씨발. 연달아 험한 욕설을 읊조리며 거친 숨을 헐떡이던 남자는 이예주가 잠잠해지자 그제야 두피를 파고들던 손에 힘을 풀었다.

"좋게 대해 주려니까 씹…… 후, 가만히 있어. 그러면 아프지도 않고 곧 기분 좋아질 테니까. 응? 오빠가 기분 좋아지게, 웃차! 해 줄 테니까."

바닥에 닿을 듯 말 듯 기다랗게 늘어진 로브 자락이 아래에서 위로 들렸다. 단추를 풀기엔 시간이 너무 많이 걸린다는 것을 깨달았는지 방법을 바꾼 것이다.

떨리는 손이 맞닿은 유리 벽에서 자꾸만 미끄러져 내렸다. 더러워. 무서워. 더러워. 더러워. 허벅지를 더듬는 뜨거운 손바닥에 구역질이 치솟았다. 자꾸만 축 늘어지려는 몸에 억지로 힘을 주며 이예주는 끝까지 악을 썼다.

"……하, 하지 마! 하지 말라고, 이 미친 새끼야! 족장이 가만있을 것 같아?!"

"크큭, 멍청한 년. 지나가는 눈족 계집애인 줄 알고 실수로 덮쳤다고 하면 족장이 뭘 할 수 있겠어? 애초에 나 같은 놈들이 득실거리는 곳에 구원자라고 받들어 모시던 널 처박아 놓은 게 그놈인걸."

달칵. 벨트 풀리는 소음이 광활한 공간 안에 유난히도 커다랗게 울려 퍼졌다. 어느새 뿔각 소리와 남자애가 유리 벽에 머리를 처박는 소리가 멈췄다.

새벽의 일이 데자뷰처럼 겹쳤다. 벨트가 풀리는, 옷이 찢어지는 소리에 기겁을 하고 위로 튀어 올라갔던 자신. 그러나 지금 자신을 도와줄 이는 아무도 없었다. 람도, 조롱이도, 유나도. 하다못해 여준조차.

이예주는 이런 상황을 해결할 아무 힘도 능력도 없는 자신이 미치도록 원망스러웠다. 두렵다. 그리고 무서워. 무서워. 나 무서워요, 람. 람…….

거칠게 몸을 더듬거리는 타인의 손길이 소름 끼쳤다. 놈의 손이 허벅지를 스칠 때마다 눈앞이 시뻘게지면서 욕지기가 치밀었다.

죽이고 싶어. 죽여 버리고 싶어. 이 새끼 죽여 버리고 싶어. 죽여 버린다! 하지 마! 죽여 버릴 거야, 개새끼! 죽어, 죽어!

철컥.

“손 떼.”

너무 간절해서. 이 개 같은 상황 속에서 너무 벗어나고 싶어서 환청이라도 들은 걸까. 그러나 환청이라고 치부하기엔 허벅지에 거머리처럼 달라붙던 손이 일시 정지라도 하듯 뚝 끊겼다.

“칼 버리고 양손 머리 위로 올려.”

어린 여자애의 목소리라곤 믿기지 않을 만큼 사무적이고 딱딱한 어조였다. 그 덕에 이예주는 제 몸을 짓누르던 남자의 결박에서 풀려날 수 있었다.

“하, 나. 이번엔 네년이야? 응? 씨발, 서로 번갈아 가며 골탕 먹이는 거야, 뭐야!”

“셋 셀 때까지 손 머리 위로 올리지 않으면 발포한다. 셋, 둘.”

“히익! 이, 이봐! 알았어! 알았다고!”

남자가 족제비처럼 빠른 몸놀림으로 후다닥 물러서는 소리가 들렸다. 이예주는 질끈 감았던 눈을 천천히 떴다. 눈앞이 온통 흐릿해서 초점을 맞추기까지 꽤 오랜 시간이 걸렸다.

울고 있었던가. 축축하게 젖은 눈을 세게 비벼 간신히 시야를 확보하자, 남자의 관자놀이 옆에 권총을 겨눈 유나의 모습이 보였다.

"뒤돌아."

감정 하나 묻어나지 않은 깔끔한 목소리로 그녀가 총을 까딱였다.

"제기랄, 벨트는 좀 채워야 할 거 아니야?"

한 손은 머리 위로 올렸으나, 여전히 칼을 버리지 않은 다른 한 손으로 제 앞섶을 까딱이며 족제비가 불평을 토해 냈다. 그러나 말없이 철컥하고 권총을 장전하는 유나의 답변에 놈이 칼을 버리려는 듯이 천천히 상체를 숙였다.

개새끼. 그냥 앞으로 던지면 되지 왜 저렇게 느리게 움직이는 거야. 허리 위까지 마구잡이로 말려 올라간 로브를 미친 듯이 잡아 내리며 이예주가 놈에게 욕설을 퍼부었다.

그때였다. 속 터질 정도로 느리게 움직이던 놈이 돌연 엄청난 속도로 몸을 돌려 칼을 휘둘렀다. 이예주가 비명처럼 소리쳤다.

"유나야!"

"억! 이, 이년이……!"

휘익, 콱! 그것은 눈 깜짝할 새에 지나갔다. 가까스로 물러나며 놈이 휘두른 칼을 피한 유나가 총신으로 남자의 머리를 후려쳤다.

충격으로 이마를 부여잡고 비틀거리던 남자가 다시 한번 칼을 휘둘렀다. 하지만 조금의 틈도 주지 않겠다는 듯 잇달아 총신으로 놈의 머리를 세게 내리치는 유나 때문에 무산되었다.

"으, 으…… 씨, 씨발……."

놈의 머리에서 한 줄기의 피가 주루룩 흘러내렸다. 고작 17살 먹은 여자아이의 완력이라고는 믿기지 않을 만큼 군더더기 없는 행동에 이예주의 입이 떡 벌어졌다.

"저, 저……."

쿠당탕— 저 혼자선 도무지 어찌해 볼 도리가 없던 족제비가 바닥으로 힘없이 널브러졌다.

"이, 이게……."

유리 벽 근처에서 얼어붙은 채 유나와 쓰러진 놈을 번갈아 바라보자 그녀가 피 묻은 권총을 옷에 문질러 닦으며 무뚝뚝하게 명령했다.

"뭐 해? 멍청하게 서 있지만 말고 이리 와."

다른 때 같았으면 명령조에 부아가 치밀었을 테지만 이번에는 달랐다. 너무 엄청난 광경을 본 탓일까, 이예주는 대꾸 하나 하지 않고 빠르게 유나 옆으로 걸어갔다.

"주, 주, 죽은 건 아니지?"

벌건 물을 줄줄 내뿜으며 바닥을 더럽히고 있는 남자의 찢어진 머리통을 보고 이예주가 소심하게 물었다. 유나가 한심하다는 듯 흘겨보며 인상을 찌푸렸다. 이예주는 솔직히 조금 겁먹었다.

그, 그렇지. 그거 맞았다고 죽은 건 아니겠지. 왠지 그동안 제가 알던 버릇없는 계집애가 아닌 것 같아서 차마 반발하지 못하고 입을 다물던 차였다.

"때려."

아침 인사라도 하듯 평이한 어조로 유나가 내뱉었다.

"어, 응? 뭐라고?"

뜬금없는 말에 이예주는 멍청한 얼굴로 되물었다.

"때리라고."

"누, 누굴……."
"죽여 버리고 싶다며?"
"……."
"네가 꽥꽥 소리 지르는 거 3층 환풍구까지 들렸어."
여상스럽게 자신을 돌아보는 유나의 얼굴을 마주하자 이예주는 비로소 기억해 냈다. 놈에게 겁탈을 당하기 직전, 자신이 떠올렸던 꽤 무서운 생각들을.
힘만 있다면 저를 짓누르고 있는 개새끼를 찢어 죽이고 싶다고 생각했다. 그것들을 입 밖에까지 내었던 것인가.
눈을 끔뻑거리며 유나를 멀거니 마주 보고 서 있던 이예주는 바닥에 기절해 있는 놈에게 시선을 돌렸다. 찢어진 머리통에서 새어 나오는 핏줄기를 보자 거짓말처럼 눈앞이 시뻘겋게 변했다. 분노가 머리끝까지 단숨에 들끓어 올랐다.
툭, 툭. 처음에는 소심하게 발끝으로 건드려 보는 것이 전부였다. 옆에 유나가 있음에도 놈이 언제 다시 벌떡 일어나 달려들지도 몰랐기 때문이다.
그러나 여러 번 툭, 툭 건드려도 반응이 없자 발끝에 점차 힘이 들어가기 시작하더니. 퍽, 퍽!
"개새끼, 개새끼! 쓰레기 같은 새끼!"
어느새 이예주는 온 사력을 다해 놈의 더러운 몸뚱이를 걷어차고 있었다.
"발정 난 개만도 못한 새끼! 죽어! 죽어, 이 새끼야!"
"으, 으윽! 컥!"
"미친 새끼! 개새끼! 죽어! 제발 죽어 버려!"
기절한 와중에도 고통을 느끼는지 놈이 끙끙 앓는 소리를 내며 버러지처럼 몸을 꿈틀거렸다.

이예주는 지쳐서 숨이 막힐 때까지 족제비를 걷어찼다. 그리고 되레 제 발이 아파 오자 그때부터는 마구 짓밟기까지 했다. 자신이 엉엉 울고 있다는 사실조차 몰랐다. 눈앞이 온통 시뻘게서 좀체 이성을 차릴 수가 없었다.

다른 때 같았으면 뭔가를 행하기 앞서 옳고 그름을 따져 보기라도 하겠지만, 머릿속이 새하얗고 가슴은 뜨거웠다. 참을 수 없을 만큼 불타오르는 기분에 미쳐 버릴 것만 같았다.

"헉, 헉. 개새끼, 개새끼…… 허억."

한참이 지나자 남자를 걷어차던 이예주의 발길질이 현저히 느려졌다. 조금 더 놈을 죽사발을 만들고 싶었지만 급격히 고갈된 체력 때문에 힘이 달렸다.

빌어먹을. 남을 패는 일도 체력이 받쳐 줘야 할 수 있는 것이구나. 헉, 헉, 쫓기는 사람처럼 가쁘게 호흡을 하며 발길질을 완전히 멈췄을 때였다. 기다리고 있었다는 듯 유나가 깨끗이 닦아 낸 권총을 이예주에게 내밀었다.

"받아."

"왜, 왜?! 나 아무 짓도 안 했는데?!"

제게 총구를 겨눈 것도 아니건만 이예주는 자리에서 펄쩍 뛰며 과민 반응했다. 그런 그녀의 행동거지를 물끄러미 바라보던 유나는 짧은 한숨과 함께 이예주의 손을 낚아채 직접 총을 쥐여 주었다.

"안전핀 풀었으니까 방아쇠 바로 당기면 돼."

"바, 방아쇠?"

"머리통 잘 조준하고. 괜히 애먼 곳에 쐈다가 비명이라도 지르면 곤란하니까."

두 손으로 잡고, 이렇게. 유나는 친절하게도 이예주의 손을 잡아끌어 남자의 머리통을 향해 총을 조준해 주었다.

"어깨에 힘 빼고."

얼떨결에 유나에게 손이 감싸여 총을 쥐게 된 이예주가 정신을 차렸을 땐 어느새 완벽하게 사격 준비를 마친 상태였다.

어설픈 자세로 총을 들고 있는 이예주의 자세가 유나는 썩 마음에 들지 않았다. 하지만 그저 쏘면 그만이라는 생각이 들어 미련 없이 그녀에게서 손을 떼고 옆으로 물러섰다.

"그대로 쏴."

1000년 후로 넘어오기 전에 마지막으로 총을 본 게 언제더라? 액션 채널에서 주야장천 틀어 주는 CSI 미드?

이 망할 비행선에 처박힌 후에도 군인들이 들고 있는 총은 자주 접했다. 그동안 제가 얼마나 안일하게 그 총들을 장난감 바라보듯 보았었는지 이예주는 뼈저리게 깨달을 수 있었다.

생전 처음으로 직접 손에 든 총은 딱딱하고 묵직했다. 휴대폰 진동처럼 덜덜 떨리는 손을 제외하면, 조준은 완벽했다. 당장 방아쇠만 당기면 끝이었다.

총알이 날아가 그대로 놈의 머리통을 박살 내겠지. 그러면 조금 전까지 눈앞이 시뻘게지도록 느꼈던 분노와 혐오감을 털어 낼 수 있을 것이다.

"쏘라고. 죽이고 싶다며."

유나가 다시 한번 재촉했다. 가만히 총을 겨누고 서 있을 뿐인데 이예주는 거칠게 숨을 몰아 내쉬며 유나를 돌아보았다가 다시 휙 돌아 놈의 면상을 보았다.

그래, 쏠까? 유나 말처럼 그냥 쏘자. 이 정신 나간 새끼가 조금 전에 나한테 했던 짓거리를 생각해 봐. 그 역겨운 손길, 구역질 나는 숨소리. 당장이라도 벌거벗고 벌레가 기어 다니는 것 같았던 몸을 박박 긁어내리고 싶었다.

이 자식을 죽이고 싶어. 지금 죽이지 않으면 이 새끼는 또 더러운 제 물건을 휘두르고 다닐 인간 말종 새끼야. 당장 폐기 처분해야 하는 쓰레기지. 쏘기만 하면 끝이잖아? 쏠까? 그냥 죽일까?

"빨리 쏴."

이마에서 피를 질질 흘리며 기절한 남자의 면상에 정확히 겨눈 총구가 자꾸만 빗겨 나갔다. 총을 들고 있는 손의 떨림이 점점 더 심해져 갔기 때문이다.

처음에는 핸드폰의 가벼운 진동처럼 드문드문 떨리던 것이 점점 심해지더니 급기야 땅을 뚫는 드릴처럼 발발발발 흔들렸다.

자신을 빤히 쳐다보는 유나의 시선이 느껴졌다. 빨리 쏘지 않고 뭐 하냐는 무언의 압박 같았다. 이예주도 동의했다.

뭐 해, 이예주. 빨리 쏴. 쏘면 끝이잖아. 이런 쓰레기 따위 죽여 버리면, 죽여 버리면……!

"쏴!"

"……모, 못하겠어!"

이예주는 결국 권총을 받쳐 들고 있던 팔을 내렸다. 병신. 이러니까, 이렇게 이도 저도 못하고 아무짝에도 쓸모가 없으니까 네가 버려지는 거야.

하지만 그렇게 자신을 욕하면서도 끝내 방아쇠를 당기지 못했다. 죄인처럼 그녀의 고개가 아래로 툭 떨어졌다.

"못하겠어."

"……."

"나는 아무 능력도 없는 병신이라서 못하겠어. 너처럼 이 자식을 죽일 힘도 없고, 결단력도…… 아무것도 없어서 나는…… 나는……."

결국 이런 것도 못해. 이예주는 총을 들지 않은 한 팔로 화끈거리는 눈시울을 가렸다. 그렇지 않으면 꼴사납게 주저앉아서 엉엉 울 것만 같았다.

뚜벅, 뚜벅. 유나가 제게로 걸어오는 소리가 들렸다. 이예주는 이번에야말로 틀림없이 그녀가 자신을 욕할 것이라고 생각했다. 그전에 말했던 것처럼. 그럼 그렇지, 네까짓 게 구원자는 무슨 구원자냐고. 힘도 없고 아무것도 못하는 약아빠진 계집이라고 욕하고 조롱해도 할 말이 없었다.

그러나 막상 다가온 유나는.

"그럴 수도 있지. 뭘 그런 걸로 울려고 그래?"

이예주의 손에 들려 있던 무거운 권총을 스르륵 빼내어 도로 가지고 갈 뿐이었다. 엄마 뒤에 숨었다가 나오는 아이처럼 이예주가 조심스럽게 얼굴을 가리고 있던 팔을 내렸을 때 마주 본 그 얼굴은 똑같았다.

결코 이예주를 비웃지 않았다. 처음 만났을 때와 같이 감정 하나 묻어나지 않은 표정 그대로, 그녀는 그저 권총의 탄창을 뺐다가 다시 끼워 넣을 뿐이었다. 무미건조한 유나의 반응에 이예주의 얼굴이 와락 일그러졌다.

"……나는 네가 부러워."

새벽녘, 미친놈들에게 심한 짓을 당할 뻔했음에도 불구하고 아무렇지도 않게 일어서라고 재촉하던 유나는 얄밉고 기분 나빴다. 어쩌면 자신은 제 의지에 따라 상황을 조절하고 끝낼 수 있는 유나가 부러웠던 것일지도 모른다. 저보다 어리고 더욱 극악한 상황에 처해 있지만, 이성을 잃지 않는, 강하고 강단 있는 그녀가.

"너처럼 단단했으면 좋겠어."

버림받아도 부서지지 않게. 끈적끈적하고 질척하게 달라붙는, 하지만 절대로 보이지 않는 검은 늪에 온몸이 갉아먹히지 않게.

유나는 이예주의 헛소리 같은 말에 아무런 대꾸 없이 총을 품 안에 집어넣고 뒤로 돌았다. 그러고는 뒤통수에 얼굴 달린 남자애가 있는 흰 방 쪽으로 걸어갔다.

유나를 따라 그쪽으로 시선을 돌리던 이예주는 문득 주위가 고요해졌음을 깨달았다. 어느새 뿔각 소리도, 자아가 없는 듯 유리 벽에 얼굴을 처박는 남자아이도 모두 멈췄다.

얼마나 세게 처박은 건지 유리 벽 앞에 서 있는 남자애의 얼굴 위로 푸르뎅뎅한 피멍들이 올라오고 있었다. 족제비 새끼처럼 아예 머리통이 깨져 피가 나지 않음을 다행으로 여겨야 하는 걸까?

"대체 환풍구는 어떻게 연 거야?"

남자아이의 모습에 정신이 팔려 있던 이예주는 한 발 늦게 유나의 물음에 반응했다.

"……어, 어?"

"대체 환풍기 덮개는 어떻게 열고 거기로 들어간 거냐고."

"어……."

차마 내게는 꽉 조여진 나사도 단번에 풀 수 있는 만능열쇠가 있다고 자랑할 수는 없어서 이예주는 입을 다물었다.

"네 객실 안의 혹시라도 빠져나갈 가능성이 있는 구멍들은 네가 과거 데이터를 보는 동안 모조리 새것으로 교체되었을 텐데. 환풍구 나사는 물론이고, 객실 입구 문부터 창문, 하다못해 수챗구멍까지."

"뭐?!"

이어 들려오는 유나의 말은 이예주의 귀를 번쩍 뜨이게 하기에 충분한 말이었다. 그게 무슨 소리야?

“왜? 왜 새 걸로 교체해? 내가 탈출할 줄 어떻게 알고?”

그녀는 유나의 말에 너무나도 당황한 나머지 제 입으로 탈출을 했다는 것을 인정해 버렸지만 눈치채지 못했다. 경악에 가득 찬 목소리에도 유나는 뒤돌아보지 않았다.

방 안에 갇혀 있는 남자애 앞에 우뚝 선 채 잠시 침묵하던 유나는 곧이어 더 환장할 소리를 해 댔다.

“탈출을 할 거였으면 그렇게 흔적을 흘리고 다니면 안 됐어. 화장실 안에는 감시 카메라가 설치되어 있지 않았으니 망정이지, 네 객실 안 상황은 실시간으로 족장에게 전달되고 있으니까. 네가 오랫동안 화장실에서 나오지 않아서 네 객실에 가 보라고 명령한 것도 족장이야.”

“뭐, 뭐라고?! 이런 미친……!”

관음증이야 뭐야! 왜 남의 객실을 훔쳐보고 지랄이야? 안전이니 뭐니 하면서 티 한 점 없는 쾌청한 얼굴로 제게 B구역으로 가길 권유하던 여준의 얼굴이 생각났다.

오싹, 목덜미를 타고 서늘한 감각이 전신으로 퍼져 나갔다. 예상치를 훨씬 초월한 다리족 족장의 집요함과 치밀함에 머리끝이 쭈뼛 서는 것 같았다.

핏기가 사라진 낯으로 입술을 달싹이며 이예주는 말을 잇지 못했다. 유나의 명료한 목소리가 울려 퍼졌다.

“너는 버림받은 눈족들처럼 B구역에 완전히 갇혔어.”

“그, 그게 무슨…….”

“이 비행선을 통틀어 가장 안전한 곳이기 때문에 B구역에 네 객실을 배치한 거라고? 개소리하고 앉아 있네.”

처음 듣는 유나의 험악한 어투에 이예주의 눈이 동그랗게 커졌다. 마침내 뒤를 돌아보는 유나의 얼굴은 지독히도 무표정했다.

"잘 들어. B구역은 감옥이야. 살인, 강간, 식인, 명령 불복종같이 심각한 범죄를 저지른 저 새끼 같은 미친놈들이나, 버려진 눈족 아이들을 끌고 와 가둬 두는 곳이라고. 딱히 쓸모가 없으면 모두 다 실험 재료로 쓰일 것들이야. 이것처럼."

유나가 앞을 가로막은 유리 벽을 손가락으로 톡톡 치며 가리켰다. 유리 벽 너머에 있는 남자아이는 생기라고는 눈을 씻고 찾아봐도 존재하지 않았다. 눈이 썩은 생선 눈깔 같았다. 이미 죽은 사람처럼…….

"그런데 인류를 구원할 구원자라는 널 왜 쓰레기들을 격리시키는 목적으로 쓰는 이 B구역에 처박아 놨을까? 정말 검은 파편으로부터 지키기 위해? 아니면……."

"……."

"능력을 확인하고 쓸모가 없어지면 바로 2층의 연구실로 보내 버리기 편리해서?"

이예주는 묻는 말에 아무런 답도 하지 못했다. 어느 쪽이든 그녀로선 상상도 하지 못했던 미래였기에. 불현듯 조금 전 자신을 덮치려 했던 족제비의 말이 떠올랐다.

—아니면 그 귀한 구원자를 격리자 소굴인 B구역에 처박아 둘 리 없잖아?

"여기가 뭐 하는 곳 같아? 신무기 실험하는 곳? 타임머신 개발? 타임머신, 하."

타임머신. 타임머신이라. 반복해서 말하며 유나가 차게 조소했다. 그녀를 만난 후 처음으로 듣는 웃음소리였지만 이예주는 따라 웃을 수 없었다. 그런 유나의 모습이 몹시 낯설게만 느껴졌다.

"신무기 실험은 어쩌면 맞을 수도 있겠네. 잡아 온 눈족 아이들을 검은 파편을 공격할 말 잘 듣는 괴물로 만드는 곳이니까."

잠시 말을 멈춘 유나는 벽에 부착되어 있는 패드 안의 버튼 하나를 눌렀다. 삑, 버튼 음이 들리기가 무섭게 뿔각 소리가 흰 방 안에 울려 퍼졌다.

~~뿌우우~~, ~~뿌우우우—~~ 퍽, 쿵! 쿵! 그때까지 멀쩡하게 서 있던 유리 너머의 남자아이가 뿔각 소리가 시작되는 동시에 유나에게 달려들 듯 머리를 또 처박기 시작했다. 이예주는 눈을 커다랗게 뜨며 주춤 물러섰다. 뭐야, 뭐야! 또 왜 저래!

"보여? 뿔각 소리에 반응해."

유나가 흘깃 이예주를 돌아보다 다시 삑, 패드의 버튼을 눌렀다. 뿔각 소리가 끊겼다. 유리를 깨부술 것처럼 제 얼굴을 박아 대던 남자아이의 격렬한 몸짓도 멈췄다.

"저, 저게…… 저게 뭐야?"

"뿔각 소리가 들리면 먹이가 있음을 인지하고 달려들어."

"먹이?! 무슨 먹이를……."

"인간이 아니라 히카톤이야."

왜 먹이를 먹느냐고 물어보려던 이예주는 지체 없이 들려오는 유나의 대답에 말문이 턱 막혔다.

"히카톤……?"

히카톤이 무엇이던가. 끼기기긱— 끼기기긱, 칠판을 긁는 것 같은 기괴한 소리를 내며 인간들을 갈기갈기 찢어 먹던 거대한 사막 괴물이었다. 검은 안개를 가지고 있는 눈족이 악행을 저지르고 죽어 버리면 히카톤이란 무시무시한 괴생명체로 변한다는 말을 람에게 얼핏 들은 것 같기도 하다.

그런데 이 남자아이가 히카톤이라고? 수백, 수천 개의 머리와 손발을 가지고 있는 그 끔찍한 괴물?

"애뿐만 아니라 네 뒤 수조에 있는 눈족 장로도 마찬가지지. 여기 갇혀 있는 모든 눈족들은 인간이 아니라 괴물이야. 어쩌면 아직 인간인 아이들이 있을 수도 있겠지. 곧 다들 제 이름이 뭔지도 모르게 되겠지만."

"……."

"뿔각 소리에 반응하는 수준에 도달하기까지 수백 명의 눈족 아이들이 죽어 나갔어. 하지만 그런데도 이건 실패작이야. 적인지 아군인지 구분을 못하거든. 풀어 뒀다간 움직이는 것들이라곤 다 쫓아가서 씹어 먹을 테니까 애는 곧 폐기 처분될 거야. 그리고 더 많은 눈족 아이들이 실험 재료로 쓰인 다음 죽어 나가겠지."

유나는 남자아이가 갇혀 있는 곳 옆의 회색 벽들을 주먹으로 툭툭 건들며 대수롭지 않게 말했다. 그녀의 손등에 닿을 때마다 벽 안이 빈 것처럼 텅, 텅 공허한 소리를 내었다.

2층 전체를 연구실로 쓰고 있는 탓에 천장의 한쪽 모서리와 그 맞은편 모서리의 끝이 보이지 않을 정도로 내부는 광대했다.

벽 한 면 전체가 이런 것들이라니. 게다가 벽에 붙어 있는 버튼 달린 패드는 가로가 전부가 아니었다. 전혀 눈치채지 못하다 지금에야 알았다. 마치 컨테이너 박스가 층층이 쌓여 있는 것처럼 천장까지 일정한 간격으로 버튼이 벽에 부착되어 있다는 사실을.

대체 얼마나 많은 사람들이 이곳에 갇혀 있단 말인가. 같은 인간이잖아. 같은 시간족이고 1000년 전에 막 깨어난 람을 찢어발기면서까지 같이 살아남은 일족들이잖아. 그런데 왜. 뭘 위해서 이렇게…….

이예주가 고개를 바짝 쳐들고 끝도 잘 보이지 않은 벽면을 허망하게 바라보고 있을 즈음이었다. 유나가 속삭였다.

"넌 족장에게 속았어."

"……."

"내가 족장에게 속았듯이."

"그게 무슨……."

고개를 내려 유나를 바라본 이예주의 눈이 점점 커졌다. 족장에게 속았다고? 의미를 되묻기도 전에 유나는 등을 돌려 벽을 따라 오른쪽으로 걸어가기 시작했다.

"자, 잠깐. 어디로 가는 거야?"

"히카톤은 유일하게 검은 파편이 소멸시킬 수 없는 존재야. 그것도 검은 안개를 더럽힌 눈족 인간이 죽어야만 탄생하는 괴물이고. 하지만 눈족들의 거주지 내부에 있어 봤자 딱히 악행을 저지를 만한 일이 생기지 않아. 그래서 눈족 족장과 장로들은 일정 나이 이상이 지났는데도 과거나 미래를 보는 능력에 두각을 드러내지 않고, 쓸모없이 밥만 축내는 아이들을 내쫓기로 결정했다."

"……."

"쫓겨난 아이들은 살아남기 위해 사람을 죽이고 약탈하거나 심지어 같이 쫓겨난 제 형제를 잡아먹기까지 하면서 검은 안개를 더럽히지. 어쩔 수 없어. 극심한 배고픔과 추위를 견디며 제정신을 유지할 수 있는 놈은 거의 없으니까."

유나는 물 흐르듯 찬찬히 말해 주었지만 그녀의 보폭을 따라잡으랴, 그 말을 이해하랴, 이예주는 여간 바쁘지 않을 수 없었다.

람이 히카톤이라는 사막 괴물을 죽이지 못한다는 것은 이미 아는 사실이었다. 그런데 유나의 말은 그러니까, 그런 람에게 대처하기 위한 방법으로 버림받은 눈족 아이들을 강제로 끌고 와 괴물로 만든다는 소리였다. 검은 파편에게 대항할 만한 생체 무기를 개발하기 위해…….

그녀의 말을 아주 간신히 알아들은 이예주는 한 가지 의문이 생겼다. B구역 연구실이 온전히 히카톤 실험으로 쓰이는 곳이라면 대체 타임머신은 어디서 개발하는 것이란 말인가?

"그럼 타임머신은?"

"타임머신?"

유나의 뒤를 헐레벌떡 따라붙으며 이예주가 다급히 물었다. 그러자 유나가 잠시 걸음을 멈추고 돌아보며 짧게 헛웃음을 지었다.

"이 고철 덩어리 비행선도 간신히 고치고 고쳐서 사용하는 마당에 여기에 그런 최첨단 기술력이 있을 리 없잖아? 있다고 쳐도 그걸 구현할 수 있는 기술자도, 재료도 여기엔 아무것도 없어. 게다가 족장은 검은 파편에 관한 것이 아닌 이상 쓸데없는 소모는 절대로 안 하는 놈이야."

"그, 그런……! 그러면, 그러면 그 새끼는 나한테 왜 그딴 구라를 깐 건데? 하, 고작 나한테서 검은 파편에 관한 정보를 뜯어내려고?!"

"그러니까 너도 속았다고 했잖아."

유나의 냉정한 대꾸에 이예주는 순간 할 말을 잃을 수밖에 없었다. 다른 건 몰라도 타임머신에 관한 이야기만은 철석같이 믿었다. 멍청할 만큼.

하지만 어쩔 수 없지 않은가? 미래로 와서 처음 본 현대 문명이었다. 이예주는 믿을 수 없다는 표정으로 연신 거칠게 앞머리를 쓸어 넘겼다. 간신히 가라앉았던 속에서 다시금 천불이 일렁거리기 시작했다.

"반쯤 미친 채로 극한기의 남쪽 대륙에서 살아남은 아이들은 정기적으로 다리족들이 수거해 가. 비행선까지 끌고 온 눈족 아이들은 1차적으로 힘을 확인하고 용도를 구분한 다음 B구역에 격리시키는데…….”

다시 벽을 따라 계속해서 걸어가려던 유나는 뒤따라오는 소리가 들려오지 않자 가던 걸음을 멈추고 뒤를 돌아보았다.

길을 잃은 아이처럼 정처 없이 서 있는 이예주가 보였다. 유나는 걸어온 길을 빠르게 되돌아갔다.

“계속 들어.”

단호한 목소리에 이예주가 눈을 들었다.

“너 혼자서는 절대로 알아낼 수 없는 다리족의 진짜 정체니까. 검은 파편에게 돌아가더라도 의심받지 않을 만한 정보 하나쯤은 너도 알고 있어야 할 거 아니야.”

“……그게 무슨 소리야?”

“너와 검은 파편이 무슨 관계인지 몰라. 그렇지만 쓸모가 없으면 버려지거나 죽임당하는 건 검은 파편이라고 별다를 것 없겠지.”

여자의 얼굴이 울 것처럼 일그러지는 것을 보며 유나는 제 예상이 적중했다는 것을 깨달았다.

여준 앞에서는 내내 부정하는 모습만 보였지만 유나는 알았다. 비행선으로 끌려온 후 여자가 내내 버림받았다는 상실감과 불안감으로 괴로워하고 있다는 사실을.

울적한 얼굴을 하고 있음에도 불구하고 여자는 과거에 관한 데이터를 보는 내내 검은 파편에게서 단 한 번도 눈을 떼지 못했다.

그런 그녀를 보며 유나는 내심 대단하다고 생각했다. 버려졌는데, 어떻게 저렇게 최소한의 원망조차 하지 않을 수가 있을까. 어떻게 자신을 버린 주체에게 다시 되돌아갈 생각을.

이예주의 눈동자에 어느 정도 총기가 돌아오는 것 같자 유나는 다시 뒤돌아 걸었다. 도착할 곳까지 아직 다섯 블록이나 남은 상태였다.

"잡혀 온 눈족 아이들은 잡일을 할 체력 좋은 잡역꾼과 힘도 신체적 조건도 월등히 떨어져 성욕 처리에 쓰일 것들, 그리고 조금이라도 눈족의 힘을 다룰 수 있어 바로 실험실로 보내지는 실험체로 분류된다. 가끔 아주 드물게 나처럼 귀화하여 군의 일원이 되는 경우도 있긴 하지만, 그래 봤자 다 똑같아. 실험체들이 대량 폐사하는 긴급 상황이 오면 당장 재료로 투입되어도 이상할 게 없는 예비 히카톤이지."

"……."

"실험체로 분류된 눈족 아이들은 소독실로 끌려가 RTBD가 배합된 소독약으로 소독을 마친 후 B구역에 격리된다."

"RTBD로 소독을 해? RTBD는 검은 파편의 힘이랑 같은 파동이라고 그랬잖아. 그걸로 왜 소독을 하는데?"

이때까지 침묵하던 이예주가 무겁게 입을 뗐다. 알고 싶지 않은 것까지 바득바득 주절거리던 여준과는 달리 유나의 입을 통해 듣는 다리족의 실체는 오로지 필요에만 중점을 둔 것처럼 빠르고 불친절했다. 때문에 알고 싶은 것이 있다면 직접 물어보는 수밖에 없었다.

"RTBD는 검은 파편과 동일한 에너지 파동을 가졌기 때문에 검은 안개와 반응해서 죽어 가는 눈족의 괴물화를 촉진시켜 줘. 그리고 비행선으로 오자마자 1차 검열에서 소독약을 맞고 죽거나 되살아나 히카톤으로 변하는 애들은 실험 재료로써 무가치해. 그대로 뒀다간 식량만 낭비할 테니까 분류해서 다른 히카톤들의 먹이로 쓰는 거야."

"뭐? 머, 먹이?"

이예주는 제가 잘못 알아들은 것 같아서 말까지 더듬으며 되물었다. 그러나 유나는 동요 하나 없이 심드렁하기만 했다.

"실험체로써 가치가 있는 것들은 2차로 RTBD가 몸에 주입돼. 다리족이 마킹할 때 쓰는 것보다 훨씬 더 많은 양이 직접 투여되는 거야. 대부분의 눈족 아이들은 여기서 의식을 잃고 무기력 상태에 빠져. 검은 안개가 RTBD에 반응해서 살아 있는 인간도, 그렇다고 죽어서 괴물이 된 것도 아닌 어중간한 단계에 이르면 비로소 실험체로써의 준비가 완벽히 끝나는 거고. 네가 어제 B구역에 처음 왔을 때 보았던 아이처럼."

"아이?"

"어떻게 빠져나온 건지 모르겠지만 RTBD 투여 직후 실험실로 옮겨지기 전에 방에서 나온 것 같아. 의식을 잃어 가는 상태에서 탈출을 감행한 걸로 보아 힘이 꽤 강한 아이였겠지."

귓속을 빠르게 파고드는 유나의 말을 배경 삼아 이예주는 B구역에 처음 왔을 때 발견했던 어린아이를 떠올렸다. 기둥 뒤에 숨어 있다가 발각된 이후에도 아무런 반응이 없던 아이.

당장 '저거'부터 치우라고 역성을 내며 그녀의 눈치를 보던 여준은 돌발 상황 때문에 많이 당황한 듯해 보였다.

—RTBD투여 직후. 위험 수준 제로.

철수의 무전기를 통해 흘러나오던 그 말을, 이예주는 이제야 이해하게 되었다. 괴물이 되어야 할 아이가 갇혀 있던 곳을 빠져나와 마음대로 돌아다니고 있었으니 얼마나 황당했을까.

눈치 없이 아이에게 말을 거는 자신을 허겁지겁 가로막던 여준 놈의 속 타는 심정을 생각하자니 절로 헛웃음이 터져 나왔다.

"그런데 다리족 놈들은 왜 애들만 가지고 그러는 거야?"

이예주는 제가 묻다가도 제가 놀라 어깨를 흠칫 떨었다. 그러고 보니…… 이곳에서 본 눈족들은 수조에 갇혀 있던 죽은 눈족 장로를 제외하고는 오로지 어린애들뿐이었다. 앞서 걷는 유나 또한 아직 성년이 되려면 한참 먼, 앳된 소녀에 불과하지 않는가.

자고로 옛날에는 전쟁터 한가운데에서도 노약자만큼은 건들지 말자는 암묵적인 규칙이 있었다. 하물며 죽을 날을 기다리는 노인도 아니고 어린아이들을 데려다 그런 잔인한 실험에 이용하다니.

여준의 철면피에 치를 떠는 이예주를 흘긋 돌아보며 유나가 삐딱하게 내뱉었다.

"검은 파편이랑 같이 다녔으면서 그것도 몰라?"

"뭘?"

"검은 파편은 인간들이라면 닥치는 대로 죽이지만, 그래도 웬만해선 어리고 약한 것들은 잘 죽이지 않는 편이야. 물론 시간족이라면 얘기가 달라지겠지만, 과거 데이터에 따르면 검은 파편과 마주쳤음에도 살아남은 여자아이들이 몇몇 있었어. 그 때문에 실험체로 쓰이는 건 남아보다 여아의 비중이 월등히 높았지만 여자애들은 강도 높은 실험 때문에 금방금방 죽어 버려."

"미친 새끼들."

이예주는 다리족에 대한 역겨움을 여과 없이 내뱉었다. 원하는 곳에 도착했는지 걸음을 늦추며 유나가 덧붙였다.

"비행선 내의 여아는 씨가 마르기 직전이라 요즘은 족장이 자제하고 있는 편이야. 대신 아까 말했던 성욕 처리에 이용되고 있지. 밥값은 해야 하니까."

타박. 그녀의 걸음이 완전히 멈췄다. 유나의 몇 걸음 옆에 따라 멈춰 서서 고개를 휘휘 둘러보자 멀찍이 떨어져 있는 빛무리가 보였다.

눈족 장로가 갇혀 있는 수조와 뒤통수에 얼굴이 하나 더 달린, 이제는 히카톤이라고 부를 수 있는 남자아이가 갇힌 흰 방에서부터 꽤 멀리까지 떨어진 것 같았다.

저를 따라 걸음을 멈춘 이예주를 향해 유나가 몸을 돌렸다. 빛에서 떨어져 시야가 어두웠지만 아무런 표정도 떠올라 있지 않은 말간 그 얼굴이 유독 눈에 아프게 박혔다.

"나도 그중 하나였다. 아무런 힘이 없어 간신히 실험체 신세는 피했지만 언제 여기로 끌려와도 이상할 게 없는 상황이었지."

"……."

"이제 여기가 어떤 곳인지 좀 감이 와?"

이예주는 유나의 얼굴을 가만히 바라보다가 이내 천천히 고개를 저었다. 감이 오고 말고 할 게 없었다. 어쩌면 자신은 이미 어느 정도 예상하고 있었을지도 모른다.

자신과 같은 인간을 만났다는 사실에 기뻐하고 기대하고 부서지고. 1000년 후로 넘어와서 지긋지긋하게 겪어 왔던 일들이 아닌가.

다리족의 이중성은 상상 그 이상으로 어마어마했지만, 이예주에겐 실상 그동안 겪어 왔던 미친놈들이 더 추가되는 것뿐이었다. 그저 누가 더 경악스럽고 끔찍한지의 차이였다.

다리족이 철저히 숨기고 있던 비밀을 모두 듣게 되었음에도 예상보다 무덤덤한 구원자란 여자의 반응에 유나는 지그시 어금니를 사리물었다.

"올 리가 없겠지."

이예주를 바라보는 유나의 눈이 서슬처럼 차가워졌다. 잠깐 사라졌던 구원자에 대한 적의가 다시 나타났다.

"너는 손에 굳은살이 하나도 없어. 딱 봐도 이런 미친 집단이 있다는 사실 같은 건 듣도 보도 못했겠지. 기껏해야 검은 파편에게 빌붙어서 편하게 살아남아 왔을 테니까."

이예주는 유나의 악의 어린 말에 딱히 부정하지 않고 묵묵히 그녀를 바라보았다. 사실 맞는 말이기 때문에 부정하지 못한 것도 있었다.

하지만 유나 또한 답을 들을 생각 따윈 전혀 없다는 듯 그대로 몸을 돌렸다. 그녀는 앞의 막혀 있는 벽 쪽으로 다가갔다.

“나는 이런 곳에서 이를 악물고 살아남았다.”

지난날을 회상하는 건지 유나는 두 주먹을 아득 움켜쥐었다.

“처음 일족에서 동생과 버림당했을 때, 나는 동생을 잡아먹으려고 했어. 형제? 우애? 한 1주일을 꼬박 꽁꽁 언 풀뿌리만 뜯어 먹다 보니까 눈에 뵈는 게 없더라. 버림당했으면 각자 제 살길 찾아 가야지 내 뒤나 쫓아다니는 쓸모없는 새끼. 형제를 잡아먹어 봤자 나한테 손가락질할 사람은 아무도 없었다.”

“…….”

“오기만 하면 콱 잡아먹으려고 녀석을 기다리고 있는데, 근데 그 자식이 꽁꽁 얼어 죽은 쥐 새끼 하나를 가지고 은신처로 돌아오는 거야.”

벽 바로 앞에 우뚝 선 유나는 손을 들어 회색 시멘트를 쓰다듬었다.

“제가 찾았으면 저나 먹을 것이지, 이딴 건 왜 가지고 왔냐고 화를 내니까 하는 대답이 참 어처구니가 없어. 누나와 같이 먹으려고 가져왔대. 병신 새끼. 그래서 실패했어. 그때 잡아먹었어야 했는데.”

정말 아쉽다는 듯 입맛을 다시며 유나가 흘긋 이예주를 곁눈질하고는 말을 이었다.

“잡아먹는 것에 실패하고 나서는 그 새끼를 버리고 얼어 죽을 것 같은 남쪽 대륙을 떠날 생각을 했어. 쓸모없는 애새끼 달고 다녀 봤자 짐만 되니까. 놈이 잠든 틈을 타서 바로 바깥으로 나왔는데 재수 없게도 눈알 사냥꾼에게 걸려 버렸어. 아, 눈알 사냥꾼은 저보다 약하고 어린 애들의 눈알을 노리는 놈들을 통칭해서 부르는 말이다. 눈을 먹으면 그나마 힘이 유지되거든."

"……."

"그 새끼한테 잡혀서 산 채로 이쪽 눈알이 끄잡아지고 있는 도중인데."

그녀가 돌연 이예주 쪽을 향해 안대로 가려진 왼쪽 눈을 톡톡 치며 말했다. 아아악…… 불현듯 어디선가 누가 고통에 겨워 울부짖는 환청이 들리는 것 같았다.

"동생이 눈족 아이들을 끌고 가던 다리족을 데리고 왔어. 다리족의 근거지에 가면 100퍼센트 죽은 목숨이라는 소문이 파다해서 간신히 피해 숨어 살던 와중에, 그 다리족을 데리고 온 거야. 멍청한 새끼가."

"……."

"다리족에 와서도 나와 동생은 똑같이 밑바닥에 처박혔다. 힘이 없으니까 당연한 일이었지. 다행히도 놈은 다리족 한 명에게 잘 보여서 잡심부름을 맡게 됐지만, 나는 힘도 없고 아사 직전의 비쩍 곯은 계집이라 B구역에 갇혀야 했다. 그대로 있었으면 계속해서 B구역 놈들에게 돌려지다가 성병에 걸려서 히카톤들의 먹이로 던져졌겠지."

흐윽. 그때까지 말 한마디 없이 침묵하던 이예주가 처음으로 어떤 반응을 보였다. 반응이라고 말하기에 너무나도 미미했다. 그저 급하게 숨을 몰아쉬느라 소리가 새어 나간 것뿐이었다.

자신에게 두 눈을 고정하고 있는 구원자에게서 자신을 안쓰럽고 불쌍하게 여기는 기미는 조금도 보이지 않았다. 덕분에 유나는 안심하고 다음 말을 이을 수 있었다.

"그런데 내가 쉴 새 없이 겁탈당하는 것을 알게 된 바보 같은 새끼가 내가 미래를 본다고 다리족 인간에게 엄청난 거짓말을 쳐 버렸다. 과거도 볼 줄 몰라서 버려진 내가 미래 같은 걸 볼 수 있을 리가. 그렇지만 나는 더러운 버러지 신세에서 벗어날 기회를 놓칠 수 없었어. 히카톤에게 먹혀서 괴물의 일부가 되는 건 죽기보다 싫었으니까."

"……."

"대위 중 한 놈과의 독대 끝에 나는 비행선으로 끌려온 눈족 애들 중 가장 영광을 누릴 수 있게 되었다. 다리족으로 귀화하게 된 거야. 그런데 이게 끝이 아니었어. 나는 멍청하게도 다리족으로 귀화만 하면 모든 지옥이 끝날 거라 생각했지만."

"……."

"다리족 놈들은 내게 매일매일 미래를 보는 것을 강요했고, 나는 언제 거짓말이 들통날지 몰라 하루하루를 마음 졸이면서 살아야 했지. 그렇게 극심하게 정신적인 압박을 받아서 그런 걸까?"

유나가 이예주 쪽으로 완전히 몸을 돌려 똑똑히 그녀의 눈을 마주 보았다.

"나는 네가 다리족으로 오는 환영 같은 미래를 봤어."

"……."

"네가 이 비행선으로 오는 미래. 내가, 하. 내가 미래를 다 보더라고. 1000년에 한두 번 태어날까 말까 한 미래를 보는 눈족만 본다는, 그 미래 말이야."

그녀는 말을 하면서 정말이지 어처구니가 없다는 듯 허탈하게 웃었다. 이예주가 다리족의 근거지인 비행선으로 오는, 자신이 본 미래가 전혀 믿겨지지 않는 것 같았다.

바람 빠지는 소리를 내며 한참을 픽픽 웃던 유나가 돌연 이를 까득 물고 읊조렸다.

“환영이건 헛것이건 상관없었어. 씨발, 이미 거짓말은 칠 대로 쳐 버렸는데 거기에 하나 더 얹는다고 뭐가 달라지겠어? 내가 없는 말을 지어낸 것도 아니고. 미래에서 구원자를 보았다고 하니까 바로 족장에게 끌려갔고, 처음으로 여준의 면상 구경을 했지.”

“…….”

“놈이 내게 뭘 걸어서 미래를 확신할 수 있냐고 물어봤어. 웃기는 새끼야. 상식적으로 내가 뭘 걸 수 있겠냐? 넌 내가 뭘 걸 수 있었을 거 같아?”

제게 묻는 유나의 모습에도 이예주는 아무 말도 할 수 없었다. 정말로 대답을 들으려 한 것은 유나 또한 아니었던 듯 그녀는 곧바로 답을 토해 냈다.

“난 아무것도 없어. 간신히 운 좋게 살아남은 버러지만도 못한 눈족 계집이 대체 뭘 걸 수 있겠어. 그러자 여준이 구원자가 올 때까지 내 동생의 거처를 옮겨도 되냐고 물어봤지. 절대로 이상한 곳이 아니라고 했어. 오히려 전보다 훨씬 양질의 식사가 규칙적으로 제공될 것이며, 동생이 거처하고 있는 곳보다 훨씬 더 깨끗하고 안정적인 곳에 머물게 할 것이라고 했지.”

“…….”

“너.”

그녀가 검지를 뻗어 이예주를 찍듯이 가리켰다.

“네가 다리족으로 와서 진짜 구원자가 나타났다는 걸 확인할 때까지라고 했으니까 난 흔쾌히 허락했어.”

“…….”

“동생에게 나쁠 것도 없다고 생각했고. 난 사실 그 새끼가 어떻게 되든 말든 조금도 상관하지 않았어. 미래를 봤다고 해도, 드디어 군의 일원이 되어 새 이름을 받았는데도, 나는 여전히 놈들 사이에서 어떻게든 생존해야 했다. 쓸모를 입증하지 않으면 죽거나 도로 진창 속을 기어 다녀야 할 테니까. 다시 B구역의 밑바닥으로 되돌아가긴 죽기보다 싫었어. 그런데.”

유나는 암울한 과거사에도 표정 하나 바꾸지 않고 담담하게 제 이야길 늘어놓았다.

“어느 날 거짓말처럼 정말로 네가 이 산에 나타난 거야.”

“…….”

“그리고 나는, 내가 동생을 어느 곳으로 밀어 넣었는지 알게 되었지.”

유나가 이예주를 가리키던 손을 내리고 제 오른쪽 벽에 부착되어 있는 패드의 버튼을 눌렀다. 삑, 지이이이잉— 벽이 한일자로 갈라져 아래위로 움직이며 그 안에 숨겨 놓았던 내용물을 보여 주었다.

지나쳐 온 남자아이가 있던 흰 방과 동일한 유리 벽과 구조의 또 다른 흰 방이 천천히 드러났다. 그리고 그 안에. 유나보다 좀 더 앳된, 그녀와 똑 닮은 얼굴의 머리가 빡빡 밀린 남자아이가 벽에 기대어 우두커니 앉아 있는 것이 보였다.

“……처음엔 어디 A구역의 객실 하나 얻어서 잘 지내는 줄 알았어. 다리족으로 귀화한 후에는 새 이름 수여식을 하고 군의 계급 체계를 익히느라 정신없이 바빠서 생각조차 할 틈이 없었거든. 별로 만나고 싶지도 않았고 해서 각자 죽지 않고 잘 지내면 그걸로 됐다고 생각했어.”

“…….”

“언제 죽어 버려서 히카톤으로 변할지 모르는 눈족 아이들이 득실거리는 수용실보단 훨씬 나을 거라고 믿었다. 또 그렇게 해 주리라,

족장이 약속했지. 제때제때 양질의 식사를 제공하고 안전한 장소에서 지낼 수 있도록 하겠노라고. B구역에 수용된 눈족 아이들은 에너지 바 하나를 먹기 위해 서로를 죽이기도 하거든."

"……."

"너무 오랜 시간이 지나서야 알게 됐다. 양질의 식사가 제때제때 제공되는 안전한 장소라는 게 바로 이곳이었다는 걸. 족장 새끼가 날 속인 거야."

넌 족장에게 속은 거야. 내가 족장에게 속은 듯이. 문득 방금 전의 유나와 지금의 유나가 겹쳐졌다.

"동생을 잡고 있으면 미래를 보는 내가 절대로 도망가지 않을 거라 생각하고 날 속였어. 아, 약속대로 인육 섞인 밥은 정말 제때 줬더라. 말을 들어 먹게 만들어야 하니까 삘각 소리와 함께 규칙적으로. 밥을 줄 때 RTBD도 같이 주입시키는 것 빼곤 괜찮았을 거야."

"그, 그건. 그건 왜 또 같이……!"

RTBD를 또 주입한다는 소리에 이예주가 왈칵 인상을 찌푸렸다. 유나는 별일 아니란 식으로 능숙하게 답해 주었다.

"RTBD를 주입하면 괴물화의 진행이 더 빨라진다고 말했잖아. 죽여서 괴물로 만드는 건 아무 쓸모없어. 삘각 소리가 들리면 적을 잡아먹어야 한다는 걸 살아 있을 때 인지시키면서 괴물로 만들어야 검은 파편에 대항할 무기로 쓸 수 있거든."

"……너무, 너무 잔인하잖아."

정말 너무 잔인하잖아. 이예주는 어느 순간부터 제 몸이 덜덜 떠는 것을 느낄 수 있었다. 마치 여준이 어떤 식으로 람을 깨우고, 어떤 식으로 지구를 멸망시켰는지 보여 주었던 때와 같았다.

열둘? 열셋? 초등학교는 졸업했을까? 너무 말라서 몇 살인지 잘 가늠이 안 되었다. 이예주는 흔들리는 눈동자로 벽에 기대 축 늘어져 있는 유나와 똑 닮은 아이를 쳐다보았다.

투명한 유리 벽 너머에 사람이 있는데도 유나의 동생은 아무런 반응이 없었다. 먼저 본 뒤통수에 얼굴이 달린 남자아이와 별다를 바 없는 모습이었다. 생기 없는 얼굴은 거무스름했고, 아득한 허공을 바라보는 동공에는 초점이랄 게 없었다.

죽어 가고 있는 것 같았다. 아니면 이미 죽어 버렸거나.

"여준은 약속을 지켰어. 약속대로 편안한 잠자리, 규칙적인 식사 제공을 해 주었지. 다만, 나를 알아보지 못하는 것 빼곤."

"……."

"이렇게 되었다는 걸 알았을 땐 이미 반쯤 죽어 가는 상태라 나를 못 알아봤어. 제 딴엔 괴물로 변하기 싫어서 RTBD를 주입당할 때마다 저항도 하고 밥도 안 먹었다는데. 돌아온 건 죽기 직전까지의 구타와 강제 주사뿐이었겠지."

저 아이를 바라보는 유나는 무슨 심정일까. 무슨 심정, 무슨 생각으로 동생을 바라보고 있는 걸까.

"나를 못 알아봐."

저를 보지 않는 동생이 있는 쪽 유리를 그녀가 두 손가락으로 성의 없이 문질렀다. 뽀드득, 빠드득. 유리가 우는 것처럼 곡성을 내었다.

"내가 앞에 있는데 나를 못 알아봐."

"……."

"그거 알아? 족장 놈은 틀렸어. 날 알아보지도 못하는 이깟 놈을 볼모로 잡아 두면 내가 도망가지 못할 거라고 생각했겠지? 멍청한 놈."

뽀드득, 까드득. 여전히 유리 벽 너머에 눈을 못 박은 채 유나는 이예주 쪽에는 시선 하나 주지 않았다. 꼭 혼잣말을 하는 사람과도 같았다.

“그렇지만 난 얘가 여기 갇혔다는 걸 안 후로 단 한 번도 탈출 생각을 안 한 적이 없어. 나도 쓸모가 없어지면 얘처럼 이 좁아터진 케이지 안에 처박히는 건 시간문제겠지. 네가 온 이후로도 계속 기회만 엿보고 있었어. 난 죽기 싫었고, 실험체 중 하나가 되어 히카톤으로 변하기는 더더욱 싫었으니까.”

“…….”

“다행히 나한테는 탈출할 구멍이 있잖아? 다리족의 일원이라 훈련에 참여하기 위해 밖에 나간 적도 여러 번 있었지. 난 빌어먹을 다리족이 검은 파편에게 몰살되든 말든 도망갈 자신이 있었어. 기회가 오면 곧바로 이 거지 같은 비행선에서 도망갈 거라고 생각했는데…….”

유나는 이제 거의 유리를 뚫고 들어갈 듯 얼굴을 바짝 들이밀고는 방 안의 동생을 바라봤다. 그러면서 꼭 비밀 이야기라도 속삭이는 사람처럼 아주 작고 조용한 목소리로 중얼거렸다.

“……그런데 도저히 갈 수가 없어.”

“…….”

“넌 나보고 단단해서 부럽다고 했지? 네가 말한 것처럼 난 단단해서 언제든 버릴 수 있다고 자신했는데. 근데 이깟 새끼가 뭐라고, 날 알아보지도 못하는 새끼가 뭐라고 병신처럼…….”

“…….”

“두고 갈 수가 없어.”

그녀의 목소리에서 언젠가 동쪽 대륙에서 맡았던 바다 향기가 진하게 배어 나왔다. 이예주는 그 냄새를 맡고 나서야 뒤통수에 벼락이 내리치듯 통렬한 깨달음을 얻을 수 있었다.

아. 아무렇지 않은 게 아니었구나. 너무 당해서 감정이 배제된 것

도 아니었다. 지켜야 하는 것이 있어서 무너질 수가 없었을 뿐이다.

그냥 이 애도 무섭고 두렵고, 누구보다도 살고 싶었던, 그저 평범한 17살짜리 어린애였던 것뿐이야.

"……못 갈 수도 있지."

저를 보지 않는, 아무것도 없는 아득한 허공을 보고 있는 제 동생을 물끄러미 쳐다보던 유나는 문득 등 뒤가 따스한 온기로 휩싸이는 것을 느꼈다.

일족에 의해 차가운 혹한의 땅에 버려진 이후 단 한 번도 느껴 본 적 없던 사람의 온기였다.

"……그럴 수도 있지. 뭘 그런 걸로 울려고 그래."

아까 제가 여자에게 했던 말이었다. 끝내 남자를 쏘지 못해 울먹이던 여자에게 건넸던 말이 제게로 다시 돌아왔다. 뭘 그런 걸로 우냐고 말한 주제에, 그 목소리에는 울음기가 가득 담겨 있었다.

"흐, 흐으……."

유나는 아주 어렸을 적 이후로 한 번도 입 밖에 내지 못했던, 낼 수 없었던 울음을 터뜨리며 드디어 지옥 같은 자신의 삶에도 구원이 찾아왔노라고 생각했다.

"다시 검은 파편에게로 되돌아가려는 거지?"

피하지도, 그렇다고 달갑게 맞이하지도 않았다. 그저 이예주가 끌어안은 대로 몸을 맡기고 있던 유나가 꽤 긴 시간 동안 내려앉았던 정적을 깨트렸다.

이예주는 두 팔로 양껏 감싸 안았던 유나를 놓아주었다. 그러자 그녀가 뒤로 돌았다. 물기 가득했던 흐느낌은 착각이었던 것처럼, 유나의 말간 얼굴은 어느새 낙엽처럼 바싹 말라 버석거렸다.

"길을 잘못 들었어. 탈출하려고 했으면 이쪽으로 왔으면 안 돼."

"길? 그럼 어느 쪽으로……."

"따라와."

유나가 이예주를 스쳐 지나갔다. 빠져나온 환풍구가 위치한 모서리 쪽이었다.

유리 벽을 까득까득 긁으며 동생을 부르던 것이 무색하게 뒤도 돌아보지 않고 걸어가는 유나를 바라보던 이예주는, 그녀 대신 유리 벽에 손을 얹고 빠르게 인사했다.

"……안녕."

곧 다시 만날 거야.

서글프게도 당장은 유나의 동생을 구할 수 있는 방법이나 힘이 없었다. 몸이라도 온전히 움직일 수 있다면 어떻게든 데리고 나갈 생각을 했겠지만 유나의 어린 남동생은 유리 밖에 사람이 왔다 갔다 하는데도 미동조차 하지 않았다. 도저히 데리고 탈출할 수 있는 상황이 아니었다.

금방 다시 구하러 올게. 여기서 나가면 람을 설득하거나 떼라도 써서 어떻게든. 어떻게 해서든 유나의 동생만큼은 구해 주리라 다짐하고 또 다짐하며 이예주는 뒤로 돌았다.

유나를 뒤쫓아 가기 위해 뗀 발걸음이 추라도 매단 듯 무거웠다. 자신도 이럴진대 먼저 뒤돈 유나의 심정은 어떨지 상상조차 가지 않았다.

두 사람은 광활한 2층 실험실을 가로질러 프로펠러와 쇠창살 덮개가 아무렇게나 널브러져 있는 구석의 환풍구 앞에 도착했다. 유나가 먼저 몸을 엎드려 좁은 구멍으로 기어 들어갔고 그 뒤를 이예주가 따랐다.

좁고 숨 막히는 환풍구 속을 다시 기어간 지 얼마 안 돼 그들은 이예주가 처음 2층에 내려섰던 세 갈림길의 교차점에 도착하게 되었다.

먼저 빠져나가 몸을 일으킨 유나가 먼지 때문에 캑캑거리느라 오만상을 쓰고 있는 이예주에게 손을 내밀었다.

"운이 좋았어. 족장은 네가 한 말을 믿어서 산 중턱으로 온 관심이 쏠려 있거든. 그렇지 않았다면 넌 산 채로 눈족 장로처럼 수조에 갇혔을 거야. 여준 몰래 탈출하려는 것도 모자라 2층 실험실의 비밀을 알게 되었으니까."

"헉, 헉…… 수조? 미친."

낯빛 하나 바뀌지 않은 유나와는 달리, 기어오는 동안 그새 체력이 고갈된 이예주가 거친 콧김을 내뿜으며 유나의 손을 마주 잡고 일어섰다.

"저쪽은 막다른 길이야. B구역 1층으로 나가려면 이쪽으로 가야 해. 중앙 통로의 부서진 벽으로 빠져나가려 했던 거지?"

유나가 그들이 막 빠져나온 통로의 반대편에 위치한 통로와 그 두 통로의 사이의 중앙에 위치한 또 다른 통로를 잇달아 가리키며 말했다.

'무서운 계집애.'

한 손으로 무릎을 부여잡고 헐떡이던 이예주는 단박에 제 탈출로를 꿰뚫은 그녀의 통찰력에 혀를 내둘렀다.

"빨리 쫓아와. 시간이 너무 지체됐어. 조금 있으면 족장도 뭔가 이상하다는 것을 눈치챌 거야."

지체 없이 1층으로 가는 통로로 기어가려는 듯 유나가 곧바로 몸을 숙였다. 고개를 끄덕이며 유나의 말에 십분 공감하던 이예주는 문득 이상함을 느꼈다.

"너도 나랑 같이 밖으로 나가게?"

환풍구 통로로 머리를 들이밀던 유나가 멈칫하고 이예주를 뒤돌아봤다. 너무 당연한 질문이었던가. 아차 싶어 혀를 지그시 깨물었지만 유나에게 들려오는 답은 없었다.

뭐야? 잘못 짚은 건가? 같이 나가는 게 아니었어? 이예주는 서둘러 유나에게 다가가 덥석 그녀의 팔을 잡았다.

"같이 가자."

"……."

"나랑 같이 여기서 나가자."

아니, 이 미친 곳에서 반드시 나가야만 해. 유나는 자신의 팔을 꽉 쥔 여자의 손을 흘끔 내려다보았다. 거절의 말은 듣지 않겠다는 듯 아귀힘이 제법 강했다.

그녀는 다시 고개를 들어 이예주의 얼굴을 고요히 응시했다. 여전히 대답 한마디 없자 속이 탄 이예주는 황급히 그녀를 설득했다.

"동생 때문에 그래? 나갔다가 다시 구하러 오면 되잖아. 내가 다시 구하러 같이 와 줄게. 약속할게. 지금은 일단 나가자. 여긴 너무 위험하잖아. 이후 계획은 나간 후에 세워도……."

"내가 너와 같이 나가면 족장은 바로 내 동생부터 죽일 거야."

"……."

냉정하게 단정 짓는 유나의 대답에 이예주는 순간적으로 말을 잃었다.

"조금이라도 더 동생을 살리려면 난 여기 남아서 네 탈출과 내가 조금도 연관이 없다는 알리바이를 만들어야 해. 네가 완전히 산 정상에서 빠져나갈 때까지 족장의 주의를 끌어 시간도 벌어야 하고."

"무, 무슨. 네가 왜 그런 짓을 해?"

"어제 내가 가져다준 저녁밥에서 영양제라 했던 알약 캡슐 기억나?"

이예주는 찬찬히 어제 일을 떠올렸다. 자신의 가슴 앞에 거의 밀치듯 식판을 들이대었던 유나가 기억났다. 식판 위에는 꿀꿀이죽과 에너지 바, 건빵 몇 개, 그리고 정체불명의 알약이 있었다.

"그거 사실 영양제가 아니라 위치 추적기야."

유나는 눈이 튀어나올 만큼 놀라운 소리를 지나가는 말처럼 아무렇지도 않게 내뱉었다.

"네가 저녁밥을 먹지 않아서 내가 대신 먹었어."

"뭐?!"

너무 놀란 나머지 이예주는 저도 모르게 괴성 지르듯 되물었다. 뭐? 뭐? ……뭐? 그녀의 목소리가 먼지 깔린 환풍구를 타고 텅텅 울려 퍼졌다.

"쉿."

유나가 미미하게 눈살을 찌푸리며 검지를 입에 가져다 댄 후에야 가까스로 흥분을 진정시킬 수 있었다.

"대체 왜, 왜 그랬어?"

"……."

"그냥 나한테 사실대로 말하고 없앴으면 됐잖아!"

이예주는 믿기 힘들다는 얼굴로 유나의 팔을 부여잡았다. 대체 왜. 왜 그런 짓을 한 거냐고. 내가 필요 없다고 했잖아. 구원자 같은 거 아니니까, 챙겨 줄 필요 전혀 없다고. 분명 그렇게 선을 그었다고 생각했는데…….

여준 놈이 제게 위치 추적기를 달려고 했다는 것도 환장할 지경인데, 이젠 유나까지 곤란해질지 모른다. 그 생각에 이예주의 눈가가 딱딱하게 굳었다. 탈출을 위해 억지로 다져 눌러 뒀던 불안감이 다시금 치솟는 것 같았다.

그러나 벌벌 떠는 이예주와는 달리 유나는 해야 할 일을 한 것뿐이라는 듯 담담하게 읊조렸다.

"안 그랬으면 수단과 방법을 가리지 않고 억지로라도 네게 칩을 삽입하려고 했겠지. 네가 이 비행선 안에 있는 한 너랑 가장 가까이 붙어 있는 게 나니까 상관없을 거라 판단했다."

"그렇다고 네가……!"

네가 희생할 필요는 없었어. 그건 어디까지나 자신에게 닥친 일일 뿐이고, 너와는 하등 상관이 없다고, 이예주는 그렇게 외치려고 했다. 유나가 엄숙한 얼굴로 그런 그녀를 막아서지만 않았더라면 분명 그렇게 했을 것이다.

"이럴 시간 없어."

"……."

"족장이 눈치채기 전에 빨리 가야 돼. 이미 눈치챘을지도 모르지. 게다가 너 B구역 입구 문을 열 수 있는 카드도 없잖아?"

유나가 전혀 생각지 못한 부분을 지적했다. 허를 찔린 기분이었다. 그랬다. 중앙 통로에 난 구멍으로 빠져나갈 생각에만 몰두한 나머지 B구역 출입구는 어마어마한 크기와 두께의 문으로 막혀 있다는 것을 간과하고 있었다.

빌어먹을. 나지막이 욕설을 뇌까린 이예주는 왜 B구역의 문이 A구역에 비해 어마어마한 위엄을 자랑했는지 이제야 이해가 갔다.

부족 내부에서 중범죄를 일으킨 미친놈들, 괴물을 만드는 데 재료로 쓰일 눈족 아이들 혹은 이미 변해 버린 괴물들까지 모조리 격리시키기 위함이었다.

생각하면 할수록 치밀하고 졸렬하기 짝이 없는 다리족의 실체에 이예주는 몸을 한차례 부르르 떨었다. 그러는 사이 유나는 그녀에게서 몸을 돌려 다시금 환풍구 속으로 기어 들어갈 채비를 했다.

"내가 너와 함께하는 건 B구역까지니까 내가 네 탈출에 완전히 가담하는 거라고 착각하지 마. 그 뒤부터는 네가 잡혀서 연구실 수조에 갇히든, 족장의 손에 죽임당하든 상관하지 않을 거니까."

매몰차다고 느껴질 만큼 싸늘한 말들을 남겨 둔 채 유나는 그대로 쏙 통로 안으로 들어갔다.

평소와 같이 싸가지 없는 말투였지만 이예주는 오히려 안도했다. 부디 제 탈출과 유나가 엮이는 일이 없었으면 좋겠다고, 그녀는 간절히 바랐다. 마음 같아서는 그냥 길만 알려 주고 가라고 하고 싶었지만 그조차 할 수 없는 답답한 현실에 마음 한쪽이 무거워졌다.

"얼른 안 따라오고 뭐해. 나가기 싫어?"

"어, 어. 가."

구멍 안쪽에서 들려오는 재촉에 이예주는 퍼뜩 상념에서 깨어나 몸을 수그렸다. 비좁은 환풍구 속으로 머리를 들이밀며 그녀는, 어서 이 끔찍한 곳에서 탈출해 람에게로 갈 생각만 하자고 여러 번 자신을 세뇌했다.

유나의 뒤를 따라 먼지 구덩이 속을 벅벅벅 기어 다닌 지 꽤 오랜 시간이 흘렀다. 조금만 몸을 들어 올려도 바로 공간이 꽉 차던 통로가 점점 넓어지더니 어느 순간 확 트인 넓은 공간에 이르렀다. 정확히는 넓은 공간이 아니라 넓은 구덩이였다.

1층에 이렇게 커다란 구멍이 뚫려 있었나? 이예주가 고개를 갸웃거리며 혼잣말처럼 중얼거렸다.

"여기가 어디……."

"1층 천장에 설치되어 있는 대형 환풍기야."

유나가 엎드려 있던 몸을 일으켜 커다란 구멍 근처로 재빠르게 이동하며 답했다.

"조심해."

이예주는 혹여나 유나가 구멍 속으로 뚝 떨어질까 봐 불안한 눈으로 바라보았다. 다행히 그런 걱정은 기우였던 듯 얇은 철망이 구멍의 중간을 막고 있었다.

철망 위로 뛰어내린 유나는 능숙하게 발을 움직여 중앙에 있는 네모난 출구의 손잡이를 잡아 열었다. 아래를 내려 보며 금방이라도 뛸 것처럼 굴던 그녀는 여전히 기어 나온 통로 근처에서 요지부동인 이예주를 돌아보았다.

"거기서 뭐 해. 빨리 와."

멍청히 엎드려 있는 이예주가 못마땅한지 유나가 인상을 찌푸렸다. 힐난의 눈초리에 이예주는 마지못해 움직였다. 하지만 그것은 움직임이라 칭할 수 없을 만큼 미미한 움찔거림에 불과했다.

거북이처럼 느릿느릿 굼뜨게 행동하는 모습에 유나가 다시 한번 쏘아붙였다.

"나가기 싫어?"

"아, 아니! 그, 그게 아니라……."

저보다 훨씬 어린애도 저렇게 의연하게 행동하는 마당에 차마 무서워서 철망 위로 못 올라가겠다는 말은 할 수 없었다. 이예주는 빤히 자신을 바라보는 유나의 시선을 피할 길이 없어 꿈쩍도 않는 몸을 억지로 움직였다.

으흐으, 밑에 보지 마. 밑에 보지 마. 최대한 아래를 내려다보지 않도록 노력하며 유나가 있는 철망 위로 내려선 이예주는 '푸하!' 하고 참았던 숨을 한꺼번에 몰아 내쉬었다.

"자, 왔어! 이제 어떻게 내려가? 빨리 가자."

밑에 못 내려다보겠으니까. 뒷말을 간신히 삼킨 채로 다급히 묻자 유나가 무뚝뚝하게 답했다.

"내가 먼저 내려갈 테니까 나 내려가는 모습 잘 봤다가 똑같이 따라 해."

"뭐?! 그, 그게 무슨! 사다리는! 사다리 같은 거 없어?"

"환풍구 통해서 몰래 탈출하는 주제에 무슨 사다리를 찾아?"

고개를 이쪽저쪽 돌리며 사다리를 찾자 유나가 어처구니없다는 듯 눈을 흘겼다. 그 말에 이예주는 아래를 흘끗 내려다보았다.

철망 밑은 까마득했다. 망할, 망할! 사다리도 없이 여기를 어떻게 내려가. 아까 5층에서 2층까지 손잡이만 잡고 내려온 것도 기적이구만!

아찔한 높이의 1층 바닥을 바라보던 이예주는 시퍼렇게 질린 얼굴로 도리질을 쳤다.

"나, 나, 난 못해!"

"그럼 네가 먼저 뛰어내리든가."

"뭐라고? 그게 말이……."

"안 갈 거면 나 먼저 내려간다."

그게 말이야, 방구야! 하지만 이예주가 채 잡을 틈조차 주지 않고 유나는 열린 철망 사이로 몸을 훅 내렸다.

"아니, 야! 유나야! 자, 잠깐! 잠깐!"

어찌나 급했는지 이예주는 고소 공포증도 잠시 잊고 유나가 몸을 내린 네모난 구멍 가장자리에 후다닥 달라붙었다. 그리고 입을 떡 벌릴 수밖에 없었다.

빨아들일 것이 없어서인지 거대한 프로펠러는 멈춰 있었다. 아무런 안전장치도 없이 그 사이로 쑥 뛰어내린 유나는 아슬아슬하게 프로펠러를 잡고 매달렸다. 이어서 아래쪽으로 입을 벌리고 있는 사면으로 된 흡입구를 타고 빠르게 내려갔다.

기교를 부리듯 몸을 놀려 흡입구의 끝에 매달린 그녀는 곧 바닥에 가뿐하게 뛰어내렸다.

무슨 스파이더맨이야? 눈 깜짝할 새에 일어난 일에 이예주가 눈까지 비비고 다시 유나를 쳐다보았다. 먼지가 묻은 소매를 탁탁 털어낸 유나는 그녀를 올려다보며 대수롭지 않게 말했다.

"봤지? 이렇게 내려와."

"……미친."

이예주는 멍한 얼굴로 대꾸했다.

"빨리. 못하겠으면 대충 일자로 뛰어내려. 받아 줄 테니까."

유나가 두 팔을 벌리고 뛰어내리라는 듯 손목을 까딱거렸다. 팔이 가늘어 받아 준다는 말이 전혀 믿음직스럽지 않았다.

그냥 되돌아갈까. 굳이 떨어져서 머리가 깨질 위험을 감수하지 않아도 또 다른 길이 있지 않을까. 이예주는 유나와의 거리를 눈대중으로 재어 보며 잠시 잠깐 고민했다.

그러나 그 생각을 귀신같이 알아챈 유나가 대번 압박했다.

"여기까지 와서 되돌아갈 거라면 가도 좋아. 그놈이 아직 기절해 있다면 별 탈 없이 네 방으로 돌아갈 수 있을지도 모르지."

"그놈?"

"아까 네가 두드려 패서 기절시킨 놈. 아직도 기절한 상태인지, 깨어났을지 나도 모르니까."

"아흐! 진짜!"

협박과도 같은 유나의 말에 결국 이예주는 꾸물꾸물 철망 구멍 속으로 다리를 밀어 넣었다. 흐으, 나 진짜 못하겠는데.

하지만 그렇다고 그 쓰레기 같은 새끼가 깨어나 들어왔을지도 모를 환풍구를 다시 되돌아갈 수는 없었다. 어쨌거나 B구역 문을 통과해서 빨리 람에게 가야 한다는 것만은 사실이니 이예주가 선택할 수 있는 것 또한 한 가지뿐이었다.

그래, 오로지 람에게 가겠다는 의지 하나만으로 이예주는 몸을 움직였다.

끙끙거리며 구멍 안으로 몸을 내리니 거대한 프로펠러 날개 위에 발바닥이 닿았다. 유나는 날개를 잡고 이쪽저쪽 밟아 가며 날다람쥐처럼 가뿐히 내려간 것 같은데, 자신은 프로펠러 위에 발을 딛는 것조차 몸이 덜덜 떨렸다.

여전히 철망 모서리를 두 손으로 꽉 부여잡고 있는 이예주가 발발거리며 아래를 돌아보자 유나가 손가락으로 흡입구 벽을 가리켰다.

"거기 옆에 왼쪽, 발 디딜 만한 곳이 튀어나와 있어. 밟아."

그녀의 말은 사실이었다. 철판이 덧대어진 부분에 간신히 발끝을 댈 수 있을 만큼의 홈이 튀어나와 있었다. 이예주는 유나가 지시한 대로 왼발을 최대한 뻗어 간당간당하게 그곳에 발을 디뎠다. 어정쩡한 자세에 유나가 한숨을 내쉬었다.

"이, 이렇게?"

"잘하고 있어. 그리고 오른쪽 발 더 밑으로 내리고 왼쪽 발 다시 내려서 프로펠러 잡고 매달려."

격려 어린 조언에 이예주는 좀 더 용기를 내어 유나가 시키는 대로 최대한 몸을 움직여 보았다. 어서 빨리 내려가 이 지옥 같은 높이에서 탈출하고 싶었지만 몸이 마음을 쉽게 따라 주지 않았다.

유나는 채 1분도 걸리지 않은 다음 행동까지 이예주는 10분이 넘게 소모한 이후에야 간신히 비슷하게 따라 할 수 있었다. 마침내 흡입구 끝에 대롱대롱 매달렸다. 하라는 대로 했는데도 발이 바닥에 닿지 않자 이예주는 공포에 질렸다.

"아, 악! 나 떠, 떨어져! 나 떨어져! 무서워!"

"잡았다."

공중에서 미친 듯이 발버둥 치던 두 다리가 유나의 손아귀에 꽉 잡혔다.

"손 놔."

미심쩍어하면서도 애처롭게 붙들고 있던 홈을 놓자 몸이 아래로 쑥 빠졌다. 이예주는 깔끔하게 바닥에 안착했다.

"나, 나 내려왔어? 머리 안 깨지고 잘 내려온 거지?"

두 손으로 제 이마와 뒤통수를 더듬더듬 만지며 이예주가 물었다. 그 모자란 모습에 유나는 대꾸조차 하지 않고 뒤로 돌았다.

"서둘러."

"나, 나 내려온 거 맞지? 응? 흐, 흑, 미친…… 다시는 이런 거 하기 싫어."

제가 서 있는 바닥과 천장에 매달려 있는 흡입구를 번갈아 바라보며 울먹이는 이예주를 내버려 둔 채 유나는 입구 쪽으로 먼저 빠르게 걸었다.

이예주는 한참이 지나서야 유나와의 거리가 꽤 멀어졌다는 것을 깨닫고 후다닥 그 뒤를 뒤쫓았다.

"가, 같이 가!"

혹시라도 저를 두고 가 버릴세라 한달음에 달려간 이예주가 대뜸 그녀의 팔을 잡아 팔짱을 꼈다.

"혼자 막 가지 좀 마! 여긴 좀 무섭단 말이야."

저보다 훨씬 어린애한테 달라붙는 꼴이 우습기 그지없었지만 별 수 없었다. 정말이었다. 이 비행선은 처음 끌려왔을 때부터 찜찜하고 꺼림칙한 공기가 맴돌았다. B구역 1층은 그중에서도 유난히 더 그랬다.

다른 곳에 비해 조명도 어둡고 사방이 칙칙한 기둥과 거친 시멘트 벽으로 뒤덮여 있기 때문일까. 이곳을 지날 때면 기분이 별로 좋지 않아 괜스레 주위를 경계하게 되었다. 텅 빈 지하 주차장을 연상시키는 아무것도 없는 광대한 공간일 뿐인데. 너무 거대해 기가 죽어서 그런가.

왠지 모르게 찜찜한 느낌을 털 수 없다고 생각하며 이예주는 유나의 팔에 좀 더 바싹 몸을 붙였다. 그녀가 냉정하게 팔을 쳐 내면 어쩌나 하는 걱정이 잠깐 들었지만, 다행스럽게도 그녀는 흘긋 곁눈질만 할 뿐 잡힌 팔을 빼내지 않았다.

뚜벅뚜벅, 텅 빈 1층에서 나는 소음이라고는 유나와 이예주의 엇갈린 발자국 소리뿐이었다. 배치되어 있는 사물들이 없는 탓인지 평소라면 신경조차 쓰이지 않을 발걸음 소리가 유독 신경 쓰였다. 유독.

"……기분이 좀 그래."

이예주는 주변을 정신없이 둘러보며 변명처럼 중얼거렸다. 말을 내뱉고 보니 정말이지 기분이 좀 이상했다.

이곳 1층에 존재하는 사람이라고는 자신과 유나뿐인데, 왠지 모르게 팽팽한 긴장감이 흐르고 있다는 착각이 들었다.

"누가 있는 것같이……."

"누가 있긴 있지."

유나가 이예주의 말을 끊고 무미건조하게 중얼거렸다.

"저기 문 뒤에 있는 것들이 다……."

그 순간이었다. 유나가 흠칫하고 몸에 힘을 주더니 별안간 우뚝 자리에 멈춰 섰다.

"왜, 왜 그래?"

말 잘하다가 갑자기 왜 멈추는 거야. 이예주가 팔짱 끼고 있던 팔을 풀며, 의아하다는 듯 물었다. 그러나 유나는 대답 대신 되레 그녀의 팔을 잡아채어 제 뒤로 거세게 이끌었다.

"뭐, 뭐야. 왜, 왜 그래?"

"뒤로 조금씩 움직여."

"뒤로? 무슨 뒤로."

"환풍기까지."

입구는 저쪽인데 왜 다시 기어 나온 환풍기 쪽으로? 이예주는 영문 모를 표정을 지으며 답답해했다. 그러나 몸으로 마구 떠미는 유나 때문에 어쩔 수 없이 뒤로 주춤주춤 움직여야 했다.

꽤 멀리 떨어졌다고 생각했는데, 얼마 걷지도 않아 그들은 빠져나온 흡입구 바로 밑 부근에 도달했다.

"환풍구 다 왔는데."

"왼쪽 기둥 방향으로."

기껏 간 길을 도로 온 것도 모자라 또 다른 명령을 내리는 유나 때문에 불안감이 불길처럼 치솟았다. 이예주는 당장에라도 그녀의 어깨를 붙잡고 무슨 일인지 묻고 싶었다. 하지만 그럴 틈도 없이 유나가 무지막지하게 팔을 잡아끌었다.

결국 1층의 정중앙에 위치한 환풍구보다도 더 뒤로 후퇴하여 그녀가 말한 왼쪽 기둥에 도달했을 즈음이었다. 불현듯 유나가 이예주의 어깨를 기둥 뒤로 퍽, 세게 밀어 넣었다. 그러더니 상황을 인지하지도 못할 만큼 빠른 속도로 품에서 권총을 꺼내 들었다.

철컥, 지체 없이 권총을 장전한 그녀가 팔을 뻗어 어느 곳을 조준했다. 탕―! 그 뒤로 귀가 따가울 만큼의 굉음이 뒤따랐다.

탕! 타, 탕―! 첫 발포에 이어 연달아 세 번의 총성이 고요함을 요란스럽게 갈랐다.

윽! 어디선가 단말마의 비명 소리가 들린 것 같았다. 하지만 그게 환청인지 실제인지는 구별할 수 없었다.

"……위됐어."

삐이이이―

"……테니까…… 주면 넌……."

바로 귀 옆에서 커다란 총성이 터진 탓일까. 비행기에 올라탄 것처럼 귓속이 먹먹하고 병원에서나 들릴 법한 '삐이이―' 소리가 들렸다.

슬로 모션처럼 제게 소리치는 유나의 입 모양이 느리게 보였다. 어, 어. 뭐라고? 이명을 듣기 싫어 두 손으로 힘겹게 귀를 가린 채 되물었을 때. 유나가 무시무시한 얼굴로 이예주의 어깨를 잡아채 거세게 흔들었다.

"정신 차려!"

거센 외침에 이예주는 눈을 뜨고 있음에도 눈꺼풀을 번쩍 들어 올리는 기분이 들었다. 답지 않게 다급함이 가득 담긴 유나의 하나뿐인 청안이 선명하게 보였다.

"어, 어?"

"우리 포위됐다고!"

"포…… 포위?"

귀를 괴롭히던 이명이 그쳤다. 이예주가 간신히 정신을 차려 상황을 파악하려 할 즈음, 기둥 바깥쪽으로부터 커다란 확성기 소리가 울려 퍼졌다.

—아, 아. 총을 버리고 투항해라, 유나 일병.

철컥철컥, 철컥. 귀에 익은 남자의 목소리와 동시에 둔탁한 소음들이 B구역 1층을 순식간에 소란스럽게 만들었다.

이예주는 기겁을 하고 유나의 얼굴을 쳐다봤다. 아무리 제가 멍청하다 해도 무장한 장정들이 움직이는 소음조차 알아채지 못할 리 없었다.

"저, 저거. 저거 철수 상병 목소리 맞지?"

그녀의 물음에 대답하듯 철수의 음험한 목소리가 확성기를 통해 쩌렁쩌렁하게 퍼졌다.

—지금이라도 투항한다면 구원자님의 납치를 사주한 뒷배까지는 캐지 않겠다는 족장님의 전언이다.

"무슨, 납치를……."

납치는 또 뭔 놈의 개소리야. 이예주가 여전히 어리바리한 얼굴로 고개를 갸웃거리자 유나의 미간에 깊은 주름이 잡혔다.

—반복한다. 총을 버리고 당장 투항하라, 유나 일병.

"……빌어먹을."

이예주를 돌아본 유나는 별안간 욕지거리를 내뱉었다. 그 외의 다른 말은 하지 않았지만 이런 모지리를 납치해서 어디다 써먹겠냐는 눈빛이었다.

이예주는 아직도 먹먹하고 뻑적지근한 귓구멍을 손가락으로 쑤시며 잘근잘근 아랫입술을 씹었다. 망할. 그러니까, 우리 포위된 거라고?

대체 어느 사이에? 분명 1층에는 우리밖에 없는 것을 확인했는데.

"저, 저놈들이 대체 어떻게 알고……."

"족장 놈을 너무 얕봤어. 네 객실로 날 보내고 나서도 혹시 몰라 사람을 보내 입구를 막았겠지."

네게 너무 많은 걸 보여 줬으니 네가 검은 파편에게로 돌아가려는 것만은 어떻게 해서든 막으려 드는 거야. 덧붙이는 유나의 말이 꼭 흐리멍덩했던 머리 위로 찬물을 와르르 쏟아붓는 것 같았다.

자신이야말로 여준 놈을 너무 얕봤다. 그렇게 치밀한 놈인데, 지금껏 만났던 그 어느 시간족보다 얍삽하고 이중적인 놈인 것을 알면서도 아무런 계획도 없이 무작정 탈출할 수 있으리라 생각했다. 이 얼마나 바보 천치 같은 일인가.

"그, 그럼 우리 어떡하지? 우리 이제 어떻게 빠져나가?"

이예주가 창백하게 질린 얼굴로 숨을 껄떡거리며 물었다. 조금 전 유나가 제게 했던 말이 떠올랐다. 쓸모가 없다고 판단되면 당장에라도 2층 연구실로 보내질 거란 말. 짐승처럼 벌거벗겨진 채 원통형 수조에 갇힌 눈족 장로. 그 여자와 같은 꼴이 될지 모른다는 소리였다.

이예주의 물음에 유나는 대꾸하지 않고 기둥 뒤에 바짝 등을 기댄 채 슬그머니 고개를 내밀었다. 동태를 살피기 위함이었다. 그러나 그녀의 머리칼이 기둥 밖으로 삐져나오기가 무섭게 '피융—' 하고 총알이 기둥을 스쳐 지나갔다.

그녀의 바로 옆벽이 먼지를 일으키며 움푹 파였다. 조금만 더 조준이 정확했더라면. 아니, 조금만 더 고개를 내밀었더라면 빗겨 나간 총알은 그대로 유나의 여린 뺨에 박혔을 것이다.

파인 기둥 모서리를 발견한 이예주는 눈을 부릅떴다. 이런 건, 이런 건 영화에서나 보던 일이었다. 그것도 외국 영화, 잘 보지도 않는 외국 첩보 영화.

총알이 마구 오고 갔다. 맞으면 그대로 요단강을 건널 살상 무기가. 그러나 유나는 방금 죽을 뻔했다는 것이 아무렇지도 않은지 메마른 얼굴을 이예주에게로 돌려 속사포처럼 말했다.

"환풍구로 다시 올라가긴 글렀어. 전방 200미터 앞에 한 놈이 있는 걸로 보아 너무 가까이 접근한 상태야."

"그, 그럼……!"

동의를 구하기 위해 입을 연 게 아니라 그저 통보하기 위함이었는지 유나는 곧 다시 고개를 홱 반대편으로 돌렸다. 이예주는 무언가 말을 하고자 입술을 달싹였지만, 검지를 입술에 가져다 대는 유나의 모습에 바로 입을 다물었다.

상황은 잠시 소강상태에 이르렀다. 더 이상 확성기를 통해 들려오는 목소리조차 사라져 오로지 팽팽한 긴장감만이 가득 했다.

"……승강기로 가야 돼."

유나가 들릴 듯 말 듯 작은 목소리로 속삭였다. 이예주는 눈을 댕그랗게 뜨면서 덩달아 언성을 낮추었다.

"스, 승강기?"

"객실로 되돌아가서 창문으로 빠져나가는 수밖에 없어."

"그치만……."

환풍구로 다시 올라갈 수 없다는 유나의 말은 타당했다. 기둥 밖으로 나가기 무섭게 유나와 자신은 벌집처럼 구멍이 뚫려 죽을 것이다.

하지만……. 이예주는 얼굴을 일그러뜨렸다. 가슴 한구석이 외면할 수 없을 만큼 무거워지기 시작했다.

"그치만 너무 위험해. 차라리 너는……."

"그나마 족장 대신에 멍청한 철수 새끼가 지휘하고 있는 것 같으니까 가능한 일이야.”

다른 방법을 제시하기 위해 입을 연 이예주를 막고 유나가 엄포를 두었다.

“그, 그게 무슨 소리야?”

“족장이 있었으면 우리가 승강기로 이동하는 것을 보는 순간 어떻게 빠져나갈 생각인지 바로 눈치챘을 거야. 승강기 근처에 도달하기도 전에 탈출은 실패했을 거다. 놈이 전력부터 차단할 테니까.”

“…….”

“족장보다 둔하고 멍청한 철수가 온 것만으로도 행운이야. 어차피 잡힌다 하더라도 당장에 널 죽이진 않을 테니 그렇게 벌벌 떨 필요 없어.”

잔뜩 경직된 이예주를 풀어 주려는 듯 유나가 제 딴에 가벼운 어투로 이야기했다. 그러나 완화되기는커녕 이예주의 얼굴은 더더욱 딱딱하게 굳었다.

동쪽 대륙 지하 탄광굴에서 같이 뒹굴었던 제드의 얼굴이 번뜩 머리를 스쳐 지나갔다. 어디서 들어 본 것처럼 기시감이 든다 싶더라니, 그때 자신이 제드에게 했던 말이었다.

어차피 용병대장에게 잡히더라도 넌 엉덩이 몇 대만 맞고 끝나겠지만, 나는 목숨이 달린 일이라고. 어쩐지 그 말이 지금의 제 상황과 겹쳐 보였다.

혹여나 재수가 더럽게 없어 탈출이 실패로 돌아가더라도, 유나의 말처럼 능력의 유무를 확인하기 전까지 자신은 살 수 있을 것이다. 비록 여준 놈이 제가 구원자임을 끊임없이 의심하고 시험하려 들고 있지만, 어쨌든 다리족은 ‘구원자’라는 존재 자체에 커다란 의의를 부여하고 있으니까. 게다가 족장은 이예주의 입을 통해 검은 파편에 관한 정보를 하나라도 더 듣고 싶어 안달복달이 난 상태가 아닌가.

그렇지만…… 자신은 어떻게든 명줄을 유지한다 하더라도, 그럼 유나는?

그저 자신을 B구역 입구까지만 데려다주려 했던 유나는 이미 구원자를 납치했다는 오해까지 뒤집어쓴 상태가 아닌가?

"나는…… 나는 그러니까……."

이예주는 유나를 똑바로 바라보지 못한 채 하릴없이 떨리는 동공으로 무언가 할 말을 찾았다.

지하 탄광굴을 헤매고 뒹굴 때 제 말을 들었던 제드가 바로 이런 기분이었을까. 생사의 갈림길에서 이를 까득 물고 뛰었던 자신을 바라보며 이런 심정을 느꼈을까.

"나는……."

"정신 똑바로 차려. 이번엔 정말 멍청하게 굴면 안 돼."

그때, 유나가 불쑥 손을 뻗어 이예주의 옆머리 끝을 한 줌 꽉 잡아당겼다. 아, 따끔한 통증에 이예주가 짧게 신음했다. 정신 차리라는 의미였는지 유나는 머리채를 쥐었던 손을 금방 털어 냈다.

"죽진 않겠지만 죽기 직전까지 다치는 건 어렵지 않으니까. 총 맞고 싶지 않거든 재게 재게 움직이라고. 알았어?"

"어, 어. 응."

"내가 뛰라고 신호하면 바로 뒤쪽 기둥까지 뛰어. 뒤따르면서 엄호할 거야. 총소리 신경 쓰지 말고 최대한 일직선으로 달려."

유나가 총구로 이예주의 어깨 너머를 까딱거렸다. 따라 뒤를 돌아보자 다음 기둥이 한참이나 떨어진 곳에 위치해 있었다.

유나의 말처럼 총 맞기 싫으면 죽기 살기로 뛰어야 하는 거리. 그런 구간이 그 뒤로 총 세 군데. 엘리베이터까지 기둥이 무려 2개나 남아 있었다. 그 까마득한 거리에 이예주는 자신감이 급격히 떨어지는 기분이었다.

하지만 유나는 이미 모든 준비를 끝냈는지, 다시 기둥 벽에 바짝 붙었다. 자신도 한 행동력 한다고 생각했는데, 말이 끝나기 무섭게 바로바로 실천에 옮기는 유나의 결단력은 도무지 따라가기가 힘들었다.

그러나 그 덕분에 이예주는 잡생각을 버리고 뛸 채비를 단단히 했다. 다른 생각은 그만해. 지금은 오로지 탈출, 탈출만 생각하는 거야.

결연한 눈으로 유나를 바라보며 고개를 한 번 끄덕인 순간이었다. 기둥에 붙어 바깥의 동태를 살피던 그녀가 총을 붙잡은 두 손을 기둥 밖으로 쭉 뻗었다.

탕, 탕—! 두어 번의 총성과 더불어 '끄윽' 하고 숨넘어가는 소리가 들렸다.

"뛰어!"

뒤이어 유나가 외쳤다. 이예주는 뒤를 돌아볼 새도 없이 미친 듯이 달음박질치기 시작했다.

—메시아, B7구역으로 이동 중. 반역자와 같이 총기를 소지하고 있을 가능성도 있으니 조심하라. 최대한 부상 없이 구출한다.

이예주가 다음 기둥 쪽을 향해 뛰기 무섭게 철수의 목소리가 확성기를 타고 쩌렁쩌렁 울려 퍼졌다. 메시아라는 염병할 암호로 자신을 칭하는 걸로 보아, 자신의 이동 경로를 확인한 후 곧바로 명령을 내리는 것이 그의 임무인 듯싶었다.

망할 새끼. 구출을 하긴, 누가 누굴. 이를 부득 갈며 이예주는 욕설을 내뱉었다. 족장이고 수하고 간에 다리족 놈들은 하나같이 괜찮은 구석이라곤 눈곱만큼도 없었다.

탕, 타다타탕. 탕, 탕! 다음 기둥까지 뛰는 와중에도 뒤에서 끊임없이 총소리가 들려왔다. 앞만 보고 최대한 일직선으로 뛰기도 바빠 유나가 내는 소리인지, 아니면 다리족 놈들이 퍼붓는 총소리인지 구분할 수 없었다.

탕, 탕! 듣기만 해도 고막이 터져 나갈 것같이 살벌한 총성이 들릴 때마다 눈앞이 노래지고 다리에 힘이 주르륵 풀렸다.

하지만 이예주는 이를 아득 물고 달렸다. 지금 제가 넘어지거나 쓰러진다면 안 그래도 버거울 유나에게 폐가 되리란 것을 너무나도 잘 알았기 때문이다.

"헉, 흐헉, 허억!"

쉴 새 없이 뛰고 뛰어 간신히 다음 기둥에 도착한 이예주는 턱까지 차오른 호흡을 고를 새도 없이 뒤로 돌았다.

"유나야, 괜찮……."

유나가 제 뒤를 잘 따라왔는지부터 확인하려던 그녀는 그 순간 숨이 턱 막혔다. 갈비뼈를 뚫고 튀어나올 만큼 요동치던 심장이 덜컥 발끝까지 내려앉는 듯한 기분이 들었다.

유나는 아직도 그 기둥에 붙은 채로 서서히 접근하는 다리족 군인들에게 총질을 하고 있었다. 미친 듯이 엘리베이터 쪽으로 뛴 건 자신뿐이었다. 저만 홀로 다음 기둥으로…….

탕, 타, 탕! 피융, 피융—

"뭐 해! 계속 뛰어!"

날아오는 총알들을 피해 기둥 뒤에 몸을 웅크린 유나가 다음 기둥 옆에 망연자실 서 있는 이예주를 바라보며 소리 질렀다.

자신을 바라보며 화를 내는 그녀의 얼굴이 무척 낯설게 느껴졌다. 감정이라곤 날 적부터 거세된 사람처럼 언제나 무표정하고 건조하기만 하던 얼굴이 생동감 있게 꿈틀거렸다. 승강기까지 빨리 안 뛰고 뭐 하느냐고.

하지만 이예주에게 벌컥 성을 내며 채근하는 것도 잠시, 점차 포위망을 좁혀 오며 다가오는 군인들의 기척에 그녀는 어쩔 수 없이 다시 뒤로 돌아 권총을 쏘기 시작했다.

이예주는 그제야 제 앞을 온몸으로 가로막은 유나 때문에 볼 수 없었던 다리족 놈들을 마주할 수 있었다. 어떻게 눈치채지 못했을까. 기가 막힐 정도로 무장을 한 수십 명의 군인들이 숨어 있던 기둥 뒤에서 꾸역꾸역 쏟아져 나왔다. 여자 두 명을 잡기 위해 저리도 많은 수가.

장총부터 시작해서 커다란 기관총들까지. 고작 열일곱짜리 여자애 하나를 죽이기에는 과할 만큼 그들의 손에는 크고 살벌한 무기들이 들려 있었다.

그에 비하면 유나는 어떤가. 우스울 정도로 작은 권총 하나에 의지하여 다가오는 수많은 적들을 홀로 아등바등 막고 있었다. 자신이 승강기에 도착할 시간을 벌기 위해서라는 것임을 모를 수 없었다.

"안 뛰고 뭐 해!"

한바탕의 총질이 끝난 후 총알을 피해 기둥 뒤로 몸을 숨긴 유나가 또 한 번 소리 질렀다. 그 급박한 목소리에 이예주의 얼굴이 와락 흐려졌다.

그래, 맞아. 안 뛰고 뭐 해, 병신아.

지금 같은 상황에선 앞뒤 잴 것이 없었다. 유나가 처음부터 이예주를 뒤따를 계획 같은 건 없었을지도 모른다는 것 따위.

알 게 뭐야. 고작 안 지 이틀 된 애였다. 그래, 고작 이틀이야. 도와준 건 고맙지만 자신에겐 당장 가야 할 일이 있다. 잘 모르는 타인보다 더 중요한 사람에게 가야 했다.

여긴 너무 위험해. 당장 도망가야 해. 그러니까 지금 당장 승강기로 가야 하는데…….

탕, 탕탕. 두두두두. 피슉, 픽. 쉼 없이 울리는 시끄러운 총소리와 어두운 B구역 1층 곳곳에서 터지는 작은 불꽃, 매캐한 화약 냄새. 그 아수라장 속에서 꿋꿋하게 놈들을 상대하던 유나가 불현듯 바닥으로 풀썩 쓰러졌을 때.

이예주는 정말로 앞뒤 잴 것 없이 뛰었다. 총알이 비처럼 쏟아져 기둥 벽과 바닥에 파삭파삭 박히는 그쪽을 향해. 승강기를 등지고 유나가 있는 쪽을 향해.

—목표물이 기둥 뒤로 숨었다. 진격 후 확인 사살…… 잠깐 사격 중지! 사격 중지!

구원자를 납치하려던 반역자의 제거를 위해 총알을 아낌없이 퍼붓게 했던 철수는 접전 구역을 피해 안전한 쪽으로 이동하던 구원자가 갑자기 방향을 바꿔 되돌아오는 것을 보고 황급히 사격 중지 명령을 내렸다.

이예주는 그 위험천만한 길을 다시 되돌아갔다. 유나가 있는 기둥에서 다음 기둥까지 뛸 땐 숨이 턱까지 차오르고, 너무나도 멀게만 느껴졌는데, 다시 돌아가는 길은 훨씬 쉽고 가까웠다.

미처 사격 중지 명령을 바로 듣지 못해 날아오는 총탄들이 있었다. 그것을 피해 요리조리 정신없이 뛰던 이예주가 가까스로 총알에 몸뚱이가 뚫리지 않은 채 유나가 숨어 있는 기둥까지 돌아왔다. 그때에서야 다리족 놈들의 총알 세례가 완전히 멈췄다.

"흐헉, 흐, 허억!"

가뜩이나 체력도 저질인 주제에 거의 똥개 훈련하듯 뛴 이예주는 기진맥진해서 유나의 앞에 철퍽 주저앉았다.

히익, 히익. 목이 타들어 갈 듯 아팠다. 그저 몸 가는 대로 날뛰었더니 완전히 균형이 깨져 버린 호흡을 가다듬기가 너무 힘들었다.

"뭐 하는 짓이야."

진땀을 뻘뻘 흘리는 이예주의 머리맡으로 얼음장처럼 차가운 목소리가 떨어졌다. 이 와중에도 냉철함과 이성을 유지할 수 있는 그녀가 자신보다 몇 배는 더 어른스럽게 느껴졌다.

황당하겠지. 기껏 도망칠 수 있도록 도와줬더니, 가던 길을 되돌아온 병신이라니. 이 얼마나 멍청한 일인가.

예상했던 그 심정을 고스란히 느끼고 있는 듯 유나가 한 박자 크게 심호흡을 하더니 벌컥 화를 냈다.

"이게 뭐 하는 짓이냐고!"

"어디, 흐헉. 헉…… 어디 총 맞았어? 응?"

"……."

"어디 맞은 거야, 응?"

돌아오는 대답에 유나는 아예 할 말을 잃은 듯 이예주를 빤히 바라보기만 했다. 공기를 흡입하다시피 거세게 숨을 쉬던 이예주는 조금 진정하고 나서야 선명한 혈흔을 발견했다.

유나의 오른쪽 종아리 부근에서 시뻘건 물이 질금질금 새어 나와 군복을 어둡게 적셨다. 서서히 안정돼 가던 이예주의 숨소리가 다시금 거칠어졌다.

"피, 피! 여, 여기 피 나잖아! 맞았어? 응? 여기 맞은 거……!"

"그냥 스친 것뿐이야, 호들갑 떨지 마."

날뛰려는 이예주를 저지하며 유나가 건조하게 대꾸했다. 아까보단 분노가 빠진 그 목소리가 자칫 허탈하게 들리기까지 했다. 하나뿐인 그녀의 파란 동공에 일순 지독한 피곤함이 스쳐 지나갔다. 다시 돌아온 여자로 인해 모든 전의를 상실한 사람 같아 보였다.

이예주는 아랫입술을 꾹 깨물고 주위를 둘러보았다. 주위가 쥐 죽은 듯 고요해졌다. 하지만 놈들이 조금씩 자신을 잡기 위해, 그리고 유나를 죽이기 위해 다가오고 있다는 것을 이제는 알았다.

도무지 어떻게 해결해야 할지 감이 잡히지 않았다. 정말로 스친 건지, 맞은 건지 알 수 없는 유나의 상태. 다친 그녀를 대신해서 무언가를 하고 싶어도 총을 쏠 수도, 다리족과 맞서 싸울 수도 없는 무능력한 자신.

자신에겐 아무 힘이 없었다. 또 다시 닥친 능력의 한계에 이예주는 정말이지 돌아 버릴 것만 같았다. 어서 람에게 가야 하는데, 그에게 가기는커녕 제 발로 탈출로를 걷어찬 격이 되어 버렸다.

"완전히 망해 버렸네."

문득 앞쪽에서 제 심정을 똑같이 대변하듯 나지막한 음성이 들려왔다. 이예주가 혼란으로 떨리는 눈을 들자 유나가 하나뿐인 벽안으로 그녀를 똑똑히 마주 보며 말했다.

"왜 바로 승강기로 가지 않았지? 내가 계속 뛰라고 했잖아."

"……네가 바로 뒤따라온다고 했는데 안 와서……."

이예주가 우물쭈물 변명했다. 게다가 네가 갑자기 총에 맞은 것처럼 풀썩 쓰러졌잖아. 뒷말은 곧바로 서슬 퍼렇게 노려보는 유나의 모습에 막혀 목구멍 저편으로 사라졌다.

"너 머리가 어떻게 된 거 아니야?"

어이가 없어 헛웃음을 터뜨리는 그녀의 모습에 이예주는 숙연히 고개를 숙였다. 자신도 그렇게 생각하는 바였다.

"내가 없는 길을 뚫어서 네 입에 떠먹여 줘야 직성이 풀려? 네가 구원자도 뭣도 아니라는 거 밝혀지면 너 2층 실험실로 끌려가는 거, 일도 아니야."

"……"

"내가 안 와서 다시 돌아왔다고? 하, 지금 네 상황에 누굴 신경 쓰고 할 처지냐? 말했잖아. 힘도 없는 주제에 아무 때나 끼어드는 건 멍청한 인간들이나 하는 짓이라고!"

"너야말로!"

폭언처럼 쏟아지는 유나의 말들을 묵묵히 듣고 있던 이예주가 불현듯 고개를 번쩍 쳐들었다.

"너야말로 왜 나 도와줘? 너 죽을 수도 있는데 왜 자꾸 도와주냐고!"

"……."

"바로 뒤따라온다고 했으면서 왜 안 따라와? 저 새끼들 막느라 나 혼자 보낼 생각이었어? 그럼 넌 잡히고?"

눈알에 핏줄까지 부득 세운 채로 말하는 이예주의 모습에, 이번에는 유나가 입을 다물었다. 그녀에게서 이런 모습이 있다고는 미처 생각지 못했는지 푸른 동공이 자못 커다래졌다. 그것을 마주 보며 이예주는 일그러진 얼굴로 고개를 저었다.

"나는, 나는 너 감당 못해. 나 때문에 엮여서 네가 혹시 죽기라도 하면! 그 죄책감 나 혼자 감당 못한다고!"

울부짖듯 이예주가 진심을 고백했다. 그래, 가던 길을 되돌아온 것은 그래서였다. 결국 제 이기심을 위해. 더 이상 남의 목숨 위에 올라타 살아남았다는 죄책감을 피하려고.

아무것도 할 수 있는 것이 없으면서 짐만 되는 주제에 다시 되돌아온 것은, 순전히 제 이기심을 충족시키기 위한 것이었다.

"나를 인질로 잡아. 네가 내 머리 총 댄 채로 움직이면 쟤들도 어쩌지 못할 거야. 그래서 엘리베이터로 같이 가자. 같이 가서……!”

“저격수가 있어. 그렇게 나가면 내 머리통부터 박살 나겠지.”

“그, 그럼…….”

유나의 단정적인 말에 이예주가 동공을 양옆으로 흔들며 생각을 쥐어짰다.

“그럼 내가 나갈게. 내가 그냥 나가서 어떻게든…….”

금방이라도 눈물을 쏟아 낼 것처럼 울먹거리던 이예주는 결국 하나뿐인 방법을 내놓았다. 침묵하고 있던 유나가 그녀의 말에 돌연 곧 사라질 연기처럼 희미하게 웃음 지었다.

“너 정말 멍청하구나.”

“…….”

“널 도운 건 내 선택이야. 그에 따른 결과는 오롯이 내가 짊어져야 할 책임이고. 네가 할 수 있는 일은 없어. 설사 내가 널 돕다 죽는다고 해도.”

유나가 잠시 말을 멈춘 채 벽을 짚고 자리에서 힘겹게 일어났다. 총상을 입은 다리가 아픈지 힘을 주는 그녀의 미간에 깊게 주름이 생겼다. 이예주가 벌떡 일어나 그녀를 부축하기 위해 손을 내밀었지만, 돌아오는 것은 차가운 내침뿐이었다.

“이건 내가 한 선택에 대한 책임일 뿐이야. 네가 죄책감에 몸부림칠 필요 없어. 내가 널 원망할 일도 없을 거고.”

이예주는 거절당해 텅 빈 제 손과 유나의 얼굴을 번갈아 바라보았다. 끝까지 제 도움 하나 없이 홀로 일어난 유나의 무표정한 얼굴이 그 누구보다 강해 보였다.

“이게 내가 한 선택이야. 나는 지금껏 내가 선택한 길로 살아남아 왔다. 그러니까.”

"……."

"너는 네 선택에 집중해. 나랑 같이 죽고 싶은 게 네 선택은 아닐 거 아냐?"

유나가 물었다. 이예주는 여전히 혼란스럽고 무능력한 제 한계에 고통스러운 표정을 짓고 있었지만 힘겹게 고개를 끄덕여 수긍했다. 그런 이예주의 모습에 유나는 좋아, 하고 답하고는 권총의 탄창을 확인했다.

"이제, 총알 여섯 개 남았어."

"여, 여섯 개?"

다리족 놈들은 수십 명이니 총알 여섯 개론 어림없었다. 어떡하지, 어떡하지. 이예주가 톡톡 손톱을 씹어 먹으며 불안에 떨었다.

방법을 찾아야 했다. 어떻게 해서든 유나와 같이 둘 다 살 방법을. 지금 나가서 검은 파편의 비밀을 알고 있다고 거짓말이라도 칠까. 여준에게 알고 있는 것들은 모두 다 말해 주겠다고, 대신 유나를 죽이지 말라고, 그렇게 협상이라도 제안해 볼까.

어떻게 해야 이 막막한 상황에서 빠져나갈 수 있을지 머리를 억지로 굴리고 또 굴릴 때쯤이었다. 철컥, 탄창을 다시 집어넣은 유나가 권총을 장전했다.

"뭐, 뭐 하는 거야?"

유나가 뜬금없이 장전한 권총을 들고 두 팔을 쭉 뻗어 그들이 있는 기둥에서 일직선 쪽으로 총구를 겨눴다. 이예주가 황급히 그 팔을 따라 고개를 돌렸지만 그곳에는 아무것도 없었다.

자신과 유나가 숨어 있는 기둥과 같은 선상에 위치한 기둥 빼고는 그저 공허한 공간뿐. 혹시나 기둥 뒤편에 군인이라도 숨어 있을까 봐 샅샅이 훑어봤지만 아무도 없었다.

유나는 조명이 어두운 데다가 멀찍이 떨어져 있어 잘 보이지 않는, 어두컴컴하고 텅 빈 공간을 향하여 조준을 마쳤다.

"왜…… 왜 아무도 없는데 거길 겨누고 있어?"

"아까 너한테 얘기하지 않은 것이 하나 있어."

"무슨……."

무슨 소리냐고 채 묻기도 전에 유나가 방아쇠를 당겼다. 탕! 적막을 깨트리며 유나가 쏜 총알이 어느 곳에 박혔다.

단발마의 총성에 유나가 다시 공격을 시작했다고 착각했는지, 기둥 저편에서 '피융, 픽, 픽' 하고 총알이 날아와 그들이 숨어 있는 기둥 모서리를 아슬아슬하게 스치고 지나갔다.

그러나 유나는 개의치 않고 연달아 방아쇠를 당겨 반대편의 아무도 없는 공간에 총을 쐈다.

탕, 탕! 탕! 탕! 네 발의 총성이 더 울리고 난 후 무언가 묵직한 것이 벽에서 뚝 떨어졌다. 챙캉! 쇠붙이가 바닥에 부딪혀 나뒹구는 둔탁한 소리가 들렸다. 유나는 그제야 총구를 내렸다.

"눈족 어린아이로 만든 히카톤은 그냥 실험용에 불과해. 그건 검은 파편의 눈을 가리기 위한 일종의 덫이야. 대어를 잡으려면 유인할 미끼가 필요하니까."

"……미끼?"

"B구역의 1층은 거대 개체를 가둬 두는 용도로 쓰이기도 해. 화약 수량이 한정되어 있기 때문에 폭탄을 마구잡이로 쓸 순 없으니까. 다리족의 최종 목표는 폭탄 대신 그만한 파괴력을 가진 '적군과 아군을 구분할 수 있는 수준'의 히카톤이야. 고작 작은 어린애로 만든 개체로 검은 파편에게 대항할 수 있을 리 없잖아."

"그게 무슨……."

쿵, 쿠쾅— 그때였다. 진동을 수반한 엄청난 굉음이 B구역 1층 전체를 뒤흔들었다. 이예주는 어깨를 흠칫 떨며 굉음의 근원지를 향해 고개를 돌렸다. 아무도 없는 허공을 향해 총질을 할 때부터 유나는 그곳만을 뚫어져라 응시하고 있었다.

이예주는 기억하려 노력했다. 1층 B구역에 뭐가 있더라. 음침한 회색 바닥, 기둥, 철벽. 그리고 철벽에는.

쿠우우웅, 쾅! 다시 한번 천지를 뒤흔드는 굉음이 B구역을 강타했다. 멀리 떨어진 거리임에도 불구하고, 벽이 소리에 맞춰 울룩불룩 튀어나오는 것이 똑똑히 보였다. 마치 안쪽에서 누가 거센 힘으로 문을 두드리는 것처럼.

"아……."

이예주는 그제야 생각해 냈다. 일정한 간격으로 수동 개폐 장치가 달린 거대한 문들이, 드넓은 B구역 1층 천장 끝까지 닿을 정도로 거대한 문들이 있었다는 것을.

유나가 총을 쏘고 난 후 들렸던 쇠붙이 나뒹구는 소음은, 바로 문에 달려 있는 수동 개폐 장치의 문고리가 떨어져 나가면서 들린 소리였다. 이예주가 거기까지 의문에 대한 답을 찾았을 무렵.

콰아앙—! 폭발하듯 반대편의 벽 한 면이 쓰러졌다. 정확히는 강철을 여러 겹으로 겹쳐 만든 커다란 문이 나가떨어지는 소리였다.

"어린 눈족의 히카톤 개체를 대량으로 만들어서 유인한 뒤에."

뽀얗게 피어오르는 먼지 사이로 거대한 그림자가 보였다. 고개를 한참이나 들고 또 들어 거의 천장을 마주할 즈음이 돼서야 그 끝이 보일락 말락 했다.

"물량이 부족한 폭탄 대신 저걸로 검은 파편을 때려잡을 심산인 거야."

끼기기긱. 끼이, 기기기긱— 굉음은 사라지고 칠판을 긁는 듯한 날카로운 소리가 들리기 시작했다. 먼지 연기가 가라앉을수록 그저 거대하게 뭉뚱그려져 있던 그림자는 점점 섬세해졌다. 그리고 마침내 수백 개의 머리, 팔다리가 제각각 움직이는 것까지 보일 정도로 구체화되었다.

"히, 히카톤이다!"

누군가 경악에 가득 차 외쳤다. 그 말에 답하듯 수백 개의 머리와 팔다리를 지탱하고 있던 거대한 두 다리가 움직였다.

쿵, 쿵. 기기기긱. 괴물이 한 발자국, 한 발자국 뗄 때마다 온몸이 우두두 떨릴 만큼의 진동이 느껴졌다.

"A급이다! 위험해! 피해!"

두두두두, 두두두두. 갑자기 나타난 히카톤으로 인해 구원자를 향한 포위망을 좁혀 가던 다리족의 전열이 완전히 흐트러졌다. 거대 괴물의 출현으로 당황하거나 혼돈에 빠진 군인들이 대열을 이탈하더니 급기야 다가오는 괴물을 향해 마구잡이로 총을 쏘기 시작했다.

—긴급 상황, 긴급 상황. B구역 1층 A급 개체 수용실 이탈. B제로 상황에 직면했다. 지원 요청 바람! 긴급 상황, 긴급……!

으아악! 크아악! 사, 살려 줘! 아악! 다급하게 무전으로 지원 요청을 하는 목소리가 들렸지만, 한순간에 스쳐 지나가는 바람처럼 비명 소리에 묻혔다.

무거운 몸을 가누느라 괴물의 상체를 지탱하고 있는 두 다리는 아기의 걸음마처럼 느리고 위태롭게 움직였다. 그러나 워낙에 크기가 비대해 두어 번만 걸음을 옮겨도 도망치는 인간들을 금방 낚아챌 수 있었다.

날카로운 손톱 끝에 독을 잔뜩 품고 있는 수많은 팔들이 손에 잡힌 인간들을 긁고, 찢고, 뒤틀어 떼어 내며 먹이를 먹을 준비를 마쳤다.

허공에서 폭죽이 터지듯 피가 촤아악 흩어졌다. 이예주는 그것을 멍하니 바라보며 뒤늦게 깨달았다. 결국 처음부터 여준의 말에 사실이라곤 아무것도 존재하지 않았다는 것을.

그녀가 지금 겪고 있는 굉음과 흔들림은 비행선에 처음 왔을 때 A구역 본부에서 겪었던 진동과 동일했다.

"하, 씨발……."

어쩜 이렇게 감쪽같이 속을 수가 있을까. 어이가 없어서 웃음이 다 튀어나왔다.

뭐? 최첨단 장비? 신무기 테스트? 놈의 주둥이에서 나온 말 중 진실이라곤 B구역이 특수한 합금으로 이루어져 있어 웬만한 폭발에도 끄떡없다는 것뿐이었다.

여준의 터무니없는 헛소리들을 떠올리며 그렇게 자조적으로 웃을 때였다. 툭. 별안간 눈앞이 깜깜해졌다. 당황한 그녀가 고개를 돌렸지만 사방이 한 치 앞도 보이지 않은 어둠으로 뒤덮여 있었다.

"본부에서 전력을 차단했어. 곧 지원군을 투입할 모양이야."

유나의 목소리가 들려왔다. 반사적으로 그쪽을 바라보았지만 바로 옆에서 말한 것 같은데도 그녀의 모습이 보이지 않았다.

이예주의 호흡이 점점 거칠어졌다. 암경과도 같은 어둡고 깜깜한 곳에서는 정신을 또렷이 유지하기 힘들었다.

으윽, 끄으윽……. 끼기, 기기기기긱— 끔찍한 부상으로 울부짖는 인간들과 괴물의 기괴한 울음소리 외엔 숨소리조차 들리지 않는 정적이 내려앉았다.

쿵, 쿠웅. 쿵. 앞이 보이지 않는 상태에서도 먹이를 찾기 위해 움직이는 육중한 괴물 때문에 연신 몸이 덜컹덜컹 흔들렸다. 어둠 속을 헤매고 다니는 괴물의 발걸음 소리가 조금이라도 가까워질 때마다 이예주는 심장이, 아니 온 내장이 오그라드는 것 같았다.

아무리 눈을 부릅떠도 앞이 보이지 않았다. 동시에 사막에서 아이를 구하기 위해 무턱대고 괴물 앞에 뛰어들었다가 한 끗 차이로 뒷머리가 잡혔다 뜯겨진 기억, 그 감촉이 생생하게 되살아났다.

언제 괴물이 수백 개의 팔을 뻗어서 머리채를 낚아채 자신을 갈기갈기 찢고 우둑우둑 씹어 먹을지 모른다. 그러면 과연 제때 피할 수나 있을까. 이 한 치 앞도 안 보이는 암흑 속에서.

이예주는 두 손을 들어 제 머리를 감싸 안았다. 무서워, 너무 무서워. 람, 람…….

"너 지금 가야 돼."

그때 어둠 속에서 누군가 이예주의 팔을 와락 붙들었다. 유나였다.

"……어, 어?"

이예주가 머리를 감싸 안은 팔을 내리며 멍청하게 되묻자 그녀가 한 번 더 반복해서 말했다. 너 지금 가야 돼. 어둠이 닥쳤는데도 침착한 그 목소리가 사납게 떨리는 마음을 조금 안정시켜 주는 것 같았다.

"어, 어디로? 이렇게 깜깜한데 어디로……."

"네 순간 이동 능력을 사용하든 뭘 하든, 너 지금 여기서 나가야 돼."

"순간 이동? 나한텐 그런 능력……."

그런 대단한 능력 같은 거 없다며 유나의 말을 부정하려던 이예주는 문득 한 치 앞도 보이지 않던 캄캄한 어둠 속에서 환한 빛이 제 눈 속으로 욱여드는 것을 느꼈다.

그녀는 반사적으로 그쪽을 향해 고개를 돌렸다.

"문이……."

이예주가 있는 곳에서 조금 떨어져 있는 그곳에 '문'이 있었다. 단 하나뿐인 문이.

주위가 완전히 어두워서 그런 걸까. 다른 때와는 달리 '문' 안의 영상이 유독 선명하게 눈에 박혔다. 아니, 선명한 건 비단 어둠 때문이 아닐지도 모른다. '문' 안에 비치는 한 사람의 뒷모습 때문이리라.

쾌청한 하늘 아래 빛을 담은 꽃봉오리 하나 없이 활짝 핀 꽃 사이로 남자의 뒷모습이 보였다.

그 실루엣만 봐도 알 수 있었다. 어떻게 모를 수가 있겠어. 그저 '문' 너머에 비친 희미한 미래 한 조각뿐인데도, 알 수 없는 무언가가 왈칵 목구멍을 타고 치밀어 오르는 것 같았다.

"라, 람……."

너무 힘들고 무서워서 당장 람에게 달려가고 싶었다. 여긴 너무 무서워. 그의 곁으로 가고 싶어.

엄마를 찾는 아이처럼 이예주가 저도 모르는 새에 그쪽으로 서서히 움직이려던 찰나였다. 그런 그녀를 현실 속으로 끌어 내리는 힘이 있었다.

"갈 수 있는 거 맞지?"

유나였다. 단단히 이예주의 팔을 잡은 그녀가 또 한 번 탈출 여부에 대해서 물었다. '문'이 생겼기 때문에 이예주는 이제 부정할 수 없었다.

"유, 유나, 너는?"

"가."

유나는 대답 대신 꽉 잡고 있던 그녀의 팔을 놓아주었다. 제 몸에서 떨어져 나가는 온기에 이예주는 발작처럼 고개를 저었다. 잠시 잠깐 천국에 발을 담갔다가 다시 지옥 속으로 되돌아온 것처럼 기분이 얼떨떨했다.

“가, 같이 나가자. 지금 어두우니까 같이 나갈 수 있을 거야. 우리 같이…….”

“환한 곳에선 먹이가 움직이는 것을 보고 따라 움직이지만, 어둠 속에서는 피 냄새를 맡고 움직여.”

‘문’ 너머의 람을 보고 희망이 조금 차오른 이예주가 애써 밝은 목소리를 내었지만 돌아온 건 냉철한 거절이었다.

“내 피 냄새를 맡고 따라올 거야. 어둠 속에서 너까지 간수하면서 피할 자신 없어. 그러니까 여기서 그만 각자 행동하자.”

쿵, 쿠웅. 끼기긱, 끼기기긱— 기둥 너머에서는 여전히 엄청난 크기의 괴물이 끔찍한 칠판 긁는 소리를 내며 어둠을 헤치고 다녔다.

유나의 말은 이 상황에 걸맞는, 가장 합리적인 방법이었다. 자신에게는 쉬운 방법이기도 했다. 열린 ‘문’을 넘어 바로 람에게로 가는 것.

유나는 자신에 비하면 제 앞가림을 잘할 수 있는 똑똑한 아이니 어떻게든 괴물을 피해 살아남을 수 있을 것이다.

하지만 머리로는 이해하면서도 이예주는 도무지, 도무지 발길이 떨어지지 않았다.

“가.”

유나가 다시 한번 재촉했다. 울컥, 억울함 비슷한 감정이 치솟았다. 이예주는 저도 모르게 손을 뻗어 떨어지는 유나의 손목을 붙잡았다.

“다, 다리도 다쳤는데 어떻게 너 혼자 움직여. 혼자 갈 순 없어. 그래도 내가 조금이라도 부축하는 편이…….”

“왜 탈출해야 했는지 생각해.”

"……뭐?"

"검은 파편에게 가려고 했잖아? 아무런 생각도 계획도 없다가 갑자기 환풍구까지 기어오른 이유가 뭐야? 길도 모르고 무작정 탈출하려 드는 멍청이는 없어. 길이 어딘지, 어떤 방법으로 어떻게 탈출할 건지, 최소한의 계획을 세울 여유조차 없을 만큼 급했다는 소리겠지."

"그걸…… 네가 어떻게……."

한 치 앞 어둠 속에서 들려오는 유나의 무뚝뚝한 목소리에 이예주의 얼굴이 급격히 일그러졌다.

유나의 말이 맞았다. 최소한의 생각조차 해 볼 새 없이 무작정 방을 나섰다. 물론 비행선으로 온 이후 탈출은 언제나 염두에 있었다. 그게 언제가 됐건 기회가 생긴다면 바로 비행선을 빠져나갈 생각이었다.

그러나 왜 이렇게까지 앞뒤 잴 것도 없이 무작정 빠져나가려 들었더라.

예지몽을 꿨다. 꿈에서, 미래에서 람의 팔 한쪽이 사라지는 것을 보았다. 그래서 당장 그에게로 가야 된다는 것 이외에 이예주는 아무런 사고를 할 수가 없었다…….

"나는 미래에서 널 봤어."

유나가 작게 속삭였다. 마치 미래의 람을 본 자신처럼 미래에서 저를 보았노라고.

"내가 본 미래에서 넌 구원자인데도 아무런 힘이 없고 볼품없었어. 그래서 널 처음 봤을 때 화가 나서 견딜 수가 없었어. 환영인 줄로만 알았던 미래가 현실이 됐는데, 내가 본 것처럼 네가 너무 보잘것없어서. 그것도 모자라 구원자란 걸 부정하기까지 하는 거야."

"……."

"나는 네가 오면, 네가 오면 나랑 내 동생을, 구원자가 오면 나랑 내 동생을 이 지옥에서, 이 지옥에서 꺼내 줄 거라고, 혹시나. 혹시나 했는데 그래도 병신처럼 믿고 있어서! 구원자니까, 어떻게든 해 줄 거라고……!"

유나의 목소리가 어느새 격양되었다.

처음 B구역에 와 엘리베이터에 같이 올라탔을 때, 저를 향해 숨기지 않고 적의를 드러낸 그녀가 떠올랐다. 저녁 식판을 가져다준 그녀에게 신경 쓸 필요 없다고 최대한 선을 그은 자신도.

관심 두지 않았던 그때의 얼굴이 지금에서야 생생히 보이는 것 같았다. 구원자라는 존재에 대한 실망, 억울함, 분노, 슬픔.

"그렇지만 이젠 네가 구원자가 맞든 아니든 상관없어."

"……."

"우릴 가엾게 여겨 줘. 병신처럼 당하기만 한 내 동생을. 버림받고 이용만 당하다가 죽은 힘없는 눈족 아이들을 가엾이 여겨 줘. 그래서 검은 파편의 분노로부터 벗어나게 네가 도와줘."

"……."

"평생을 이용만 당하다가 검은 파편의 손에 다리족 놈들과 똑같은 취급당하면서 죽는 건, 그건 너무 비참하잖아."

유나가 다시 손을 맞잡았다. 그러니까 제발 도와줘. 아플 만치 제 손을 꽉 쥔 아귀힘을 통해 그녀의 간절함이 느껴졌다.

이예주의 손을 한 번 더 힘 있게 쥔 유나는 다음 순간 뿌리치다시피 내쳤다.

"이제 빨리 가."

"……유나야."

"나도 도망쳐야 하니까 빨리 가라고!"

끼기, 기기기긱. 기분 탓인지 괴물이 내는 울음소리가 아까보다 한층 가까운 곳에서 들렸다. 유나의 다급한 외침에 이예주의 마음 또한 덩달아 다급해졌다.

제가 자꾸 미적거려 봤자 유나에게 폐만 될 뿐이었다. 그녀의 말처럼 당장 람에게로 가야 했다. 그래서 유나를, 그리고 그녀의 동생과 일족에게 버림받고 이용당하는 아이들을 도와야 했다.

이예주는 주춤주춤 어둠 속으로 발을 내딛어 '문' 쪽으로 이동했다. 단 하나의 지표처럼 활짝 열린 문이 그녀를 맞이했다.

문 바로 앞에 도착하자 떨어져 있을 때 보다 람의 뒷모습이 더욱 뚜렷하게 보였다. 람이다. 드디어 람에게로.

마지막으로 문을 넘기 전, 이예주는 뒤를 돌아보았다. 어둠이 눈에 익어 유나의 형체가 보일 만도 했지만, 자신만 볼 수 있는 '문'에서 뿜어져 나오는 역광 때문에 아무것도 보이지 않았다. 그렇지만 아직 유나가 그 자리에 서 있다는 것을 알았다.

"나는…… 나는 람한테, 그 사람한테 가야 돼."

이예주가 속절없이 떨리는 목소리로 죄를 고백하듯 말했다. 유나를 버리고 혼자만 살아남으려는 게 아니다. 다만 그녀에겐 람에게 가기 위해서 '문'을 넘는 것 외에 다른 방법은 존재하지 않았고, 그것이 유나가 집중하라던 이예주의 하나뿐인 선택이었다.

"그치만, 그치만 다시 돌아올게."

하지만 무슨 일이 있건 간에 다시 돌아올 것이다.

"다시 돌아와서 네 동생이랑 다른 애들이 죽지 않도록 꼭 도와줄게. 정말 다시 올 거니까, 그때까지."

"……."

"제발 죽지 마. 어떻게든 살아남아서. 다시, 다시 만나자, 유나야."

이예주는 여러 번 당부했다. 제발 죽지 말라고. 제발, 제발…….

유나의 목소리는 꽤 오랜 시간이 지나서야 들려왔다. 그녀가 있을 만한 어둠 속을 눈 하나 깜짝 않고 바라보며 애타게 기다린 것치고는 간결하기 그지없는 대답이었다.

"알리자린."

"……."

"그게 내 이름이야."

이예주는 보이지 않는 유나 쪽을 향해 환히 웃으려고 애쓰며 고개를 크게 끄덕였다. 그런 제 모습이 보이지 않더라도 상관없었다. 그녀가 알려 준 이름이, 절대 죽지 말라는 제 말에 긍정하는 답 같았다.

"다시 돌아올게. 기다려 줘."

이예주는 조금쯤 가벼워진 발걸음으로 '문'에 몸을 집어넣었다. 유나에게 확답을 받으니 마음이 조급해지는 것 같았다.

문 너머 람이 있는 곳에 도착했을 때가 얼마만큼의 시간이 지난 후일지 모른다. 게다가 그에게 상황을 설명하고 산의 정상으로 가자고 설득해야 했다. 한시가 급했다.

제발 바로 람에게 도착하길. 빨리, 빨리.

환한 빛이 이예주의 몸을 감쌌다. 눈앞이 빛으로 점멸되어 도저히 눈을 뜨지 못할 때까지 유나가 있을 곳을 바라보며 그녀는 쉴 새 없이 되뇌었다.

알리자린, 알리자린, 알리자린…….

어둠 속에서 여자의 기척이 거짓말처럼 사라졌다. 일전에 본부에서 보았던, 위성 카메라에 찍힌 순간 이동을 한 것인가.

능력이 없다더니, 없긴 개뿔. 여자가 삽시간에 사라진 자리를 바라보며 알리자린은 작게 웃었다.

고작 이틀을 겪었지만 정말 알다가도 모를 여자였다. 자신을 챙겨줄 필요 없다고 화를 내더니 먼저 오지랖 넓게 위험천만한 일에 끼어드는가 하면, 능력 따윈 쥐뿔도 없다며 빌빌거리다가도 가장 중요한 때에는 제 능력을 십분 발휘할 줄 아는 여자였다.

족장이 알면 가히 기절할 정도로 신통방통한 능력이다. 아니, 여자가 가지고 있는 능력이 중요한 것이 아니었다. 중요한 것은 그 여자의 존재 자체일 테니까.

끼긱, 끼기기긱— 괴물의 소름 돋는 울음소리가 아까보다 가까워졌다. 피 냄새를 맡고 까마득한 어둠 속에서 저를 찾아 헤매고 있는 것이다.

'다리족 놈들을 벌써 다 잡아먹은 건가.'

알리자린은 이예주가 떠난 기둥 뒤의 자리에 홀로 주저앉으며 생각했다. 아마 부상을 당한 채 피를 흘리는 놈들은 다 잡아먹었겠지. 나머지 살아남은 놈들은 지금쯤 1층 구석 한군데에 숨어 지원군을 기다리며 바들바들 떨고 있을 것이다.

구원자가 이 미친 곳을 빠져나가려는 것을 보면 못해도 붉은 개 요원을 전부 보내어 막을 줄 알았는데, 고작 철수 한 명뿐이라니 운이 좋다고 해야 하는 건지 나쁘다고 해야 하는 건지 잘 모르겠다.

그렇게 혈안이 되어 찾던 구원자를 내팽개치고 이런 하바리들만 보낸 걸로 보아 여자가 횡설수설 던진 말에 모든 총력을 다 기울이고 있을 것이다. 그놈은 검은 파편을 제거하는 것밖에 모르는 놈이니까.

"멍청한 새끼."

알리자린은 젊고 건장하지만 앞뒤가 꽉 막힌 다리족의 족장을 떠올리며 고개를 절레절레 흔들었다. 뭐가 더 중요한지도 모르고.

쿵, 쿵. 기둥에 몸을 기대고 알리자린은 멍하니 천장을 올려다보았다. 어둠이 눈에 익은 상태지만 도망갈 생각은 없었다. 생각이 있더라도 그럴 만한 힘이 터럭만큼도 남아 있지 않은 상태였다.

게다가 B구역 1층은 전력이 차단되어 외부와의 연결이 완전히 끊어진 것이나 다름없었다. 전구도 엘리베이터도 없으니 방법이라고는 내부의 먹이들을 모조리 잡아먹은 히카톤이 날뛰다 잠잠해지길 기다리는 것뿐이다. 족장이 오기 전까지.

여자에게 총알이 스쳤다고 한 것과 달리 알리자린의 다리는 총알에 관통당했다. 지혈조차 할 틈이 없어 피가 멈추지 않고 계속해서 새어 나왔다.

게다가 그 이후 억지로 몸을 일으켜 히카톤이 갇혀 있는 문의 잠금쇠를 조준하는 데 사력을 다했다. 그 탓에 눈앞이 어질어질해 금방이라도 의식을 놓칠 것만 같았다.

"……그래도 이름 알려 줬어."

알려 줘서 다행이야. 아찔해지는 정신을 다잡으며 알리자린이 이예주에게는 보여 주지 못했던 밝은 미소를 지었다. 그 나이 또래 같은 소녀다운 해맑음이 그녀를 스치고 지나갔다.

여자에게 미처 말하지 못했지만 제가 본 미래는 자신의 죽음, 바로 지금이었다.

구원자 주제에 아무런 능력도 힘도 없던 미래에서 본 여자. 생사를 내달리는 급박한 상황에서 아무런 도움도 되지 못한 채 어영부영하던 여자는 결국 자신을 버리고 홀로 가 버렸다. 그래서 자신은 죽었다. 혼자 남겨져 괴물에게 잡아먹혀서.

제가 미래를 보았다는 것을 확신하지도 못하면서 자신의 비참한 죽음이 담긴 환영을 보았기 때문일까. 알리자린은 구원자랍시고 온 볼품없는 여자가 아니꼽고 원망스러웠다. 자신은 구원자도 뭣도 아니니, 신경 쓸 필요 없다고 선을 그으며 화를 낼 때는 더더욱.

구원자잖아. 인간을 구원해 준다는 구원자가 어떻게 이런 계집일 수가 있냐고.

여자와 시비가 붙을 때마다 알리자린은 두려움과 분노로 점철되었다. 이 여자는 결국 자신을 내버리고 혼자 가 버릴 거야. 할 줄 아는 거라곤 지가 구원자가 아니라고 부정하는 것밖에 없으면서 여긴 왜 온 거야.

저밖에 모르는 이기적인 계집애. 이기적이야. 이 여자가 날 죽게 만들 거야.

여자가 자신을 둘도 없이 비참하게 죽게 만들 거란 생각에 알리자린은 더욱 날카롭게 반응하고, 비웃고, 그녀에게 상처가 될 말들을 서슴없이 지껄였다.

하지만 결과적으로 알리자린이 본 미래는 틀렸다. 여자는 자신을 내버려 두지 않았다. 저만 살겠다고 홀로 도망을 간 것도 아니었다.

"그래, 틀렸잖아."

미래 따위. 이렇게 아무것도 아닌 거짓일 줄 알았다면 좀 더 잘해 줬을 텐데. 그렇게 버릇없이 굴진 않았을 텐데. 알리자린은 뒤늦게 아쉬움이 들었지만, 그래도 후회하지 않았다. 다시 돌아온다고 해 줬으니까 그걸로 충분하다.

끼기이이…… 끼기기긱— 히카톤의 기괴한 울음소리가 바로 지척에서 들렸다. 알리자린은 애써 기분 좋게 지은 미소를 거두지 않으며 더듬더듬 옆에 놓아두었던 총을 잡아 들었다.

제가 본 미래와 가장 틀린 점이 바로 이 점이다. 미래인 줄로만 알았던 환영에서 자신은 꼼짝없이 히카톤에게 잡아먹혀 괴물의 일부가 되어 죽었다. 그러나 현실의 자신은 그렇게 역겹게 죽지 않아도 되었다.

사실 아까 총을 네 발이나 쐈을 때는 환영이 현실이 될까 봐 가슴이 덜컥 내려앉았다. 하지만 천만다행히도 환영은 그저 환영일 뿐이었다. 알리자린에겐 아직 한 발의 총알이 남아 있었기 때문이다.

"괴물에게 잡아먹혀 죽어서 또 괴물이 되지 않는 게 어디야."

그녀는 입을 크게 벌려 총구를 제 입 안에 쑤셔 넣었다. 다시 만나면 좋겠다는 생각이 잠시 들었지만, 아쉽게도 그럴 일은 없었다.

끼기, 끼기기긱. 이제 정말 괴물이 바로 옆까지 다가와 있었다. 그읏, 스읏. 스치고 비비는 소리로 추측하건대, 수십 개의 손들이 기둥을 더듬으며 자신을 찾고 있는 것이 분명했다.

알리자린은 눈을 감았다.

어쩌면 다음에, 다음 생에. 다음 생이 안 된다면 다다음 생이라도, 한 번쯤은 꼭…….

탕—

단 한 발의 총성이 B구역 1층에 외로이 울려 퍼졌다.

감았던 눈을 다시 번쩍 떴을 때, 이예주는 한 치 앞도 보이지 않던 깜깜한 B구역 1층에서 벗어나 '문' 너머의 미래에 도착해 있었다.

아직 두려움과 불안함으로 잠식되어 있는 상태라 그녀는 다리족들의 근거지에서 벗어났다는 자각을 바로 하지 못했다.

심장이 가슴 속을 내리치듯 거칠게 벌렁거렸다. 문을 넘은 거 맞지? 확실히 거기서 벗어난 거지?

벌벌 떨리는 손을 들어 제 얼굴과 머리를 정신없이 더듬어 보던 이예주는 문득 '쏴아아—' 불어오는 바람을 따라 고개를 들었다.

저 멀리서 남자의 뒷모습이 보였다. 붉게 노을 진 하늘 아래 활짝 핀 뤼미에르, 그 수많은 꽃송이 사이에 우뚝 솟아 있는 그의 뒷모습이.

"흐, 흐으……."

이예주의 입에서 울음 같은 신음이 터져 나왔다. 람이었다. 드디어, 람이 있는 곳으로 온 것이다. 현실이 맞겠지? 또 꿈을 꾸는 건 아니겠지?

또 예지몽이라면, 또 끔찍한 꿈을 꾸는 거라면 싫어. 그에게 가지 못해서 무서움에 덜덜 떠는 건 이제 싫어.

"……람!"

이예주는 그의 모습이 신기루처럼 사라질까 두려워 그쪽을 향해 미친 듯이 뛰었다. 그에게 가는 데에만 치중한 나머지 발길에 차인 꽃송이들이 스러지고 꺾였지만 신경 쓰지 않았다.

당장 그가 실제인지 확인해야 했다. 꿈이, 환영이 정말 아닌 건지. 손에 잡히는지 확인해서, 그래서…….

정신없이 뛰어 그의 근처에 간신히 도달했을 때였다. 이예주는 곧바로 손을 뻗어 그의 옷자락을 잡으려고 했다. 그러나 너무 마음만 앞선 탓일까. 발에 빽빽하게 차이는 식물 줄기들에 걸려 그대로 균형을 잃고 앞으로 쓰러졌다.

"어, 어!"

아찔함이 전신을 타고 흐를 무렵, 누군가의 팔이 그녀의 허리춤을 낚아채듯 단단히 잡아챘다.

"조심."

곧 넘어질 거라 생각했던 것과 달리 이예주는 넘어지지 않았다. 대신 머리맡에서 그토록 그리워했던 목소리가 낮게 울려 퍼졌다.

"넘어질 뻔했지 않아."

이예주는 천천히 고개를 들었다. 남자의 시뻘건 눈동자가 바로 코 앞에 있었다. 잠에서 막 깬 사람처럼 조금 멍한 얼굴을 하고 있던 그녀의 얼굴이 서서히 흐려지다가 종내에는 완전히 일그러졌다.

"이거…… 꿈 아니죠?"

이예주가 아무렇게나 늘였던 두 팔을 들어 남자의 양 뺨을 마구 만지고 문질렀다. 부드럽지만 서늘한 피부가 손바닥에 감겨 왔다. 꿈이 아니었다.

"나, 나 온 거 맞죠? 그렇죠?"

"그래."

이예주의 무례한 손길에도 그것을 뿌리치지 않은 남자가 고개를 끄덕이며 순순히 긍정했다.

"다행히도 개화기가 끝나기 전에 도착했군."

"흐으."

덧붙여진 말에 이예주는 눈시울이 후끈해졌다. 눈앞이 금방 뿌옇게 변했다. 왔어. 드디어 도착했어, 람에게로.

"우, 우리 일단 빨리 다른 데로 가요. 여긴, 여긴 너무 위험한 것 같아요. 당신이 꿈에서, 당신 팔이 꿈에서……."

이예주는 숨을 돌릴 새도 없이 그에게 속사포처럼 쏟아 냈다. 그를 껴안고 다시는 버리지 말라고 화를 내고 어리광도 부리고 싶었지만, 그럴 시간이 없었다.

미래를 보았다. 그가 다치는 꿈을. 그리고 '문'이 열렸다. 이것이 무엇을 뜻하겠는가.

"일단 다른 데로 가요. 다, 다리족 놈들이 당신을……."

유나를 두고 먼저 탈출하면서까지 선택한 남자였다. 꿈에서 본 것처럼 다치게 둘 수 없었다.

이예주는 그의 얼굴을 쓰다듬던 손을 내리고 어서 그와 함께 이 미친 산을 벗어나기 위해 몸을 돌렸다. 아니, 그러려고 했다. 그가 그녀의 손목을 아득 움켜쥐지 않았다면.

억센 힘으로 제게서 벗어나려는 이예주를 다시 원상태로 돌려놓은 남자가 음험한 목소리로 속삭였다.

"이건 아무래도 나를 선택한 게 맞겠지?"

"예?"

"개화기가 끝나기 전에 돌아오라고 했지 않느냐."

"……개화기?"

순간적으로 남자가 무슨 소리를 하는지 알아듣지 못해 갸웃거리던 그녀는 곧바로 무언가를 기억해 냈다.

그렇지. 뤄미에르 꽃의 개화기. 남자가 사흘간의 개화기가 끝나기 전에 제게로 돌아오라고 명했었다. 하지만 그게 당장 중요한 게 아닌데. 당장 중요한 건…….

"그, 그건 먼저 피한 다음에 다시 얘기하는 게……."

"그리고 넌 내게로 돌아왔지."

그의 동공처럼 시뻘건 입술이 슬며시 벌어졌다.

"나를 선택했군."

다시 한번 뜻 모를 소리를 반복한 남자가 이윽고 해사하게 웃었다.

"그, 그게 무슨……."

남자가 제게 이렇게 활짝 웃어 준 적이 있던가? 좀체 말을 알아듣지 못하는 와중에도 미소 짓는 얼굴에 넋을 잃고 그를 올려다보던 순간이었다.

바스락. 스스스, 바스락. 불현듯 풀을 밟는 소리가 들렸다. 이어서 남성의 커다란 외침이 불청객처럼 그들 사이를 불쑥 끼어들었다.

"구원자님!"

람의 웃는 모습만 맹목적으로 바라보던 이예주가 자신을 부르는 소리에 퍼뜩 놀라 고개를 획 돌렸다. 그리고 헉하고 날카로운 헛바람을 집어먹었다.

"저, 저 새끼가 어떻게 여길……!"

대체 저 망할 놈들이 어떻게 여기에 온 거지? 나는 '문'을 넘었는데. 분명 문을 넘어 미래로…….

람과 제가 있는 뤼미에르 꽃밭 한가운데에서 얼마 떨어지지 않은 곳에 여준이 서 있었다. 그리고 그 뒤에 놈이 그토록 자랑하던, 붉은 개만큼 빨리 달릴 수 있다는 다리족 정예 요원 수십 명이 일사불란하게 기립해 있었다.

여준이 이예주를 바라보며 수심이 가득한 얼굴로 말했다.

"무사하셔서 다행입니다. 거대 개체가 수용실을 이탈했다는 보고를 받고 급히 정상으로 되돌아갔지만 구원자님께서 비행선 내부에 계시지 않아 많이 걱정했습니다. 저녁밥을 별로 드시지 않았다는 소리에 혹시 몰라 마킹 기구에 위치 추적기를 장착하여 구원자님의 몸에 삽입하지 않았더라면 바로 뒤쫓아 올 수 없었을 겁니다."

"……."

"이제 저희와 함께 돌아가시죠, 구원자님. 위험하니 어서 저희 쪽으로……."

"닥쳐!"

여전히 낯빛 하나 변하지 않는 놈의 이중성에 이예주가 치를 떨며 빽 고성을 질렀다.

"개새끼! 위치 추적기?! 위치 추우적기이?! 누구 몸에 위치 추적기를 심어? 그리고 이제 안 속으니까 헛소리 작작해라! 내가 네놈 거짓말에 속아서 개죽음당할 뻔했던 것만 생각하면……!"

이예주는 심호흡하며 람에게 다급히 말했다.

"람, 저 새끼들 말은 무시하고, 우리 어서 가요. 어서 가야지 당신이 다치지 않을 수가……!"

"검은 파편은 당신을 고의적으로 우리에게 보낸 겁니다!"

구원자가 저를 무시한 채 고개를 돌리자 여준이 애가 타는 목소리로 황급히 소리쳤다. 그녀를 위해 이것까지는 밝히지 않으려 했지만 별수 없었다.

"처음 산 중턱으로 구원자님을 모시러 왔을 때, 검은 파편의 기척이 전혀 느껴지지 않았다고 했던 말은 당신을 속이기 위한 거짓이었습니다. 죄송합니다. 하지만 정말 별수 없었습니다. 놈에게 버림받았다는 현실을 직시하지 못하는 당신에게 도저히 사실을 이야기할 수 없었기 때문입니다!"

"지랄 마! 더 이상 네놈에게 안 속는……."

"당신을 데려가는 내내 우리는 검은 파편의 에너지 파동을 계속해서 감지했습니다. 블랙 웨이브 측정 기계가 터져 버릴 정도로 매우 강력한 파동이 계속 나타났고, 그래서 당신을 데리고 가는 것을 강제하다시피 서두를 수밖에 없었습니다. 수치를 잴 수 없을 만큼 거대한 에너지 파동을 내뿜는 것은 검은 파편의 본체뿐일 테니 말입니다. 그러나!"

"……."

"그러나 당신을 산 정상까지 데리고 가는 동안 검은 파편은 우리를 막지 않았습니다."

여준이 숨조차 돌리지 않고 쉴 새 없이 말을 쏟아 냈다. 듣지 않으려 해도 놈의 목소리가 화살처럼 귓속을 파고들었다. 이예주는 잠시 멈칫했다가 곧바로 고개를 내저었다.

"네 말은…… 네 말은 이제 안 믿어."

"아직도 모르겠습니까? 검은 파편은 당신을 우리에게 일부러 보낸 겁니다. 당신을 진정 아꼈다면, 놈이 당신을 끌고 가는 우리를 가만히 놔둘 리가 없지 않습니까?"

여준은 구원자의 눈동자가 조금 흔들린 것을 놓치지 않고 포착했다. 그녀를 설득하는 데에 조금씩 희망이 보이는 것 같았다. 조금만 더 하면, 조금만 더.

"우리가 당신을 데리고 가는 것을 지켜보고 있으면서도 당신을 그대로 놓아준 놈의 의중을 알 수 없어 우리는 계속 경계해야만 했습니다. 보안과 정찰을 강화하고, 조금 위험하지만 구원자님을 비행선에서 가장 깊숙한 곳에 숨겨 둘 수밖에 없었지요. 당신의 몸에 위치 추적기를 삽입한 것도 그 때문입니다."

"……."

"하지만 구원자님께서 비행선을 빠져나가 검은 파편에게 되돌아온 지금은, 그때 놈이 당신을 놓아주었던 이유를 잘 알 것 같습니다."

"……."

"아무래도 당신을 이용하여 우리를 비행선 안에서 끌어내려고 그런 게 틀림없……."

"그만, 그만해!"

자신을 현혹하려 드는 여준의 말을 더 이상 들을 수 없었다. 이예주는 거의 악을 쓰다시피 놈의 말을 막으며 마음을 다잡았다.

"이제 네 말에 안 속는다고 했지! 그리고 람이 그럴 이유가 없잖아? 내가 무슨 힘이 있다고 나를 이용해서 너넬 끌어내려 하겠어!"

그녀는 제 말에 확신을 싣듯 고개를 연신 끄덕이며 람을 돌아보았다.

"그렇죠, 람?"

남자는 여준과 제가 설전을 벌이는 동안 말 한마디 없이 침묵하고 있었다. 아무래도 여준 놈이 너무 말도 안 되는 헛소리를 지껄여서 그도 어이가 없는 모양이라고 이예주는 생각했다.

"그럴 리가 없잖아요."

"……."

"……람?"

"시간 됐군."

남자가 마치 정오를 알리는 라디오처럼 무뚝뚝하게 읊조렸다.

"네? 무슨 시간이……."

스슷. 스으으으— 그 순간 한 차례 거센 바람이 들판을 휩쓸고 지나갔다. 이예주의 머릿결 또한 그 거센 바람에 휩쓸려 천 자락 휘날리듯 정신없이 휘날렸다.

"땅이……."

얼굴을 덩굴처럼 얽는 머리카락을 손으로 떼어 내며 그녀는 바람이 너무 세서 땅이 흔들리는 것 같은 느낌이 든다고 중얼거렸다.

마침내 바람이 가라앉고 얼굴에 엉킨 머리카락도 다 떼어 냈을 무렵, 그녀의 앞에 펼쳐진 광경은 다홍빛으로 물든 하늘을 가리며 자라나고 있는 굵은 덩굴줄기들이었다.

뿌즉, 스슥, 뿌드득. 스산한 소리를 내며 거대한 가시덩굴들이 얽히고설켰다. 그것들은 들판을 모조리 감싸며 자라났다. 눈 한 번 깜빡하니 하늘이 사라졌고, 다시 한번 눈을 깜빡이니 덩굴 틈으로 새어 들어오던 빛줄기마저 사라졌다.

"조, 족장님!"

갑작스럽게 자라나는 가시덩굴에 인간들은 우왕좌왕했다. 위급 시 대피해야 할 퇴로가 차단되었다. 무럭무럭 자라난 가시덩굴은 마침내 산 중턱 전체를 덮어 버렸고, 하늘에서 빛이 사라졌다. 활짝 개화했던 꽃들이 거짓말처럼 지면서, 새로운 빛이 지상으로부터 뿜어져 나오기 시작했다.

"대장님! 퇴로가 가시덩굴로 막혔습니다!"

"본부와의 연락 또한 두절되었습니다. 가시덩굴 때문인 것 같습니다, 대장님!"

요원들이 눈에 띄게 당황하며 상황이 좋지 않음을 보고했다. 여준은 주먹을 꽉 쥐었다. 구원자를 설득하기 위한 간절한 얼굴에서 순식간에 냉철한 지도자의 얼굴로 낯을 바꾼 그의 얼굴이 눈에 띄게 굳어졌다.

구원자의 말을 듣고 하루 동안 끊임없이 산 중턱을 정찰했지만 검은 파편은 한 번도 마주치지 못했다. 그런 놈을, 사라진 구원자를 뒤따라오자마자 마주쳤을 때부터 심상치 않은 일이 벌어질 것이라 직감했지만, 이런 식으로 중턱에 갇힐 줄은 전혀 예상치 못했다. 가시덩굴이 사라져 방심한 것이다.

"어쩔 수 없군."

여준이 결단을 내린 듯 딱딱하게 굳은 얼굴로 뇌까렸다. 예기치 못한 검은 파편과의 직면에 구원자를 설득하여 최대한 피해 없이 돌아갈 계획이었지만 작전은 실패했다. 그도 모자라 퇴로까지 차단당한 위험천만한 상황.

다리족 족장은 최후의 수단을 꺼내 들었다.

"플랜 C. 정면 돌파한다."

"조, 족장님!"

웅성거리는 요원들의 모습에도 여준은 결연한 표정으로 명령을 내렸다.

"지금부터 전군 모두 낼 수 있는 최대한의 속도로 검은 파편을 공격하는 동시에 빠져나갈 틈이나 구멍이 있는지 이 지역 전체를 샅샅이 확인한다. 작은 구멍이라도 상관없다. 틈을 발견하는 즉시 보고하도록."

"대장님! 그렇다면 구원자님의 구출 작전은 이대로 무산되는 겁니까?"

요원 중 한명이 질문했다. 그 물음에 여준은 제 부하들에게서 고개를 돌려 이예주를 바라보았다. 순식간에 자라난 가시덩굴을 바라보고 있던 그녀는 피부가 따가울 정도로 느껴지는 날카로운 시선에 고개를 돌려 그를 마주 보았다. 다리족 족장이 냉혈동물처럼 차가운 눈동자로 자신을 바라보고 있었다. 지금껏 한 번도 보지 못했던 여준의 본모습이었다.

"1순위 목표를 이곳을 빠져나가는 것으로 두지만, 동시에 빠른 공격으로 검은 파편의 주위를 환기시켜 구원자를 구출해 낸다."

"하, 징글맞은 놈들."

제발 날 좀 놓아줘! 족장이 내리는 명령을 들은 이예주는 진저리를 치며 고개를 뒤흔들었다. 그러자 놈이 덧붙였다.

"단, 구출 도중 구원자께서 비협조적일 시."

"……."

"목숨이 붙어 있는 한 모든 무력 동원을 허용한다."

"아, 아니 저 새끼가……!"

이예주는 치를 떨며 연신 혀를 내둘렀다. 하지만 험악하게 쏘아보는 그녀의 눈빛에도 여준은 되레 당당히 그녀를 마주 보았다.

"당신은 검은 파편에게 속았습니다. 제 말을 믿지 않은 것을 곧 후회하게 될 겁니다."

"아, 그럴 일 없다니까 그러네!"

끝까지 거짓말만 늘어놓는 놈의 악랄한 혀에 이예주가 꽥 소리를 지르고 람을 돌아보았다. 이 남자는 저 자식이 자꾸 자신을 비난하는데 왜 아무 말도 안 하는 걸까, 속상하게.

"그렇죠, 람?"

람이 말없이 자신을 내려다보았다. 그녀는 남자의 태평한 태도가 답답했다.

"왜 자꾸 아까부터 아무 말도 안 해요? 그럴 리가 없잖아요!"

"내게 무슨 대답을 원하지?"

"……네?"

"네가 원하는 대답을 해 줄 테니 어떤 대답을 원하는지 말해 봐."

무슨 대답을 원하냐고? 이예주는 남자의 말에 일순 머리가 하얘졌다. 그거야…… 대답이라면 당연히 하나밖에 없지 않은가?

하지만 그 대답은 그녀가 강요해서 나올 것이 아니라…….

이예주의 얼굴에서 그와 재회한 이후부터 떠나지 않았던 환희와 확신이 점차 사그라졌다.

"왜…… 왜 그런 식으로 말해요?"

"……."

"당신이 그럴 리…… 없잖아요. 당신이 나를 일부러 보낼 리가……."

"대어를 낚기 위해선 가지고 있는 미끼 중 가장 값지고 좋은 것을 써야 하기 마련이지."

확인 사살처럼 남자의 목소리가 묵직하게 떨어졌다. 그 순간 참 이상하게도 이예주의 귓가에 단단한 무언가가 쩍 금이 가는 소리가 들렸다.

"전군, 공격 준비!"

그때, 여준의 목소리가 들판 위로 쩌렁쩌렁하게 울려 퍼졌다. 어느새 흐트러진 전열을 정비한 다리족 인간들이 금방이라도 달려올 듯 전운을 띠었다.

그 모습에 이예주의 가슴이 덜컥 내려앉았다. 이걸 막기 위해 그 진창에서 탈출했는데, 기어코 놈들이 람을 공격하려 들고 있었다.

"람!"

이예주는 다시 허겁지겁 람을 돌아보았다. 뭐든 간에 일단 여기서 나가야 했다.

"여기서 당장 나가야 돼요! 빠, 빨리! 빨리……!"

그러나 돌아본 남자의 얼굴은 마치 이 상황을 즐기는 것처럼 나른한 웃음이 감돌았다.

"전군, 준비."

여준을 조롱하듯 람이 그가 했던 말을 나직하게 따라 했다. 이예주는 눈을 커다랗게 홉떴다. 람은 이 상황을 피할 생각이 조금도 없어 보였다.

"공격하라!"

최후의 통첩을 날리듯 여준에게서 공격 명령이 떨어졌다.

"공격."

마지막까지 람이 여준의 말을 따라 뱉은 그 순간이었다.

와아아아아— 인간들에게서 터져 나오는 우렁찬 함성 소리 사이에 이상한 소리가 섞였다. 아우우우— 꼭 짐승이 우는 것 같은 소리가 저 멀리 숲 쪽에서부터 들려왔다.

그 순간 이예주의 코앞까지 다가온 다리족 인간 한 명이 갑작스레 훅 사라졌다. 눈 깜짝할 새에 일어나서 그녀는 미처 무슨 상황인지조차 인식하지 못했다.

무언가가 으적으적 으깨지고 씹히는 소리. 자동차 한 대만큼 커다랗고 붉은 덩어리들이 눈앞을 넘실넘실 스쳐 지나가는 모습.

"크아악, 부, 붉은 개! 붉은 개다!"

인간들의 경악 어린 비명 소리. 그리고 왠지 모르게 드는 기시감. 기시감…….

훅— 코앞에서 커다란 붉은색 덩어리가 또 한 번 스쳐 지나갔다. 붉은 털들이 하늘하늘 내려앉았다. 이예주는 그제야 조금 더 넓은 시야로 주위를 둘러볼 수 있었다.

누군가 숲에다가 빨간색 물감을 탄 물을 잔뜩 쏟아 버리고 있는 걸까. 아니, 그게 아니었다. 숲 쪽에서 수십, 수백 개의 붉은 뭉텅이, 아니 붉은 개들이 쏟아져 나오고 있었다.

털만큼 새빨간 눈동자를 가진 짐승이 사납게 우짖으며 인간을 덮쳤다. 눈을 한 번 뜨면 옆에 있던 다리족 동료가 사라졌다. 예상치 못한 적의 출현에 다리족의 대열이 흐트러지는 것은 당연했다.

"으아악! 끄아악!"

붉은 개에게 물어뜯긴 인간들이 비명을 질렀다. 산 채로 몸의 일부분이 짐승에게 씹혀 먹히는 것만큼 끔찍한 죽음은 없으리라.

엄청난 속도로 달릴 수 있는 다리족들이 능력을 사용하여 피하려 들었지만 모두 허사였다. 아무리 빠르게 달려 봤자 그들은 거대한 가시 장벽 안에 갇혔고, 목표를 한 번 정하면 그것을 따라잡을 때까지 절대 멈추지 않는다는 붉은 개가 뒤를 쫓고 있었다.

독 안에 갇힌 쥐 신세, 죽음을 모면할 방법은 없었다.

"붉은 개는 멸종했다고 그랬는데……."

대체 이 많은 붉은 개들이 어디에 숨어 있었던 걸까? 끝도 없이 꾸역꾸역 밀려 나오는 들짐승을 바라보며 이예주가 멍하니 중얼거렸다.

"그렇지."

람이 드디어 그녀의 말에 동조해 주었다.

"인간들에게 공식적으로는."

이예주가 스읔 몸을 돌렸다.

"나를…… 나를 속였어요?"

람을 바라보는 그녀의 낯빛은 핏기가 완전히 가셔 하얗게 질려 있었다. 허옇다 못해 푸른색이 감도는 그녀의 입술이 경련하듯 덜덜 떨렸다.

저를 바라보는 무표정한 남자의 얼굴을 바라보며 이예주가 새된 비명처럼 물었다.

"나를 속였어요?"

"속인 건 네가 먼저 아니던가?"

이예주의 반응이 이해가 가지 않는다는 듯, 람이 고개를 모로 기울이며 되물었다.

무엇을? 내가 당신에게 무엇을 속였냐고……. 말을 더듬는 사람처럼 떨리는 입술로 떠듬떠듬 묻던 이예주가 일순 숨을 멈췄다. 남자가 무뚝뚝하게 답했다.

"수차례 물었지. 네게 내가 모르는 능력이 더 있느냐고."

"……."

“그리고 수차례 말했다. 과거로 가는 방법 따윈 없다고.”

“…….”

“능력에 대해 말하지도, 그렇다고 내 말을 믿지도 않았지.”

남자의 말에 이예주는 가슴이 무너져 내리는 느낌이 들었다. 그녀는 람의 말을 도무지 이해할 수 없었다. 무슨 소리를 하는 거지. 이 남자가, 지금 나한테 무슨 소리를.

좀체 돌아가지 않는 머리와는 달리 그녀의 호흡이 점차 거칠어졌다. 자신에게 고정되어 있는 그의 시뻘건 눈 아래, 숨을 쉬기가 버거웠다.

“나는…… 나, 나는…….”

람에게서 뒷걸음질 치며 이예주가 말을 더듬었다. 새파랗게 얼어붙은 그녀의 얼굴에 그가 의아하다는 듯 물었다.

“왜 그런 표정을 짓지? 붉은 개 일족이 멸종하지 않았다고 말하지 않은 것을 제외하곤 모두 원하는 대로 해 주었잖아.”

“…….”

“네가 그토록 원하던 과거에 관한 흔적을 알 수 있도록 해 주었고, 과거로 갈 수 없다는 것 또한 확인시켜 주었다. 모든 것을 안 후에 인간들과 나 중에서, 결국 날 선택한 게 아니었나?”

자꾸만 제게서 멀어지는 인간이 답답하다는 얼굴로 그가 지껄였다. 날 선택한 게 아니냐고.

그의 말이 맞았다. 이예주는 과거를 버리고 그를 선택했다. 그렇지만 그를 선택한 것은 수많은 고뇌와 갈등의 산물이었다. 이런 것을 원한 건 절대로, 절대로…….

“그러니 이리 와.”

“…….”

"예주야."

다정하게 제 이름을 부르며 손을 뻗는 남자의 모습에 허연 도자기 같이 얼어붙어 있던 이예주의 얼굴에 천천히 금이 갔다.

"나는…… 나는……."

나는, 과거로 가지 못한다는 것을 확인해서가 아니라, 당신에게 돌아가고자 과거를 포기했다.

과거로 되돌아가 봉구를, 수학여행에서 죽은 같은 반 친구들을, 엄마를 되살리길 포기했고, 제 탈출을 도와주다 결국 같이 엮여 위험에 빠진 유나를 내버려 둔 채 홀로 '문'을 넘었다.

당신에게 가야 한다는 이유 하나로. 당신을 선택했다는 이유 하나로…….

"흐…… 흐으……."

이예주의 입에서 기어이 울음소리가 새어 나왔다. 턱을 타고 뜨거운 물방울들이 뚝뚝 떨어지는 것이 느껴졌다.

"예주야."

갑작스럽게 터진 그녀의 울음에 놀란 듯 남자가 눈을 커다랗게 뜨고 다가왔다. 그러나 이예주는 도리질을 치며 그를 피해 뒤로 몇 발자국 물러났다.

금방이라도 혼절할 것만 같은 심정으로 그녀는 주위를 둘러보았다. 으윽, 끄아악. 탕탕탕. 으르릉, 크르르. 인간과 짐승의 울부짖음이 한데 섞인 뤄미에르 들판은 온통 아수라장이었다. 태양 빛을 담은 소담스러운 꽃봉오리가 산들산들 흔들리는 환상적인 정경은 더 이상 존재하지 않았다.

군데군데 시뻘건 피 칠갑이 되어 있는 난장판, 그 한가운데에서 이예주가 기댈 수 있는 건 아무것도 없었다.

"……무서워."

으슬으슬 몸이 떨려 와 그녀는 두 팔로 제 몸을 감싸 안았다.

"……뭐가 뭔지 모르겠어."

이제는 람도 믿을 수 없어졌다. 그에게로 되돌아오면 이 한기가, 이 두려움이 모두 사라질 줄로만 알았는데. 이예주는 비행선에서 괴물을 마주했을 때 느꼈던 숨 막히는 불안과 공포, 경악을 고스란히 다시 느끼고 있었다.

"이예주."

점점 제게서 멀어지는 인간 여자를 바라보는 람은 문득 목이 타는 것 같은 기분을 느꼈다. 인간 여자가 결국 자신을 선택했는데도 초조하고 마음이 급해지는 이유를 알 수 없었다.

그가 결국 참지 못하고 큰 보폭으로 그녀에게 한 발자국 다가섰을 때였다. 인간 여자가 흠칫, 한눈에 알아볼 정도로 크게 몸을 떨더니 돌연 제게서 등을 돌려 달아나기 시작했다.

"쯧."

입 안이 말라 람은 혀를 찼다. 붉은 개들에게 여러 번 당부해 두었으니 별 탈은 없겠지만, 아직 다리족 놈들이 전멸하지 않은 상태라 저리 천진난만하게 뛰어다니는 것은 위험했다.

"아악!"

왠지 그가 뒤를 쫓아오는 것 같은 불길한 느낌에 정신없이 도망가던 이예주는 흘끗 뒤를 돌아보다 괴성을 질렀다. 눈깔 시뻘건 미친 놈이 바로 제 뒤에 바싹 붙어 따라오고 있었기 때문이다.

"앞은 보고 가야지."

사색으로 변하는 그녀의 얼굴을 보고 남자가 태평하게 조언했다. 이예주는 기절할 것만 같은 심정이었다.

"미친, 미친. 왜 따라오는 거야! 따라오지 마! 따라오지 말라고!"

놈은 술래잡기 놀이처럼 느껴지는 모양이지만 이예주는 그때부터 죽기 살기로 도망갈 구멍을 찾으며 뛰었다. 그런 제 곁을 붉은 개들이 훅훅 지나갈 때마다 혹시라도 다리족 인간들처럼 물어뜯길까 두려워 눈앞이 새하얘졌다.

뒤에는 시뻘건 미친놈이 쫓아오고 있고, 양옆은 사나운 짐승들이 날뛰고 있는 개판.

이예주는 간절하게 기도했다. 빨리! 빨리 이 미친 곳에서, 저 미친 놈한테서 도망쳐야 돼! 빨리!

그런 절실한 바람을 들어준 것일까. 아니면 그만큼 그녀의 행로가 죽음에 가까웠을지도 모른다. 붉은 개들이 스쳐 지나가는 저 멀리, '문'이 열렸다. 무려 두 개나.

두 개의 '문' 모두 너머에 영상이 보였다. 왼쪽은 푸르른 바다의 정경이었고, 오른쪽은 알 수 없는 나무들이 우거진 울창한 숲이었다.

"문! 문!"

사납게 문을 울부짖으며 이예주는 본능적으로 바다가 보이는 왼쪽 문을 향해 뛰어들었다. 붉은 개들이 쏟아져 나오고 있는 숲 쪽으로 내달리고 있었기에 택한 것이었다.

실은 어느 쪽이건 상관없었다. 어디든 일단 이 미친 곳에서 벗어나야 했다. 저 미쳐도 단단히 미친놈한테서…….

남자가 등 뒤를 바짝 쫓고 있었기 때문에 그녀는 그를 돌아볼 틈도 없었다. '문'의 환한 빛이 몸을 감쌌다.

그렇게 이예주는 뒤도 돌아보지 않고 도망쳤다. 간신히 다시 만난 람에게서부터.

한 끗 차이로 인간 여자의 후드를 놓쳤다. 움켜쥐었다고 생각했는데, 또다시 놓쳐 버린 것이다. 텅 빈 제 손을 물끄러미 내려다보며 남자가 중얼거렸다.

"……왜지?"

람은 도무지 알 수가 없었다. 인간 여자가 왜 그렇게 사색을 하고 제게서 도망쳤는지.

"원하는 대로 모두 해 주었잖아."

지금까지 그에게 거짓을 고하고 그를 속이려고 들었던 수많은 것들 중 살아남은 것은 아무것도 없다. 인간, 동물, 식물, 신인류 할 것 없이 그를 속이고 기만하려 드는 것은 모조리 소멸시켰다. 저 인간 계집을 제외하고는.

람은 허망하게 벌리고 있던 손을 아득 움켜쥐었다.

"나를 선택하였지 않아."

이 세계의 가장 높은 산의 정상으로 보내 다리족 놈들의 실체를 보여 주면 계집이 모든 것을 포기하리라 생각했다. 그놈의 지긋지긋한 과거 타령도, 손에 움켜쥘 만하면 나비처럼 포르르 도망가 버리는 망종 같은 버릇도, 그의 권능 아래 있지 않은 능력도.

모든 것을 알게 되면 결국 저를 선택하리라 의심치 않았다. 그리고 인간 계집은 개화기가 끝나기 전, 제게로 되돌아왔다. 그것으로 모두 끝난 것이라고, 과거와 인간들을 버리고 저를 택한 것이라고 여겼는데…….

'봐. 인간 여자는 너를 버리고 떠날 거라고 했잖아.'

한 줌 남은 검은 안개들이 왕왕 떠들기 시작했다. 그러나 수다를 마저 종알거리기도 전에 분노한 검은 파편이 휘두른 손에 의해 '꺄아!' 비명을 지르며 흩어졌다.

"아무 데도 못 가."

그가 짓씹듯이 으르렁거렸다. 더 이상 한 끗 차이로 놓치고, 다시 되찾기 위해 온 대륙을 헤매며 뒤지는 짓 따위 되풀이하지 않을 것이다.

"네가 가려는 곳이 어디든."

그곳이 어느 대륙이든 다 때려 부수고 파멸시켜서 다시 제 곁에 잡아 두겠다. 검은 파편의 시뻘건 눈이 일순 번뜩였다. 그 순간.

퍽- 그의 왼쪽 팔이 폭발하며 허공에 시뻘건 피를 흩뿌렸다.

눈을 뜬 이예주의 앞에 펼쳐진 것은 다름 아닌 시커먼 암경이었다. 분명 바다가 보이는 '문' 안으로 뛰어든 것 같은데, 그 선택이 썩 좋지 않았는지 컴컴한 어둠 속에 갇혀 버렸다.

"……씨발."

욕설을 중얼거리던 그녀는 손을 들어 마른세수를 연거푸 했다. 미친놈에게서 도망치는 데에는 일단 성공한 것 같은데, 여우를 피했더니 호랑이 굴에 들어온 격이 되어 버렸다. 흐으!

"아니야, 아니야. 좋게 생각하자, 이예주……."

어두컴컴한 암경 속에 갇혀 있는 건 싫었지만 그래도 남자에게서 벗어나 생각할 시간을 벌 수 있다는 것만큼은 좋은 일이었다. 이곳에서는 아무것도 먹지 않고, 자지 않아도 지치거나 기운 빠질 일이 없으니까.

그러니 미래로 가는 진짜 '문'이 나올 때까지 천천히 걷다 보면, 어떤 답이 나오지 않을까.

"하……."

하지만 다리에 힘이 들어가지 않아 도저히 까마득한 암경 속을 걸어 나갈 엄두가 나지 않았다. 사시나무처럼 몸이 떨렸다.

이예주는 그대로 제자리에 쭈그려 앉았다. 두 팔로 다리를 껴안고 그 위로 얼굴을 묻으니 떨림이 조금씩 잦아드는 것 같았다. 저편으로 증발했던 이성이 되돌아오면서 달아올랐던 머리가 점점 차분해지자 지독한 침묵과 무서움이 찾아왔다.

왜, 왜일까. 왜 이런 일이 생겼을까. 어째서. 대체 나한테 무슨 일이 일어나고 있는 거야.

머리는 차가워졌지만 그것과는 별개로 도무지 이해할 수 없었다. 왜 그가 자신을 속이고 이용하게 되었는지.

처음부터 능력에 관한 이야기를 솔직하게 털어놓지 않은 탓일까? 그래서 그가 자신을 의심하고 종내 쓸모를 입증하기 위해 다리족으로 보낸 건가.

그렇다면 대체 그는 언제부터 제 능력을 눈치챘던 것이지? 사막에서 도망쳐 동쪽 대륙에 왔을 때부터인가? 아니면 서쪽 대륙 팔족 족장의 저택에서 '문'을 넘어 그에게 도착했을 때?

아니면 처음부터? 그가 내리치는 벼락을 피해 그의 앞에서 처음 '문'을 통해 도망쳤을 때부터였나?

이예주는 그럴 수도 있겠다 싶어 고개를 끄덕였다. 전지전능한 남자이니 이깟 하찮은 능력 따윈 얼마든지 꿰뚫어 볼 수 있었을지도 모른다. 눈족들이 신과 같은 존재로 여기는 남자라잖아.

그런데 왜 알아챘을 때 아무런 티도 내지 않았을까. 그저 제게 또 다른 능력이 있나 물어보았을 뿐, 딱히 다른 언질은 없었다.

하긴 있었더라도 둔해 터진 자신은 눈치채지 못했을 것이다. 그저 그가 좋아서, 처음 겪는 감정에 헬렐레거리기 바빴을 테니까…….

"……병신."

그녀는 여전히 두 무릎 위에 얼굴을 묻은 상태에서 손만 들어 머리를 마구 쥐어뜯었다.

"병신, 병신. 이 똘추야!"

그가 이미 제 능력에 대해 모두 알고 있는 줄도 모르고, 남자를 속이고 있다는 데에 죄책감을 느끼며 어떻게든 그의 옆에 있기 위해 아등바등했다. 그런 제 모습이 얼마나 웃겼을까. 얼마나, 얼마나 바보 같고 한심했을지…….

"흐, 흐흑……."

꼬리에 꼬리를 물고 이예주를 괴롭히던 상념들은 결국 흐느낌으로 이어졌다. 머리를 쥐어뜯는 것을 관두고 그녀는 두 무릎을 가슴까지 바싹 끌어안은 채 번데기처럼 몸을 웅크렸다.

혼자 두고 온 유나는 어떻게 됐을까. 잘 피했겠지. 혹시 괴물에게 잡아먹히기라도 했으면. 그럼, 그렇다면 자신은…….

눈과 맞닿은 무릎 위가 후끈하더니 이내 그 부분이 축축하게 젖어 들어갔다. 눈물이 흐른다는 자각을 하자 이예주는 그대로 아이처럼 엉엉 울음을 터뜨렸다.

진짜 좋아했는데. 과거를 포기하고 돌아가도 괜찮을 정도로 진짜 곁에 있고 싶다고 생각했는데. 이제 어떻게 해야 할까. 이제 난 어떻게 되는 걸까.

그렇게 주저앉아 숨넘어갈 만큼 꺽꺽 울어 젖히던 이예주가 울음을 그친 것은 한참이 지난 후였다.

아까부터 요상하게 앉아 있던 자리가 살아 있는 생명처럼 꾸물꾸물 요동치는 것 같다는 느낌이 들었다. 기분도 거지 같은데 이 망할 암경은 왜 더 거지같이 구는 거야.

처음에는 그저 엉덩이를 간질이듯 움찔거리던 공간이, 시간이 지날수록 꿀렁꿀렁 움직였다. 멀미가 날 것 같았다. 그제야 무언가 석연치 않음을 느낀 이예주가 눈물 콧물로 범벅 된 얼굴을 무릎에서 들었다.

"뭐, 뭐야!"

훌쩍, 훌쩍. 딸꾹질을 하면서도 그녀는 당황했다. 어둠이 부서져 내리고 있었다. 마치 흙으로 지어진 오래된 건축물이 무너지는 것처럼.

어둠이 부스러지고 그 자리를 눈을 찌르는 듯한 환한 빛이 들어찼다. 시간이 지날수록 어둠보다 빛이 점유하는 공간이 넓어졌다.

"뭐야? 왜, 왜 이래?"

한 번도 겪어 본 적 없는 뜬금없는 상황에 이예주가 당황하여 휙휙 주위를 둘러보던 바로 그때, 그녀의 몸이 어디론가 마구 휩쓸려 가기 시작했다. 누군가가 몸을 콰득 움켜쥐고 강제로 물속에서 끄집어내는 것 같았다.

"으아악!"

던져지고 있는 건가, 끌려가고 있는 건가. 아니면 깊은 심연 속으로 빨려드는 것인가. 도무지 가늠할 수 없을 만큼 엄청난 속도감에 이예주는 눈을 질끈 감고 무아지경으로 비명을 질렀다.

저항할 새도 없이 알 수 없는 공간으로 빙글빙글 빨려 들어가던 몸이 어느 순간 뚝 멈췄다.

으아악! 탕! 탕, 탕, 탕! 크흐악! 크르릉, 컹!

몸이 정지했다는 것을 알아채기도 전에 제일 먼저 느낀 감각은 청각이었다. 귀가 따가울 만큼 시끄러운 고성, 총성, 짐승 소리가 한데 뒤섞여 들렸다. 아까 많이 들었던 소리였다.

그녀는 질끈 감았던 눈을 슬며시 떴다.

"네가 도망갈 길은 죽음뿐이라고 했을 텐데."

시뻘건 눈을 형형히 빛내며, 남자가 지옥에서 올라온 사신처럼 이예주를 내려다보고 있었다.

이, 이게…… 이게 꿈이야, 생시야. 입을 떡 벌린 채 그 얼굴을 바라보고만 있자, 남자에게서 위화감이 느껴졌다.

그의 눈이, 그의 눈동자가 꿈에서 본 것처럼 오롯한 검붉음으로 타오르고 있었다. 시뻘건 색깔은 평소와 다를 것 없었지만 그보다 더, 더 검고 진해서 마치 피처럼……

피.

그의 눈동자를 보고 피를 연상하자 코끝을 타고 비릿한 혈향이 훅 끼쳐 들어왔다.

"이젠 네가 가진 능력을 이용하여 도망치려 들어도 소용없다. 무슨 짓을 하든 되돌려 놓을 테니까."

그것은 말이 아닌 으르렁거림에 가까웠다. 짓씹듯이 무서운 말을 내뱉는 남자의 입, 그 밑으로 조금 더 시선을 내리자 분수처럼 죽죽 피가 쏟아져 나오는 남자의 왼쪽 어깨가 보였다. 분명 어깨와 왼팔이 있어야 할 자리가 텅 빈 채 찢어진 옷소매만을 펄럭이고 있었다.

"흐, 흐……."

이예주가 다시 남자의 얼굴로 휙 시선을 돌렸다. 아프지도 않은지 남자는 그녀를 내려다보며 섬뜩하게 웃고 있었다.

아아. 이, 이럴 수는 없어. 그녀는 정신이 완전히 끊어질 것만 같아서, 고개를 양옆으로 내저으며 움찔움찔 뒤로 물러났다.

남자의 팔이 사라졌다. 아아, 꿈처럼 람의 팔이, 람의 팔이 사라졌어. 아니야, 이건 꿈이야. 이건 꿈이어야 해. 꿈일 거야. 흐으, 이건 꿈이야!

그러나 꿈이 아닌 현실임을 증명하듯 남자가 이예주의 앞에 주저앉아 하나밖에 남지 않은 팔로 그녀의 어깨를 와락 움켜쥐었다. 뜨끈한 핏방울이 그녀의 말간 얼굴에 점점이 튀었다. 폭발한 남자의 팔에서부터 흘러나오는 피였다.

"아무 데도 못 가."

피보다도 더 검붉은 눈으로 남자가 말했다. 그의 말이 폭력처럼 이예주의 귓속에 쑤셔 박혔다.

"네가 어디로 도망가든 그곳을 모조리 소멸시킬 것이다."

"……."

"그러면 다시 내게로 돌아올 수밖에 없겠지."

그 말을 한 후 남자는 빨간 입꼬리를 들어 올려 활짝 웃었다. 사라진 그의 왼쪽 팔, 핏줄기를 내리 흘리면서도 눈이 부시도록 아름답게 웃고 있는 람.

"흐, 흐악! 아아아악!"

이예주는 찢어지는 비명을 지르며 그대로 졸도했다.

Chapter 9

남쪽 대륙 (1)

Chapter 9. 남쪽 대륙 (1)

사람은 저마다 깨지 못할 금기 사항을 하나씩 가지고 있다. 누군가는 가족에게도 드러내지 못할 콤플렉스를, 누군가는 친구에게조차 이야기하지 못할 불편한 개인사를. 모두가 죽을 때까지 금기로 둬야 할 비밀을 각자 하나씩 품고 살아간다.

이예주에게도 그런 금기가 하나 있었다. 절대로 입 밖으로 꺼내지 않겠다고 다짐한 비밀이.

이십 몇 년간의 삶에서 이예주가 타인에게 내보이지 못할 비밀들은 여러 가지가 있었다. 자신이 태어나기도 전에 돌아가신 아버지라든지, 편모 가정이라든지, 10살 이후로 하루도 이예주를 속 편히 잠들지 못하게 했던 능력 같은 것들.

그중에서도 역시 타인에게 말하기 가장 꺼림칙한 것은 능력에 관한 이야기였다. 그러나 기실, 엄마만큼 굳게 신뢰하는 사람이 생긴다면 털어놓지 못할 것도 없었다.

엄마는 살면서 절대로, 죽어도 누군가의 앞에서 능력의 '능' 자도 입

밖에 꺼내면 안 된다고 수차례 당부했다. 하지만 글쎄. 이예주는 자신이 가지고 있는 능력임에도 불구하고 엄마보다 안일하게 생각했다.

아니지, 실은 아무 생각이 없었다. 능력은 그저 꽤 도움 되는 잔재주에 불과했다.

지나가던 차에 치일 뻔하거나, 빙판 언덕길을 오르다 미끄러져 머리가 깨질 뻔했던 위험천만한 상황에 직면하게 되면 '문'이 열려 이예주를 삼켰다. 그 이전에 예지몽이 경각심을 일깨웠지만 언제나 그녀의 목숨을 구하는 것은 미래로 가는 '문'이었다.

'문'을 넘어 미래에 도착하면, 그곳이 어디든 30분 이내로 엄마가 도착했다. 집이 있는 동네에서 멀리 떨어진 장소에 나타나는 일은 드물었다. 가장 멀리 와 봤자 기껏해야 일산 정도. 언제 어느 때건 '문'의 도착지는 도심권이었다.

사람이 없는 한적한 동네나 깜깜한 밤일 때도 있었다. 그런 때는 양호했다. 몇 번 사람들이 잔뜩 붐비는 지하철역이나 길거리 한복판에서 뿅 하고 나타난 적이 있는데, 그때마다 뒤늦게 나타난 엄마는 이예주가 도움을 청했던 사람들에게 사정을 설명하느라 진땀을 쏟아야 했다.

지금에서야 생각하는 거지만, 이예주가 어느 정도 머리가 커서 눈치껏 인파 속에 섞여 들기 전까지 엄마는 하루도 마음 편할 날이 없었을 것이다.

얼마만큼 시간을 뛰어넘을지 모르기 때문에 '문'을 한 번 넘을 때마다 장기간 학교를 빠질 때도 부지기수였다. 원래 숫기 없는 성격인 데다 학교도 여러 번 빠졌으니 학창 시절 내내 이예주는 왕따였다. 아, 왕따까진 아니고 그냥 존재감 없는 같은 반 친구 1. 몸이 약해 허구한 날 학교 빠지는 애.

알고 지내는 사람들에게 능력에 대해 숨기려고 굳이 용을 쓴 적은 없었다. 그저 말할 틈도, 물어보는 사람도 없어 자연스레 이예주만의 비밀로 남게 된 것이다.

그랬다. 다른 사람이 모르면 좋고 알아도 별 상관없다고 생각했던 자신의 능력. 그것이 엄마가 당부한 것처럼 절대로 입 밖에 꺼내면 안 될 금기가 된 건 언제부터였던가.

16, 17살. 사춘기가 흐릿하게 사그라질 때쯤, 이예주는 어느 정도 능력을 통제할 수 있게 되었다.

통제라니. 제멋대로 날뛰는 능력을 생각하면 거창하고 우습기 짝이 없는 말이었지만, 그때쯤에서야 이예주에게도 비로소 눈치와 융통성이라는 것이 생겼다. '문'을 넘어 뜬금없는 미래에 떨어져도 엄마가 올 때까지 침착하게 상황을 파악하거나 당장에 닥친 문제를 스스로 해결할 수 있을 만큼 나이를 먹은 것이다.

성장할수록 예지몽을 꾸거나 능력이 발현되는 일도 서서히 줄어들었다. 어떻게 보면 당연한 수순이었다. 천지 분간을 하지 못하는 어린아이나 겪을 법한 위험한 사고가 자연스럽게 사라졌기 때문이다.

한두 달에 한 번꼴로 열리던 '문'이 세 달에 한 번, 네 달에 한 번으로 줄어들었다. 중학교를 졸업할 무렵에는 반년간 한 번도 '문'이 열린 적이 없다.

그즈음의 이예주는 매우 안정된 상태였고, 그래서 안일했다. 그 상태로 고등학교에 올라가자 드디어 친구라는 것을 만들 수 있었다.

약하고 음침한 계집애로 낙인 찍혔던 동네 초등학교, 중학교를 벗어나자 신세계가 펼쳐졌다. 활기가 가득한 신학기의 교실은 사교 파티장이나 다름없었다.

처음 사귀는 또래 친구들은 즐겁고 유쾌했다. 언제나 외로웠지만 그 외로움도 느끼지 못할 만큼 정신없는 인생을 살아온 이예주는 처음으로 마음을 열고 활짝 웃을 수 있었다.

열일곱. 남들은 야자니 입시니 각박하기 그지없다던 고등학교가 그녀에게는 천국과도 같았다. 그 천국에서 이제 좀 숨을 돌리고 나도 날개 좀 펴려나 보다고, 그렇게 여기던 바로 그때였다.

엄마가 죽었다. 사인은 홀몸으로 아이를 키우느라 얻은 생활고 비탄, 그로 인한 우울증. 자살이었다.

하늘 위를 붕붕 떠다니다가 한순간에 차가운 땅바닥으로 처박힌 느낌이 들었다. 진흙탕에서 허우적거리던 그녀가 정신을 추스르고 현실을 직시하기도 전에 사건이 순식간에 종료되고 장례가 치러졌다.

아무것도 하지 않았는데도 엄마의 시신은 정해진 절차에 따라 화장되었다. 그래서 이예주가 늪에서 빠져나왔을 때 엄마의 유골은 이미 납골당에 안치되어 있었다.

엄마가 자살을 했다는 그 말이 너무 황당해서 눈물도 나오지 않았지만 울음을 터뜨릴 새조차 없었다. 뭐가 뭔지, 엄마가 정말 죽은 건지, 죽었다면 어떻게, 왜 죽은 건지 도무지 이해할 수가 없었고, 누구도 넋을 놓은 그녀에게 이야기해 주지 않았다.

지금 생각해 보면 참 이상한 일이었다. 아무리 넋을 빼놓았다지만 부검 여부와 장례를 치르는 방식, 안치될 납골당에 관한 것들이 어떻게 유가족인 제 동의 하나 없이 이뤄질 수 있는지.

그러나 그 당시 이예주는 고등학교에 갓 입학한 세상 물정 모르는 어린애였고, 온몸을 조각조각 찢어 내는 죄책감과 자괴감에 미심쩍음을 알아챌 수 없었다. 그렇게 손 틈새로 흘러내리는 모래처럼 엄마의 죽음이 흘러갔다.

워낙 학기 초라 엄마의 장례식장에 찾아온 사람은 담임 선생님과 담당 형사뿐이었다. 그 뒤에 교과 담당 교사들이 두어 명이 더 찾아 왔던 것 같긴 한데 잘 기억나지 않았다.

친척이나 지인 하나 찾아오지 않는 썰렁한 빈소 한가운데에 혼이 나간 얼굴로 덩그러니 앉아 있는 이예주의 손을 꼭 잡고 담임 선생님이 말했다.

"반 친구들에겐 알리지 않는 것이 좋겠다. 슬프겠지만 아직 학기 초인데 친구들도 많이 사귀고 학교생활은 무사히 해야 하지 않겠니. 어머님도 그걸 원하실 거야, 예주야."

이예주는 그 말에 동의했다. 속 터놓고 지내는 절친한 친구가 있는 것도 아니고, 그녀는 타인과 다르다는 인식이 얼마나 무서운지 이미 많이 겪어 온 상태였다.

엄마가 돌아가셨는데 알고 보니 아버지도 없다더라. 부모 없는 애라는 게 알려져 봤자 득 될 것은 하나도 없었다.

자살일 리 없다고. 재수사 요청을 입에 담는 그녀에게 담당 형사는 무어라 했던가. 측은한 얼굴로 그녀를 내려다보며 말하길.

"그래도 산 사람은 잘 살아가야지. 어머니도 네가 얼른 일상으로 돌아가는 것을 원하실 거다."

이예주는 그 말도 납득했다. 그동안 들쭉날쭉한 자신의 능력 때문에 엄마가 얼마나 고생을 했던가. 분명 엄마였다면 제게, 마음 단단히 먹고 네 앞에 펼쳐진 찬란한 미래만을 생각하라 했을 것이다.

그녀는 그렇게 짧은 모친상을 끝내고 일상으로 복귀했다. 변한 것은 없었다. 그때까지 능력은 발동되지 않았고 '문'이 열릴 만한 위험도 없었다. 그저 엄마가 없을 뿐인데.

그때부터 이예주의 삶은 그야말로 지옥이었다.

정신이 반쯤 나간 채 살았다. 엄마의 목소리 대신 알람 시계의 시끄러운 소리로 아침에 잠에서 깨고, 기계적으로 씻고, 교복을 입고 학교에 갔다.

교실에 도착하면 담임 선생님의 말씀처럼 최대한 티 내지 않고 아이들과 어울리려고 애썼다. 입 밖으로 꺼낸 적도 없는데 어떻게 알았는지 같이 밥 먹는 아이 중 몇 명이 눈물을 글썽이며 말을 건넸다.

"어떡해, 예주야. 어떡해."

저들 딴엔 위로한답시고 학교가 마친 후 몇 번이나 그녀를 끌고 시내나 번화가를 쏘다녔다. 아무도 없는 음침한 집구석으로 돌아가기 싫어 어울렸지만, 끌려다니는 내내 이예주는 피곤하고 집에 가고 싶었다.

무표정한 그녀에게서 웃음을 끌어내기 위해 친구들은 최선을 다했지만, 도무지 웃음이 나오지 않았다. 잠깐 억지웃음을 지을 뿐, 이예주는 점점 시끄러운 여자애들 틈에 섞여 있는 게 귀찮고 괴로워지기 시작했다.

여름 방학이 지나자 더 이상 다가오는 사람이 없었다. 거기까지, 자신에 대한 그네들의 동정과 관심은 딱 거기까지였던 것이다.

이예주는 다시 혼자가 된 채 폐인처럼 살아갔다. 깊이 잠들지 못했다. 자꾸 엄마가 나오는 악몽을 꿔서.

밤새 악몽에 시달리고 일어나 엄마가 없다는 걸 깨달을 때면 악몽보다 더 지독한 현실에 몸부림쳐야 했다.

엄마가 죽은 후 1년, 예지몽 비슷한 꿈은 여러 번 꿨지만 '문'은 딱 한 번 넘었다. 딴생각을 하며 열린 버스에서 내리다 전속력으로 달려오던 오토바이에 치일 뻔했는데, 전날 독서실에서 쪽잠을 자다 꾼 예지몽 때문에 천만다행으로 제때 '문'에 뛰어들 수 있었다.

이예주의 불면증은 그렇게 1년이나 그녀를 좀먹다가 다시 새 학기가 시작되었을 때에야 그녀를 놓아주었다.

엄마의 기일이 지나자 조금씩 정신이 돌아왔다. 엄마가 돌아가셨다는 것을 아는 몇몇은 그녀가 그 이후 나름 잘 살아가고 있다고 생각했겠지만, 이예주는 1년이 지난 후에야 간신히 혼몽한 꿈속에서 조금 깨어난 것이다.

새 학기가 시작되고 새로운 담임 선생님과 반 아이들을 만났다. 처음 입학했을 때만큼 활발하진 못해도 그녀는 적당히 친구도 사귀며 학교생활을 해 나갈 수 있었다. 혼자 있는 그녀에게 먼저 다가오는 성격 좋은 아이들이 2학년 때도 있었다. 그렇게 조금씩 조금씩 엄마가 없는 지옥에 적응해 나가는 나날이었다.

그러다 그 일이 터졌다. 신문과 뉴스에도 대대적으로 보도되었던 수학여행 사건이.

간밤에 아무 꿈도 꾸지 않아서 한 번쯤은 괜찮을 줄로만 알았다. 그러나 당일, 여행지로 가는 도중 깜빡 졸던 이예주는 예지몽을 꿨다. 40명이 탄 버스가 졸음운전으로 차선을 침범한 반대편 트럭으로 인해 전복되는 꿈을.

허윽, 크게 숨을 들이마시며 눈을 번쩍 떴다. 그녀의 바로 앞에 눈이 부시도록 환한 빛을 뿜어내는 '문'이 열려 있었다.

이예주는 여전히 잠기운이 가시지 않은 눈으로 '문'과 주변을 번갈아 바라보았다. 달칵, 안전벨트를 푸는 소리에 옆에 앉아 다른 친구와 수다를 떨던 친구가 이예주를 돌아보았다.

"예주야, 안전벨트는 왜 풀어?"

안전벨트를 왜 풀었더라……. 확실한 건 '문'을 넘기 위해 안전벨트를 푼 것은 아니었다는 것이다. 끔찍한 꿈으로 인해 문을 바로 넘을 정신조차 없는 상태였다.

버스 뒤쪽에 앉아 있었기 때문에 앞의 상황을 보기 위해 안전벨트를 풀었다. 남은 시간을 가늠하려는 본능이었다. 몸을 바로 하고 고개를 쳐든 그 순간이었다.

쾅—! 엄청난 충격이 이예주의 몸을, 아니 버스를 강타했다.

"어, 어!"

몸을 가눌 새도 없이 바로 앞에 열려 있던 '문' 안으로 굴러 떨어지듯 튕겨져 들어갔다. 자의가 아니었다. 오히려 안전벨트를 풀고 있던 탓에 조금만 늦었더라면 창밖으로 튕겨져 나갔을 것이다.

세 명이 죽었다. 아니, 버스 기사와 트럭 기사까지 도합 다섯 명이. 죽은 아이들 중 안전벨트를 하지 않았던 여자애 한 명은 창밖으로 튕겨 나가 사고 장소에서 수십 미터나 떨어진 곳에서 시신이 발견되었다.

또 다른 세 명은 간신히 숨만 붙은 상태로 중환자실로 옮겨졌다. 그중 한 명이 1년을 혼수상태로 있다가 결국 죽었다는 건 아주 나중에서야 건너, 건너 전해 들었다.

30명이 넘는 아이들이 경상이나 중상을 입었다. 사고 부근과 인근 병원은 그야말로 아비규환이었다.

끔찍한 사고였다. 그리고 '문'으로 튕겨져 들어간 이예주가 눈을 떴을 때의 상황은 최악이었다.

그녀는 그 대형 사고에서 유일하게 털끝 하나 다치지 않은 채로 반 친구들이 옮겨진 병원 응급실에 우뚝 서 있었다. 사고 지점에서 30분이나 떨어진 병원에 상처 하나 없이 멀쩡히.

"너, 너, 이예주?! 너 대체 어디 있다가……!"

피가 나는 이마를 부여잡고 다친 아이들 틈새를 정신없이 뛰어다니며 인원을 세던 담임 선생님이 가장 먼저 이예주를 발견하고 믿을 수 없다는 눈으로 기함했다. 그 소란에 다른 아이들의 눈도 와 닿았다.

사고 이후, 처음에는 무당 딸이라는 소문이 돌았다. 왜 뜬금없이 죽은 엄마가 무당이 됐는지 모르겠지만, 교실에 도착했을 때 자신은 이미 '신년맞이 액땜녀'로 불리고 있었다.

그때가 5월이었나, 6월이었나. 아무튼 신년맞이는 절대로 아니었음에도 붙여진 제 별명에 이예주는 기가 차서 헛웃음만 나왔다.

"쟤네 엄마가 쟤 액땜한다고 2반 애들 제물로 삼은 거래."

"정말?"

"나도 들었어. 나 쟤랑 같은 중학교 나왔는데, 쟤 중학교 땐 아파서 학교도 잘 안 나왔어. 근데 고등학생 되자마자 멀쩡하게 잘 다닌다고 해서 이상하다 싶었는데……."

"헐, 그럼 쟤 대신에 2반 애들이 죽은 거야? 완전 무서워. 끔찍해."

이예주가 지나가는 자리마다 수군거리는 소리가 퍼져 나갔다. 이제야 힘겹게 엄마가 없는 세상에 적응한 그녀는 황당하고 답답하기만 했다. 할 수만 있다면 지나가는 아이를 잡고 나 때문이 아니라고, 내가 그런 게 아니라고 괴성이라도 지르고 싶었다.

학교생활이 참을 수 없을 만큼 엉망진창으로 변해 가던 어느 날이었다. 화장실에 가기 위해 복도를 지나던 이예주를 옆 반 애 한 명이 붙잡았다.

"정말 너 무당 딸이야? 너 때문에 수학여행 사고가 일어났어? 너 액땜하느라 다른 애들이 죽은 거야?"

"……."

"왜 말이 없어? 너희 엄마가 정말 무당이냐고."

순식간에 아이들이 그들 주위로 우르르 몰려들었다. 수십 명의 시선을 받자 숨이 턱 막혔다.

이예주는 자신을 둘러싼 아이들을 쭉 훑어보았다. 그리고 보았다. 작년에 엄마가 돌아가신 것을 알고 위로해 주었던 친구들 중 한 명을.

그 순간, 어떤 대답도 무의미할 것을 깨달았다. 5명이 죽고 서른 몇 명이 다친 와중에 혼자 멀쩡했다. 게다가 사고가 일어나기 전 이예주가 안전벨트를 풀고 자리에서 일어나려 했다는 짝꿍의 진술이 소문을 부풀렸다.

화장실을 가려던 이예주를 붙잡은 여자애는 사실을 확인하려는 것이 아니었다. 확인 사살을 하려던 것일 뿐.

그때 그녀는 어떻게 했던가. 결국 아무 말도, 단 한 마디도 하지 못했다. 꿀 먹은 벙어리처럼 굳은 사이 수업 종이 쳤고 아이들은 순식간에 흩어졌다. 남은 건 질척한 소문의 잔상과 이예주뿐이었다.

무슨 대답을 하더라도 바뀌는 것은 없을 것을 알았다. 그러나 알면서도, 이예주는 그날 종례 후에 자신을 붙잡았던 아이를 음악실로 따로 불렀다. 친구가 많은 활발한 성격인 아이니, 그래도 얘만 어떻게 잘 설득하면 조금이라도 상황이 나아지지 않을까 하는 순진한 생각이었다.

"우리 엄마, 작년 초에 돌아가셨어."

음울한 표정으로 이예주가 입을 열자 상대방이 깜짝 놀랐다.

"아…… 미, 미안. 몰랐어. 나도 그냥 다른 애들한테 들은 얘기라."

사과의 말을 들었을 때까지만 해도 이예주는 잘 해결됐다고 생각했다. 비록 이 여자애가 수십 명 앞에서 자신을 압박했지만, 이제 무당 딸이라는 헛소문은 없어질 거라고.

그러나 여자애의 입에서 또 다른 의구심이 쏟아져 나왔다.

"근데 너 혼자 다친 곳도 없이 멀쩡하게 병원으로 걸어왔다는 건 아무리 생각해도 좀 이상하잖아? 네가 무슨 불사신도 아니고. 그리고 너 사고 전에 안전벨트도 풀었다며. 네 옆에 앉았던 세영이가 다 봤다고 했어. 세영이 나랑 친한 거 알잖아."

무당 딸이라는 헛소문에는 사과를 하면서도, 이예주가 멀쩡히 살아남은 것에 대한 의심은 끝내 버리지 못하겠다는 듯 여자애의 눈빛이 불손했다.

갑자기 목 부근이 갑갑하고 조바심이 일었다. 그냥 빨리 지긋지긋한 소문에서 벗어나고 싶었다. 그냥, 그냥 그래서.

"사실……."

나는 예지몽을 꾸고 미래로 가는 능력이 있어. 그때도 예지몽을 꿨고 사고가 났을 때 여차하다가 미래로 갔을 뿐이라고.

이예주는 정말이지 멍청하게 사실을 털어놓았다. 그때까지만 해도 미래로 가는 능력이 반드시 비밀로 간직해야 할 금기 사항이라는 것을 실감하지 못했다. 상황을 모면할 수만 있다면 얼마든지 얘기해 줄 수 있었다, 그깟 보잘것없는 능력 따위.

그러나 어렵사리 털어놓은 그녀의 고백을 들은 상대방의 태도는…….

"뭐?"

아직도 그 표정을 잊을 수 없다. 뭐 이런 병신이 다 있냐는 그 표정.

"너, 좀…… 만화책을 너무 많이 읽은 거 아니야?"

다음 날, 이예주의 별명이 하나 더 추가되었다. 신내림받은 미친년.

엄마가 돌아가셔서 무당 딸이 아니라는 것이 밝혀지자 그 '신'은 이예주에게 붙어 버린 것이다.

그 일이 있고 난 후 더 이상 이예주를 직접적으로 붙잡거나 하는 애는 없었다. 소문은 여전히 그녀의 근처를 맴돌았지만 막상 그녀가 정면으로 마주 서려고 하면 후다닥 자취를 감췄다. 엮이면 죽을 것이라는 말도 안 되는 괴담이 퍼져서 그녀가 지나다니는 길은 언제나 한산했다.

겪어 보지 않은 사람은 모를 것이다. 급식실이나 매점같이 사람이 많이 붐비는 곳에 발을 들이밀었을 때, 등장과 동시에 제 앞이 모세의 기적처럼 쩍 갈라지는 그 기이한 경험을.

엄마가 죽은 것보다 더한 지옥은 없을 거라 생각했는데. 생각보다 시련은 자주 찾아와 이예주를 한계까지 치몰았다.

불우한 사고로 죽은 반 아이들의 49제가 지나고 국화꽃이 쌓여 있던 빈자리들이 교실에서 막 치워졌을 무렵이었다. 하교를 하는 이예주의 앞을 창백한 몰골의 아줌마 셋이 가로막았다.

"네가 이예주지?"

채 답을 하기도 전에 눈이 시뻘겋게 충혈된 아줌마들이 그녀의 어깨를 잡고 무섭게 다그쳤다.

"너한테 정말 신이 내렸다는 게 사실이니? 응?"

"네? 아니, 아니……."

"우리가 애들한테 다 듣고 왔어! 너 때문에 우리 아들이 죽은 거야? 그런 거니? 어?!"

"왜 대답을 못해! 너 때문이냐고!"

장례를 막 치른, 죽은 아이들의 엄마들이었다. 정신이 반쯤 나간 이들의 억센 손아귀에 이예주의 몸이 종잇장처럼 흔들렸다.

"아니, 아니에요. 그런 거 아니에요. 아줌마, 저 아니에요!"

이예주는 황급히 고개를 내저으며 부정했다. 그러나 그녀의 어깨를 움켜쥔 아귀힘은 점점 더 살을 파고들 것처럼 거칠고 날카로워졌다.

"넌 어떻게 이렇게 멀쩡해! 우리 애는 사지가 다 찢겨서 살점을 간신히 주워 모았는데 넌 어떻게 이렇게 멀쩡하게 걸어 다니냐고!"

"아이고, 성민아! 성민아, 어떡하니. 성민아!"

다른 아줌마 한 명이 바닥에 나자빠졌다. 또 다른 아줌마가 왼쪽에서 고함을 질렀다.

"그래! 너 말 잘했다. 너희 담임 선생님조차 입원했어! 지금도 병원에서 치료받고 있는 애들이 태반인데, 어떻게 너만 멀쩡히 병원까지 걸어올 수가 있어!"

"말해! 애들 말처럼 네가 저주를 내린 거잖아! 우리 애 돌려 내! 우리 애 돌려놓으라고!"

쉴 틈 없이 몰아치는 비명과 곡소리에 더럭 겁이 났다. 정신을 차릴 수가 없었다. 살인범을 보는 듯한 중년 여자들의 섬뜩한 눈빛이 너무 따갑고 무서워서 이예주는 그저 울먹였다.

"그게…… 아니에요. 흐, 흐으. 그게 아니라. 제가, 제가 미래로…… 미래로 가는 능력이 있는데요. 제가 안 다친 건 무, 문을 넘어가지고…… 악!"

어깨를 움켜쥐었던 아줌마가 손을 쳐들어 별안간 이예주의 머리채를 와락 쥐 뜯었다. 아차 할 새도 없이 일어난 일에 그녀는 속수무책으로 당할 수밖에 없었다.

"이게 어디서 어른 앞에서 거짓말을 쳐! 그런 허무맹랑한 거짓부렁으로 사람을 농락해? 너 때문에 일어난 거지? 너 때문이야!"

"네가 대신 죽었어야 했어! 우리 딸이 왜 너 같은 음침한 애랑 같은 반이 돼서는! 너 때문에! 너 때문에!"

머리채가 잡혀 고개를 못 드는 사이에 왼쪽에 있던 아줌마가 두 손으로 이예주의 등과 팔을 찰싹찰싹 내리쳤다.

"아니에요! 아줌마, 저 진짜 미래로 갈 수 있어요! 저 진짜 문 넘을 수 있어요! 미래로 갈 수 있다고요!"

미래로 갈 수 있다고. 그래서 살아남았다고. 믿어 달라고. 이예주는 울면서 악다구니를 썼다.

하지만 뒤늦게 수위 아저씨가 달려와 아줌마들을 떼어 낼 때까지 그녀의 말을 제대로 들어 주는, 또 믿어 주는 사람은 없었다.

모르는 아줌마들에게 머리채를 잡히고 얻어맞고 있는 걸 못 본 척 지나치는 아이들도. 멀리 떨어지지 않은 곳에 서서 구경하며 재 완전히 미친년이라고 수군대는 아이들도. 이예주의 여린 살점을 뜯고 꼬집고 잡아당기던 아줌마들도.

무서웠다. 자신을 보호해 줄 부모조차 없는 열여덟의 그녀가 겪기엔 너무 무섭고 가혹한 일이었다.

"어머니들 때문에 많이 놀랐지? 장례식 끝난 지 얼마 안 돼서 예민하셔서 그래. 너도 많이 놀랐겠지만…… 그래도 조금만 이해해 주렴."

다음 날 입술 끝이 쥐 터진 채 등교한 이예주를 교무실에 앉혀 두고 담임 선생님이 무겁게 입을 열었다.

"그런데 예주야. 주위 애들 말로는 네가 요즘 이상한 소리를 하고 다닌다던데…… 그, 미래로 간다고……."

멍하니 손끝만 내려다보던 이예주는 담임 선생님의 말에 그제야 고개를 들었다. 시뻘겋게 달아오른 그녀의 눈이 독기로 부글부글 끓어올랐다.

"이상한 소리 아니에요."

"뭐?"

"진짜예요. 미래로 가서 살아남은 거라고요!"

왜 믿지 않지? 진짠데. 이예주는 절박하게 매달렸다.

그렇지, 이 사람은 그때 자신이 소리 소문 없이 병원에 나타난 것을 제일 처음 목격한 사람이었다. 그녀는 거의 애원하다시피 빠르게 읊조렸다.

"병원도 그렇게 도착했어요. 사고가 났을 때 문을 넘고 미래로 와서! 그래서 다친 데 하나 없이 병원에 온 거예요! 선생님도 보셨잖아요, 제가 병원에서 갑자기 나타난 거……!"

"예주야."

점점 격양되는 이예주의 목소리를 담임 선생님이 단호하게 끊었다. 난처한 얼굴로 머리를 쓸어 넘긴 그는 잠시 뜸을 들이다가 이내 결심한 듯 말했다.

"너도 힘든 거 알겠는데…… 선생님이 많이 힘들다, 예주야."

"……."

"소문도 지금 걷잡을 수 없이 퍼졌고. 학부모님들까지 알게 돼서 항의 전화도 많이 오고 있어. 대부분 반을 옮기거나 전학 같은, 네 처우에 관한 거야. 이제 곧 고3인데 전학은 말도 안 되는 일이고…… 그래도 우리 2반은 내가 끝까지 책임지고 싶어서 너 반 옮기자는 얘기도 간신히 막고 있는 상태야."

"……."

"지금 다들 불안한 실정인 거 알지? 말도 안 되는 소문이란 거 아는데, 소문이란 게 또 당장 진압되는 게 아니잖아. 이런데 너까지 중심 못 잡고 자꾸 이렇게 말썽 일으키면 선생님 감당 못한다."

불신과 짜증, 피곤함이 범벅된 얼굴로 자신을 내려다보는 담임 선생님의 모습에 이예주는 결국 아무 말도 못하고 교무실을 나왔다.

아이들이 우글거리는 복도를 터벅터벅 걷고 있자니 어디선가 안 좋은 소리가 툭 들렸다.

'마녀.'

이예주는 걸음을 우뚝 멈춰 선 채 주위를 둘러보았다. 소란스럽게 수다를 떠는 아이들을 둘러보며 말을 던졌을 누군가를 찾았지만 모두가 자신을 흘끗흘끗 바라보고 있어서 그게 누군지 알 수 없었다.

체념하고 다시 한 걸음 떼던 그 순간이었다.

'저주받은 년.'

이번엔 아까보다 조금 더 선명하게 들렸다. 이번에도 걸음을 멈추고 그 소리의 주인공을 찾으려 했지만 찾을 수 없었다.

그리고 한 걸음. 신내림받은 년. 한 걸음. 무당 딸. 한 걸음. 괴물.

한 걸음 한 걸음 이를 악물고 걸어가면서 이예주는 스스로를 세상에서 고립시켜 나갔다.

어디서부터 잘못된 걸까. 어디서부터 인생이 완전히 어그러진 거지? 엄마가 죽었을 때? 아니면 수학여행에서 애들이 죽었을 땐가?

수천 번도 넘게 생각해 보았지만, 도저히 알 수 없었다. 정말로 자신이 죽음을 몰고 다니는 걸까? 미래로 가는 능력은 결국 타인의 희생을 바탕으로 살아남기 위한 저주일지도 모른다.

그러다 보니 잊고 있었던 애완견의 죽음도 떠올랐다. 봉구의 죽음은 경고였던 걸까. 가지고 있는 능력을 안일하고 멍청하게 사용한 자신을 향한 경고.

시작은 애완견이지만 그 뒤는 엄마였다. 그리고 다수의 죽음과 부상들. 이렇게 알고 있는 이들의 수만 세어 봐도 열 손가락이 넘는데, 능력을 별거 아니라 치부하고 넘겼던 지난 무수한 과거에는……. 자신이 모르는 사이, 또 얼마나 많은 사람들이 다치고 죽었을지 모를 일 아닌가.

분노, 원망, 비명, 자괴감, 죄책감이 시시때때로 이예주를 덮쳤다.

더 이상 진실을 알리는 것은 불필요했다. 아무리 외쳐 봤자 그 아무도 제 말을 믿어 주지 않았다. 저 때문에 그런 것이 아니라고, 미래로 가는 능력이 있다는 것을 밝혔음에도 상황은 더 악화됐지, 나아지는 것이라곤 아무것도 없었으니까.

“그래, 말하는 건 불필요해.”

이예주는 그렇게 결론을 내렸다. 어차피 말해 봤자 자신의 능력은 다른 이들에게는 터무니없는 것이었다.

그것을 이렇게나 비참한 방법으로 알게 된 그녀는 가슴에 자물쇠를 걸고 또 걸고, 또 걸어서 그 안에 진실을 묻었다. 그 위로 흙을 덮고 물까지 뿌려 꾹꾹 밟은 이후에 시멘트를 한 번 더 덮어 원천 봉쇄했다.

다시는 자신 이외의 타인에게 꺼내 들지 않게, 아무도 알지 못하는 금기 사항으로 두고 꽁꽁 숨겼다.

금기를 다시 입 밖으로 꺼내는 대신, 이예주는 달리는 차도에 뛰어들고, 건물 옥상을 오르거나 커터 칼을 손목에 갖다 대었다. 과거로 돌아가서 제 손으로 어그러진 모든 것을 되돌리기 위해서였다.

이예주의 몸은 끊임없이 격랑에 휩쓸렸다. 회오리 깊은 곳까지 끌려 들어온 것처럼 그녀는 과거 속을 헤맸다.

저항도 못하고 하릴 없이 흔들리다가 하얀 포말과 함께 눈을 떴을 때, 그녀는 살아 있는 봉구의 밥을 챙겨 주며 녀석에게 말을 걸고 있었다. 다시 하얀 포말이 찾아왔다.

그 뒤 눈을 뜨면 걱정스러운 표정의 엄마에게 큰소리를 탕탕 치고 있는 자신이 있었고, 곧 다시 하얀 포말과 함께 다른 상황 속의 자신이 찾아왔다.

고등학교에 입학하는 자신. 엄마의 죽음을 목격한 자신. 버스 사고에서 살아남은 자신. 악몽에서 깨어나 까득까득 손톱을 깨물며 뜬 눈으로 밤을 지새우던 자신. 과거로 돌아가기 위해 이를 악물고 손목을 긋던 자신. 어른이 되고 나서도 엄마가 보고 싶어서 어린아이처럼 엉엉 울던 자신…….

싸아아. 파도가 물러가는 소리와 함께 눈앞에 다시금 하얀 포말이 찾아왔다. 차가운 바닷물에 몸을 담근 것처럼 얼굴 위로 한기가 일렁였다.

이예주는 가물가물 눈을 떴다. 잠이 오는 것도 아닌데 온몸이 물을 먹은 듯 축 늘어져 가눌 수가 없었다. 초점이 불분명한 그녀의 눈에 스치듯이 보인 것은 온통 새하얀 눈송이, 설원이었다. 또 꿈을 꾸고 있는 건가.

피부 위로 서늘한 찬바람이 내려앉았다. 눈시울이 시린 것 같아서 그녀는 스르륵 도로 눈을 감았다. 눈앞이 컴컴해지자 깊은 수렁 속으로 밑도 끝도 없이 끌려 들어가는 느낌이 들었다.

또 과거 속으로 끌려가려는가 봐. 싫은데, 그냥 잊은 척하면서 살고 싶은데. 그 끔찍했던 경험, 심정, 다시 기억하기 싫은데.

이예주는 자신을 보호하듯 몸을 최대한 웅크렸다. 추워, 엄마. 추워. 너무 추워…….

그때 추위에 떠는 그녀의 몸을 누군가가 꽉 끌어안았다. 따듯함을 넘어 뜨겁기까지 한 온기에 그녀는 허겁지겁 그 품속을 파고들었다.

정신을 난도질하던 악몽에 소스라치게 놀라 깰 때마다 그렇게 찾았지만, 단 한 번도 허락되지 않았던 온기에 이예주는 울었다. 소리 없이 눈물을 뚝뚝 흘리자 따사로운 손이 머리를 천천히 쓰다듬어 주었다.

"쉬— 괜찮다, 예주야."

얼핏 익숙하면서도 낯선 목소리가 귓가로 다가왔다. 우는 저를 위로해 주는 다정한 목소리에 이예주는 오히려 울컥 서러움이 터져 나오는 것 같았다.

그토록 찾을 때는 없었으면서 이제 와 이렇게 다정하게 굴면 어떡하라고. 그렇게 춥고 두렵고 무서웠는데. 이제 와서, 왜 이제 와서…….

숨죽여 오열하는 그녀를 알아차린 걸까, 머리를 쓰다듬던 손이 서서히 내려와 조심스럽게 축축한 눈가를 덮었다. 일부러 의식을 차리지 못하도록 강제하기 위해 눈을 감기는 손길에 조금 힘이 들어가 있었다. 이예주가 고개를 움찔거리며 미약하게나마 반항했지만 요지부동이었다.

"조금 더 자도록 해."

여전히 다정했지만 어딘지 모르게 강압적인 어투에 거짓말처럼 힘이 탁 풀렸다.

남자가 무어라 더 말을 건넸지만 잘 들리지 않았다. 깨어날 때와 마찬가지로 물 먹은 솜처럼 몸이 무거워지더니 수면 위로 잠깐 떠오른 의식이 다시 침잠하기 시작했다.

그녀가 더 이상 미동하지 않는다는 것을 알면서도, 얼굴 위를 감싼 따스한 온기는 가시지 않았다.

"아직 도착하려면 멀었으니……."

그의 속삭임과 함께 이예주는 검은 무저갱 속으로 까무룩 빨려 들어갔다.

무의식의 소용돌이 속에서 정처 없이 흔들리던 이예주는 어느 순간부터 다시 과거의 길을 걸었다. 이번에는 '문'을 넘어 미래로 넘어온 이후의 일들이 그녀의 곁을 스쳐 지나갔다.

수많은 과거를 담은 파편들이 이예주의 몸을 베듯 날카롭게 스쳐 지나갔다. 그녀는 과거의 편린 속에서 그 순간 자신이 느꼈을 수많은 생각과 감정들을 고스란히 다시 겪으며 길을 걷는 내내 울고 웃었다.

어떤 때는 눈앞이 시뻘겋게 타오를 만큼 화가 났으며, 또 어떤 때는 머리끝이 짜르르 울릴 만큼 짜증이 치솟았고, 가끔은 뼛속을 파고드는 절망감에 좌절하고 체념했다.

수십 번 넘게 가루처럼 부서졌다. 그리고 다시 붙고 단단해지고, 다시 부서지는 자신이 보였다.

이예주는 영화를 보는 관객처럼 제삼자의 시선으로 그것을 관조했지만 진짜 관객인 양 초연할 수는 없었다. 당연했다. 실제로 제가 겪어 온 일들이었으니까.

수많은 과거의 파편에 베여 울고 웃던 그녀는, 그중 가장 아프게 박힌 왼쪽 팔의 파편 조각을 멍하니 내려다보았다. 람이 다리족을 산 중턱까지 끌어내기 위해 자신을 속이고 이용했던 것을 알았을 때였다.

파편이 박힌 자리인 어깨와 팔의 경계 부분이 벌건 속살을 보일 만큼 벌어지더니 주루룩 피가 흘러내렸다. 그 상처가 실제가 아님을 알고 있음에도 이예주는 마냥 그곳이 아프다는 생각을 했다.

아팠다, 왼쪽 팔이. 아니, 아픈 건 팔이 아니다. 그녀는 손을 들어 팔이 아닌 왼쪽 가슴 부근에 가져다 대었다. 아팠다. 마음이, 심장이.

결국 아무도 자신을 믿어 주지는 않았던 건가. '문'을 넘어 미래로 온 후 진정으로 소중한 인연들이 생기면서 그래도 조금쯤은 과거와 달라진 점이 있다고 생각했다.

람과 조롱이. 그 밖에 포니, 나비 아저씨, 제드, 알리자린. 일생을 친구 하나 없이 살아온 이예주였으나, 어느 하나 중요하지 않은 만남이 없었다.

때론 화가 나거나 모든 것을 때려치우고 도망가고 싶을 만큼 미울 때도 있었지만, 팍팍하고 고단했던 삶에서 단 한 번도 느껴 본 적 없던 새롭고 강렬하고 신기하다 못해 경이롭기까지 하던 감각들. 현대였다면 죽을 때까지 이 느낌들을 알지 못했을 것이다.

그래서 그녀는 망설이다가도 선택할 수밖에 없었다. 과거로 돌아가는 것보다 미래에 남는 것을.

하지만 그 결정의 중심은 언제나 람이었다. 그의 옆에 있고 싶고, 이야기하고 싶고, 손도 잡고 싶고, 뽀뽀도 하고 싶었다.

엄마와 친구들, 봉구를 되살리는 것을 포기해 끝내 평생을 악몽에 시달려야 한대도, 함께하고 싶었다.

미래로 넘어온 이후 걸어왔던 길은 남자를 빼놓으면 존재 자체가 무색했다. 람은 이예주에게 최후의 선택이었다. 그를 믿고 따라가다 보면 이 길은 끝을 보이지 않고 영원히 이어질 것이라 추호도 의심하지 않았다.

이예주는 파편이 박혀 벌겋게 벌어진 속살에서 시선을 떼고 고개를 들어 제 앞을 바라보았다. 그녀의 앞은 누군가 칼로 잘라 낸 것같이 깔끔하게 끊긴 길뿐이었다.

그 끝에는 아무것도 없었다. 잘라진 경계 너머에는 금방이라도 그녀의 눈을 멀게 만들 기세로 일렁이는 환한 빛을 내뿜는 벽뿐이었다.

그녀는 더 이상 이어지지 않은 길의 끝을 망연히 바라보았다. 한참을 그렇게 바라보고만 있자, 문득 빛무리가 물에 반사되는 것처럼 일렁이더니 벽 너머에 한 영상이 나타났다. 마치 미래로 가는 '문'처럼.

무심결에 거대한 '문'이 비추는 상을 들여다보니 저 멀리 그녀를 등진 채 의자에 앉아 있는 누군가의 모습이 보였다. 이예주의 눈이 점차 커졌다.

꽤 오래되었는데도 단번에 알아볼 만큼 익숙한 모습이었다. 어떻게 모를 수가 있을까.

엄마였다. 식탁 의자에 앉아 뜨개질을 하거나 자신이 올 시간에 맞춰 과일을 깎느라 정작 딸이 들어온 것도 몰랐던 엄마의 뒷모습이었다.

왈칵 눈앞이 흐려짐과 동시에 이예주는 끊긴 길의 경계를 넘어 거대한 '문' 안으로 뛰어들어갔다. 환한 빛이 이예주를 덮쳤다.

혹시 사라졌으면 어떡하지? 이예주가 제일 처음 걱정한 것은 엄마의 부재였다. 그러면 안 되는데…….

두려움에 질끈 감았던 눈을 뜨는 것조차 겁이 났다. 그러나 그녀는 억지로 힘을 줘 눈을 떴다. 매도 먼저 맞는 게 낫다고, 또 악몽에 농락당하는 거면 빨리 받아들이는 게 더 편할 테니까.

하지만 눈을 떴는데도 여전히 그리운 이의 뒷모습이 존재했다. 이예주의 얼굴이 와락 일그러졌다. 이제 닿으면 사라지는 건가. 또 얼마나 나를 지옥 속으로 내몰려고.

그러나 꿈에서 일어나면 지옥 같은 현실이 펼쳐질 것을 안다고 해도, 이예주는 달릴 수밖에 없었다.

"엄마!"

허겁지겁 달리느라 발이 꼬여 넘어질 뻔한 것도 괘념치 않고 엄마를 무작정 끌어안았다. 다행히 무던히도 자신을 괴롭히던 악몽의 일환은 아닌지, 두 팔 안에 닿은 실체는 사라지지 않았다.

"……엄마."

이예주는 처음 호흡하는 사람처럼 거칠게 숨을 들이켰다.

악몽은 자주 꿨지만 실제로 엄마가 나오는 꿈은 손에 꼽을 만큼 별로 없었다. 이예주가 보는 것은 언제나 제 눈높이에서 덜렁거리는 엄마의 발뿐이었으니까.

꿈이라도 좋으니까, 환영이라도 좋으니까 엄마를 보게 해 달라고 얼마나 빌었던가.

"엄마, 여긴 너무 힘들어."

하지만 막상 엄마를 만나니까 그러지 말아야지 하면서도 어리광과 울음이 쏟아져 나왔다.

"아무도 나를 믿어 주지 않아. 나는 힘도 없고 쓸모도 없고…… 그냥 짐 덩어리인가 봐."

입술 끝이 바르르 떨렸다. 인정하고 싶지 않았지만 결국 그랬다. 람에게 자신은 그 정도였다.

"그만하고 싶어. 나 이제 더 이상 못하겠어."

"……."

"나도 데려가면 안 돼, 엄마?"

이예주는 엄마의 어깨에 매달려 떼를 썼다. 다 큰 성인이나 돼서 엄마한테 떼를 쓰는 꼴을 남들이 보면 철없다 욕할지도 모른다. 하지만 마냥 응석을 부리는 게 아니었다. 그 정도로 절박했다.

"과거로 가는 법! 그래. 어떻게 과거로 가는지 알려 줘. 엄마는 알지? 어떻게 하면 돼? 내가 어떻게 하면 과거로 갈 수 있어? 알려 줘! 제발, 제발!"

"……."

"제발 나도 데려가……."

엄마한테 매달려 애원하던 이예주가 끝내 아이처럼 흐느꼈다. 엄마의 옷에 뜨듯한 물기가 스며들기 시작했다.

그때, 여태껏 말 한마디 없이 그저 이예주에게 안겨 있던 엄마가 품에서 빠져나오려는 듯 몸을 틀었다. 짠물이 잔뜩 묻은 낯을 닦을 새도 없이 그녀가 휙 고개를 돌렸다.

"예주야!"

오랜만에 대면한 엄마의 얼굴은 충격적이었다. 두 눈이 있어야 할 자리가 뻥 뚫려 텅 빈 공간을 내보였다. 눈이 없는 엄마가 두 팔을 마구 휘저어 댔다.

"앞이 안 보이는구나, 예주야! 내 눈을 찾아 주렴!"

"어, 엄마."

전혀 예상치 못한 엄마의 모습에 이예주가 당황하여 저도 모르게 몇 발자국 뒷걸음질 쳤다.

콰당—! 이예주를 잡으려는 듯 계속해서 팔을 휘저어 대는 통에 엄마가 앉아 있던 의자가 기어이 요란한 소리와 함께 앞으로 넘어졌다.

깜짝 놀란 이예주가 다가가기도 전에 엄마는 섬뜩한 모양새로 바닥을 기며 이예주를 찾았다.

"앞이 하나도 안 보여! 내 눈! 내 눈이 어디 갔지?"

엄마의 얼굴이 점점 기괴해졌다. 시꺼멓게 변색된 눈구멍이 점점 커지더니 순식간에 얼굴의 절반을 차지했다.

그녀를 부축하려던 이예주는 본능적인 위화감에 흠칫 몸을 굳혔다. 커다랗고 시커먼 구멍이 두 개나 있는 하얀 얼굴은 기괴하고 섬뜩했다. 흡사 일본 공포 영화에 나오는 귀신 같은 모양새였다.

"내 눈! 내 눈 내놔! 내 눈! 눈!"

엄마가 탁탁, 손으로 바닥을 내리치며 바닥을 기었다. 새하얗게 얼어붙은 이예주가 있는 쪽은 어떻게 알았는지 정말로 귀신처럼 괴기스러운 동작으로 기어 왔다.

엄마, 아니 여자는, 종내엔 바닥을 박박 긁으며 괴성을 질렀다.

"내 눈 내놔! 내 눈 내놔!"

까드드득, 머리끝이 쭈뼛 서는 소리와 함께 귀신이 눈 깜짝할 새 기어와 이예주를 덮쳤다.

"아아아악!"

눈! 내 눈을 내놔! 눈! 눈! 칼날처럼 날카롭게 벼려진 손톱이 경악으로 홉떠진 눈을 쑤시기 바로 직전.

"헉!"

이예주는 번쩍 눈을 떴다. 헉, 헉. 오랫동안 숨을 참은 것처럼 가쁜 숨이 입술 새로 터져 나왔다.

뭐야. 뭐야. 꿈이야? 엄마, 아니 그 귀신은? 미친, 미친. 아직도 심장이 벌컥벌컥 갈비뼈를 두드렸다. 무슨 이런 미친 꿈을…….

너무 놀라 자리에서 일어날 생각도 못하고 있을 때였다. 문득 제가 누워 있는 옆벽의 끄트머리에서 스으윽 하고 커다란 그림자가 나타났다. 곁눈질로 그것을 확인한 이예주의 몸이 반사적으로 딱딱하게 굳었다.

그러고 보니 여기가 어디지? 내부인 것으로 보아 아직도 다리족이 있는 그 빌어먹을 비행선인가? 눈알을 굴려 주변을 훑어보았지만 시야가 어두워 쉽게 알아볼 수는 없었다.

하나 알 수 있는 것은 그녀가 누워 있는 곳에서 얼마 떨어지지 않은 곳에 광원으로 추정되는 어두운 불빛이 있다는 것. 그리고 그 불빛이 비치는 벽 위의 그림자가 제게로 다가오고 있다는 것뿐.

타박타박, 나지막한 발걸음 소리가 점점 더 가까워졌다. 어두운 인영이 점점 커져 결국 이예주의 위를 완전히 덮었을 무렵.

"괜찮아양?"

그녀의 시선 안으로 작달막한 얼굴이 불쑥 들어왔다.

"누, 누구……."

워낙 몸에 힘을 주고 있는 상태라 이예주는 꼴사납게 말을 더듬었다. 그녀의 목소리를 용케 들은 듯 상대방이 환하게 웃었다.

노란 부리가 웃고 있다니, 그녀는 드디어 자신의 눈이 미친 것 같다는 생각이 들었다. 한순간에 이예주를 두려움에 떨게 했던 커다란 그림자의 정체는.

"나는 펭양이양."

펭귄이었다.

저를 해치려는 불순한 세력이 아닌 것을 깨달은 이예주의 입에서 야트막한 한숨이 새어 나왔다. 말없이 저를 내려다보고 있는 펭귄을 바라보며 호흡을 정리하던 그녀는 안정을 되찾자 누워 있던 몸을 바로 세워 앉았다.

얼마만큼 누워 있었던 건지 머리를 들자 아찔한 현기증이 눈앞을 덮쳤다. 이마를 부여잡고 끙, 신음하자 펭귄이 걱정스럽다는 듯 뒤뚱뒤뚱 다가섰다.

"괜찮아양? 어디 아파양?"

어깨 근처에 아담하고 끝이 둥그스름한 팔이 척 올라왔다. 펭귄하면 기껏해야 만화영화에서 본 것이 다인 이예주는 제게 말을 거는 펭귄을 바라보며 헛웃음을 지었다.

실제로 본 적이 없어 알려진 것과 다른 생김새에 새삼 놀랐다. 돌고래처럼 미끌미끌하고 윤기가 돌 거란 생각과는 달리, 펭귄의 날개에는 짧고 보송보송한 털이 솟아 있었다. 그것을 멍하니 내려다보던 이예주는 한참 만에 입을 열었다.

"넌…… 신인류야?"

펭귄이 까맣고 올망졸망한 눈알로 격렬하게 고개를 끄덕였다. 하긴 말을 하니 당연히 신인류겠지.

기억도 잘 나지 않은 꿈의 여파 때문인가, 이예주는 잠시 제가 있는 곳이 어딘지를 망각하고 있다가 말하는 펭귄을 보며 차차 현실로 돌아왔다.

"펭양이양."

누가 지어 줬는지 묘하게 잘 어울리는 이름에 이예주는 짧게 웃었다.

"몸은 괜찮아양? 이틀이나 죽은 듯이 잠들어 있었어양."

"뭐? 이틀?"

이어지는 펭양의 걱정에 이예주는 기함했다. 분명 이 세계에서 가장 높은 산에 있었는데. 거기서 다리족을 만나 그들의 끔찍한 실체를 알고 유나와 탈출을 감행했었다. 그리고 결국 그녀를 둔 채 홀로 '문'을 넘었고 람을 만나서……

람.

거기까지 기억을 되새기던 이예주의 몸이 흠칫 굳었다. 지옥에서 되살아난 사람처럼 흉흉한 기세로 자신을 노려보던 남자의 모습이 떠올랐다. 폭포처럼 피를 질질 내뿜으며, 그보다 더 검붉은 눈으로 자신을 바라보는.

반사적으로 손끝이 차가워지고 몸이 덜덜 떨려 왔다. 이예주는 고개를 뒤흔들며 그 생각에서 억지로 주의를 돌렸다.

주변을 돌아보니 속이 훤히 비칠 만큼 투명하고 깨끗한 벽면이 그녀의 눈길을 끌었다.

"……얼음?"

마치 누가 임의적으로 깎아 만든 조각품처럼 반듯한 절단면들이 서로를 비추었다. 그 때문에 높은 천장과 넓은 공간이 온통 푸른 물색을 띠어 꼭 바닷속에 있는 듯한 기분이 들었다.

동굴이구나. 내부는 그리 밝지 않았으나 동굴임을 알아보지 못할 정도로 깜깜하지는 않았다.

이예주는 문득 몸 위에서 무언가 스르륵 흘러내리는 느낌에 아래를 내려 보았다. 짐승의 털가죽을 그대로 잘라 낸 것이라 볼 수 있는 두꺼운 모포가 꼼꼼히 자신을 감싸고 있었다. 바닥에도 비슷한 것이 깔려 있었다.

타닥, 타닥. 멀지 않은 곳에서 모닥불이 타올랐다.

"여기가 어디야?"

"여긴 남쪽 대륙에 있는 주인님의 얼음 동굴이양."

펭양은 이예주의 물음에 숨기지 않고 순순히 대답했다.

"남쪽 대륙……."

펭귄을 따라 중얼거리던 순간 이예주의 머릿속에 눈송이가 내리는 설원이 빠르게 스쳐 지나갔다. 기절한 사이에 제 몸이 멋대로 움직여 이곳까지 걸어왔을 리는 없을 테니 남자가 데리고 온 것이 분명했다.

꿈이 아니었구나. 그녀가 차분하게 떠오르는 생각들을 정리할 때쯤 펭양이 짧은 날개를 파닥거렸다.

"아차차! 오늘쯤엔 깨어날 것 같다고 하셔서 내가 사냥을 해 왔어양! 배고프지 않아양? 생선! 같이 생선을 먹자구양!"

호들갑스럽게 돌아선 펭귄은 이예주의 대답을 듣지도 않고 모닥불이 있는 쪽으로 뒤뚱뒤뚱 걸어갔다.

"맛있는 생선! 흠흠흠~ 맛있는 생선을 잡아먹자구양~"

먹을 생각에 신이 났는지 정체불명의 노랫말을 흥얼거리는 모습이 퍽 유쾌해 보였다.

생선을 들어 불에 집어넣으려는 펭귄은 한순간 멈칫하더니 '나무 꼬치를 어디 두었지양?' 하고 고개를 갸웃거렸다. 얼마 후 '아차차!' 하는 소리와 함께 생선을 바닥에 철퍽 내려놓고 모닥불의 반대편으로 파닥파닥 움직였다.

쌓아 놓은 나무 꼬치 중 하나를 든 펭귄이 '아차차! 생선을 두고 와 버렸어양!' 하고 멍청한 소리를 할 적에 이예주는 다시 자리에 누워 등을 돌렸다.

깜빡 잠이 들었다 깨어났을 때, 동굴 안은 고소한 냄새로 가득 차 있었다.

"빨리 와양! 더 있으면 다 타 버려양! 빨리 와양!"

짧은 두 팔을 미친 듯이 퍼덕이며 재촉하는 쪼그마한 펭귄 탓에 이예주는 어쩔 수 없이 꽁꽁 싸매고 있던 모포에서 꾸물꾸물 기어 나왔다. 동굴 내부는 바람 한 점 불지 않았음에도 불구하고 선득한 한기가 돌았다.

"내가 제일 좋아하는 빙어양!"

펭양이 기쁜 얼굴로 불 위에 걸쳐진 꼬치들 중 하나를 후후 불며 건넸다. 두 뼘 남짓한 길이의 작은 물고기가 먹음직스럽게 구워져 있었다.

"고마워."

이예주는 작게 인사하며 잘 쥐어지지 않는 날개로 힘겹게 쥐고 있는 펭양의 손에서 조심스럽게 꼬치를 빼내었다.

그것으로 제 할 일은 끝났다고 생각한 건지 펭양은 황급히 반대편으로 달려가 자리에 앉았다. 그러고는 양손에 꼬치를 하나씩 들고 와구와구 먹어 대기 시작했다. 이예주는 제 물고기를 먹을 생각도 못하고 펭양이 물고기를 통째로 꿀꺽 삼키는 모습을 황망히 바라보았다.

한참이 지난 후, 꿰어 놓은 생선들을 다시 불 위에 얹으려던 펭양은 이예주 쪽의 물고기가 조금도 줄지 않았다는 것을 보고 크게 당황했다.

"왜 그래양? 맛이 없어양?"

며칠 굶었니? 네 주인이 굶기는 거야? 측은한 얼굴로 물어볼까 하던 것을 관두고 이예주는 대신 다른 것을 물었다.

"……구운 거 먹어도 돼?"

"나, 나도 신인류라구양!"

펭양이 빽 소리를 지르며 대답했다. 그냥 신기해서 물어본 건데, 자신을 놀리는 것이라 생각했는지 날개를 펼쳐 들고 제자리에서 방방 뛰었다.

물론 조롱이도 당과 같은 튀긴 음식을 잘 먹긴 했지만…… 아무래도 동물인 펭귄 모습을 그대로 하고 있어 잘 와닿지 않았다. 그러고 보니 왜 신인류인데 인간의 모습을 하지 않은 거지? 추워서?

'쀼루룩, 꾸구국.' 괴상한 소리를 내던 펭양은 이예주가 짤막하게 사과하고 나서야 부리를 다물었다.

이예주는 펭양의 성의를 거부하지 않고 살이 통통하게 오른 가운데 부분을 한입 베어 물었다. 씹자마자 부드러운 생선 살이 부서지면서 동시에 입 안에서 무언가가 톡톡 터졌다. 깜짝 놀라 내려 보니 알이 꽉 차 있는 빙어의 단면이 보였다.

현대에서도 못 먹어 본 빙어를 1000년 후에 다 먹어 보다니. 새삼스러운 기분에 이예주는 한 번 더 들고 있던 생선을 왕 베어 물었다.

그리 크지 않은 크기 탓에 세 입 만에 빙어 먹방은 끝났다. 타지 않게 가장자리로 옮겨 놓은 생선구이를 하나 더 집어 들며 이예주는 여상스럽게 물었다.

"이 동굴에는 너 혼자 사는 거야?"

무아지경으로 생선을 삼키던 펭양이 이예주의 질문에 입 안 가득 우물거리던 것을 단번에 꿀꺽 삼켰다.

"아니양. 난 이 동굴에 살지 않고 밖에서 살아양. 원래 이곳은 주인님의 거처라 함부로 들어오면 안 돼양. 주인님께서 인간 여자를 부탁하셔서 잠깐 와 있는 거양."

"……."

"여기 왔을 때 인간 여자가 열이 많이 난다고 많이 걱정하셨어양. 지금은 안 아프지양?"

그렇지양? 내가 간호를 아주 열심히 했단 말이양! 강요하다시피 해 이예주에게 그렇다는 답을 들은 펭귄은 다시 꿀떡꿀떡 생선을 해치우기 시작했다.

이예주는 말이 막혀 잠시 떨떠름한 얼굴로 펭귄을 바라보다 궁금했던 진짜 질문을 꺼냈다.

"그래서 어디 갔는데?"

"응? 누구 말이양?"

"너한테 날 내팽개친 네 주인."

콜록콜록! 갑자기 생선 가시라도 목에 걸렸는지 펭양이 격렬하게 기침을 내뱉으며 손으로 입을 막았다.

두 주먹에 꽉 쥐고 있던 꼬치들마저 바닥에 내던진 채 부리를 막고 콜록거리던 펭양은 까만 눈을 굴리며 이예주의 눈치를 보았다. 심상치 않은 인간 여자의 기세를 이제야 감지한 듯싶었다.

"나 혼자 여기에 처박아 두고 또 어딜 간 거냐고."

이제 보니 인간은 자신의 성의에 못 이겨 처음 건네준 생선 하나만을 먹었을 뿐, 그 이상은 입도 대지 않고 있었다. 딱히 화가 나 보이지 않아 금방 알아채지 못했다.

다시 묻는 건조하고 딱딱한 어투가 어쩐지 분노에 가득 찬 것처럼 느껴졌다. 펭양은 부리를 가린 손을 조심스럽게 내렸다.

"주, 주인님은 잠깐 도, 동쪽 대륙에 가셨어양……."

"동쪽 대륙? 거긴 왜?"

"그, 그게…… 동쪽 대륙에 요즘…… 주, 주인님께 중요하고 원대한 일이 생기셔서양……."

펭양은 우물쭈물하다가 끝내 이예주와 눈을 마주치지 못하고 그 까만 눈동자를 내리깔았다.

"아. 중요하고 원대한 일."

어디서 들어 본 소리인가 했더니, 조롱이에게서 들은 소리였다. 숲에서 뭘 하고 있느냐는 제 질문에.

—주, 주인님의 원대한 목표 때문에 왔어여.

그 원대한 목표란 바로 인간 박멸이었다. 어쩐지 그때와 겹치는 상황에 이예주는 점점 고양되던 감정의 온도가 푸시시 꺼져 들어감을 느꼈다.

그러고 보니 만난 지 얼마 되지 않은 상태임에도 불구하고 아무런 위화감 없이 대화를 나눴다. 물론 펭양이 먼저 친밀하게 대해 준 탓도 있지만, 무의식중 조롱이를 대하던 버릇이 튀어나왔음이 분명하리라.

이예주는 제 눈을 필사적으로 피하는 펭귄의 모습에 쓴웃음을 지었다. 이제 제 곁에 조롱이는 없었다. 아니, 앞으로 영영 없을지도 모르겠다.

"뭐 좋아. 내가 굳이 알아야 할 필요는 없으니까."

이예주는 들었던 생선 꼬치를 근처의 돌멩이 위에 내려놓았다. 펭양이 얼마나 끙끙대며 그것을 만들었을지 눈에 선했지만 관심 두지 않기로 했다.

"왜, 왜 더 안 먹어양? 별루양?"

"아니야, 맛있어. 그냥 입맛이 없어서."

정말이었다. 정신을 놓은 동안 아프긴 아팠는지 썩 당기지 않았다.

펭양은 시무룩한 표정으로 통통한 아랫배 위에 두 날개를 축 늘어뜨렸다. 이예주는 그런 펭귄의 반응을 무시하고 다른 것을 물었다.

"그보다 이 동굴 입구는 어디 쪽이야?"

"그건 저쪽…… 헙!"

침체된 분위기 속에 먼저 말을 걸어 준 게 기쁜지 무심결에 해답을 가리키던 펭양이 얼마 안 가 파다닥 제 입을 틀어막았다.

"그, 그, 그건 왜 묻는 거양?"

"일어났는데 가만히 여기 있을 수만은 없잖아."

"주, 주인님이 아무 데도 가지 말라고 하셨는데양……."

펭귄은 불안한 듯 까만 눈동자를 뒤룩뒤룩 굴리며 소심하게 덧붙였다. 이예주는 이번에도 그 말을 무시했다.

펭양의 팔이 짧아 가리킨 방향은 불분명했다. 하지만 어렵지 않게 입구로 가는 길을 알아보았다. 다른 쪽에 비해 그쪽이 더 밝고 환했기 때문이다.

남쪽 대륙이 많이 춥다고 했던가? 읏차, 자리를 털고 일어나며 이예주는 머릿속을 뒤져 남쪽 대륙에 관한 정보들을 떠올렸다.

남쪽 대륙에 관한 정보들은 대부분 다리족에게 얻은 것들뿐이었다. 춥고 배고프고, 열악한 환경. 그 탓에 쓸모없는 아이들은 내쫓는 눈족들이 주둔하는 곳.

그런데 눈족들은 왜 다른 대륙들을 놔두고 굳이 남쪽 대륙에 온 거지? 물론 다른 대륙들이 이곳과 비교가 될 만큼 뛰어나게 좋은 것 또한 아니었지만…….

이예주가 곰곰이 생각에 잠겨 걸을 즈음이었다. 파닥 파다닥, 날개 치는 소리가 들리더니 펭양이 이예주의 바로 옆까지 쫓아와서 다급히 외쳤다.

“나, 나가면 안 돼양! 아직 열병이 다 나은 게 아니양!”

“쫓아오지 마.”

“힝힝. 주, 주인님한테 펭양이 혼나양!”

“…….”

이예주는 더 이상 답하지 않고 계속해서 걸음을 옮겼다.

입구로 나가는 통로에 들어서니 확실히 시야가 환해졌다. 꽤 깊게 형성된 동굴인지 밖으로 나가기까지의 거리가 제법 되었다.

다행스럽게도 밖은 훤한 대낮이었다. 태양빛이 반사된 얼음벽은 크리스털로 만들어진 것처럼 아름답게 반짝였다. 이예주는 커다란 고드름이 줄을 지어 매달려 있는 천장을 신기한 눈으로 살펴보며 지체 없이 길을 걸어 나갔다.

통로의 굴은 안쪽의 굴보다는 천장이 좀 더 낮고 폭이 좁았다. 그래도 고드름이 닿을 정도는 아니라 걷는 데에는 지장이 없었다.

'그 남자 키 정도면 머리 부딪힐지도 모르겠는데. 으, 아프겠다.'

실없는 상상을 하며 다리를 부지런히 옮기던 이예주는 문득 얼굴을 딱딱하게 굳혔다. 저도 모르는 사이 자연스럽게 그 남자의 모습을 그리고 있던 것이다.

누가 누굴 걱정해. 아직 덜 당한 거지, 이예주. 자조하던 그녀는 이내 표정이 사라진 얼굴로 입구를 바라보았다.

어느새 펭양은 이예주를 따라오는 것을 포기했는지 얼음 통로가 고요했다. 조롱이처럼 끈질기면 어쩌나 걱정했는데 다행이었다.그렇게 결론을 내렸을 때쯤, 동굴 안에서 느꼈던 것과는 비교도 되지 않을 만큼 어마어마한 찬 바람이 얼굴로 쏟아졌다. 이예주는 짧게 신음하며 눈을 질끈 감았다.

"읏."

그리고 다시 눈꺼풀을 들었을 때, 그녀의 앞엔 새하얀 설원과 눈이 소복이 쌓여 있는 빽빽한 나무숲이 끝없이 펼쳐져 있었다.

"하……."

무의식중에 벌린 입에서 허연 입김이 쏟아져 나왔다. 그와 동시에 몸이 저절로 한 차례 부르르 떨렸다.

"추워."

생각했던 것보다 더 심한 한기에 이예주는 양팔로 제 몸을 끌어안았다.

동굴은 숲보다 조금 더 고지대에 위치했다. 발치까지의 꽤나 가파른 경사로가 티 한 점 없는 두툼한 눈으로 덮여 있었다. 끝도 보이지 않는 겨울나무 숲을 살펴보던 이예주의 얼굴에 망설임이 스쳐 지나갔다.

걸치고 있는 두꺼운 장포가 무색하게 천을 뚫고 속속들이 들어오는 칼바람에 몸이 으슬으슬 시려 왔다. 너무 춥잖아. 몸도 별로 좋은 것 같지도 않고, 이 상태로 저 눈 덮인 숲을 사방팔방 돌아다닐 수 있을까.

오늘은 포기해야 하나. 새하얀 내리막길 위에 잠시 발을 내밀었다가 들이밀기를 반복할 즈음이었다.

"예주양! 자, 잠깐 기다려양!"

다급한 목소리와 함께 도다다다 다가오는 소리가 들렸다. 흘끗 뒤를 돌아보자, 동굴 안으로 들어간 줄로만 알았던 펭양이 제 몸보다 몇 배나 커다란 모포를 질질 끌며 뛰어오고 있었다.

"가, 가더라도 이거 덮고 가양!"

헐레벌떡 다가온 펭양이 결연한 얼굴로 이예주에게 모포를 척 건넸다.

"나보다는 네가 덮어야 할 거 같은데?"

"나는 바람이 들지 않도록 겉 털이 단단히 엮여 있고 속 털도 있어서 하나도 춥지 않아양!"

"……."

"더, 덮고 가면 안 되양? 또 아프면 펭양이 주인님께 혼날 테양……."

불쌍한 표정으로 모포를 들이미는 펭귄을 더 이상 거절할 수 없었다. 이예주는 결국 그것을 받아 들고 어깨 위에 걸쳤다.

"고마워."

조금 무뚝뚝한 인사를 하고 이예주는 더 이상 망설임 없이 걸음을 옮겼다.

갈 길이 바빴다. 아무런 지식도 없이 숲을 헤매고 다닐 생각을 하니 벌써부터 걸음이 축축 늘어졌다. 하지만 가만히 앉아서 그 남자가 오기만을 기다리고 있기는 싫었다.

"금방 돌아올 거지양?"

"……."

"응?"

이예주는 대답 없이 묵묵히 걸었다. 먼저 친절을 베풀어 준 펭귄에게 고마워하지는 못할망정 화풀이를 하고 있다는 것을 알았다. 하지만 어쩔 수 없었다. 다시 돌아올 것이 아니니까.

이예주는 할 수만 있다면 남자가 없는 지금, 이대로 뒤도 돌아보지 않고 도망가고 싶었다.

그녀는 펭양이 건네준 모포를 단단히 여미고 정처 없이 발걸음을 옮겼다. 그녀의 능력만큼이나 무조건적인 직진이었다. 길을 모르니 당연한 일이었다. 돌아갈 길을 잃어버리거나 너무 추워서 얼어 죽을지 모른다는 걱정 같은 건 하지 않았다.

만약 그렇게 죽게 된다면 그냥 죽어 버리지, 뭐. 자신의 의사도 묻지도 않고 이곳까지 강제로 끌고 온 놈 때문에 죽게 된 것이니 저주를 내릴 명분도 충분하고, 딱 좋네.

숲은 고요하고 어두웠다. 밤이 아니니 사물을 분간하지 못할 정도는 아니었지만, 빽빽한 나뭇가지 틈새로 보이는 하늘이 온통 잿빛이었다. 금방이라도 펑펑 눈이 쏟아질 것 같았다.

뽀득뽀득, 발목까지 푹푹 빠지는 눈 더미가 신발에 밟혀 갖은 소리를 내었다. 그녀는 어렸을 적, 빙판 때문에 등굣길에서 크게 자빠져 '문'이 생긴 경험이 꽤 여러 번이라 눈 내리는 날을 별로 좋아하지 않았다.

하지만 이렇게 발이 푹푹 빠지는 눈길을 걷는 건 나쁘지 않았다. 비록 도망 길을 찾기 위해 숲을 헤매는 열악한 여정이긴 해도.

한때는 대학가에서 손 붙잡고 눈을 맞으며 거리를 걸어 다니는 연인들을 부러워한 적도 있다. 지금은 연인은 개뿔, 남자라면 치가 떨리게 됐지만, 그래도…….

그때였다. 이예주의 상념을 깨듯 그녀의 것이 아닌 발걸음 소리가 들렸다.

차박차박, 토다다다. 차박차박, 토다다다. 번갈아 가며 들려오는 바쁜 소리로 누가 어떤 식으로 뒤를 밟고 있는지 어렵지 않게 알아챌 수 있었다.

조심스럽게 따라붙다가, 자신의 발걸음이 조금이라도 늦어지면 허겁지겁 나무 뒤로 몸을 숨기고 있겠지. 안 봐도 비디오처럼 그려지는 작달만한 펭귄의 모습에 이예주의 미간에 불끈 힘이 들어갔다. 쫓아오지 말라고 했을 텐데.

하지만 그녀는 그냥 무시하기로 마음먹었다. 아직 얼음 동굴이 있는 부근에서 별로 멀어지지도 않았는데 벌써부터 힘 빼고 싶지 않았다.

그러고 보니 이 숲은 어디까지 이어질까. 설마 북쪽 대륙 동물의 숲인지 뭔지 만큼 큰 건 아니겠지? 유나나 여준 놈에게서 남쪽 대륙에 그렇게까지 큰 숲이 있다고는 듣지 못했던 것 같은데…….

사박, 사브작. 발걸음이 하나 더 늘었다. 펭귄보다 좀 더 묵직한 소리에 이예주가 심호흡을 한번 크게 내쉬었다. 이젠 하다못해 친구까지 데려와?

예고 없이 우뚝 걸음을 멈추자 당황하여 파다다닥 몸을 숨기는 기척이 역력했다. 다시 걸음을 옮기자 이번에는 푸륵, 푸르르르 하는 괴상한 소리까지 따라붙었다.

그녀는 참지 못하고 뒤로 돌았다. 차마 다 숨지 못해 나무 옆으로 삐쭉 튀어나온 뿔 같은 게 보였다. 저 커다란 건 또 뭐야?

"나와."

이예주는 결국 한숨을 내쉬며 말했다. 그러나 펭양과 뿔 달린 것은 미동도 하지 않았다.

"안 나오면 이대로 도망갈 거야. 네 주인한테 들었지? 나 도망 엄청 잘 치는……."

"나, 나갈게양!"

이예주의 거짓 협박에 누군가 서둘러 나무 앞으로 튀어나왔다. 역시나 펭양이었다. 그 뒤를 따라 뽀드득, 뽀드득 눈 밟는 소리를 내며 또 다른 존재가 커다란 몸집을 드러내었다. 이예주는 나무 바깥으로 나온 눈부시게 하얀 털과 뿔에 입을 떡 벌렸다.

"대체…… 그건 또 뭐야?"

"수, 순심이양…… 나랑 같이 이 숲을 지키는 파수꾼이양."

순심이라는 동물의 다리 뒤에 숨어 빼꼼히 얼굴만 내민 채 펭양이 우물쭈물 답했다.

거대한 동물은 눈과 코를 제외한 온몸이 순백의 색으로 뒤덮여 있었다. 나뭇가지처럼 위로 뻗어 있는 거대한 뿔까지. 어느 것이 눈인지, 어느 것이 사슴인지 구별이 가지 않을 만큼 온통 새하얬다.

"……흰 사슴?"

"순심이는 사슴 아니양. 흰 순록이양."

머리털 나고 처음 보는 사슴의 모습에 이예주가 멍하니 혼잣말을 하자, 작은 펭귄이 얼른 그녀의 말을 정정했다. 흰 순록, 순심이.

"허."

펭양에 이어 순심이까지. 기가 막힌 이름에 이예주는 저도 모르게 헛웃음을 흘렸다. 대체 누가 저런 이름을 지어 줬는지 모를 일이었다. 그녀는 절레절레 고개를 흔들며 뒤를 돌았다. 다시 걸음을 옮길

요량이었지만, 그런 그녀의 뒤를 바짝 쫓으며 펭양이 소리쳤다.

"주인님께서 최근에 지어 주신 이름이양! 나도 순심이도."

이예주의 몸이 멈칫했다. 생각만 한다는 게 저도 모르게 입 밖으로 내뱉은 건가? 그런 그녀의 생각에 답하듯 펭귄이 조잘거렸다.

"주인님께서 말씀하시기를, 이름을 짓는 행위가 꼭 인간들이 소유를 주장할 때 하는 것만은 아니라고 하셨어양! 순번으로 불리는 것보단, 각 개체마다 부를 이름이 하나쯤 있는 것도 괜찮을 것 같다구 지어 주셨……."

"쫓아오지 말라고 했는데 왜 쫓아오는 거야?"

이예주는 펭양의 말을 냉정하게 자르고 물었다. 차갑게 자신을 내려다보는 인간 여자의 모습에 펭귄은 퍼드득 몸을 떨었다.

"어응, 그, 그게……."

"도망 잘 치는 인간이니까, 감시라도 하래?"

짐작할 것도 없지. 매번 황조롱이에게 부여된 임무가 이번에는 펭귄으로 옮겨 갔을 뿐이다. 죄 없는 펭귄에게 화풀이를 한다는 생각에 조금이나마 죄책감을 가지던 자신이 천하의 둘도 없는 멍청이 같았다.

이예주의 날카로운 질문에 펭귄은 펄쩍 뛰며 미친 듯이 고개를 저었다.

"아, 아니양! 주인님은 그런 말 안 하셨어양!"

"그럼 왜 쫓아오는 건데?"

그것도 저런 엄청나게 큰 동물까지 달고. 우뚝 서 있는 흰 순록을 향해 흘긋 턱짓을 하며 삐딱하게 되묻자, 펭양이 양 손을 통통한 배 밑에 곱게 포개고 우물쭈물했다.

"그, 그냥……. 남쪽 대륙은 인간들에게 많이 추운 곳이양. 호, 혼자 돌아다니다가 길이라도 잃으면 어떡해양. ……예, 예주 양은 아직 몸도 다 안 나았잖아양…….”

“…….”

“저, 절대 주인님께서 시킨 일 아니양! 화, 화내지 마양.”

올망졸망한 눈으로 자신을 올려다보는 귀여운 얼굴을 보자니 목 아래까지 차오른 짜증이 푸시시 꺼져 버렸다.

“주인님께서 시키신 거 아니양, 주인님이 아니양.”

필사적으로 제 주인을 옹호하는 펭양의 말을 한 귀로 흘려들으며 이예주는 이 쪼그마한 펭귄이 어떻게 제 이름을 알았는지에 대해 생각했다. 하지만 그 망할 놈이 알려 주었다는 것 외의 또 다른 가능성은 떠오르지 않았다.

이예주는 펭귄의 뒤에 동상처럼 미동도 없이 서 있는 순록을 바라보았다. 흰 순록이 푸륵, 푸르륵 하고 허연 숨을 뱉으며 눈밭 위에 주저앉았다. 기분 탓인지, 마치 자신의 등 위에 올라타라는 몸짓 같았다.

하지만 이예주는 잊지 않았다. 잊기는커녕 똑똑히 기억하고 있었다. 신인류는 인간을 태우지 않는다는 것을.

“쟤도 신인류야?”

“아니양. 그치만 순심이는 오래 살아서 완전 똑똑해양. 우리 말을 다 알아들어양.”

이예주는 더 묻지 않고 그들을 지나쳐 걷기 시작했다. 그다지 꼭 알고 싶어 물은 것은 아니었다. 신인류든 아니든, 더 이상 자신과는 상관없는 일이었다.

그녀가 조금 더 관심을 가질까 기대감에 가득 찼던 펭양은 싸늘하게 스쳐 가는 이예주의 뒷모습에 잠시 시무룩해하다가 재빨리 순록 위에 올라탔다.

사브작, 사브작. 뽀득, 뽀드득. 들켰으니 이제 대놓고 동행하겠다는 건가. 옆에 당당히도 붙어 서는 커다란 사슴의 몸통에 이예주의 양 미간이 꿈틀거렸다.

"쫓아오지 마."

"내, 내가 더 길을 잘 알아양. 나, 나는 숲길을 모두 아는 파수꾼이고 또 인간이랑 말을 할 수 있는 하나뿐인 신인류고……."

"……."

"나도 데리고 가양."

이예주는 자신의 차가운 태도에도 꿋꿋하게 따라붙는 펭귄과 순록을 더는 제지할 도리가 없었다. 펭귄 혼자라면 모를까, 저보다 몇 배는 더 큰 순록을 못 오게 막아설 수도 없는 노릇이고…….

저 작은 펭귄이 그것을 노리고 일부러 순록을 끌고 온 것이 아닌가 하는 의심까지 다 들었다. 조롱이라면 충분히 가능한 일인데.

푸르르. 콧김을 내뿜는 순록 위에 올라탄 펭양은 이예주와 얼추 눈높이가 비슷해졌다. 미심쩍다는 듯 가느다랗게 뜬 눈으로 바라보자 펭귄이 눈을 반달로 접으며 활짝 웃었다.

"왜에?"

의뭉스러움 한 점 없이 해맑은 얼굴이었다.

'하, 모르겠다.'

고개를 돌려 앞쪽으로 바로 한 이예주는 펭귄을 의심하길 포기했다. 따라올 거면 따라오라지. 아직까진 그저 숲을 배회하는 것뿐이니 제 주인에게 일러바칠 거리도 없을 게 아닌가. 곧 고자질할 일이 생길지도 모르지만.

얼얼했던 코는 이제 감각도 느껴지지 않았다. 얼굴이 완전히 얼어붙은 기분이다. 코를 훌쩍이며 이예주는 검은색 털이 휘날리는 모포를 단단히 여몄다. 두툼한 눈이 잔뜩 서린 숲은 끝없이 펼쳐져 있었다. 춥고 고요했다.

어디로 가는지도 모른 채 발길 닿는 대로 걷길 수 시간째, 오랜 시간 그들을 에워싸고 있던 정적을 깬 것은 펭양이었다.

"예주양, 어디로 가려는 거양?"

"……."

"가고 싶은 곳이 있는 거양? 내가 데려다줄 수 있는데. 어디가 가고 싶은 거양?"

저를 부르는 목소리에 무심결에 고개를 돌린 이예주는 초롱초롱 빛나는 까만 눈과 마주쳤다. 친근하게 제 이름을 부르는 펭귄은 영 적응이 되지 않았다.

춥지도 않은지 순록의 너른 등판 위에 앉아 있는 펭양은 소풍이라도 가듯 신나고 편안해 보였다. 이예주는 해맑은 펭양의 모습에 말을 잃었다가 한참 후 입을 열었다.

"이 숲은 입구가 어디야?"

"입구?"

"응. 다른 곳으로 이어지거나 빠져나가는 끝이 있을 거 아냐."

"우웅, 끝을 말하는 거구나. 침엽수 숲의 끝은 두 군데양!"

"두 군데?"

"웅!"

이예주가 무시하지 않고 말을 걸어 준 것이 기쁜지 펭양이 감격스러운 얼굴을 하고 의욕에 가득 차 설명했다.

"웅! 한쪽은 이 세계에서 가장 높은 숲이랑 연결되어 있고, 다른 한쪽은 눈족의 근거지와 맞닿아 있어양.”

“…….”

“두 군데 다 인간들이 종종 출몰해서 동물들은 깊은 곳에 숨어 살지, 절대 그 근처에 얼씬도 안 해양. 주인님께서도 그 주변에 잘못 얼쩡거렸다간 쥐도 새도 모르게 인간들에게 잡혀갈 수 있으니 조심하라고 당부하셨는데…… 허헙!”

열심히 설명하던 펭양이 불현듯 파닥이던 날개로 제 입을 틀어막았다. 마음껏 조잘대다가 뒤늦게 말하면 안 되는 사실까지 발설한 것을 알아챈 모양이다.

이렇게 허술해서야 원, 그 남자가 마음 놓고 감시 역을 맡길 수나 있을까. 이예주는 제 눈치를 보는 펭귄의 모습에 슬그머니 웃음이 나왔지만 꾹 참았다.

“……그, 근데 그, 그건 왜 물어보는 거양?”

펭양이 흔들리는 눈으로 조심스럽게 물었다.

“두 군데 다 어느 쪽으로 가야 하는지 안 알려 줄 거지?”

“……헉! 그, 그, 그건. 그, 그게 그러니까…….”

펭양은 조금 전보다 더욱 놀라 몸을 떨었다. 동그란 눈을 정신없이 데굴데굴 굴리며 변명거리를 찾는 모습이 안쓰러워 보이기까지 했다.

이예주는 터져 나오는 한숨을 삼키며 그만 펭양을 구해 주기로 마음먹었다.

“됐어. 알려 주지 않아도 돼.”

“이, 일부러 안 알려 주려는 게 아니양!”

“알아. 어차피 네 주인이 알려 주지 말라고 했겠지.”

“그, 그게 아니양! 위험해서. 그, 그 주변은 정말 위험해서 그러는 거양…….”

펭양이 쪼그라드는 목소리로 울먹거렸다. 왠지 아까부터 같은 대화가 반복되는 것 같은 기분이 들었다. 이예주는 급속도로 피곤해졌다. 다시 침묵 속으로 걸어 들어가려는 그녀의 모습에 펭양이 힝힝, 하고 덧붙였다.

“지, 진짜양, 예주양. 믿어 줘양…….”

하지만 간절히 호소하는 펭귄에게 돌아오는 목소리는 없었다.

“하.”

하얀 입김을 쏟아 내며 이예주는 자리에 무너지듯 주저앉았다.

“괜찮아양?”

바닥에 나동그라지는 이예주의 모습에 펭양이 깜짝 놀라 순록 아래로 폴짝 뛰어내렸다.

“어디 아픈 거양? 웅? 웅?”

모포 위에 분가루처럼 눈이 수북하게 묻어 이예주는 원치 않아도 눈밭을 뒹군 형태가 되었다.

펭양이 두 날개로 정신없이 눈을 털어 주며 호들갑을 떨었다. 이예주는 지친 눈을 들어 제 앞을 막아선 절벽을 바라보았다. 깎아지른 바위, 그 틈새를 빽빽하게 메운 얼어붙은 눈 덩어리. 하늘 높은 줄 모르고 치솟은 벼랑은 끝이 보이지 않았다. 기껏 몇 시간을 쉬지 않고 걸었는데, 막다른 길에 다다른 것이다.

“하…….”

가쁜 숨이 입술 새를 타고 흘러나왔다. 이제 한계였다. 미친놈의 밑에서 구르고 기며 체력이 좀 단련되었나 싶더니, 별로 크게 변한 것은 없었다.

절벽을 돌아 다른 길로 갈 힘도, 다시 얼음 동굴로 되돌아갈 체력도 남아 있지 않았다. 눈 덮인 절벽을 노려보며 이제 어떻게 할지 고민을 하던 찰나였다.

"도, 동굴로 돌아가양. 많이 힘들면 순심이 등에 타서 같이 가양. 응? 같이 돌아가양."

모포 자락을 잡아당기는 미미한 손길이 느껴졌다. 휙 고개를 돌리자 흠칫 물러서는 펭귄이 보였다. 바로 직전까지만 해도 싸늘하게 식어 있던 몸에 확 불이 솟아올랐다.

"……그러니까 애초에 네가 길만 알려 줬어도……!"

안내까진 바라지도 않았다. 숲의 끝으로 향하는 방향이 어딘지만 알려 줬어도 혼자 알아서 어떻게든 갔을 텐데. 고작 막다른 곳에 이를 동안의 시간도, 체력도 낭비하지 않았을 텐데.

분노의 화살이 펭양에게로 돌아가자 이예주의 눈초리가 사나워진 것은 순식간이었다. 있는 대로 짜증을 내려던 그녀는, 문득 펭양의 모습을 발견하고 열었던 입을 도로 다물었다.

작은 펭귄은 제게로 쏟아질 역정이 두려워 두 눈을 꾹 감은 채 목을 잔뜩 움츠리고 있었다. 뭉툭한 손을 힘껏 접어 말아 쥔 주먹이 부들부들 떨렸다.

마치 이예주의 화를 모두 감내하겠다는 듯한 모습에 달아올랐던 머리가 차갑게 식었다.

조롱이었다면 그게 왜 내 잘못이냐고 적반하장으로 반박했을 텐데. 이 바보 같은 펭귄은 애먼 화풀이조차 구분하지 못할 만큼 너무 순해 빠졌다.

말없이 펭양을 내려다보던 이예주의 얼굴이 순간 울 것처럼 와락 일그러졌다. 그러나 펭귄이 한참이 지나도 떨어지지 않는 역정에 슬그머니 눈을 떴을 때, 그녀에게서 그런 표정은 말끔히 지워져 흔적도 없이 사라진 후였다.

불현듯 이예주는 모포를 내팽개치고 자리에서 벌떡 일어났다. 그러고는 펭양이 채 잡을 새도 없이 절벽 쪽으로 달려갔다.

"예, 예주양! 어디 가양!"

뒤에서 당황한 펭양이 이예주를 여러 번 불렀다. 그러나 그녀는 별안간 꽝꽝 언 바위를 움켜쥐고 절벽을 기어오르기 시작했다.

"예주양! 위험해양! 위, 위험해양!"

인간 여자의 기행에 펭양이 비명 지르듯 소리쳤다. 도도도 절벽 앞까지 도달한 펭귄은 곧바로 이예주를 쫓아가기 위해 바위를 잡고 기어오르려 들었다. 하지만 마음과는 달리 통통하고 짧은 몸은 폴짝 폴짝 제자리 뛰기만 할 뿐 좀체 바위를 오르지 못했다.

이예주는 기함하는 펭양의 부름에도 대꾸 없이 바득바득 절벽을 기어올랐다. 위로, 더 위로 오르기 위해 빽빽하게 눈이 쌓인 바위 틈새로 손가락을 쑤셔 넣자 칼에 베이는 것처럼 시리고 따가운 감각이 손끝을 쑤셨다.

"흣!"

저도 모르게 손을 뗄 뻔했던 이예주는 이를 사리물고 간신히 고통을 억눌렀다. 그리고 다리를 끌어 올려 좀 더 높은 곳으로 발을 옮겼다.

칼바람이 위태롭게 매달려 있는 그녀의 얼굴, 손, 드러난 피부들을 날카롭게 스쳐 지나갔다. 그럼에도 불구하고 올라가기 위해 왼손을 있는 힘껏 뻗어 튀어나온 바위 끄트머리를 힘겹게 움켜쥐었다.

틈틈이 눈이 끼어 있는 돌덩이는 차갑고 미끄러웠다. 손톱을 세워 잔뜩 힘을 주었지만, 다음 디딜 곳으로 발을 옮기기도 전에 잡고 있던 손이 주르륵 미끄러졌다. 아찔함이 눈앞을 이지러뜨렸다.

"아!"

떨어진다. 단말마의 비명과 함께 이예주의 몸이 속수무책 떨어지던 찰나였다. 턱. 아슬아슬한 순간에 단단한 무언가가 엉덩이를 받쳤다.

"하, 하아."

놀란 가슴을 쓸어내리며 시선을 내리자 눈 덮인 고목의 나뭇가지처럼 하얗고 웅장하게 솟은 뿔이 보였다.

까만 눈이 제 뿔을 깔고 앉아 있는 인간을 향해 도로록 올라갔다. 이예주는 저도 모르게 말을 내뱉었다.

"……고, 고마워."

푸르륵. 마치 그녀의 말을 알아들은 것처럼 순록이 콧김을 한 번 푹 내쉬었다.

오래 살아서 말을 다 알아듣는다고 했던가. 이예주는 얼떨떨한 심정으로 여전히 순록의 뿔 위에 앉아 있다가 "예주야앙! 이제 그만 내려와양!" 하고 울부짖는 펭양의 목소리에 정신을 차렸다.

열심히 오른 보람이 있는지 이예주가 대롱대롱 매달려 있던 절벽은 순록의 기다란 목과 뿔보다 조금 더 높이 위치해 있었다. 자신이 떨어지는 꼴을 보고 바위 위로 뛰어올라 받쳐 준 것 같았다.

이것도 그 남자의 명령에 속하는 걸까? 고마웠지만 한 줄기 의구심을 놓을 수 없었다.

어찌 됐건 엉덩이를 받쳐 준 순록 덕분에 이예주는 아래로 추락해 다시 오르는 헛고생을 하지 않고, 원래 발을 디디려던 바위로 쉽게 올라갈 수 있었다. 다시 만지고 싶지 않은 싸늘한 눈 속으로 손가락을 밀어 넣던 그녀는 어쩐지 기분이 이상해졌다. 자신은 인간인데 순록과 펭귄은 왜 아무런 적대감을 보이지 않는 걸까.

이예주는 그 후로 더 이상 밑을 내려다보지 않고 무조건 위로 높이, 더 높은 곳을 향해 올랐다. 딱딱하고 거친 암석 표면은 여린 피부를 쉽게 찢고 상처 내었다. 벌겋게 얼어붙은 손에 하나둘 생채기가 늘어났다.

미끄러져 추락할 뻔한 고비가 몇 번이나 찾아왔다. 더 이상 순록도 뛰어올라 뿔로 받쳐 줄 수 없을 위험천만한 높이였다.

떨어지면 그대로 고꾸라져 딱딱한 바위에 머리부터 처박힐 것이리라. 고소 공포증에 대한 두려움이 두피를 타고 엄습할 때마다 눈을 질끈 감고 숨을 죽여야 했다. 그럼에도 이예주는 어느 순간부터 감각이 느껴지지 않는 손과 발로 끝끝내 아득바득 절벽을 기어 올라갔다.

"하, 흐으! 하아!"

마침내 처음 목표했던 판판한 봉우리에 손이 닿았다. 발을 디딜만한 곳이 없어 두 팔에만 의지한 채 매달리자 저 멀리 아래에서 대경실색하는 펭양의 목소리가 희미하게 울려 퍼졌다.

"으으윽!"

이예주는 젖 먹던 힘까지 끌어 올려 직각에 가까운 암벽 위로 발을 굴렀다. 가까스로 그녀의 상체가 벼랑 위에 털썩 엎어졌다.

"흑, 허억. 흐읏, 시발……."

빙판이 볼에 달라붙었다. 정신이 번쩍 들 만큼 살갗이 따가웠지만, 쉽게 몸을 일으킬 수 없었다.

"이게 진짜 무슨 개고생이야……."

체력장을 막 끝냈을 때처럼 심장이 쿵쿵 정신없이 뛰고, 목 뒤로 식은땀이 질질 삐져나왔다. TV에서나 보던 암벽 등반을 했다. 안전장치 하나 없이, 눈이 잔뜩 덮인 까마득한 절벽을. 미친 짓이 따로 없었다.

“하…… 하아…….”

한참을 그렇게 벼랑 끝에 걸쳐진 시체처럼 축 늘어져 있던 이예주는 꽤 오랜 시간이 지난 후 끄응, 하고 나머지 하체도 봉우리 위로 끌어 올렸다.

한참을 올라왔다고 생각했으나, 그녀가 있는 곳에서도 절벽의 끝이 보이지 않았다. 여기까지도 죽을 둥 살 둥 올라왔는데, 끝까지 오르는 것은 죽으려고 환장한 것이나 마찬가지일 테다.

이예주는 이 벼랑을 마저 기어올라 길을 개척하겠단 말도 안 되는 생각 따위는 깔끔하게 지웠다. 그리고 제가 오른 낭떠러지를 둘러보았다. 밑에서 올려다볼 땐 몰랐는데, 생각보다 폭이 좁았다.

두 손으로 벽을 꽉 부여잡고 엉거주춤 일어난 이예주의 몸을 매서운 바람이 쌩쌩 내리쳤다. 한 손으로 휘날리는 머리카락을 부여잡은 그녀는 먼 지평선을 바라보았다.

장대같이 솟아 하늘을 가리던 나무들이 그녀의 시야보다 훌쩍 아래에 있었다. 위에서 내려다본 남쪽 대륙은 땅 외에 또 한 겹의 설원이 존재했다. 높다란 나무 위에 쌓여 있는 두툼한 눈들 때문이었다.

휘이잉, 거친 바람이 또 한 번 눈가를 세차게 스치고 지나갔다. 눈을 감은 이예주는 바람이 잠잠해질 때까지 인내하다가 다시 눈을 크게 뜨고 멀리, 최대한 멀리까지 바라보았다.

눈앞에 보이는 것은 온통 나무, 눈, 나무, 눈. 온통 눈이 잔뜩 쌓인, 뾰족한 침엽수들뿐이었다. 빠져나온 동굴은 물론이거니와, 숲이 끝나는 지점은 조금도 보이지 않았다. 허탈감에 몸에 힘이 쭉 빠지려던 그때였다.

절벽에서 동쪽으로 멀리, 아주 멀리 거대한 산 그림자가 아득하게 보였다. 눈을 가느다랗게 뜨고 최대한 집중하자 환영 같던 그림자가 점점 실체화되었다. 펭양이 말했던 숲의 끝 중 하나, 이 세계에서 가장 높은 산으로부터 뻗어져 나온 산맥의 일부였다.

"하……."

산맥까지의 거리를 가늠하던 그녀는 절로 터져 나오는 한숨을 막지 않았다.

동쪽. 동굴에서 나와 무작정 앞으로만 직진했을 때 나온 것이 지금 제가 오른 막다른 절벽이니 다음에 나올 때는 최대한 오른쪽으로 꺾어 걸어야 했다.

펭양이 말해 주지 않아도 방향은 알았는데, 문제는 대체 저기까지 어떻게 걸어서 가느냔 말이다. 그리고 도착한다고 쳐도.

"그 미친놈들이 있는 곳이잖아……."

다리족 놈들이 사는 곳이라면 이젠 지긋지긋하고 끔찍한 이예주였다. 괴물 때문에 개죽음당할 뻔한 일은 한 번으로도 족했다.

어둠 속에서 괴물의 기괴한 울음소리를 들으며 덜덜 떨던 기억을 되살리던 그녀는 문득 제가 놓고 온 여자아이가 생각나 입술을 꾹 깨물었다.

다시 돌아갈 거라고 했는데……. 별일 없겠지. 유나, 아니 알리자린은 똑똑하고 영리한 아이니까 충분히 살아남을 수 있었을 것이다.

"아니, 살아남았을 거야."

이예주는 그냥 그렇게 믿기로 했다. 그 외의 다른 가능성은 상상만으로도 고통스러워서 죽을 것 같았다.

"알리자린은 잘 살아 있을 거야."

그녀는 고개를 끄덕이며 한 번 더 주문처럼 중얼거렸다.

당장 알리자린을 데리러 가고 싶었지만 아직은 힘들었다. 숲을 빠져나갈 방법도 잘 모르고, 게다가 몸도 좋지 않았다.

……조금만, 조금만 더 기다리면 돼. 이예주는 떼어지지 않는 시선을 떼 요원한 산줄기로부터 반대 방향 쪽으로 고개를 억지로 돌렸다. 끝없이 펼쳐져 있는 지긋지긋한 나무들. 숲의 서쪽도 딱히 끝이라고 추정되는 지점은 보이지 않았다.

다만 그녀의 시야에 높이 솟은 절벽이나 언덕은 발견되지 않았다. 이렇게만 보면 막다른 곳은 없는 듯해 보였다.

서쪽. 그저 막연히 걷다 보면 언젠간 숲도 끝이 나질 않을까. 터무니없고 무모한 계획이었지만, 지금으로써는 시도해 볼 만한 최선의 방법이었다. 가만히 앉아서 그 남자가 오기를 멍청히 기다릴 수는 없으니까.

해야 할 일이 너무 많았다. 일단은 확인할 것은 대충 다 했으니, 이 망할 절벽에서 다시 내려가는 것부터.

이예주는 붙어 있던 암벽에서 등을 떼어 제가 올라왔던 벼랑 끝으로 주춤주춤 다가갔다. 흘끗 아래를 보니 펭양과 순록이 너무나도 작게만 느껴졌다.

조금 전 암석에서 미끄러졌을 때처럼 눈앞이 아찔해지며 오금이 덜덜 떨리기 시작했다. 올라올 땐 눈앞에 뵈는 게 없어 미처 느끼지 못했던 두려움이 슬금슬금 나타났다.

"……미친."

이예주는 짧게 욕지거리를 내뱉었다. 절벽을 기어오를 때 제 눈에 뭐가 씐 것이 분명했다.

"망했다."

이 환장할 높이를 다시 내려가려니 눈앞이 다 깜깜해지는 기분이었다.

절벽을 내려오는 것은 올라올 때보다 몇 배나 더 많은 시간과 체력이 소요되었다.

해가 저물수록 바람은 더욱 매서워졌다. 암벽 틈새를 붙잡고 있던 손을 놓칠 만큼 거센 바람이 몰아닥칠 때마다 움직임을 멈추고 잦아들길 기다리는 것은 두 번 못할 짓이었다.

"예주양! 조금만 더 내려오면 돼양! 힘내양!"

펭양의 응원을 받으며 간신히 지상에 발을 디뎠을 때, 이예주의 얼굴은 눈보다도 더 허옇게 변색되어 있었다.

타닥— 마지막 남은 바위 위에서 뛰어내리자 펭양이 모포를 끌고 도다다다 달려왔다.

"예주양! 괜찮아양? 어디 다친 덴 없어양? 웅?!"

다친 데야 많았다. 하지만 녹초가 된 이예주는 대답할 기운조차 없었다. 그녀는 펭양이 내민 모포를 받아 차갑게 굳은 몸 위에 뒤집어썼다. 갑자기 무게가 얹어지자 다리가 후들거렸다.

"아, 토할 것 같아……."

정신없이 질문을 해 대는 펭양을 본의 아니게 무시한 채 이예주는 흐린 눈으로 걸어온 시간을 가늠했다. 도저히 얼음 동굴이 있는 곳까지 다시 걸어가지 못할 것 같았다.

하지만 벌써 주위는 어둑어둑해져 있었다. 이런 곳에서 노숙을 했다간 분명 입이 돌아갈 텐데.

"……아니, 그러기 전에 얼어 죽으려나?"

"웅? 죽어? 뭐가 죽어양?"

이예주의 혼잣말에 펭양이 해맑게 되물었다. 그렇게 뛰어 대고도 이 작달막한 펭귄은 지친 기색이 별로 없었다. 대단한 체력이다. 아니면 자신의 몸이 펭귄보다 못할 정도로 비루먹은 걸지도.

"너무 늦었어. 돌아가자."

그녀는 절벽에서 내려온 후 처음으로 평지로 한 발자국을 내밀었다. 그러기가 무섭게 머릿속이 울렁울렁 요동쳤다.

"우욱."

헛구역질이 솟았다. 몸 상태가 심상치 않았다. 둥둥 귀에서 고동소리가 빗발치고 시야가 흐려졌다 선명해지길 반복했다.

그러나 이예주는 어금니를 꽉 깨물고 다시 발걸음을 떼었다. 저 혼자면 모를까, 자신을 따라 나온 이 떨거지들은 어떻게든 되돌려 놔야 했기 때문이다. 그 미친놈의 극렬한 진노와 혐오를 더 이상 감당할 자신이 없었다. 그러고 싶지도 않았고.

"괘, 괜찮은 거양?"

펭양이 그런 그녀가 걱정스럽다는 듯 물었다. 이예주는 가까스로 답했다.

"응, 괜찮아. 그러니까 빨리 좇아와."

"어, 어…… 웅!"

한 발짝, 한 발짝 걷는 것이 고역이었으나 이예주는 발걸음을 서둘렀다.

좇아오지 말란 말 대신 재촉을 하자 펭귄이 신이 나서 뛰어왔다. 푸르륵, 흰 순록이 몸을 털며 그 뒤를 따랐다.

"그, 그런데 예주양, 갑자기 절벽은 왜 오른 거양?"

인간 여자를 열심히 좇아가며 펭양이 이유 모를 그녀의 기행에 대해 물었다. 그토록 높은 곳을 아무렇지도 않게 맨손으로 잡고 올라갈 생각을 하다니. 몇 번이나 위험천만한 고비를 겪으며 절벽을 오르내리던 인간 여자의 모습을 생각하면 아직도 간담이 서늘했다.

답을 기다렸지만 그녀에게 되돌아오는 답은 없었다. 인간 여자는 주인에게 전해 듣던 것에 비해 무척 냉정하고 과묵한 편이었다.

"……펭양은 잘 모르겠어양. 예주양은 조금 이해하기 힘들어양. 우, 우리가 아직은 만난 지 얼마 안 돼서 그런 거지양?"

"……"

"내가 예주양한테 길을 안내해 주려고 했는데양……."

시무룩한 표정으로 펭귄이 덧붙였다. 말없이 걸음을 걷던 이예주는 그제야 기운 없는 목소리로 대꾸했다.

"……네가 길을 알려 주지 않았잖아."

"아니양! 진짜 알려 주려고 했어양!"

펭양은 고개를 휘휘 내저으며 부정했다. 그러고는 조심스러운 목소리로 자신의 속마음과 억울함을 토로했다.

"그런데 예주양은 그, 그냥 산책하러 나온 게 아니라……"

"……."

"그니까…… 꼭 숲에서 빠져나가려는 사람처럼 그러니까양…… 펭양은 예주양이랑 같이 숲을 돌아다니면서 놀고 싶었는데양……."

"맞아."

불현듯 이예주의 바쁜 걸음이 우뚝 멈췄다. 그로 인해 발만 보고 쫓아가던 펭양은 그녀의 무릎에 쿵 하고 머리를 부딪칠 수밖에 없었다.

"아얏!"

뒤로 나동그라질 뻔한 펭양이 날개를 퍼덕여 가까스로 균형을 잡았다. 걸음을 멈춘 인간 여자가 휙 뒤로 돌았다.

"웅?"

작은 펭귄이 고개를 갸웃거리며 그녀를 바라보았다. '왜 갑자기 멈추는 거양?' 하고 묻기도 전에 이예주가 싸늘하게 진실을 내뱉었다.

"숲에서 나가려고 이러는 거야."

"……."

"지금 나와서 걸어 다니는 것도, 절벽을 오른 것도 모두 이 망할 숲에서 빠져나가려고 그러는 거라고."

펭양을 내려다보고 있는 이예주의 얼굴은 더없이 차가웠다. 백지장처럼 하얗게 질린 낯빛, 손이라도 닿으면 그대로 얼어붙을 것처럼 서늘한 시선으로 절벽에 오른 이유를 말하던 그녀는.

"그러니까 너도 나한테 친근하게 굴 필요 없어. 어차피 곧 헤어질 사이니까."

마지막 말을 끝으로 거짓말처럼 풀썩 쓰러졌다.

어떻게 얼음 동굴로 되돌아왔는지 기억이 나지 않는다. 도장 찍듯 시린 눈밭 위로 아낌없이 얼굴을 처박았던 것 같은데, 다시 눈을 뜨니 높다란 얼음 천장이 보였다.

얼음 동굴로 되돌아왔구나.

그 생각을 하기가 무섭게 이예주는 이틀씩이나 정신을 잃고 있었다는 펭양의 말을 무시했던 걸 죽도록 후회할 만큼 내리 앓았다.

온몸에서 용암 같은 신열이 펄펄 들끓었다. 차라리 얼음 동굴을 나와 싸돌아다니기 이전에 아팠을 때처럼 정신이라도 잃으면 고통도 없을 텐데. 한 번 깨어난 그녀의 정신은 치열하게 의식을 붙들었다.

덕분에 이예주는 온몸을 불사르는 것 같은 뜨거움과 벌거벗은 몸뚱이를 얼음물에 쑤셔 박는 것 같은 차가움, 두 간극 속을 번갈아 오가며 몸부림쳤다.

하, 망할. 아주 잠깐씩 고통이 가시고 조금 정신이 들 때마다 이예주는 작은 소리로 욕을 중얼거렸다.

아니, 과연 작은 소리였을지 확신할 수 없었다. 어쩌면 동굴 안이 쩌렁쩌렁 울려 퍼질 만큼 커다란 소리로 쌍욕을 했을지도 모르겠다.

인간적으로, 진짜 너무 아팠다. 딱히 어디가 아프다고 짚을 수 있는 것도 아니었다. 2017년 현대에 살 때 이렇게 아팠던 적이 있을까. 하지만 생각을 이을 수도 없이 곧바로 엄습하는 통증 때문에 이예주는 엉엉 울었다.

짜증 나. 짜증 나. 할 일이 산더미같이 쌓여 있는데 왜 아파야 돼. 왜 나만, 왜 매번 나만 이렇게 최악의 패를 뒤집어야 하냐고.

"어떡해양! 예주양, 허엉엉! 어떡해양!"

짐승 같은 울부짖음에 펭양이 야단법석을 떠는 소리가 희미하게 들렸다. 하지만 그것이 환청인지 실제인지는 모를 일이었다.

실은 열이 펄펄 끓는 자신의 몸뚱어리를 대충 동굴 구석에 던져 놓았을지도 모른다. 그러고선 아픔에 겨워 울음을 터뜨린 자신을 아낌없이 비웃고 있을지도 모르지.

그러게 주인님의 명령도 듣지 않고 기어 나가더니 꼴좋다. 네까짓 게 해 봤자 뭘 얼마나 하겠어. 넌 저주받은 음침한 마녀고 괴물이야. 찬바람이 송곳같이 찌르는 남쪽 대륙을 어디 한번 기어서 나가 보라지…….

수학여행 이후 고등학교를 졸업할 때까지 이예주를 좀먹던 속삭임이 다시금 귓가에서 들리기 시작했다.

싫어, 아니야. 듣기 싫어서 귀를 막고 싶은데, 팔이 꿈쩍도 하지 않았다.

끝이 보이지 않는 검은 수렁이 갉작갉작 발끝부터 다리를 타고 몸을 갉아 먹으며 점점 위로 올라오는 것이 느껴졌다. 아니면 깊은 늪 속으로 머리채가 잡힌 채 질질 끌려가고 있던가. 그도 아니면…….

"예주야."

어디로든 점점 몸을 빼앗기던 그때, 이예주를 붙잡는 듯한 단호한 목소리가 들렸다. 그와 동시에 시원하면서도 청량한 감각이 입 안으로 쏟아져 들어왔다.

혀 위에서 몽글거리던 그 감각들은 삼키지 않았음에도 저절로 목구멍 저편으로 넘어갔다. 그러더니 쏜살같이 이예주의 온몸, 장기, 혈관, 뼛속으로 스며들었다.

몸속을 휘저어 대듯 감각들이 지나갈 때마다 그 자리에 고통 대신 시원한 감각이 뭉클 차올랐다. 천길 같은 지옥 속을 헤매다가 구원으로 해방되는 그 느낌이 낯설면서도 낯설지 않았다.

통증이 가시자 이예주는 힘겹게 눈을 떴다. 흐릿한 시야 사이로 시뻘겋게 빛나는 두 동공이 보였다.

자신을 내려다보고 있는 남자의 눈동자는 이예주가 익히 알던 그 눈동자가 아니었다. 인간에 대한 혐오와 분노로 점철되지 않은 그의 눈동자는 믿기지 않게도…… 걱정과 불안, 다정함을 한데 모아 담은 듯했다.

"왜……."

"응?"

입술을 달싹이자 남자가 손을 뻗어 땀에 젖은 이마를 쓸어 올려 주었다. 입을 통해 몸 안으로 쏟아졌던 오묘한 감각처럼 남자의 손이 닿은 이마가 시원했다.

이럴 리가 없는데. 이 남자가 나를 이렇게 바라볼 리가 없는데. 믿기지 않아서, 그녀는 그냥 꿈이라고 여기기로 했다.

"나한테 왜 그랬어요……."

메마른 땅처럼 목소리가 갈라졌다. 이예주는 그럼에도 억지로 소리를 끌어내었다. 어차피 꿈이니까. 현실에선 절대로 이야기하지 않을 거니까.

"내가…… 내가 뭘 포기했는데."

"……."

"……내가 뭘 포기하고 당신에게 돌아간 건데."

절대로 이야기해 주지 않을 것이다. 내가 당신을 위해 포기한 것이 뭔지.

하지만 한편으론 간신히 남자에게 털어놓자고 마음먹었던, 그 꽁꽁 숨겨 둔 비밀을, 진실들을 이제 영영 털어놓지 못하게 되었다는 사실에 그녀는 더럭 서글퍼졌다.

"나한테 왜 그렇게 가혹하게……."

굴었어. 이 나쁜 새끼야.

뒷말을 분명하게 전했는지, 안 전했는지는 잘 기억이 나지 않았다. 일순 눈앞이 까무룩 해지더니 이예주는 다시 정신을 잃었다.

반짝 눈이 떠졌다. 앞이 보이지 않는 불구덩이 속을 헤매고 있었던 것 같은데, 눈을 뜨니 거짓말처럼 정신이 맑고 몸이 가뿐했다.

잠시 눈을 깜빡이던 이예주는 가볍게 상체를 들어 올렸다. 툭, 위에서 무언가가 모포 위로 떨어졌다. 작고 하얀 천이었다. 이예주는 별생각 없이 손을 뻗어 그것을 매만졌다. 축축한 물기가 묻어 나왔다. 물수건이었다.

그러고 보니 어느새 얼음 동굴이었다. 분명 기억이 끊기기 직전까진 눈밭에 있었던 것 같은데. 어떻게 여기까지 옮겨진 거지? 그녀가 고개를 갸웃거리며 곰곰이 행방을 되짚어 볼 때였다.

딸그랑! 날카로운 쇳소리가 들렸다. 흠칫 시선을 틀자 작달막한 펭귄이 시퍼렇게 질린 얼굴로 동굴 입구 쪽에서부터 뒤뚱뒤뚱 뛰어왔다.

"예, 예주양!"

펭양의 표정은 마치 몇 년간 혼수상태에 빠져 있던 사람이 하루만에 자리를 털고 일어난 것을 본 듯했다. 까맣고 반질반질한 눈동자에 온갖 걱정이란 걱정이 한가득 담겨 있었다.

이예주는 그리 길지 않은 거리를 짧은 다리로 열심히도 달려오는 펭귄과 바닥에 내동댕이친 놋대야를 번갈아 바라보다 짧게 혀를 찼다. 자신에 대한 걱정이 그다지 달갑지 않았다.

"예주양, 괜찮아양?"

"……."

"그, 그렇게 마구 움직이면 안 돼양! 오랫동안 아팠단 말이양."

펭양이 짧은 날개를 뻗어 모포 위로 떨어진 물수건을 들어 이예주의 이마 위에 허겁지겁 올려 주었다. 물수건은 그대로 스르륵 얼굴을 훑고 다시 철썩 아래로 떨어졌다. 힝힝거리던 펭양은 그 짓을 두 번 더 반복한 후에야 인간 여자가 앉아 있는 한 물수건은 계속해서 떨어지리란 것을 깨달았다.

얼른 다시 누우라고 종용하는 펭귄의 미약한 손길에 이끌려 이예주는 순순히 다시 누웠다.

"……여긴 어떻게 온 거야?"

꼬물꼬물 모포를 목 아래까지 끌어당기며 이예주가 물었다. '웅?' 하고 펭양이 고개를 갸웃거리자 그녀가 부연 설명을 덧붙였다.

"절벽 아래 서 있었잖아."

"나흘 전에?"

"나흘……?"

나흘이라고? 나흘간이나 앓아누웠단 말이야? 이예주는 못 들을 것을 들은 사람처럼 눈살을 꿈틀거렸다. 그러거나 말거나 펭양은 그녀와 함께 얼음 동굴에 돌아오기까지의 경위를 격렬하게 털어놓았다.

"예주양이 갑자기 쓰러져 버려서 순심이 등에 업혀 왔잖아양! 걷기 힘들 정도로 아팠으면 절벽 내려오자마자 말하지! 펭양이가 얼마나 놀랐는지 알아양?"

"……."

"순심이도 깜짝 놀라서 동굴 쪽으로 완전 빨리 달렸어양. 나 혼자 예주양을 순심이 등 위에 붙잡아 놓는 것이 힘들어서 바닥으로 몇 번 떨어진 적은 있는데 그래도 별로 안 다쳤…… 헙! 이, 이건 비밀인데양!"

펭양이 조잘대다가 두 날개로 화다닥 제 노란 부리 끝을 가렸다. 그러나 이예주의 미간이 완전히 일그러진 후였다.

미친. 어쩐지 단순한 감기몸살치고는 온몸이 부서지는 것 같더라. 겅중겅중 뛰어다니는 순록 위에서 떨어져 바닥에 처박히는 게임 캐릭터 같은 제 모습이 머릿속에 그려졌다.

"힝. 갈아 줄 물을 가져왔는데 다 쏟아 버렸어양."

그러나 바닥에 나동그라져 있는 놋쇠 그릇을 바라보며 울먹이는 펭양을 보자, 차곡차곡 차오르던 분노는 푸시시 사그라졌다.

그녀는 마침내 인정했다. 이게 바로 펭양과 조롱이의 차이라는 것을.

"……괜찮아."

이예주는 한숨처럼 중얼거리며 펭양을 달랬다.

"이제 열 안 나니까 물수건 올리지 않아도……."

한 손을 올려 거칠거칠한 제 볼을 쓰다듬던 그녀는 문득 위화감에 퍼뜩 얼굴에서 손을 떼고 손바닥을 바라보았다. 주먹을 쥐어 손끝을 확인하고 휙 손을 뒤집어 손등 또한 훑어보았다.

아기가 죔죔 하듯 이리저리 손을 움직여 보았지만 똑같았다. 분명 거친 절벽을 기어오르느라 너덜너덜해졌던 손이, 손톱 끝이.

"손이…… 손이 다 나았어."

"웅?"

"손이…… 상처가 다 나았다고."

정말이었다. 마치 다친 적도 없었던 것처럼 상처투성이였던 손이 멀쩡했다. 이예주는 펭양이 애써 물수건을 올려 준 것이 무색하게 자리에서 벌떡 일어나 두 손으로 온몸을 더듬었다.

끙끙 앓았던 기억이 선명했다. 온몸이, 장기 하나하나가 끔찍하게 불타올랐던 통증. 하지만 지금은 거짓말처럼 조금도 느껴지지 않았다. 오히려 단잠에서 깨어난 것처럼 몸이 무척이나 가뿐했다.

"예주양, 왜 그래양?"

물이 엎어진 바닥을 대충 정리하려던 펭양이 심상치 않은 인간 여자의 행동거지에 다시 뒤뚱뒤뚱 다가왔다.

강한 기시감이 들었다. 그러고 보면 뤄미에르 꽃밭이 있던 산 중턱, 산장에서 자고 일어났을 때도 그랬다. 동쪽 대륙에서 살기 위해 갖은 고생을 하느라 생겼던 상처들이 자고 일어나자 말끔히 사라져 있었다.

왜 그땐 대수롭지 않게 여겼던 것일까. 자신의 능력은 위험을 회피하는 기능만 있을 뿐 상처를 감쪽같이 치료하는 능력은 없었다.

"왜 그래양? 어, 어디 또 아픈 거양? 웅?"

"……."

"헥! 예, 예주양. 왜…… 왜 울려고 하는 거양."

작은 손으로 걱정스럽게 자신의 팔을 토닥이는 펭귄에게 이예주는 물어볼 수 없었다. 앓아누워 있었다던 지난 나흘간, 그 남자가 자신을 찾아왔냐고. 그래서 자신을 치료해 준 것이냐고.

이상하게 더럭 겁이 나면서 가슴이 두근거렸다. 그래서 끝내 물어 볼 수 없었다.

펭양은 이예주를 위해서만 움직이는 하수인처럼 온갖 것을 해 바쳤다. 며칠 전의 빙어 구이처럼 어디서 가져왔는지 모를 솥에 곡물을 넣고, 또 어디선가 직접 잡아 온 생선을 척척 손질해서 요리를 만들기 시작했다.

사실 척척은 아니었다. 몇 번이나 불안한 모양새를 반복했는데 그때마다 '도와줄까?' 묻는 이예주를 격렬히 거부했다. 그렇게 힘겹게 완성된 요리를 그릇에 담아 든 펭양이 신나게 다가왔다.

"인간들이 아플 때 먹는 거양."

제 앞에 내밀어진 그릇 안에 희멀건 죽이 가득 담겨 있었다. 거기에서 그치지 않고 펭양은 나무를 대충 깎아 만든 듯한 숟가락 두 개를 짠 하고 꺼내 들었다.

"예주양 거 하나, 내 거 하나."

이예주의 손에 숟가락을 쥐여 준 펭양은 제 몫의 죽을 와구와구 퍼먹기 시작했다.

펭귄이 이런 곡물 죽을 먹어도 될까? 그런 생각이 드는 것도 잠시, 숟가락이 필요 없을 만큼 그릇에 부리를 박고 먹어 대는 펭양의 모습에 이예주도 죽을 한 숟가락 퍼서 먹었다.

부드럽게 익은 생선 살이 씹혔다. 펭양이 직접 잡아 온 생선으로 만든 죽은 간을 하지 않아 밋밋하고 비렸다. 하지만 며칠 굶어서인지 꽤 먹을 만했다.

펭양은 죽 한 그릇을 뚝딱 해치우고 그릇째로 솥에 담가 두 번째 죽을 펐다. 죽이 뚝뚝 흐르는 것에 눈살을 찌푸리던 이예주가 입을 열었다.

"대체 이런 건 어디서 가져오는 거야?"

"우움, 그건 주인님이…… 헙!"

마시듯이 죽을 들이켜던 펭양이 여상히 물은 말에 대꾸하다가 화들짝 놀라며 고개를 흔들었다. 그 탓에 부리에 잔뜩 묻어 있던 죽이 후두둑 튀었다.

이예주는 오만상을 찌푸렸다. 그러나 애처롭게 자신을 쳐다보는 까만 눈에 못 이겨 짧게 한숨을 내쉬었다.

"됐어, 마저 먹어. 더 안 물어볼 테니까."

별게 다 비밀이네, 진짜. 빈정거림이 튀어나왔지만, 다시 먹으란 말에 정말로 눈치 없이 그릇에 코를 박는 펭귄을 보니 어쩐지 허탈해졌다.

며칠을 굶은 것 같은 펭귄을 물끄러미 바라보던 그녀는 이내 자신의 죽 그릇으로 관심을 돌렸다. 입맛이 썩 돌지 않았지만 요리를 해준 펭양의 성의를 두 번이나 거절하기도 미안했다. 이예주는 다시 수저를 들어 멀건 죽을 떠먹었다.

"한 그릇 더 줄까양?"

그릇이 바닥을 보일 때쯤 펭양이 귀신같이 물었다. 손을 내미는 펭양을 멀뚱멀뚱 보다가 이예주는 물었다.

"국자는…… 없어?"

왜 비위생적으로 솥에 먹던 그릇을 넣어 죽을 퍼야 하는지에 대한 의문이었다. 그러나 펭귄이 고개를 갸웃거리며 되물었다.

"그게 뭐양?"

"아니야. 배불러서 더 안 먹어도 돼. 잘 먹었어."

"응!"

남기지 않고 빈 그릇을 내미는 인간 여자의 모습에 펭양은 눈물까지 글썽이며 감동했다.

이로써 이예주는 한 가지 사실을 정확히 알게 되었다. 펭양이 생필품이나 요리 도구 등을 공수해 오지 않았다는 것을. 이 펭귄 녀석은 인간 생활에 대한 지식이 전무했다.

펭양은 이후 한 번 더 죽을 퍼먹은 후 행복한 얼굴로 식사를 마쳤다.

"예주양, 우리 이제 뭐 하고 놀 거양?"

펭양이 까만 눈을 반짝거리며 물었다. 뭐 하고 놀 거냐고? 어지간히도 태평한 그 물음에 이예주는 기가 막혔다. 앓아눕기 전, 그녀가 숲을 빠져나가기 위해 길을 찾아다녔던 것은 까맣게 잊어버린 것인가.

하지만 잊어버린 건지 모르는 척하는 건지 펭양은 "응? 응?" 하고 계속 답을 채근했다.

"좀 씻고 싶은데."

이예주는 대답을 회피하며 눈을 떴을 때부터 느꼈던 불쾌함과 찝찝함을 토로했다.

"응? 씻어?"

"응. 땀이 많이 나서 그런지 찝찝해. 여기 뭐 씻을 데라든가 물 있는 곳 없어?"

그 말을 어떻게 알아들은 건지 펭양의 노란 부리가 위로 활짝 벌어졌다.

"예주양……."

"왜, 왜 또……."

"물놀이가 하고 싶었던 거구나! 그럼 진작 말하지 그랬어양!"

펭양이 두 날개를 위로 번쩍 들어 올리며 마치 '지금부터 파티 시작이야!' 같은 행동을 취했다. 미처 부인하기도 전에 펭귄은 도도도도 뛰어가 동굴 한구석에 박혀 있던 이예주의 로브를 끌고 왔다.

"펭양이가 자주 가는 곳으로 안내해 줄게양! 동굴 바로 뒤편이양! 얼른 일어나양!"

"아니. 물놀이 아니야, 잠시만……!"

"얼르은!"

그렇게 이예주는 작은 펭귄에게 질질 끌려 반강제로 동굴을 나왔다.

밖으로 나오니 며칠 전 동굴을 나설 때와는 달리 몇 줄기의 햇살이 숲 위에 내려앉고 있었다. 차가우면서도 깨끗한 아침 냄새가 코밑을 간질였다. 얼음 동굴이 고지대에 위치해 있어 한눈에 내려다보이는 숲의 정경이 나쁘지 않았다.

펭양의 말대로 씻을 만한 곳-물놀이 할 곳-은 동굴에서 얼마 떨어지지 않았다. 입구 주변에 빽빽하게 자란 나무들을 헤치고 동굴이 자리한 언덕의 반대편으로 빙 돌아가니 놀랍게도 뭉실뭉실한 수증기가 그들을 맞이했다.

눈이 빼곡하게 쌓인 나뭇가지를 헤치고 앞으로 나아가자 후끈한 열기가 느껴졌다. 이예주의 눈이 휘둥그레졌다. 뭉게뭉게 피어오르는 김의 출처는 설원 한가운데 덩그러니 놓여 있는 못이었다.

"……온천?"

차가운 설원 한가운데, 연기가 풀풀 피어오르는 웅덩이. 참으로 기이한 광경이었다.

"이런 곳에 무슨 온천이 다 있지?"

"온천이 뭐양?"

펭양이 콧노래를 부르듯 즐거이 되물으며 앞서 뛰어갔다.

"얼른 이쪽으로 와양! 같이 신나게 놀자구양!"

날개를 퍼덕이며 연신 그녀를 재촉하는 펭귄의 모습에 이예주는 얼떨떨한 기분으로 따라 움직였다.

일본에도 이렇게 설원 한가운데 있는 온천이 있다고 들었는데. 그녀는 온천도, 일본도 가 본 적이 없어 무척 신기했다.

"대체 여기가 어디야?"

이예주가 주변을 연신 두리번거렸다. 눈과 못 사이엔 작은 절벽이 존재하듯 경계가 극명했다.

"……여긴 주인님께서 가끔 휴식하시는 곳이양."

펭양이 답지 않게 조금 뜸을 들인 후 답했다. 비밀 이야기를 털어놓듯 목소리가 한층 작아진 상태였다.

"사실 주인님이 안 계실 때마다 몰래 물놀이하러 왔어양. 순심이는 차가운 물엔 못 들어가니까양……."

"……"

"순심이 말고 여기 데리고 온 건 예주양이 처음이양! 주, 주인님한텐 절대, 절대 비밀이양!"

이예주는 대답 없이 입고 있던 포대 자루의 단추를 하나하나 풀었다. 솔직히 반가웠다. 얼음장 같은 물에 손을 담가 씻을 생각을 하니 눈앞이 아찔했었다.

"웅? 웅? 약속해양! 주인님이 여긴 함부로 들어오지 말랬단 말이…… 꺅!"

말없이 옷을 벗는 동안 계속 조잘대던 펭양은 이예주가 안에 입고 있던 내의마저 휙 벗으려 들자 비명을 지르며 양 날개로 눈을 가렸다.

"뭐, 뭐 하는 거야, 예주양?"

"씻으려면 옷 벗어야지. 그러는 너야말로 뭐 하는데?"

"그, 그…… 그렇게 갑자기 훌렁훌렁 벗으면…… 부, 부끄럽잖아양."

"뭐가 부끄러운데? 옷 입고 물에 들어갈 순 없잖아."

이예주는 바지까지 마저 훌훌 벗어 내렸다. 펭양은 두 날개 끝에 얼굴을 파묻고 대놓고 부끄럼을 탔다.

"그, 그렇지만……. 그래도 나는 아직 순심이 이외에 아무한테도 속살을 보여 준 적이 없어서양…… 조, 조금 마음의 준비가……."

"넌 지금도 발가벗고 있잖아?"

"……응?"

이예주의 대수롭지 않는 어투에 펭양이 눈을 가렸던 손을 천천히 내렸다. 펭귄의 충격받은 얼굴을 미처 보지 못한 그녀는 쐐기를 박았다.

"넌 처음 만났을 때부터 계속 벌거벗고 있었어. 가릴 것도 없구만 새삼 이제 와서……."

"힝! 예, 예주양 너무해양!"

펭양은 수치스러움을 견디지 못하고 빽 소리를 지르며 온천에 몸을 던졌다.

"……재 왜 저래?"

홀로 남은 이예주는 펭양의 과민 반응에 입술을 삐쭉이다가 찬 공기에 닿은 피부에 닿아 선득해지자 얼른 뒤따라 온천 안으로 들어갔다.

정말로 물놀이를 하러 온 듯 펭양은 한쪽에서 물장구를 쳤다. 그와 달리 이예주는 성공적으로 온천욕을 마쳤다. 물에 무슨 좋은 성분이 들어 있는 건지, 목욕 용품 없이도 땀으로 젖어 꿉꿉하고 기름졌던 몸이 깔끔하게 씻겼다.

신기한 기분으로 뽀득뽀득한 머리를 매만지던 이예주는 물이 닿지 않는 넓적한 바위 위로 올라갔다. 그리고 몸을 말리며 홀로 놀고 있는 펭양을 구경했다.

그새 토라진 것이 풀어진 펭귄은 저 혼자서 첨벙첨벙 자맥질을 하며 재밌게도 놀았다. 그 모습이 참으로 즐겁고 행복해 보여 이예주마저 비죽 미소 짓게 만들었다.

"예주양! 이거 봐라! 고래양!"

배영 하듯 물 위에 둥둥 뜬 펭양이 입에 물고 있던 물을 허공에 내뿜었다. 그러고는 이예주가 있는 쪽을 향해 낑낑대며 고개를 돌리곤 환히 웃었다.

한껏 휘어진 펭양의 노란 부리, 티 한 점 없이 해맑은 그 얼굴을 보던 이예주는 불현듯 자신의 처지가 떠올랐다.

"아."

지금 남자가 감시하라고 보낸 신인류와 한가로이 웃으며 물장구나 칠 땐가.

이 시간에도 알리자린은 자신을 기다리며 피가 바짝바짝 말라 갈 것이다. 당장 이 숲에서 빠져나가 산 정상으로 돌아갈 방법을 찾아야 했다. 그리고 그 방법은 저 펭귄과 그 주인의 입에선 찾을 수 없을 것이다.

이예주의 얼굴에서 미소가 서서히 사라졌다. 그 자리를 울 것처럼 왈칵 일그러진 표정이 대신했다. 재롱을 피우는 아가처럼 몸을 요리조리 뒤집던 펭귄이 하던 놀음을 멈추고 물었다.

"예주양, 왜 그래양?"

이예주는 자리에서 벌떡 일어나 벗어 두었던 옷가지 쪽으로 걸어갔다.

"예주양? 예주양?"

당황한 펭양이 물살을 헤치고 빠르게 헤엄쳐 왔다. 그를 무시한 채 이예주는 물기가 아직 다 마르지 않은 몸에 억지로 옷을 껴입었다. 그리고 애처롭게 자신을 바라보는 펭양에게 냉정하게 말한 후 서둘러 뒤로 돌았다.

"추워서 먼저 들어갈게. 더 놀다 와."

"예, 예주양! 잠깐만! 가, 같이 가양!"

갑자기 돌변한 인간의 태도에도 불구하고 화를 내기는커녕 쫓아오려는 펭양을 뒤로하고, 이예주는 동굴 쪽으로 도망치듯 걸어갔다.

나무 사이를 마구잡이로 걷던 그녀는 물소리가 완전히 들리지 않을 만큼 온천에서 멀리 떨어진 후에야 비로소 발을 멈췄다.

"하……."

이예주는 두 손을 들어 얼굴을 묻고 깊은 한숨을 내쉬었다.

기껏 열심히 병간호하고 요리도 해 준 펭양에게 미안하고 고마웠다. 그러나 한편으론 결국 감시하라는 명령을 받아 자신에게 잘해 주는 거라는 생각이 들 때면 참을 수 없을 만큼 화가 치솟았다.

"후. 정신 차려, 이예주."

하루에도 수십 번씩 손바닥 뒤집듯 마음이 뒤집히는 자신에게 환멸이 일었다.

그녀는 얼굴을 감쌌던 손으로 두어 번 가볍게 제 볼을 내리치며 자신을 일깨웠다. 그 남자와 마주치기 전에 숲을 빠져나가야 했다. 자신이 앓던 와중 동굴을 들락날락한 눈치였지만, 무슨 생각인지 아직까지 코빼기도 비치지 않았다.

하기야 바쁘기도 하겠지. 자신을 이용해서 여준을 잡았으니 기세를 몰아 비행선까지 갔을지 알 게 뭐란 말인가.

이예주는 조금 우울한 얼굴로 멈췄던 걸음을 재개했다. 그나마 만만한 펭양만 있을 때 도망쳐야 했다.

하지만 언제나 그랬듯, 상황은 그녀가 전혀 예상치 못한 방향으로 흘러갔다.

헐레벌떡 뒤쫓아 온 펭양이 저를 잡기 전에 서둘러 나갈 채비를 한 이예주는 뜻밖의 상황에 돌입하게 되었다.

동굴 입구에서 다시 만난 펭양은 밖을 나서는 그녀를 말리지 않고 끔뻑끔뻑 바라보기만 했다. 그도 모자라 당당하게 걸어와 옆에 붙어 섰다.

허, 기가 막혀 헛웃음이 튀어나왔다.

"이젠 아예 대놓고 따라오기로 했나 봐?"

"응? 응?"

"어젠 못 가게 막았잖아. 네 주인이 분명 나가는 꼴을 가만히 보고만 있으라고 하지는 않았을 거 아니야."

그녀는 펭귄에 대한 배려 없이 내리막길을 빠르게 내려가며 무뚝뚝하게 말했다. 펭양이 시무룩하게 답했다.

"주인님은 그런 명령 안 하셨어양……."

퍽이나. 비꼬는 음색이 튀어나올까 봐 이예주는 잠시 아랫입술을 꾹 깨물었다. 하지만 펭양이 그보다 더 환장할 소리를 덧붙였다.

"오히려 다 아픈 게 낫기만 하면 예주양이 놀러 나가고 싶은 대로 하게 놔두라고 하신걸양."

"……놀러?"

인간 여자의 걸음이 우뚝 멈췄다. 표정이 싹 사라진 얼굴을 돌리자 펭양이 흠칫 몸을 떨었다.

“왜, 왜 그래양?”

그럼 그렇지. 이예주는 까득 이를 갈았다. 어쩐지 이상하다 했다. 도망을 가려고 한다는 것을 아는 놈이 이렇게 자신을 방치해 둘 리가 없는데. 아예 그녀가 혼자서 숲을 빠져나갈 가능성조차 염두하지 않은 모양이다.

뭐? 놀러? 놀러 나가? 주먹을 한 번 꾹 쥔 그녀는 다시 빠르게 길을 걷기 시작했다. 그녀를 따라 같이 멈췄던 펭양이 서둘러 날개를 파닥이며 쫓아왔다.

“전했긴 했나 보네?”

“응? 뭐를?”

“내가 숲에서 빠져나가려고 했던 거.”

“……헙!”

까마득한 숲을 노려보며 한 자, 한 자 내뱉자 반걸음 뒤에서 급하게 숨을 집어먹는 소리가 들렸다. 펭귄의 아이큐가 이렇게 낮았던가?

부글부글 끓는 속을 내리누르며 이예주는 내리막길 끝에 당도하자마자 급격히 오른쪽으로 방향을 틀었다. 펭양이 힝힝 하고 특유의 우는 소리를 내며 필사적으로 변명했다.

“아, 아니양! 예, 예주양. 고, 고자질한 게 아니라…… 예주양 아픈 거 보고 주, 주인님이 너무 깜짝 놀라셔서…!”

“너 쫓아오지 말래도 쫓아올 거지?”

“…….”

돌아오는 대답이 없었다. 긍정이었다. 이예주의 미간이 한 차례 꿈틀거렸다.

"감시하든 말든 신경 안 쓸 테니까, 쫓아올 거면 티 내지 말고 조용히 쫓아와."

"힝…… 펭양이는 예주양이랑 오순도순 이야기 나누면서 걷고 싶……."

화를 내는 그녀에게 제법 적응이 됐는지 조심스럽게 주장하던 펭양은 무시무시하게 자신을 노려보는 인간 여자의 모습에 그만 부리를 다물었다.

눈으로 한 협박이 통한 건지 그 이후로 펭양은 더 이상 말을 걸지 않았다. 도주를 방해하는 이가 없어 이예주는 잠시 안심했다. 그러나 그도 얼마 가지 않았다. 펭귄이 '뿌륙, 뿌류륙!' 괴상한 새소리를 내었다. 그러자 대체 어디에 있었는지 거대한 흰 순록이 숲에서 겅중겅중 튀어나왔다.

이예주는 어이가 없어 웃음조차 나오지 않았다. 그런 그녀의 눈치를 살살 보며 펭양이 순록 위에 올라탔다.

"순심아, 예주양이 이번에는 조용히만 하면 숨지 않고 쫓아가도 된대양."

그러고는 대놓고 인간의 뒤를 쫓겠다는 의사를 밝혔다. 푸르륵! 순록이 콧소리를 내며 펭귄의 말에 답했다.

한차례 감정의 폭풍이 휩쓸고 지나간 설원 위로 금세 적막이 찾아왔다. 그녀는 제 뒤를 바짝 쫓아오는 떨거지들에게 신경을 끄고 새로 들어선 길을 둘러보기에 여념이 없었다.

물론 며칠 전 길을 나섰을 때와 별다를 바 없는 광경이었다. 끝없이 펼쳐진 눈과 변함없이 줄지어 우뚝 솟아 있는 앙상한 겨울나무들. 다른 점이라곤 방향뿐이었다.

그래도 온천욕이 효과가 있는 걸까. 앓다 일어났음에도 불구하고 처음 설원을 헤맬 때에 비하면 훨씬 덜 추웠다. 몸도 가뿐하고 따사롭게 내리쬐는 햇볕도 좋았다. 뒤에 붙은 혹 두 개만 아니라면 더할 나위 없이 도망치기 좋은 날이었다.

이예주는 주위를 둘러보며 서두르지 않고 찬찬히 걸었다. 미리 아등바등 절벽을 올라 길을 봐 두길 잘한 것 같았다. 해가 저물기도 전에 막다른 길이 나왔던 초행길에 비해 서쪽으로 가는 방향은 딱히 길을 막는 요소도 없고 평탄했다.

뽀드득, 발밑에서 눈이 뭉개지는 소리, 가끔 바람에 흔들리며 아래로 후두둑 눈가루를 털어 내는 나무 소리를 벗 삼아 그녀는 그렇게 한참을 걸었다.

이예주가 마침내 숨을 고르며 멈춰 선 것은 끝도 없이 이어졌던 침엽수 숲에 조금의 변화가 생겼을 때였다.

반나절을 걷기만 해 피로하던 그녀의 기색이 달라졌다. 숲길에 끝이 보였다. 멀리 떨어진 곳에 나무가 끝나는 지점이 존재했다.

"어, 어! 예주양!"

펭양이 아차 할 새도 없이 이예주는 남은 힘을 끌어모아 그쪽으로 뛰었다.

서쪽으로 뻗은 침엽수 숲이 이렇게 짧았던가? 뛰어가는 동안 이예주는 절벽에서 내려다본 숲을 떠올렸지만, 선명하게 기억나지 않았다. 하지만 상관없었다. 이만큼이나 걸었으니 숲이 끝난 걸지도 모른다.

그녀는 발에 박차를 가했다. 얼마 안 가 탁 트인 시야가 바람과 함께 이예주의 안면을 훅 덮쳤다.

"하, 하아. 허억……."

거칠게 어깨를 들썩이며 그녀는 멈춰 섰다. 드디어 숲이 끝났나

보다고 일말의 기대에 환희하는 것도 잠시.

"흐. 이, 이게 뭐야……."

이예주의 표정이 실망으로 빠르게 일그러졌다. 앞에 펼쳐진 것은 그저 평평하고 넓은 설원의 연장선이었다.

침엽수 숲의 끝이 맞기는 했다. 빌어먹을 나무가 없긴 없었으니까. 하지만 그건 일시적인 것이었다. 눈이 잔뜩 뒤덮여 있는 널따란 평야 너머 정 반대편에 다시 숲이 보였다.

"예주양!"

등 뒤에서 펭양을 태운 흰 순록이 빠르게 다가왔다. 멈춰 선 순심이의 등에서 펭양이 폴짝 뛰어내렸다.

"여, 여기는 숲의 끝이 아니양……."

그녀가 실망한 것이 무엇인지 꿰뚫어 본 듯 펭귄은 조심스럽게 말을 건넸다. 멍하니 드넓은 허허벌판과 반대편 숲을 바라보던 이예주는 한참이 지난 후 무겁게 입을 열었다.

"……여긴 어디야?"

"숲을 가로질러 흐르는 강이 얼어붙어서 생긴 곳이양. 따듯한 시기가 오면 잠깐 녹기도 하는데 대부분은 꽝꽝 얼어 있어양."

"……."

"그래도 순심이랑 나랑 얼음을 깨 둔 곳이 있어서 그 구멍을 통해 들어가서 빙어도 잡고! 순심이 먹을 연어도 잡고 그래양! 예주양, 생선이 먹고 싶어양?"

말만 하면 곧바로 뛰어들겠다는 듯 펭양이 의기양양하게 가슴을 내밀었다.

이예주는 단호하게 고개를 내저었다. 펭귄이 잡아다 준 생선을 구워 먹으며 한가롭게 노닥거릴 시간 따위 없었다.

실망으로 잔뜩 물든 그녀는 반대편에 다시 시작되는 숲을 노려보았다. 이 얼어붙은 강을 건너 또다시 언제 끝날지 모를 숲을 헤매고 다닐 생각을 하니 벌써부터 앞이 깜깜했다. 그러나 딱히 다른 방법이 있는 것 또한 아니었다.

자세히 보니 강물이 땅처럼 단단히 얼어붙고 그 위에 눈이 쌓인 이 지대는 땅보다 높이가 미묘하게 낮았다. 펭양의 부연 설명이 없었더라면 얼어붙은 강줄기라는 사실을 전혀 눈치채지 못했을 것이다.

후, 이예주가 길게 심호흡하며 그 위로 주춤주춤 발을 내디뎠다.

"헉. 예, 예주양. 강을 건널 거양?"

두 발이 모두 얼어붙은 강물 위에 안착했다. 펭양이 그런 그녀의 모습에 기함했다.

혹시나 그대로 빙판이 무너져 내릴까 두려워 발을 한 번 세게 굴러 본 이예주는 멀쩡한 바닥을 확인하고 고개를 들었다.

"응."

"가, 가면 안 돼양! 강의 중간은 얼음이 얇아서 위험할지도 몰라양!"

까만 눈을 크게 홉뜬 펭귄이 필사적으로 말렸다. 그 말에 이예주는 잠시 빙판길을 돌아보았다. 눈이 잔뜩 쌓여 있어 지금껏 걸어왔던 땅 위와 별다를 바가 없었다.

"별로 그래 보이진 않는데."

이예주는 대수롭지 않게 말했다. 물론 펭양의 말처럼 강 한가운데는 위험할지도 몰랐다. 하지만 자신의 말에 노란 부리를 다무는 펭귄을 보고 바로 알아차렸다. 강이 언 지 오래되었다는 것을.

한동안 동공을 흔들고만 있던 펭양이 다시 설득하는 말들을 늘어놓았다.

"……그, 그리고 여긴 인간들이 가끔 출몰하는 곳이양. 나도 그래서 물고기 잡으러 올 땐 새벽 일찍 왔다가 후다닥 돌아간단 말이양…….”

펭귄은 이제 훌쩍이며 애원했다.

“우, 우리 너무 멀리까지 왔어양. 예주양, 우리 그만 돌아가면 안 돼양?”

“응, 안 돼. 이제 난 알아서 갈 테니까 넌 그만 돌아가. 안녕.”

이예주는 있던 정도 뚝 떨어질 만한 인사를 남기고 차갑게 뒤를 돌았다. 결심한 듯 걸음을 부지런히 옮기기 시작하는 그녀의 모습에 안절부절못하던 펭양이 제자리에서 펄쩍 뛰었다.

“힝, 힝. 그, 그럼 같이 가양!”

앞뒤 가릴 것 없이 펭양은 강물 위로 뛰어내렸다. 그리고 순심이에게 당부했다.

“순심아, 여기 잠깐 있어양!”

푸르륵, 순심이는 콧김을 한 번 훅 내뱉으며 자리에 주저앉았다.

오랜 시간 강물 위에 두껍게 얼어붙은 빙판은 바위보다 단단했지만, 펭양은 단 한 번도 이 위를 걸어 반대편 숲까지 도달해 본 적이 없었다.

인간들이 종종 먹이를 구하기 위해 강이 있는 깊숙한 숲까지 출몰하곤 했다. 그래서 가끔 정말 어쩔 수 없이 반대편 숲 가까이 갈 일이 생기면, 사냥을 위해 미리 뚫어 놓은 구멍으로 들어가 두꺼운 빙판 아래를 헤엄쳐 갔다.

“예주양! 조, 조금만 천천히……!”

자신이 뒤쫓든 말든 빠른 걸음으로 걸어가는 인간 여자의 뒷모습은 한기가 폴폴 전해질 만큼 너무 냉정했다. 짧은 다리를 쉼 없이 옮기며 뒤쫓는 펭양의 얼굴에 걱정이 한가득 차올랐다.

그때였다. 거침없이 강의 중앙을 향해 걸어가던 이예주의 걸음이 우뚝 멈췄다.

"예, 예주양. 왜 그래양?"

"무슨 소리가 들렸는데……."

"웅? 무슨 소리?"

이예주는 석연치 않은 얼굴로 휙휙 주위를 둘러보았다.

잘못 들었나? 그녀는 불쑥 고개를 돌려 자신이 걸어왔던 길을 바라보았다.

그들은 아직 강줄기의 중간에도 한참 미치지 못한 곳에 서 있었다. 얼마 떨어지지 않은 눈밭 위에 새하얀 순록이 한가로이 앉아 있었다.

그런데 그 모습이 조금 이상했다. 아무도 없는데 순록이 기다란 목을 바짝 든 채 어딘가를 바라보고 있었다. 화려하게 솟은 흰 뿔 옆의 귀가 위로 쫑긋 섰다. 뭔가를 느낀 것 같았다. 조금 전의 이예주처럼.

그녀는 순록이 바라보고 있는 쪽을 따라 천천히 고개를 돌렸다. 강을 건너 반대편으로 갈 생각만 하느라 미처 보지 못했다. 자신과 펭양이 있는 곳으로부터 꽤 멀리 떨어진 곳이 칼로 자르듯 뚝 끊겨 있었다.

강줄기가 끝없이 이어지는 것은 아닌 듯싶었다. 저긴 뭐지?

"……절벽?"

"예주양?"

펭양이 길이 끊어진 곳을 주의 깊게 바라보는 이예주를 불렀다. 그녀가 저도 모르게 그쪽으로 한 발자국 움직였을 때였다.

캥! 캐앵—!

"헉."

둘은 그대로 얼어붙었다. 이번에는 잘못 들은 것이 아니었다. 비명 소리와 흡사한, 날카로운 괴성.

아오오오—

이어서 짐승이 울부짖는 소리가 들려왔다. 눈밭 위에 조신하게 앉아 있던 순심이가 자리에서 벌떡 일어났다. 그다음에는 펭귄이 먼저 이예주를 앞질러 뛰어가기 시작했다.

정신없이 달린 그들은 설원의 끝에서 아슬아슬하게 멈춰 섰다. 어렴풋이 예상했던 것처럼 깎아지른 절벽이 그들의 앞을 막아섰다.

그것은 높은 폭포였다. 아래로 쏟아지던 폭포 줄기가 허공에 얼어붙어 있는 모습이 장관이었다. 하지만 그런 아름다운 경치는 눈에 들어오지 않았다.

폭포 아래 얼어붙어 있는 강의 하류, 그 위에 개와 비슷한 형태의 하얀 동물이 화살에 맞은 채 제자리에서 빙빙 도는 모습이 보였다.

아우, 아우우우—! 도움을 요청하듯 동물이 구슬프게 울었다. 화살이 두 대나 박힌 자리에서 뚝뚝 피가 떨어져 하얀 털과 빙판을 시뻘겋게 물들였다.

"힉! 여우양! 다쳤나 봐!"

펭양이 옆에서 숨넘어갈 듯 소리 질렀다. 귀가 짜리몽땅하고 다리도 개처럼 길쭉한데, 저게 여우라고? 이예주가 순간적으로 고개를 갸웃거릴 때였다.

핑— 숲 어딘가에서부터 화살이 바람을 가르고 날아와 여우의 근처에 박혔다. 그 주변에 작은 폭발이 일듯 눈이 팍 튀었다.

캐앵! 가까스로 몸을 피한 하얀 여우가 도망칠 생각은 않고 여전히 피를 질질 흘리며 안절부절못했다.

"왜 도망가지 않는 거지?"

그런 의문이 들 무렵 이예주의 눈에 여우의 뒤편, 숲이 보였다. 강과 근접한 땅 한쪽에 커다란 덫이 있었다. 그리고 덫 사이에 끼여 있는 작은 털 뭉치도.

갓 태어난 여우 새끼였다. 그를 눈치챈 건 펭양도 마찬가지인지 발을 동동 구르며 헐떡였다.

"어, 어떡해! 어떡해양! 주, 주인님을 불러와야 해양! 주인님을……!"

"여기서 기다려."

"웅? 어디서…… 예, 예주양! 예주양!"

기다리라는 말 한마디만 남긴 채 이예주는 아래쪽에 튀어나온 바위 위로 훌쩍 뛰어내렸다. 펭양이 그것을 보며 기절할 것만 같은 표정을 지었지만, 어쩔 수 없었다.

"하, 망할…… 클라이밍은 며칠 전이 처음이자 마지막일 줄 알았는데……."

이예주는 중얼거리며 자세를 낮춰 절벽 아래 암벽으로 발을 내렸다. 물이 얼어붙은 지형이라 그런지 며칠 전 올랐던 절벽보다 훨씬 미끄럽고 위험했다.

그나마 다행인 점은 폭포 옆에 바위들이 크게 튀어나와 있어 쉽게 발 디딜 곳이 많다는 것이었다. 물론 잘못 미끄러지기라도 한다면 그대로 떨어져 골로 갈 것이다.

"흐."

아찔하게 밀려오는 현기증에 이예주는 몸을 부르르 떨었다. 그러나 고소 공포증으로 정신이 없는 와중에도 '핑! 핑!' 하고 연달아 울려 퍼지는 화살 시위 소리가 선명하게 들렸다.

"밑에 내려다보지 말자. 내려다보지 말자."

이예주는 거의 암기하듯 달달 외며 딱딱하게 굳은 몸을 억지로 움직였다.

자신이 어미 여우와 새끼를 모두 구할 수 없다는 것을 잘 알았다. 실은, 구할 생각조차 없었다. '여우'만 아니었어도 상관하지 않았을 것이다. 하지만 덫에 걸려 죽다 살아난 사막 여우 하나가 생각나서, 그래서 도저히 몸을 움직이지 않고는 배길 수가 없었다.

언제나 그랬듯 그녀에게 기가 막힌 해결 방안 따위는 없었다. 그저 어미 여우가 버티고 있을 때 새끼가 걸려 있는 덫째로 들고 도망갈 작정이었다.

피융— 팟! 네 번째로 화살이 땅에 박혔을 때, 이예주는 간신히 빙판 위에 발을 내릴 수 있었다.

"예주야앙—!"

멀찍이 폭포 위에서 펭양이 자신을 애타게 부르는 소리가 메아리쳤다. 이예주는 어질어질한 정신을 추스를 새도 없이 숲 쪽으로 뛰었다. 다행히 그녀가 내려선 곳에서 덫이 있는 자리까지 멀지 않았다.

주먹보다 약간 큰 크기의 작은 흰 여우가 다가오는 인간 냄새를 맡고 하악질을 했다. 쪼그만 것이 살겠다고 이를 드러내는 것을 무시한 채, 이예주는 무작정 덫을 들어 올렸다.

끼잉, 끼잉. 어미와 떨어져 잡혀가는 줄 알고 새끼가 애처롭게 울었다. 마음이 급했다. 그대로 숲을 향해 달려야 했다. 그러나 이예주는 '왕!' 하고 제 쪽을 향해 울부짖는 소리에 뒤로 돌 수밖에 없었다.

어느새 몸에 박힌 화살이 두 개에서 세 개로 늘어나 있었다. 물 흘리듯 피를 줄줄 내리 흘리며 어미 여우가 새끼를 품에 안아 든 이예주 쪽을 향해 비칠비칠 걸어왔다.

으르르. 어미가 힘겹게 이를 드러냈다. 새끼를 훔쳐 가려는 인간을 마지막까지 경계하는 모습에 이예주의 두 눈이 안타까움으로 점철되었다.

“해치려는 거 아니야.”

인간의 말을 동물이 알아들을 수 있을 리 만무했다. 그래도 마지막으로 가기 전에, 곧 죽을 어미의 마음을 조금이라도 편하게 해 주고 싶었다.

“도와, 도와주려고 그러는 거야. 미안해. 너까지 구해 줄 순 없어.”

그녀의 표정에서 절박함을 읽은 것일까. 조금씩 다가오던 어미 여우가 걸음을 멈췄다. 빙판의 정중앙에서부터 선명하게 찍혀 있는 핏자국을 보며 이예주는 괴로운 얼굴로 입을 열었다.

“새끼는 안전한 곳에 풀어 둘게. 그러니까 안심…….”

안심해도 된다고. 그 말을 하려던 이예주는 끝내 여우에게 말을 전하지 못했다.

퍽. 이전보다 훨씬 더 두껍고 커다란 화살이 어미 여우의 몸을 꿰뚫었다. 화살 끝에 줄이 매달려 있었다. 그 줄은 강 너머 반대편 숲까지 이어졌다.

어미 여우의 몸이 이예주의 눈앞에서 천천히 스러졌다. 그러나 아직 끈질기게 숨이 붙어 있는 건지 붉게 물들어 있는 하얀 털이 가쁘게 위아래로 오르내렸다.

화살촉은 갈고리 형식으로 되어 있었다. 화살에 이어진 줄이 팽팽해졌다. 쓰러진 어미 여우의 몸뚱이가 강 저편으로 끌어당겨지기 시작했다.

어미를 보지 못하도록 꽉 끌어안고 있던 탓에 답답한 듯 모포 속에서 작은 온기가 낑낑거리며 꿈틀거렸다.

이제 그만 가야 한다는 사실을 알았다.

하지만 아직 살아 있는데. 저렇게 살아 있는데. 간신히 새끼를 지켜 낸 어미의 몸이 인간들에게 끌려가는 꼴을 가만히 지켜볼 수가 없었다.

스윽, 스윽. 여우는 최대한 끌려가지 않도록 몸을 바둥거렸지만 끌려가는 속도는 점점 더 빨라졌다. 마침내 어미 여우의 몸이 강 하류의 중앙까지 다다랐다. 바르작거리던 몸이 점점 힘을 잃어 갔다. 저대로라면 분명 죽지도 못한 채 괴로운 상태로 반대편 숲까지 끌려갈 것이 분명했다.

짧은 새에 이예주의 눈앞에 환영처럼 수십 가지 장면이 스쳐 지나갔다.

원인도 모른 채 하루아침에 죽어 버린 엄마. 얼렁뚱땅 사건을 종결시켰던 관할 경찰서. 눈 깜짝할 새에 치러진 장례와 재수사 요구를 조금도 들어 처먹지 않았던 인간들.

"그만해!"

이예주는 덮고 있던 모포로 덫을 감싸 옆에 내려놓았다. 그리고 얼어붙은 강 위를 내달렸다.

설원이라 착각했던 폭포 위쪽과는 달리, 신발에 닿는 바닥 면이 무척 매끄러웠다. 어렸을 적 엄마와 갔던 스케이트장 같았다. 휙 미끄러져 넘어질 뻔한 몸을 다잡으며 이예주는 계속 달렸다.

줄을 잡아당기느라 손이 부족해서 그런 것일까. 어둡고 빽빽한 침엽수 숲 저편에선 더 이상 화살이 날아오지 않았다. 그러나 상대는 이예주가 어미 여우를 향해 달려오고 있는 것을 지켜보고 있는지 줄을 잡아당기는 속도가 전보다 더 빨라졌다.

"그만하라고, 나쁜 새끼야!"

불분명한 상대를 향해 욕지거리를 내뱉으며 이예주는 늘어져 있는 여우를 향해 휙 몸을 날렸다. 그녀의 몸이 얼음 위에서 쭉 미끄러져 끌려가던 여우를 덮치듯 붙잡았다.

이예주는 자리에 주저앉아 뺏기지 않겠다는 듯 여우의 몸을 꽉 끌어안았다. 팽팽하던 줄에 더 힘이 들어갔다. 끼이잉, 아직 숨이 붙어 있는 어미 여우가 고통에 겨워 울부짖었다.

"놔!"

그녀는 여우를 끌어안은 채 한 손을 뻗어 화살 끝에 달려 있는 밧줄을 움켜쥐었다. 사냥꾼과의 줄다리기에서 오는 고통을 조금이나마 줄여 줄 심산이었다.

숲 저편의 인영과 이예주 사이에서 한 치의 양보도 없는 힘겨루기가 시작됐다. 기어코 다 죽어가는 어미 여우를 끌고 가겠다는 듯 줄 너머에서 느껴지는 힘이 만만치 않았다.

이예주는 악착같이 여우와 줄을 제 품으로 끌어당겼다. 있는 힘, 없는 힘 쥐어짜느라 그녀의 목에도, 손목에도 핏줄이 부득 일어섰다.

"으흐으!"

악문 잇새로 여우가 울부짖은 것과 같은 울음소리가 흘러나왔다. 그때였다. 쩌적, 소름 끼치는 소리가 이예주의 귓등을 스치고 지나간 것은.

생명줄처럼 밧줄을 꽉 쥔 채 그녀가 힘겹게 소리가 나는 쪽으로 고개를 돌렸다. 쩌저적, 그러나 그 자그마한 움직임과 동시에 조금 전보다 더 큰 소리가 울려 퍼졌다.

그녀의 주변에서 균열이 일어나고 있었다. 빙판이 갈라지고 있는 것이다.

강의 중간은 얼음이 얇아서 위험하다는 펭양의 말이 떠올랐다. 이예주의 턱이 달달 떨려 왔다. 위험했다. 빙판이 무너지면 본래 빠진 구멍을 찾지 못한다는 이야기, 익사, 동사 같은 단어들이 마구 떠올랐다.

"흐, 흑."

이예주는 흐느꼈다.

쩌적, 쩌적. 빙판이 갈라지는 소리가 계속해서 들렸다. 아직도 밧줄 너머에서 잡아당기는 힘이 만만치 않았다. 여우는 이제 완전히 움직임이 멎었다. 어쩌면 이미 숨을 거둔 것일지도 모르겠다.

쩌적, 쩌저적, 쩌적. 작정하고 그녀를 죽이려는 듯 주변에서 계속 섬뜩한 소리가 울려왔다. 무서워서 원치 않아도 두 눈이 절로 꽉 감겼다. 그러나 두려움에 벌벌 떨지언정, 이예주는 붙잡고 있던 밧줄과 여우를 끝내 놓지 않았다.

끊어질 듯 팽팽해진 밧줄. 자신의 몸까지 덜컹거릴 만큼 거세게 잡아당기는 숲속의 사냥꾼.

이예주는 겁에 질려 꾹 감고 있던 눈을 억지로 떠서 강 너머의 숲을 노려보았다. 만약 이대로 얼음이 깨져 자신이 익사하게 된다면, 자신을 죽게 만든 장본인의 얼굴은 보고 죽어야 할 것이 아닌가.

"……씨발, 흐, 흐으."

지독한 두려움을 참아 내며 온 신경을 집중하자 밧줄이 이어진 곳이 점점 선명해졌다. 어두침침한 나무들 사이로 흐릿한 인영이 보였다. 이예주의 눈이 커다랗게 홉떠졌다. 자신과 같이 밧줄을 붙잡고 어두운 색의 후드를 푹 뒤집고 쓰고 있는 모습이었다.

헛것인지 실제인지 얼핏 금발 머리가…… 금발 머리가 살랑거렸다. 뭔가 너무 말도 안 되는 것이 보여 위화감이 들었다. 아니면 기시감이라든지.

"안 놔! 절대 안 놓을 거야!"

그러나 위화감이고 뭐고, 뒈지기 직전인 이예주는 그쪽을 보고 짓씹듯 외쳤다. 자신에게 하는지, 밧줄을 잡고 있는 놈에게 하는지 모를 말을 계속 반복하던 그 순간.

파앗—! 반대편에서 억세게 잡고 있던 밧줄에 힘이 확 풀렸다. 커다란 반동에 의해 이예주의 몸이 덜컹 흔들렸다.

쩌억— 그리고 종말을 알리듯 빙판이 갈라지는 소리가 울려 퍼졌다.

몸이 아래로 쑥 빠졌다. 구멍이 뚫린 빙판과 함께 강물 아래로 추락하기 직전, 이예주가 마지막으로 본 것은 어두운 숲속으로 살랑거리며 사라지는 금발이었다.

헛것을 본 게 아니었다.

얼음장처럼 차가운 감각이 하체서부터 순식간에 머리꼭지까지 차올랐다. 꼬르륵꼬르륵, 몸속에서 공기가 빠져나가는 소리와 빙판이 갈라진 곳에서부터 새어 들어오는 한 줄기의 빛.

사는 동안 죽음은 언제나 그녀의 곁에서 도사렸다. 하지만 숨이 턱 막히는 그 순간과 힘이란 힘이 모두 빠져나가 껍데기만 남게 되는 것 같은 일련의 과정들은 언제 겪어도 익숙하게 느껴지지 않았다.

빙판이 무너지며 강물 속으로 빠진 것은 분명 눈 깜짝할 새에 이뤄졌는데, 물속을 부유하는 시간은 꼭 영원처럼 느껴졌다.

악착같이 안고 있던 여우를 놓치는 것조차 모른 채 이예주는 필사적으로 두 손을 휘적거렸다. 두려웠다. 이대로 천천히 가라앉아 폐속에 조금씩, 조금씩 물이 차는 것을 느끼며 괴롭게 죽어 버릴지도 모른다는 게.

그러나 체감하는 것과는 달리, 실제로 이예주가 물속에 잠겨 있던 것은 얼마 되지 않았다. 풍덩 하고 묵직한 무언가가 물속에 빠지는 소리가 들렸다. 얼마 안 가 그녀의 몸은 엉덩이에 로켓 추진기를 단 것처럼 강하게 밀어 올려졌다.

'람?'

타인에 의해 끌어 올려지던 그때, 이예주는 지금 자신을 죽음에서 구원해 주는 것이 그 남자가 아닐까 하는 이상한 생각을 했다. 억척스럽게 후드를 잡아챘던 그와는 전혀 다른 방식으로 끌어 올려지고 있다는 것을 알고 있음에도 불구하고.

"푸학!"

수면 위로 이예주가 훅 솟아올랐다. 콜록콜록. 거칠게 기침하며 들이마셨던 물을 토해 내는 사이, 옆에서 펭양이 다급한 목소리로 외쳤다.

"예주양! 순심아! 예주양 끌어 줘양!"

흐릿한 시야 사이로 커다란 뿔이 다가와 이예주의 후드에 걸렸다. 그녀는 어린아이처럼 손쉽게 빙판 위로 끌어 올려졌다.

뺨에 얼어붙은 강바닥이 시리게 달라붙었다. 차가운 물 속에 잠겨 있다 나왔는데도 그 시린 감각에 정신이 번쩍 드는 것 같았다. 콜록콜록, 잔기침과 함께 입술 사이로 침인지 물인지 모를 것들이 주룩주룩 쏟아져 나왔다.

"예주양! 괜찮아양? 어디 다친 곳은 없어양?"

물에 동동 떠 있던 펭양이 매끄럽게 물 밖으로 튀어 올라 다가왔다.

이예주는 엎어져 있던 상태에서 비척비척 상체를 일으켰다. 물에 젖은 머리가 아래로 축 쏟아지자 물방울이 와르르 떨어졌다.

"예주양, 이제 조금씩 움직여서 어서 가장자리로 가야 해양! 빙판이 얇아서 여기 계속 있으면 위험해양!"

펭양이 다급히 재촉했다. 하지만 이예주는 그러지 못했다.

두 손이 허전했다. 뭔가 잊어버린 것 같은데. 물에 빠지기 전까지 뭔가를 잡고 있었던 것 같은데.

그때였다. 주변의 빙판을 더듬으며 뭔가를 찾고 있던 이예주의 귀에 '휘익, 휘이이익' 하고 와이어 로프가 빠르게 감기는 소리가 들려온 것은.

퍼뜩 고개를 돌리자 펭양과 자신이 빠져나왔던 구멍 속으로 밧줄이 마구 빨려 들어가고 있었다.

"아, 안 돼!"

이예주가 허겁지겁 기어가 밧줄을 잡으려고 손을 뻗었다.

"예, 예주양! 위험해양!"

구멍의 너비가 꽤 널찍했다. 더군다나 반대편에 밧줄이 있어서 아슬아슬하게 손이 닿지 않았다. 이대로라면 금방 남은 밧줄마저 물속으로 사라질 것이다.

이예주는 다시 물속으로 빠질 것을 감수하고도 손을 뻗었다. 닿을 듯 말 듯 애를 태우던 밧줄이 가까스로 그녀의 손가락에 걸렸다. 그녀는 그것을 정신없이 위로 끌어당겼다.

"안 돼! 안 돼!"

"예, 예주양, 그만해양……."

펭양이 옆에서 말렸지만 들리지 않았다. 이예주는 미친 사람처럼 줄을 끌어당겼다. 묵직했던 줄이 어느 순간 뚝 끊어진 것처럼 가벼워진 것조차 알아차리지 못했다.

그래도, 그래도 아직 살아 있을지 모르잖아. 아니, 살아 있는 것과는 상관없었다. 육지 동물인데 적어도 무덤은 만들어 줘야 할 것이 아닌가. 이렇게 새끼가 다신 찾아올 수도 없게 강바닥으로 가라앉으면 어떡해.

하지만 그녀의 간절한 바람과는 달리, 밧줄 끝에 매달려 덜렁 끌어올려진 것은 화살 하나뿐이었다. 여우의 몸에서 빠져 버린 것이다.

이예주는 제 손에 쥐어진 것은 화살을 망연자실 내려 보았다. 펭양이 뒤뚱뒤뚱 다가와 그녀의 등을 토닥였다.

"……예주양 잘못이 아니양."

"……."

"물에 빠지기 전에 이미 죽었을 거양. 피를 너무 많이 흘렸어양."

이예주를 위로하는 말은 아니었다. 귀여운 얼굴로 가끔가다 소름 끼칠 만큼 냉정한 말을 내뱉던 조롱이처럼, 펭양이 객관적인 시선으로 사실을 이야기하고 있음을 알았다. 조금 더 힘을 줘어 짜내서 밧줄을 잡아당겼으면 살 수 있었을까, 하는 생각은 부질없었다.

그녀는 밧줄에 매달린 화살을 꾹 움켜쥐었다. 어미 여우의 몸을 그 무엇보다 날카롭게 꿰뚫었던 물건인데, 물에 핏자국이 씻겨 나가 아무 흔적도 남지 않았다는 것이 못내 서글펐다.

그녀는 화살을 쥔 채 자리에서 일어났다. 무게 때문에 2차 피해가 우려됐는지 순심이는 똑똑하게도 그녀만 건져 낸 후 다시 뭍으로 돌아간 상태였다.

걸음을 옮기자 처덕처덕, 물에 젖은 소리가 났다. 그녀는 제가 벗어 놓은 모포 뭉치가 있는 곳으로 다가갔다. 그리고 곧바로 모포를 들췄다.

덫에 걸린 새끼 여우가 갑자기 밝아진 시야에 놀라 바들바들 몸을 떨어 대었다. 그녀는 묵묵히 여우를 물고 있는 덫을 살폈다. 다행히 덫은 지렛대를 이용한 단순한 구조였다.

"어떡하지양? 동굴까지 가지고 갈까? 주인님이라면 해결책이 있으실 거양!"

펭양이 긍정적인 어투로 방법을 논했다. 푸르르, 그 말에 동의하듯 순심이 또한 콧김을 내뿜었다. 이예주만이 고개를 내저었다.

"내가 덫을 잡아 올릴 테니까 느슨해지면 얘 잡아 꺼내."

"힉! 예, 예주양이?"

이예주는 대답 없이 덫의 날카로운 이 사이로 손가락을 집어넣었다. 얼어붙은 손에는 힘이 제대로 들어가지 않았다. 그럼에도 그녀는 덫의 받침대를 단단히 밟아 선 후 남은 힘을 쥐어짰다.

"으으윽!"

아니나 다를까, 날카로운 덫의 윗니가 손을 파고들어 쉽게 여린 살점들을 베어 냈다.

"예, 예주양! 피 나양!"

펭양이 기겁했지만, 이예주는 힘을 주는 것을 멈추지 않았다. 어영부영 들어 올렸던 덫을 중간에 놓치게 되면 새끼 여우가 더 큰 상처를 입을 수도 있었기 때문이다.

끼이, 끼이익. 낡은 덫의 윗니가 녹슨 소리를 내며 조금씩 벌어졌다. 덫에 걸려 있는 부분은 꼬리였기 때문에 다행히 얼마 벌어지지 않은 상태에서도 수월하게 새끼 여우를 빼낼 수 있었다.

"예주양, 다 됐어양!"

펭양이 하얀 털 뭉치를 안고 기쁘게 외쳤다.

"하."

한숨과도 같은 날숨을 크게 내쉬며 이예주는 잡고 있던 덫을 놓았다. 철컥, 벌어졌던 도구는 살벌한 소리를 내며 입을 꽉 다물었다.

"어디 봐 봐."

피가 흐르는 제 손은 아무렇게나 내버려 둔 채 그녀는 새끼 여우에게 다가갔다.

"아직 꼬리가 작아서 상처는 크게 안 났어양. 털이 끼어서 못 나왔나 봐양."

펭양이 여우를 바닥에 내려놓고 상태를 살폈다. 치료 쪽으론 문외

한인 이예주의 눈으로 보기에도 털 사이의 살점이 살짝 긁혔을 뿐 심각한 상처는 아니었다. 천만다행이었다.

"하……."

그제야 안도의 한숨이 쏟아져 나왔다. 상처가 깊지 않으니 이제 되었다. 자신의 도리는 모두 다 한 것이다.

손가락이 온통 엉망이었다. 녹슨 쇠에 베였으니 파상풍도 걱정해야 했고……. 벌써 물을 잔뜩 머금은 옷가지가 딱딱해지기 시작했다. 이대로라면 저체온증으로 위험했다.

그녀는 급격히 찾아오는 피곤함에 그만 쭈그려 앉아 있던 자리를 털고 일어나려 했다. 그 순간이었다. 이 설원에선 느껴질 리 없는 따뜻한 온기가 손끝에 닿았다.

무심결에 고개를 내리자 피가 흐르는 손가락을 할짝할짝 핥고 있는 하얀 새끼 여우가 보였다.

"어맛! 예주양이 자기를 구하다가 다친 걸 아나 봐양!"

펭양이 호들갑을 떨었다. 이예주는 잠시 망설이다가 다치지 않은 손으로 새끼 여우의 머리를 살짝 쓰다듬었다.

"……안녕, 아가야."

그녀는 지친 목소리로 인사를 건넸다. 만나서 하는 인사인지, 헤어질 때 하는 인사인지 자신도 알 수 없었다.

그러나 그녀의 목소리에 반응하듯 주먹만 한 새끼 여우가 킹킹거리며 손에 제 머리를 비볐다. 그 모습에 이예주는 짧게 웃고는 조심스럽게 새끼 여우를 밀었다. 밀린 만큼 다시 쪼르르 다가왔지만 인내심을 갖고 반복해서 여우를 보냈다.

세 번이 넘게 같은 행위가 반복되자 여우가 고개를 갸웃거렸다. 다시 한번 등을 밀자, 새끼 여우는 이번에야말로 이예주의 손짓을 이해한 듯 숲 어느 방향을 향해 쪼르르 걸어갔다.

멀어지는 도중에도 여우는 몇 번이나 멈춰 서서 뒤를 돌아보았다. 하지만 자신을 구해 준 이가 끝내 잡지 않자 망설이던 것을 멈추고 이내 힘차게 달려갔다.

하얀 털이 완전히 자취를 감출 때까지 우두커니 앉아 있던 이예주는 마침내 자리를 털고 일어났다.

"오늘은 이만 돌아가자."

동굴에서 나올 때만 해도 제 입에서 나오리라곤 상상도 못했던 말이 허탈하게 흘러나왔다. 과연 그녀가 그 말을 먼저 꺼낼 줄 예상하지 못했는지 펭양의 눈이 휘둥그레졌다.

"여, 여우는 그냥 보내도 되는 거양?"

의외의 질문이었다. 신인류니까 당연히 자신의 이런 행동을 기꺼워할 줄 알았는데. 의아했지만 이예주는 선선히 고개를 끄덕였다.

"응. 크게 다친 게 아니니까 저 정도면 됐어."

"뭐가양?"

"……."

어미를 잃고 혼자 살아가는 것. 답은 뚜렷했지만 그녀는 답하지 않았다.

자신과 펭양이 거둬 주지 않은 어미 잃은 새끼 여우는 앞으로 각박한 삶을 살아갈 것이다. 또 인간이 놓은 덫에 걸리거나 이 황량한 숲에서 먹이를 구하지 못해 굶어 죽을지도, 어쩌면 자신보다 더 큰 천적에게 잡아먹힐지도 모른다.

하지만 원래 어미 잃은 새끼들의 삶은 그러했다. 죽을 둥 살 둥 어떻게든 살아남다 보면 어느 순간부터 딱히 노력하지 않아도 알아서 살아지는 시점이 올 테다. 그러다 인간에게 길들여진 또 다른 동물을 만나게 되면 자유로운 자신의 삶에 감사하는 날이 오겠지. 그러면 남은 삶을 값지고 보람 있게 살아갈 수 있을 것이다.

이예주는 새끼 여우가 사라진 쪽을 한 번 더 바라보다가 이내 등을 돌렸다. 그 옆에 혹 두 마리가 따라붙었다.

"오늘 일은 네 주인한테 비밀로 해 줘. 알았지?"

끝없이 펼쳐진 설원 길을 되돌아가며 이예주는 부탁 같지 않은 부탁을 했다.

딱히 펭양이 들어줄 것이라 생각하지 않았다. 그러나 말을 더듬으며 거절할 것이란 예상과는 달리, 펭양은 결연한 얼굴로 고개를 끄덕였다. 그리고 몇 번이고 제 주인에게 이야기하지 않을 것을 약속했다.

타닥타닥, 모닥불이 타오르면서 장작 주변에 작은 불똥들을 토해냈다.

겁도 없이 얼어붙은 강물 위로 뛰어든 탓에 동굴에 도착했을 때쯤 이예주가 입고 있던 옷은 부각처럼 딱딱하게 얼어붙어 있었다.

하지만 그런 것치고 그녀의 몸은 생각보다 멀쩡했다. 동굴에 도착하자마자 졸도하는 게 아닌가 했지만 그런 불상사는 일어나지 않았다. 한바탕 앓고 났더니 저질스러운 체력이 조금은 나아진 건가?

"하……."

일렁이는 불꽃을 바라보며 이예주는 한숨을 내쉬었다. 드러눕고 싶었지만 젖은 옷을 말리느라 펭양과 사이좋게 모닥불을 쬐어야 했다.

탈출은 실패했다. 그리고 그 남자가 내일도 나타나지 않을 것이란 보장은 없었다.

"왜 그래양?"

나지막한 한숨 소리에 맞은편에 앉아 있던 펭양이 이유를 물었다. 이예주는 다시 한숨이 솟구쳤다.

펭귄은 처음부터 까만 눈을 빛내며 자신에게 관심을 쏟았지만, 새끼 여우를 구한 이후부터 그 정도가 훨씬 심해졌다. 동굴로 되돌아오는 내내 "예주양, 멋져! 예주양, 대단해!"를 어찌나 부르짖던지. 내일은 저 찰거머리를 어떻게 떼어 낼 수 있을까.

"그, 그렇게 바라보면 페, 펭양이 부끄러워양. 나도 나름 숙녀라서……."

"내일은 정말 따라오지 마. 네가 따라오면 힘들어."

"으응? 뭐, 뭐가?"

이예주는 무엇이 힘든지 이야기하지 않았다. 언제나 진심으로 말했지만, 펭양은 그것을 처음 알아들은 것처럼 눈을 휘둥그레 떴다.

"하, 하지만 나는 예주양이랑 같이 다니고 싶은걸?"

"……."

"같이 숲속도 걷고 싶구, 예주양이랑 같이 이야기도 많이 하고 싶어. 오, 오늘처럼 위험한 일은 더 이상 없을 거양! 오늘은 조금…… 조금 힘들었지만, 내일은 예주양도 활짝 웃을 수 있을 만큼 즐거운 일들만 가득할 거양!"

펭귄이 두 날개를 위로 치켜들고 연신 파닥였다. 그 모습에 미소를 지을 만도 하건만, 이예주는 여전히 무표정했다. 펭양이 안달복달 말을 이었다.

"난 예주양이 여기 온 이후로 항상 내일이 기다려져양. 예주양은 나랑 함께 노는 게 기대되지 않아? 웅?"

"응."

"힝, 너무행. 왜에?"

"네가 그 남자의 명령을 받는 신인류니까."

이예주의 말에 펭양이 크게 숨을 들이마시며 조잘대던 입을 다물었다. 동굴 안에 싸늘한 정적이 내려앉았다.

펭양은 한참 동안 부리를 딱딱거리며 할 말을 찾는 듯하더니 이내 눈치를 보며 조심스럽게 물었다.

"주인님이……"

"……."

"주인님이 많이…… 많이 미운 거양?"

내내 변함없던 이예주의 얼굴이 천천히 일그러졌다.

그 남자가 밉냐고? 이제 그에 관한 감정은 밉다, 좋다와 같은 단순한 감정으로 정의할 수 없게 되었다.

이곳에서 깨어난 후 하루에도 수백 번씩 화가 치솟았다. 지금껏 멍청하게만 굴다 종국에 이용을 당했던 자신에게. 애써 그 현실을 외면하고 다른 생각에 몰두하려고 해도 잠시뿐이었다. 무언가 손에 잡히는 대로 집어 던지고 고래고래 소리를 지르고 싶었다.

이곳에 처박아 둔 남자에 대한 분노와 원망, 혐오, 갖갖이가 섞인 덩어리들이 시도 때도 없이 울컥울컥 솟았다.

그러다 문득 핏빛으로 물든 남자의 모습이 환영처럼 머릿속을 스치고 지나가기라도 하면, 한쪽 팔이 사라진 채 피를 철철 흘리던 모습이 실제였는지 당장 확인하고 싶었다.

지금 당장 내 앞에 나타나라고. 나타나서 제발 어떻게 좀! 제발 어떻게 좀 하라고!

그것들을 억누르기 위해 강박증처럼 탈출을 되뇌었다. 안 그러면 머리가 어떻게 돼 버릴 것 같았다.

하지만 변명의 연속이었다. 저번에는 길을 찾지 못해서, 그다음에는 앓아누워서, 이번에는 여우들 때문에 같은 변명으로 탈출에 실패한 것을 합리화할 때마다 자신에 대한 환멸로 욕지기가 치밀어 올랐다.

이 모든 걸 단순히 '밉다'라는 감정 안에 욱여넣을 수 있을까?

"……밉다, 좋다, 그런 문제가 아니야."

이예주는 신중하게 말을 골랐다. 그러나 들려오는 답은 맥이 빠질 만큼 황당한 소리였다.

"하, 하지만 예주양 혼자 다녔다가 오늘처럼 또 물에 빠지면 어떻게양?"

"……뭐?"

"주인님이, 주인님이 예주양은 물놀이를 정말 싫어한다고 했단 말이양! 특히 차가운 물을!"

"……."

"나 없이 혼자 갔다가 오늘처럼 꽁꽁 얼 만큼 차가운 물에 빠져 버리면 어떻게양! 내가 예주양 구해 줘야 되는데양! 아, 안 그러면 펭양이 주인님께 혼날 테양, 힝."

갑자기 머리가 지끈지끈 아파 왔다. 이예주는 한 손으로 이마를 문지르며 한숨을 내쉬었다.

"……그 남자가 그런 소리도 했어?"

"웅!"

펭양이 신이 나서 고개를 끄덕였다.

"그거 말고도 많이 알려 주셨어양! 주인님은 오실 때마다 예주양 이야기를 해 주셔양. 예주양이 인면어도 잘 먹고 아직 어린 인간이라서 채소를 잘 안 먹고…… 또, 또 바퀴벌레 타는 것을 무서워하고,

꽃을 좋아하고…….”

“그만해.”

이예주는 괴로운 표정으로 힘겹게 펭양의 말을 멈췄다.

“왜, 왜 그래양?”

펭양은 제가 또 눈치 없이 인간 여자의 심기를 건드리는 말을 한 건가 싶어 울상을 지었다.

이예주는 그런 펭양의 모습을 제대로 보지 않고 벌떡 자리에서 일어났다. 축축했던 옷은 어느새 바짝 말라 있었다.

“나 그만 잘래. 피곤해.”

그녀는 펭양이 채 잡기도 전에 도망치듯 화롯가에서 떨어졌다. 그리고 모닥불과 꽤 떨어진 동굴 한편에 자리한 모포 속으로 꾸물꾸물 기어들어 갔다. 펭양이 순식간에 멀어진 자신을 황망하게 바라보는 게 느껴졌지만, 고집스레 등을 돌렸다.

“예주양…….”

펭양은 안절부절못했다. 이예주는 외면하듯 눈마저 감아 버렸다.

긴장으로 굳어져 있던 몸을 내려놓자 제대로 치료하지 않고 방치한 손가락이 따끔따끔 아파 왔다. 그녀는 그제야 날카로운 덫에 베였다는 사실을 상기했다.

파상풍 같은 병에 걸리면 어떡하지. 다행히 피는 일찍 멎어 딱딱하게 피딱지가 굳었지만, 녹슨 쇠에 꽤 깊게 베였다. 때늦은 걱정이 몰려왔지만 딱히 할 수 있는 일이 없었다.

이예주는 더 이상의 생각을 멈추기 위해 잠을 청했다. 하루 동안 몸을 아낌없이 내던진 탓인지, 다행히 쉽게 잠 속으로 빨려 들어갈 수 있었다.

깊은 심연 속을 헤매던 중이었다. 문득 모포 밖으로 노출돼 있던 얼굴에 서늘한 기운이 느껴졌다. 죽은 듯이 잠에 빠져 있던 이예주는 피부에 와 닿는 찬기에 가물가물 눈을 떴다.

코끝에서 바깥 냄새가 났다. 하루 종일 질리도록 맡은 설원의 냄새였다. 그녀는 본능적으로 알아차렸다. 그 남자가 돌아온 것을.

저벅저벅, 그녀가 누워 있는 곳으로 다가오는 소리가 들렸다. 몸을 움찔거릴까 두려워 이예주는 뜬 눈을 도로 꽉 감았다. 점점 가까워지던 발걸음 소리가 바로 등 뒤에서 우뚝 멈췄다. 바닥에 앉는 것인지 털썩하는 소음이 연이어 들렸다.

이예주는 모포 속에서 몸을 움츠렸다. 펭양을 외면하기 위해 벽을 보고 돌아누운 것은 신의 한 수였다. 아니었으면 벌써 남자에게 깨어 있다는 사실을 들켰을 것이다. 어쩌면 이미 들켰을지도…….

"예주야."

촉각을 곤두세우고 있지 않았다면 듣지 못할 만큼 작은 목소리였다. 남자가 속삭이듯 이예주를 불렀다.

울컥, 목구멍 저편에서 무언가 치밀어 올랐다. 남쪽 대륙에 와서 종종 느꼈던 감정이었다. 그녀는 아랫입술을 깨물며 숨을 죽였다. 그러지 않으면 벌떡 일어나 차오른 감정들을 쏟아 낼 것 같았다.

"예주야."

남자가 조금 전보다 더 명료한 목소리로 그녀를 불렀다. 잠든 사람을 향해 대체 뭘 바라는 건지 그는 그 이후로 꿈쩍 않고 가만히 앉아 있기만 했다.

'뭐야. 왜 안 가. 왜 안 가는 거야.'

이예주는 미동 않는 남자에게 소리 없는 아우성을 쳤다. 숨 막히는 시간이 흘렀다.

그녀의 간절한 소망이 통한 걸까. 마침내 남자가 움직였다. 부스럭거리는 기척이 느껴졌다. 이예주는 안도의 한숨을 내쉬었다. 드디어 가는구나, 하고 생각할 무렵.

불현듯 목 끝까지 덮고 있던 모포가 훽 걷혔다. 얼굴뿐 아니라 온몸 위로 차가운 공기가 단숨에 몰아닥쳤다.

잘 자고 있는 사람의 이불을 걷다니, 이게 무슨 경우 없는 짓이란 말인가. 그것도 이 추운 곳에서!

이예주의 몸이 딱딱하게 굳었다. 그 순간 남자가 불쑥 허리 위에 아무렇게나 놓여 있던 그녀의 한쪽 팔을 제 쪽으로 잡아 올렸다. 갑작스러운 접촉에 이예주는 화들짝 놀랐다. 어쩌면 잡힌 손을 흠칫 떨었을지도 모른다. 그러나 남자는 개의치 않고 잡아 올린 손을 훽 훽 돌리며 살폈다.

'이, 이 미친놈, 뭐 하는 거야? 뭐 하는 거야?'

이예주는 당황하여 우왕좌왕하다가 퍼뜩 깨달았다. 남자가 주의 깊게 살피고 있는 손이 하필이면 오늘 다친 손이란 걸.

"쯧."

남자가 혀를 찼다. 그와 동시에 잡힌 손끝에서 조금 전 그가 동굴 안에 당도했을 때 느꼈던 서늘한 기운이 피어올랐다.

기묘한 촉감이었다. 바람처럼 손가락과 손가락 사이를 슬쩍 스치면서도 몽글몽글하게 손끝을 감싸 안는 느낌. 그것은 손가락을 타고 올라 점점 영역을 넓히더니, 마침내 상처까지 도달했다.

환부가 조금씩 뜨거워졌다. 참을 수 없을 정도는 아니었다. 추운 겨울, 주머니에 넣어 두었던 손난로를 살짝 쥔 것과 같은 따듯함이 곧바로 손 전체에 흡수되었다. 동시에 베인 상처에서 느껴졌던 화끈거림과 통증이 천천히 사라지기 시작했다. 상처가 치료되고 있는 것이다.

피부 아래 살점이 빠르게 달라붙고 그 사이로 새살이 차올랐다. 얼마 지나지 않아 험하게 베인 상처들은 흠조차 남기지 않고 사라졌다.

펭귄이 그새를 못 참고 제 주인에게 낮의 일을 고자질한 건가. 그러지 않았다면 이 남자가 곧바로 자신의 상처를 알아챌 리 없는데.

때마침 치료를 끝마친 남자가 원래의 자리로 그녀의 팔을 조심스럽게 되돌려 놓았다. 남자가 신인류에게 기이한 힘을 쏟아붓는 것을 본 적은 있었지만, 직접 겪었던 기억은 한 번도 없었다.

이예주는 불현듯 자신이 남자로부터 꽤 자주 치료를 받았을지 모른다는 생각이 들었다. 전날엔 분명 있었던 상처나 통증이 다음 날 감쪽같이 사라진 적이 많았다. 며칠 전 열병을 앓았을 때도…….

남자는 손을 돌려놓은 것도 모자라, 걷어 냈던 모포를 목 끝까지 꼭꼭 여며 덮어 주었다. 그러고서도 가지 않고 계속해서 그녀의 뒤에 우두커니 앉아 있었다.

이예주는 그에 붙잡혔던 손을 아득 움켜쥐었다.

왜 이러느냐고. 나한테 대체 왜 이러느냐고. 인간 계집 따위, 평소에 그래 왔던 것처럼 다치든 말든 신경 쓰지 말 것이지 치료는 왜 해 주냐고.

왜 그렇게, 왜 그렇게…… 꼭 걱정하는 사람처럼 다정하게 이름을 부르는 거냐고…….

숨을 죽이려고 노력했지만 자꾸만 호흡이 거칠어졌다. 남자에게 따져 묻고 싶은 마음이 들끓었다. 하지만 이예주는 그것을 꾹 내리눌렀다.

사실은 겁이 났다. 분수처럼 핏줄기를 질질 흘리며 자신에게 다가오던 남자의 잔상이 잊히지 않았다. 그녀는 아직도 그 모든 게 아득하게 느껴졌다. 혹시 꿈은 아니었을까. 남자의 한쪽 팔이 사라진 것은.

하지만 그 환영 같은 장면을 떠올리는 동시에 그것이 꿈이 아님을 증명하듯 역한 피비린내가 코끝에 맴돌았다. 그러면 비로소 예지몽이 현실이 되었음을 자각한다.

잠시 '문' 안의 암경 속에 있는 동안 그에게 무슨 일이 일어났는지는 알 수 없었다. 자신 때문이 아닐 수도 있다. 다리족 놈들이 남자를 공격했을지 모른다.

그러나 본능이 말했다. 어쩌면 자신으로 인해 남자의 팔이 사라졌을지도 모른다고. 그래서 자신은, 람의 팔이 사라진 것을 확인하기가 두려웠다.

일어나서 그를 마주 보았을 때 그의 팔이 없으면 어떡하지? 소매가 있어야 할 자리가 텅 비어 있으면, 단단하고 완벽했던 남자의 몸이 더없이 망가져 있다면.

남자는 여전히 미동이 없었다. 금방 일어날 기색이 아니었다. 숨소리 하나 없는 고요함이 동굴 안을 가득 메웠다.

이예주는 지금 그가 대관절 무엇을 하고 있는지 알 수 없었다. 그토록 원망하고 화를 냈던 남자가 왔음에도 마주하기는커녕, 겁을 잔뜩 먹은 채 숨소리 하나 내지 않는 자신의 모습이 우습기 그지없었다. 결국 숲을 탈출하려는 이유가, 남자에 대한 불신 때문이 아니라 그의 신체 일부가 소실된 것을 마주하기 무서워서라니. 도망치는 꼴과 다름없지 않은가?

늦은 밤 몰래 나타나 이예주의 손을 치료해 준 남자는 새벽 동이 틀 때까지 그렇게 그녀의 등을 지켰다. 그리고 겨울새의 첫 지저귐 소리가 들릴 때쯤 훌쩍 일어나서 어딘가로 사라졌다.

남자가 사라질 때까지 이예주 또한 뜬눈으로 밤을 지새운 것은 당연한 일이었다.

이예주는 결국 몇 시간 눈을 붙이지 못하고 이른 아침 자리에서 일어났다. 어제 그렇게 몸을 혹사했으니 오늘은 근육통으로 난리 날 줄 알았는데 몸 상태가 썩 나쁘지 않았다.

간밤에 남자가 상처를 통해 간질거리는 힘을 불어넣었던 것이 떠올랐다. 설마 이전에 죽을 듯이 앓았을 때도 그 남자가 치료해 준 건 아니겠지?

그녀는 괜스레 기분이 나빠졌다. 불퉁한 얼굴로 간밤 새 바짝 마른 로브를 주섬주섬 껴입고 있을 때쯤, 동굴 입구에서 기척이 느껴졌다. 남자를 제외하고 이곳에 들어올 인물은 하나뿐이라 놀랍지도 않았다.

"숭어~ 숭어~ 숭어 꼬치를 구워…… 어? 예주양!"

펭양이 겉옷까지 다 차려입은 채 깨어 있는 이예주를 보고 눈을 휘둥그레 떴다.

"일찍 일어났잖아양? 예주양, 좋은 아침이양!"

어제 잠들기 전에 나눴던 대화는 까맣게 잊어버린 걸까. 제가 들어도 정이 뚝 떨어질 만한 소리를 지껄였건만 펭양은 어제와 별반 다를 게 없었다.

이예주는 묘한 표정을 지으며 고개를 끄덕였다.

"그건 뭐야?"

그녀는 펭귄이 끌고 온 것을 흘끗 눈짓하며 물었다. 펭양의 날개만 한 두툼한 생선들이 굴비처럼 줄에 줄줄이 엮여 있었다. 그녀의 물음에 펭양이 반색을 하며 줄을 휙 들어 보였다.

"숭어양! 아침에 먹으려고 순심이랑 새벽같이 일어나서 잡아 왔어양!"

숭어구이! 숭어구이! 제자리에서 방방 뛰는 펭귄을 보며 이예주는 입꼬리가 근질거리는 것을 꾹 눌러 참았다. 그러고서 동굴 밖을 나갈 때마다 둘러맸던 모포로 무장을 완료했다.

그녀는 여전히 숭어구이를 울부짖고 있는 펭양에게 나지막이 인사했다.

"그럼 맛있게 먹어."

"헉! 예주양!"

펭양이 소중하게 끌고 온 숭어까지 내팽개치고 파다다닥 달려와 이예주의 한쪽 다리를 와락 껴안았다.

조그마한 펭귄이라 생각했는데 발 위에 얹힌 무게가 꽤 묵직했다. 신경 쓰지 않고 걸음을 옮기려던 이예주는 다리가 꿈쩍 않자 눈살을 찌푸렸다.

"왜 이래?"

"어, 어디 가려구양?"

"……어디겠어?"

이곳에 온 후 이예주의 목적은 하나뿐이었다. 숲을 벗어나는 것. 새삼스레 되묻자 펭양의 목소리가 더욱 애절해졌다.

"같이! 같이 숭어구이 먹으면 안 돼양?"

"응, 안 돼."

"왜에?"

"별로 입맛도 없고 배도 안 고파."

조금이라도 허기가 졌다면 펭양과 마주 앉아 숭어구이를 뜯어 먹겠지만, 안타깝게도 사실이었다. 오히려 펭양에게 발목이 붙잡히자 마음이 조급해졌다.

어제 새끼 여우를 구하면서 또 다른 인간의 존재를 보았다. 이예주는 얼어붙은 강 건너편이 숲을 빠져나가는 방향이라는 걸 곧바로 알아차렸다. 시종일관 모르쇠로 일관하던 펭귄이 강을 건너려던 자신을 보며 눈에 띄게 당황하는 모습만 보아도 알 수 있었다.

게다가 간밤에 남자가 돌아왔다. 지금 심정으론 가장 마주치기 싫은 존재가.

처음 눈을 떴을 때, 이곳이 제 주인님의 얼음 동굴이라 말했던 펭양이 번개처럼 떠올랐다. 그동안은 노숙을 하다 얼어 죽을 순 없으니 길을 찾을 때까지만 잠자는 공간이라 여겼던 곳이 더없이 불편해졌다.

뜬눈으로 밤을 지새운 이예주는 빨리 이곳을 벗어나야 한다는 강박감에 사로잡혔다.

자신을 잡은 펭양을 물끄러미 내려다보던 그녀가 이내 가차 없이 다리를 털어 내려 마음먹었을 때였다.

"나, 나랑 같이 밥 먹기가 싫은 거양?"

"……."

"힝, 예주양이랑 먹으려고 어엄청 일찍 일어나서 숭어를 잔뜩 잡아 왔는데……."

"……."

"눈도 잘 안 떠졌는데 예주양 주려고 차가운 강물에 뛰어들었어양. 남쪽 대륙의 강물은 뼛속까지 시릴 만큼 어엄청 차갑고 추운데…… 그래도 예주양이랑 같이 내가 제일 좋아하는 숭어구이를 먹을 생각에 열심히 사냥했는데양……."

앙큼한 펭귄은 촉촉해진 눈을 빛내며 인간 여자가 도저히 반박할 수 없을 만한 직격타를 날렸다.

"그, 그래도 예주양은 나랑 같이 먹기 싫은 거양?"

펭양과 함께 모닥불 근처에 앉은 이예주는 어쩌다 이렇게 된 걸까 고민했다.

눈물 공격으로 그녀를 앉히는 데 성공한 펭양은 빠르게 식사 준비를 했다. 장작을 세워 불을 피우고, 빙어보다 훨씬 커다란 숭어의 주둥이를 벌려 굵직한 나뭇가지에 꽂았다. 그리고 모닥불 양옆에 세워 둔 지렛대 위에 올려 두었다.

얼마 안 가 살이 통통하게 오른 숭어의 몸통이 노릇노릇 구워졌다.

"숭어~ 숭어~ 내가 세상에서 제일 좋아하는 숭어구이!"

고소한 냄새가 동굴 안을 가득 메우자 펭양이 신나게 노래를 흥얼거렸다. 며칠 전에는 빙어가 제일 좋다며? 줏대 없는 펭귄의 음식 기호를 지적하고 싶었지만 관뒀다.

이예주의 눈이 가느다래졌다. 가만 보면 조롱이 빰치게 영악한 것 같기도 하고……. 날이 갈수록 자신을 다루는 데 도가 트는 것 같단 말이지.

관찰하는 시선을 눈치챈 것일까. 익어 가는 생선을 보며 침을 질질 흘리고 있던 펭양이 문득 고개를 들었다. 눈이 마주치자 펭귄이 활짝 웃었다. 마치 자신과 이렇게 마주 앉아서 생선구이를 먹는 것이 더없이 행복한 일인 것처럼.

그와 반대로 마주 웃어 줄 수 없는 이예주의 얼굴은 슬프게 일그러졌다.

결국 펭양의 소원대로 사이좋게 마주 앉아 간이 안 된 숭어구이를 나눠 먹은 이예주는 든든한 배로 동굴 입구를 나섰다.

모닥불을 끄고 뒷정리를 하던 펭양은 웬일로 나가는 그녀를 붙잡고 늘어지지 않았다. 그저 멀뚱멀뚱 바라보기만 할 뿐이었다. 무슨 꿍꿍이인지 의심이 들었지만, 이예주는 신경 쓰지 않기로 했다. 이제는 따라오지 않는다니 오히려 고마운 일이었다.

다시 설원에 오르기 전, 이예주는 동굴 뒤편의 온천에 들러 고양이 세수를 했다. 대충 물 칠을 마치고 다시 동굴이 있는 쪽으로 되돌아갔을 때, 그녀는 또다시 기막힌 상황에 직면했다. 그녀의 허리에도 못 미치는 자그마한 펭귄이, 마치 먼 길을 떠나는 사람처럼 앉아 있는 흰 순록의 등 위로 커다란 짐들을 싣고 있었다.

수통과 줄에 엮인 말린 생선 따위의 건조식품들이 순심이 위에 얹어졌다. 그도 모자라 이예주가 지금까지 덮고 잔 모포까지 실렸다.

짧은 다리로 정신없이 뛰어다니던 펭양은 근처에 우두커니 서 있는 이예주를 발견하고는 기절초풍했다.

"예, 예주양! 버, 벌써 다 씻었어양?"

"너…… 이사 가?"

펭양에게 다가가 묻자 헤벌어졌던 노란 부리가 텁 다물렸다. 대답은 않고 까만 눈을 뒤룩뒤룩 굴리는 모습에서 이예주는 곧바로 알아차릴 수 있었다. 이 영악한 펭귄이 또 무슨 일을 꾸몄다는 걸.

"왜. 이제 짐까지 싸 들고 따라오게? 나 몰래 짐 싸야 돼, 감시도 해야 돼. 바빠 죽겠어, 아주."

"힝, 예, 예주양……."

이예주가 어이없다는 표정으로 빈정거리자 펭양이 울상을 지었다. 노기를 띤 얼굴에 어쩔 줄 몰라 하던 펭귄이 불현듯 반색을 하고 짐을 뒤적였다. 그러더니 얼마 안 가 무언가를 불쑥 내밀었다.

"짠! 예주양 선물이양!"

이예주는 제 앞에 내밀어진 물체를 내려 보았다. 털신. 작은 펭귄이 제게 내민 것은 털이 북슬북슬 달려 있는 어그 부츠 모양의 신발이었다.

"이게…… 뭐야?"

"주인님이 예주양 주려고 인간 마을에서 가져오셨대양! 그 신발로 눈길을 걸어 다니면 발이 너무 시렵잖아양?"

"……"

"펭양이는 신발 같은 거 안 신어도 발이 시리지 않아서 예주양 발이 꽁꽁 언지 몰랐어. 미안해양……."

이예주는 문득 제가 신고 있는 신발로 시선을 옮겼다. 마담 페니의 가게에서 얻은 운동화는 어느새 그간의 고생을 알려 주듯 닳고 닳아 있었다. 신은 지 몇 년은 된 것처럼 천도 다 해지고 때가 타 꼬질꼬질했다.

그런 신발이 발목까지 푹푹 빠지는 눈 더미의 축축함과 어딜 밟든 쏟아지는 찬 기운을 막아 줄 수 있을 리 만무했다. 차가운 눈길을 걷는 동안 발바닥과 뒤꿈치가 꽁꽁 얼다 못해 부르트고 갈라졌다. 그나마 다행인 점이라면 발이 얼굴이나 손보다 통각에 둔하다는 것뿐.

그녀의 동공이 일순 흔들렸다. 간밤 새 얼음 동굴에 들른 그 남자가 펭양에게 전해 준 것이 분명했다.

어떤 생각으로 펭귄에게 이것을 전달한 걸까. 어차피 네 힘으로는 숲을 벗어날 수 없으니 털신 신고 마음껏 뛰어다니라고? 아니면 또 어린아이 취급하며 그녀의 탈출을 단순히 토라진 것으로 여기고 있을지 모른다. 어느 쪽이건 조금도 달갑지 않았다.

"안 받아 줄 거양?"

"……."

"내, 내가 몰래 따라가려 한 게 너, 너무 화가 나서 주인님 선물도 받기 싫은 거양?"

한참을 대답 없이 무뚝뚝하게 신발 한 짝을 내려다보고만 있자, 펭양이 오해를 했는지 울먹거렸다. 이제 어떻게 해야 인간 여자의 마음이 약해질지 조금쯤 감을 잡은 듯해 보였다.

이예주는 마지못해 털신을 받아들였다. 펭양의 얼굴이 환해졌다. 묵묵히 신을 갈아 신으며 그녀는 굳은 얼굴로 생각했다.

그래, 이왕 이렇게 설원에서 움직이기 딱 좋은 신발까지 받은 거. 보란 듯이 그 남자의 손아귀에서 빠져나가 줄 것이다.

갈아 신은 털신은 확실히 따뜻했다. 푹신푹신하니 착용감도 좋았다. 이예주는 허탈한 심정으로 감사 인사를 전했다.

"……고마워."

"고맙긴! 주인님이 주신 선물인데양!"

펭양은 그걸로 이예주와의 동행이 당연해졌다는 듯 순록을 불렀다.

"순심아, 가자!"

푸르륵, 들짐승이 콧김을 내뿜는 소리가 울려 퍼졌다. 이예주는 저보다 앞서 걸음을 옮기는 동물들을 기가 막힌다는 듯 바라보았다.

"예주양! 뭐 해, 빨리 와양! 어서 가자구우!"

오늘도 떨거지들을 떨어뜨리는 데 실패했다.

한 번 가 본 길이어서 그런가. 이예주는 어제보다 쉽게 얼어붙은 강에 도착했다. 어쩌면 눈길을 걷기에 용이한 새 신발 덕분일지도 모른다.

대체 어디서 가져왔는지 모를 말린 과일 따위를 야금야금 먹으며 따라오던 펭양이 고개를 갸웃거렸다.

"예주양, 여긴 왜 또 온 거양? 여기 말고 숲에 구경할 곳이 얼마나 많은데양."

이예주는 대답 없이 저 멀리 지평선 너머, 엄지손가락만 한 크기로 보이는 반대편 숲을 바라보았다.

사실 이곳까지 오는 동안 인간을 마주쳤던 강 하류 쪽으로 가야 할까 계속 고민했다. 그러나 가는 길을 몰랐다. 어차피 상류든 하류든 강 건너에 숲이 이어지는 건 똑같았다. 그러니 계속해서 직진하면 숲이 끝나는 지점이 나오지 않을까.

"하…… 엄청 머네."

단순하게 생각하기로 마음먹었지만 막상 까마득한 강 건너편을 바라보니 한숨이 나왔다.

펭양 말대로 중간 즈음엔 빙판이 덜 얼었을지도 모른다. 한 번 강물에 속수무책 빠져 보았기 때문인지 덜컥 겁이 나기도 했다.

쏴아아— 싸늘한 칼바람이 한차례 몰아쳤다. 아랫입술을 잘근잘근 깨물며 엄습하는 두려움과 싸우던 그녀는 이내 과감히 한 걸음 내디뎠다.

"헤엑! 예, 예주양! 가, 강을 또 건너게양?"

펭양이 홀연히 발을 내딛는 이예주를 허겁지겁 붙잡았다.

"처음 건너는 건데?"

"어, 어제두 빙판이 깨져서 정말 위험할 뻔했잖아양! 여, 여기도 얼음이 깨지면 어쩌려구?"

"여긴 오랫동안 얼어 있었다며."

"헉."

제가 내뱉은 말을 까맣게 잊고 있던 펭귄이 이예주의 지적에 숨을 집어먹었다.

"반대편으로 갈 다른 방법도 없고."

"어, 어……."

"다른 방법이 있더라도 안 알려 줄 거잖아?"

"……."

너무나도 맞는 말이라 할 말을 잊어버린 듯 펭양에게서 답이 없었다. 또 다른 설득을 위해 작은 머리통을 필사적으로 굴리고 있는 듯했지만 이예주는 그것을 기다려 주지 않았다.

두꺼운 눈 위로 발걸음을 휙휙 옮기기 시작하는 인간 여자의 모습에 펭양은 덩달아 빙판 위로 뛰어내렸다.

"순심아! 위험하니까 여기 있어양! 금방 올 테니까 여기 있어야 해!"

푸르, 푸르륵— 흰 순록이 한차례 몸을 부르르 털며 울었다. 펭양은 혹시라도 거대한 짐승의 무게를 빙판이 견디지 못할 것을 염려하는지 어제부터 계속 순록을 떼어 놓고 따라왔다. 이예주는 아무래도 좋았기 때문에 신경 쓰지 않았다.

도도도도. 펭귄이 짧은 다리를 열심히 파닥여 힘겹게 쫓아왔다.

"예주양, 예주양. 바, 반대편으로 꼭 가야만 하는 거양? 어제 봤잖아. 반대편은 인간들이 자주 침입해서 너무 위험해양. 무섭구 놀 곳도 별로 없단 말이양……."

"놀러 가는 거 아니야."

"그럼? 어디로 갈 계획인데양?"

계획 같은 건 늘 그렇듯 당연히 없었다. 그저 숲에서, 그 남자에게서 벗어나려는 것일 뿐.

그나마 깎아지는 절벽과 산맥이 이어지는 숲의 동쪽보다는 서쪽이 평탄할 것이라 판단했기에 그리로 움직이는 것이었다.

이예주의 최종 목표는 결국 숲을 빠져나가는 것이 아니라 이 세계에서 가장 높은 산의 정상으로 가는 것이었다. 자신을 기다리고 있을 어린 소녀에게 가기 위해.

하지만 제 뒤를 안간힘을 쓰며 따라오고 있는 감시자에게 그것을 들려줄 일은 영원히 오지 않을 것이다.

"따라오지 마."

헉헉, 이예주는 제 옆에서 들려오는 가쁜 숨소리에 버릇처럼 중얼거렸다.

"힝, 나두 갈 거양."

"위험하다며?"

"그래두 예주양 옆에 같이 있을 거양!"

돌아오는 대답이 앙칼졌다. 결연한 펭양의 위세에 이예주는 결국 한숨을 내쉬었다. 굳이 위험을 감수하면서 따라온다는데 뭐 어쩔 수 있을까. 순심이 옆까지 뻥 걷어찰 수도 없는 노릇이고.

이예주는 더 이상 펭양에게 관심 두지 않고 제가 갈 길을 바라보았다. 부지런하게 걸었지만 반대편 숲까지 도달하려면 아직도 까마득하기만 했다.

발목과 발바닥이 찌르르하게 아파 왔지만 이예주는 멈추지 않았다. 쉬지 않고 걷고 또 걸었으나, 강의 폭이 어찌나 넓은지 이제 절반을 넘어선 상태였다.

강의 한가운데를 가로지르고 있었지만 천만다행히도 빙판이 갈라지거나 무너지는 불상사는 일어나지 않았다. 흘긋 옆을 내려다보니 노란 부리를 꾹 다문 채 묵묵히 걷고 있는 펭귄의 머리통이 보였다.

짧은 발로 쉴 새 없이 좇아오는 것이 용했다.

이예주는 다시 고개를 앞으로 돌렸다. 눈이 두껍게 쌓이기는 했으나 미끄러운 빙판 위에 얹어져 있는 탓인지 살짝 부는 바람에도 눈가루들이 흩날렸다.

"아……."

햇빛에 반사되어 반짝반짝 빛나는 작은 결정들을 바라보던 이예주의 얼굴이 불현듯 일그러졌다.

살가죽을 에는 칼바람과는 관계없이, 온 세상이 하얀 남쪽 대륙은 너무나도 아름다웠다. 시리지만 코끝에 와 닿는 깨끗한 공기는 들이마실수록 지치고 피폐해진 마음을 정화시켜 주는 것 같았다. 끝없이 펼쳐진 설원을 보다 보면 빌딩과 빽빽한 차도 속을 헤매던 이전의 삶이 다 꿈결처럼 느껴졌다.

이제는 기억도 잘 나지 않는 아득한 과거. 그 과거로 돌아가기 위해 이를 악물고 아등바등거렸던 지난날의 자신.

예전의 자신을 생각해 보면 항상 생존하기 위해, 그리고 무언가에 도달하기 위해 필사적으로 질주해 왔던 것 같은데.

그녀는 문득 손을 들어 자신의 가슴 위를 짚었다. 지금의 자신은 무언가 이상했다. 딱히 필사적으로 하고 싶은 것도 없었고, 그저 공허했다.

숲을 빠져나가겠다는 생각은 있었지만, 막상 빠져나간 이후를 생각해 보면 백지장 같았다. 누군가 숟가락으로 속을 박박 파낸 것처럼 가슴이 텅 빈 느낌이었다.

가끔 펭양의 입을 통해 전해 듣는 남자의 소식이나 자신을 기다리고 있을 알리자린 생각에 무언가 활활 타오르는 것 같다가도 잠시뿐이었다. 그 감정들은 다 탄 재처럼 금방 푸시시 꺼져 버렸고, 그런 것이 몇 분 간격으로 끊임없이 반복되었다.

하루에도 수십 번씩 기분이 뒤바뀌었다. 괜찮다가도 화가 치밀어 올라 미칠 것 같았고, 분노가 가시면 숨 막히는 우울감이 찾아왔다.

그러다 모든 게 귀찮아지고 저도 모르게 그냥 죽어 버릴까 소리 내서 읊조리고 나면, 자신도 깜짝 놀랄 만큼 부정적인 생각들에 기함하는 것이다.

서서히 늪에 빠지는 것처럼 알 수 없는 감정들이 자신의 목을 조금씩, 조금씩 죄어 오는 것 같았다. 그게 기분 나빠 떨쳐 내려고 애쓸 때도 있었는데, 그럴수록 더 악착같이 달라붙어 목을 죄는 것 같다는 느낌이 들어 그냥 관두었다.

때마침 그녀의 몸에 달라붙은 온갖 질척이는 것들을 조금이라도 떼어 내 주는 것처럼, 싸늘한 겨울 냄새를 한가득 실은 바람이 불어왔다.

"예, 예주양! 저, 저기 봐양!"

그때 펭양이 어느 곳을 가리키며 비명을 질렀다. 그러고서 이예주가 채 확인하기도 전에 파다닥 뛰기 시작했다.

이예주는 영문도 모른 채 덩달아 뛰었다. 얼마 멀지 않은 곳에 펭양이 우두커니 멈춰 섰다.

"뭐야? 무슨 일……."

그 뒤를 따라간 그녀는 무슨 일이냐고 묻다가 눈을 커다랗게 홉떴다. 그들의 앞, 티 한 점 없는 눈밭 위로 여러 개의 발자국과 함께 시뻘건 핏자국이 점점이 흩뿌려져 있었다.

"피, 핏자국이양."

펭양의 목소리가 파르르 떨렸다. 이예주는 자리에 쭈그려 앉아 자국을 자세히 들여다보았다.

무시하고 지나가기에는 흔적이 심상치 않았다. 마치『헨젤과 그레텔』에서 아이들이 떨어뜨린 빵 조각처럼, 그들이 있는 곳에서부터 시작하여 강 건너편의 숲까지 핏방울이 한일자로 이어져 있었다.

"이, 인간들이 또 숲으로 들어왔나 봐양. 가, 강까지 오는 경우는 드문데……."

강한 기시감이 들었다. 머릿속에 어제 일들이 떠올랐다 사라졌다. 핏자국은 흘린 지 얼마 되지 않은 듯 응고되지 않고 새빨간 선홍색을 유지하며 눈에 스며들어 있었다.

이예주는 자리에서 벌떡 일어났다.

"예주양! 어, 어디 가게양!"

"……."

"계속 갈 거양? 이, 이렇게 위험한 것을 보았는데두?"

반대편 숲까지 간헐적으로 이어진 핏자국과 발자국을 따라 빠르게 걷기 시작하자 펭양이 기겁을 하며 쫓아왔다.

"예주야앙! 어떡하지!"

펭양은 커다란 핏자국이 보일 때마다 멈춰 서 발을 동동 구르다가, 자신을 두고 멀어지는 이예주를 허겁지겁 따라가는 것을 반복했다.

전에 없는 속도를 내어 걸은 탓인지 이예주는 얼마 안 가 강의 끝자락에 다다랐다. 또다시 시작되는 지긋지긋한 숲의 모습에 미간이 찌푸려졌다.

과연 숲의 끝이 존재하긴 하는가. 그런 의심이 들었지만 채 따질 틈이 없었다. 빙판에서 뭍으로 완전히 올라서자마자, 그녀의 시선을 잡아끄는 것이 있었기 때문이다.

"이건……."

이예주는 심각한 얼굴로 그쪽으로 다가갔다. 새로운 숲에 도달하자마자 본 첫 번째 나무 밑동에 화살 두어 개가 살벌하게 박혀 있었다.

"예주야앙!"

뒤늦게 남은 강을 마저 건너온 펭양이 기어이 이예주를 따라 땅 위로 올랐다. 속히 그녀를 설득하여 다시 안전한 주인님의 얼음 동굴로 데려가려던 펭양은 이예주가 유심히 바라보고 있는 화살을 보고 까무러치게 놀랐다.

"에구머니! 이, 이게 뭐양! 이, 인간의 도구양! 사냥할 때 쓰는 이, 인간의 무기……!"

그 순간 이예주가 돌연 허리를 굽혀 나무에 박혀 있는 화살 하나를 뽑았다.

대체 예주양이 왜 이러는 걸까? 펭양이 그녀의 행동을 불안하게 바라보고 있는 사이, 이예주는 나머지 화살 하나 또한 힘겹게 뽑아내었다.

인간 여자는 그 무서운 물건을 불쑥 펭양에게 내밀었다.

"어제 그 여자가 쏜 화살 깃이랑 똑같아."

"힉! 그, 그럼…… 가, 같은 인간이 또 숲에 들어온 거란 말이양?"

구슬같이 까만 동공이 단번에 겁에 질리는 것을 보며 이예주는 내밀었던 화살을 거두었다. 어제 여우를 잡아가려던 여자와 같은 인간인지는 알 수 없었다. 이곳에 사는 인간들이 모두 같은 화살을 쓰고 있을지도 모르니까.

이예주는 어느새 어제 마주친 인간을 '여자'라 단정 지었지만, 바지춤을 잡고 조르는 펭귄 때문에 알아차리지 못했다.

"예주양. 우, 우리 다시 주인님의 동굴로 돌아가면 안 될까양? 인간들이 어디서 튀어나올지 몰라양! 페, 펭양이는 너무, 너무 무서워양……."

"……."

"주인님도 안 계시고…… 제발 돌아가면 안 될까양? 웅?"

정말로 두려운 건지 펭양이 희게 질린 얼굴로 훌쩍훌쩍 울었다. 이예주는 달래 줄 생각도 않고 펭귄을 물끄러미 내려다보았다. 마음이 심란했다. 자신도 그렇게 무서워서 벌벌 떠는 인간이란 사실을 알고 있기는 한 걸까?

어쩌면 펭양이 생각하기에 자신은 인간이 아닐지도 모른다. 그저 주인의 명으로 따라다니며 감시해야 하는 귀찮은 포로. 아니면 자신과 함께 전지전능한 주인님의 선택을 받아 계약을 한 제3인류라 여기고 있을지도 모른다.

주인님의 선택을 받아. 선택. 그 단어에 기분이 순식간에 더러워졌다.

"너 이제 그만 돌아가."

이예주는 숲 깊숙한 곳까지 간간이 떨어져 있는 피의 잔해를 확인한 후 펭양에게 빠르게 내뱉었다. 펭양이 격하게 도리질을 쳤다.

"나, 나 혼자? 예, 예주양이랑 같이 가는 거 아니면 절대 안 가양!"

"난 너랑 같이 안 돌아가. 너 그럼 계속 나 따라올 거야?"

"흐, 흐으…… 그, 그건……"

"네가 무서워하는 인간이 갑자기 화살 쏘면서 튀어나와도?"

어지간히도 두려운 건지 이예주의 말에 펭양의 몸이 눈에 띌 만큼 벌벌 떨렸다. 그녀는 기세를 몰아 더욱 냉정하게 말했다.

"오든 말든 맘대로 해."

"예, 예주양……."

"너 화살에 맞아서 인간한테 잡혀가도 난 안 도와줄 거야."

그 말을 끝으로 그녀는 뒤돌아서 다시 핏자국을 따라 걷기 시작했다.

"예, 예주양!"

펭양이 비명 지르듯 불렀지만 돌아보지 않았다.

"어떻게 하지? 어떻게 해양!"

멀어지는 인간 여자의 뒷모습 한 번, 순심이를 놓고 온 까마득한 설원 너머를 한 번 바라보며 갈팡질팡하던 펭양은 결국 도도도도 뛰기 시작했다.

"예, 예주양, 같이 가아!"

지금까지 계속 그러했듯 인간 여자가 있는 쪽이었다.

이예주는 숲속으로 이어진 핏자국과 발자국을 따라 정신없이 걸었다. 하지만 나무 위에 쌓여 있던 눈이라도 떨어진 건지 중간중간 아무도 지나가지 않은 것처럼 사라져 있어서 흔적을 찾는 게 갈수록 힘이 들었다.

"어디지?"

마침내 자국이 끊겼을 때 이예주는 깊숙한 숲에 들어선 상태였다.

덩그러니 화살을 쥔 채 그녀는 주변을 휙휙 둘러보았다. 사방에 눈이 소복이 쌓인 나무뿐, 어디에도 인기척은 없었다. 분명 피가 떨어진 지 얼마 되지 않은 것을 알아보았는데…….

"예주양!"

그때 제 둥지로 돌아가지 않은 펭귄이 날개를 퍼덕이며 헐레벌떡 뛰어왔다.

"예주양, 길도 잘 모르면서 어딜 그렇게 가는 거양. 뭐, 뭐 찾는 거라도 있는 거양?"

이예주가 다시 차갑게 내칠까 겁이 났던지 다가온 펭귄은 더 이상 돌아가자는 소리는 하지 않았다. 어떻게 해서든 그녀를 끌고 가기 위해 목에 핏대를 세우며 떽떽거리던 조롱이와는 다른 점이 그나마 마음에 들었다.

"……어디로 가야 하지."
"응?"
"어디로, 어디로……."
이예주가 혼란스러운 얼굴로 주변을 살폈다. 펭양은 그런 인간 여자의 반응을 좀체 이해하지 못하고 그저 고개만 갸웃거릴 따름이었다. 그때였다.
빠드득. 신발에 짓밟힌 눈이 뭉개지는 소리가 들렸다. 이예주와 펭양의 몸이 멈칫 굳었다.
그들 중 누구도 움직이고 있지 않았다. 그렇다면 조금 전의 소리는 누구에게서 난 것이란 말인가.
사박, 뽀드득. 그때 좀 더 선명하고 커다란 소리가 공허한 숲에 울려 퍼졌다. 이예주와 펭양의 몸이 소리가 들려오는 쪽으로 휙 돌아갔다. 더 깊은 숲, 잘 보이지 않는 어둠 속에서 들려오고 있었다.
이예주는 긴장한 얼굴로 그쪽을 뚫어져라 응시했다. 느껴졌다. 누군가 이쪽을 바라보고 있는 시선이.
그녀는 두 개의 화살대를 그러모아 쥔 손에 아득 힘을 주며 천천히 옆으로 이동했다. 시선은 여전히 어딘지 모를 깊은 숲속에 고정한 상태였다. 천천히, 소리가 나지 않을 만큼 신중하게 움직이던 이예주는 펭양을 제 뒤에 완전히 숨기고 나서야 몸을 멈췄다. 펭양이 벌벌 떨리는 목소리로 웅얼거렸다.
"……예, 예주양."
"쉿."
날아올지 모를 화살에 대비해 펭양을 가리고 선 채 이예주는 한참 동안 숲을 노려보았다. 그러던 순간, 그녀의 시야에 무언가가 포착되었다.

빛이 들지 않아 어두컴컴한 나무 사이로 사르락 스쳐 지나가는 금빛 머리가.

"이번엔 진짜 따라오지 마."

"으, 응?"

"위험할지도 모르니까 정말 따라오지 마. 알았지? 순심이 있는 곳으로 돌아가!"

이예주는 속사포처럼 내뱉은 채 무작정 금발이 휘날렸던 방향으로 뛰기 시작했다.

"예주양! 예주양!"

이번에는 펭양이 따라잡지 못하도록 전속력을 냈다. 꼭 펭양 때문이 아니어도 여자를 쫓아가지 않는다면 이 숲을 영영 빠져나가지 못할 거라는 강한 직감이 들었다. 이예주는 남은 체력을 쥐어짜 달렸다.

순식간에 금발을 보았던 지점에 도착했지만 아무것도 존재하지 않았다. 음침하게 내려앉은 어둠뿐.

"하, 하아……."

이예주는 정신없이 눈동자를 굴려 주변을 살피다가 문득 제 발밑을 보았다. 자신의 것이 아닌 타인의 발자국이 평평한 눈 위에 이리저리 찍혀 있었다.

헛것을 본 게 아니었다. 또 다른 인간들이 이 깊은 곳까지 침입했다는 데에 소름이 끼치는 것과는 별개로, 그녀는 드디어 망할 숲을 빠져나갈 수 있다는 생각에 환희했다.

선명한 발자국들은 그녀가 서 있는 곳에서부터 북쪽으로 계속 이어졌다.

"예주야앙—!"

꽤 먼 곳에서부터 펭양의 소리가 메아리쳐 들려왔다. 이예주는 펭권이 자신을 찾아내기 전에 재빨리 뛰었다. 방향은 당연히 발자국들을 따라서였다.

그렇게 다시 한참을 따라가자, 어느 지점에서 눈밭에 찍혀 있던 발자국이 뚝 끊겼다.

"헉, 허억……."

거친 숨이 끊임없이 터져 나왔다. 주변을 둘러보았지만, 그곳이 그곳 같고 이곳이 이곳 같았다.

'여긴 어디야? 대체 어디로 가야 하지?'

그녀가 또다시 막막한 눈으로 주변을 둘러볼 즈음이었다. 왼쪽 나무 기둥 사이에서 또 한 번 반짝이는 것이 스르륵 지나갔다. 워낙 빠르게 지나간 탓에 제대로 보지 못했지만 이예주는 그것이 아까 보았던 금발이라는 것을 확신했다.

"자, 잠깐!"

그녀는 무거운 다리를 억지로 움직여 그쪽으로 한달음에 달려갔다. 그러나 막상 움직임을 포착했던 곳에 도착하니 조금 전과 같이 아무도 없었다. 그저 사람의 것으로 추정되는 발자국만 존재할 뿐.

또 다른 방향으로 이어져 있는 그것을 보고 이예주는 지체 없이 움직였다. 그리고 같은 일이 여러 번 반복되었다.

발자국을 따라 미친 듯이 뛰고, 그것이 끊겼을 땐 어디선가 인기척이 느껴졌다. 그리고 새겨진 흔적을 따라 다시 뛰었다. 꼭 술래잡기를 하는 것만 같았다.

어디선가 이미 한 번 이와 같은 일을 겪지 않았나 하는 묘한 기분이 들었다. 똥개 훈련하듯 열심히 달리며, 이예주는 곰곰이 떠올렸지만 너무 힘들어서 그런지 잘 기억나지 않았다.

"헉헉, 흐으……."

네 번째로 반짝이는 것이 나무 틈새로 휙 스쳐 지나가는 것을 보고 허겁지겁 쫓아가던 이예주는 불현듯 눈부신 빛과 조우했다.

화악— 차가운 바람과 미세한 눈가루들이 폭풍우처럼 몰아닥쳤다. 그녀는 걸음을 우뚝 멈추고 두 팔로 얼굴을 가릴 수밖에 없었다. 한차례 칼바람이 매섭게 몸을 후려치고 지나간 후, 이예주는 바람을 막던 두 팔을 내렸다. 그리고 제 앞에 떡하니 나타난 높은 경사로를 발견했다.

산이라고 하기엔 너무 낮았고, 평탄한 길이라고 하기엔 스키장의 슬로프처럼 경사가 가파른 커다란 언덕이었다. 그녀가 있는 가장 아래쪽에서부터 저 멀리 있는 꼭대기까지. 새하얀 경사로 위에, 한 쌍의 발자국들이 뚜렷하게도 찍혀 있었다.

"……숲의 끝이야."

이예주가 한숨처럼 중얼거렸다. 마침내 빠져나온 것이다.

저 끝에 가면 뭐가 있을까. 남쪽 대륙에서 산다는 눈족 인간들이 득실대고 있을까.

그러나 이예주는 더 고민하지 않고 발자국을 따라 언덕을 오르기 시작했다. 이곳까지 유인한 것인지, 혹은 쫓아오는 그녀를 피해 달아난 것인지 모를 인간이 사라지기 전에 꼭대기에 도달해야 했다.

체력은 이미 방전된 후였다. 악으로, 독으로 내리치는 바람과 눈가루들을 헤치며 뛰었다. 마침내 비척거리며 꼭대기에 도착했을 때 그녀는 볼 수 있었다. 자신을 기어이 이곳까지 끌고 온 인간을.

그 여자는 정신없는 손길로 묶어 둔 썰매를 끄르고 있었다. 이예주가 자신을 쫓아 언덕을 올랐다는 것조차 눈치채지 못한 것 같았다.

바람에 휘날리는 금발 사이로 얼굴이 슬쩍 드러났다. 이예주의 눈동자가 튀어나올 듯 커다래졌다.

"……다, 당신!"

생각났다. 자신을 이토록 똥개 훈련시켰던 망할 인간이 누구였는지. 그때 그렇게 당해 놓고 어떻게 까맣게 잊었을까. 여자와의 두 번째 술래잡기였다.

휘이익— 한차례 을씨년스러운 바람이 언덕 꼭대기를 휩쓸고 지나갔다. 빽빽한 나무들이 바람을 막아 주던 숲과는 달리 언덕 너머는 탁 트여 있었다. 지평선이 끝도 없이 이어져 있는 평평한 설원이었다.

푸르르, 푸르. 짐승 우는 소리가 들렸다. 이예주의 시선이 그쪽으로 옮겨 가다가 무언가를 발견하고 멈칫했다. 산타가 이끄는 루돌프의 썰매를 연상시키는, 커다란 나무 썰매가 있었다.

하지만 그녀가 놀란 것은 썰매 때문이 아닌, 썰매 끄트머리에 고삐를 물고 있는 네 마리의 동물 때문이었다. 순심이만큼 온몸이 눈부신 하얀색으로 도배되어 있는 것은 아니었다. 하지만 뿔만은 티 없이 새하얀 순록들이었다.

썰매의 바스켓 옆 나무 지지대에 토끼 두 마리가 매달려 있었다. 축 늘어진 토끼들의 발끝에서 뚝뚝 핏방울이 흘러내렸다. 그녀는 곧바로 알아차렸다. 그녀가 뒤쫓은 핏방울의 출처가 저것임이 틀림없다고.

이예주는 다시 고개를 돌려 밧줄을 쥔 채 굳어 있는 여자를 바라보았다.

"당신……."

역시 헛것을 본 것이 아니었다. 어두운 회색 로브 후드 밖으로 삐져나온 금빛 머리칼이 하늘하늘 흩날렸다. 여자와 이예주, 그 누구의 얼굴에도 표정이랄 게 없었다. 그저 시간이 멈춘 듯 서로를 탐색

했다.

한참 후 먼저 정적을 깬 것은 이예주였다.

"이거…… 당신 거죠?"

서 있는 여자에게로 천천히 다가가며 이예주는 손아귀에 꽉 쥐고 있던 화살을 내밀었다.

가까이서 본 여자의 얼굴은 참으로 이상했다. 얼핏 보면 삼십 대 초반의 젊고 아름다운 여성 같았다. 그러나 다시 보면 온 세상 풍파를 모두 겪은 노인의 얼굴이 보였다.

팔족 족장의 저택에서 자신을 유인해 곤경에 처하게 만들었을 때는 책 속의 여신과 똑 닮았다고 생각했었는데, 이젠 책을 본 기억이 가물가물해서 그런지 처음 봤을 때처럼 충격적이지는 않았다.

바람이 그쳤다. 후드 안의 얼굴을 정면으로 마주하자, 여신의 모습보다는 1000년 전 검은 파편을 삼키고 배가 터져 죽어 버린 눈족 여족장의 모습이 더 생생하게 되살아났다.

"고맙습니다. 화살의 수가 항상 부족해서 사냥 후 반드시 수거해야 하거든요."

이예주가 내민 두 개의 화살을 물끄러미 내려 보던 여자가 한참 후 그것을 받아 들었다.

"우리, 구면이죠?"

단도직입적으로 묻는 이예주의 말에 여자의 입꼬리가 희미하게 올라갔다. 쫓아오는 자신을 피해 부랴부랴 묶어 두었던 썰매 줄을 풀던 것과는 달리, 답을 하는 모습에서 기묘한 여유가 흘렀다.

"그런가요?"

고개를 갸우뚱하며 생각나지 않는 듯 구는 여자의 행동에 부아가 치밀었다. 그러나 이예주는 그것을 무시하고 정신없이 여자를 몰아붙였다.

“당신. 당신 대체 누구죠?”

“…….”

“대체 누군데 팔족 족장의 저택을 마음대로 돌아다니고, 날 유인하고…… 이번엔 인간들은 들어오지 못한다는 이 숲까지 들어와서 여우들을 죽이려 들고, 이번엔 토끼 사냥까지.”

“…….”

“당신이 여신이야? 아니면 눈족 여족장? 당신, 대체 누군데 가는 곳마다 내 앞에……!”

얼씬거리느냐고. 말을 할수록 화가 치솟아 올라 이예주는 잠시 입을 다물고 거칠게 숨을 씨근덕거렸다.

생각해 보면 아무 관계가 없음에도 저 여자와 질리도록 마주해 왔다. 직접적이든 간접적이든, 모든 일은 ‘여신’이라는 명목하에 저 빌어먹을 면상과 항상 귀결되었다.

“눈족 여족장…….”

이예주의 중얼거림에 침묵하고 있던 여자가 한숨을 내쉬었다.

“아쉽게도 난 여족장은 아닙니다.”

“그럼 당신은 누군데요?”

“나는 현 눈족 족장의 딸, 신전을 관리하며 여신을 모시는 모든 형제자매님들을 보필하고 있는 사제, 쟈니아입니다.”

“……눈족 족장의 딸?”

여자가 뒤에 뭐라 덧붙여 설명했지만 이예주의 귀는 한 지점에 멈췄다. 눈족 족장의 딸.

다리족에서 여준이 그랬다. 본디 눈족은 과거를 보는 족장과 미래를 보는 족장, 두 명으로 나뉘었지만 현 족장은 이례적으로 과거와 미래를 둘 다 볼 수 있는 강한 자라고.

이예주의 안색이 어두워졌다. 그렇게 힘이 강한 눈족 족장이라면 제 앞의 여자 또한 강한 인간일지도 모른다.

"내가 이 숲에 들어온 것은 보시다시피 먹이를 사냥하기 위해서입니다. 아무도 먼저 나서서 이 숲에 들어가 먹을 것을 구하려 들지 않거든요. 누구든 검은 파편의 손에 죽고 싶진 않을 테니까요. 나는 며칠에 한 번씩 소동물을 잡거나 식용이 가능한 풀뿌리를 캐내어 가지고 갑니다."

"……."

"아, 가끔 장작도 주워 가지요. 우린 작물을 키울 수 없기 때문에 이것마저 하지 않으면 모두들 기아와 한파로 죽을 수밖에 없습니다."

여자는 태평한 얼굴로 죽은 토끼들을 손가락질하며 잘도 답했다. 마치 유창하게 한국어를 구사하는 외국인을 만난 것 같은 이질감이 들었다. 답을 들은 이예주는 서둘러 다른 질문을 내놓았다.

"그때 팔족 땅에서 여신 흉내를 내고 일부러 날 유인해서 팔족 족장 놈한테 들키게 한 거, 당신이죠?"

아무것도 몰랐던 그 시절, 그저 여신과 똑 닮았다는 이유 하나로 여자의 뒤를 쫓았다. 그 결과 자신은 팔족 족장에게 걸려 피가 터지도록 채찍질을 당했다. 아직도 그녀는 종종 그때의 악몽을 꾸고 일어나 치를 떨곤 했다.

"당신 맞죠!"

순식간에 분노에 휩싸인 이예주가 불어치는 칼바람보다 매섭게 여자를 쏘아보았다. 뒤늦게 잊고 있었던 트라우마의 원인을 마주하자니 잠잠했던 마음에 풍랑이 일었다.

맞다고 대답하는 즉시 달려들어서 그때 당한 만큼 머리끄덩이를 잡아 뜯어 놓을까. 아니면 똑같이 채찍질을 해야 속이 좀 시원해질까.

그러나 울화가 치미는 이예주를 아는지 모르는지, 여자가 허무할 만큼 선선히 고개를 끄덕였다.

"그것을 목적으로 당신을 유인한 것은 아니었지만 결과적으로 내가 당신을 위험에 빠트린 것이니, 맞다고 할 수 있겠군요."

"뭐?"

"내가 그때 당신이 팔족들의 비밀을 알게끔 유도한 것은 밑바닥까지 타락한 처참하고 참혹한 인간들의 모습을 있는 대로 보여 주고 당신의 역량을 시험하기 위해서였습니다."

"그게 뭔 개소리야?"

여자가 지껄이는 말을 이해할 수 없어 이예주는 눈살을 있는 대로 찌푸렸다. 무슨 역량? 뭘 시험해?

"이제 제 차례입니다. 그러는 당신은 누구죠?"

하지만 쟈니아는 이예주의 답답함을 해소해 줄 생각 따윈 없다는 듯 오히려 역으로 물었다. 본질까지 꿰뚫어 보는 듯한 말간 시선에 불현듯 말문이 막혔다.

혹시 이 여자, 자신의 능력에 대해 아는 것인가? 자신이 이곳에 속한 인간이 아니라 머나먼 과거에서 왔다는 것을.

자신을 떠보는 것인가 싶어 긴장하던 이예주는 곧이어 들려오는 여자의 목소리에 안도했다.

"당신은 구원자가 아니죠."

"……."

"그렇다고 인간들의 편에서 우리를 돕는 것도 아니고요."

맞는 말이었다. 자신은 구원자도, 그리고 인간들의 편도 아니었다. 하지만 그렇다고 딱히 람과 신인류들의 편에 서서 인간들을 철저히 적대시해 온 것은 아니었다.

이예주가 이 망할 세상에 와서 혐오했던 것은 자신에게 해를 가한 악한 인간들이나 식인을 하는 미친 시간족들뿐. 제드나 알리자린과 같이 괜찮게 여겼던 사람들도 분명 존재했다. 그러나 여자가 그들을 알 것이란 생각은 들지 않았다.

"당신은 우리들을 파멸로 몰고 있어요. 당신으로 인해 우리는 위험에 노출되었고 곧 이 세상에서 멸종될 예정이죠."

뭐라 채 답을 하기도 전에 여자가 말을 가로챘다. 기묘한 내용과는 달리 내뱉는 그 얼굴이 하도 덤덤해서, 이예주는 한발 늦게 여자의 말에 담긴 적의를 읽고 당황했다.

"뭐, 뭐라고요? 파멸?"

"한때 우리는 당신을 인간들의 구원자라 여기며 검은 파편으로부터 떼어 내기 위해 안간힘을 썼었지요. 팔족 저택에서의 일 또한 그 일환 중 하나였고요."

"그, 그게……."

"하지만 우리는 너무 늦게서야 깨닫고 만 것입니다. 당신은 구원자 같은 것이 아니라는 걸."

말을 내뱉으며 쟈니아는 아득한 허공 너머를 바라보았다. 모든 것이 제 앞의 이예주 탓이라고 뒤집어씌우는 것과는 별개로 그녀에게서 느껴지는 감정은 아무것도 없었다. 분노도, 증오도, 원망도.

그들 사이로 한차례 칼바람이 스치고 지나갔다. 후드 속에서 삐져나와 휘날리는 탐스러운 금발을 붙잡으며 여자가 다시 입을 열었다.

"이곳엔 어째서 온 것이죠?"

모든 것에 초탈한 것처럼 고요한 목소리가 이예주의 귓가에 와 닿았다. 어떤 것을 말해도 들어 줄 테니 어디 한번 이야기해 보라는 듯, 그 모습이 자못 자애롭기까지 했다.

"말해 봐요. 다리족엔 분명 당신이 원하는 것이 있었을 텐데요."

쟈니아는 부드럽게 대답을 종용했다. 모든 것을 알고 있다는 듯한 그 태도가 마음에 들지 않았다.

그간의 고생들을 상기하자 여자가 어떻게 그것을 알았는지와 같은 원초적인 의문조차 들지 않았다. 이예주는 분노에 활활 타올라 한 자, 한 자 짓씹듯 내뱉었다.

"그건 모두 거짓이었어."

"……."

"다리족 놈들은, 내게 거짓말만 늘어놓았다고요. 거기에 내가 원하는 건 아무것도 없었어요."

사실이었다. 이예주가 다리족에서 알게 된 것은 놈들이 얼마나 이중적이고 미친 집단인지에 대한 것뿐이었다. 그리고 그것을 가장 잘 알고 있을 이가 바로 쟈니아가 아닌가. 다리족이 버려진 제 일족 아이들을 가지고 실험을 하는 것을 전혀 몰랐다고 할 순 없을 것이다.

불손한 시선을 눈치챈 듯 여자가 문득 희미하게 웃었다.

"완벽한 거짓은 존재하지 않아요. 거짓말은 때론 하나뿐인 정답이 되기도 하죠."

이해 못할 헛소리들 때문에 이예주는 미간을 찌푸렸다. 저건 또 무슨 신박한 개소리일까. 여자와의 대화는 같은 주제를 가지고 오가는 것 같으면서도 정신 차리고 보면 중점이 어긋났다.

"다리족 족장이 당신에게 늘어놓은 여러 거짓 중에는 반드시 진실이 섞여 있을 거란 얘기입니다."

"내게 도움이 되지 않는 진실 따윈 필요 없어요."

"글쎄요."

여자의 입가에 걸린 미소가 한층 더 진해졌다.

쟈니아는 저보다 키가 조금 더 클 뿐 딱히 위험해 보이지는 않았다. 동쪽 대륙에서 보았던 눈족 장로와 같은 펑퍼짐한 로브. 자신보다 배는 더 커다란 그 옷을 뒤집어쓴 모습은 조금 우스꽝스러웠다.

그러나 이예주는 짙어지는 쟈니아의 미소가 왠지 모르게 꺼림칙하게만 느껴졌다.

"지금 남은 진실은, 당신 때문에 다리족 족장과 수뇌부가 전멸했고 당신이 찾던 진짜 진실은 영원히 묻혀 버렸다는 것이죠."

"하, 뭐라고요?"

이해할 수 없는 말들만 지껄이더니, 이제는 뜬금없이 다리족의 죽음에 대한 책임까지 자신에게 물린다.

이예주는 어이가 없어서 실소를 흘렸다. 어딜 가도 정신에 이상이 있는 시간족이 꼭 하나씩 존재한다는 것이 신기하다 못해 소름끼쳤다.

"말 참 이상하게 하시네. 저기요, 다리족이 전멸하고 인간들이 죽어 가는 게 왜 내 탓이에요? 댁이 날 얼마나 봤다고. 허, 참. 기가 막히네. 인간들은요. 아니, 모든 생명들은 태어난 이상 죽게 되어 있고요. 그리고!"

"……."

"진실은, 다리족이 전멸한 것은 내 탓이 아니라 당신들 탓인 게 진실이죠. 눈족인 당신들 말이에요."

"……."

"나도 다 봤어요. 과거의 일들을 나도 다 안다고요. 검은 파편을 깨운 건 내가 아니라 당신들이잖아요? 그 남자를 공격해서 분노하게 만든 것도 당신들이고요. 하. 뭐, 말이 되는 소리여야 이해하는 시늉이라도 하지."

다다다다 쏴붙이며 이예주는 쟈니아를 찌를 듯 검지로 가리켰다.

내가 왜 여기서 이 여자와 네 잘못이니 내 잘못이니 같은 대거리를 해야 하는 거지? 자신은 그저 인간을 쫓다 보면 숲을 빠져나가는 길을 찾을 수 있을 거라 생각했다.

여준은 차라리 거짓부렁을 말했을지언정 납득이 되는 소리를 지껄였다. 그러나 이 여자는 대체…….

웃기지도 않은 여자의 헛소리에 이예주는 기가 막혔다. 약간 어디가 모자란 사람이 아닐까? 그러고 보니 자꾸 초점이 나가는 저 눈동자도 그렇고…….

문득 동쪽 대륙 지하 동굴에서 흐리멍덩한 눈동자로 조롱이를 응시하던 미친 눈족 장로가 생각났다. 저 여자도 갑자기 피를 빨아 먹겠다고 달려들면 어떡하지?

이예주는 더럭 겁을 집어먹고 주춤주춤 두어 발 뒷걸음질 쳤다. 그 모습을 보며 여자가 소리 없이 웃었다.

"당신이 죽게 만든 것은 비단 인간뿐이 아닙니다. 당신은 수많은 무고한 신인류들도 같이 죽게 만든걸요. 자신의 손으로 구해 냈던 어린 신인류들을 다시 사지로 내몬 기분이 어떻죠?"

"뭐, 뭐요? 이, 이 아줌마가! 내뱉는다고 다 말인 줄 아나!"

여자의 막말에 이예주의 얼굴이 험악해졌다. 거칠게 앞머리를 쓸어 넘긴 그녀가 버럭 소리 질렀다.

"어떻긴 뭐가 어때! 난 이곳에 와서 개미 한 마리 제대로 죽여 본 적도 없구만, 헛소리도 작작해요! 당신이 봤어? 내가 막 살인하고 신인류들 죽이는 거, 당신이 봤냐고!"

"세상을 유지하기 위해서는 모든 공간, 시간, 상황을 통제할 수 있어야 하지요. 기술적이고 과학적인 문명은 다리족이 훨씬 앞서고 있기 때문에 그들의 도움을 얻어 확인하고 있습니다."

"진짜 돌겠네."

사람이 이토록 화를 내면 개소리도 작작할 법하건만, 쟈니아의 얼굴에는 조금의 동요도 없었다. 벌게진 얼굴의 이예주를 무감각하게 바라보는 여자는 상대의 분노가 알아서 사그라지기를 차근히 기다리는 사람 같았다.

그냥 이대로 뒤돌아서 언덕을 다시 내려갈까. 이예주는 고민했다. 이 미친 여자랑 계속 말 섞는 것보단 차라리 펭귄을 닦달해 다른 길을 알아내는 편이…….

그때였다. 미묘하게 달라진 목소리가 귓가에 흘러 들어왔다.

"동쪽 대륙 해안 마을."

그 전까지 희미하게나마 미소를 지었던 것은 모두 장난이었다는 듯, 여자는 전에 없이 무표정했다.

그러고 보니 여자의 얼굴이 좀 이상했다. 꽤 예쁜 외양이었지만, 피부는 핏기 하나 없이 창백했으며 입술은 푸른빛이 돌아 기괴하게 느껴졌다. 꼭 시체처럼.

"당신 때문에 바다 인근에 있는 마을이 절반 가까이 사라졌어요."

"하…… 그건 또 무슨 근거 없는 헛소린데요."

"구원자로 여겼던 당신은 이 세계에 나타난 후, 우리들을 구원하기는커녕 그 어떤 때보다 더 거대한 단위의 죽음을 몰고 다니더군요. 팔족, 다리족, 시간족과 관계없는 중간 지대의 일반인들까지. 당신이 거치고 간 곳은 모조리 전멸되고 종국엔 복구조차 할 수 없을 만큼 파괴되었어요."

"잠깐, 잠깐만요!"

여자는 채 반박할 말을 고를 시간조차 주지 않겠다는 듯 미묘한 억양으로 몰아붙였다. 이예주는 쟈니아의 말을 좀체 따라갈 수 없었다.

“잠깐. 그, 그게 무슨 소리예요? 뭐가 죽음을 몰고 다니는…… 그리고 멀쩡한 마을이 왜 사라져요?”

더듬더듬 말을 막아선 이예주 덕분에 쟈니아는 잠시 호흡을 골랐다. 그리고 찬찬히 되풀이했다.

“……한순간에 동쪽 대륙의 절반이 통째로 붕괴되었어요. 다리족들의 인공위성에 지반이 무너지는 것이 똑똑히 찍혔습니다. 인간, 신인류, 동식물들 가릴 것 없이 수많은 생명체들이 죽었고 그 수치를 헤아리기 어렵습니다.”

“아니 그러니까! 그러니까…….”

이예주는 혼란스러운 얼굴을 한껏 일그러뜨렸다. 이 여자가 무슨 소리를 하는 거지? 도무지 알아들을 수 없었다.

갑자기 이게 무슨 소릴까. 얼마 전 조롱이를 구하기 위해 피똥 쌀 만큼 굴렀던 해안 마을이 뜬금없이 왜 사라졌단 말인가. 그리고 그게 왜 또 자신 때문이고.

그녀가 폭발로 날려 버렸던 것은 족장의 저택 지하였다. 화력이 아무리 크다 하더라도 무슨 마을이 붕괴된단 말인가. 만약 그랬다면 자신은 진즉 죽어 없어졌을 것이다.

“그러니까, 왜요? 동쪽 대륙이 왜 사라지고…… 그게 왜 또 나 때문이란 건데요?”

“기억이 나지 않는 건가요. 아니면 나지 않는 척을 하는 건가요.”

“내가 뭘…….”

“이 세계에서 가장 높은 산의 중턱에서 당신이 했던 일. 다리족,

붉은 개, 뤼미에르, 그리고 검은 파편."

"……."

여자가 붉은 입술을 벌려 수수께끼의 힌트를 주듯 몇 가지 단어를 나열했다. 이예주는 멍하니 그때를 회상했다.

멸종한 줄로만 알았던 붉은 개 수백 마리들이 쏟아져 나와 날뛰었고, 그 아수라장을 외면하듯 자신은 열린 '문' 안으로 도망쳤다. 그리고 눈을 떴을 땐 람의 왼쪽 팔이 사라져 있었다.

비릿한 피 냄새. 허공으로 분수처럼 뿜어지는 그의 뜨끈한 생명수 몇 방울이 제 얼굴까지 튀었다. 예지몽이 현실이 되었고, 람의 피가, 람의 팔이…….

—주, 주인님은 잠깐 도, 동쪽 대륙에 가셨어양…….

그 순간, 펭양과 처음 나눈 대화가 그녀의 귓가에 생생하게 살아났다.

—동쪽 대륙? 거긴 왜?

—그, 그게…… 동쪽 대륙에 요즘…… 주, 주인님께 중요하고 원대한 일이 생기셔서양…….

"이제 기억이 났나요?"

불쑥 저를 부르는 목소리에 이예주는 소스라치게 놀라며 상념에서 순식간에 끌어 올려졌다. '시간'이란 여신, 1000년 전의 눈족 여족장과 꼭 닮은 여자가 차가운 눈으로 자신을 바라보고 있었다.

예지몽처럼 폭발한 람의 팔. 그가 동쪽 대륙으로 갔다던 펭양. 동쪽 대륙의 절반이 붕괴되었다는 쟈니아.

숨이 거칠어졌다. 이예주는 본능적으로 무언가 잘못되었다는 직감이 들었다.

"당신의 존재가 어떤 불행들을 이끌고 다니는지. 이젠 운명을 받아들일 만도 한 것 같은데요."

"운명…… 무, 무슨 운명이요?"

"당신이 지나가는 곳마다 재기조차 할 수 없을 만큼 파괴되고 있다는 것을요. 팔족부터, 다리족, 해안 마을까지. 당신의 발자취가 닿은 곳마다 여지없이 죽음이 덮쳤군요. 이래도 당신에게 아무런 책임이 없다고 할 수 있을까요?"

여자의 물음에 이예주는 아무런 답도 할 수 없었다. 팔족 땅도, 다리족 근거지도 자신이 다녀온 것은 사실이니까.

하지만 해안 마을은 예외였다. 동쪽 대륙이 무너져? 무너진다는 게 무슨 말이야. 지반이 무너지고 대륙의 반이 사라져?

그러나 좀체 납득하지 못하는 머리와는 달리, 이예주는 아까 여자가 동쪽 대륙을 언급했을 때부터 서늘해지던 몸이 지금은 덜덜 떨리고 있음을 알았다. 추위로 인한 것은 아니었다. 그렇다면 제 몸이 이렇게 사시나무 떨리듯 떨리는 이유가 뭘까. 뭐가…….

이예주는 정말 찰나의 순간 눈앞의 스쳐 지나간 영상을 본능처럼 부정했다. 타당, 타다다탕! 끊임없는 총성과 인간들의 비명 소리, 짐승의 울부짖음이 난무하던 그곳. 뤼미에르 꽃밭을 등지고 숲 쪽으로 뛰어가던 자신이 본 두 개의 '문'.

"뭐가…… 뭐가 어떻게 된 거야. 그게 무슨 소리야. 어떻게……."

그리고 그 '문'들 중 하나의 안에는 바로…….

"나, 나는…… 나는 아무런 힘도 능력도 없는데…… 내가 어떻게 뭘……."

"당신에게 아무 능력도 없다는 것은 잘 알고 있습니다. 하지만 안타깝게도 근원은 당신의 존재, 그 자체죠."

하염없이 흔들리는 이예주의 동공과는 달리 여자의 음성은 잔잔했다.

"이 세계에서 가장 높은 산의 중턱에서 살아남은 다리족은 아무도 없기에 우리에게 전달된 것은 별로 없습니다. 상황이 종결된 후 눈족들이 과거를 읽어 냈지만 대부분의 흔적이 지워진 상태여서 모든 것을 알아낼 수는 없었죠. 하지만 당신은 똑똑히 기억하고 있을 것 같군요. 그 참변에서 유일하게 살아남은 인간이니까."

"……."

"당신의 존재는 그분을 파멸로 이르게 합니다. 그게 어떤 경위와 연결 고리로 인한 것인지는 알 수 없으나 인간의 죽음, 나아가 대륙의 파멸까지 이르게 만들고 있습니다."

"그게 무슨……."

"눈을 감고 기억해 보세요. 그분이 스스로를 파괴하게 된 원인이 무엇인지. 냉철하고 계산적인 그가 그렇게 극단적으로 변하게 된 것은 분명 당신의 어떠한 행동 때문일 텐데요."

여자가 말하는 '냉철하고 계산적인 그'가 람을 칭한다는 사실은 단번에 눈치챌 수 있었다. 이예주는 떨리는 몸을 주체할 수 없었다.

문득 비린 냄새가 감돌았다. 혈향이었다. 아직도 눈만 감으면 생생한, 허공을 향해 흩뿌려지는 선홍색의 물줄기.

이예주는 새파랗게 질린 입술로 비명을 지르듯 물었다.

"당신 말은, 그러니까 나 때문에…… 나 때문에 람이 스스로를 다치게 만들었다는 소리예요?"

"당신이 곁에 있는 이상 그 빈도수는 갈수록 늘어나겠죠."

"왜, 왜요? 나, 나는 아무것도 안 했는데. 그, 그 사람이 왜 스스로를 다치게 만들었다는 거예요?"

"그건 당신 스스로가 가장 잘 알고 있지 않을까요."

알쏭달쏭한 여자의 말에도 더 이상 화를 낼 수 없었다. 무의식적으로 아예 외면하던 장면 하나가 뇌리를 스치고 지나갔다.

자신은 분명 '문'을 넘었다. 푸른 바다가 넘실거렸던 문 너머의 영상. 그리고 심연과도 같은 암경 속에 빠진 후 엉엉 울었다. 남자에게 맞은 뒤통수가 너무 아파서.

그러다 암경 속 공간이 요동친다는 생각이 들었을 때쯤 제가 있는 어둠이 우르르 녹아내리듯 무너지고, 그 자리를 눈을 찌르는 밝은 빛들이 채웠다.

암경이 사라지고 있다는 자각이 들 때쯤 이예주의 몸은 알 수 없는 무형의 힘에 의해 엄청난 속도로 끌려갔다. 던져지고 있는지 빨려들어 가고 있는 건지 알 수 없을 만큼 휩쓸리다가 정신을 차렸을 때, 그녀는 '문'을 넘기 직전의 아수라장으로 되돌아왔다. 눈앞에 한쪽 팔을 잃은 남자가 피를 철철 흘리며 귀신처럼 웃었다.

그것이 모두 자신의 탓이라고. 제가 '문'을 넘으려 들어 남자의 팔이 폭발하고, 더불어 해안 마을마저 붕괴해 버렸다고.

말도 안 되는 소리인 것을 알았지만 이예주의 허연 낯빛에는 핏기가 돌아올 기미가 없었다.

"말도 안 돼."

그녀는 부정했다. 제가 무슨 힘이 있어서 남자의 팔을 폭발시킨단 말인가?

하지만 한편으론 도저히 부정할 수 없었다. 남자가 그렇게 끔찍한 몰골로 다쳐 버린 것은 인간들 때문이 아니었다. 그때 다리족은 족장이고 부하고 할 것 없이 붉은 개들에게 쫓기기 바빴으니까.

스스로가 가장 잘 알고 있을 것이란 쟈니아의 말처럼, 놈들이 람을 공격할 틈도 없었다는 것을 그녀는 똑똑히 알고 있었다…….

"대략 감이 온 모양이군요."

꼬리에 꼬리를 물고 이어지는 회상을 자니아가 단호하게 끊어 냈다. 도화지처럼 창백해진 이예주의 안색을 보고 여자는 작게 웃었다.

"그렇다면 당신이 해야 할 일은 당장 남쪽 대륙에서 떠나는 것뿐입니다."

"……."

"떠나 주세요. 부탁드립니다."

여자가 고개까지 숙이며 정중하게 부탁했다.

"떠……나라고요?"

"그래요. 부디 이곳에서 떠나 주세요. 당신 하나만 사라지면 남쪽 대륙은 파멸될 위험에서 어느 정도 벗어날 수 있을 겁니다. 그렇다면 이 숲에 사는 모든 동물들, 신인류들 또한 안전해지겠죠. ……부모를 잃은 이 불쌍한 아이들 또한요."

자니아가 손을 뻗어 제 옆에 가장 가까이 있던 회갈빛 순록의 머리를 쓰다듬었다. 푸르르— 순록이 고개를 흔들었다. 썰매 옆에 죽은 토끼를 매달아 둔 것과는 판이한, 자애로운 그 행동이 괴기함을 자아냈다.

"무엇보다."

"……."

"그분, 검은 파편이 당신으로 인해 자신을 파괴하는 모습을 계속 보고만 있을 순 없잖아요?"

"나, 나는. 나는……."

이예주는 여전히 일그러진 얼굴로 말을 제대로 잇지 못했다. 다른 건 다 모르겠다. 동쪽 대륙이 어떻고, 자신의 존재로 인해 많은 인간들이 죽고 어쩌고.

하지만 정신없는 와중에도 하나만은 똑똑히 새겨졌다. 람의 팔이 사라진 것에 어떻게든 자신이 개입되어 있다는 것.

"믿을 수 없다는 얼굴이군요. 하지만 우리는 당신이 확신을 갖게 하기 위해 남쪽 대륙을 희생하는 어리석은 짓은 하지 않을 겁니다. 대륙이 사라지고 무수히 많은 생명들이 한순간에 스러지는 참사는 한 번으로 족합니다. 우리가 떠나지 않는 당신을 죽이기 위한 조치를 취하기 전에."

"……."

"떠나요."

무언가 말을 꺼내야 했다. 하지만 이예주는 꿀 먹은 벙어리처럼 벙긋거리다가 죄인처럼 고개를 아래로 떨어뜨렸다. 아무런 말도 꺼낼 수 없었다. 한참을 침묵하던 그녀가 간신히 목소리를 쥐어 짜냈다.

"……어디로요?"

이제야 이 멍청한 계집과 말이 통하는 것 같아 쟈니아의 안면 위로 후련함이 스쳐 지나갔다. 이예주는 고개를 숙이고 있었기에 미처 그것을 보지 못했다.

티끌 한 점 없는 하얀 눈밭 어딘가를 바라보는 시선이 가엾이 흔들렸다. 어디로 가야 하는 걸까. 이 지긋지긋한 숲을 빠져나가는 길을 찾는 것조차 몇 날 며칠을 헤매고 나서야 가능했는데. 그것도 탈출의 길목에서 쟈니아라는 거대한 벽에 가로막혔다.

"어디로든."

"……."

"우리들의 터전으로부터, 검은 파편으로부터 최대한 멀리. 가능하면 당신이 원래 속해 있던 곳으로 돌아가는 편이 좋겠군요."

여자는 시선이 닿는 지평선 너머를 제 몸으로 가로막았다. 언덕 꼭대기, 그 이상 절대로 발을 들이밀지 못하게 하려는 듯이.

눈족들이 사는 곳으로 가서 어떻게 해 보겠다는 생각을 했던 것은 아니었다. 하지만 그것은 생각도 전에 이미 막힌 것이나 다름없었다.

"내가 원래 속해 있던 곳……."

쟈니아의 말을 되뇌던 이예주는 허탈하게 웃었다. 그게 가능한지 확인하기 위해 이용당하는 줄도 모르고 다리족에 간 걸 여자는 모르는 것 같았다.

그녀는 자신이 길을 잃어버린 것 같다고 생각했다. 어디로 가야 할지, 어떻게 빠져나가야 할지. 아무것도, 단 하나도 알 수 없었다.

"……다시 숲으로 되돌아가면 빠져나가기 힘들어요."

이예주는 무겁게 입을 열었다. 막막한 심정과는 달리, 그녀는 서서히 현실과 타협하고 체념하고 있었다.

쟈니아가 이해할 수 없다는 듯 고개를 기울였다.

"왜죠?"

"동쪽으로 난 길은 막다른 길이나 절벽 같은 게 많아서 일부러 이쪽 방향을 선택한 거였어요. 일단 숲을 빠져나가서 우회를 하든 어쩌든…… 다시 이 세계에서 가장 높은 산으로 되돌아갈 생각이었어요."

"안타깝지만 더 이상 당신에게 길을 내줄 수 없습니다. 어쩌면 당신이 남쪽 대륙을 무사히 빠져나갈 수 있도록 도울 방법이 있을지 모르지만, 우리 땅에 위험의 핵심인 당신을 들이진 않을 겁니다. 당신이 무리를 해서라도 억지로 전진하려 한다면 나는 조명탄을 쓸 수밖에 없어요."

그 말을 하며 쟈니아가 품 안에서 재빠르게 무언가를 꺼내 들었다. 원통형의 빨간색 물건이었다. 끝에 달린 심지에 점화를 해서 폭죽을 터뜨리는 원리 같았다.

이예주는 고개를 주억거렸다. 죽음을 전염시키는 바이러스 같은 취급에 화가 날 만했지만 어쩐 일인지 아무런 생각도 안 들었다.

"가는 길이 다시 되돌아가는 것뿐이라면 어쩔 수 없겠죠……."

왔던 길을 되돌아가 다시 또 다른 길을 찾아 헤맬 생각을 하니 눈앞이 깜깜해졌다. 하지만 문제는 그뿐만이 아니었다.

"그렇지만 그 남자가 돌아오면…… 남쪽 대륙은 고사하고 숲에서 나가는 것도 불가능해요. 내가 쉽게 빠져나가게 두지 않을 테니까."

다른 것은 몰라도 이것만은 확실했다. 자신이 숲에서 빠져나가는 것을 가만히 바라보고만 있을 남자가 아니었다.

아직도 자신은 그에게 이용 가치가 남아 있는 걸까. 끈질기게 따라붙던 펭양이 떠오르자 이예주의 낯빛이 급격히 어두워졌다.

좀 더 쉬운 길이라 여겼던 서쪽 길이 쟈니아 때문에 막혔으니 이제 갈 수 있는 길은 하나뿐이었다. 산맥으로 직결되는 숲의 동쪽. 그쪽으로 가려면 다시 동굴로 되돌아가야 했다. 그녀가 방향을 잡는 기준점이 모두 얼음 동굴이었기 때문이다.

길을 찾기 위해 다시 며칠을 허비하는 동안 남자가 돌아오면 어떻게 될까. 탈출하려는 자신을 보고 화를 내며 동굴에 가둬 둘지도 모른다.

이예주는 고개를 들었다. 아무리 머리를 굴려 봐도 해답이 나오지 않으니 별수 없었다.

"나를 지금 당신이 사는 곳으로 데려가서 산꼭대기로 갈 수 있도록 도와줘요. 내가 남쪽 대륙에서 사라질 수 있는 방법은 그것밖에 없어요."

"유감이지만 굳이 당신을 들여 우리의 신성한 터전이 사라지는 꼴을 볼 수는……."

"나도 그 사람 곁에서 떠나고 싶은 건 마찬가지예요. 나도 날 기다리고 있는 애한테 가야 하고 한시가 급해요. 길을 찾기 위해서 또 몇 날 며칠을 헤맬 수는 없어요!"

"……."

"모든 걸 다 내 탓으로 돌렸으니까 날 그쪽들 땅에서 몰아내고 싶으면 당신들도 어느 정도 위험은 감수하라고요!"

답답한 마음에 이예주의 목소리가 커졌다. 짜증을 냈다고 생각했지만, 그 목소리에 울음기가 담겨 있다는 사실을 본인은 잘 몰랐다.

기실 쟈니아가 딱히 잘못 말한 것은 없었다. 그만큼 그녀를 본인들이 사는 곳에 들이고 싶지 않다는 뜻이었다.

"……당신의 탈출을 도울 방법이 아예 없는 것은 아닙니다."

쟈니아가 꺼내 들었던 조명탄을 주섬주섬 도로 제 품 안에 집어넣었다. 이어서 여자는 다른 쪽 안주머니에서 무언가를 꺼냈다. 익히 알고 있던 것과는 다른 모양새에 이예주의 눈매가 딱딱하게 굳었다.

그녀의 손에 딸려 나오는 물건이 흐릿하게 내리쬐는 햇빛에 반사되어 날카롭게 빛났다. 칼이었다.

"받아요."

쟈니아가 칼집도 없이 시퍼런 날을 번뜩이는 단도의 끝을 잡고 손잡이 부분을 건넸다. 이예주는 뜬금없이 튀어나온 무기를 물끄러미 내려 보았다.

손바닥보다 약간 큰 길이의 칼은 온통 새까맸다. 일반적으로 알려진 단도와는 많이 달랐다. 그럼에도 불구하고 흑요석처럼 오묘한 빛이 감도는 칼날이 낯설지 않았다. 누군가를 쉽게 연상케 하는 순수한 검은색.

"이건……."

"남쪽 대륙을 떠나겠다는 의지가 확고하니 이 정도의 호의는 베풀도록 하지요. 당신을 떠나게 만드는 데엔 우리에게도 어느 정도의 책임이 있으니까요."

이예주가 도통 칼을 받을 생각을 하지 않자 쟈니아는 한 걸음 더 다가왔다.

"받아요. 남쪽 대륙을 벗어날 당신에게 가장 필요한 물건입니다."

칼날이 제 쪽으로 향해 있는 것도 아닌데, 정체를 알 수 없는 불안감이 와락 엄습했다. 이예주는 선뜻 여자에게서 칼을 받아 들지 못했다.

"이게 뭔데요?"

"우리 눈족에게만 대대로 전수되는 방법으로 만든 무기입니다. 재료도 무척이나 희귀하고 제련하는 과정이 워낙 까다롭기 때문에 흠 없는 하나를 만들기 위해선 10년, 혹은 100년, 1000년…… 무수한 시간들이 필요하지요."

"……."

"인간들이 만든 여타 무기들로는 그분에게 아무런 피해를 줄 수 없습니다. 사막에서 당신도 보았겠죠?"

어느 때를 말하는 건지는 금방 떠올릴 수 있었다. 그때였다. 여준이 구원자를 구하러 왔느니 어쩌니 하며 이예주를 납치하려 들었던.

람은 어둠 속에서 살금살금 다가와 덮치려던 다리족들을 모래를 이용하여 가뿐하게 막았다. 무수히 쏟아지던 총알과 탄약들은 그가 만든 얄팍한 모래벽을 뚫지 못했다.

어디 그뿐이랴. 해안 마을에서 그는 그녀 대신 용병 대장이 휘두른 칼에 관통당했다. 깨어난 이예주가 확인했을 때 그 큰 상처는 자국 하나 남기지 않고 사라진 후였다.

이예주는 단도에서 눈을 떼고 쟈니아의 허연 얼굴을 가만히 바라보았다. 그래서 이걸로 뭘 어쩌라는 거냐는 의미였다.

"그 칼은 검은 파편을 해할 수 있는 몇 안 되는 무기입니다."

흐읍, 이예주가 들이마시던 숨을 그대로 멈췄다. 상대의 안온한 얼굴을 바라보던 눈에 덩달아 부릅 힘이 들어갔다.

"그 칼로 힘껏 찌르고 달아나세요. 지금까지 지켜보아 온 결과, 아무런 힘이 없는 당신에게 그는 대체로 무방비한 편이죠. 그러니 당신이 어떻게 사용하느냐에 따라 잘하면 치명상을 입힐 수도 있을 겁니다. 그렇다면 남쪽 대륙을 빠져나갈 시간을 더 벌 수 있겠지요."

"그게……."

"이 세계에서 가장 높은 산을 오를 수 있는 산맥의 초입에 사람을 보내 놓도록 하겠습니다. 당신이 도착하는 즉시 산을 오를 수 있도록. 우리 쪽은 당신처럼 숲을 가로질러 가는 것이 아니라 우회해서 가는 것이니 시간이 좀 걸릴지 모릅니다. 그 안에 부디 당신이 거사에 성공하여 탈출하기를 여신께 기도드려야겠군요."

이 여자가 대체 뭐라 지껄이는 건가. 안 그래도 색이 바랬던 이예주의 낯빛은 이제 금방이라도 졸도할 사람 같았다.

그녀는 얼어붙은 입술을 달싹거렸다. 하지만 아무 소리도 나오지 않았다.

"이 칼은 우리 눈족들에게 성물과도 같습니다. 그 작은 칼 하나로 우리는 지금까지 분노한 검은 파편에게서부터 우리 스스로를 지켜냈다고 믿어 왔지요. 물론 그것으로 그분을 이 땅에서 제거할 수는 없습니다. 턱없이 부족하고 우습겠지만, 그건 보잘것없는 칼이 아닙니다. 그것은 우리 눈족의 상징이고 정체성입니다."

"……"

"나는 당신에게 이것을 줌으로써 여신께서 내게 주신 책임을 회피하지 않고 최선을 다해 당신을 도왔다는 것을 증명할 수 있어요. 그러니."

"……."

"받아 주세요."

여자의 금발을 감싼 후드가 기울었다. 두 손으로 칼을 바치며 그녀는 이예주에게 경건히 고개 숙였다.

그렇게까지 내쫓고 싶은 건가. 자신들의 성물을 내주면서까지 자신을…….

뭐가 뭔지, 여자가 무슨 말을 하는 건지 하나도 모르겠다. 아무것도 알 수 없고 혼란스러웠다.

그런 거 할 수 없다고. 어떻게 그렇게 흉악한 짓거리를 하라 그럴 수 있냐고. 분명 마음은 그렇게 외치고 있는데, 정말 이상하게도 이예주는 단도를 향해 손을 뻗었다.

어느 순간 정신을 차리자 단도가 손아귀에 쥐여 있었다. 그녀는 멍한 얼굴로 쟈니아에게서 건네받은 검은 칼을 내려다보았다.

왜 받은 걸까. 하지만 채 깊게 생각할 틈이 없었다. 칼을 넘김으로 제 할 일은 모두 끝났다는 듯 쟈니아가 서둘러 걸음을 옮겼기 때문이다.

"여신의 가호가 당신과 함께할 겁니다."

그 한마디만 던지듯 남겨 두고 여자는 허겁지겁 자신의 썰매에 올라탔다. 그리고 서둘러 늘어져 있던 고삐를 당겼다. 마치 이예주가 자신을 쫓아올까 두려운 것처럼.

푸르릉! 한가로이 눈을 밟고 서 있던 네 마리의 순록들이 새하얀 지평선을 향해 달리기 시작했다. 여자와 죽은 토끼를 태운 썰매는 순식간에 멀어졌다.

작은 점이 되어 가던 썰매가 완전히 사라졌다. 끝없이 펼쳐져 있지만 더 이상 길이 존재하지 않는 황량한 설원.

그 위에 남자를 찌를 수 있는 칼과 이예주만이 덩그러니 남겨졌다.

이예주는 쟈니아가 떠난 언덕에 한참을 더 서 있다가 터벅터벅 걸어 내려왔다. 올라올 땐 여자의 뒤를 쫓느라 정신이 없어 몰랐는데, 언덕은 꽤 높았다. 내려가는 길이 올라올 때보다 몇 배나 더 멀게 느껴졌다.

대화를 하는 동안 느끼지 못했던 추위가 모포와 로브를 뚫고 엄습했다. 연신 코를 훌쩍이며 언덕을 다 내려온 이예주는 숲과 조금 외떨어진 침엽수 한 그루가 있는 곳에서 멈춰 섰다.

여기가 처음 숲을 빠져나왔던 지점인지는 알 수 없었다. 끝도 보이지 않을 만큼 나무들이 늘어져 있었기에. 하지만 꼭 그 때문에 멈춰 선 것만은 아니다. 그저 갑자기 한 걸음도 움직일 수 없을 만큼 지쳐서였다.

제가 걷는 길이 늪도 아니건만 눈 속에서 보이지 않는 손이 제 신발을 잡아끄는 것 같았다. 도저히 더 움직일 수 없었다.

이예주는 그냥 위치를 알 수 없는 눈밭 한가운데에 우뚝 멈춰 허망하게 서 있었다. 매섭게 불어오는 바람에 손마디 끝이 베인 듯 아팠다. 무심결에 왼손을 내려 보던 그녀는 손에 쥔 무언가를 보고 흠칫했다. 쟈니아가 준 흉물스러운 검은색 칼이었다.

요리할 때나 과일 깎을 때를 제외하곤, 칼이라고는 들어 본 적 없는 제가 누군가를 찔러야 하는 목적으로 만들어진 칼을 손에 쥘 거라고 언제 상상이나 해 봤을까.

"하."

제 신세가 하도 어이가 없어 이예주는 헛웃음을 터뜨렸다.

칼을 얼굴 가까이 들어 올렸다. 자세히 보기 위함이었지만, 그녀의 눈길을 끈 것은 칼이 아닌 드러난 손목이었다. 누군가 검은 락카를 칠한 대리석처럼 남자로 인해 흉하게 변해 버린 흉터. 그것이 손목을 자글자글하게 가로질렀다.

이예주는 또 한 번 짧게 웃었다. 하, 하하. 정말 어처구니가 없고 웃겨서 웃는 건데. 작위적으로 터져 나온 웃음에 울음기가 섞인 것은 삽시간이었다.

"하……."

이예주는 칼을 쥔 손으로 뜨겁게 달아오른 눈가를 짚었다. 딱딱한 칼 손잡이 끝이 한쪽 눈꺼풀 위를 아프게 찔렀다.

"……힘들어."

서러운 한숨과 함께 그녀는 속삭이듯 속내를 털어놓았다.

너무, 너무 아프고 힘들었다. 가야 할 길도, 목적도 완전히 잃어버렸다. 이젠 어떻게 해야 할지 모르겠다. 어디로 가야 할지, 뭘 해야 할지 조금도 알지 못하는 그녀에게 주어진 것은 섬뜩한 칼 한 자루뿐이었다.

쟈니아라는 구면의 눈족 여자와 많은 이야기를 나누었지만, 이예주에게 남은 이야기는 결국 단 하나였다. 자신 때문에 그 남자가, 그 남자의 팔이 다쳤다는 것.

인간들에 의해서가 아니었다. 정확히 무엇 때문인지 모르겠으나 자신이 '문'을 넘음으로써 남자의 신체가 훼손되었다. 자신 때문에, 자신의 존재로 하여금.

그 사실을 인지했을 때부터 좀체 다른 것을 생각할 수 없었다. 자신을 배신한 남자, 그리고 자신 때문에 끔찍하게 부상당한 남자.

이예주는 아랫입술을 꽉 깨물었다. 이건 정말 너무하지 않은가.

"……정말 너무 심하잖아."

어떻게 견디라고. 주위의 모든 것이 자신을 버겁고 무섭고, 아프게 했다. 비단 그 남자뿐이 아니었다.

진저리 나는 숲, 빌어먹을 추위, 눈, 설원, 펭귄, 순록, 쟈니아. 하다못해 쥐고 있는 검은색 단도까지 모조리…….

"예, 예주양……."

그때였다. 문득 뒤쪽에서 이예주를 조심스럽게 부르는 작달막한 목소리가 들려왔다. 눈을 감은 채 길 잃은 아이처럼 허망하게 서 있던 이예주는 화들짝 놀라 고개를 돌렸다. 굵직한 나무 기둥 뒤에서 익숙한 인영이 자박자박 걸어 나왔다.

"너, 왜 여기 있어?"

반사적으로 의문을 토로하던 이예주는 펭양이 완전히 다가오기 전에 황급히 칼을 로브 안주머니에 숨겼다. 저 촉새 같은 펭귄에게 칼의 존재를 들켜 봤자 하등 좋을 것이 없었기 때문이다.

물기로 축축한 눈가를 손등으로 대충 문질러 닦아 낼 즈음, 펭양이 발치에 당도했다.

"너 왜 여기 있냐고. 내가 분명 동굴로 돌아가 있으라 했잖아."

인간 여자의 눈가는 채 닦이지 못한 물기와 짜증, 그리고 들키고 싶지 않은 걱정이 한데 섞인 채 일그러져 있었다.

빽빽한 나무나 바위틈처럼 숨을 곳이 지척에 있는 숲에서 벗어난 펭양은 참으로 무방비해 보였다. 인간들이 어딘가에서 튀어나와 단숨에 낚아채도 저항 한번 못하고 끌려갈 것이다. 이예주의 속이 부글부글 끓었다.

“기어이 여기까지 따라와서 속이 좀 풀려? 네 입으로 위험한 곳이라 해 놓고, 여기 있다가 인간들에게 잡히기라도 하면! 네 주인이 나를…….”

“저, 정말 남쪽 대륙을 떠날 거양?”

네 주인이 나를 눈 속에 파묻어 죽일 것이라는 이예주의 말허리를 끊고 펭양은 다급히 물었다. 벌어져 있던 이예주의 입이 딱 다물렸다. 자신을 바라보는 시선이 몰아치는 칼바람만큼 차가워지는 줄도 모르고 펭귄은 주절거렸다.

“정말, 저, 정말 그 인간의 말을 듣고 숲을 나갈 거양?”

“…….”

“인간들의 말은 믿을 게 못 돼양! 약속을 잘 지킬지도 알 수 없고, 또…… 또 그 인간은, 그 인간은 순심이한테…….”

“위험하다 어쩐다 하면서 잘도 엿들었네.”

차가운 이죽거림에 이번에는 펭양의 부리가 텁 다물렸다. 저열한 인간의 말을 듣고 이예주가 숲을 당장 빠져나갈까 두려워 펭양은 앞뒤 재지 않고 튀어나왔다. 그러느라 미처 보지 못했던 것이 눈에 들어왔다.

걱정으로 찌푸려졌던 이예주의 눈이 지금은 그 어떤 빙판보다 차갑게 얼어붙어 있었다. 펭양을 시린 눈으로 노려보던 그녀는 불현듯 홱 몸을 돌려 숲 쪽으로 걸어갔다.

“예, 예주양!”

넋 놓고 있던 펭양이 파다닥 날개를 퍼덕이며 뒤를 쫓았다.

“예, 예주양, 화났어? 미, 미안해양. 일부러 그러려는 건 아니었어양! 그, 그냥 예주양의 발자국을 보고 간신히 쫓아갔는데에…….”

“…….”

“그, 그치만! 그치만 그 인간은 너무 위험해양! 숲에 들어와서 순심이의 가족들을 모조리 끌고 간 여자양! 그 여잔 거짓말쟁이양! 매번 동물들도 죽여서 잡아가구 주인님께 해만 끼쳐 왔어양. 너, 너무 무섭고 위험해! 그 여자 말은 믿지 마, 예주양.”

“…….”

“안 갈 거지양? 웅? 그치? 숲을 떠나지 않을 거지?”

“하.”

숲에 진입하기도 전에 이예주는 냉소와 함께 다시 걸음을 멈출 수밖에 없었다. 더 이상 가만히 들어 줄 수 없었다.

눈덩이가 팍 튀길 만큼 거친 몸놀림으로 그녀가 휙 뒤돌아섰다. 뒤뚱대며 열심히 그 뒤를 따르던 펭양은 인간 여자의 살벌한 모습에 파드득 걸음을 멈췄다.

“인간들이랑 다른 취급해 줘서 진짜 고마워. 그런데 네가 뭔가 단단히 착각하고 있나 본데. 나도 네가 그렇게 끔찍해 마다 않는 인간들이랑 같은 종족이야. 너 같은 신인류가 아니라 나도 인간이라고. 알아들어?”

이예주의 눈에서 활화산 같은 불꽃이 터져 나와 자신의 촘촘하고 고슬고슬한 걸 털을 태우는 것 같았다. 그 뜨거움에 펭양은 아차 싶었다.

그러지 말아야지, 그러지 말아야지 했으면서. 어째서 자신은 매번 예주양의 화를 돋우는 건가. 절대로 그녀가 눈족 여자와 같은 인간임을 상기시키고자 했던 것이 아니었다.

하지만 제 바보 같은 말실수로 인해 예주양은 이미 잔뜩 빈정이 상한 듯했다. 펭양은 짧은 팔로 손사래까지 쳐 가며 서둘러 해명했다.

“아니양, 예주양. 그, 그런 말을 하려던 게 아니양! 나, 나는 그저 예주양이…… 어, 그 여자가 너무 위험하니까. 저기, 그래서 예주양이…….”

하지만 펭양이 필사적으로 해명하는 동안 이예주의 분노는 머리 끝까지 차올랐다.

“그럼? 그럼 네가 하고 싶은 말이 대체 뭔데? 그 여자가 위험하다는 걸 나한테 알려서 너한테 무슨 이득이 있는데? 네 주인이 하지 말래? 그래서 이러는 거야?”

“아, 아니양! 주, 주인님은 그런 말 안 하셨어양. 주, 주인님은…….”

“네 주인은 나한테 다를 것 같아?”

“…….”

“똑같아. 나한테 무섭고 위험한 건 네 주인도 똑같다고. 아니, 똑같은 건 약과야. 네 주인은 그 여자보다 더해. 그러니까 그만해.”

제발 좀 그만해. 이예주는 누구한테 하는지 모를 애원을 힘겹게 읊조렸다.

이제 한계였다. 오늘 하루 육체적으로, 정신적으로 너무 많은 일이 있었다. 그럼에도 남자가 돌아와 있을지 모를 얼음 동굴로 되돌아가려면 이 혼란스러운 감정들을 빨리 재정비해야 하는데, 왜 그런 틈조차 주지 않는 거야.

이예주는 정말이지 모든 것이 지치고 피곤했다. 그러나 펭양의 눈에는 그런 자신이 들어오지 않는 것 같았다.

“왜, 왜 그렇게 무섭게 이야기하는 거양, 예주양…….”

“…….”

“주, 주인님은, 주인님은 예주양을 많이 아끼셔. 나한테 매번 예주양이 하루 종일 뭐하고 놀았는지, 뭘 먹었는지 물으시고, 예주양이 아프면 걱정하시고…… 그리고 예주양이 싫어할까 봐 항상 나한테만 이야기하셔. 절대 그 인간처럼 위험한 사람 아니야앙…….”

제 주인을 쟈니아와 똑같은, 아니 그보다 더한 취급을 한 것에 어지간히도 충격을 받은 건지 더듬더듬 말을 늘어놓는 펭양의 눈에는 물방울들이 그렁그렁하게 달려 있었다.

그 꼴을 보자 이예주는 불덩이가 목구멍을 타고 불쑥 솟아오르는 느낌이 들었다. 펭양이 훌쩍거렸다.

"그 인간처럼 예주양을 이곳에서 쫓아내려는 말도 안 하셔. 힝, 그런데 어떻게 주인님이 예주양한테 그 인간이랑 똑같은……."

"……그만해. 그만하라고 했잖아!"

이예주는 자신보다 한참이나 작은 펭귄을 상대로 버럭 화를 냈다. 아니, 그것은 비명에 가까웠다.

진짜 울고 싶은 건 난데. 진짜 울고불고 난리를 치고 싶은 건, 어디에도 소속되지 못하고 길을 잃은 건 정작 자신인데. 왜 하나같이 나한테만! 나한테 못 뒤집어씌워서! 날 못 잡아먹어서 안달 난 것처럼!

"네 주인이 나한테 어떤 짓을 했는지 알아?"

차분한 가면은 집어치운 채 이예주는 그동안 꾹꾹 눌러 왔던 속내를 가감 없이 터뜨렸다. 눈앞이 시뻘게지는 기분이었다.

이럴까 봐 깊게 생각하지 않으려고 했다. 다시 되돌아보면 죽을 것 같아서. 엉뚱한 이에게 이 화를, 분노를 표출해 내고 활활 타오르다 죽을 것 같아서.

"예, 예주양……."

온갖 감정으로 흉하게 일그러진 얼굴을 본 펭귄이 기겁하고 주춤 물러섰다.

"모르잖아. 모르면 제발 닥쳐!"

"……."

"네 주인은 이미 나를 버렸어!"

이예주는 악에 받쳐 소리쳤다. 그랬다. 기를 쓰고 외면해 왔지만 외면할 수 없는 현실이 있었다.

"버리는 것도 모자라 지 편할 대로 이용해 먹고! 한 번 쓰고 버리는 미끼처럼 나를! 나를 그렇게……!"

"……."

"그런데도 난 멍청하게! 그 남자가 다친 게 다 나 때문인 것 같아서!"

그 생각만 했다. 다른 생각을 할 엄두조차 낼 수 없었다. 실은 예지몽을 꿨을 때부터 한 번도 그 악몽에서 벗어난 적이 없었을지도 모른다.

그렇게 절규하듯 지껄여 내고 나서야 이예주는 비로소 깨달았다. 남쪽 대륙에서 눈을 뜬 이후, 자신이 무엇 때문에 분노했고 무슨 이유로 그 분노를 외면해 왔던 건지.

그 나쁜 자식이 자신을 이용했다는 배신감 때문이 아니었다. 결국 그 남자에게 자신의 존재가 그 정도뿐이라는 것이 무서웠다. 그럴지 모른다는 가정은 해 왔지만, 결국 그것을 당사자에게 직접 확인받았단 사실이 참을 수 없을 만큼 고통스러웠다.

가만히 선 이예주는 쟈니아를 쫓아 언덕 위를 내달릴 때보다 더 심하게 어깨를 들썩였다. 본인의 귀까지 들릴 만큼 숨소리가 거셌다.

펭양은 확실히 당황한 듯했다. 그럴 수밖에 없겠지. 그녀의 입장으로는 이 얼마나 억울한 화풀이란 말인가.

"예, 예주양……."

아래쪽에서 미약하게 자신을 부르는 목소리가 들렸다. 펭양의 얼굴을 확인하고 싶었지만 치오른 분노 때문인지 눈앞이 뿌옇게 흐려져 잘 보이지 않았다.

제멋대로 분풀이를 해 댔지만 이예주는 그 후 펭양의 반응이 더럭 겁이 났다. 기껏 위험하다 조언해 주었더니 닥치라고 꽥꽥 고성을 지르는 자신을 미친년 보듯 바라볼 것이다. 그리고 역시 인간들은 다 똑같다며 시간족 놈들과 같은 취급을 할지도 모른다.

"내, 내가 잘못했어양. 내, 내가 다 잘못했어양!"

그러나 펭양이 있는 쪽에서 들려오는 소리는 이예주에게 참으로 허무하고…… 따듯했다.

"아, 앞으로 안 그럴게. 그런 말 다시는 안 할게양! 그러니까……!"

"……."

"울지 마……."

화풀이를 하는 것인데, 우는 것이 아닌데. 저 바보 같은 펭귄은 어째서 저런 말을 하는 걸까?

이예주는 아무렇게나 내팽개쳐져 있던 두 손을 들어 제 뺨 위를 더듬었다. 추위에 노출되어 서늘하게 식은 무언가가 흥건하게 묻어나왔다.

"흐, 흐으……."

꾹꾹 억눌렀지만 숨결 새로 채 억누르지 못한 오열이 터져 나왔다. 손에 묻어나온 것이 물기라는 것을 확인한 이예주는 그대로 제 자리에 주저앉아 엉엉 울음을 터뜨렸다.

어떤 정신으로 얼음 동굴로 돌아왔는지 잘 기억이 나지 않았다. 걷다 주저앉다, 다시 걷길 반복하다 보니 어느 틈엔 흰 순록의 등 위에 젖은 빨래처럼 얹힌 채 질질 끌려가고 있었다. 그리고 또 어느 틈엔 걱정을 담아 자신을 올려다보고 있는 펭양의 까만 눈동자가 보였다.

모든 장면이 오래된 사진기로 찍은 필름처럼 단편적으로 스쳐 지나갔다. 그리고 정신을 차렸을 땐 얼음 동굴의 천장에 주렁주렁 매달린 고드름이 보였다.

"예주양, 주인님은 너무 바빠서 오늘은 동굴로 못 돌아온다고 하셨어양."

"……."

"바, 밥은 안 먹을 거지?"

동굴 한편에 있는 모포 위에 힘없이 쓰러지는 이예주의 등 뒤로 펭양의 조심스러운 목소리가 울려 퍼졌다.

때아닌 밥 타령이 참으로 징하기도 했다. 이예주는 끝없는 우울 속으로 침잠하는 중에도 어이가 없어 웃었다. 물론 등을 지고 누운 탓에 펭양은 그것을 보지 못했다.

펭양은 이예주가 며칠간 덮고 잤던 모포를 끌어다 그녀의 위에 잘 덮어 주고, 모닥불을 피웠다. 또 그 근처에 깨끗한 물을 담은 바가지를 가져다 놓는 등 총총총 돌아다니며 부산을 떨었다.

한참 후 모든 일을 끝마친 펭양이 미동 없는 등에 대고 웅얼거렸다.

"그럼 푹 쉬어, 예주양. 나, 나는 갈게양."

"……."

"……나는, 나는 순심이랑 동굴 근처에 있을 테니까 필요한 거 있으면 동굴 밖으로 나와서 큰 소리로 부르면 돼양. 알았지양?"

그녀가 붙잡아 주기를 바라는지 미련이 뚝뚝 떨어지는 목소리로 미적거리던 펭양은, 끝까지 인간 여자에게서 대답이 없자 시무룩하게 발걸음을 돌렸다. 예주양의 곁에 남아 있고 싶었지만 얼음 동굴은 주인님의 거처였고, 펭양의 둥지는 본디 동굴 밖 숲의 어귀였기 때문에 어쩔 수 없었다.

펭양까지 밖으로 나가자 동굴 안은 완벽한 침묵에 잠겼다. 가끔 가다 모닥불이 일렁이는 소리, 불꽃이 튀어 오르는 소리가 소음의 전부였다.

주위가 고요해지자 이예주는 다시 생각했다. 이제 어떻게 해야 할까, 예주야. 너 어떻게 할래.

당장 내일부터 동굴을 기점으로 동쪽 방향을 향해 무작정 걸어야 했다. 쟈니아가 이 세계에서 가장 빌어먹을 산을 오를 수 있도록 사람을 보내 둔다고 했으니, 어떻게든 산맥이 닿는 근처까지 도달해야 했다.

외딴 곳에서 길을 잃어버린 것 같은 황망함을 느낀 것이 아직도 생생한데, 아이러니하게도 목표가 분명히 주어졌다. 숲의 동쪽, 이 세계에서 가장 높은 산의 정상, 알리자린.

다만 그 목표라는 것에 도달하기까지 또 얼마 동안 숲을 방황하고 시간을 흘려보내야 할지 알 수 없었다. 길도 모른 채 무작정 끝나지 않는 설원을 헤치고 다닐 적 느꼈던 두려움과 암담함이 엄습했다.

잠시 눈을 떠 얼음벽을 노려보던 이예주는 현실에서 고개를 돌리듯 도로 눈을 꾹 감았다. 다시 그 짓거리를 반복할 생각을 하니 벌써부터 앞이 깜깜해지고 종아리가 시큰거렸다. 물집마저 얼어붙었던 설원을 걸어 다니며 길을 찾을 엄두가 도무지 나지 않았다.

이럴 줄 알았으면 쟈니아, 그 망할 년에게 산맥 끝에 도달하는 길이라도 물어볼걸. 상상도 못할 어마어마한 개소리들을 한꺼번에 전해 들어서 그것을 물어볼 정신조차 없었다.

하지만 물어보았더라도 별다를 바 없을 것이다. 그 여자는 자신이 따라올 수밖에 없는 미끼를 던져 유인했다. 대면 직후 바로 건네줄 수도 있었던 칼을, 기어이 제 입에서 떠나겠다는 확답을 듣고 나서야 선심 쓰듯 내준 여자였다. 그렇게 자신을 쫓아내기 위해 안달을 냈던 인간이니 산으로 가는 길을 일부러 알려 주지 않았을 가능성은 별로 없었다…….

거기까지 생각을 마친 이예주는 감고 있던 눈을 떴다. 얼음벽에 반사된 모닥불 빛에 드러난 그녀의 동공에 괴로움이 선명하게 드러나 있었다.

이 핑계, 저 핑계를 대며 생각하기를 미루고 있었지만 머릿속 한구석에 진득하게 달라붙어 떨어지지 않았다. 그 남자에 관한 것들이.

단도. 탈출의 시작은, 쟈니아에게서 받은 칼로 탈출을 막을 것이 분명한 람을 찌르는 것을 전제로 했다.

"아."

검은색의 흉흉한 날붙이를 떠올리자 체한 것처럼 가슴이 답답해지는 것은 순식간이었다.

이예주는 모포를 박차고 자리에서 벌떡 일어났다. 후드조차 벗지 않고 그대로 이부자리 위에 누운 탓에, 로브 주머니에 넣었던 칼을 다시 꺼내는 것은 어렵지 않았다.

투박한 모양의 시커먼 칼. 그러나 어찌나 날카로운지 조그만 움직임에도 칼날에 번쩍번쩍 섬광이 돌았다.

그녀는 남들이 보면 귀신 들렸다고 생각할 만큼 벽 쪽을 향해 멀뚱히 선 채, 제 손에 쥐여진 딱딱한 흉기를 가만히 내려다보았다. 요리조리 둘러봐도 조금 특이한 모양새의 단도, 그 이상도 이하도 아니었다. 그러나 흑요석처럼 요요히 빛나는 검은색을 보자 곧바로 같은 색의 부드러운 머릿결이 생각나 표정이 삽시간에 일그러졌다.

쟈니아는 자신 때문에 남자가 다치고, 동쪽 대륙이 박살 났다고 했다. 두 번 다시 그런 일이 일어나지 않으려면 남자와 맞닥뜨려 자신의 탈출을 막을 그를 찌르고 달아나는 것, 그뿐이다.

"후."

이예주는 한차례 심호흡했다. 그녀는 하나뿐인 방법을 되뇌다 문득 헐겁게 쥐고 있던 칼 손잡이를 힘을 줘 아득 움켜쥐었다. 손등을 바깥으로 하고 칼을 바싹 세웠다. 그러자 제법 누군가를 찌를 수 있을 만한 형상이 되었다. 하지만 제가 느끼기에도 전혀 위협적이지 않았다.

이렇게 조그마한 칼로 그 태산 같은 미친놈을 어떻게 찌른단 말인가? 찌르기도 전에 벼락 맞고 뒈지지나 않으면 다행일 것 같은데.

제가 칼을 들고 네놈을 찌르겠다 설치면 그 남자는 과연 어떤 반응을 보일까. 네깟 게 어디 한번 숲을 빠져나가 보라며 픽 하고 비웃을까. 아니면 찔러 보라며 장난치는 어린아이 구경하듯 순순히 두 팔을 벌려 줄까.

그녀는 비죽 웃으며 순순히 칼을 받는 남자의 모습을 상상했다. 그리고 그와 동시에 그녀 대신 용병대장의 칼을 맞고도 괜찮다고 웃던 창백한 얼굴을 떠올렸다.

눈이 질끈 감겼다.

"흐……."

꽉 문 잇새로 앓는 듯한 신음이 흘러나왔다. 제가 과연 그 남자를 찌를 수나 있을까. 단도의 손잡이를 쥔 손이 부들부들 떨렸다.

"……그런 짓을."

이예주는 파리한 낯빛으로 중얼거렸다. 이미 칼끝은 본연의 목적을 잃은 채 바닥을 향해 축 늘어진 지 오래였다.

"그런 짓을 할 수 있을 리가 없잖아……."

애초에 그를 찌를 수 있을 거란 생각도 하지 못했지만, 자신이 어떻게. 어떻게 그 사람을 다치게 할 수 있단 말인가. 여기까지 와서, 그 꼴을 당하고도 그 남자의 팔 걱정이나 하고 있는 멍청한 인간이 바로 자신인데.

숲을 빠져나가는 데 중요한 열쇠가 될 수 있을지 모른다는 눈족 인간들의 성물은 아무짝에도 쓸모없게 되었다. 람을 찔러야 하는 게 열쇠라면 절대로 행할 수 없을 테니.

게다가 그녀가 눈족 인간과 접촉했다는 펭양의 고자질이 남자의 귀에 들어간다면 탈출은 영영 요원해질 것이다.

이예주는 침울한 얼굴로 단도를 쥔 왼손을 내려다보았다. 희미한 모닥불 빛에 손목의 검은색 흉터가 드러났다.

"아."

그 순간 이예주의 머리 곁을 번개처럼 스쳐 지나가는 생각이 있었다.

그 남자를 찌를 수 없다면, 그렇다면 자신을 찌르면 될 것이 아닌가?

그녀에게는 능력이 있었다. 위험에 처하면 어느 때, 어느 곳으로 열리는지 모를 '문'이. 그리고 제 손엔 칼이 있다. 어디서 많이 본 상황이었다.

까맣게 잊고 있었다. 제게 난감한 상황을 모면할 특별한 방법이 존재하긴 했다는 사실을. 비록 그 방법이 다분히 폭력적이고 자기 파괴적이고, 제정신으로는 절대 못할 만큼 끔찍했지만…….

제가 떠올려 놓고도 참으로 무식한 방법 같아서 이예주는 일그러진 얼굴로 헛웃음을 터뜨렸다.

"이미 한 번 한 거 또 못할 건 뭐야."

그녀는 왼손에 쥐고 있던 단도를 오른손으로 옮겨 쥐었다. 그리고는 손목의 흉터 밑에 칼날을 천천히 가져다 대었다.

처음으로 손목을 그으려고 마음먹었던 때, 그때는 제정신이 아니었다. 얼른 과거로 돌아가 엄마를 되살리고 손쓸 틈도 없이 망해 버린 제 인생을 바로잡을 생각으로만 가득 차 있었다.

하지만 지금은 어느 정도 제정신을 유지하고 있는 상태여서 그런가. 막상 손목 위로 느껴지는 금속의 서늘함에 벌벌 몸이 떨렸다.

그래. 무섭지만, 이미 한 번 그은 거 두 번 긋지 못할 거 뭐 있나. 이예주는 그렇게 읊조리며 아직도 자신을 기다리고 있을 알리자린을 애써 떠올렸다. 남자를 찌르지도, 그렇다고 맞서지도 못한다면, 가지고 있는 능력이라도 십분 이용할 수밖에.

“하으, 씨…….”

영락없이 손목에 징그러운 상처를 또 내야 한다는 상황에 미간이 절로 찌푸려졌다.

잠시 망설이던 그녀는 이내 오른손에 천천히 힘을 가했다. 거슬거슬하게만 느껴졌던 칼날이 피부 속을 야트막하게 파고들었다. 두려움에 질끈 감기는 눈을 억지로 부릅 뜨고 손목을 내려다보았다. 차라리 보지 않고 일을 치르면 좋겠지만, ‘문’이 어느 쪽에서 열리는지도 확인 못한 채 기절할지도 몰랐다.

다 살자고 하는 짓거린데 ‘문’도 못 넘고 과다 출혈로 어처구니없게 죽기는 싫었다.

그녀는 다시 한번 굳게 마음을 먹으며 손목에 칼날을 약간 더 밀어 넣었다.

“아!”

날카로운 통증과 함께 여린 살이 쉽게 갈라졌다. 순식간에 피가 솟아 흘렀다.

“이, 이 정도로는 열리지 않는 건가?”

여전히 ‘문’이 열릴 기미가 보이지 않자 이예주는 울상을 지었다.

"좋아. 한 번에 끝내는 거야."

그녀는 이를 악물고 칼의 손잡이를 꾹 다잡았다. 그리고 그대로 손목에 파고든 칼을 확 잡아 빼려던 그 순간.

얼굴 옆면이 환해졌다. 이예주가 있는 이부자리에서 몇 걸음 떨어진 곳, 벽밖에 없는 동굴 가장 안쪽에서부터 폭발적인 빛이 흘러나왔다. 반사적으로 그쪽을 향해 고개를 돌린 그녀의 얼굴이 환해졌다.

"무, 문!"

'문'이 열려 있었다. 손목에 스스로 칼을 박아 넣은 후에야 비로소.

'문' 안에 희미하게 영상이 보였다. 이예주는 그곳이 어딘지 곧바로 알아맞혔다. 쓰레기 뭉치들이 음산하게 굴러다니던 죽은 듯한 회색 도시.

"서쪽 대륙……."

'문'이 끝없는 사막 너머에 존재하는 팔족들의 땅을 비추고 있었다. 공간 속으로 빨려 들어간 인간 동상들이 저 멀리 도로 옆에 위치해 있는 것이 희미하게 보였다.

자신이 피를 뚝뚝 흘리는 위험천만한 상황이라는 것도 잊은 채 멍하니 '문' 안을 들여다보고 있던 이예주는 퍼뜩 정신을 차렸다.

"이럴 때가 아니지."

팔족 땅이든 어디든 어서 가야 했다. 어서 미래로 가 손목도 치료해야 했고……. 이예주는 여전히 칼이 박혀 있는 제 손목을 바라보았다. 신중히 살폈지만 다행히 상처는 그리 깊지 않았다. 피가 좀 나서 무서웠지만, 과거에 비하면 훨씬 적은 양이었다.

그녀는 주춤주춤 '문' 쪽을 향해 걸었다. 문에 부쩍 가까워진 그 순간이었다.

"그동안 네 능력이 어떤 때에 발현되는지 알 수 없었다."

등 뒤에서부터 들려오는 소리에 이예주는 소스라치게 놀랐다. 그녀는 꽥 비명을 지르며 엉거주춤 뒤를 돌았다.

모닥불 빛이 채 닿지 않아 어둠이 내려앉은 동굴의 입구. 컴컴한 숲에서 야생 동물을 맞닥뜨린 것처럼, 시뻘건 눈동자 두 개가 정확히 그녀에게 못 박힌 채 형형하게 발광했다.

"다, 다, 당신!"

이예주는 입을 쩍 벌리고 어버버거리다가 간신히 남자를 불렀다.

어, 어떻게. 그 망할 펭귄이 분명 오늘 저 남자는 안 온다고 했는데! 뭐야? 뭐야!

"다, 당신이 어떻게…… 아! 아야……."

너무 놀라 칼을 쥔 손에 너무 힘을 줬는지 왼쪽 손목에서 날카로운 통증이 느껴졌다.

미약한 신음에 통로 입구 벽에 팔짱을 낀 채 삐딱하게 기대 서 있던 남자가 몸을 일으켰다. 마치 그동안 그녀가 하는 행동을 모조리 지켜보기라도 한 양 그 모습이 퍽 자연스러웠다.

"아. 그, 그게요. 이, 있잖아요. 이건 그러니까……."

"매번 보이는 공간도 달랐고, 빈도가 종잡을 수 있어야 말이지."

남자가 다가오기 시작하자 이예주는 혼비백산한 나머지 무작정 변명했다.

그녀가 조금 더 냉정한 성격이었으면 바로 칼과 제 몸을 무기로 삼아 다가오지 말라고 협박했을 것이다. 하지만 통탄스럽게도 이예주는 절대 그런 성격이 못되었고, 그녀가 알고 있는 시뻘건 미친놈 또한 그런 같잖은 협박이 먹힐 남자가 아니었다.

몇 번 움직인 것 같지도 않은데 눈을 한 번 감았다 뜰 때마다 남자의 얼굴이 훅훅 가까워졌다. 제 쪽으로 다가오는 남자의 살벌한 기세에 이예주의 얼굴이 점점 허옇게 질려 갔다.

“자, 자살 시도 그런 거 절대 아니에요! 저-얼대! 이건 그냥 한번 시험을 해 보려고……!”

“그런데 이제 좀 알겠군.”

“……예? 뭐, 뭘요?”

“저건 네가 제 발로 구렁텅이 속에 걸어 들어가 위험을 자초하든가, 아니면 네 스스로를 파괴할 때마다 열리는 것인가?”

저벅저벅 걸어오던 남자가 이예주의 뒤쪽을 향해 흘긋 턱짓했다. 잠시 제 등 뒤에 뭐가 있었는지 망각했던 그녀는 금방 그가 뭘 가리키는지 알아차렸다. 여전히 환하게 빛나고 있는 ‘문’이었다.

……문? 그 ‘문’은 나밖에 못 보는데. 이 남자가 그걸 어떻게…….

남자가 가리킨 것이 정말로 제 ‘문’이 맞는 것인지. 이 사람이 대체 뭔 소리를 하는 건지. 멍하니 람의 얼굴을 올려다보던 그때, 마침내 그가 그녀의 앞에 당도했다.

“그럼 널 붙잡기 위해서 나는.”

콰득. 이예주의 오른손이 휘어 잡혔다. 어찌나 힘을 주고 잡은 건지 순간 ‘악!’ 하고 비명이 튀어나올 뻔했다.

커다란 손으로 단도의 손잡이를 쥐고 있는 그녀의 손을 덥석 쥔 그는, 아이를 위험에서 떨어뜨리듯 아주 간단하게 단도를 왼쪽 손목에서 떨어뜨렸다. 소름 끼치는 감각과 함께 살갗에 묻혀 있던 칼날이 스르륵 뽑혀 나가고, 그 자리에서 피가 새어 나왔다.

그러나 이예주는 그것을 미처 알아차릴 새도 없었다. 아니, 그녀는 모든 것을 알아차릴 수 없었다. 남자의 눈이 위험할 만큼 검붉다는 것도, 왼쪽 팔이 폭발했을 때처럼 한쪽 입꼬리를 한껏 비틀어 올려 웃고 있다는 것도.

그리고 칼을 쥔 그녀의 손을 움켜쥔 남자의 손이 사라졌던 왼쪽 손이라는 것 또한.

"내 육체를 파괴해서 저걸 없앨 수밖에 없겠군."

캉, 챙캉— 남자가 가하는 악력을 이기지 못하고 이예주의 손아귀에서 기어이 칼이 떨어져 바닥을 뒹굴었다. 그와 동시에, 이번에는 람의 오른쪽 어깨에서 분수처럼 피가 솟구쳤다.

"어, 어……."

이예주는 그저 혼비백산 남자의 어깨에서 솟구치는 핏줄기를 바라보았다. 제 피는 확실히 아니었다. 이렇게 호스라도 달아 놓은 것처럼 허공에 튀어 오르는 핏물이 제 것일 리 없었다. 남자가 억지로 왼쪽 손목에서 잡아뗀 칼이 동굴 바닥을 나뒹굴고 있었다. 고로 자신이 남자를 찔렀을 리도 없다.

그렇다면 이 남자는 왜? 왜 이렇게 뜬금없이 피를 흘리고 있단 말인가?

"왜……."

그런데 왜? 지금 내가 꿈을 꾸고 있는 건가? 하지만 구역질이 날 만큼 강하고 역한 피비린내가…….

이예주는 남자에게 잡힌 몸을 필사적으로 뒤틀어 환한 빛이 흘러나오는 쪽을 바라보았다. '문'이 열린 것 또한 잘못 본건지 확인하기 위해서였다.

하지만 꿈을 꾸고 있던 것은 아닌 듯, 가까스로 눈길이 닿은 동굴 구석에는 여전히 '문'이 열려 있었다. 그뿐만이 아니었다. 꿈이 아닌 것보다 더 환장할 상황이 이예주를 기다리고 있었다.

'문'이, 발현된 그녀의 능력이 어딘가 이상했다.

"무…… 문이……."

'문'이, 그리고 문에서 뿜어져 나오는 빛이 수면처럼 일렁거리며 허물어지고 있었다. 누군가 위에서 동굴 벽이랑 똑같은 색과 질감을 가진 페인트를 들이붓는 것처럼. 그것은 그저 허물어지면서 사라지고 있다고 볼 수밖에 없었다.

'문'이 점점 사라지자 그 안에 떠올랐던 영상 또한 같이 희미해졌다. 그런데 뭔가 좀 이상했다. '문'과 함께 사라지고 있는 서쪽 대륙이 꼭 무너져 내리는 것처럼 보였다.

고층 건물들이 도시 외곽 쪽부터 우르르 무너져 내리고, 텅 비어 있는 황량한 땅들이 붕괴되고 있었다.

"어……."

이예주는 처음에 '문'이 일렁이고 있어서 그렇게 보이는 것이라고 생각했다. 하지만 그것은 착각이었다. 힘없이 아래로 폭 꺼지는 커다란 빌딩 주변으로 일어난 거대한 구름 같은 것이 먼지 폭풍이라는 것을 알아보았을 때.

"자, 잠깐!"

그녀는 다급히 '문'이 있는 쪽을 향해 다가가려 했다.

"스읍, 어딜."

그러나 남자는 그녀의 몸을 강하게 잡고 놓아주지 않았다.

"이, 이게……!"

이예주는 별수 없이 남자 쪽으로 고개를 돌렸다. 그의 하얀 볼에 점점이 튄 핏방울들이 보였다. 오른쪽 어깻죽지에서 솟구쳐 오르는 핏물이 더욱 거세졌다. 이예주의 얼굴이 순식간에 사색으로 변했다.

"하, 하지 마요! 하지 마요!"

그녀의 외침에도 남자는 미동하지 않았다. 지그시 감긴 눈, 피를 많이 흘려서 그런지 남자의 얼굴이 전에 없이 창백해 보였다.

이예주는 희미해진 '문'과 갑작스럽게 피를 줄줄 흘리는 남자를 휙 휙 번갈아 바라보며 거칠게 헐떡였다. 그리고 본능적으로 알아차렸다. '문'이 사라지고 있는 것이 남자의 부상과 관련되어 있음을.

"그만! 그만해요! 내가 잘못했어요! 아무데도 안 갈 테니까, 그만하라고요!"

"……."

"람!"

이예주는 비명처럼 남자를 부르며 그를 덥석 껴안았다. 뭘 해야 할지 알 수 없었다. 원인도 알 수 없이 피를 마구 흘리는 남자를 멈추게 하려면.

"하지 마요! 아무 데도 안 갈 테니까, 다신 이런 짓 안 할 테니까 그만해요! 피 많이 나잖아요!"

불로 지지듯이 얼얼한 손목의 통증도 무시하고 애원했다. 숨이 넘어갈 지경이 돼서야 남자가 상냥하게 한마디를 던졌다.

"괜찮아. 가 보도록 해."

"……흐흑, 네?"

"갈 수 있으면."

"그, 그걸 지금 말이라고…… 아!"

지껄이는 거냐, 이 자식아! 분노를 참지 못해 버럭 성토하려던 이예주는 문득 눈앞이 핑 도는 느낌에 그대로 쓰러지듯 남자의 품 안에 안겼다.

여전히 비위를 자극하는 날것의 냄새가 속을 메슥거리게 했다. 머리 한쪽이 지끈거리기 시작했고, 아직 피가 흐르는 손목도 쓰라렸다. 아찔해진 시야에 저도 모르게 고개가 푹 고꾸라졌다.

"으으……."

남자의 허리를 잡은 손이 아래로 툭 떨어졌다. 더 이상 그를 결박하고 있지 않음에도, 남자는 제 품 안에 쓰러진 그녀를 놓지 않았다.

그는 되레 축 늘어지는 이예주를 제 품 안에 조심조심 그러안고 천천히 바닥에 주저앉았다. 동굴 바닥은 찬 공기에 식어 버린 피로 질척했지만 람은 그런 것 따윈 신경 쓰지 않았다. 그런 남자의 품에 아기처럼 안겨 있는 이예주는 당연히 알지 못했다. 그들의 주위가 범죄 장소처럼 피범벅이라는 것을.

"……아, 머리야……."

강한 현기증이 정수리를 엄습했다. 금방이라도 토사물을 쏟아 낼 것 같은 느낌에 이예주는 멀쩡한 오른손으로 머리를 짚고 한참을 끙끙거렸다.

그 와중에도 저를 안고 있는 미친놈의 상태를 확인하느라 자꾸만 힘없이 고꾸라지는 고개를 필사적으로 '문'을 향해 돌렸다.

"무, 문이…… 문이…… 허."

이예주는 희미한 빛무리만 군데군데 남긴 채 사라진 문과 마주했다.

'문'이 사라졌다. 남자의 어깨에서 피가 솟은 후에.

"대체…… 어떻게……."

대체 무슨 짓을 한 걸까. 1000년 후로 넘어와 열린 '문'을 외면한 적은 종종 있었지만, 이렇게 문이 허물어지며 사라진 것은 처음이었다.

꼭 그때와 같았다. 이 세계에서 가장 높은 산의 중턱, 무시무시한 기세로 자신의 뒤를 쫓던 남자를 피해 넘은 문 속의 암경이 허물어져 내리던 그때와…….

아아, 머리 울려. 골똘히 무언가를 생각하려 들자마자 그런 무서운 기억은 떠올리지 말라는 듯 뒷골에서 찌르르 통증이 올라왔다.

"……아파요."

이예주는 느끼는 것을 입 밖으로 꺼냈다. 아주 오랜만에 부리는 어리광이었다. 어디 머리만 아플쏘냐. 손목도, 울렁거리는 속도, 온몸이 다 작신작신 밟힌 것처럼 아팠다.

"아프다고요."

당신 때문에 아파 죽겠어. 자조 섞인 그녀의 울먹거림에 문득 남자가 아무렇게나 널브러져 있던 그녀의 다친 손목을 잡아 확인했다. 손목에서 흘러나온 피보다 훨씬 더 많은 양의 피가 묻어났다. 이예주의 것이 아니었다.

남자에게서 줄줄 흘러나온 피는 검은색 장포 때문에 잘 보이지 않았다. 누군가 이 상황을 본다면 그녀에게서 나온 피로 착각할지도 모른다.

팔을 자세히 들여다보던 람은 그녀의 상체를 아예 제 가슴에 기대게 했다. 그 짧은 움직임에도 속이 미친 듯이 울렁거려 그녀는 연달아 넘어오는 신물을 꾹 삼켰다.

"……어지러워요."

"다행히 그리 깊게 베이진 않았다."

"혈액 공포증 있다고 했잖아요……."

"입이 멀쩡한 걸 보니 괜찮나 보군."

시큰둥하게 답한 남자가 이예주를 조심스레 안고 일어났다. 그리고 이부자리 쪽으로 다가갔다. 통 몸을 가누지 못하는 그녀를 눕히기 위해서였다.

"잠자리에 피 냄새 배는 거 싫은데……."

피가 묻은 옷을 벗길 생각도 않고 모포 위에 자신을 눕히는 남자의 행동에 이예주는 불평했다. 심각한 이 상황에서도 그런 불만이나 내뱉고 있는 자신이 어이가 없어서 픽 헛웃음이 나왔다.

남자가 짙은 색으로 변한 검은색 장포를 벗으며 안주머니에서 무언가를 꺼내 들었다. 그러고는 불편한 자세로 누워 있는 그녀의 면전에 대뜸 들이밀었다.

"며칠간 눈코 뜰 새 없이 바빴다."

그의 손에 덜렁 튀어나온 둥그런 뭉텅이가 코를 툭 치고 하늘하늘 흔들렸다. 부지불식간에 안면을 얻어맞은 이예주의 미간에 부득 내 천 자가 생겼다.

"아! 지금 뭐 하는……!"

"부러 틈을 내어 이 세계에서 가장 높은 산의 중턱까지 갔다 왔는데."

티끌 하나 없는 새하얀 꽃송이에 피가 묻어나는 것은 너무 쉬운 일이었다. 벌겋게 변한 꽃이 마음에 들지 않는지 남자가 눈썹을 꿈틀거렸다.

어두운 동굴 안을 환히 밝힐 만큼 강한 빛 덩이를 바로 코앞에 두고 시린 눈을 괴롭히는 취미 따윈 없었다. 하지만 그럼에도 이예주는, 빠질 것처럼 아픈 눈을 감을 수 없었다. 시뻘건 피가 잔뜩 묻은 커다랗고 흉흉한 손에 덜렁 들려 있는, 환하게 빛나는 뤼미에르 한 송이가 너무나도 기가 막혀서…….

"누가……."

"……."

"누가 이런 거 가지고 싶대요?"

품 안에 얼마나 소중하게 품어 왔을까. 환하게 빛나고 있는 여린 꽃 한 송이는 조금만 짓눌려도 금방 꽃잎이 뭉그러졌을 것이다.

그러나 남자의 손에 들린 하얀 꽃송이는 피가 묻었다는 것을 제외하고는 싱싱하기가 이루 말할 수 없었다. 꼭 꽃밭에서 바로 마주하는 것처럼 예뻤다.

"어린애도 아니고, 고작 이런 꽃 한 송이를……."

이예주의 얼굴이 기어이 울 것처럼 왈칵 일그러졌다.

정말이지 이 남자를 어떻게 하면 좋을까. 다리족을 없애기 위해 자신을 미끼로 쓴 남자를. 분수처럼 피를 내쏟으며 제 몸을 파괴하다가, 품 안에서 꽃 한 송이를 꺼내 건네는 이 미친놈을…….

"왜 그런 얼굴을 하지? 이상하군."

얼굴도 목소리도 울음기가 가득한 이예주를 보고 남자가 고개를 갸웃거렸다. 정말로 그 이유를 알지 못하는 눈치였다.

"단단히 토라진 어린 것에게는 반짝이는 것을 주면 좋아한다고 했는데."

"……대체 어떤 정신 나간 인간이 저번부터 그런 헛소리를 하는 거예요?"

"그래서, 안 받을 건가?"

안 받는다고 하면 당장이라도 꽃송이를 우그러트릴 것처럼 남자의 손등에 아득 힘이 들어갔다. 이예주는 별수 없이 얼른 그의 손아귀에서 꽃을 구출해 냈다. 하지만 그녀의 손 또한 남자에게 옮겨 묻은 피가 흥건하다는 사실을 간과했다.

"자꾸 피가 묻어나요."

연하고 얇은 초록색 줄기에 시뻘건 핏자국이 선명하게 묻어났다. 엄지와 검지로 살짝 들어 올려 조심조심 옮겼지만, 오히려 로브에 묻은 핏물에 하얀 꽃송이가 크게 스쳐 버렸다.

악, 힝! 이예주가 울상을 짓다가 결국 깨끗이 옮기는 것을 포기하고 모포 밖으로 아무렇게나 꽃을 내려놓았다. 그 꼴을 말없이 지켜보던 남자가 이예주에게 불쑥 지껄였다.

"기분이 무척 더럽군."

뭐라고, 이 새끼야? 피 묻은 꽃이 기분 나쁘다는 건지, 꽃을 내려놓은 것이 기분 나쁘다는 건지는 알 수 없었다. 아니, 어느 쪽이건 둘 다 기분 나빠!

"누가 할 소릴……."

이예주가 금방이라도 일어날 듯 몸을 바르작거리며 부리부리한 눈으로 남자를 노려보았다.

"그건 내가 할 소리예요!"

한차례 폭풍이 지나가자 잠시 잊고 있던 분노가 남자의 무심한 말을 기폭제 삼아 화르륵 발화했다.

"나도 기분 더럽거든요? 저번에 눈 뜨자마자 당신이 다친 꼴을 봐야 했을 때도 그렇고! 오늘도!"

"……."

"나한테 한마디 언질도 없이 네 몸이든 내 몸이든 있는 몸뚱이 모두 다 막 굴릴 때마다 내가 얼마나 놀랄지 생각 좀 해 봐요!"

'문'을 열기 위해 손목을 긋던 것을 들켰을 때보다 느닷없이 남자의 어깨에서 핏줄기가 솟구치는 것을 보았을 때가 더 기절할 것 같았다. 순간 머리가 새하얘지고 심장이 발끝까지 내려앉는 기분이었다. 고어 영화를 꽤 자주 보았다 자신했는데 막상 본 실제 상황은 달랐다.

사람 몸에서 그렇게 많은 피가 흐를 수 있는지, 피의 더운 열감과 비린내가 이렇게 생생할 수 있는지 알게 된 건 정말 처음이었다. 아니, 이제는 두 번째라고 해야 하나. 몇 번을 겪든, 절대로 다시 겪고 싶지 않은 경험이었다.

"제발 이러지 좀 마요."

"……."

"당신이 이렇게 막무가내로 굴 때마다 정말 어떻게 해야 할지 모르겠다고요."

과거로 갈 방법은 없다. 그래서 미래로 가려 했더니 람이 또다시 제 몸을 망가뜨려 그녀의 '문'을 없앴다. 다친 남자가 또 무슨 짓거리를 할지 몰라서 차마 다리족 일을 화내고 따져 물을 수도 없었다.

그런 자신이 미웠다. 이예주는 두 손으로 금방이라도 울음이 터질 것 같은 못난 얼굴을 가리며 지친 목소리로 중얼거렸다.

"아무 데도 안 가겠다고 결심했는데…… 나를 산 정상으로 보낸 건 당신이잖아요."

아직도 질질 새어 나오는 손목의 피가 볼 근처에 찝찝하게 묻어나는 것 정도는 참을 수 있었다. 후끈해진 눈시울을 가리기 위해서라면.

이 남자에게 결국 감정적으로도 약자라는 것을 들키기 싫었다. 자존심이랄 것도 없지만 그 수모를 당하고도 남자가 다친 모습에 안절부절못하는 자신이 참을 수 없을 만큼 부끄럽고 자존심 상했다.

하지만 누구나 감추고 싶은 감정이 있다는 말도, 같은 인간에게나 통하는 소리다. 이예주는 바보같이 또 간과하고 있었다. 이 미친놈이 인간이 아니란 사실을. 남자가 얼굴을 덮고 있는 그녀의 두 손 중 다친 팔을 덥석 잡아 억지로 들춰냈다.

"악! 왜 이래요!"

흉하게 찌푸리고 있을 것이 분명했기에 이예주는 필사적으로 손에 힘을 줘 계속해 얼굴을 가리려고 했으나, 놈의 힘은 막강했다.

"힘 빼. 피가 더 새지 않느냐."

"당신이 내 손을 놓으면 되잖아요!"

"스읍—"

결국 남자에게 손을 낚아채인 이예주는 그를 쏘아보며 씩씩댔다.

아주 잠시도 가만 놔두지 않는다니까.

한 송이뿐이지만 그들 곁에 있는 빛나는 뤼미에르 덕분인지 주변 시야가 그 전보다 환했다. 그 때문인지 남자는 그녀의 손목에 난 상처를 아까보다 더욱 주의 깊게 살폈다.

이미 베일 대로 베인 상처, 그렇게 들여다봐서 뭐 할 거냔 심산에 이예주는 나 몰라라 제 왼손을 포기하고 누워 있었다.

그렇게 무표정한 얼굴로 한참 동안 환부를 내려다보던 남자가 염장 지르는 소리를 툭 내뱉었다.

"치료, 안 해 줄 거다."

그래. 이왕 이렇게 된 거, 그냥 죽든지 말든지 내버려 둬라.

이예주는 반응하지 않았다. 저딴 말 같지도 않은 소리에 반응했다가 화병 나서 앓아눕는 건 자신뿐이었다. 그러나 대답 없이 외면하는 그녀의 모습에도 남자가 꾸준히 헛소리를 지껄여 댔다.

"대신 네게 내 에너지를 직접 주입할 거야."

"……."

"지금 널 안을 것이다."

"……예?"

이예주는 반응하지 않으려고 했다. 하지만 도저히 반응하지 않을 수 없는 말이었다.

반대편 벽을 바라보던 고개를 남자 쪽으로 획 돌렸다. 이 남자가 방금 무슨 말을 지껄였더라?

"지, 지금 뭐라고 했어요?"

"널 안겠다고."

막힘없이 튀어나오는 남자의 대답에 이예주는 버벅였다.

"뭐? 뭐라?"

뭘 안아? 날 안겠다고? 그 안겠다는 소리가, 설마 지금 제가 생각하는 그런 의미는 아니겠지?

"그, 그러니까요. 에너지를 주입하는데 왜 저를 안는……."

더듬더듬 남자에게 그 의미를 되묻던 이예주는 갑자기 검은색 내의를 찢듯 벗어 내며 상체를 탈의하는 그의 모습에 그대로 입을 떡 벌리고 굳었다.

"이, 이……!"

이 미친놈이 지, 지금! 지금 뭘 하는 거야!

"자, 잠깐만요! 잠깐만요! 지금, 지금 뭐 하는 거예요?!"

"칼로 귀를 벤 것 같진 않은데. 세 번씩이나 말해 줘야 하나?"

여전히 마르지 않은 핏물이 흐르는 탄탄한 상체를 노출한 남자가 여유로운 얼굴로 그녀에게까지 마수를 뻗쳤다. 이예주는 고개를 내저으며 남자를 피해 꿈틀꿈틀 움직였지만 금방 람에게 멱살이 잡혔다. 그러고는 서로의 코가 닿을 만큼 그녀의 얼굴을 바싹 끌어당겨 속살거리기를.

"……널 안는다고 했다."

성전에 나오는 신과 같은 금욕적인 얼굴을 하고 남자는 묵묵히 그녀의 로브 단추를 풀어 내리기 시작했다.

"잠깐! 잠깐만요! 왜, 왜 치료 얘기하다가 이야기가 그쪽으로……!"

손목이 아픈 줄도 모르고 이예주는 미친 듯이 몸을 퍼덕였다. 중간까지 단추를 풀어 헤쳤던 남자가 그런 그녀의 반응에 멈칫 손을 멈췄다.

"……싫은가?"

고개를 약간 모로 기울이며 남자가 물었다. 이 어처구니없는 상황에 눈깔이 삐어도 단단히 삐었는지, 그 모습이 시무룩해 보였다. 싫다고 하면 그대로 울어 버리기라도 할 것처럼 자신을 응시하는 시뻘건 눈이 촉촉하게 젖어 있었다.

뭐? 촉촉? 미쳤지, 이예주. 미쳤어. 그렇게 생각하면서도 이예주의 얼굴이 불붙은 듯 확 붉어졌다.

“그, 그게…… 시, 싫은 건 아니고요…… 그, 그니까 너무 당황스럽고, 또. 어…….”

이, 멍청아! 싫다고 했어야지! 하지만 제 의지와는 달리 주절주절 쏟아져 나오는 속마음에 그녀는 더더욱 혼돈에 빠졌다.

남자가 허공에 어정쩡하게 멈춰 있던 그녀의 다친 손목을 조심스레 잡아 내렸다. 그는 여전히 피가 흐르고 있는 환부를 제게로 가져가더니 ‘춥—’ 소리가 나도록 입술을 가져다 대었다.

“피가 이렇게 많이 나는데, 예주야. 얼른 치료해야지.”

다친 상처 근처에서 솜사탕처럼 보드랍고 몰캉한 입술이 오물조물 움직이는 것이 느껴졌다.

그는 돌연 입을 벌려 상처 위로 꾸물꾸물 검은 빛을 토해 냈다. 상처에서 순식간에 피가 멈췄다. 람은 잡은 손목을 이예주의 눈에 들이밀었다.

“봐. 어서 치료를 지속해야 한다.”

벌겋게 벌어져 있던 피부가 꿰맨 것처럼 서로 달라붙었다. 하지만 피만 그쳤을 뿐 통증은 그대로였다. 완전한 치료가 아니었다. 이예주는 버럭 소리쳤다.

“아, 해 줄 거면 그냥 해 줘요!”

“대가도 없이 해 줄 순 없지.”

“이, 이! 치사한……!”

“……정말 싫은가?”

남자가 중얼거리며 시뻘건 눈을 위로 치켜떴다. 쿵, 이예주의 가슴이 내려앉았다. 문득 코가 시리다는 생각이 들었다.

미치겠네. 아직 '예주야' 공격에 면역 같은 거 안 생겼단 말이야! 이예주는 울상을 짓고 우물거렸다.

"시, 싫다기보단, 지금 우리가 이런 얘기 할 상황이……."

"싫은 것이 아니면 됐다."

남자가 단정적으로 말을 끊고 손목에 대고 있던 입을 뗐다. 그새 그의 입술에 피가 옮겨 묻어 안 그래도 붉은 입술이 정말로 시뻘겋게 변해 버렸다. 이예주의 피를 쪽쪽 빨아 먹은 뱀파이어처럼.

남자가 다시 손을 뻗어 단추를 푸는 것을 재개했다.

"어, 어……!"

이예주는 이 황당한 상황에 그저 어영부영 휩쓸릴 뿐이었다.

"이, 이렇게 갑자기요?"

멍청하게 눈을 한 번 깜빡였을 땐 이미 수많은 단추들이 모조리 풀린 후였다. 남자가 상냥한 손길로 그녀의 몸에서 로브를 벗겨 주었다.

얇은 내의 하나 걸친 몸이 갑작스레 시린 공기에 노출되었다. 부르르 어깨를 떨자 람이 어깨선을 따라 스윽 쓰다듬었다. 그 손길이 끈적끈적하게 느껴져 이예주는 목을 움츠렸다. 그러나 불손한 생각이 드는 건 그녀뿐인지 람은 여상한 투로 말했다.

"내가 없는 틈을 타 네가 오늘같이 발칙하게 도망을 칠 경우를 대비하여 나도 보루 하나쯤은 남겨 둬야 하지 않나?"

"아, 아무 데도 안 간다고 했잖아요!"

"괜찮다. 넌 아직 어린것이어서 잘 모르겠지만 인간 남녀 사이에서는 흔히 하는 행위라더군."

허, 이예주는 정신 좀 차려 보라며 눈앞에 어른거리는 람의 머리를 한 대 후려치고 싶었다. 그러나 때마침 마주한 그의 얼굴에 흠칫 몸이 굳었다.

자신의 옷을 벗어 던지고 제 옷을 벗기기 시작할 때조차 무감각했던 남자의 얼굴이…… 남자의 눈이, 무섭게 변해 있었다.

금방이라도 자신을 통째로 으적으적 씹어 먹을 것처럼 형형히 빛나는 눈빛. 음습하게 가라앉은 검붉은 눈. 순간 정수리까지 오소소 소름이 돋았다.

불현듯 기시감이 들었다. 저 눈을 본 적이 있었다. 꿈인지 잊힌 기억인지 모를 생생한 장면 속에서 끊임없이 자신을 핥고 탐하던 눈이었다.

"만세."

"……예?"

그녀가 람의 들끓는 눈에 시선을 뺏기고 주춤할 무렵, 명치 위까지 불쑥 밀고 들어온 그의 손이 눈 깜짝할 새 상의를 머리 위로 훌러덩 벗겼다.

"으허억!"

인간 여자의 뽀얀 살이 람의 시선 아래 고스란히 노출되었다. 그 순간 그의 검붉은 눈에서 번쩍 안광이 쏟아져 나왔다.

"잠깐, 잠까안—! 알았어요! 그러면! 그러면 일단 당신 몸부터 치료 좀 하고요!"

"괜찮아. 이 정도론 소멸되지 않으니까."

"그런 무서운 소리 하지 말고, 이 미친…… 흐으!"

남자의 억센 손아귀가 맨 어깨와 오목한 등골을 스윽 쓸고 내려가 바지춤까지 닿았다. 그에게서 탈출하기 위해 거세게 몸을 뒤틀던 이예주는 아찔한 시야 때문에 금방 흐느적거리며 몸을 늘어뜨렸다.

"아으, 아야…… 아이고, 머리야…… 으으, 어지러워……."

확실히 피를 많이 흘리긴 많이 흘린 것 같았다. 아니면 정말로 핑계처럼 대던 혈액 공포증이 발현했든가.

남자의 어깨에선 여전히 마르지 않은 뜨끈한 피가 뚝뚝 흘러내려 이예주의 드러난 맨살에도 진득하게 묻어났다. 크게 다친 것 같은데, 환부가 뒤쪽에 있는 건지 보이는 것은 그저 건장한 남성의 어깨 근육뿐이었다.

그리고 그와 동시에 하체마저 휑한 느낌이 들었다. 남자가 마지막 남은 바지에 손을 댄 것이다. 미친, 미친! 대체 이게 무슨 일이야!

하체 쪽에 몰두해 있던 남자가 불쑥 고개를 들고 손을 뻗었다. 그는 어지럼증에 좀체 몸을 가누지 못하는 이예주의 얼굴을 살살 어루만졌다.

"쉬…… 넌 그냥 가만있어. 내가 다 알아서 할 테니."

"무슨 오빠만 믿으라는 소리도 아니고! 장난하…… 우읍!"

이예주는 마지막까지 변명할 수 없었다. 언제나 여유로운 태도로 그녀를 안달 나게 만들었던 남자가, 전에 없던 속도로 달려들어 입술을 덮쳤기 때문이다.

벌어진 잇새로 물기를 머금은 타인의 혀가 성급하게 들어왔다. 치열을 따라 입 속을 폭풍처럼 휘젓던 그것은 얼마 안 가 아래턱에 얌전히 놓여 있던 이예주의 혀를 덩굴처럼 감싸 얽었다. 간신히 내뱉는 숨마다 람의 입 속으로 쪽쪽 삼켜졌다.

남자의 혀에서는 비릿하고 찝찔한 피 맛이 났다. 그리고 그것을 느낄 새도 없을 만큼 호흡이 턱턱 막혀 왔다. 남자가 다쳤다는 사실도 잊고 그의 가슴과 어깨를 퍽퍽 쳤지만, 요지부동이었다.

츄읍— 누구의 타액인지 모를 것이 축 늘어지며 남자의 입술이 떨어졌을 때는 숨이 꼴깍 넘어가기 직전이었다.

"푸헉! 허윽……."

"예주야."

예주야, 예주야. 정신없이 숨을 들이켜는 이예주의 입술, 얼굴, 목덜미 할 것 없이 남자가 쪽쪽 입을 맞췄다. 산소가 차단되어 혼몽하기 그지없는 그녀의 뇌리에 알 듯 모를 듯 흐리멍덩한 의문점 하나가 떠올랐다.

이 남자가 왜 이렇게 애가 타는 목소리로 자신을 부를까. 왜 이렇게 자신이 어여뻐 죽겠다는 듯 뽀뽀를 하는 걸까.

아니잖아, 분명 이 남자한테 자신은 그런 존재가 아닌데. 그런데…….

"아!"

문득 목덜미 아래에서 느껴지는 압박감에 이예주가 화들짝 놀라 아래를 내려다보았다. 남자가 부드러운 입술로 쇄골을 지분거리고 있었다.

"예주야."

채 경악하기도 전에 다시 볼, 턱, 쇄골 가릴 것 없이 뽀뽀 세례가 쏟아졌다. 그것을 피하려고 고개를 돌리던 이예주는 가까스로 외쳤다.

"저기요. 우, 우리 정말 이래도 되는 거예요?"

남녀가 충분히 준비된 상태에서 일을 치러야 한댔단 말이야! 그러나 몸을 매만지는 타인의 손길에 그녀는 도통 정신을 차릴 수 없었다.

검은 파편은 신중하게 여체를 어루만졌다. 깨지기 쉬운 유리 조각처럼 섬세하고 살뜰하게. 제 작은 연인의 어여쁜 모습에 갈증이 일 듯 목이 타고 속에서 분노와 닮은 덩어리가 부글부글 들끓었다.

그러나 그는 최대한 인내했다. 시간족 놈들을 잡아 죽이기 위해 미끼로 던져 놓았을 때도 이토록 인내한 적이 없었다. 어린것을 난폭하게 다뤘다간 크게 다칠 수 있다는 말을 들은 후라 마음 가는 대로 섣불리 손을 놀릴 수가 없었다.

그리고 마침내 그 인내심 또한 끝이 났다. 그는 이예주를 반듯이 눕혔다. 힘이 들어가지 않아 하느작거리는 인간 여자는 이전과 같이 반항하지 않았다. 못했다는 말이 더 정확했지만 어쨌든.

"예주야."

복사 빛으로 발갛게 물든 목덜미가 군침이 돌 만큼 어여쁘기 그지없었다. 그녀가 제 앞에 무방비한 상태로 있음에도 자꾸만 조급증이 일었다.

다리족으로 보낸 후 다시 제게로 되돌아왔을 땐 분명 완전히 가졌다고 생각했다. 이젠 제 곁에서 아무 데도 보내지 않겠다고. 계집이 그토록 찾아 헤매던 과거로 갈 수 없을 테고 '능력'이 발현해도 잡을 수 있었다. 어디로든 도망갈 수 없게 되었지 않은가.

그러나 동쪽 대륙의 절반을 파괴시키면서까지 잡아 둔 인간 계집은 또다시 제 손아귀에서 벗어나려 들었다. 이번엔 동쪽 대륙과 정반대인 서쪽 대륙까지.

어떻게 하면 이것을 완전히 가질 수 있을까. 정말로 여린 살결 하나하나, 뼛조각조차 남기지 않고 와그작와그작 씹어 먹으면. 이것을 온전하게 자신의 것으로 만들 수 있을 것인가.

"저, 저기요. 우리 정말 이래도 되는 거냐고요!"

이예주는 애원하며 버둥댔다.

"일단 정신 좀 차려 봐요. 지금 눈이 너무……."

너무 미친 것 같다고요. 좀 냉정하게 흥분을 가라앉히고…….

"아!"

하지만 칼에 베인 왼쪽 손목의 상처가 불 꼬챙이로 지지듯 미친 듯이 쓰라려 마지막 일격도 얼마 가지 못했다. 남자가 어린아이의 장난을 제압하듯 손쉽게 그녀의 손을 잡아채고는 혀를 찼다.

"쯧. 고통을 즐기고 싶으면 더 움직이도록 해."

"흐엉, 피, 피! 피 또 나요."

그의 손에 묻어나는 핏자국에 이예주가 울상을 지었다. 다물렸던 상처에서 피가 새어 나왔다. 손목이 화끈화끈 아렸다. 이렇게 아플 줄 알았다면 그런 미친 짓은 하지 않는 건데.

것도 모자라 여전히 피비린내와 빈혈로 인한 어지럼증, 그리고 흥분의 잔재로 몸이 정상적이지 못했다.

"뭘 하든, 좀! 몸이 괜찮을 때 하자고요……."

이제 발악할 힘도 없다, 정말. 이예주가 다양한 의미를 담고 간절히 람을 바라보았으나 그는 단호하게 고개를 저었다.

"직접적인 에너지의 흡수보다 빠른 치유는 없다. 그러니 아프기 싫으면 가만있어. 어서 네 안으로 들어가야 하……."

"닥쳐!"

버럭 화를 내던 그녀는 문득 목덜미 아래에서 느껴지는 압박감에 화들짝 놀라 아래를 내려다보았다. 남자가 불현듯 커다란 손으로 한쪽 가슴을 와락 움켜쥐었기 때문이다.

마담 페니의 가게에서 산 브래지어는 패드가 없어 유두가 닿는 부분에 천이 여러 겹 덧대져 있는, 후크도 없는 천 쪼가리였다. 우악스러운 남자의 손아귀에 매듭이 풀리고 손쓸 틈도 없이 헝클어진 것은 당연했다.

"으흣, 사, 살살…… 살살 좀 해요!"

이예주의 경악스러운 반응과는 상관없이 손을 움직이던 람은 스르륵 풀린 가슴 가리개를 동굴 한쪽으로 박력 있게 집어 던진 후 고개를 내렸다. 생전 처음으로 생판 남, 그것도 남자의 손에 가슴이 잡힌 것도 충격일진대, 이예주는 그다음에 더 엄청난 상황에 직면했다. 남자가 내린 고개 그대로 가슴을 양껏 베어 문 것이다.

"허윽!"

그 행위를 멍하니 바라보던 이예주의 눈이 튀어나올 것처럼 부릅떠졌다. 술! 술이라도 필요해! 어떻게 외간 남자가 제 가슴을 아기가 젖 빨듯 하는 모습을 맨정신으로 바라볼 수 있단 말인가!

경악으로 일그러진 두 눈을 질끈 감자, 달아오른 눈꺼풀 위에 남자의 부드러운 입술이 스치고 지나갔다. 마침내 람이 그녀의 다리 사이에 자리를 잡고 몸을 겹쳤다.

"나…… 나 솔직히 무서워요."

남자의 손에 의해 허벅지가 힘없이 벌어지는 것을 느끼며 이예주는 조심스럽게 속마음을 내뱉었다. 뚝, 뚝. 남자의 날카로운 콧등을 타고 땀방울들이 볼 위로 떨어졌다. 검붉은 눈에 오롯이 자신만이 담겨 있었다. 남자가 핏줄이 바짝 선 목을 하고 자신을 금방이라고 잡아 죽일 듯 바라보았다.

아니, 아니었다. 남자는 붉은 아랫입술을 슬쩍 핥으며 나른하게 그녀를 내려다보고 있었다.

이예주는 처음 보는 것 같은 남자의 모습에 기분이 참 이상해졌다. 아, 이 남자와 맨정신으로 이런 짓을 하는 날이 다 오는구나. 갈 데까지 다 간 거야. 발랑 까졌어, 이예주.

"무엇이."

남자가 물었다. 이예주는 선뜻 대답할 수 없었다. 신체적인 것보단 정신적인 문제였다. 다시는 예전으로 되돌아갈 수 없을지 모른다는, 미지에 대한 두려움과 걱정, 기대, 설렘.

그러나 이미 늦었다는 것을 이 요망한 것은 왜 모르는 것일까. 람은 그녀에게 들리지 않도록 쯧, 혀를 찼다.

"나도 무섭군."

"흐, 뭐가, 요?"

"인간들의 교미 행위를 하는 것은 처음이라."

"헉!"

"중간에 너를, 씹어 먹을까 봐."

"그, 그게…… 아악, 살살! 아직 아프다고요!"

"금방 익숙해질 것이다."

생경한 감각들이 람의 전신에서 피어오르기 시작했다. 수억 년을 살아오는 동안 이러한 감각은 처음 겪는 것들이었다. 눈앞이 혼미하고 머릿속이 짜릿하다.

새로운 감정의 조각들이 검은 파편에게 쏟아졌다. 그는 어린것을 조심히 다뤄야 한다는 생각조차 날려 먹고 연달아 거칠게 허리를 움직였다.

작은 여체의 감미로운 신음 소리와 함께 살과 살이 거칠게 맞부딪히는 소리가 연달아 울려 퍼졌다. 그것이 검은 파편에게는 꼭 폭죽 소리처럼 들렸다. 미친 듯이 허리를 쳐올리며 그는 제가 조금 이상하다는 생각이 들었다.

자신이 이상하게 느껴지는 것은 이예주 또한 마찬가지였다. 남자가 움직일수록 그녀는 점점, 점점 더 높은 곳으로 날아올랐다. 발가락과 손가락이 곱아들었다.

"예주야, 예주야."

남자가 끊임없이 그녀를 불렀다. 통증과 쾌감의 상반된 감정에 진저리를 치면서도 이예주는 람을 꼭 끌어안았다. 그리고 마침내 동굴 천장에서 하얀 별이 부스러져 내렸다.

"인간들은 모성애가 강하더군."

그 순간 람이 속삭였다.

"네 조막만 한 이곳이 내 에너지로 가득 차다 못해 철철 흘러넘칠 때까지 쏟아부어 주면."

남자가 손을 내려 그녀의 아랫배를 다정하게 쓸어내렸다. 부드럽게 뱃가죽을 쓰다듬던 남자의 손이 꾹 그 위를 내리눌렀다.

"그러면 아무 데도 갈 수 없겠지."

"흐읏……."

다시 시작되는 쾌락의 파도에 잡혀 들어가느라 이예주는 미처 눈치채지 못했다. 남자의 다짐과도 같은 그 음험한 속삭임이 무얼 말하는 것인지를. 그녀는 그저 끈 떨어진 인형처럼 흔들리다가 까무룩 눈을 감았다.

"이, 이제 그만해, 미친놈아……."

검은 파편은 그렇게 인간들이 쓰는 방법으로 이예주를 가졌다.

이예주는 끊임없이 캄캄한 어둠 속을 걸었다. 언제부터 걷기 시작했는지는 알지 못했다. 그저 의식을 차렸을 때 그녀의 몸은 어둠, 회명晦冥, 암흑 속에 갇혀 있었다.

걸음을 우뚝 멈춘 채 빛이 나는 제 몸을 바라보던 그녀는 서둘러 왼쪽 소맷부리를 걷어 올렸다. 왼쪽 손목을 일자로 가르며 자리하고 있어야 할 흉터가 보이지 않았다.

"……꿈?"

이예주는 어색할 만큼 밋밋한 제 손목을 하염없이 들여다보다가 꽤 오랜 시간이 지나서야 꿈속임을 인지했다. 서울에서 천 년 후의 세상으로 넘어온 후 오랫동안 꾸지 않아서 까맣게 잊어버리고 있었다. 자신이 종종 암경 속을 헤치고 다니는 악몽을 꾼다는 것을.

"하……."

유쾌하지 않은 자각몽의 인지에 그녀는 짤막하게 한숨을 내쉬었다.

이 암흑이 모두 꿈인 것을 알고 있다 하더라도 변하는 것은 딱히 없었다. 현실처럼, 꿈에서 깨기 전까지 그저 하염없이 어둠 속을 헤매고 다녀야 한다. 그래서 단연 끔찍하고 가장 꾸기 싫은 악몽이었다.

이예주는 우울한 얼굴로 터벅터벅 걷기 시작했다. 이 까마득한 어둠 속에서 가만히 있다간 정신이 이상해지는 것은 물론이고, 영원 같은 시간 속에 갇혀 버린 듯한 기분이 든다. 때문에 그녀는 방향도, 길도, 아무것도 보이지 않는 공간을 억지로 걸었다. 그래야만 조금이라도 빨리 악몽에서 깨어날 수 있을 거라 애써 믿으며.

그렇게 하염없이 암경 속을 걷고 또 걷길 반복한 지 얼마나 됐을까. 지긋지긋한 어둠의 끝을 알리듯 멀리 떨어진 곳에 환한 빛을 쏟아 내는 '문'이 나타났다.

'깨어날 시간이야.'

이예주는 그렇게 중얼거리며 '문'을 향해 빠르게 달리기 시작했다. 문을 통과하면 이 악몽에서 깨어날 수 있을지 확신할 순 없었다. 그저 그녀에겐 다른 선택지가 존재하지 않을 뿐이었다.

한참을 달리고 또 달려 그녀는 문을 통과했다. 새하얀 빛이 눈앞을 잠식했고, 이예주는 눈을 감았다.

그녀가 다시 눈을 뜬 것은 얼굴 가죽이 화끈할 만큼 뜨거운 열기를 느꼈을 때였다. 타닥타닥, 모닥불에 장작이 타오르는 것 같은 소리가 사방에서 울려 퍼졌다. 멍하니 주위를 둘러보던 그녀의 눈이 화등잔만 하게 커졌다.

"이게……."

이예주는 붕어처럼 입을 벌린 채 말을 잇지 못했다. 그녀의 앞에 펼쳐진 것은 펄펄 들끓고 있는 시뻘건 용암이었다.

앞뿐만이 아니었다. 그녀가 있는 협소한 크기의 땅 양옆과 뒤가 모두 용암이었다. 매캐한 냄새와 뿌연 연기를 내뿜으며 모든 것을 불사르는 지옥불이 사방에서 철철 내리흘렀다.

"꾸, 꿈…… 꿈 아니지?"

온통 불타오르고 있는 주변을 바라보자 이예주는 덜컥 겁이 났다. 당장 소매를 걷어 올리고 꿈인지 생신지 확인하고 싶었다. 하지만 혹시 이 천불 같은 뜨거움이 현실일까 봐, 용암으로 뒤덮여 멸망하고 있는 세상이 진짜일까 봐 확인하는 것이 두려웠다.

그녀 주위로 둥그런 경계를 형성한 용암이 점점 거리를 좁혀 왔다. 금방이라도 입고 있는 옷이 재가 되고 드러난 살갗이 데일 것 같은 화기가 느껴졌다.

"지, 지구가 멸망하고 있어."

어떡해. 이게 바로 세기말 용암 폭발인가 봐. 이예주는 두 손으로 제 머리를 부여잡고 벌벌 떨었다.

그녀의 두 동공이 사방팔방으로 날뛰었다. 조금이라도 이 천불 같은 뜨거움에서 벗어나 피할 곳을 찾기 위해서였다. 그러던 중 이상한 것이 포착되었다.

그녀와 얼마 떨어지지 않은 아직 용암이 덮치지 않은 땅. 아비규환의 한가운데에 작은 인영이 쭈그려 앉아 있었다. 두려움에 하염없이 떨리던 이예주의 눈이 부릅 홉떠졌다.

"얘, 얘야!"

그렇게 있으면 안 돼. 얼른 피해야 하는데! 그녀는 애타는 마음에 큰 소리로 아이를 불렀다. 그러나 목소리가 닿지 않는 것인지 아이는 이예주에게서 등을 돌린 채 계속 쭈그려 앉아 있었다.

"얘야!"

그녀가 다시 한번 애타게 아이를 불렀지만 변함없었다. 지상이 타오르며 뿌옇게 일어난 연기 때문에 아이가 뭘 하고 있는 건지 잘 보이지 않았다.

이예주는 피가 바짝바짝 마르는 심정을 느꼈다. 아이에게 당장 달려가야 할 것 같았다. 그러나 아이가 있는 곳과 자신이 있는 곳 사이에는 마그마가 강물처럼 출렁이며 흐르고 있었다.

"하으, 씨."

울상을 한 채 그녀는 제가 있는 곳과 아이가 있는 곳의 거리를 가늠했다. 용암 줄기는 계곡의 시냇물 정도라 그리 넓은 폭은 아니었다. 있는 힘을 다해 도약하면 뛰어넘을지도 모르겠다. 문제는 두 번의 기회가 없다는 것뿐. 혹시라도 넘지 못하면 그대로 저승행 급행열차를 타야 한다.

"흐, 흐윽……."

이예주는 무서워서 울먹였다. 학교 체력장 때 멀리뛰기 점수가 몇이나 됐더라. 얼마 뛰지도 못한 채 흙바닥에 흉하게 자빠졌던 제 과거를 애써 외면하며 그녀는 천천히 뒤로 주춤주춤 물러났다. 용암 앞에서 박차고 뛸 거리를 확보하기 위해서였다.

최대한 멀리서 뛰어와 도약하고 싶었지만 그녀의 뒤에서도 빌어먹을 용암이 꾸물꾸물 기어오고 있었기에 거리가 제한되었다.

마침내 땅끝에 도착한 이예주는 뛸 자세를 취하며 마른침을 모아 삼켰다. 눈을 꾹 감고 잠시 심호흡을 하던 그녀는 이내 번쩍 눈을 뜨고 다리에 온 정신을 집중했다. 그리고 달렸다.

"으흐!"

타다다닥. 빠르게 달려오던 그녀의 발이 용암 줄기의 일보 앞에서 발돋움을 위해 세게 땅을 디뎠을 때였다.

땅을 뒤덮은 마그마가 그 순간 기적처럼 양 갈래로 좌악 갈라졌다. 그리고 아이가 있는 곳까지 길이 생겼다.

"이, 이게 뭐야? 이게 무슨……."

모세의 기적이야, 뭐야? 제 앞에 홍해처럼 갈라진 용암을 멍하니 바라보던 이예주는 얼마 안 가 퍼뜩 정신을 차렸다.

어찌된 영문인진 모르겠지만, 타 죽을 것을 감수하고 용암 위를 뛰어넘는 짓을 하지 않아도 아이에게로 갈 길이 생긴 것이다. 이예주는 이런 기적이 일어난 원인을 찾는 것은 뒤로 미루고 무작정 건너편으로 달리기 시작했다.

"얘야!"

용암이 없으니 아이가 있는 땅에 한달음에 도달할 수 있었다. 이예주는 얕게 헐떡이며 조심스럽게 작은 어깨를 짚었다.

"얘야, 여기서 뭐 해? 여기 있으면 안 돼. 너무 위험해!"

"……."

"엄마를 잃어버렸니? 나랑 같이 가자. 내가 엄마한테 데려다……."

등을 돌린 채 미동 없이 앉아 있던 아이가 천천히 몸을 돌렸다. 애탄 마음에 속사포처럼 어서 가자는 말을 내뱉던 이예주는 아이의 얼굴을 확인하고 화들짝 놀라 뒤로 물러섰다.

"……람?"

그녀는 일순 제 눈을 의심했다. 사방이 용암으로 펄펄 들끓는 멸망의 땅에서 부모를 잃고 겁에 질려 떨고 있는 줄로만 알았던 아이는, 바로 어린 람이었다. 항상 고개를 쳐들고 올려다봐야 했던 시뻘건 눈동자가 제 허리춤에서 아롱거렸다.

"람!"

이예주는 경악했다. 대체 이게 무슨 일이야.

어린 람을 정신없이 훑어보자 목에 족쇄가 채워져 있는 것이 보였다. 그것으로부터 이어진 두꺼운 사슬이 땅에 박힌 말뚝에 고정되어 있었다. 온통 불바다인 이곳에 누군가 람이 도망칠 수 없도록 일부러 잡아 둔 것이 틀림없었다.

"누, 누가 이래 놨어요? 대체 누가 이래 놓은 거예요?"

"……."

그녀의 다급한 질문에도 어린 람은 대답 없이 그저 바라보기만 했다. 그 말간 얼굴에 이예주는 그야말로 심장이 덜컥 내려앉는 것 같았다.

"인간들이, 인간들이 이래 놓은 거죠? 당신을 또다시 죽이려고! 폭발시키고 총을 쏴서 당신을 죽이려고……!"

그녀는 똑똑히 기억했다. 다리족 놈들의 거주지였던 비행선에서 본 천 년 전 과거의 모습을. 인간들이 어떻게 람을 지상으로 끌어 올렸고, 또 어떻게 막 깨어난 어린 그를 죽이려 들었는지.

놈들이 이 사람을 또 죽이려고 드는 거야. 그게 얼마나 잔인하고 끔찍한 일을 초래하는지도 모르고. 이 사람을 또 아프게, 처참하게…….

이예주는 람의 가느다란 목을 우악스럽게도 감싸고 있는 묵직한 사슬을 두 손으로 움켜쥐었다.

"조, 조금만 기다려요. 내가, 내가 이거 금방 풀어 줄게요. 내가 금방 풀어 줄 테니까…….”

“왜?”

그때였다. 여태껏 꾹 다물려 있던 아이의 조막만 한 입이 열렸다.

“네?”

“왜 풀어 줘?”

이예주는 어린 람의 질문에 멍청하게 입을 벌렸다. 왜 이런 질문을 하지? 이렇게 온 세상이 부글부글 들끓고 있는데. 지금도 새빨간 유황들이 불꽃을 날름거리며 그들의 명줄을 천천히 조여 오고 있는데.

여기 있으면 너무 위험하다. 아무리 천하의 람이라도……. 더군다나 지금의 람은 제 허리춤에나 간신히 올 법한 형태를 하고 있지 않은가?

이예주는 일그러진 얼굴로 다시 한번 어린 람을 살폈다. 10살 남짓의 작은 아이가 공허한 얼굴로 자신을 올려다보고 있었다. 이렇게 위험한 상황인데, 그 무감각한 얼굴에 가슴이 미어지는 것 같았다.

“여기는 너무 위험하잖아요. 너무 뜨겁고 무섭고…….”

“…….”

“나랑 같이 안전한 곳으로 가요. 응?”

그녀는 아이에게 손을 내밀었다. 제발 날 믿고 내 손을 잡아 줘요. 다른 인간들처럼 해치려는 게 아니야. 정말로 그런 게 아니니까…….

그녀는 간절함을 담아 제 앞의 아이를 바라보았다. 그러나 새빨간 눈동자는 여전히 그녀를 바라보기만 하다가 이내 천천히 고개를 저으며 말했다.

“……어차피 날 버릴 거잖아.”

쪼르륵— 어디선가 물이 떨어지는 소리가 들렸다. 이예주는 스르륵 눈을 떴다.

뭔가 조금 전까지 엄청난 꿈을 꾼 것 같은데. 눈앞에 어른거리는 뿌연 연기를 따라 생생한 잔상이 흔적도 없이 사라져 버렸다.

"일어났나?"

문득 머리맡에서 들리는 익숙한 목소리에 그녀는 퍼뜩 고개를 들었다. 눈앞에 보인 것은 맨살의 향연이었다.

"이, 이게 뭐……."

탄탄한 남자의 가슴팍에 당황하던 이예주는 혼비백산하여 주변을 둘러보았다. 자신은 동굴 뒤편의 온천에서 남자의 품 안에 고이 안겨져 있었다. 뿌옇게 일어나는 연기는 온천 위로 피어오르는 수증기였던 것이다.

이게 무슨 일이야? 이게 어떻게 된 일이지?

"흐헉!"

이예주는 창백한 얼굴로 허겁지겁 제 왼손을 들어 눈앞에 바짝 들이대었다. 그 바람에 첨벙, 물이 튀겨 남자의 고운 미간이 일그러졌지만 그런 것 따윈 신경 쓸 새도 없었다.

검은색 대리석처럼 변한 흉측한 흉터가 보였다. 그 바로 밑에 손목을 그었던 것 같은데. 그랬는데. 그녀의 손목은 고등학생 때부터 가지고 있던 흉터를 제외하곤 아무런 상흔 없이 말끔했다.

"뭐 하는 것이지?"

심각한 얼굴로 제 손목을 들여다보고 있자 람이 물었다. 그러나 그녀는 답할 수 없었다.

"꿈이…… 꿈이……."

꿈이 아니었다. 남자에게 손목을 긋는 것을 들킨 것도, 그와 무려 벌거벗고 뒹군 것도 모조리. 왼손이 부들부들 떨리기 시작했다.

이예주는 너무 당황스럽고 기가 막힌 나머지 저와 남자가 아직도 옷을 걸치지 않은 상태라는 사실을 전혀 알아차리지 못했다. 그가 온천물에 담그고 있던 뜨겁고 축축한 손을 들어 그녀의 맨 어깨를 어루만지지 않았다면, 그녀는 언제까지고 손목을 들여다보는 자세로 굳어 있었을 것이다.

"예주야."

"헉!"

저를 부르는 목소리와 손길에 전과 다른 음습함이 느껴졌다. 이예주는 갑작스러운 타인의 접촉에 화들짝 놀라 시선을 들었다. 시뻘건 눈동자가 코앞에서 자신을 응시했다.

"왜 그러는 거지?"

남자가 눈살을 살포시 찌푸렸다. 그는 이예주의 어깨를 잡지 않은 다른 손으로 그녀의 손목을 끌어당겼다. 잡힌 부위가 화상을 입은 것처럼 뜨거워 몸이 한차례 파드득 떨렸다.

"아직도 아픈 건가?"

그녀를 대신해 요리조리 손목을 뜯어본 남자가 고개를 갸웃거리며 물었다. 그리고 덧붙였다.

"에너지를 확실히 주입했는데."

멍청한 표정으로 그저 남자를 바라보기만 하던 이예주의 얼굴이 서서히 일그러졌다. 아직도 아프냐고? 에너지를 확실히 주입했다고? 그게 지금 나한테 할 소리야?

부지불식간에 명치 깊숙한 곳에서부터 뜨거운 덩어리가 불쑥 치솟았다. 남자에게 잡혀 있는 왼손에 아득 힘이 들어갔다.

"왜……."

"……."

"왜 그랬어요?"

남자의 오른쪽 목 근처에 깊게 베였다가 흉터가 진 듯한 붉은 자국이 선명하게 보였다. 그 처참한 상흔이 어깨 너머 등 뒤까지 쭉 이어져 있을 것이 안 봐도 훤했다. 이예주는 곧바로 알아차릴 수 있었다. 기절하기 전, 자신을 붙잡기 위해 남자가 제 몸을 일부러 파괴한 흔적이란 걸.

치솟았던 뜨거운 덩어리는 금방 목구멍과 눈가를 점령했다. 침착하려고 노력했지만 나오는 목소리는 형편없이 떨렸다.

"왜 그랬어요? 왜 그랬냐고요."

"예주야."

"왜 그랬어. 왜 그랬냐고! 나한테 왜 그랬냐고, 이 나쁜 자식아!"

이예주는 잡히지 않은 손으로 남자의 맨살을 퍽퍽 내리치기 시작했다. 돌 같은 남자의 몸뚱이를 내리쳐 봤자 아픈 건 제 손뿐이었다. 그런데도 눈앞이 시뻘겋게 변해서 도저히 멈출 수가 없었다.

"이젠 하다못해 내 목숨도 모자라 자기 목숨까지 들고 협박해? 왜! 또 도망가면 죽인다고 그러지! 그냥 죽여!"

"예주야."

"대체 왜 이래! 이제 와서 왜 이러는데! 이용할 만큼 다 이용해 먹고 대체 나한테 왜 이러냐고!"

"……."

"내가 뭘 포기했는데! 흐으, 내가 당신 때문에 뭘 포기했는데! 내가 뭘 그렇게 잘못했는데, 나한테 왜 이렇게 잔인하게 굴어!"

이예주는 과거를, 엄마를, 봉구를, 수학여행에서 죽은 친구들을 포기했다. 단 한 번도 포기한 적 없었다. 언제나 가시처럼 목구멍 한쪽에 남아 그녀의 숨통을 갉작갉작 긁어서, 포기하고 싶어도 할 수 없는 것들이었다.

그러나 예지몽에서 남자가 팔을 다친 모습을 본 후에는 고민할 새도 없이 모든 걸 포기했다. 얼마나 황당하고 어이없는 일인가.

남자는 감히 자신을 내리치는 인간 계집의 손을 저지하지 않았다. 묵묵히 맞고만 있는 그의 태도에 오히려 가슴이 미어지는 건 이예주였다.

피를 많이 흘려서 그런지 금방 현기증이 돌며 힘이 부쳤다. 그녀는 그를 때리는 것을 관두고 두 손으로 얼굴을 감싸며 엉엉 울었다.

남자가 인간이 아니라는 걸 알았다. 그래서 자신이 왜 그러는지 공감도, 이해도 못할 것 또한 잘 알았다. 잘 알면서도, 그래도 마주쳤을 때 한 번쯤은 사과를 해 주었으면 하고 바랐다. 그래야 자신이 용서할 수 있을 테니까.

남쪽 대륙에서 정신을 차린 이후 이예주는 하루에도 수십 번씩 생각이 사방으로 날뛰었다. 자신을 다리족을 끌어내는 미끼로 이용한 남자한테 화가 나서 미칠 것 같으면서도, 남자의 사라진 팔에 대한 걱정에 잠을 이룰 수 없었다.

그를 피해 숲을 빠져나갈 길을 찾아 헤매면서도 막상 남자를 만나면 무슨 말부터 꺼내야 할지, 그가 용서를 구하면 어떤 식으로 반응해야 할지 생각했다. 용서해 주고 다시 속아 넘어가 주어야 할지, 아니면 나를 과거로 보내 달라고 화를 낼지…….

그러나 람은 람이었고, 그녀가 상상했던 일은 일어나지 않았다. 사과는커녕 오히려 또 남자가 다치는 꼴을 보고 기겁하여 제 입으로 아무 데도 가지 않겠다고 애원하지 않았던가.

"……차라리 나한테 기회를 좀 주지 그랬어요."

"……."

"나는 멍청해서, 당신이 시키면 미끼인 줄 알아도 그냥 갔을 텐데."

"……."

"그럼 알리자린을 내버려 두고 나 혼자서 탈출하지도 않고 좋았잖아……."

이예주는 오물을 토해 내듯 힘겹게 말했다.

그랬다. 자신이 봐도 지난날의 자신은 혀를 내두를 정도로 멍청했다. 그래서 람이 시키면 무서워서 벌벌 떨면서도 그것만이 답인 줄 알고 그냥 다리족의 거주지로 갔을 것이다.

멍청한 계집. 이예주는 얼굴을 가린 손 틈새로 뜨겁게 새어 나오는 물기를 느끼며 어리석은 자신을 욕했다. 이 바보야. 바보같이 남자가 이미 능력을 꿰뚫어 보고 있었다는 것도 모르고.

아무것도 모르고 알리자린을 사지로 밀어 넣었다. 남자를 데리고 다시 산꼭대기로 올라가겠다는 허무맹랑한 소리를 계획이랍시고 지껄이면서. 그녀는 아직도 제가 오기만을 기다리고 있을 어린 여자애 생각만 하면 자신이 혐오스러워서 미칠 것 같은 기분을 느껴야 했다.

남자에게선 딱히 답이 없었다. 이예주는 이렇게까지 말해야 하는 자신이 그 어느 때보다 비참하고 부끄러웠다.

그때, 찰박하고 물살을 가르는 소리가 들렸다. 이내 뜨끈한 손이 그녀의 두 손목을 잡고 얼굴에서 떼어 내려 들었다. 꼴사납게 울고 있는 모습을 보이기 싫어 꾹 힘을 줬지만 남자의 악력을 이길 수 없었다.

"하지 마요!"

이예주가 진저리를 쳤다. 하지만 남자는 기어이 그녀의 두 손을 잡아 내렸다. 눈물로 범벅되어 붉게 상기된 그녀의 얼굴이 드러났다.

진짜 나한테 왜 이래, 이 자식아! 버럭 화를 내려 했지만 입에서 먼저 터져 나오는 것은 딸꾹질뿐이었다. 그녀는 여전히 진정하지 못하고 히끅히끅거리며 남자를 매섭게 노려보았다. 람은 그녀의 반응에도 전혀 개의치 않으며 여상히 말했다.

"이무기의 여의주를 빼앗았을 때부터였나."

쥐고 있던 이예주의 손목을 놓고 남자가 발갛게 열이 올라 있는 그녀의 눈가를 어루만졌다. 질금질금 흘러나오던 물기들이 그 손에 흡수되어 보송보송해졌다.

그의 손길을 피하기 위해 이예주는 마구 고개를 흔들었지만 어찌나 억세게 잡았는지 꿈쩍도 하지 않았다.

"이상하게 네가 울면 어떻게 해야 할지 도저히 모르겠군."

"……."

"내 앞에서 울부짖는 인간들은 하나같이 뭐든지 바치겠다며 살려 달라는 것들뿐이었는데."

람이 다정하게 이예주의 얼굴을 쓰다듬으며 정말로 모르겠다는 듯 읊조렸다. 그의 말에 그녀의 표정이 완전히 허물어졌다.

"내가, 내가 우는 이유를 몰라요?"

"……."

"정말, 흐흑…… 정말 몰라요?"

"모른다."

남자는 매정하리만치 차갑게 단정 지었다.

"나는 인간들의 감정은 알지 못한다."

"……."

"그래서 네가 필요했지. 내 앞에서 고작 가지고 있던 여의주나 책, 당과 따위가 없어졌다고 울음을 터뜨렸던 건 너뿐이었으니까."

이 남자를 진짜 어떡하지. 어떡해야 해. 이예주는 뼛속까지 느껴지는 막막함에 다시 울음을 터뜨렸다.

당사자가 그렇게 말하니 자신도 본인이 왜 울고 있는 건지 모르겠단 생각이 들었다. 그저 서럽고 벅찼다. 밀어내지 않는 것만으로도 마냥 좋았었는데. 이젠 대체 이 남자를 어떻게 대해야 할지 알 수 없었다.

그냥 없었던 일로 여기고 다시 예전처럼 지내면 되나. 그러면 될까. 그럼 포기한 내 과거는 어떡해. 다리족 놈들의 본거지에 두고 온 알리자린은 어떡하고.

남자는 다시 이예주의 얼굴을 닦아 주었다. 울지 말란 소리도 없었다. 그저 하염없이 흘러나오는 그녀의 눈물을 제 손으로 흡수할 뿐이었다.

그렇게 꽤 오랜 시간이 지난 후에야 람은 입을 열었다.

"지금은…… 그 눈족 계집이 죽어서 우는 건가?"

눈을 아래로 내리깐 채 훌쩍이던 이예주의 몸이 우뚝 멈췄다. 그녀가 못 들을 것을 들은 사람처럼 허옇게 질린 얼굴로 고개를 들었다.

"뭐, 뭐라고 했어요?"

"……."

"아, 알리자린이…… 알리자린이 죽었어요?"

그녀의 동공이 찢어질 듯 확장되었다. 전혀 준비하지 못한 상태에서 한 번도 생각지 않았던 알리자린의 소식을 전해 준 람 때문이었다.

알리자린이, 알리자린이 죽었다고? 자신과 달리 흔들림 없는 남자의 시뻘건 동공에 이예주는 그것이 한 치의 거짓도 섞여 있지 않은 진실임을 알았다.

"나, 나 때문이에요. 내가, 내가 당신을 선택해서. 내가 그 애를 두고 당신한테 가서. 나 혼자만 문을 넘어서……!"

온천물에 몸을 담근 상태임에도 불구하고 차가운 설원 위에 서 있는 것처럼 몸이 부들부들 떨리기 시작했다. 죽음을 통보받은 사람처럼 그녀의 얼굴이 색을 잃고 허옇게 얼어붙었다.

이제 알리자린이 꿈에 나올 것이다. 당장 오늘부터 악몽 속에 튀어나올지 모르겠다. 왜 자신을 두고 갔느냐고, 너 때문에 내가 죽었노라고 할 테다. 목을 조르고 꼬집고 할퀴어 대며 꿈속에서 몇십 번이고 자신을 원망하고 죽고 또 죽고 또…….

소리 없이 눈물을 줄줄 흘리며 벌벌 떠는 이예주를 놀란 눈으로 바라보던 람이 손을 뻗어 그녀를 와락 끌어안았다.

"예주야."

떨지 못하도록 여린 몸을 강하게 옥죄었지만 그녀의 몸은 경련을 멈추지 않았다.

"괴물에게 잡아먹히기 싫다고 했는데. 내가 자신을 버리는 미래를 봐서 무서워했는데. 내가 꼭 구해 준다고 약속까지 했는데."

"쉬, 괜찮아."

"나 때문이에요. 내가 알리자린을 죽인 거예요. 혼자 잘 살 수 있었는데. 나 때문에, 나 때문에……."

"네 탓이 아니다. 그러니까 울지 마."

람은 이예주가 진정할 때까지 몇 번이고 그녀의 뒷머리와 등을 쓰다듬어 주었다. 어린 인간 여자를 달래는 것은 많은 인내심을 필요로 했다. 그러나 그는 참을성 있게 그녀를 기다렸다.

"……나 무서워요."

"……."

"나 너무 무섭다고요."

람은 인간들의 뿌리 깊은 죄책감이나 슬픔, 절망 따윈 잘 알지 못했다. 그러나 그의 하나뿐인 인간 여자가 그것에 빠져 허우적거리는 것은 원치 않았다. 그는 조심스럽게 그녀의 몸을 돌려 반대편을 향하게 했다.

"그만 울고 저것을 좀 보도록 해."

숨도 제대로 쉬지 못하고 꺽꺽거리느라 온몸에 진이 다 빠진 이예주는 그저 람의 손길에 힘없이 흔들거렸다.

"네가 이럴 것을 알고 이 세계에서 가장 높은 산에서 눈족 계집의 에너지를 따로 담아 왔다."

그가 검지만 남겨 두고 그녀의 손가락을 부드럽게 접었다. 어딘가를 지목하듯 홀로 남은 이예주의 검지 위로 작은 물체가 포르르 날아들었다.

어디서 많이 본 것 같은 새파란 색의 날개가 인사하듯 사부작 흔들렸다. 손에 나비를 앉힌 채로 어정쩡하게 굳은 그녀는 아직도 물기가 그렁그렁한 눈으로 람을 올려다보았다.

"이게…… 뭐예요?"

"뭐일 것 같은데."

그의 답에 이예주는 다시금 시선을 제 검지 위로 옮겼다. 무늬 하나 없이 영롱한 파란색의 날개. 나비든 뭐든 곤충이라고는 질색하는 그녀였으나 징그럽다고 느끼기에는 그 색이 너무 예쁘고 아름다웠다.

이예주의 눈이 믿을 수 없다는 듯 커다래졌다.

"……알리자린?"

그녀가 못 알아볼 리 없었다. 나비의 푸른 날개는 알리자린의 눈동자 색이 틀림없었다. 메마른 동공 한편에도 구원자에 대한 희망을 숨기지 못해 맑게 빛나던, 알리자린.

새된 비명 같은 이예주의 외침에 나비가 인사하듯 파란 날개를 또

한 번 살짝 흔들었다.

"그렇게 바라던 검은 파편의 품에 안겨 있으면서 왜 질질 짜고 있느냐고 묻는군."

"나, 나비랑 대화할 줄도 알아요?"

그녀의 물음에 남자의 눈썹이 위로 삐쭉 들렸다.

"……거짓말."

이예주는 믿을 수 없다는 듯 남자와 나비를 번갈아 가며 바라보았다. 이 남자가 거짓말을 하는 게 아닐까. 그냥 자신을 달래 주려고 대충 둘러대는 게 아닐까.

"거짓말. 아, 알리자린이 이런 나비일 리 없잖아요. 기다리라고 했는데. 내가 구해 준다고, 조금만 기다리라고 했는데……."

이예주는 덜덜 떨리는 반대쪽 검지로 제 손 위에 앉아 있는 작은 나비의 날개를 살살 건드렸다. 만지면 부서져 내릴까 두려워 힘을 줄 수 없었다.

진짜 곤충이었다면 곧바로 날아가 버리기 십상이었다. 그러나 인간의 손이 몸통을 툭 건드렸음에도 불구하고 나비는 푸르른 날개를 산들산들 흔들 뿐, 날아가지 않았다. 몇 번 더 쓰다듬었지만 변함없었다.

"이제 놓아주거라. 네가 울고 있어서 먼 곳으로 여행을 떠날 수가 없다고 한다."

"아니에요, 아니에요! 이건 알리자린이 아니야."

보다 못한 람의 한마디에 이예주는 미친 듯이 고개를 저었다. 하지만 그녀는 알았다. 남자의 말이 거짓이 아님을.

"어떡해. 나 때문에 이렇게 됐는데. 내가 구해 주지 못해서 이렇게 됐는데……."

"아직도 멍청하긴. 이건 내 선택이니 네 잘못이 아니라고 했잖아."

"……."

"……라고 하는군."

그의 입을 타고 무미건조하게 흘러나오는 몇 마디 말에 이예주가 흐읍, 크게 숨을 들이마셨다. '문'을 넘기 직전에 알리자린과 나눴던 대화였다. 람은 모르는 알리자린과 자신만의 대화.

이예주는 결국 나비를 쥔 손을 붙들고 무너졌다. 람이 간신히 멈췄던 눈물방울이 둑 터지듯 쉽게도 흘러나왔다.

"미안해. 미안해, 알리자린. 미안해……."

"그만 울도록 해. 드디어 빌어먹을 비행선에서 빠져나와 자유로워졌다며 기뻐하고 있는데, 네가 그렇게 우니 눈족 계집이 난감해하는군."

나비가 다칠까 봐 제대로 만지지도 못하고 엉엉 우는 그녀에게 람이 대신 알리자린의 말을 전했다. 그것이 사실임을 증명하듯 푸른 날개가 푸르르 진동했다.

강간을 하려던 놈들 앞을 막아선 이예주를 보며, 무뚝뚝한 얼굴 뒤로 애써 당혹감과 난처함을 감추던 알리자린의 모습이 푸른 나비 위로 그려졌다. 이예주는 그래서 마음 터놓고 울 수도 없었다. 죽고 나서야 간신히 얻은 알리자린의 자유, 기쁨과 환희를 자신이 망치는 게 될까 봐.

"이제 떠나야 한다. 그만 보내 주지."

"어, 어디로 가는 건데요?"

"소멸하지 않는 이상 에너지는 돌고 돈다. 히카톤에게 잡아먹혀 괴물이 되지 않았으니 자유롭게 이곳저곳 돌아다니겠지. 그러다가 오랜 후에 정착할 곳을 찾을 것이다."

"그냥, 흐흑, 그냥 같이 있으면 안 돼요?"

애써 울음을 참는 인간 여자의 모습에 람이 나지막이 한숨을 내쉬었다. 그는 다시 뚝뚝 떨어지는 물방울들을 세심하게 닦아 주며 툭 내뱉었다.

"검은 파편과 벌거벗고 놀아나는 모습 같은 것 보고 싶지 않으니 배려 좀 해 달라는데."

"……이 나쁜 계집애!"

이예주는 조금 전의 애틋함 따윈 집어치우고 나비를 째려보며 분개했다.

—검은 파편이랑 놀아나는 건 내 알 바 아니지만, 다른 사람 앞에서 부끄러운 것도 모르냐?

차가운 얼굴로 빈정대던 알리자린의 목소리가 바로 귀 옆에서 생생히 들리는 것 같았다. 그와 동시에 이예주는 자신이 벌거벗은 몸으로 온천에 몸을 담근 상태라는 걸 깨달았다. 으악! 당연하게도 그녀는 기겁했다. 허연 살결이 목 끝까지 시뻘겋게 달아오른 것은 순식간이었다.

그때였다. 이예주가 제 맨몸을 무려 두 명의 타인에게 보이고 있다는 수치심에 몸부림을 치기도 전, 검지 위에 앉아 있던 푸른 나비가 뿌연 수증기 사이로 포르르 떠올랐다.

"안 돼. 가지 마! 가지 마, 유나야!"

"스읍—"

그녀가 나비를 잡기 위해 허우적거리며 몸을 일으키려 들자 남자가 짧게 혀를 차며 그녀를 다시 품에 잡아 앉혔다. 나비는 마치 인사를 하듯 이예주의 머리맡에서 뱅글뱅글 돌다가 더 높이, 높이 날아올랐다.

이예주는 달을 향해 멀어지는 파란 나비를 올려다보며 울먹거렸다.

"이렇게 가면 어떡해. 미안하단 말도 제대로 못했는데……."

"괴물이 되지 않고 죽을 수 있었던 것만으로도 눈족 계집은 네게 감사히 여기더군. 기회가 있으면 다시 만날 날이 오겠지. 이젠 떠나야 할 시간이다."

알리자린은 점점 더 멀어지고, 지상에는 이예주만 남았다.

감사히 여긴다니……. 자신은 해 준 게 아무것도 없는데. 어렵게 사귄 첫 번째 인간 친구라 생각했는데, 이렇게 허무하게 잃어야 한다는 사실이 도무지 실감 나지 않았다.

흐린 눈으로 점이 되어 사라지는 나비를 하염없이 좇던 인간 여자의 모습이 꼭 같이 가길 갈망하는 것 같아 보였다. 람은 뒤에서부터 손을 뻗어 그녀의 허리를 스르륵 감싸 안았다.

자신의 몸이 결박되었다는 것도 모르고 이예주는 그를 돌아보며 애타게 물었다. 어느덧 그를 주먹으로 내리치던 독기는 완전히 사라져 있었다.

"정말이죠? 정말 다시 만날 수 있는 거죠?"

"다시 만나기 위해 유람遊覽을 떠나는 것이다."

"당신이…… 당신이 곁에 있게 해 주면 안 되는 거예요?"

"지금 놓아주어야 다음을 기약할 수 있을 텐데."

"흑……."

람은 다시 울기 시작하는 인간 여자를 제 쪽으로 돌려 앉혔다.

"울지 마. 네가 울면 어떻게 해야 할지 모른다고 했지 않아."

"이게 다 당신 때문이잖아요."

이예주는 토끼처럼 벌게진 눈으로 그를 한껏 노려보았다.

그래. 이게 다 네놈 때문이잖아. 네놈이 좋다고 정신 못 차리던 날 이용하고 버려서, 나한테서 비밀을 털어놓을 기회조차 앗아가 버려서.

"나 때문이라……."

잔뜩 찌푸린 얼굴로 자신을 바라보고 있는 인간 여자의 모습에, 람은 턱을 쓰다듬으며 고민에 빠졌다.

그는 아직도 이유를 잘 알지 못했다. 인간 여자가 왜 자신을 이토록 원망하는 얼굴로 바라보는지. 그것은 최선의 선택이었다. 다시 그때로 돌아간다 하더라도, 매번 과거로 돌아갈 궁리만 하는 계집을 묶어 둘 수만 있다면 그는 기꺼이 같은 선택을 하리라.

하지만 이토록 서럽게 울고 이토록 자신을 원망할 줄 미리 알았더라면. 그랬다면, 조금은. 조금쯤은 더…….

"그러면 어떻게 해 줄까."

검은 파편은 그런 고민을 하는 자신이 조금 이상하다고 느껴졌다. 하염없이 우는 어린 인간 계집 앞에서 꼭 안절부절못하는 꼴 같지 않은가.

하지만 그는 저절로 주절거리는 제 입을 막을 수 없었다.

"내 조각은 이미 네 일부가 되어 버렸으니 다시 줘 봤자 쓸모가 없겠지. 넌 인간 놈들을 죽이는 걸 딱히 좋아하는 편도 아니니 널 괴롭힌 것들을 모조리 소멸시키는 것도 필요 없을 테고."

"……."

"온 대륙을 네 손 아래 쥐여 주면 네 기분이 조금 풀어지려나."

그는 정말로 진지하게 고민에 빠졌다. 그렇게 해서라도 이 어린것이 더 이상 울지 않는다면, 제게 다시 방긋방긋 어여쁘게 웃어 준다면 그깟 대륙 따윈 얼마든지 도륙 낼 수 있었다.

그러나 잘못 짚어도 한참 잘못 짚은 지껄임이었다. 이예주는 훌쩍임을 멈추고 흉악하게 눈을 부라렸다.

"뭐, 뭐라고요?! 나는 그런 거 필요 없어요!"

“그럼 뭘 줘야 하는데?”

람이 바로 되물었다.

“뭘 줘야 네가 이런 표정을 짓지 않을 수 있지?”

“당신, 진짜…….”

말문이 막힌다는 게 바로 이런 걸까. 방금까지만 해도 불을 토해내며 버럭 화를 내려던 이예주는 모든 격렬한 것들이 푸시시 꺼짐을 느꼈다. 그녀는 그저 망연자실 람을 바라보았다.

이 남자를 정말이지 어떡해야 할까.

허망한 표정으로 그를 바라보기만 하던 그녀의 시선에 문득 그의 맨몸 위에 새겨진 잔혹한 잔상들이 들어왔다. 손목을 긋던 결정적인 순간에 폭풍처럼 몰아닥친 남자 때문에 정신이 없어서 미처 알지 못했다.

“팔이…….”

그의 팔이, 폭발했던 그의 왼쪽 팔이 거짓말처럼 붙어 있었다.

분명 사라졌던 남자의 팔이 온전히 붙어 있음을 확인했음에도 불구하고 그녀는 조금도 안도할 수 없었다. 팔은 그저 붙어 있을 뿐, 정상적인 상태로 보이지는 않았기 때문이다.

살점이 갈기갈기 찢어졌다가 다시 붙은 것처럼 불그죽죽한 흉터가 파죽지세로 뻗어 어깨를 뒤덮었다. 그 부분은 차라리 나았다. 꽤 오래된 것처럼 색이 옅었으니까. 하지만 오른쪽 목덜미 뒤쪽에 새로 생긴 상처가 커다랗게 자리했다. 간신히 살이 돋아나 붙은 것처럼 피를 흘리듯 시뻘건 색의 피부가.

인간의 신체와 비교도 할 수 없을 만큼 괴물 같은 재생력이었지만 그런 것 따위 이예주의 안중에 들어올 리 없었다. 용병 대장의 칼에 맞고도 흉터 하나 남지 않았던 남자였다.

그런데 대체 그 몸에 무슨 짓을 했기에 이렇게 커다란 흉터가 남을까. 재생되고 난 흉터만 봐도 진저리가 날 만큼 끔찍한데, 실제로 팔이 폭발했을 때는 얼마나 참혹했을까. 얼마나…….

그녀는 덜덜 떨리는 손으로 색이 다른 그의 왼쪽 어깨를 조심스레 쓰다듬었다. 만지면 또다시 찢어지고 피를 흩뿌릴까 봐 두려운 것처럼 아주 약한 손짓으로.

"다시는…… 다시는 이러지 말아요. 다시는."

아직도 눈만 감으면 선연히 떠올랐다. 찢어진 채 펄럭이던 그의 텅 빈 소맷자락이. 떨림은 곧 손을 타고 온몸으로 퍼져 나갔다.

두 번째까지는 맨정신이 아닌 상태라 어찌 넘어갔지만 세 번째로 남자의 그런 꼴을 본다면, 그때는 버티지 못할 것 같다는 예감이 들었다.

따스한 온천물에 몸을 담그고 있음에도 불구하고 남자의 어깨를 더듬는 그녀의 손은 한없이 차가웠다. 한눈에 보기에도 부들부들 떨리는 이예주의 손을 물 아래로 꾹 잡아 내리며 남자가 무뚝뚝하게 내뱉었다.

"네가 내 곁에서 멋대로 도망치지 않으면 이럴 일도 없겠지."

"이, 이 사람이 정말! 곁에 있는다고 했잖아요. 그, 그런 짓까지 해 놓고 뭘 어떻게 떠나요!"

"그런 짓이 뭔데?"

"그, 그건……."

이예주는 얼굴을 시뻘겋게 붉히며 고개를 홱 돌려 남자의 시선을 회피했다. 죽어도 제 입으로 알려 주지는 않을 것이다. 이미 그녀는 돌이킬 수 없는 강을 건넜다는 사실을.

"괜찮아."

머리맡에서 들려오는 목소리에 그녀가 아래로 숙였던 고개를 들었다.

"……뭐가요?"

"이깟 고깃덩어리는 얼마든지 재생이 가능하다. 여기가 관통되어도."

람이 손가락으로 제 관자놀이 옆을 툭툭 쳤다.

"펄펄 끓는 용암 속에 던져져 온몸이 녹아내려도, 사지가 갈가리 찢겨 조각조각 분해되어도 얼마든지. 재생이 힘들면 다른 개체의 것을 뜯어서 붙이면 되지. 이것도 그러했거든."

람은 사라졌다 다시 생긴 왼쪽 팔을 슬쩍 들어 보이며 무덤덤하게 말했다.

이게 문제였다. 아무렇지 않다는 듯한 그의 무덤덤한 말투는 자꾸만 그녀를 아프게 했다.

다른 개체의 것을 뜯어서 붙인다는 말에 경악할 만도 했지만, 이예주의 얼굴은 그저 울 것처럼 와락 일그러졌다. 그녀는 이제 물을 머금다 못해 퉁퉁 불어 터진 두 손으로 그의 어깨를 와락 부여잡았다.

"그래도 아프잖아요."

"그런 고통쯤은 별것 아니……."

"당신은 그게 문제예요. '그런 고통쯤'이 아니라고요!"

대체 어디서부터 잘못된 걸까, 이 남자는. 이예주는 가늠해 보려고 해도 도무지 알 수 없었다.

왜 그 긴 세월 동안 아무도 이 남자한테 고통이 뭔지, 아픔을 느끼는 게 얼마나 괴로운 일인지 알려 주지 않은 거야, 시간이란 여신은? 그 여자는 정말 뭘 한 거지?

"아프잖아요."

"……."

"아픔을 느끼는 건 아무리 당신이라고 해도 똑같을 거 아니에요……."
그의 어깨 위를 만지작거리며 이예주는 울먹였다.
그녀는 잠시 아랫입술을 꾹 깨물며 무언가를 인내했다. 그리고 다시 입을 열며 드디어 그동안 손안에 꽉 쥐고 놓지 못했던 엄마를 떠나보냈다.
"……내가 졌어요."
그녀는 정말 모르겠다는 생각이 들었다. 과거를 포기한 것과는 별개로 남자 때문에 자신은 알리자린을 버렸고, 그래서 그 애가 죽었다.
미워해야 하고 또 원망해야 한다. 하지만 자신을 잡기 위해 고통스러운 줄도 모르고 제 몸을 마구잡이로 파괴하는 이 남자를, 그녀는 도저히 외면할 수가 없었다.
"이제 아무 데도 안 갈 테니까 다치지 마요."
"……."
"당신이 아픈 거 싫어……."
남자의 가슴에 이마를 툭 부딪치며 이예주는 어린아이처럼 웅얼거렸다. 뜨끈한 피부를 타고 느릿한 심장 박동 소리가 전달되었다. 그제야 그녀는 진심으로 안도할 수 있었다.
아직 살아 있다. 제 눈앞에서 스프링클러처럼 피를 흩뿌리던 남자는 죽지 않고 살아 있다. 이젠 모르겠다. 그냥 다신 그 모습을 보기 싫어. 심장이 발끝까지 뚝 떨어지고 숨을 쉴 수 없었던 그 기분, 다신 느끼기 싫었다.
그녀는 문득 남자의 가슴에 기대고 있던 머리를 번쩍 쳐들고 외쳤다.
"약속해요."
"뭘 말이지?"
"다신 이러지 않겠다고. 다시는 자기 몸을 이렇게 다치게 하지 말아요. 아프게 하지도 말고요."

"……."

"그리고! 내가 도망가려고 하면 왜 그러는지 좀 말로 물어보라고요, 이렇게 무식하게 굴지 말고요!"

이예주는 한 손으로 붉은 자국이 흉흉하게 남은 어깨를 가리키며 덧붙였다. 그곳을 바라볼 때마다 애써 경직시킨 표정이 자꾸 허물어져서 힘들었다.

이 고운 피부 위에 흉측하게 이게 뭐야. 또 한 번 이렇게 만들기만 해 봐. 그땐 아주…….

"알았죠?"

"……."

"왜 대답이 없어요?"

들려오는 답 없이 물방울 떨어지는 소리만 똑똑 울려 퍼지자, 이예주가 가리키던 검지로 남자의 어깨를 쿡쿡 찌르며 대답을 재촉했다.

"왜 대답이 없냐고요."

그녀가 눈살을 있는 대로 찌푸리며 왈칵 성을 내자 비로소 람은 제 어깨를 찌르는 그녀의 손을 잡아챘다.

"조금, 이상하군."

"뭐, 뭐가요."

아득 검지를 움켜쥐는 아귀힘에 이예주가 멈칫하는 사이 남자가 그녀의 손을 천천히 잡아 내렸다.

"예전에는 네가 울 때마다 어린것이 칭얼댄다는 생각만 들었다."

"……."

"그런데 이제는 여기가, 계속 진동하는데."

점점 내려가던 그녀의 손가락이 마침내 그의 왼쪽 가슴 부근에 닿았을 때, 남자가 그녀의 손을 확 끌어당겨 자신의 가슴팍을 쿡 찔렀다.

이, 이 남자, 지금 뭐 하는 거지. 당황한 이예주가 손을 빼려 들었지만 요지부동이었다. 장난치듯 그녀의 손가락을 갖고 쿡쿡 제 가슴을 찌르던 남자가, 그도 모자라 이제는 제 왼쪽 가슴 위에 이예주의 손바닥을 와락 가져다 대었다. 그러면서 하는 말이.

"이게 뭐지?"

"……예?"

"이것을 뭐라고 하지?"

그는 정말로 모르겠다는 듯 고개를 갸웃거렸다. 그가 뭘 말하는 건지 모르는 건 이예주 또한 마찬가지였다.

남자에게 잡힌 손은 불에 닿은 듯이 뜨거웠다. 손바닥 아래에서 느껴지는 남자의 심장 박동이 점점 거세졌다. 쿵, 쿵. 점점, 점점 더 크고, 점점 더 빠르게.

답 없이 우물쭈물하는 이예주를 이번에는 람이 재촉했다.

"알려 줘."

"어……."

"네가 내게 알려 주기로 했지 않아."

일순 머리가 하얘져서 이예주는 아무 말도 할 수 없었다. 이제 그의 왼쪽 가슴은 진동하는 것을 넘어 손을 두드리듯이 거세졌다. 그녀는 그저 눈을 휘둥그레 뜬 채 버벅거렸다.

이 감정을 뭐라고 하냐고? 이렇게 심장이 뛰는 이유를?

심장이 빠르게 달음박질치는 이유야 여러 가지 있었다. 무섭고 두렵고 충격을 받아서일 수도 있고. 기쁘고 행복하고 설레서일 때도 있고…….

하지만 이예주는 그가 아니었기 때문에 람의 심장이 이렇게 뛰는 이유를, 정확히 알 수 없었다. 남자가 다시 한번 그녀를 재촉했다.

"응? 예주야, 이걸 뭐라 하지?"

"그, 그게……"

"……."

"그게 중요해요?"

혐오와 살기가 사라져 버린 시뻘건 눈동자를 마주하자 그녀는 희미하게 기억해 냈다. 신체 일부가 시뻘겋게 변한 것을 돌리기 위해 분노 외의 모든 감정을 알고 싶다던 남자. 다리족들의 비행선에서 본, 지구의 가장 깊은 곳. 이름과는 달리 내핵 속에 있던 새빨간 색의 검은 파편.

남자는 감정을 알고 싶어 했다. 하지만 이예주는 어떻게 그것을 알려 줄 수 있는 건지 몰랐다. 그가 지금 어떤 생각을 하는지 알지 못하거니와, 이젠 어렴풋이 깨달을 수 있었다.

아직도 봉구가 죽었을 때, 엄마가 죽었을 때, 수학여행 사고가 일어났을 때에 멈춰 있는 자신처럼. 람 또한 과거에 사로잡혀 한 발자국도 나아가지 못하고 있다는 사실을.

"뭘 느끼는지 그 이름을 아는 게 중요해요? 그냥 마음 가는 대로…… 지금 하고 싶은 대로 하면 안 돼요?"

이예주는 그에게 잡히지 않은 반대쪽 팔을 들어 그의 뺨을 조심스레 어루만졌다. 누구나 하는 그것을 남자는 하지 못한다는 것이 가슴에 통렬히 내리꽂혔다. 정말 아무것도 모르는구나, 이 남자는.

남자는 제 뺨을 어루만지는 손길을 더 이상 피하지 않았다. 그저 그녀의 말이 좀체 이해 가지 않는 듯 곰곰이 생각하다가 무심히 답했다.

"그 계집은 내가 인간들을 돌보고 사랑하지 않으면 절대로 알지 못하는 것이라 했는데.”

“그 계집? 누구요?”

“…….”

“혹시 시간인지 뭔지 그 여신 말하는 거예요?”

남자의 말에 불쑥 제게 잘도 칼을 건네며 헛소리들을 지껄였던 눈족 여자가 떠올라 이예주의 얼굴이 불쾌하게 구겨졌다.

그러고 보니 비행선에서 영상을 통해 본, 제 얼굴을 여신과 동일화하던 눈족 여족장이 생각났다. 시간의 여신 그리고 눈족 여족장. 참으로 터무니없는 이유들로 징글맞게도 남자를 괴롭히던 여자들이었다. 못된 것들.

“칫, 그건 다 헛소리예요. 그런 게 어디 있어요?”

이예주는 남자의 뺨을 어루만지던 손을 확 내렸다. 첨벙, 물이 튀었지만 개의치 않았다. 그녀의 단호한 부정에 남자의 눈이 조금 커졌다.

“헛소리라고?”

“그래요!”

“어째서?”

“어째서는요? 당신은 이미 다 알고 있잖아요? 벌써 인간들 때문에 화도 냈고, 짜증도 나 봤고. 신인류들이 잘 살아가고 있을 때는 기쁘기도 하고, 인간들한테 잡아먹히면 슬프기도 하고…….”

이예주는 떠올렸다. 인간들에게 잡아먹히던 포니를 보았을 때의, 해안 마을에서 사슬에 묶여 인간들에게 끌려가는 신인류들을 보았을 때의 람을.

그는 언제나 변함없이 무표정했지만, 검은색으로 바뀐 그 눈 속에 수많은 감정들이 담겨 있다는 사실을 이제는 알았다.

"그리고 몸이 다치면 아프기도 하잖아요."

"……."

"계약 때문인지는 모르겠지만…… 그래도 어쨌든! 당신은 지금 날 곁에 딱 붙어 있게 하고 싶고, 아무 데도 못 가게 하고 싶은 거죠?"

계약 때문일지 모른다는 생각에 마음 한편이 조금 우울해졌지만 그녀는 애써 밝은 표정으로 말했다.

"그럼 그냥 그렇게 하면 안 돼요? 내가 당신 때문에 과거로 돌아가길 포기한 것처럼……."

"나 때문에 과거를 포기했나?"

"예, 예? 어……."

부지불식간에 치고 들어온 람의 물음에 이예주는 당황했다. 남자를 위로해 준답시고 주절거리다가 죽어도 제 입으로 얘기해 주지 않으리라 다짐한 사실들까지 줄줄이 토해 내고 말했다. 과거를 포기했다는 말을 들은 남자의 동공이 방금과 달리 기묘한 빛을 띠기 시작했다.

이 멍청아! 도망 길을 제 입으로 차단하는 멍청이가 어디 있어!

"그, 그게 사실…… 다, 당신 때문만은 아니고요! 그냥 다리족 놈들이 이것저것 거짓말을 잔뜩 치기도 했고…… 또 과거로 가는 방법이 희박하다는 것도 알았고……."

이예주는 허겁지겁 변명했다. 그러나 자신이 느끼기에도 앞뒤가 맞지 않는 주절거림이었다. 게다가 남자가 시뻘건 눈을 번뜩이며 그걸 또 세상 진지한 얼굴로 듣고 있는 것이 아닌가.

"그래서."

람은 마치 어린아이 재롱 보듯 느른한 눈으로 이예주를 머리부터 쭉 훑었다. 그의 눈을 가만히 마주 보고 있으려니 기분이 이상야릇

해져서 그녀는 서둘러 말을 돌렸다.

"그, 그런데 람, 눈이…… 눈이 좀 이상해요."

그저 도피처를 찾기 위해 아무 말이나 지껄인 것인데, 다시 보니 정말로 람의 눈이 조금 이상했다. 이예주는 고개를 모로 갸웃거리며 중얼거렸다.

"원래 이런 색이었나? 예전에는 완전 새빨간 색이었는데……. 지금은 조금…… 무섭게 바뀌었는데요?"

"……어떻게?"

그녀는 정신없이 남자의 눈을 바라보느라 그가 바위에 기댔던 몸을 일으키고 스르륵 제 쪽으로 고개를 숙이는 것을 알지 못했다.

어떻게 변했느냐고, 남자가 속삭이듯 은근한 목소리로 물었다. 이예주는 람이 스리슬쩍 제 허리를 휘어 감는 줄도 모르고 양손으로 그의 두 얼굴을 잡고 제 얼굴을 바짝 들이밀었다. 그의 눈을 주의 깊게 들여다보기 위해서였지만, 그걸로 그녀의 몸이 완전히 그의 팔 안쪽에 들어섰다는 사실은 람만이 알아차렸다.

"어, 그니까……."

"응."

"꿈에서 본 것처럼 왜 이렇게 검붉게……."

"어여쁜 것."

"……네? 지금 뭐라고……."

코가 닿도록 가까운 곳에서 남자의 붉은 입술이 사르락 움직였다. 그 입꼬리가 미묘하게 올라간 듯한 느낌이 들었다.

내가 지금 뭘 잘못 보고 들은 거지? 이예주가 환청을 들었나 싶어 멍청한 얼굴로 되물었을 때, 남자가 그녀의 허리를 덥석 껴안았다. 그녀의 상체가 균형을 잃고 속절없이 그의 가슴 위로 무너졌다.

"어억!"

단단한 살에 얼굴이 처박힌 충격으로 이예주는 한동안 꼼짝할 수 없었다. 이 남자가 사람 죽일 일 있나! 이, 이게 대체 무슨 날벼락 같은 일이야!

"저, 저기요! 뭐 하는 거예요?"

"네가 아직도 정신을 못 차리는 것을 보아하니, 치료가 잘 안 된 것 같다."

"예? 그게 무슨 소리……."

"확실한 계약 성사를 위해선 한 번 더 하는 게 좋겠지?"

정수리 위에서 타고 내려오는 소리에 이예주는 어안이 벙벙해졌다. 그때 남자가 그녀의 몸을 옭아맨 손으로 그녀의 젖은 등을 훑어 내렸다. 그저 가벼운 손짓일 뿐인데 일순 목 뒤로 번개가 내리치듯 찌르르 소름이 돋았다.

"자, 잠깐만요!"

좋지 않아. 이런 신호는 매우 좋지 않아. 이예주는 그제야 뭔가 이 상함을 눈치채고 남자의 품 안에서 벗어나려고 아등바등했다.

그러나 덫은 한번 문 사냥감을 놓지 않는다. 한참을 끙끙댄 후에야 비로소 그녀는 남자의 가슴에 파묻힌 얼굴을 쳐들고 람을 올려다 볼 수 있었다.

"뭐, 뭘 해요? 무슨 계약 성사요?"

"나는 네가 멋대로 내 곁에서 도망치지 않는 것을 조건으로, 너는 내가 다치지 않는 것을 계약의 조건으로 내세웠지 않아."

"그, 그게 무슨……! 그, 그런 게 어디 있어요! 내가 언제 당신이랑 또 계약한다 그랬냐고요!"

이예주는 너무나도 기가 막혀 말까지 더듬었다. 내가 무슨 조건을 내세워? 그건 네놈을 위해서 한 말이지, 계약을 하려고 한 말이 아니라고!

그녀는 남자의 팔이란 올가미에서 벗어나기 위해 다시 미친 듯이 발버둥 쳤다. 하지만 남자는 전혀 힘들지 않은 목소리로 여상히 지껄였다.

"계약을 성사시키기 위해선 대가가 필요하다. 대가로 널 치료해줄 테니 넌 그저 가만히 있도록 해. 내가 다 알아서 하지."

어디서 많이 들어 본 말인데. 버둥거리느라 바쁜 와중에도 이예주는 남자의 말이 낯설지 않다는 생각이 들었다. 분명 이전에도 마치 '오빠 믿지? 오빠가 다 알아서 할게.' 하는 것처럼 이딴 식으로…….

"나 괜찮아요!"

이예주는 다급하게 외쳤다. 그 꼴이 포식자에게 잡아먹히기 직전의 어린 사슴과 같았다.

"나 안 아파요! 그리고 치료를 대체 어떻게 하는데 이런 자세로……!"

"네가 말한 그런 짓으로."

"……우읍!"

그러나 채 남자를 설득하기도 전에, 람의 입술이 와락 내리 덮쳐졌다. 벌어져 있던 입 속으로 미끄덩한 혀가 물밀 듯이 들이닥쳤다. 이미 여러 번 해 본 전적이 있어서인지 물기를 머금은 그것은 이예주의 입 속을 제집처럼 쉽게 점령했다.

타인에 의해 혀가 뿌리까지 거칠게 옭아매어져서 비벼지고 핥아졌다. 이예주는 다시 뇌 한구석에 잘 뭉쳐 있던 실이 줄줄 뽑혀 나가는 기묘한 감각을 느껴야 했다.

고개를 위로 번쩍 쳐들고 있는 탓에 꼼짝없이 남자에게 입을 내줘야 했던 그녀는 그가 은색 실을 남기며 천천히 떨어지고 나서야 참았던 숨을 간신히 몰아 내쉴 수 있었다. 호흡이 힘겨워 하얗게 점멸했던 시야가 천천히 돌아왔다.

하지만 가만히 숨을 고를 새도 없었다. 정신을 차리니 문득 돌처럼 딱딱하고 뭉툭한 무언가가 허벅지 안쪽을 찌르고 있었다. 아무리 자신이 눈치 없고 경황이 없더라도 그것이 남자의 다리가 아님은 단번에 알아차릴 수 있었다. 완전히 기립한 것을 눈치챈 이예주의 얼굴이 순식간에 창백해졌다.

"헉헉, 저기요, 람! 저 아직 아파요!"

설마, 그런 거 아니지? 그녀는 본능적으로 고개를 뒤흔들며 'No'를 외쳤다. 아니야! 그거 아니야, 미친놈아!

그러나 놈은 시뻘건 눈으로 이예주에게 단호하게 'Yes'를 선고했다.

"괜찮아."

"아니, 내가 아프다는데 괜찮긴 뭐가……!"

"이 온천은 상처를 치유해 주고 원기를 돋우는 효능이 탁월하다. 그래서 나 또한 종종 이용하고 있지. 너처럼 어린 인간에겐 더없이 약효가 잘 들 것이다."

그러고 보니 처음 눈을 떴을 때와는 달리 찌뿌둥했던 몸이 개운했다. 뜨거운 물에 장시간 몸을 담그고 있음에도 불구하고 답답하기는커녕 갈수록 머리가 맑아지고 숨쉬기 편해졌다.

그러나 언제나 그랬듯 이예주는 하나만 알고 둘은 알지 못했다. 온천이 그런 효능을 가지고 있다면 남자가 해 준다는 '치유'는 필요치 않다는 것을.

반항하는 그녀를 벌주듯 남자가 이예주의 한쪽 가슴을 와락 움켜쥐었다. 합을 맞추듯 다른 쪽 팔이 그녀의 종아리를 잡아 벌렸다. 사지가 붙잡힌 개구리처럼 옴짝달싹할 수 없었다.

"예주야."

"잠깐만요! 아니, 잠깐만! 그게, 아흑!"

반항 한 번 못한 채 그녀는 결국 람의 어깨를 와락 끌어안았다.

이예주는 마치 깨어 있었던 것처럼 자연스럽게 눈을 떴다. 깊은 잠에서 깨어났음에도 시야가 맑고 또렷했다. 정말 오랜만에 아무런 꿈도, 악몽도 꾸지 않고 죽은 듯이 잠을 잤다.

아니, 그것을 잠을 잤다고 표현할 수 있을까. 온천에서 나온 후 기진맥진해서 람의 장포에 아기처럼 폭 쌓인 채 동굴까지 안겨 왔다.

그리고 모포에 눕자마자 미친놈 같은 얼굴로 달려드는 남자 때문에 또다시……. 이예주는 결국 동이 터 올 때쯤이 돼서야 기절하듯 잠에 들었다.

"미쳤네, 미쳤어."

아무리 청춘 남녀라고 할지라도 이건 너무 빠른 거 아냐? 간밤의 일들을 떠올리며 모포 속에서 머리를 쥐어뜯고 혼자 발악을 하던 이예주는 한참이 지나서야 모포 밖으로 얼굴을 슬쩍 내밀었다.

동굴 안이 적막에 가득 차 있었다. 눈을 감기 전까지 그녀를 짓누르던 남자는 어느덧 흔적도 없이 사라져 있었다. 하지만 이예주는 크게 서운하지 않았다. 날이 밝으면 급히 동쪽 대륙에 가 봐야 한다고 속삭이던 람의 목소리가 어렴풋이 기억났기 때문이다.

오히려 다행이었다. 눈을 뜨자마자 그와 마주했다면 그녀는 부끄러움과 수치를 참을 수 없었으리라.

이예주는 자리에서 일어나 앉았다. 하룻밤 사이에 몇 날 며칠을 걸어 다니는 것보다 더 엄청난 체력을 소모하는 행위를 했음에도 불구하고 딱히 몸 상태가 나쁘지 않은 것 같았다.

남자의 손아귀 아래 내내 벌어져 있던 사타구니와 허벅지 안쪽이 미친 듯이 당기는 것을 제외하곤, 흔히들 말하는 첫 경험의 후유증은 심하지 않았다. 그 온천의 효능이 정말 좋았는지, 아니면 잠든 새 남자가 또 몰래 에너지인지 뭔지를 주입해서 치료해 놨을지도 모르겠다.

상체를 일으키자 스르륵 흘러내리는 모포에 가려져 있던 그녀의 헐벗은 어깨가 드러났다. 요 밖에 내던져진 옷을 찾으며 무심결에 제 몸뚱이를 본 이예주가 입을 떡 벌렸다.

"히익."

피부 위로 울긋불긋한 울혈들이 빽빽하게 새겨져 있었다. 비행선에서 샤워하다가 발견했던 자국들은 차라리 약과였다. 얼마나 난리를 쳐 놨는지 본래의 살색이 거의 보이지 않았다.

"미, 미쳤어. 이런 미친…… 아, 아야!"

제 피부가 아닌 것 같은 기분에 몸을 더듬던 이예주는 가슴 끝이 손등에 살짝 스치자 비명을 지르며 한쪽을 부여잡았다. 쓰라린 통증에 눈물이 핑 돌았다. 그녀는 당분간 남자의 스킨십은 일절 금해야겠다고 마음먹었다. 두 번 했다간 정말이지 사람 죽일 놈이다.

그녀는 가슴에 스치지 않도록 조심조심 옷을 주워 입었다. 로브까지 단단히 챙겨 입고 나자, 문득 이예주의 눈에 동굴 한구석을 나뒹굴고 있는 검은색 칼이 보였다. 그 근처에 끈덕지게 굳어 있는 핏자국들도. 문득 어제의 참혹했던 잔상이 눈앞에 스쳐 지나갔다.

"완전 난장판이었지……."

손목을 긋고 피를 질금질금 흘리던 자신과 어깨에서 피가 솟구치던 남자. 순간 더운 피비린내가 코끝으로 확 풍겨 들어오는 것 같아서 이예주는 미간을 험악하게 찌푸렸다.

그녀는 손을 들어 제 왼쪽 손목을 바라보았다. 쟈니아가 준 칼로 베었던 자리는 흔적 하나 남지 않았다. 그에 비해 어제 온천에서 본 남자의 몸은 어떠했던가. 확실히 재생되었지만 불그죽죽하고 흉한 상처 자국이 보는 사람조차 아프게 만들었다.

이예주는 제 손목 한 번, 굳은 피 웅덩이 한가운데 있는 검은색 단도 한 번 바라보았다. 그러고는 이내 결연한 표정으로 그쪽으로 걸어가 단도를 주워 들었다. 피가 엉겨 붙어 있는 손잡이가 찝찝했지만 그것을 안주머니에 고이 집어넣었다.

람을 닮은 까만 칼날은 무척 신기했다. 그러나 이 칼은 존재 이유가 너무나도 불손했다. 게다가 처음부터 이걸로 남자를 찌르거나 해칠 생각 따윈 조금도 하지 않은 그녀였다. 필요 없는 물건은 주인에게 돌려주는 것이 마땅하다.

굳은 표정으로 생각을 마친 그녀는 이내 동굴 입구를 향해 저벅저벅 걸었다. 람이 대체 무슨 짓을 했는지 끈적끈적하고 찝찝했던 몸이 일어났을 때는 보송보송하고 깔끔했다. 하지만 아침이 됐으니 눈곱은 떼야 했기에 귀찮아도 온천으로 가 간단히 몸을 씻었다.

다시 동굴 입구 부근으로 돌아왔을 땐 익숙한 작은 인영이 커다란 짐승 옆에서 부산스럽게 돌아다니고 있었다.

그쪽으로 가까이 다가서자 먼저 이예주를 발견한 흰 순록이 푸르르 하고 인사를 했다. 하지만 순심이의 등에서 무언가를 끌어 내리고 있는 펭귄은 뭐가 그리 바쁜지 인기척을 알아채지 못했다.

“여기서 뭐 해?”

이예주는 제 허리에도 못 미치는 까만 정수리를 손가락으로 톡 치며 물었다. 펭양이 어깨를 들썩이며 기겁했다.
“꺄앙! 예, 예주양!”
깜짝 놀라는 품새가 영 수상쩍었다. 이예주가 가느다랗게 눈을 뜨고 바라보자 펭양이 어색하게 웃었다.
“버, 벌써 왔어, 예주양?”
“나 몰래 또 무슨 짓 하고 있었지?”
“헉!”
정곡을 찌른 듯 펭양이 커다랗게 숨을 집어삼켰다. 이것 봐. 이렇게 금방 속을 들켜서야 자신이 도망가지 못하도록 철저히 감시할 수 있을 것인가. 이예주는 순진무구한 펭귄의 모습에 고개를 절레절레 흔들었다.
“그, 그게…….”
그러나 그런 그녀의 행동을 잘못 이해했는지 펭양이 울상을 지으며 안절부절못했다.
“예주양이 씻는 동안 생선국을 만들려고 했어양…… 목욕을 오래 할 줄 알아서, 예주양이 오기 전에 다 해 놓으려고 했는데…….”
“…….”
“미, 미안해양. 내가 조금 더 빨리 사냥했어야 했는데. 오늘따라 물고기가 잘 안 잡혀서양…….”
펭양이 시무룩한 얼굴로 들고 있던 제 몸뚱이만 한 양동이를 내려놓았다. 그 안에 은빛 비늘이 반짝이는 물고기들이 한가득 담겨 있었다. 마구잡이로 잡은 것이 아니라 하나의 종만 골라 사냥해 온 것 같았다.
그런 펭양의 모습에 이예주의 얼굴이 일순 고통스럽게 흐려졌다. 제게 부당한 화풀이를 한 인간에게 밥을 차려 주려고 새벽같이 사냥을 해 오고, 또 그 인간이 화를 낼까 눈치를 본다.

펭양에게는 아무런 잘못이 없는데 자신이 이렇게 만든 것이다. 제 감정 하나 조절하지 못하고 그저 타인에게 잘못을 돌리고 분풀이를 하기에 급급했다.

목구멍을 죄는 죄책감과 미안함에 이예주는 한동안 아무 말도 할 수 없었다. 꽤 오랜 시간이 지난 후, 그녀는 어렵사리 손을 들어 펭양의 머리 위에 가져다 댔다.

"……바보. 화 안 났어."

"으, 응? 예주양 나 때문에 화난 거 아니양?"

"응. 안 났어."

이예주는 여전히 제 눈치를 보며 까만 눈을 도록도록 굴리는 펭양에게 한 번 더 확신에 차 말했다.

"그러니까 내게 미안해하지 마."

"정말이양? 정말 화 안 났어양?"

끼루룩, 깍깍. 인간 여자의 말에 펭양이 괴상한 소리를 내며 기뻐했다. 방방 뛰는 펭귄을 바라보며 이예주는 쓴웃음을 지었다.

이렇게 착하고 순해 빠진 새인데. 자신이 도망가지 못하도록 감시하는 거라며 의심하고 미워했던 지난날의 제 행동이 가슴을 내리눌렀다.

"예주양, 배는 안 고파양? 얼른 들어가양! 내가 맛있는 생선국을 끓여 줄게양!"

"아니야. 배는 별로 안 고파."

펭양이 내려놓았던 양동이를 다시 번쩍 치켜들었다. 이예주는 도리질을 쳤다. 남자와 음험한 짓을 하며 그렇게 땀을 뺐으니 배가 고플 법도 한데, 이상하게도 멀쩡했다.

“힝. 호, 혹시…… 생선국 싫어해양?”

금세 풀이 죽는 펭귄의 모습에 그녀는 손사래까지 치며 황급히 덧붙였다.

“정말이야! 진짜 안 고파. 그리고 갔다 올 데도 있고.”

“웅? 어, 어디를?”

“…….”

이예주는 답하지 않았다. 어차피 제가 이 숲에서 갈 곳이라곤 얼마 안 되었기 때문이다. 돌아오는 답이 없자 펭양이 불안한 얼굴을 했다.

“……나도 같이 가면 안 돼양?”

“어차피 오지 말래도 따라올 거잖아?”

“헙! 그, 그건……!”

또다시 정곡을 찔린 펭귄의 까만 동공이 지진 나듯 흔들렸다. 그 모습에 이예주는 희미하게 웃었다.

“그래. 같이 가자.”

“웅? 진짜양? 진짜 펭양이도 같이 가도 되는 거양?”

“갔다 와서 생선국 같이 먹자.”

선선히 고개를 끄덕이며 말하자 펭양이 만세를 하듯 두 날개를 번쩍 쳐들고 제자리를 뱅뱅 돌기 시작했다.

“끼루룩! 깍깍깍!”

짧은 날개를 퍼덕이며 아까보다 더욱 격렬하게 환호하는 펭양의 모습은 귀여우면서도 웃겼다. 이예주는 이번에는 펭양을 보고 새어 나오는 웃음을 애써 참지 않았다.

펭귄에게 처음으로 환하게 마주 웃어 주는 그녀의 위로 따사로운 남극 햇살이 내려앉았다.

"예주양, 이거 주인님이 또 가져오셨어양. 전의 것은 너무 무거운 것 같다고 이게 더 좋은 거라고 하셨어양."

순심이의 등에 펭양이 챙겨 온 주전부리와 따듯한 물을 얹던 이예주의 눈앞에 불쑥 뭔가가 들이밀어졌다. 고개를 내리자 펭양이 폭신한 털이 촘촘한 털신을 받쳐 들고 있었다. 이예주는 저번에 받았던 신발을 내려다보며 고개를 갸웃거렸다.

"또? 이것도 아직 쓸 만한데?"

"주인님이 이게 털이 더 짧아서 움직일 때 편할 거라 하셨어양. 예주양, 얼른 신어 봐양."

펭양의 재촉에 못 이겨 이예주는 새 신발로 갈아 신었다. 확실히 전에 신던 묵직한 부츠에 비해 훨씬 가벼웠다. 그녀의 발에 거짓말처럼 딱 맞는 치수에 펭양이 좋아라 박수를 쳤다.

"예주양이랑 정말 잘 어울려양! 두 개 번갈아 가며 신으면 되겠어양. 그치?"

칙칙하고 우중충한 색의 털신이었지만 펭양의 칭찬이 듣기 거북하지 않았다. 이예주와 펭귄은 모처럼 사이좋게 웃으며 길을 나섰다.

"예주양, 여긴 왜 다시 온 거양?"

그들은 얼어붙은 드넓은 강물을 건너 맞은편 숲에 도달했다. 어두침침한 숲 너머를 바라보며 망연히 서 있는 이예주를 보며 펭양이 불안에 떨었다.

"서, 설마 정말 숲을 빠져나가 도망가려구양?"

"……."

"힝. 가지 마, 예주양. 웅?"

펭양의 애원에도 말없이 서 있던 이예주는 불현듯 지상으로 올라서는 강변까지 저벅저벅 걸어갔다. 펭양이 짧은 다리를 열심히 파닥여 그 뒤를 따랐다.

펭귄의 걱정과는 달리 그녀는 강변에 멈춰 섰을 뿐, 숲으로 올라서지는 않았다. 펭양은 혹여나 인간 여자가 줄행랑을 칠까 봐 조마조마하게 지켜보았다. 다행히 그런 일은 일어나지 않았다.

이예주는 묵묵히 안주머니에 넣어 두었던 검은색 칼을 꺼내 들었다. 검붉은 피가 굳어 있는 시퍼런 날이 품에서 튀어나오자 펭양이 기함했다. 칼끝을 아래로 하여 손잡이를 단단히 쥔 이예주는 아래를 향해 그대로 내리꽂았다.

푸욱— 둔탁한 소리와 함께 단도가 땅속에 깊숙이 박혔다. 새까만 칼날이 눈 속에 파묻혀 더 이상 보이지 않자 그녀는 눈이 묻은 옷을 탈탈 털며 숙였던 허리를 바로 했다.

쟈니아나 눈족들이 발견 못할 거란 생각은 하지 않았다. 그때 했던 대화를 떠올리니, 눈족 인간들은 먹을 것을 구하러 강변까지 자주 침범하는 것 같았다. 단도를 발견하면 자신이 어떤 선택을 했는지 알아먹겠지.

칼을 받은 후부터 가슴에 틀어박혀 날카롭게 속살을 할퀴던 가시가 빠진 것처럼 속이 다 후련한 기분이 들었다.

"가자."

모든 할 일이 끝났다는 듯 이예주가 미련 없이 등을 돌렸다. 어리벙벙한 얼굴로 그녀가 하는 짓을 바라보고만 있던 펭양이 앞서 걸어가는 그녀의 뒤를 헐레벌떡 쫓아갔다.

"예주양. 저, 저렇게 그냥 두고 와도 되는 거양?"

땅속에 박고 온 단검이 마음에 걸리는지 펭양이 자꾸만 뒤를 흘깃거렸다. 이예주는 단호하게 고개를 끄덕였다.

"응. 주인한테 돌려주려고."

"그, 그치만……."

펭양이 시무룩하게 말끝을 흐렸다. 눈족 여자에게서 받은 것을 두고 오면 좋아할 것이라 생각했는데, 예상외의 반응에 이예주는 의아한 표정으로 펭귄을 내려다보았다. 그런 그녀를 올려다보며 잠시 주저하던 펭양이 이윽고 떨리는 목소리로 속내를 털어놓았다.

"그치만 예주양은 숲을 빠져나가고 싶어 했잖아양……."

이예주는 어쩐지 아까부터 자꾸만 가슴이 뭉클해지는 감각에 눈물이 나올 것 같았다. 절대 숲 밖으로 나가지 못하도록 막으려고만 하는 줄 알았더니, 신경 많이 쓰고 있었구나.

한마디뿐이었지만, 그간 자신에 대해 이 작은 펭귄이 많은 생각과 고민을 하고 있었다는 사실을 금방 알아차릴 수 있었다. 이예주는 애써 씩씩한 목소리로 펭양을 안심시켰다.

"괜찮아. 이제 필요 없어."

축 처진 채 물기를 머금었던 까만 눈알이 그 순간 튀어나올 것처럼 커졌다. 펭양은 믿기지 않는다는 얼굴로 재차 물었다.

"저, 정말? 정말 필요 없어양?"

"응. 눈족 인간들이 주는 건 필요 없어."

"예주양…… 힝, 잘 생각했어양! 너무 잘됐어양! 펭양이는 이제 세상에서 가장 행복한 펭귄이양!"

"내가 숲을 나가지 않는 게 그렇게 좋아?"

"웅, 웅! 그것도 너무너무 좋지만……."

펭양이 별안간 우물쭈물하며 이예주의 눈치를 보았다. 그리고 자세히 듣지 않으면 잘 들리지 않을 만큼 작은 목소리로 웅얼거렸다.

"눈족 인간들은 너무 나쁘고 무서워양. 예주양이 혹시나 다칠까 봐 펭양이는 너무 무서웠어양."

"……."

"예주양이랑 오래오래 이야기도 하고, 낚시도 하구, 숲에 있는 비밀 장소도 보여 주고 싶었는데양. 예주양이 우릴 두고 눈족들한테가 버릴까 봐 무서웠어양. 다시는 펭양이랑 놀지 못할까 봐……."

"왜 그런 걱정을 해?"

인간들을 얘기할 때면 언제나 과민 반응 하던 펭귄이었다. 하지만 눈족을 거론하는 펭양은 어쩐지 잔뜩 겁에 질려 보였다.

이예주는 걱정스러운 한편 착잡한 얼굴로 펭양을 내려다보았다. 그동안 자신이 펭양을 매몰차게 대해 오긴 했지만 눈족들의 이야기를 심도 있게 나눈 적은 없었다. 그녀가 개인적으로 눈족 놈들에 대해 부정적인 마음을 갖는 것과는 별개였다.

"눈족들이 날 죽이려고 든 것도 아닌걸. 나도 어차피 그 사람들과 똑같은 인간인데. 물론 눈족 인간들이 사는 곳까지 갈 생각은 없었지만…… 설사 숲을 빠져나가더라도 영원한 안녕은 아니야. 나중에 또 만나서 놀 수 있잖아?"

이예주는 두 날개로 제 얼굴을 감싸 안은 채 훌쩍거리기까지 하는 펭양을 애써 달래며 말했다. 펭양이 울음기 가득한 목소리로 웅얼거렸다.

"눈족에게 가면 다시는 만날 수 없으니까……."

"그게…… 무슨 소리야?"

펭양답지 않은 극단적인 말에 이예주의 눈이 커다래졌다.

"다시 만날 수 없다니? 내가 볼일만 보고 다시 숲으로 오면 되잖아."

"눈족들이 사는 곳으로 가면 다신 못 돌아와양."

"왜?"

"순심이가 말해 줬어양. 아주 예전에 눈족 인간들을 따라갔던 펭귄들이 다시는 숲으로 못 돌아왔다고……. 순심이도 가족들이 눈족 인간들에게 끌려가서 벌써 몇십 년째 보지 못했어양."

펭양이 그동안 필사적으로 이예주의 탈출을 막았던 이유를 힘겹게 털어놓았다.

멀리서 거대한 순록이 보였다. 춥지도 않은지 순심이는 눈 위에 배를 깔고 앉아 있었다. 어느덧 까마득한 길을 걸어 정 반대편인 강 끝으로 돌아온 게 실감 났다.

말없이 강변까지 걸어간 이예주는 순심이가 앉아 있는 턱 위에 걸터앉았다. 우울한 얼굴의 펭양이 쫄래쫄래 따라와 그 옆에 주저앉았다.

"……무슨 일이 있었는지 물어봐도 돼?"

이예주는 어렵사리 물었다. 자신이 이런 물음을 할 주제나 될까. 물어보고도 가슴이 뜨끔했다.

펭양은 한동안 답하지 않았다. 이예주 또한 덩달아 침묵하고 있을 때쯤이었다.

"……주인님이 남쪽 대륙에서 눈을 뜨셨을 때 가장 처음 본 동물이 펭귄이었어양. 그래서 펭귄들은 가장 최초의 신인류가 됐어양."

펭양이 무겁고 가라앉은 목소리로 조심스레 람의 과거를 입에 담았다.

꼭 신화 같은 이야기였다. 남자가 눈을 떴을 때 바로 옆에 있던 동물. 최초의 신인류.

—눈족 인간들은 잔인한 족속들이니 내가 다시 돌아올 때까지 절

대로 교류하지 마라.

갓 신인류가 된 어리바리한 펭귄들에게 람은 명령했다. 하지만 그는 한 가지 간과했다. 펭귄이 쓸데없이 호기심이 많고 경계가 없는 동물이라는 것을.

"주인님이 원대한 목표를 이루시기 위해 남쪽 대륙을 떠나고 얼마 안 가 인간들이 남쪽 대륙에 나타났어양."

처음엔 인간들을 피하던 펭귄이었으나 곧 호기심이 생겼다. 막 용암이 사라진 대륙을 접한 인간들은 갓 신인류가 된 펭귄들만큼이나 어수룩했다.

펭귄들은 주인의 명령을 어기고 인간들과 친하게 지냈다. 그들이 터를 잡는 것 또한 도와주었다. 람이 깨어난 남쪽 대륙의 숲이 개방된 것은 삽시간이었다.

"……많은 동물들이 잡혀갔어양. 그중 순심이네 가족이 가장 많이 잡혀갔어양. 순록은 썰매도 끌고, 또 머, 먹이로도 훌륭해서……."

그런 말을 입에 담는 것이 미안했던지 펭양은 눈물이 그렁그렁한 얼굴로 잠시 말을 멈췄다. 순심이가 앉아 있는 쪽을 흘긋 바라본 펭귄은 괴로운 듯 빠르게 속삭였다.

"인간들이 남쪽 대륙에서 살아가는 것에 가장 많은 보탬이 되는 동물이양……."

순록 외에도 많은 동물들이 끌려갔다. 인간들에게는 총이라는 강력한 살상 무기가 있어서 저항조차 할 수 없었다. 토끼, 여우, 들개, 커다란 곰까지.

그에 비하면 펭귄들은 큰 피해가 없었다. 눈족 인간들이 펭귄 신인류들로 인한 숲의 개방을 일종의 '거래'라고 생각하기도 했거니와 펭귄들은 맛도 없어서 잡아가 봐야 딱히 쓸모가 없었다. 귀여운 외양 때문에 잡아먹기엔 양심이 찔리기도 하였고.

굶주린 그들의 배를 채우기 위해 많은 동물들이 희생되었다. 숲은 점점 황폐해져 갔다.

다시 돌아온 주인은 텅 빈 숲을 보고 그야말로 대로했다. 다소 지능이 낮고 안일한 펭귄들은 자신들로 인해 시발된 일에 발을 동동 구르기만 할 뿐, 숲이 그 지경이 될 때까지 아무도 주인에게 도움을 요청할 생각을 하지 못했다.

"아마 첫 신인류들이라 더 그러셨을지 몰라양……. 펭귄들이 명령을 무시하고 몰래 인간들이랑 어울려서 주인님을 기만하셨다고 생각하셨어양……."

펭양이 고개를 아래로 떨어뜨리며 힘없이 말을 마쳤다.

끝내 사실을 고하지 않고 주인을 기만한 죄로 펭귄들은 혹독한 대가를 치렀다. 알 속에 있던 마지막 펭귄을 제외한 나머지 펭귄들은 주인의 손에 몰살됐다. 알을 깨고 나온 펭양이 가장 먼저 본 것은 새하얀 눈 위로 쏟아진 피들과 나동그라진 동족들의 시체였다.

그렇게 펭양은 마지막 펭귄 신인류가 되었다.

"……그랬구나."

갈라진 목소리에 펭양은 아래로 향했던 고개를 들어 인간 여자를 바라보았다. 그러다 잠시 숨을 멈췄다.

펭양은 그동안 이런 이야기들을 입 밖에 꺼낼 일이 별로 없었다. 그러나 우매한 펭귄 일족의 이야기를 알고 있는 남쪽 대륙 동물들이라면 대부분 동정 혹은 혐오로 반응했다.

아직 인간에게 이야기해 본 적은 없어서 펭양은 암담한 한편 인간 여자가 어떤 반응을 할지 궁금함이 들었다. 그러나 막상 바라본 이예주의 얼굴이, 마치 제가 겪은 일처럼 참을 수 없이 일그러져 있어서.

"그동안 미안했어. 너한테도, 순심이한테도."

펭양은 아무 말도 할 수 없었다.

"네 호의를 무시하고 의심하고."

"……."

"미운 말만 하고……."

정말이었다. 그동안 펭양과 함께했던 적지 않은 시간을 돌이켜 보면, 이예주는 언제나 못된 말만 지껄였었다. 그 사실이 그녀를 괴롭게 만들었다.

"아니야!"

고통스러운 이예주의 표정에 펭양이 화들짝 놀라 고개를 저었다.

"아니야, 예주양! 펭양이는 괜찮아양. 하나도 안 속상했어양!"

그러니까 그렇게 울 것 같은 표정 짓지 마양……. 펭양이는 중얼거리면서 제 날개 끝을 아주 조심스럽게 인간 여자의 손 위에 포갰다.

주인님께서 이예주를 친히 들쳐 안고 남쪽 대륙으로 오셨을 때부터 펭양은 알아보았다. 그녀가 절대로 나쁜 인간이 아님을.

제 손 위로 겹쳐진 까만 날개를 바라본 이예주는 고개를 아래로 숙였다.

"……내가, 여기로 와서 그간 조금 힘들었어."

저를 믿고 말해 준 펭양이 고마워서, 이예주는 어렵게 제 속마음을 털어놓기로 했다.

"어떻게 해야 하는지도 몰랐고, 어디로 가야 할지도 모르겠고……."

"……."

"숲을 빠져나가야겠다는 생각밖에 안 들었어."

그래서 더 못되게 굴었다. 귀여운 펭양을 보면 자꾸 조롱이가 떠올라서. 알리자린을 구하러 가야 하는 마음이 자꾸 안이해지고, 종국에는 그녀에게 제 사정을 모두 토로할까 봐. 람에게 도움을 요청할 처지도 못 되는 현실이 너무 힘들었다.

"나 때문에 상처받았다면 미안해."

이예주는 암울한 지난날을 떨치며 애써 밝은 표정으로 사과했다. 펭양이 글썽글썽한 눈으로 고개를 내저었다.

"펭양이는 예주양이 눈족 인간들에게 안 간 것만으로도 너무너무 기쁘고 고마워양. 예주양은 잘못한 거 하나도, 하나도……."

훌쩍이던 펭귄은 결국 두 날개로 제 얼굴을 가리며 흐엥 울어 버렸다. 이예주는 그런 펭양의 머리에 손을 얹으며 핀잔을 주었다.

"왜 울고 그래. 바보."

덩달아 붉어진 눈시울이 시큰했다. 순심이 또한 그런지 뒤에서 '푸르릉—' 하고 콧김을 내뿜는 소리가 들렸다. 그렇게 그들의 평화로운 화해는 한참 동안 지속되었다.

"이제 좀 진정이 됐어?"

꽤 오랜 시간이 지난 후 훌쩍거림이 잦아든 펭양의 등을 쓰다듬어 주며 이예주가 물었다. 펭양이 해맑은 얼굴로 답했다.

"웅. 펭양이가 울어 버려서 많이 놀랐지양? 어른 펭귄은 우는 게 아닌데 말이양."

그 말에 자신의 용맹함을 주장하던 어느 새가 떠올라 이예주는 짧게 웃어 버렸다.

어느덧 해가 서쪽으로 많이 기울어 있었다. 정신을 차린 펭양이 날개를 파닥이며 소리쳤다.

"아차차! 그런데 지금이 어느 때지?"

"왜?"

"주인님께서 심부름을 시키셨는데 깜빡했어양!"

펭양이 자리에서 벌떡 일어났다. 너무 다급해 보여서 이예주는 무슨 심부름을 시켰는지 물어볼 틈도 없었다.

"예주양, 여기 순심이랑 가만있어양. 금방 갔다 올게양!"

"알았어. 기다릴게."

펭양의 당부에 이예주는 순순히 고개를 끄덕였다. 인간 여자가 제 말을 이토록이나 호의적으로 들어준 적이 있었던가. 잔뜩 감동 먹은 얼굴로 그녀를 바라보던 펭양은 이내 고개를 저었다.

"추우면 먼저 동굴에 가 있어도 돼양! 조금 이따 봐양!"

"조심해서 갔다 와."

급한 일이긴 한 건지 펭양은 부랴부랴 숲속으로 뛰어갔다. 고작 몇 시간이었다. 펭양에게 속을 털어놓고 사과를 건넨 것은. 그런데도 더 이상 제가 도망갈까 노심초사하지 않고 오롯하게 자신을 믿는 작은 펭귄이 신기했다.

묘한 표정으로 사라지는 펭양의 뒤를 바라보던 이예주는 다시 시선을 앞으로 돌렸다. 눈족의 칼을 돌려주리라 마음먹었을 때부터 숲을 빠져나갈 생각 따윈 모두 버렸다. 이젠 필사적으로 숲을 빠져나가야 하는 이유도 사라졌고, 순록도 두고 가서 도망도 못 간다.

푸릉, 푸르르— 때마침 그녀와 눈이 마주친 순심이가 울었다.

"아. 그러고 보니……."

이예주는 새삼스럽게 다시 한번 깨달았다. 펭양이 자신 곁에 순록을 두고 간 것을. 그 펭귄, 안 그런 것 같으면서도 은근 치밀하고 얍삽하기 그지없다.

뒤늦은 깨달음에 입을 한번 삐쭉인 그녀는 얼어붙은 강의 광활한 정경을 둘러보았다. 잠시 쉬었다 얼음 동굴로 돌아갈 요량이었지만, 강 주변의 경관이 너무 예뻐서 오랜 시간 넋을 놓았다. 온 세상이 진주 가루가 내려앉은 것처럼 하얗고 반짝거렸다.

설원 너머 아득히 먼 곳을 살피던 이예주는 문득 강바닥 위에 얹은 발을 확인했다. 아침에 펭양이 건네준 남자의 선물이 고이 신겨 있었다.

이전에 준 부츠보다 기동성이 더 좋은 것이라 하더니 정말이었다. 이동하는 내내 발은 따뜻하고 푹신했다. 간밤에 질리도록 껴안았던 남자의 품처럼.

"……직접 와서 줄 것이지."

아침이 되자 감쪽같이 사라진 옆자리를 떠올리며 이예주는 작게 툴툴거렸다. 매번 펭양을 통해서 선물을 전해 주는 것이 우스웠다.

"수줍음 타는 소년도 아니고 말이야……."

그때였다. 거짓말처럼 따뜻한 온기가 얼굴을 감싸 안았다.

"여기 있었군."

놀라 고개를 들자 검은색의 기다란 털 뭉치가 훅 내려와 시야를 가렸다. 이예주는 반사적으로 눈을 감았다. 그러자 털 뭉치가 얼굴을 살살 쓸어내리고 목에 닿았다.

그녀는 다시 눈을 떴다. 어느덧 붉은 눈동자가 코앞에서 눈을 맞추고 있었다.

"뭐, 뭐예요?"

"털목도리."

"……목도리?"

이예주는 그저 멍청한 얼굴로 남자의 말을 따라 했다. 목도리? 갑자기 목도리는 왜……. 아니, 그보다 이 남자가 왜 여기 있는 거지?

남자가 무심한 손길로 그녀의 목에 기다란 털목도리를 둘둘 감아 주었다. 그러면서 무뚝뚝하게 덧붙이길.

"열병에 걸려서 또 징징 울 것이 아니면 앞으로 항시 착용하도록."
"징징? 아니, 징징대긴 누가요!"
이예주의 눈이 단박에 치켜 올라갔다. 끙끙 앓았으면 앓았지, 징징대긴 누가! 그리고 누구 때문에 앓게 됐는데! 어이가 없어 남자를 노려보고만 있자, 목도리를 감겨 주느라 불편하게 몸을 숙이고 있던 그가 그녀의 옆자리에 앉았다.
목이 따뜻했다. 마음 한구석이 봄바람일 듯 간질거려 그녀는 아랫입술을 이로 꾹 깨물었다. 안 그러면 조금 전 화를 낸 것도 잊고 활짝 웃어 버릴 것 같았다.
고작 한나절 못 본 것뿐인데, 다시 만난 람이 눈물이 날 만큼 반가웠다. 그것을 숨기려고, 이예주는 그가 감겨 준 목도리를 만지작거리면서도 새침하게 말했다.
"여긴 어떻게 알고 왔어요?"
"네 기척을 느끼고 왔지. 그리고 네가 갈 만한 곳은 이 숲에서 얼마 되지 않는 걸로 아는데."
부정할 수 없는 사실이었다. 이예주는 도망가기 위해 숲의 동쪽과 서쪽. 고작 두 개의 길만 걸어 다녔으니까. 뜨끔한 그녀는 애써 화두를 돌렸다.
"그런데 뭐 하고 왔어요? 아침 일찍부터 보이지도 않더니."
"몸은 좀 괜찮나?"
뭘 하고 왔냐는 물음에 대한 답 대신 딴소리다. 남자의 뜬금없는 질문에 이예주는 고개를 갸웃거렸다.
"몸이요? 괜찮은데, 왜요?"
"인간 여자들은 처음 교미를 했을 때 많이 힘들어 한다던데."
"교, 교미……?"

“그래. 허벅지가 많이 당기고 아플 거라더군. 게다가 어젯밤에 그렇게…….”

“닥쳐!”

이예주는 허겁지겁 한 손으로 남자의 입을 틀어막았다. 그녀의 얼굴이 순식간에 시뻘겋게 달아올랐다. 안 그래도 걸을 때마다 익숙지 않은 감각이 느껴져 불편했다. 평소의 그녀였다면 자리보전하고 앓아누웠겠지만, 다행히 온천의 약효가 제대로 먹혀들었는지 통증이 느껴지진 않았다.

근데 그건 그거고, 미친. 교미라니. 교미라니!

“그런, 그런 얘기 그렇게 아무렇지도 않은 얼굴로 하지 마요!”

이 남자를 대체 어쩌면 좋아. 이예주는 다른 손으로 제 이마를 짚었다. 무엄하게도 남자의 입을 우악스럽게 틀어막고 있음을 알지 못했다.

“나 괜찮아요. 그러니까, 그러니까 아무 소리 하지 마요. 알았죠? 응?”

이예주는 여러 번 남자를 다그쳤다. 그녀의 예의 없는 행동에 대해 한마디 할 법도 한데, 람은 생각보다 순순히 고개를 끄덕였다.

‘부끄러운가 보군.’

남자가 그딴 생각을 머릿속에 떠올리고 있는 줄도 모르고 이예주는 남자의 입을 틀어막았던 손을 그만 내렸다.

“하…… 우리는 정말, 함께 알아가야 할 게 너무 많은 것 같아요.”

남자의 시뻘건 동공을 피해 눈을 돌리며 이예주는 푹 한숨을 내쉬었다. 자신도 남녀 관계에 대해 무지했지만, 이 미친놈은 더했다.

그녀의 푸념에 남자가 곧바로 되물었다.

“그래서 싫은가?”

“싫은 건 아니고요. 그냥…….”

서로를 알아가는 것을 어디서부터 시작해야 할지 감이 잡히지 않아 막막할 뿐이지. 이런 착잡한 속마음은 숨겼다.

"싫은 게 아니면 됐다."

"예, 예. 어련하시겠어요……."

남자는 전혀 개의치 않고 그녀의 그런 고뇌를 한 번에 일축했다. 왜 저만 이렇게 복잡해야 하는지, 불쑥 불만이 치솟았다. 그러나 그의 목소리가 어딘가 모르게 조금 들떠 보여서 입 밖으로 낼 수 없었다. 착각이겠지?

"잘 맞는 것 같아서 다행이군."

남자가 불쑥 말했다. 무슨 소린가 싶어 그를 바라보던 이예주는 곧 남자의 시선이 향한 곳을 알아차렸다. 그가 선물한 신발을 고이 신은 제 발이었다.

점점 원래의 색을 찾던 그녀의 얼굴이 다시 복숭앗빛으로 물들었다. 펭양이 건네니까 별생각 없이 신었는데, 갑자기 아무렇지도 않게 신발을 받아 신은 게 부끄러워졌다. 꼭 연인에게 당연스레 받는 선물 같지 않은가. 이 남자가 자신의 발 치수를 정확히 알고 있다는 사실도 놀랍고.

이예주는 발그레해진 얼굴을 아래로 푹 숙이며 괜히 신발로 눈 덮인 빙판을 툭툭 찼다. 마음 한구석이 다시금 간질거렸다.

"칫, 왜 자꾸 신발 선물을 하는 거예요?"

"마음에 들지 않는 건가?"

"아니요. 마음에 들어요. 그렇지만……."

괜한 심술에 이예주는 짓궂게 말했다.

"우리나라에서는 신발 선물을 하면 그 신발 신고 도망간다는 미신이 있어요."

"……."

"제가 도망가면 어쩌려고요?"

"흠."

그녀의 말에 남자가 제 턱을 쓰다듬으며 잠시 고민했다. 그냥 농담인데 뭘 저렇게 고민할 것까지야. 괜스레 불안해져 '농담이에요, 농담.' 하고 서둘러 말하려던 이예주는 남자에 의해 가로막혔다.

"괜찮다."

"엥? 도망가도 괜찮다고요?"

"아니. 네가 도망갈 곳은 없으니까."

"허, 왜요? 도망갈 곳이 없긴 왜 없어요. 여기 대륙이 얼마나 많은데……."

무심결에 답하던 이예주는 자신을 향해 번뜩이는 시뻘건 눈동자를 마주하고 입을 다물었다. 그의 동공이 그 언젠가 보았던 검붉은 색으로 타오르고 있었다.

"네가 도망간 대륙을 도륙 내서 다시 되돌려 놓을 테니까."

"……."

"그리고 네 몸을 치료해 주기로 새로이 계약하지 않았나? 헛소리를 하는 걸 보니 여기서 발가벗겨지고 싶은가 보군. 그렇다면 내 친히 치료를……."

"아니요!"

이예주는 황급히 부정했다. 얼마나 다급했는지 허공에 대고 미친 듯이 손사래까지 치고 있었다.

"아, 안 도망갈게요! 절대 안 가요!"

이 자식아! 어제 그렇게 해 대고 또……! 이예주는 눈물을 지으며 금방 꼬랑지를 내렸다. 이렇게 금방 질 걸 왜 또 헛소리를 꺼냈는지,

자신이 참으로 한심했다.

"그러니까 이제 그런 무서운 소리 그만해요."

진짜 당장이라도 눈밭에서 발가벗길 것 같은 그 눈도 좀 치우고. 이예주는 제 신변 보호를 위해 최대한 몸을 사렸다. 별수 없었다. 좀 더 나댔다간 남자가 정말로 말한 바를 실천할 것 같았다.

"그만 일어나지. 곧 날이 저물겠군."

그녀의 가상한 노력이 통한 걸까. 다행히도 남자가 자리를 털고 일어섰다. 그러고는 그녀에게 손을 내밀었다.

잡고 일어나라는 걸까. 제게 내밀어진 손을 물끄러미 바라보던 이예주는 다시 고개를 올려 까마득하게 멀어진 얼굴을 바라보았다.

"펭양이 기다리기로 했는데요?"

"순심이가 알아서 데리고 오겠지."

푸흡, 남자의 입 밖에 나온 '순심이' 소리에 이예주는 작게 웃음을 터뜨렸다. 이 남자가 지어 준 걸까. 지극히 한국적인 이름은 무뚝뚝한 남자와 너무 어울리지 않았다.

그녀는 웃음기가 가시지 않은 얼굴로 내밀어진 남자의 손을 선뜻 잡았다. 단단한 지지대가 있으니 자리에서 일어나기 쉬웠다. 오랫동안 차가운 눈 위에 앉아 있었지만 남자가 선물해 준 신발과 매어 준 목도리, 그리고 맞잡은 채 놓지 않은 남자의 손 때문에 하나도 춥지 않았다.

자꾸만 배시시 웃음이 터져 나왔다. 숲을 향해 걸어가면서도 실없이 웃는 그녀가 의아한 듯 람의 눈썹이 위로 들렸다.

"왜 웃지?"

"그냥……."

좋아서요.

그녀는 그런 속마음은 말하지 않았다. 대신 맑게 웃으며 맞잡은 손을 달리해 손깍지를 꼈다. 맞닿은 손바닥을 통해 남자가 멈칫하는 게 느껴졌다. 그러나 얼마 안 가 헐겁게 깍지를 낀 손이 꽉 조여졌다.

얼음 동굴로 돌아가는 길, 두 사람의 귀 끝이 내내 딸기 끄트머리처럼 빠알갛게 달아올라 있다는 것을 이예주는 몰랐다. 하지만 이제는 몰라도 딱히 상관없었다.

람은 당분간 어딜 가지 않고 일상을 같이했다. 두 사람은 같이 밥을 먹고, 숲 이곳저곳을 누볐다. 가끔 이예주 혼자 목욕할 때 그가 벌거벗은 채 당당히도 침입해서 그녀가 괴성을 지르는 것을 빼면 나름 평탄한 나날들이었다.

"뭐 하고 있지?"

요즘의 람은 이예주에게 다가와 꼭 무얼 하고 있느냐고 물었다. 마치 그녀가 하는 모든 일이 신기하고 궁금한 사람처럼.

"눈사람 만들고 있는데요."

그녀는 눈이 잔뜩 묻은 손을 탈탈 털며 말했다. 그녀의 옆엔 농구공만 한 눈덩이가 세로로 포개어 있었다. 눈사람 만들기에 얼마나 열중했는지 단단히 무장한 몸 이곳저곳에 눈가루가 덕지덕지 묻어 있었다.

람이 빨갛게 얼어붙은 그녀의 손끝을 보고 눈살을 찌푸렸다. 털신, 털목도리도 모자라 이제 털장갑까지 구하러 다시 인간 마을에 가야 했다.

"쓸데없는 짓을 하는군."

"쓸데없다니요!"

심드렁한 남자의 어투에 이예주가 눈을 번득였다.

"눈 오는 날을 기념하는 거란 말이에요!"

"여긴 1년 내내 눈이 오는데."

"그건 그렇지만……."

남자의 말에 그녀는 고개를 끄덕이며 수긍할 수밖에 없었다. 몇 주간 남쪽 대륙에 거주하면서 눈은 지긋지긋하게 봤다. 그럼에도 간밤 새 훌쩍 높이 쌓여 버린 눈을 마주칠 때마다 기분이 들떴다.

이예주는 아득한 그리움이 묻어나는 눈으로 아직 눈, 코, 입을 달아 주지 못한 눈덩이를 바라보았다.

"저 사는 곳은 1년에 며칠밖에 눈이 안 내렸어요. 그래서 엄마랑 앞마당에서 꼭 눈사람을 만들었거든요."

그도 엄마가 죽으면서 끝났다. 이후 눈이 내릴 때마다 또래 친구들이 신나게 눈사람을 만들고 눈싸움을 하는 모습을 멀찍이서 구경만 해야 했다. 그녀는 학창 시절 내내 왕따였기 때문이다.

흐린 눈을 하고 까마득한 과거를 회상하던 이예주는 불쑥 떠오른 생각에 개구쟁이처럼 웃으며 물었다.

"우리, 눈싸움할래요?"

"눈싸움?"

"네! 눈 뭉쳐서 던지는 거예요. 이렇게!"

그녀는 재빨리 쭈그려 앉아 제 발치에 있는 눈을 뭉쳤다.

"음, 또 질질 짤 거면 그냥 던지도록 해. 때리고 싶으면 맞아 주지."

람이 비웃으며 팔을 벌렸다. 과거의 물고문이 떠올라 이예주의 얼굴이 시퍼렇게 변했다. 하지만 금방 오기가 치솟았다.

그렇게나 당하고도 정신을 못 차리는 자신이 한심해서 울상을 지었지만 어쩔 수 없었다. 그만큼 놈이 얄밉게 말해 한 대 쥐어박고 싶었기 때문이다.

"지, 질질 짜긴 누가요! 이씨, 당신도 얼른 눈 뭉쳐요! 얼른요!"

떼를 쓰듯 말하자 남자가 한숨을 내쉬며 허리를 굽혔다. 눈을 모으는 그의 모습에 이예주는 뒤를 돌아 멀리 떨어진 숲 근처까지 한달음에 뛰어갔다.

"여기가 내 기지고, 당신은 그쪽이에요!"

그녀가 해맑게 웃으며 외쳤다. 람이 있는 허허벌판과는 달리 그녀가 있는 곳은 나무가 많아 유리했다.

비열하고 치사한 짓이었지만 별수 없었다. 뭐, 어때? 자신은 연약한 여성인데, 이 정도 강점은 가져야지. 이예주는 악동처럼 심술궂은 표정을 지으며 당당히 생각했다.

남자는 그녀의 말에 별소리 없이 눈을 뭉쳐 제 앞에 차곡차곡 쌓기 시작했다. 그 모습에 질세라 이예주 또한 쭈그려 앉아 열심히 눈을 뭉치기 시작했다.

장갑 없는 맨손이라 손이 미친 듯이 시렸다. 주먹만 한 눈공을 세 개쯤 뭉치고 나니 더 이상 참을 수 없을 만큼 손끝이 아렸다. 그녀가 잠시 눈 속에 파묻고 있던 두 손을 빼내어 입가에 가져다 대려던 찰나였다.

퍽—! 옆에 있는 나무에 눈덩이가 날아와 처박혔다.

"흐억!"

이예주는 기겁을 하며 고개를 들었다. 부서진 눈 부스러기들이 정수리 위로 쏟아졌다. 머리 바로 위 지점에 눈덩이가 처박혀 있었다.

무슨 야구공이야? 대체 얼마나 세게 던졌기에 눈이 이렇게 나무에 껌처럼 붙은 걸까.

“자, 잠시만요! 아직 시작 안 했다고요! 바, 반칙이야!”

그녀는 고개를 돌려 다급하게 외쳤다. 그새 산더미처럼 눈 뭉치를 쌓아 둔 남자가 또다시 눈을 던지려는 듯 팔을 높이 쳐들고 있었다.

“아쉽군. 맞출 수 있었는데.”

남자가 들었던 팔을 내리며 지껄였다. 이예주의 얼굴이 순식간에 새하얗게 질렸다. 저 자식, 장난이 아니라 진심으로 죽이려 드는 거야.

“빨리 시작해.”

그가 채근했다. 이예주는 서둘러 눈을 박박 긁어모으며 제가 또 잘못된 선택을 한 게 아닐까, 후회했다. 하지만 이미 늦었다. 재미가 들린 것처럼 남자의 입가에 진한 미소가 배어 있었다.

이예주는 그저 닥치고 눈을 뭉치고 또 뭉칠 수밖에 없었다. 손이 시린 것조차 느낄 수 없었다. 그녀는 그로부터 눈덩이를 몇 개 더 장전한 후 몸을 일으켰다.

“저기, 대충 다 만들…… 억!”

퍽— 채 말이 끝나기도 전에 안면으로 차가운 눈덩이가 튀었다. 다행히 얼굴에 정면으로 맞은 것은 아니었다. 조금 전 눈이 처박혔던 나무줄기에 또 한 번 돌…… 아니, 눈 뭉치가 날아와 박혔다. 그녀가 막 일어선 눈높이와 비슷했다.

남자가 아쉽다는 듯 혀를 찼다.

“아, 아직 시작이라고 안 했……!”

퍽— 이번에는 발 앞에 눈덩이가 떨어졌다. 철퍽하고 눈이 사방으로 튀자 울컥 뜨거운 게 치솟았다.

“이, 이 자식아!”

이예주는 서둘러 만들어 놓은 눈덩이를 마구 던지기 시작했다. 남자는 맞아도 상관없다는 듯 허리를 숙여서 또 눈을 뭉쳤다.

새하얀 설원 위로 눈 뭉치들이 휙휙 오갔다. 그리 멀리 떨어진 것도 아니건만 힘의 차이 때문인지 그녀가 던진 눈은 통 과녁을 맞히지 못했다. 흐으, 이예주는 약이 바짝 올라 이를 악물었다.

그때였다. 남자가 거대한 눈덩이를 들고 숙였던 허리를 일으켰다. 축구공보다 약간 작은 크기의 눈뭉치에 이예주는 입을 떡 벌렸다. 그녀가 눈사람을 만든답시고 몇 시간 동안 끙끙댄 크기를 저 남자는 단 몇 분 만에 만들어 낸 것이다.

"괴물 같은 놈……."

그가 그것을 던질 폼을 취했다. 멀리 나가지 않을 것을 염려한 건지 한쪽 발까지 들고 상체를 뒤로 바짝 젖혔다.

저 무거운 것이 과연 제가 있는 곳까지 날아올 수 있을까? 그런 의문이 들었지만, 한편으로 저 미친놈이라면 가능할지도 모른단 불길한 예감이 들었다.

"자, 잠깐, 잠깐! 그, 그거 던질 건 아니죠?"

이예주는 제 눈 뭉치를 손에 들고도 던질 생각조차 못했다. 고개를 설레설레 저으며 본능적으로 뒷걸음질을 치자, 람이 신이 난 아이처럼 씨익 웃었다.

저렇게 웃을 줄도 아는 남자구나. 그 생각과 동시에 거대한 눈덩이가 훅 날아왔다.

"으아악!"

그녀는 비명을 지으며 필사적으로 몸을 날렸다.

철퍽— 간발의 차이로 그것을 피했다. 묵직한 눈덩이가 산산조각 났다. 눈이 쌓여 있던 바닥이 묵직한 무게를 이기지 못하고 푹 파였다. 엎어진 몸을 일으킨 그녀가 희게 질린 얼굴로 그것을 돌아본 뒤 분노했다.

"나쁜 놈!"

남자가 다시 고개를 숙였다. 놈은 이제 미리 뭉쳐 둔 눈덩이들을 하나로 합치기 시작했다. 맞추려면 이때밖에 기회가 없었다.

그녀는 마구 눈공을 던졌다. 대부분 빗나갔지만 몇 개는 남자의 숙인 몸을 정확히 맞혔다. 검은색 옷에 점점 늘어나는 흰 얼룩을 보며 이예주는 희열했다. 하지만 그 희열도 잠시, 남자는 전혀 타격이 없어 보여 울분이 치솟았다.

"아오! 왜 저렇게 멀쩡해!"

돌이라도 집어넣어야 하는 거야, 뭐야!

이윽고 아까보다 더 거대한 눈뭉치를 든 남자가 허리를 폈다. 이제 그녀 차례라는 듯 람에게서 뿜어져 나오는 기세가 스산했다. 한마디도 없이 미소만 짓고 있는 얼굴이 소름 끼쳤다.

그가 각도를 재는 모습에 마른침을 삼키며 이예주는 눈을 뭉치는 짓을 관뒀다.

얼마 안 가 람이 거대한 눈덩이를 던졌다.

"아악!"

후웅— 귓가를 스치는 바람 소리가 섬뜩했다. 이예주는 이번에야말로 정말 아슬아슬하게 그것을 피했다.

퍽— 눈덩이가 나무줄기에 맞고 와르르 부서졌다. 얼마나 꽉꽉 눌러 뭉친 건지 나무가 미친 듯이 흔들렸다. 쏴아아— 가지 위에 쌓여 있던 눈들이 아래로 우수수 떨어졌다. 이런 것을 맞았다간 정말로…….

"……주, 죽을 거야."

몸을 한 번 부르르 떤 이예주가 다시 남자를 돌아보았다. 그녀를 눈으로 맞혀서 죽일 심산인 듯 미친놈이 또다시 쭈그려 앉아 열심히 눈을 뭉치고 있었다.

얼마간 그들 사이엔 작달막한 눈뭉치 여럿과 거대한 눈덩이가 오가기를 반복했다.

남자는 눈을 뭉치면서도 착실히 이예주와의 거리를 좁혔다. 분명 거리가 꽤 있었는데, 정신을 차리고 보니 코앞이었다.

"왜, 왜 자꾸 다가오는 거예요!"

"거리가 멀어서 잘 맞지 않는군."

그 말을 한 남자는 귀신같이 웃었다. 이예주의 얼굴이 단번에 창백해졌다. 놈의 눈에는 제가 던지는 눈덩이를 피하느라 죽을 둥 살 둥 바닥을 구르는 자신의 처절한 모습이 보이지 않는 듯했다.

천만다행히도 있는 힘껏 몸을 날린 덕에 간발의 차로 번번이 람의 눈덩이를 피한 이예주는 아직 그것에 맞아 죽지 않은 상태였다. 하지만 그녀의 몰골은 눈이 양동이째로 들이부어진 사람처럼 처참했다.

"헉, 헉……."

거센 헐떡임과 함께 입김이 연달아 터져 나왔다. 이제 한계였다. 거리까지 가까워진다면 필히 놈이 던지는 눈덩이를 피할 수 없으리라.

"이야악!"

이예주는 남은 힘을 쥐어짜 미친 듯이 눈을 남자에게 던졌다. 가까워진 거리 때문에 쉽게 맞출 수 있었다.

하지만 전과 달리 남자를 좀 더 많이 맞춤에도 불구하고 희열이 느껴지진 않았다. 이미 이 행위는 눈싸움이 아니라 그저 생존의 일환이었기 때문이다.

전에 없던 속도로 던진 탓에 만들어 놓은 눈덩이들이 금방 동이 났다. 이예주는 눈을 뭉칠 새도 없이 두 손을 모아 삽처럼 푹푹 떠서 남자에게 던졌다. 그의 머리칼 위로 금세 하얗게 서리가 내려앉은 모습을 보니 울분이 조금 풀리는 것 같기도 했다.

그녀는 그렇게 미친 듯이 람에게 눈을 던졌다. 그리하여 마침내 남자가 그동안 만든 것의 2배에 달하는 초거대 눈덩이를 들고 일어섰을 땐 던질 것이 아무것도 남지 않았다.

그래서 그녀는 눈을 뭉치다 말고 냅다 등을 돌려 달음박질치기 시작했다.

“주, 죽을 순 없어!”

눈싸움을 하다가 연인이 던진 눈을 맞고 죽다니 이 얼마나 비참한 일이란 말인가. 이예주는 숲으로 죽자 살자 달렸다.

퍽— 그녀가 막 도달한 나무에 남자가 던진 눈덩이가 처박혔다. 파편들이 머리와 안면으로 후두둑 튀었다. 이어서, 퍽. 퍽. 아슬아슬하게 그녀를 스친 눈덩이들이 나무와 바닥에 박혔다.

휘익—! 대체 얼마나 세게 던지는 건지 어마어마한 속도로 날아와 처박히는 눈덩이들이 꼭 총알 같았다. 이예주는 와들와들 떨며 소리쳤다.

“미친놈아! 이제 그만해엑!”

남자에게선 아무런 답도 들리지 않았다. 심지어 숨 헐떡이는 소리조차 들리지 않았다. 이렇게 죽기 살기로 도망치는 것을 보면 안쓰러이 여겨 이제 그만하자 할 법도 하지 않은가. 근데 왜 저 자식은! 저 자식은……!

퍽퍽퍽, 쉴 새 없이 날아오는 눈을 피하기 위해 이예주는 지그재그로 마구 뛰었다. 마치 그때 같았다. 람과 만난 지 얼마 안 되었을 때, 내리치는 벼락을 피해 도망가던 순간.

또다시 바로 옆에 처박힌 눈덩이에 이예주가 진저리를 친 그 순간이었다. 무언가 검은 것이 나무 사이에서 훅 튀어나와 그녀의 허리를 덮쳤다.

"어억—!"

앞만 보고 달리던 이예주는 단말마의 비명과 함께 옆으로 고꾸라졌다. 중심을 잡을 새도 없이 얼굴이 퍽 눈 위에 처박혔다.

뼛속까지 시린 감각에 정신을 못 차리고 허우적거릴 때, 강한 힘이 그녀를 들어 올려 정자세로 눕혀 주었다.

"잡았군."

"헉. 하, 항복! 항복!"

이예주는 서둘러 외쳤다. 남자가 눈덩이를 그대로 얼굴에 처박을까 더럭 두려움이 들었다. 얼굴에 눈이 묻어 앞이 잘 보이지 않았다. 잘 보이지 않는 시야 사이로 어두운 그림자가 제게 쏟아지는 게 보였다.

이 자식! 항복이라 했는데도 필히 얼굴에 눈덩이를 뭉갤 심산이야! 곧 강타할 충격에 이예주가 저도 모르게 질끈 눈을 감았을 때였다.

"분가루 대신 눈을 묻힌 광대 같군."

따스한 촉감이 눈가에 닿았다. 그와 동시에 눈이 덮여 답답하던 그녀의 시야도 환해졌다.

얼굴을 닦아 주는 손길이 제법 다정했다. 질끈 감겼던 눈이 절로 떠질 만큼.

눈을 뜨니 제일 먼저 보인 것은 남자의 붉은 눈이었다. 본디 사파이어처럼 새빨갰지만, 이제는 조금 탁해진 검붉은 색 눈. 이전부터 느꼈지만 어딘가 달라진 남자의 눈동자를 이예주는 홀린 듯이 바라보았다.

그사이 남자가 얼굴에 잔뜩 묻어 있던 눈을 제 손으로 털어 주고 아무렇게나 널브러져 있던 그녀의 두 팔을 잡았다. 그제야 이예주는 퍼뜩 정신이 들었다. 누워 있는 자신의 위에 남자가 덮치듯 올라탄 상황이었다.

그에게 잡힌 제 두 손이 묘했다. 차게 얼어붙어 있었던 그녀의 얼굴이 한순간에 터질 듯 달아올랐다.

"뭐, 뭐 하는 거예요?"

죽기 살기로 달리느라 꽉 쥐고 있던 두 주먹을 람이 억지로 펴 들었다. 얼어붙어 굳은 탓인지 쫙 펴지는 손가락들이 뻣뻣했다. 주먹이 펴지고 그 안에 쥐고 있던 것이 드러났다.

그녀의 손아귀 안에서 녹아 딱딱하게 뭉쳐진 채 손가락 마디 모양이 고스란히 찍힌 눈덩이가 바닥으로 툭, 낙하했다. 도망가는 동안 얼마나 심장이 쫄깃했는지 손에 눈뭉치를 계속 쥐고 있다는 사실도 전혀 몰랐다.

그것을 멀거니 보고 있던 이예주가 민망한 기분에 헛웃음을 지을 때였다. 위에서 혀를 차는 소리가 들렸다. 다시 돌아보니 람의 고운 미간에 설핏 금이 가 있었다.

"또 열병에 걸리겠군."

"에…… 이 정도는 괜찮아요."

어린애도 아니고 눈 좀 만졌다고 그렇게까지……. 남자의 타박에 조금 바보 같은 표정으로 변명하듯 덧붙이던 순간이었다. 람이 두 손을 모아 잡더니 그대로 그 위에 고개를 내렸다. 촉— 손끝에 간지럽고 말캉한 감각이 닿았다.

이예주의 동공이 튀어나올 듯 커졌다. 이 남자가 지금 뭐 하는 거야? 손가락에 뽀, 뽀뽀를……

하지만 그녀가 채 놀라기도 전에 남자가 연달아 열 손가락 끝에 입맞춤을 했다. 그러더니 아예 모아진 두 손에 입술을 꾹 갖다 붙이는 게 아닌가. 마치 온기를 불어넣어 주는 것 같은 그 모습에 이예주는 달아오른 얼굴로 그저 버벅거렸다.

놀랍게도 그것은 단순한 생각이 아니었다. 남자의 입술이 닿자 신기하게도 손끝에서 따스한 기운이 퍼지더니, 곧 손과 팔을 타고 온몸으로 전달되었다.

삽시간에 더 이상 춥다는 느낌이 들지 않았다. 찬 겨울밤, 온풍기를 앞에 둔 것 같은 온기가 살랑살랑 온몸을 타고 돌았다. 얼떨떨한 기분이 들었다.

이예주의 몸이 괜찮아진 것을 알아챈 건지 손끝에 닿았던 남자의 입술이 떨어져 나갔다. 그저 손에 입을 맞춘 것뿐인데, 떨어져 나가는 람의 얼굴이 한없이 야해 보여 순간 얼굴이 확 붉어졌다.

'어떡하지. 이, 이제 좀 자리에서 일어나야 할 것 같은데…….'

남자는 제 위에서 비켜날 생각이 조금도 없어 보였다. 눈동자가 사방팔방 흔들렸다. 이예주가 야릇한 그들의 포즈에 어쩔 줄을 몰라 하고 있을 때였다. 남자가 불쑥 내뱉었다.

"미안해."

"……네?"

뜬금없는 사과에 이예주의 표정이 어리둥절해졌다.

"뭐가요?"

"네가 열병으로 앓았을 때, 수없이 생각했다."

그의 입에서 한숨처럼 쏟아지는 입김이 살랑살랑 앞머리를 쓸었다. 이마가 간지러워 그녀는 저도 모르게 말을 더듬었다.

"뭐, 뭘요?"

"대부분 이 세계에서 가장 높은 산에서의 일들에 대해서였지."

"……."

"너를 완전히 손에 넣었다고 생각했다. 이제 네 능력을 어떻게 다뤄야 할지 알게 되었으니까."

남자의 입을 타고 나오는 뜻밖의 말에 이예주의 얼굴이 딱딱하게 굳었다. 온천에서 나비가 된 알리자린을 보낸 이후 무의식적으로 피해 오던 주제였다.

비겁했지만 더는 거론하고 싶지 않았다. 이예주는 그때 일을 다시 떠올리는 것조차 버거웠고, 눈족 여자에게 칼을 돌려준 것으로 그와 관련한 모든 감정들을 묻었으니까.

그러나 묻었다고 생각했는데, 남자의 목소리에 그때의 기억들이 둑 터진 것처럼 밀려 나왔다. 눈앞에 그날이 생생히 그려졌다. 속인 것이냐 묻던 자신과 속인 건 네가 먼저가 아니냐던 남자. 사라진 그의 왼쪽 팔. 폭포처럼 내리흐르는 피.

"그런데 네가 깨어나서 숲을 벗어나려고 드는 모습을 보니 뭔가 잘못되었다는 생각이 들었다. 어린 짐승처럼 끙끙 앓으면서도 나를 다리족 족장을 바라보듯 노려보더군."

그 말을 하던 람의 얼굴이 일순 일그러졌다. 그 표정이 마치 못 견딜 만큼 괴로운 사람처럼 보여서, 이예주는 기분이 조금 생소해졌다.

"나는."

잠시 말을 멈춘 남자가 다시 무겁게 입을 열었다.

"나는 그때 그것이 옳은 방법이라 여겼다. 널 속인 채 다리족에 보내는 것으로 모든 것을 한 번에 이룰 수 있었으니까."

"……."

"네가 과거를 포기하게 만들고, 그런 널 가질 수 있는 가장 확실한 방법이었지. 덤으로 신경을 거슬리게 만들던 다리족 놈들도 쉽게 해치울 수 있었다. 그놈들은 약아빠져서 조금만 상황이 불리하게 돌아가도 꽁지가 빠져라 도망을 치지. 그동안 잡아 죽이기 여간 성가셨거든. 복수를 원하던 붉은 개들과의 계약 조건도 지킬 수 있었고. 여러모로 일거양득이었다.”

“…….”

“다시 그때로 돌아가도 같은 선택을 하겠지. 아무것도 모르는 네가 다리족놈들에게 끌려가는 걸 지켜만 보고 있을 거다. 네가 아무것도 몰라야 놈들도 완벽하게 속을 테니까. 나를 찾으며 불안에 떨어도 도움 하나 주지 않고 내버려 두겠지. 너 스스로 내게 돌아올 때까지.”

“…….”

“……내가 무언가를 가지기 위해 인간들을 보고 배운 것은 그런 저열한 방법뿐이니까.”

남자가 문득 들고 있던 이예주의 두 팔을 조심스럽게 내렸다. 그러고는 손을 뻗어 그녀의 볼에 가져다 대었다.

“하지만 네가 그리 찢어지듯 울 것을 알았더라면…….”

뺨에 닿는 남자의 손바닥이 무척이나 따듯했다. 울고 있는 게 아닌데도 남자가 엄지로 그녀의 눈가를 살살 쓰다듬었다.

“그러지 말았어야 했나.”

답을 구하는 것처럼 남자가 허탈하게 웃으며 중얼거렸다.

이예주는 아무 말도 할 수 없었다. 정말로 답을 구한 것은 아닌지 그 또한 개의치 않고 물었다.

“차라리 기회를 달라고 했지.”

“…….”

“부디 네가 내게 기회를 줬으면 좋겠군.”

“……무슨 기회요?”

“날 용서해 줄 기회.”

여전히 무뚝뚝한 얼굴로 그녀를 내려다보며 남자는 담담히 말했다.

"미안해."

이번에는 이예주의 얼굴이 고통에 겨운 사람처럼 와락 일그러졌다. 이 남자가, 이 남자의 입에서…… 미안하다는 말이 나왔다.

제 감정에 못 이겨 남자가 차라리 자신에게 사과를 해 주길 간절히 바랐던 때가 있었다. 남쪽 대륙에서 처음 깨어났을 때는 그 정도로 끔찍하고 힘겨웠으니까.

하지만 실제로 그런 일이 일어날 리 없다는 것을 잘 알았다. 남자가 무엇을 잘못했는지도 모를 것이라 생각했고, 자신이 그런 그를 과연 용서할 수 있을지도 의문이었다.

이예주는 람 때문에 수십 번 쓰러지고 부서지고, 찢어졌다가 다시 붙었다. 그를 좋아하는 감정이 없었더라면 좀 더 수월했을지도 모른다. 그 과정은 너무 괴로워서 나중에는 남자가 자신을 속이는 줄도 모르고, 그저 그의 곁으로 돌아가야 한다는 생각만 가지고 있던 자기 자신까지 원망할 수밖에 없었다.

람이 제게 한 행동에 비해, 그를 속인 제 행동은 애교 수준에 불과하다고 여긴 적도 있었다.

하지만 남자가 생각하는 동안 이예주 또한 수많은 생각을 했다. 그리고 그 생각의 끝에서, 그녀는 람을 끝내 놓을 수 없었다.

"내가……."

"……."

"내가 더 미안해요."

이예주는 남자가 놓아준 한 손을 들어 제 뺨에 닿아 있는 손을 겹쳐 잡았다. 타인의 온기가 손등을 덮자 남자가 몸을 움찔거렸다.

"……나는 그동안 나 자신도 속이고 살았어요."

그녀는 힘겹게 입을 열었다.

"내겐 능력이 있지만 그다지 특별한 능력은 아니라고. 난 지극히 평범하다고. 나도 다른 사람들과 똑같다고."

"……."

"사실을 말해도 다른 사람들은 나보고 미친년이랬어요. 무당 딸에 괴물 같은 년. 다른 사람들 목숨을 빼앗고 혼자 살아남은 애라고."

엄마는 말했다. 능력에 관해 절대로 입 밖에 꺼내선 안 된다고.

그 말은 사실로 돌아왔다. 사람들은 절박하게 진실을 말하던 그녀를 아무도 믿어 주지 않았다. 지금 생각해 보면 당연한 일이었다. 대체 누가 죽기 전에 미래로 갈 수 있다는 허무맹랑한 소리를 믿어 줄까.

그러나 그때는 진실을 밝히는 것이 답인 줄 알았다. 그래서 그리 했고, 결과는 처참했다.

이예주는 그때부터 자신을 속였다. 과거로 돌아갈 수 있다는 희망을 품에 안고 살면서도, 동시에 자신은 별거 아닌 저주 하나를 가지고 있을 뿐 타인과 다를 게 없다며 본인을 양분화했다.

치졸하고 졸렬한 변명이었다. 그렇지만 그럴 수밖에. 믿어 주는 이도 없었고 밝힐 수도 없었다. 평범한 보통의 인간이라고 말하는 건 입버릇이자 습관이 되었다.

남자에게 능력에 관해 사실대로 밝힐까 싶은 적도 여러 번 있었다. 하지만.

"……당신도 나를 그렇게 볼까 봐. 혹시나 내가 조롱이를 죽이고 살아남은 거라고 생각할까 봐."

한두 번의 거짓말은 쉬웠다. 그러나 조롱이가 죽은 걸 알았을 땐 그저 어떻게든 숨겨야 한다는 생각밖에 들지 않았다. 제드와 함께 마을 숲길을 지나 광장 안으로 들어올 때까지 자신이 무슨 생각을 했던가.

정말이지 역겹게도, 람을 보면 무어라 이야기를 꺼내야 할지에 대해 생각하고 있었다. 조롱이의 죽음으로 미칠 것 같으면서도, 람이 자신을 어떻게 바라볼까 하는 두려움에 덜덜 떨었다.

그녀를 다시 혐오스러운 벌레처럼, 손으로 찍어 눌러야 하는 하찮은 박멸 대상으로 볼 것이.

"그러면 내가, 죽을 것 같아서……."

이예주는 떨리는 입술을 꽉 깨물며 남자의 시선을 피했다.

가끔 남자의 눈이 시뻘겋게 물드는 것을 볼 때면, 그녀는 상상했다. 자신의 능력을 알고 '시간족'과 동일시하는 람의 모습을. 그 후 차갑게 자신을 바라보는 그는, 상상만으로도 견딜 수가 없었다.

"그래서 계속 숨긴 거지, 절대로."

"……."

"절대로 당신을 속이고 기만하려고 했던 게 아니에요."

이예주는 새된 목소리에 그 모든 것을 담아 고백했다. 어쩌면 이것은 애원이었다.

불현듯 펭양의 이야기가 떠올랐다. 남자의 손에 몰살된 펭귄 신인류들. 그들 또한 람을 기만하기 위해 사실을 숨긴 것은 아닐 것이다. 그토록이나 냉정하고 자비 없는 남자였다. 그런 람이 과연 자신이라고 관대하게 넘어가 줄 것인가.

"정말 미안해요."

이예주는 떨리는 눈을 들어 남자를 다시 바라보았다. 눈앞이 온통 희뿌옇게 변해서 그의 얼굴이 잘 보이지 않았다. 어느새 자신은 울고 있었던가.

그녀는 남자가 새빨간 거짓말을 해 왔던 자신에게 화를 내도 할 말이 없다고 생각했다. 하지만 남자는 화를 내는 대신 그저 나머지 손도 들어 그녀의 눈꼬리를 타고 흐르는 눈물을 하염없이 닦아 주었다.

"괜찮아."

그뿐이었다. 람도, 이예주도 서로에게 죄를 고했지만 누구도 화를 내지 않았다.

한참 동안이나 그녀의 얼굴을 다정한 손길로 닦아 주던 남자가 문득 고개를 내렸다. 입술 위로 와 닿는 따스한 감촉을 받아들이며 이예주는 가만히 눈을 감았다.

—6권에서 계속—

BLACK LABEL CLUB 033
레드 앤 매드 5

1판 1쇄 발행 2018년 6월 22일
1판 2쇄 발행 2019년 5월 27일

지은이 권겨을
펴낸이 신현호
편집부장 예숙영
편집 박상희 최은지
편집디자인 한방울
영업·관리 김민원 조인희
물류 이순우 최준혁 박찬수

펴낸곳 ㈜디앤씨미디어
출판등록 2002년 5월 1일 제117-90-51792호
주소 서울시 구로구 디지털로 26길 111 JnK디지털타워 503호
대표전화 (02)333-2513 팩스 (02)333-2514
전자우편 dncbooks@dncmedia.co.kr
디앤씨북스 블로그 http://blog.naver.com/dncbooks

ISBN 979-11-264-4343-7 (04810)
979-11-264-4273-7 (SET)